上海灯蛾

上田早夕里

双葉社

目次

序章　上海《シャンハイ》1945……13

第一章　阿片《アヘン》の園——上海1934……19

第二章　田《テイエン》……68

第三章　栄華……147

第四章　交戦……204

第五章　鵬《ほう》翼《よく》……343

第六章　詭《き》道《どう》の果て……373

終章　夢と枯骨《ここつ》……524

後記……536

東アジア　1934-45年

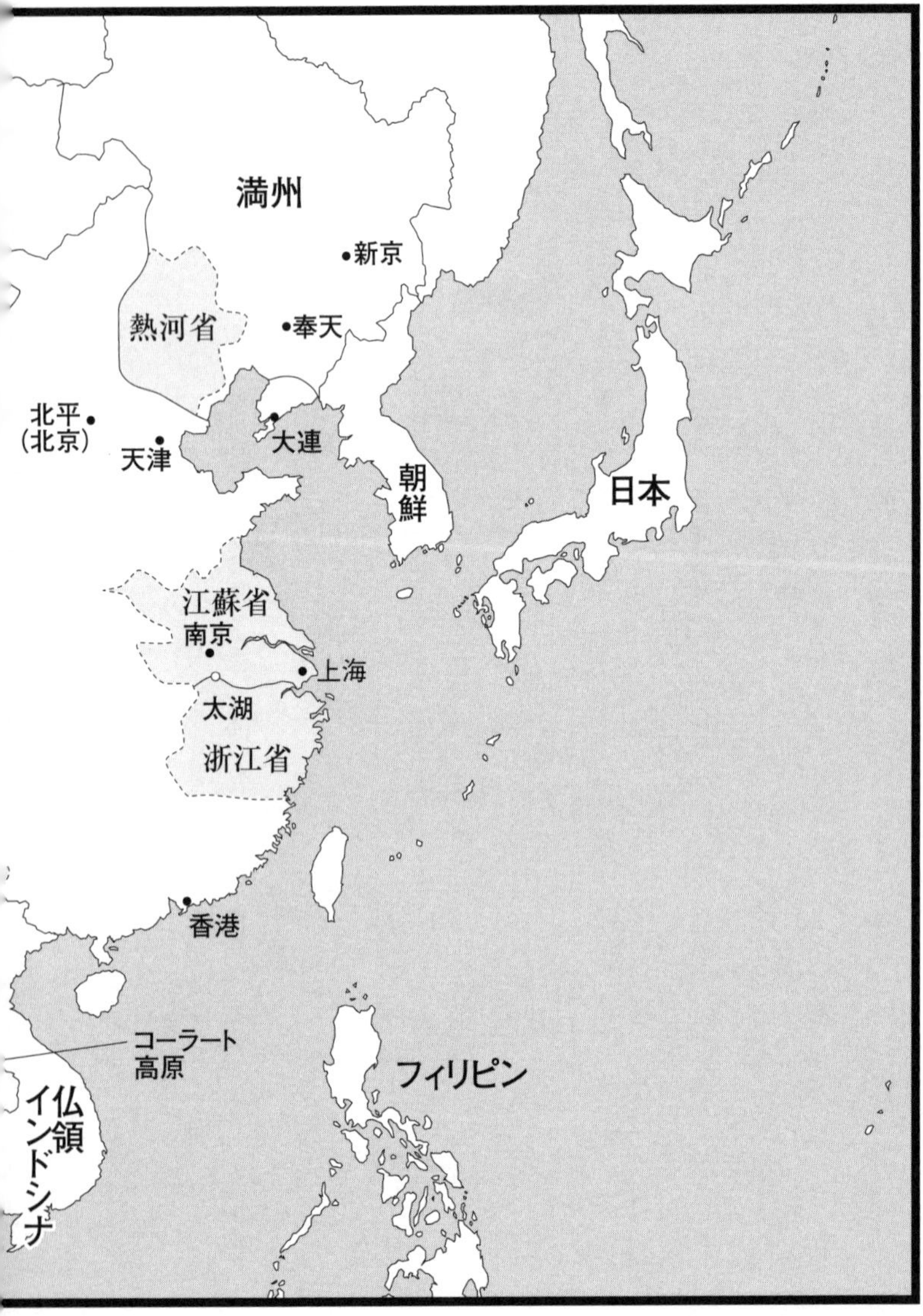

ソヴィエト連邦
モンゴル
中国
重慶
ネパール
昆明
雲南省
カルカッタ
インド
ビルマ
マンダレー盆地
シャム
中央平原

上海市街図

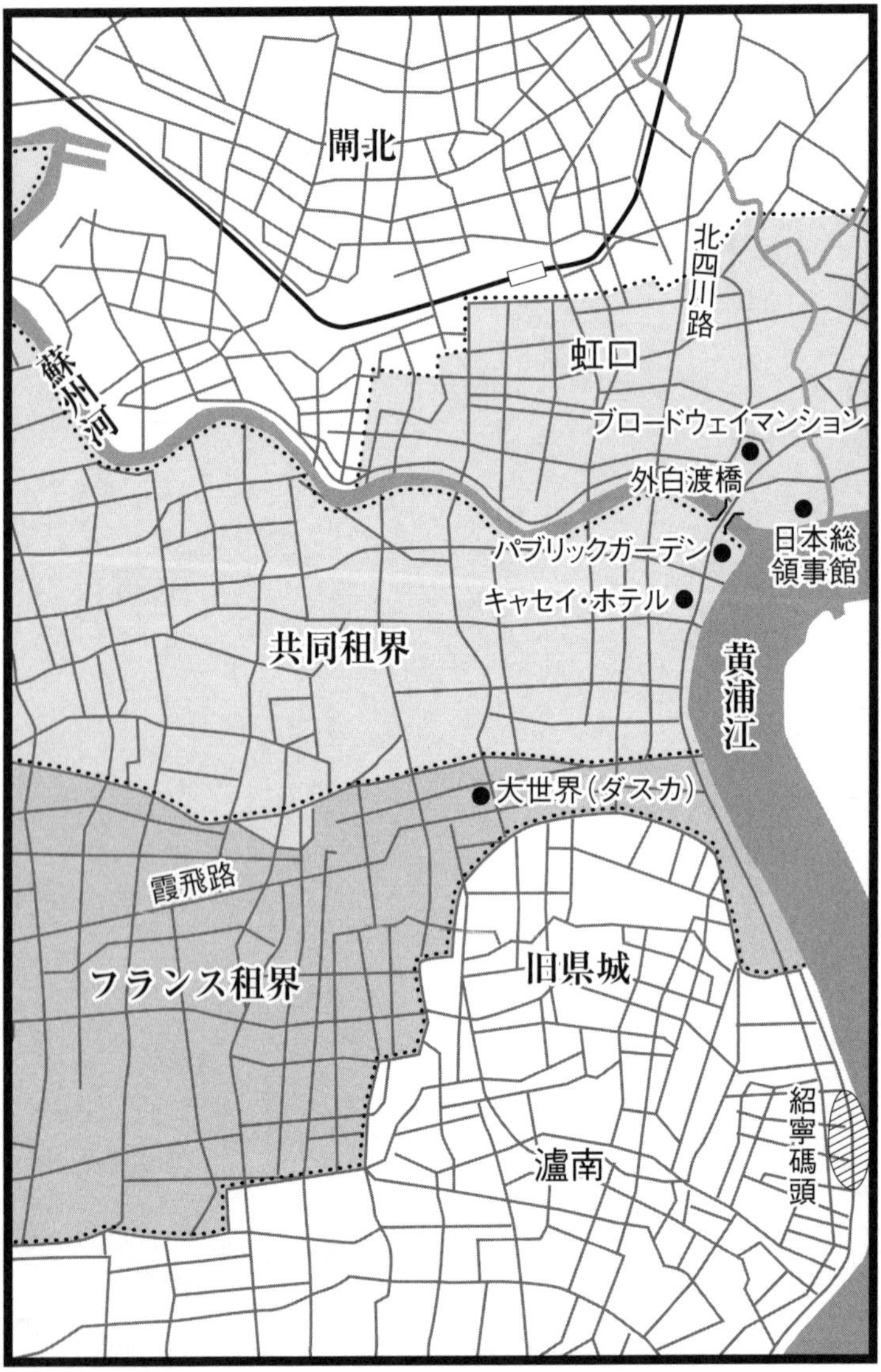
閘北
北四川路
虹口
蘇州河
ブロードウェイマンション
外白渡橋
日本総
領事館
パブリックガーデン
キャセイ・ホテル
共同租界
黄浦江
大世界（ダスカ）
霞飛路
フランス租界
旧県城
紹寧碼頭
濾南

年表

1842年	8月	南京条約締結、阿片戦争終結
1845年	11月	上海イギリス租界成立
1849年	4月	フランス租界設置
1894年	8月1日	日清戦争勃発
1895年	4月17日	下関条約調印。日清戦争終結
1904年	2月10日	日露戦争勃発
1905年	9月5日	ポーツマス講和条約調印。日露戦争終結
1914年	7月28日	第一次欧州大戦勃発
1918年	11月11日	第一次欧州大戦終結
1919年	4月12日	関東軍誕生（関東都督府陸軍部が独立）
1931年	9月18日	奉天郊外、柳条湖にて南満州鉄道の線路爆破。満州事変始まる（～1932年2月18日）
1932年	1月28日	第一次上海事変勃発（～3月3日）
	3月1日	満州国建国
1937年	7月7日	盧溝橋事件発生
	7月29日	通州事件発生
	8月13日	第二次上海事変勃発（～11月9日）。日華事変に拡大

	11月5日	日本軍増援部隊、杭州上陸
	12月13日	南京陥落
１９３９年	9月1日	ドイツ軍、ポーランド侵攻。第二次欧州大戦勃発
１９４０年	3月末	南京に汪兆銘政権樹立
	5月10日	ドイツ軍フランス侵攻（～6月25日）
	6月22日	独仏休戦協定
	7月10日	フランス、ヴィシー政権成立
	9月23日	日本軍第22軍、フランス領インドシナ北部に駐屯開始
	9月27日	日独伊三国同盟締結
	11月28日	フランス空軍、タイ空軍、インドシナ国境付近（メコン河畔）で爆撃
１９４１年	6月22日	ドイツ軍、ソ連侵攻
	12月8日	日本軍、マレー半島侵攻と真珠湾攻撃。大東亜戦争始まる
	12月25日	日本軍、香港占領
１９４２年	3月8日	日本軍、ビルマの首都ラングーンを占領
	5月末	日本軍、ビルマ全域を占領
	12月20日	日本軍陸軍飛行隊、インドの首都カルカッタを爆撃（断続的に１９４４年まで継続）
１９４３年	1月	日本・アメリカ・イギリスが、上海租界の返還と治外法権廃棄を宣言

1944年	4月17日	日本軍の一号作戦（大陸打通作戦）始まる（～12月10日）
	6月6日	連合国軍、ノルマンディー上陸作戦開始
	6月22日	ソ連軍、ドイツに一大反攻
1945年	3月10日	東京大空襲
	3月26日	沖縄戦始まる（～9月7日）
	4月5日	ソ連、日ソ不可侵条約の破棄を通告
	4月16日	ソ連軍、ベルリン侵攻
	4月30日	ヒトラー自殺
	5月8日	ドイツ無条件降伏。第二次欧州大戦終結
	8月6日	広島に原子爆弾投下
	8月9日	ソ連軍、満州侵攻。長崎に原子爆弾投下
	8月15日	日本無条件降伏。大東亜戦争終結

主要登場人物一覧

吾郷次郎《あごうじろう》……日本人。上海租界での成功を夢みる男。阿片密売の仕事を通じて、黄基龍《ホアン・ジーロン》（こう・きりゅう）という中国名を得る
楊直《ヤン・ジー》（よう・ちょく）……青幇《チンパン》の阿片密売を担っている男
原田ユキヱ……天津租界を経由して上海租界を訪れた謎の女
譚中方《タン・ジョンファン》（たん・ちゅうほう）……上海租界で薬屋を営む老人
バイフー……楊直の護衛
シュエンウー……同右
何忠夫《ホー・ジョンフー》（か・ちゅうふ）……楊直の部下
郭景文《グオ・ジンウェン》（かく・けいぶん）……青幇の小組織の長
董銘元《ドン・ミンユアン》（とう・めいげん）……郭景文の右腕。のちに組織を束ねて老板《ラオバン》となる
厳民生《イエン・ミンセン》（げん・みんせい）……青幇の老板
万曹凱《ワン・ツァオカイ》（ばん・そうがい）……同右
沈蘭《シェン・ラン》（ちん・らん）……楊直邸の小間使い
王愛蓮《ワン・アイリエン》（おう・あいれん）……楊直の妻
芽衣《ヤーイー》（めい）……同　娘
楊明林《ヤン・ミンリン》（よう・めいりん）……同　兄

楊淑《ヤン・シュー》（よう・しゅく）…………同　妹

趙定偉《ザオ・ディンウェイ》（ちょう・ていい）……広州出身、ビルマ在住の運輸業者

伊沢穣《いざわみのる》…………日本人とロシア人のあいだに生まれた青年。父・啓吾《けいご》、母・エレーナ

茂岡《しげおか》少佐…………大日本帝国陸軍「央《オー》機関」の機関員

志鷹《したか》教授…………満州国大陸科学院勤務。地質学の専門家

常楽友道《じょうらくともみち》…………伊沢の大学時代の親友

実在の人物の名前（中国）

孫文《スン・ウェン》（そん・ぶん）…………初代中華民国臨時大総統。中国国民党総理。

蔣介石《ジアン・ジエシー》（しょう・かいせき）……中華民国軍事委員会委員長。中国国民党第五代主席。

汪兆銘《ワン・ジャオミン》（おう・ちょうめい）……南京国民政府初代主席

杜月笙《ドゥー・ユエション》（と・げつしょう）……青幇の三大亨《ダーホン》のひとり

黄金栄《ホアン・ジンロン》（こう・きんえい）……同右

張嘯林《ジャン・シャオリン》（ちょう・しょうりん）……同右

龍雲《ロン・ユン》（りゅう・うん）…………雲南省政府主席

上海灯蛾

装画　影山徹
装丁　高柳雅人

序章　上海《シャンハイ》1945

一九四五年八月九日、未明。

約四ヶ月前に日ソ中立条約を破棄したソ連は、この日、突如として満州国《まんしゅうこく》への軍事侵攻を開始した。日本軍はすぐに応戦。だが、勝敗の行方は誰の目にも明らかだった。

満州国を守るはずの関東軍（大日本帝国陸軍の部隊のひとつ）は、以前から命じられていた南方戦線への戦力振り分けによって、熟練の兵も装備も枯渇し、ソ連軍と戦える力はもうほとんど残っていなかった。戦闘を命じられた各部隊は、ソ連軍に対して困難な戦いを強《し》いられ、奮闘も虚しく各地で次々と撃破されていった。

大陸から始まり、アジア各地や南洋まで巻き込んだ大戦争が、ようやく終わるどころか、さらに激しく人々の血を求めて荒れ狂い始めたその日——。大陸中部、上海で寄る辺ない生活を送る梁一平《リャン・イーピン》のもとへ、「埠頭の倉庫まで来てくれ」との連絡が、人づてに自宅まで届いた。葬儀屋に持ち込めない遺体を、ひとつ処分してほしいのだという。

梁一平は、日常的に、この種の「仕事」を請け負ってきた。国民革命軍と日本軍とが市街戦を繰り広げ、藍衣社《らんいしゃ》とジェスフィールド76号が血で血を洗う暗殺合戦に没頭していた時代から、上海での秘密の遺体処理に手を貸してきた。

拒んだことは一度もない。いい儲けになるからだ。一九四一年の日本と英米との開戦以降、上海の物価は天井知らずの勢いで上昇した。まともな暮らしができなくなり、日雇いの仕事すら貧民同士で奪い合っている状況だ。金はいくらでもほしかった。今日も二つ返事で承知した。薄汚れた服を多少はましなシャツとズボンに着替え、依頼人が待つ倉庫へ急いだ。

夕陽はまだ沈みきっていなかった。黄浦江《こうほこう》の水面が、西から斜めに射し込む光で、砕かれた黄金のように輝いていた。川面《かわも》からは独特の生臭さが立ちのぼっている。この川は租界《そかい》まで続くから、西洋建築物が建ち並ぶ小綺麗な区画も、真夏の黄浦江の臭気からは逃れられない。そう思うと、なんだか笑いがこみあげてきた。

かつて上海租界を我がもの顔で闊歩《かっぽ》していた欧米人たちは、戦争の始まりと同時に日本軍に捕らえられた。租界周辺の収容所にぶち込まれ、いまは貧弱なジャガイモとゾウムシまみれの飯に耐えている。戦争が終われば彼らは解放されるだろう。だが、租界は一九四三年に各国から南京《ナンキン》政府へ返還済みだ。欧米人による支配が復活することはない。そして、日本が戦争に負ければ、上海は本当の意味で中国人の手に戻ってくる。自分たちの戦いは正しかったのだと、中国人は胸を張って世界中に宣言できる。

阿片《アヘン》戦争に負けて以来、中国は欧米の思うがままにされてきた。上海では濾南《ろなん》の港と県城《けんじょう》が見放され、租界が新しく都市の中心となった。八一三事変（第二次上海事変の中国側での呼称）以降は、日本軍の支配下に入った。

この町では、毎日、なんの尊厳も守られないままに人が死ぬ。貧民や物乞いは病気や栄養失調で死に、阿片に耽溺《たんでき》した中毒者は煙館や道端で死に、梅毒にかかった娼婦や男娼は入院もできずに粗末な掘っ立て小屋の中で死ぬ。日本軍の憲兵に追われる抗日運動家も、まだまだあちこちで死に続けている。市中での銃撃戦、取り調べという名の拷問、暗殺や処刑。中国人同士であっても、国民党と共産党に分かれて殺し合っている。

どんな人間でも簡単に死んでしまう世の中だから、梁一平は、道端で行き倒れた野良犬や野良猫の死骸を片づけるように遺体を処分してきた。

埠頭には遺体を運び込むための倉庫がある。管理しているのは梁一平ではなく裏社会の連中だ。梁一平は鍵を渡されており、依頼があると出かけていく。

倉庫の扉をあけて中をのぞき込むと、背広を着た男がひとり、積みあげられた荷物にもたれかかっていた。中折れ帽を目深《まぶか》にかぶり黒眼鏡をかけている。背が高く痩身で、体調でも悪いのか顔色が黒い。足下に膨らんだ麻袋があった。

梁一平は男に近づいて挨拶し、麻袋に視線を落とした。「どこへ埋めましょうか」

男は答えた。「黄浦江に沈めてくれ。本人の望みだ」

「どのあたりに?」

「なるべく海に近い場所に。黄浦江に沈めれば、遺体は溶けて海まで流れていく。思い出の町から出発して、海とひとつになりたいそうだ」

「石でもくくりつけないと、すぐに浮いてきてしまいます」

「では、そうしてくれ」

「骨は川底に残りますが、よろしいんで?」

「豪雨の季節になれば海まで押し流されていくだろう。気にしなくていい」

男はポケットから銀貨をつまみ出し、梁一平の掌《てのひら》に載せた。梁一平は目を丸くした。表には孫文《スン・ウェン》の横顔、裏には帆を二枚あげたジャンク船。普段の生活では使わない貨幣だ。世間で流通しているのは、蔣介石《ジアン・ジェシー》が発行を決めた法幣と呼ばれる紙幣である。

「困りますよ、旦那」梁一平は口を尖らせた。「法幣でお願いします。こいつは、ここらじゃ使えねぇ」

「しかるべきところへ持参すれば換金できるはずだ。法幣とは比べものにならん額に変わるぞ」

「そういう方法は知らねぇんで。使えるもんで払ってくだせぇ」

男は不機嫌そうに舌打ちし、上衣の内側から札入れを抜き取った。梁一平が銀貨を返すと、それと入れ替えに紙幣を差し出した。

銀貨を換金する場合と比べれば遥かに少額だが、梁一平にとって金額の多寡は問題ではなかった。国産銀貨の流通が禁じられている状況下では、うかつに換金を試みれば依頼した相手に銀貨を奪われて殺される。ならば、最初から法幣で支払ってもらったほうがいい。この町で生き残るには、必要以上に欲をかかぬことが肝要だ。

男は札入れを懐へ戻すと、「あとは頼んだぞ」と言い残して、梁一平に背を向けた。

梁一平は訊ねた。「沈めるところを見なくていいんですか」

「おれは金を払いに来ただけだ」男は振り返りもせずに答えた。「あとのことまでは知らん」

男の声からは、なんの感情も読みとれなかった。

もう、じゅうぶんに嘆き悲しみ、涙も涸《か》れ果ててしまったのか。あるいは誰かの依頼で、見ず知らずの遺体を運んできただけなのか。男は、そのまま倉庫から姿を消した。

梁一平は身を屈め、倉庫の床に置かれた麻袋の口を開いた。中へ石を詰めるためではない。訳ありで運び込まれる遺体は、ときどき、財布や装飾品を身につけたままになっている。紙幣があればこのときに頂くのだ。高価な石や珊瑚《さんご》が付いた指輪や、タイ・ピンやタイ・クリップもありがたい。死者の持ち物を失敬して質屋へ持ち込んだほうが、銀貨を法幣に換えるよりも遥かに安全に金に換わる。

遺体など怖くもなんともない。臭くて汚れているだけだ。行き倒れの犬猫の死骸と同じだ。開いた側を下にして、麻袋の底を持ちあげた。斜めになった袋から遺体が少しだけはみ出した。上半身が見えるようになるまで袋を引っ張り続けた。

死者は中年の男だった。歳のわりには白髪が多く、両目は見開いたままだ。目をあけたまま逝ったのか、時間の経過と共に目蓋《まぶた》が開いてしまったのか。死後に目を閉じてやっても、眼球が乾くと遺体の目は自然に開いてくる。少し湿らせて撫でてやると元通りに閉じるが、川に沈めるのだからそんな配慮は不要だ。

シャツの一部には褐色の染みが広がり、ごわごわになっていた。胸元には生憎《あいにく》ネクタイ自体がなかった。上衣の内ポケットには、結構な額の紙幣が入った財布があった。どこかへ行く途中で死んだのだろうか。だとすれば、さぞ無念だったろう。遺体は左手を固く握りしめていた。何かを握り込んでいるように見えたので指を開かせようとしたが、予想以上に固まっていた。意地になって開かせるほどでもないのであきらめた。開いたままの目がこちらを睨みつけている。普段は何も感じないのに、今日に限って背筋に寒気を覚えた。

梁一平は遺体を元通りに麻袋へ押し込んだあと、倉庫の隅からロープと石袋を運んだ。遺体処理用に常備しているもので、かなり重い。麻袋と一緒に荷車に載せ、両手で側杆を握った。荷車を押して倉庫の外へ出る。日没直後の薄闇の中、車輪と地面が触れ合う乾いた音を聞きながら、梁一平は鼻歌交じりに道路を進んだ。今日はいい儲けになった。明日もこうであってほしい。

波止場では、ともったばかりの街灯が傷みの目立つ小船を明々と照らしていた。梁一平は荷車から麻袋やロープをおろし、小船へ移した。もやい綱をほどいて船に乗り込み、櫂《かい》を握って黄浦江へ漕ぎ出す。川沿いに並ぶ街灯と建物の窓からこぼれる光は、見送りの提灯《ちょうちん》のようだった。

河口近くまで下ると、梁一平は櫂を漕ぐ手を止めた。麻袋を固く縛りあげ、ロープの片端に石袋を結わえつけた。足下の揺れに気をつけながら、力をこめて麻袋を持ちあげる。魚網を投げる要領で腰をひねり、勢いをつけて斜め向こうの水面めがけて放り投げた。魚が跳ねたように水柱があがった。ロープが延びきらないうちに石袋も投げる。舷《げん》側に取り付けられた灯りが、すべての作業を照らしていた。

ゴミのように捨てられた男の遺体は、誰からも悼《いた》まれることなく、川底へ向かってゆっくりと沈んでいった。

第一章　阿片《アヘン》の園　――上海１９３４

1

一九三四年四月、上海租界《シャンハイそかい》。

今年も洋館の窓辺で花が咲き乱れ、大気が甘く香る季節になった。日本と同じく川辺や庭園では桜の花が満開だ。気温も、ぐんぐん上がってきた。

吾郷次郎《あごうじろう》は、柔らかな陽射しが落ちる軒先に、小さな椅子をひとつ持ち出した。そこに腰をおろし、紙巻き煙草に火をつける。紫煙をくゆらせながら、道ゆく日本人の姿をのんびりと眺めた。

共同租界の虹口《ホンキユウ》は、日本人が大勢暮らす地区だ。一九三一年の満州《まんしゅう》事変以降、もとの住民である中国人を押しのける勢いで、日本人居留民が増えていった。ここでは内地と同じく日本語が飛び交い、三角マーケットでは日本産の食材が売られている。日本料理を出す料亭があり、日本人のための旅館が並び、内地に本店を置く菓子屋の商品名を記した幟《のぼり》が通りではためく。日本から地方都市を切り取ってきて、そのまま置いたような町。それが虹口だ。ここは上海であって上海ではない。中国語を喋れなくても暮らせる特殊な地区である。

次郎は一年半ほど前、二十五歳のときに、ここで雑貨屋を開業した。穴蔵じみた狭い店だが、ひとりで切り盛りするので気は楽だ。二階は住居になっており、自分のような若造が仕切る規模としてはちょうどいい。

中肉中背の平凡な顔立ちの男が、地味なシャツとズボン姿で静かに座っていると、風景の中に完全に埋もれてしまう。それを幸いに、次郎は通行人を観察する楽しみに耽《ふけ》った。人々の身なりは、この町での生活水準を如実に伝えてくれる。いま、何をほしがっているか、これから何が売れそうか。一秒でも早く先回りして品物を手配できれば、金と幸運を得られるのだ。

洋装の紳士が通り過ぎた。上品な和装の婦人たちも。幼い子供が母親に手を引かれてよちよちと歩いていく。無表情に会社や工場へ向かう男女、疲れきった顔で夜勤から社宅へ戻る男たち。天秤棒の両端に野菜籠を吊るして歩く中年女、荷が山積みになった台車を押していく痩《や》せた老人。自転車に乗った若い郵便配達夫、客待ち顔のタクシー運転手、厳しい眼差しで巡回中の警察官。

日が高いうちは堅気の人々でにぎわう界隈《かいわい》だが、夜になれば雰囲気は一変する。酔っぱらいが増えるだけでなく、薄暗い路地には客引きの野鶏《ヤーチー》(娼館に属さない中国人娼婦)が立ち、スリが獲物を求めて雑踏を徘徊する。虹口の外には、もっと妖しい世界が広がっている。莫大な賭け金が動く賭博場、若い女や少年を抱かせる娼館、阿片を吸わせてくれる煙館、上海は夜の遊び場も華やかな土地だ。

東洋のパリとも呼ばれる上海は、古くから栄えてきた中国の港町である。いまは欧米人や日本人が会社を興し、そこからあがる収益が都市全体を潤《うるお》している。とりわけ、欧米が中国とのあいだに租借地契約を取り交わしたこの租界には、壮麗な西洋建築物が建ち並び、彼らの祖国にも似た風景が広がる。

先進的な国際都市であると同時に、どの路地にも退廃と悪徳の匂いが漂っている。それがいまの上海だ。この落差の激しさを、次郎はこよなく愛していた。

煙草をふかしながら、思いきり伸びをする。

今日も人がようけおって、にがこい（にぎやかだ）な。だが、大半は、わいの店には、こーへんような連中や。

次郎にとって、雑貨屋は、あくまでも「つなぎ」の仕事だった。せっかく内地の寒村から抜け出してきたのだから、大金を儲けられる機会がほしい。だが、いまの次郎の身分では、これがなかなか難しい。

煙を深く吸い、目を閉じた。昨晩見た夢が鮮明に甦《よみがえ》ってきた。

鉛色の空から、しんしんと冷たい雪が降ってくる。真っ白な空間の中で、雪に埋もれる苦しさと寒さに震えて目を覚ます。上海は暖かい土地で、いまは桜も満開なのに、なぜこんな夢を見てしまうのか。

ふっ、と苦笑いが洩れた。

雪は嫌いだ。雪あけ（雪かき）も、雪おろしも。

生まれ故郷の貧しさが嫌だった。冬になってあたりが白くなり始めると、貴重な年月が雪と共に埋もれていくような気がして焦った。空から降るのはいつも粉雪だった。粒が硬くて崩れにくいので、積もると、ひどく重くなる。玄関の前をふさぐ雪を除けるのも、屋根から雪をおろすのも重労働だ。それは次郎から体力と気力と時間を奪い、家にわずかにある本を読む時間も、都会で働くための知識を得る時間も削っていった。実家は小さな農家で、長男以外の兄弟に継げる財産はなかった。好きな女ができても、金持ちに横からかっ攫《さら》われた。思い返すだけでも腸《はらわた》が煮えくり返る。死んでも故郷には帰りたくない。

上海では、雪は冬の一番寒い時期にわずかに降る程度だ。この暖かい気候がうれしい。梅雨《つゆ》どきや台風の季節の湿気には閉口するが、商売で身を立てる才覚さえあれば、この町ではいくらでも金が手に入る。

だが、まだまだ財産と呼べるほどではない。心も満たされない。魂が飢えて渇いている。もっと金と豊かさをくれと叫んでいる。

分限者《ぶげんしゃ》（金持ち）相手の仕事を見つけんと、いつまでたっても、このまんまではなあ――。

二本目の煙草に火をつけかけたとき、視界に萌黄《もえぎ》色の婦人服を着た人影が入り込んだ。顔をあげると、ワンピースを着た女性と目が合った。女は次郎の店の前で足を止め、軽く会釈した。顎のあたりできっぱりと切りそろえた髪が、さらりと揺れる。

女は日本語で言った。「買って頂きたいものがあります。よろしいですか」

次郎は煙草をくわえたまま、相手を、まじまじと見つめた。

目鼻立ちの整った女だが、化粧はほとんどしていない。装飾品もつけず、手提げ鞄をひとつ持っているだけだ。身にまとった無地のワンピースは、本人が選んだというよりも、どこかで借りたか、安い店で適当に見繕ったといった印象で似合っていない。

だが、田舎臭さや貧乏臭さは感じられず、女としての素地はなかなかよい。いっそ男装などさせてみれば、異様な色気を放ちそうでもある。歳は三十を過ぎた頃、人妻か後家さんといったところか。熟《う》れた果実を思わせる甘い香りが、ほんのりと漂ってきた。香水の選び方がうまいのか、驚くほど本人の雰囲気と馴染んでいる。日本人で、これほどさりげなく香水をつけられる者は珍しい。和服に忍ばせる匂い袋と違って、西洋の香水は日本人の体質に合わせて使うのが難しいのだ。

甘い香りにとろけそうになりつつも、次郎は、あえて無愛想に言った。「うちは買い取り屋じゃなくて、物を売るほうの店だ」椅子に座ったまま体を少しひねり、店内を指さした。「食器、鍋、釜、旅行鞄。なんでもいいから買ってくれ。その代金が、金じゃなくても構わんというだけの話だ」

「とりたててほしいものは見あたらないんですが――」

平然と失礼なことを言う。次郎が顔を歪めると、女はすっと店に入り、陳列棚から、ペイズリー柄のシルクスカーフを無造作に手に取った。偶然選んだのであれば値を聞けば驚くに違いないが、価値をわかったうえで選んだのであれば、それなりの目利きだ。

女は言った。「これを頂きます」

「払えるのか」

「ええ」

次郎が値段を口にすると、女は手提げ鞄から財布を取り出し、ためらいもなく紙幣を差し出した。次郎はそれを受け取り、勘定台の端に置かれた金銭登録器《レジスター》のレバーを叩いた。チンと音が鳴って抽斗《ひきだし》が飛び出す。受け取った紙幣をしまい、おつりを女に手渡すと、あらためて言われた。

「さっきの続き、いいですか」

「どうぞ」

「これを見て下さい」女は財布とスカーフを鞄に入れ、代わりに小さな軟膏入れを取り出した。蓋をあけ、次郎に向かって差し出す。「いくらになりますか」

軟膏入れの中には、粘性を帯びた黒い塊が詰まっていた。わずかな分量だが、阿片煙膏《えんこう》だとひとめでわかった。

次郎は視線をあげて相手を見つめた。「こういうものを持ち込まれても、うちではどうにもならん」

「さばいてくれる先をご存じでしょう。こちらへ来れば、うまくやってくれると聞きました」

「誰から」

「あちこちで耳にしますよ。あなたには中国人の知り合いが大勢いらっしゃると」

軟膏入れの蓋を閉じながら次郎は言った。「こういうのは、すぐに話がつくもんじゃない」

「これは普通の阿片ではありません」女は語気を強めた。「わかる人なら驚くはずです。熱河省《ねっか》産の中でも、とりわけ質が高い品ですから」

「馬鹿を言え。熱河省の阿片は関東軍の管理下だ。勝手に持ち出せるもんか」

「混乱期のどさくさにまぎれて持ち出しました。これをお金に換えたい。在庫はもっとあります」

「どれぐらい」

「買って頂けると決まったら教えます」

次郎は黙りこくった。

阿片売買については門外漢の次郎でも、熱河省産阿片の値打ちぐらいは知っている。阿片は吸ったときに「甘い」「辛い」と感じる「味の違い」があるそうで、大陸では「甘い」商品ほど人気が高い。ペルシャ産は辛く、中国産は甘い。熱河省で栽培されている阿片芥子《けし》は甘いほうだ。その中でも特別品となれば、売りさばく相手は、苦力《クーリー》や炭鉱労働者ではなく、たっぷりと金を持っている連中がいいだろう。得られる利益は計り知れない。

体中の血が燃えてきた。これは、ものすごい運勢が、おれにも巡ってきたということか?

次郎は言った。「わかった。知り合いに訊ねてみるから、何日か経ったらまた来てくれ」

「明日ではだめですか」

「無茶を言うな。最低でも三日はかかる」

「では三日後に。そのとき、はっきりとお返事がなければ、この話はなかったことに」

「こいつは返さなくていいんだな」

「二回ほど吸えばなくなる量です。惜しくはありません」

「あんたの名前と素性を教えてくれ。得体の知れん人間では、誰にも紹介できん」

「天津《てんしん》租界から来ました。原田《はらだ》ユキヱといいます。それ以上は言えません」

上海租界のどこに逗留中かと訊ねても、ユキヱは「友人の家に泊まっています」としか答えなかった。面倒くさいので、次郎はそこで話を打ち切った。

ユキヱが立ち去ると、次郎は受け取った容器をポケットに入れた。雑貨屋の扉を閉め、錠をかける。休業の札を吊るし、馴染みの薬屋・桃樹《タオシュ》薬房を目指して歩き出した。

桃樹薬房は昔ながらの漢薬を売る店である。欧米や日本の製薬会社の商品は扱わない。店主は中国人で、訪れる客もほとんどが近所の中国人だ。

次郎は、ここによく漢薬を買いに来る。買った漢薬を雑貨屋へ持ち帰り、日本人客に転売するのだ。次郎の店は薬局としての認可を得ていない。だから、薬を求めている客から金をあずかり、代理購入の形をとる。勿論、次郎は、もとの値段に上乗せして商品を売るので、客は自分で桃樹薬房へ行って買うよりも余分に支払うことになる。だが、中国語が苦手な者にとっては、このほうが安心できるし便利なのだ。次郎自身、ひとりでは漢薬の善し悪しがわからないので、店主が薦める商品を買って転売する方法は楽だった。ちょっとした体調不良や長期にわたる婦人病には漢薬がよく効く。定期的に買っていく客は多く、漢薬の転売は、ささやかだが堅実な実入りになった。


大通りから路地へ入って十分ほど歩き続けると、薬房に着いた。次郎は店の扉を開くと、「譚《タン》さん、お邪魔するよ」と、中国語で声をかけた。

甘苦い香りが漂う店内の棚には、乾燥させた植物やキノコを収めた箱が並んでいる。高麗人参《レンシエン》や毒蛇を漬けた酒瓶、中国茶の箱、雄鹿の陰茎や睾丸からつくられる精力剤を収めた容器などもある。本場の漢薬を見慣れない日本人にとっては怪しすぎる光景だろうが、どれもよく効く薬だ。

譚中方《タン・ジョンファン》は、勘定台の向こう側に座っており、次郎の呼びかけに反応して新聞から目をあげた。痩せた体を長袍《チャンパオ》で包み、丸眼鏡をかけて丸帽子をかぶった老人は、笑みを浮かべて言った。「ジローか。今日は何が必要だ。鹿茸《ルーロン》か、それとも、冬虫夏草《ドンチョンシアツアオ》か。どちらも入荷したばかりだから、どっさりあるぞ」

次郎は、勘定台に、原田ユキヱから受け取った軟膏入れを置いた。「悪いな。今日は買うんじゃなくて相談に来た。こいつの質の善し悪しを見てほしい。譚さんならすぐにわかるだろう」

譚中方は骨張った指で蓋をねじり、容器をあけた。中身に顔を近づけ、鼻をひくつかせた。

「なぜ、こんなものを持ってきた」

「おれの店に、素性の知れない女が持ち込んだ。こいつを売りたがっている」

「おまえさん、いつから売人の真似ごとを始めたんだね。こういうのは朝鮮《ちょうせん》人に任せておくものだ」

「金になるのか、ならんのか。それだけ教えてくれ」

「質は、吸えばすぐにわかる」

「おれは自分ではやらんのだ。阿片なんか吸ったら、頭がぼーっとして仕事にならん」

次郎は勘定台に肘を載せ、身を乗り出した。「上海で阿片をさばくには、青幇《チンパン》を通さなきゃ殺される。譚さんなら青幇に知り合いがいるだろう。話をつけてほしい。取り引きが成立したら謝礼を渡す」

譚中方は言った。「青幇が、おまえさんに金を払うと思うのかね」

「今回は分け前がゼロでもいい。譚さんにはおれの懐から謝礼を出すよ。おれが本当にほしいのは、この阿片の代金じゃない。これをきっかけに青幇と知り合って、この町での暮らしを楽にしたい」

「なるほど。もう、そこまで踏み込む気か」

「おれは、この町を流れている『地下水脈』に触れたいのさ。桁外れの儲け話があるのはそこだろう」

譚中方は容器の蓋を閉じて言った。「早ければ今日中にも連絡がつき、明日には会える。もっとも、わしが話をつけられるのは昔ながらの小さな組だ。あんまり期待せんほうがいい」

「わかってる。顔つなぎだけでいい。あとはこちらで努力する」

「うまくやれ」譚中方は珍しく真面目な顔で言った。「彼らに真摯《しんし》な敬意を示せるなら、おまえだって青幇の門下に入れるかもしれん」

次郎は、まじまじと譚中方の顔を見返した。「日本人が門下になれるって？　冗談だろう？」

「日本人にも義や侠を尊ぶ気持ちがあるではないか。義を貫き、侠としての誇りを守るのが青幇だ。それができるなら、民族の違いなど問題にはならん。ただ、今回は阿片がらみの話だ。よくよく注意しておくんだぞ。うまい話ほど破滅の始まりになるものだ。こいつを売りに来た女は、おまえさんにとって疫病神か死神なのかもしれん」

「ありがとう」次郎は、にやりと笑った。「まあ、せいぜい気をつけておくよ」

2

薬房から雑貨屋へ戻り、再び店をあけた。勘定台の裏へ引っ込み、ときどき訪れる客の求めに応じた。衣類や日用品などを売りながら、次郎は自分の将来を想像し、胸を躍らせた。

中国では清の時代から阿片は禁制品である。が、いまの時代の労働者、特に、底辺できつい仕事をこなす者にとっては、阿片は酒や煙草と同じく嗜好品、苦渋に満ちた人生を慰めてくれる一服の楽しみだ。

「なぜ、害毒である阿片など吸うのか？」という問いは、社会の上層で裕福に暮らしている人間だけが口にできる愚問だ。

下層の人間は、阿片でも吸わなければやっていられない。それぐらい生活が厳しく、働いても働いても報われず、重労働で体を壊していくだけの現実がある。

そして、富裕層の一部にも阿片を求めてやまぬ人々がいた。

港の苦力《クーリー》から見れば天国に住んでいるように見える人々が、真面目に生きるだけの毎日に虚無を感じ、そんな人生は死んでいるのと同じことだと嘆くのだ。大陸の金持ちは嘯《うそぶ》く。より深く、より過激に、どこまでも快楽を追い求め、思う存分それを味わい尽くすことこそが、人生における最大の幸福なのだと。この望みをかなえてくれるのが阿片だと、彼らは言い切る。

それが真理なのか金持ちの戯《ざ》れ言《ごと》なのか、次郎にはわからない。わかっているのは、そこにつけ込めば、金持ちから大金をせしめられるということだ。買いたい奴がいて、売りたい奴がいる。雑貨屋の仕事と同じだ。おれにだってうまくやれるはずだ。

阿片の原料となる芥子を栽培し、精製して阿片煙膏をつくり、それを商品化して都会で売りさばく流れには、夥《おびただ》しい数の工程と人手が必要だ。個人ではできない。必ず、青幇《チンパン》を通さねばならない。

青幇とは、中国社会を裏から支えている秘密結社である。その歴史も清の時代まで遡《さかのぼ》れる。河川で暴れる水賊から積み荷を守るため、水運業者が結束したのが始まりだ。当時、清政府は結社を禁じていた。加えて、水運業者はその頃から禁制品を運んでおり、秘密組織として成長せざるを得なかったのだ。

青幇に入るには厳しい審査があり、一度入ると抜けられないらしい。中での掟は絶対だ。義と侠で結ばれた、巨大な家族にも似た組織なのである。

中国人にとって、世が移ろっても変わらぬのは「家」つまり「血族」だけだという。古代から戦乱が絶えなかった大陸では、国を治める権力者は時代によって民族が違う。支配される側も多民族だ。その中で、絶対不変なものは血のつながりであり、それが目に見える形として存在するのが「家」なのだ。

だから大陸では、社会における人間関係までもが、必ず「家」やそれを模した形で広がっていく。欧米における「社会」の概念はなく、「家」の概念がその代わりを務める。裏社会でもそれは同じだ。「家」としての背景を持たぬ強盗団や殺人集団は、青幇から見れば、ただの「鼠族《そぞく》」にすぎない（「鼠族」とは、古い時代の中国で使われていた表現。現代の若者が使う同語とは意味が違う）。

夜、次郎が店の扉に鍵をかけた直後に、桃樹薬房《タオシュ》の譚中方《タン・ジョンファン》から電話がかかってきた。フランス租界の近く、愛多亜路《エドワード・Ⅶ・アヴェニュー》と敏体尼蔭路《ブールバール・ド・モンティーニ》が交わる近くに、嘉瑞《ジアルイ》という名の菜館があると教えられた。譚中方は言った。「先方が個室を予約した。店員におまえの名を告げれば、部屋まで案内してもらえる」

待ち合わせの時刻は正午。取り引き相手の名前は、楊直《ヤン・ジー》。上海の一地区を取り仕切る組織の長・郭景文《グオ・ジンウエン》の下で働いている男だという。

嘉瑞は、大世界《ダスカ》のすぐ近くだと言われた。大世界の建物は目立つので、道に迷う心配はない。

次郎は了解して、受話器を置いた。

翌日、次郎は知り合いの車に便乗させてもらい、待ち合わせの店の近くで降りた。

愛多亜路に沿って歩くと、すぐに特徴的な形の塔が見えてきた。漢字と英字のネオンサインを支える骨組みが、屋上で姿を晒している。

次郎は満面の笑みを浮かべて、大世界の建物を見あげた。

中洋折衷の端正な建物は、夜になって灯りがともると、妖狐《ヤオフー》の住み処を思わせる艶《あで》やかな光を放ち始める。内部にはいくつもの劇場があり、毎日、芝居や曲芸を観られる。有名な店も入っており、豪華な食事を楽しみ、贅沢品を買うことができる。青幇の三大亨《ダーホン》（三大ボス。「大亨」はボスの古めかしい呼び名）のひとり黄金栄《ホアン・ジンロン》が大世界の経営に乗り出してからは、阿片の取り引きや賭博までもが、内部で堂々と行われているらしい。

上海で身を持ち崩した者は、しばしば、この大世界の屋上から身を投げるという。夜の闇に身を躍らせるとき、彼らの目に映るのは街灯の輝きと、流れるように大通りを駆け抜ける車のライト、酔漢にしなだれかかって歩く厚化粧の女――。何を見つめ、どんな気持ちで落ちていくのか。この世のすべてを呪いながら、あるいは、すべてから解放された夢心地で死んでいくのだろうか。いずれにしても、次郎には、まだ足を踏み入れられない場所だ。いまは夢みて通り過ぎるだけである。

街路樹と電柱が並ぶ歩道を、次郎は視線を巡らせながら歩いた。虹口の外へ出ると、上海租界に特有の中洋入り乱れる町の姿が一気に広がる。頭にターバンを巻いたシーク教徒の巡査が交差点に立ち、その前を黒塗りのフォードやパッカードが駆け抜けていく。長袍《チャンパオ》を着た中国人の男の中には、伝統的な丸帽子ではなく、西洋の中折れ帽を頭に載せている者が目につく。中洋折衷のスタイルだ。全身を洋装でまとめた中国人や日本人も数多く行き交っていた。このあたりを日常的にぶらつくのは、租界で事業に成功した懐が豊かな人間たちだ。

大勢の中国人車夫が、黄包車《ワンポーツ》と呼ばれる人力車を牽いている。小走りに道路を渡る男女は、質素な身なりから小売店や飲食店で働く者だとわかる。連れ立って歩く若い女たちが着ているのは、旗袍《チーパオ》（チャイナドレス）と呼ばれる、この町で生まれた新しい時代の服だ。立ち襟でひとつながりのこの衣服は、数年前と違ってハイヒールを履く習慣が広がった影響で、いまでは裾の長さが足首まであるものが流行《はや》っている。腰から下には長いスリットが入り、袖は長いのも短いのもあるが、若い女はたいてい半袖姿だ。剝《む》き出しになった両腕や、スリットからちらちらとのぞく脚が実に艶《なま》めかしい。昔ながらの伝統的な服しか知らない高齢の男女は、若い世代の大胆な華やかさを目にすると、ときおり呆れたように眉をひそめる。

大通りに沿って軒を連ねるのは、京劇の劇場、映画館、大小さまざまな飲食店だ。ここに近いのであれば、嘉瑞という店は、普段から青幇の幹部が通っている店だろう。内部で殺傷事件が起きても、店員は平然と処理するに違いない。自分が青幇の幹部から不興を買い、その場で撃ち殺される場面が、次郎の脳裏にふわりと浮かんだ。下半身がひゅっと縮こまり、春の暖かさが瞬時に遠のいた。店員たちは淡々と次郎の遺体を運び出し、床にこぼれたスープを拭き取るように手早く掃除を終えるだろう。驚く者も悲しむ者もおらず、自分の雑貨屋は閉じられたままとなる。

喉の奥から乾いた笑い声が洩れた。ひるむな。なるようにしかならないのだから。話をつけてくれと頼んだのは自分だ。抱いた欲望の始末は、自分自身でつけるしかない。

嘉瑞の前まで来た次郎は、足を止め、店の看板をふり仰いだ。扉と照明は洋風で、赤い看板は横長の中国風。力強い毛筆体で店名が書かれている。

家にあった一番いい服を着てきた。真新しいシャツを着てネクタイを締め、皺《しわ》を伸ばしたズボンを穿《は》き、とっておきの上衣に袖を通した。長めの頭髪には丁寧にブラシをかけたが、癖の強い毛がうねって先端があちこちに撥ねている。洒落《しゃれ》た見映えからはほど遠いが、いまの自分はただの雑貨屋だ。妙に気取ってみせたところで襤褸《ぼろ》が出るだけだから、これでいい。

深呼吸して気分を落ち着け、飾り模様が彫られた長把手を握りしめた。力をこめて手前へ引く。

広い店内には、中国式の食卓と、背もたれに透かし彫りが入った椅子が並んでいた。この町ではどこでも見かける様式の格子窓から、外光が柔らかく射し込んでいる。天井の灯りが照らす店内に、客はほとんどいなかった。接客のために近づいてきた女性店員に、次郎は中国語で自分の名前を告げ、予約された席への案内を頼んだ。

店員はにっこりと笑い、「どうぞ、こちらへ」と次郎を上階へ導いた。二階は個室のみだった。店員が恭《うやうや》しく扉を開き、次郎は中へ足を踏み入れた。

十人ほど着席できそうな円卓の向こうに、三つ揃えの背広を着た男がひとり座っていた。上等な服装から、この人物が楊直だとすぐにわかった。彼の背後には、短袍《ドアンパオ》を着て褲《クー》を穿いた男がふたり。護衛の者だろう。ふたりとも若い。

オールバックで整えた楊直の髪は、うらやましいほどにまっすぐだった。金色の指輪が左手の指で輝いている。頬骨の高い顔立ちに、太い眉とくぼんだ目、やや尖った鼻と薄い唇は、どことなく猛禽類を連想させる。歳は三十ぐらいか。おそらく、自分とたいして違わない。

譚中方は言った。『わしが話をつけられるのは昔ながらの小さな組だ』と。楊直からは、秘密結社を名乗るに相応《ふさわ》しい謎めいた雰囲気が感じられた。悪くない。最初に接触するには手頃な相手だ。

食卓には、いましがた運ばれてきたと思《おぼ》しき料理が並んでいた。甘辛く煮込んだ豚肉、野菜と魚介類の炒め物、玉子色のスープ、炒飯。酒器も置かれている。眺めるだけで口の中に唾が湧いてきたが、じっとして平静を装った。

次郎は右手で拳をつくり、それを左手で覆ってから、楊直に向かって軽く挨拶した。この場に招かれたことにお礼を言い、椅子に腰をおろした。店員が、次郎の茶器に茶をたっぷりと注いだ。

店員が退室すると、楊直は口を開いた。「君は中国語が堪能だと聞かされたが、このまま喋り続けても大丈夫か」

「はい。難しい内容でなければ」

「私は日本語を喋れない。必要があるなら、後ろの者に話しかけてくれ。彼らは多少は日本語を理解できる」

「英語ではどうでしょうか」

「そちらのほうが得意か」

「大差はありません。都合に合わせて、お国の言葉と英語を交ぜて頂ければ」

「了解した。君のことは譚中方から聞かされた。譚中方は君を『ジロー』と呼んでいるようだが、『吾郷さん』よりも、そちらのほうがいいか」

「はい。欧米人にも発音しやすく覚えやすいように、このあたりではジローで通しています」

「では、ジロー。例の話だ。私の組織の長・郭老大《グオラオダー》（老大とは「組織のボス」を指す呼称。女性に対しても使える単語）は、あれをうちへ持ち込んでくれたことを、とても喜んでおられる。よそではなく、よく、うちを選んでくれたと」

「ありがとうございます。やはり特別な品でしたか」

「在庫はすべて買い取りたい。持ち込んだ者と話をつけてくれ」

「次は明後日に会いますので、そのときに取り引きの日時を決めます。場所は、ここでよろしいでしょうか」

「ああ。決まったら譚中方を通して連絡をくれ。こちらの都合を教えるから、君は店の電話が鳴るのを待つように」

「ありがとうございます。当日は、おれも立ち会っていいでしょうか。売人は女なので、ひとりだと怖いと言い出すかもしれません」

「好きにしたまえ」

「感謝します」

「ところで、取り引き成立後の君への謝礼だが」

「それについては、お気づかいには及びません」

楊直は眉をひそめた。「我々は、日本人相手であってもタダ働きを強《し》いるような集団ではない。厚意は受け取ってほしい」

「はい。それはよく存じあげております。しかし、今回は依頼を仲立ちしただけなので、些少であっても、売り上げから頂くわけには参りません」

「では、何をどういう形で欲するのか」

「今後あなたを、楊大哥《ヤンドゥーグ》（大哥は「兄」または「長男」の意味。ここでは、裏社会で使う「兄貴」のニュアンス）と呼ぶことをお許し頂けるなら、おれにとってはそれが最大の収穫です」

次郎は「大哥」の部分を、北京《ペキン》風の「ダーグァ」でなく、上海風に「ドゥーグ」と発音してみせたが、楊直はたいして表情を変えなかった。上海語に対する拘りはないらしい。おそらく楊直は上海出身ではなく、よそからこの町へ来た人間だ。

楊直は次郎に訊ねた。「君はいくつだ」

「二十七です」と答えると、楊直は目を丸くした。「私と一歳違うだけだ。ずいぶん若く見える。もっと年下だと思っていた」

「人としての苦労が足りないので若く見えるのでしょう。楊先生は貫禄たっぷりでうらやましい限りです」

「お世辞を言わなくてもいい」

「いえ、おれは寒村で生まれ育ったので、ろくに学校にも行っていません。学問というものをまったく知らないのです。楊先生は違うでしょう。話していればわかります。教養が貫禄につながっているのです」

次郎のお世辞に、楊直は片頬すら動かさなかった。「農村時代は、つらかったか」

「はい。おれは農家が大嫌いで、いつも、故郷など雪に埋もれてしまえばいいと思っていました」

「日本にも、それほど苦しい村があるのか」

「僻地の貧しさはどこでも同じです。生活には面白味などかけらもなく、文化は遅れていました。上海で生まれ育った方々がうらやましい」

「それが真実であっても、あまり悪く言うな」

「え？」

「農民を嘲《あざけ》ってはいかん。農民がいなければ国は滅びる。どこの国でも同じだ」楊直は食卓の料理を眺め回し、両腕を広げてみせた。「彼らが働かなければ、このような料理だって食べられない」

次郎は一瞬言葉に詰まった。農村や農民の悪口は許さん、よく覚えておけ、と言わんばかりの楊直の態度に血の気が引いた。

上海には、農村部からも大勢の中国人が流れ込んでくる。大陸内部の農耕地が鼠害《そがい》や蝗害《こうがい》ですぐに全滅するので、貧困と飢餓に追い詰められた人々が町で働き口を探すのだ。

勿論、町に来たからといって、簡単に裕福になれるわけではない。上海で豊かに暮らしている欧米人や日本人は、底辺の貧民に長時間の重労働や汚れ仕事を押しつけている。この町で成功した中国人ですら、貧しい者は自分たちとは無縁だと蔑んだりする。楊直自身も農村出身なのだろうか。それを予想できなかったのは、自分の手抜かりだ。

次郎は目を伏せ、ぬるくなった茶で喉を湿らせた。「まあ、おれ自身が、そうだったというだけなので。農村暮らしで満足な方もおられるでしょう」

「ジロー」楊直は語気を強め、左手の人差し指を自分に向けて言った。「私を大哥と呼びたいのであれば、今後、農村や農民の悪口を言うのは絶対にやめろ。私がいる場所でも、いない場所でもだ。中国の農村だけでなく、日本の農村の悪口を言うのも許さん。できんのであれば、君には私を大哥と呼ぶ資格はない」

難詰するような口調に次郎はうろたえ、思わず首を縦に何度も振った。農村を悪く言われただけで、ここまで不機嫌になるとは意外だった。都会で幅を利かせている人間は、地方にはこれっぽっちも価値を見出していないだろうと思っていたが、楊直は違うらしい。

次郎は早口で訴えた。「失礼致しました。もう二度と言いません。ですから、先生とのお付き合いを許して下さい。おれは、こういうおっちょこちょいだから、上海で生きていくためには、立派な方の導きが必要なのです。この通りです。頼みます」

楊直は念を押した。「その言葉に嘘はないな」

「ありません」

「嘘だとわかった瞬間、君の居場所はこの町から消える」

「わかりました」

「では許そう。これからは私を楊大哥《ヤンダーグァ》と呼び、なんでも頼るといい」

「ありがとうございます。心から感謝します」

「君が我々に尽くしてくれるなら、我々も君の働きに報いよう。それが我々の掟だ」

楊直は椅子から立ちあがった。「では、私はこれで失礼する。ここは二時間貸し切ってあるから、君は好きなだけ食べて帰るといい。余った分は、店員に頼めば箱に詰めてもらえる。支払いは済ませておいたから、給仕から何かをねだられても無視しろ」

「今後、おれのほうから連絡をとりたいときにはどうすれば」

「今回と同じく、譚中方をあいだに挟んでくれ」

「承知致しました」

次郎は椅子から立ちあがり、姿勢を正して、楊直と護衛たちを見送った。

扉が閉じられてひとりになると、次郎は椅子に倒れ込んだ。今頃になって体がぶるぶると震えてきた。額の汗を手の甲で拭い、しばらく呆然としていた。

ようやく気持ちが落ち着くと、椅子に座り直し、取り皿を引き寄せて箸を手に取った。冷めた料理を野良犬の如くむさぼり食った。何も手をつけずに帰るほうが、男らしくて格好よく、たぶん礼儀にもかなうのだろうが、そんな虚勢を張れるほど自分の暮らしは楽ではない。食べられるときに食べておくのだ。こんな豪華な昼食、今日以外にいつ摂れるというのか。

醬油や黒酢を利かせた料理の味は濃く、甘さと辛さの塩梅《あんばい》もちょうどよかった。満腹するまで次郎は箸を止めず、酒をあおり、菓子を頬張った。

3

二日後の午後、原田ユキヱは、約束通りに次郎の雑貨屋を訪れた。前と同じくワンピース姿で、この店で買ったペイズリー柄のシルクスカーフをふわりと首に巻いていた。近づくと、また、熟れた果実に似た香りを感じた。不思議なほどに自然な甘さだ。いつまでも鼻の奥に残る。

次郎が「買い手がついた」と教え、次はいつ会えるのかと訊ねると、吾郷さんの都合に合わせますとユキヱは答えた。

「じゃあ、明日だ」と次郎は言った。「長く待たせんほうがいい。すぐに連絡をとる」

この時刻なら譚中方《タン・ジョンファン》は薬房にいる。電話をかけ、「取り引きは明日にしたい。先方に伝えてくれ」と頼むと、今日中に返事をするからユキヱをそこに待たせておけと言われた。

次郎がそれを告げると、ユキヱはうなずき、店の奥にある椅子に腰をおろした。次郎は電話を切り、雑貨屋を訪れる客をさばいた。ユキヱは勘定台に置かれた雑誌『上海』を手に取って時間を潰した。『上海』は、昨年までは『上海週報』と称していたが、今年から改称前の誌名に戻して発行を続けている。日本人居留民のために、日本人記者が日本語で書く記事が載っており、華字紙の邦訳も掲載されるので重宝する雑誌だ。

二時間ほどすると、譚中方から電話がかかってきた。明日の午後六時、前と同じ場所へユキヱを連れてこいと言われた。残りの阿片煙膏は運べるだけ運べ、その場で小切手を切ると楊直は言ったらしい。

次郎が受話器を置き、時刻と場所を伝えると、ユキヱは「では私はこれで」と言い残して店から出ようとした。

「ちょっと待て」次郎は彼女を呼びとめた。「今回の一件でうちを選んだ理由ぐらいは教えてくれ」

「前に説明しました」

「あんた、こういうの初めてじゃないだろう」

「なぜ、そう思いますか」

「落ち着きすぎている。金に困ってあれを売りに来たようにも見えない。無一文なら、そのスカーフだって値段も訊かずに買えるもんか」

「いくらほしいんですか」

「は?」

「お金を払えば、黙って頂けるかと思いまして」

「おれは物乞いじゃない」

「では、今後も何も訊かないで頂けると助かります」

「話さなきゃ、取り次がんと言ったら?」

「いまさらそんなことをすれば、取り引き相手から信用を失うのは吾郷さんのほうです」

次郎が返事に窮すると、ユキヱは目を細めて笑った。「吾郷さんは、誰かを殺したいほど憎んだことはありますか」

「恨みつらみはいくらでもあるが、殺したいというのは穏やかじゃねぇな。損得勘定を考えれば、殺人なんて割に合わん」

「それもひとつの考え方ですね」

「あんたは損をしてでもやりたいのか」

「損得勘定を無視してでも、人には、何かを成し遂げねばならないときがあります」

「それはわかる。人間ってのは阿呆だから、計算だけでは生きていない。で、あんたが狙っている相手は誰だ。別れた亭主か。元恋人か」

ユキヱは何も答えなかった。獰猛な肉食獣のような顔をして笑い、店から出て行った。

翌日の夕方、次郎は早々と店を閉め、軒先でユキヱの到着を待った。ユキヱはタクシーで来た。後部座席の窓から顔をのぞかせ、次郎に乗るように促した。隣に乗り込むと、車はすぐに発進した。

ユキヱは小さな鞄を肩から斜めがけにして、膝の上には革製のトランクケースを載せていた。一泊二日の旅行に使う程度の大きさだ。留め金を外し、中を次郎に見せる。油紙で小分けされた包みが六個。緩衝材として、白地の手ぬぐいが隙間に詰められていた。これがすべて阿片煙膏なら、初回の取り引きとしてはじゅうぶんな量だ。次郎が感嘆の声を洩らすと、ユキヱはすぐに蓋を閉め、再び留め金をかけた。

先日以来、ユキヱに訊きたいことは山ほどあったが、タクシー内で阿片の話を切り出すわけにもいかない。次郎は別の話題を選んだ。「あんたがつけている香水、銘柄を教えてくれよ」

ユキヱはそっけなく応えた。「なぜ?」

「商品名がわかればうちの店でも扱える。日本人の肌に合いそうな、いい香りだ」

「これは香水ではありません。ホウコウイタイって、わかりますか」

「なんだそりゃ」

「生まれつき体からいい匂いがする体質のことです。伝説によれば、中国では楊貴妃《ようきひ》がそうだったとか。香水をつけなくても香りが常に漂い、体を洗ってもとれません」

ユキヱは「ホウコウイタイ」という単語の字を次郎に教えた。

芳香異体。

次郎は目を丸くした。「初めて聞いた。世の中には不思議なことがあるんだな」

「体臭の一種ですから珍しくはありません。ほら、若い娘からは独特のいい匂いがするというでしょう。あれが、もっと極端になっただけです」

「歳をとってもそのままか」

「さあ、どうでしょう。おばあちゃんになってみるまでわかりません。これ、不都合もあるんですよ」

「どんな点が」

「匂いが重なるので香水をつけられない。特徴的な匂いだから他人の記憶に残りやすい。つまり、変装しても別人になるのは無理です」

「香水を楽しめないのは確かに残念だな。でも、変装なんて、スパイじゃあるまいし普通は無縁だろう」

「誰にでもある選択肢を、自分だけが持てないのは嫌なものですよ。損をした気分になります」

確かにそうだ。都会の人間が当然の如く持っているものを、次郎は渇望し続けてきた。その執着は、振り返ってみれば滑稽ですらある。「なるほど。わかる気がする」

「吾郷さんと私は似ていると思います」

「なんだって？」

「いつか、わかるときが来ますよ」

嘉瑞《ジアルイ》に到着して名前を告げると、次郎たちは、先日と同じように二階の個室へ通された。今日も、楊直《ヤン・ジー》たちが先に来ていた。護衛のふたりも前と同じ位置につき、次郎たちを険しい目で睨《ね》めつけてきた。前回と違って、食卓に皿や酒器はない。磨かれた卓の光沢だけが、やけに目についた。

ユキヱは英語で楊直に挨拶し、「人払いをお願いします」と続けた。「三人だけで話したいので」

楊直はすぐに応えた。「それはできん。こちらは商品を買う側だ。指示には従ってもらう」

「ならば、このまま帰ります」

「帰れると思っているのか」

「私が家へ帰らなければ、頼んでおいた者が動きます。これまでの情報を持って、しかるべきところへ行くことになっています」

楊直とユキヱはしばらく睨み合っていたが、やがて、楊直が片手をあげて護衛たちに指示した。

「おまえたちは外へ出ていろ。もし私に何かあったら、この女を絶対に逃がすな。殺しても構わん。遺体になっても、必ず郭老大《グオラオダー》にお見せするように」

「かしこまりました」

護衛たちが退室して三人だけになると、ユキヱはトランクケースを食卓に置き、蓋をあけて中身を相手に見せた。

楊直は訊ねた。「これで全部、ではないだろうね」

「勿論です。運びやすい量を持ってきただけですから」

ユキヱは包みをひとつ取り、油紙を開いてみせた。前回とは比べものにならないほど大きな阿片煙膏が姿を現した。宝石以上に価値を持つ黒い塊。眺めているだけで、次郎は興奮した。ユキヱは包みごと掌に載せ、楊直に阿片煙膏を差し出した。

楊直は一瞥すると、「量はじゅうぶんだが、品質を確認するまでは全額を払えん」と言った。「持参してくれたことには礼を言うが」

「構いません」ユキヱは平然と応えた。「こちらも、そのつもりです」

楊直は懐から小切手帳と万年筆を取り出し、帳面を開いた。金額の半分を書き入れた一枚を切り取り、食卓に身を乗り出してユキヱの前へ置く。

ユキヱは臆することなく手を伸ばし、小切手の額面に視線を落とした。こちらも楊直に負けず劣らず、一切の感情を表に出さない。「残りは、いつ頂けますか」

「私と一緒に来るなら、しばらく部屋を提供しよう。そこで支払日を待ってほしい」

「阿片の質を確認するまで、軟禁するわけですか」

「客人としてお招きするだけだ。いつまでもジローに仲立ちしてもらうのは効率が悪い」

「いいでしょう。私をひどい目に遭わせれば、残りの阿片は手に入りません。それを覚えておいて下さい」

「仲間がいるのか」

「さあ、どうでしょうね。人は金だけで動きます。金額次第では仲間以上に役に立つ。もうひとつ付け加えておきましょう。私は阿片煙膏だけでなく、種も持っています」

「種？」

「芥子の種です。まけば芽を出し、花が咲く」

楊直が大きく表情を動かした。「新たな栽培地を確保できるほどの量か」

「勿論です」

そこから先の話は楊直邸で、という流れになった。

次郎が「おれも、ついて行っていいですか」と訊ねると、楊直はすんなりと許した。次郎は心の中でほくそえんだ。ありがたい。おこぼれをもらえる機会が巡ってきた。この機会を最大限に利用するのだ。

菜館の外には、大型のルノーとシトロエンが待機していた。楊直とユキヱは、護衛のひとりに付き添われてルノーに。次郎は、もうひとりの護衛と共にシトロエンに導かれた。後部座席に身を滑り込ませると、護衛も次郎の隣に腰をおろした。

護衛は視界を確保できる助手席へ乗り込むと思っていたので、次郎は居心地の悪さを覚えた。横に来るのは行動を監視するためだろう。自分は、まだ完全には信用されていないということか。

さりげなく相手の容姿を観察する。

丸刈りに近い短髪、鋭い光を放つ一重まぶたの目、整った鼻梁。厳しく引き結ばれた口許。体つきはもうひとりの護衛のほうが分厚いが、首から肩にかけてが、鍛えあげられた筋肉を誇っている。獣に似た荒々しい体臭が、うっすらと感じられた。

どの程度まで日本語を理解できるのか確かめたかったので、車が動き出すと、次郎は自分から護衛に話しかけた。「あんたの名前を教えてくれ」

相手は眉根を寄せ、思ったよりも聴き取りやすい日本語で返してきた。「なぜ、教える必要がある？」

「長い付き合いになるんだ、名なしでは呼びにくい」

「おれは楊先生に仕えているだけだ。あんたとの付き合いなど不要だ」

「大哥《ダーグア》と会うたびに、おれはおまえとも顔を合わせる。名前を知らんと不便だ」

「本名は教えられん。楊先生も、おれたちを本名では呼ばない」

「では、なんと」

「おれは、バイフーと呼ばれている」

バイフーとは白虎《びゃっこ》、日本でも古くから有名な四神《しじん》のひとつだ。

次郎は訊ねた。「あんたは、どうやって青幇《チンパン》になった？　誰かの紹介があったのか」

「おれは青幇じゃない。ただの護衛だ」

「え？　いくら下っ端でも、青幇を守っていれば青幇だろう？」

「青幇は日本のやくざとは違う。そもそも、自分から青幇と名乗ったりはしない。結社の一員であることを極力隠す。それほどの秘密主義だ」

確かに楊直は、自分から青幇だとは名乗らなかった。譚中方が紹介してくれたから、てっきり青幇の門下だと思い込んでいたが、郭老大の部下だというだけで、門下以外の可能性もあるのか。

これは、慎重に状況を読まねば足をすくわれかねない。青幇と知り合いになれたと喜んでいたら、ただのチンピラとつるんでいただけ——ということも有り得るのだ。

バイフーは続けた。「青幇の門下だからといって、皆が平気で暴力をふるうわけではない。それを担うのは主に外部の人間だ。汚れ仕事は、すべてそちらへ丸投げする。だから、おれたちは青幇とは呼ばれない」

「なぜ、そんな仕組みになっている?」

「青幇は義と侠の集団だ。この理想は絶対だ。しかし、世の中を渡っていくには綺麗事だけでは済まん。ときには強硬手段をとらねばならんときもある。強盗団や理不尽な要求をする役人や政府相手に、義や侠は通らないだろう?　そのとき我々は青幇の盾となり、理想を助けるのだ」

「結社の外に実行部隊を置くわけか。そりゃ、ずいぶんと合理的なやり方だな」

「名を取るか実を取るかの違いだ。おれたちは名を捨て、実をとった者たちだ。報酬さえ手に入るなら義も侠もへったくれもない。下賤な者どもさ」

「雇い主に忠誠を誓っているなら、それだけで立派だよ」

次郎がそう言っても、バイフーはにこりともしなかった。次郎は構わず続けた。「まあ、とにかく、よろしく頼む」

「しつこいようだが、おれには、おまえとよろしくする理由がない」

「固いことを言うな。言葉の綾だ」


フランス租界を南下すると、車道の両側に瀟洒《しょうしゃ》な洋館が増えてくる。この地区の一部には、欧米人や日本人の社長だけでなく、上海で成功した中国人や中国法曹界の人間も住んでいる。金持ちばかりが集まる地区は静かで落ち着いており、欧州に来たかと見紛うような風景が続く。共同租界のにぎやかさや猥雑《わいざつ》さとは正反対で、比較的治安もよい。

次郎たちの車はフランス租界の南端まで進み、塀で囲まれた建物の前で速度をゆるめた。ここから川をひとつ隔てた先はもう華界で、中国式の屋根瓦が載った民家が建ち並ぶ。そちらは租界の外で、中国人の庶民ばかりが住む場所だ。

ルノーの到着と同時に、門番が鉄製の門を開いた。二台の車は敷地内へ進み、邸《やしき》の正面で停車した。次郎はバイフーに促されて車から降りた。

建物と庭をぐるりと見回した。

丁寧に剪定されたトネリコや金木犀《きんもくせい》が枝葉を伸ばしている。半分ほど花が散った沈丁花《じんちょうげ》の木は、まだ甘い香りを放っていた。邸は、このあたりでよく見かける石造りの西洋建築物だ。

この町で成り上がった裏社会の人間は、皆、このような洋風の邸を持ちたがる。身内の集まりでは支那服を着用しても、欧米人が集まるパーティーには洋装で出かけるのと同じ理屈だ。欧米に追いつきたい、追い越したい。だから、日々の食事や生活にも積極的に洋式を取り入れる。祖国の楽器を「芸人が弾く下等なものだ」と退ける一方で、ピアノやバイオリンなら笑顔で弾き、他者にその腕前を誇る。東洋医学（漢薬や鍼を使う中国古来の医学）を時代遅れだと馬鹿にして、西洋医学をありがたがる。常に海外の最先端を気にしている。気取った日本人とまったく同じだ。

邸の出入り口には、猛々《たけだけ》しい顔つきをした獣の像が置かれていた。その前を通り過ぎ、玄関マットを踏んで左手へ折れると、二階へ続く階段が見えた。一階の奥には、談話室らしき部屋がある。次郎たちはそこへ導かれた。

磨きあげられた花崗岩《かこうがん》のタイルを並べた床に、厚みのある臙脂《えんじ》色の絨毯《じゅうたん》が敷かれていた。来客用の椅子と机は脚が短く、背もたれに施された透かし彫りが見事だ。

壁際には、きらめく螺鈿《らでん》細工の箪笥《たんす》があり、その上には翡翠《ひすい》の香炉がひとつ。容器の両側に張り出した持ち手には獅子の頭部が彫られ、蓋には、どうやって細工したのか不思議に思えるほど、滑らかな輪がいくつも連なっていた。天井には中国模様に飾られた照明が吊るされ、窓は鎧戸やカーテンで外光を調節する西洋式だ。中洋折衷の意匠がよく馴染んでいる。

談話室に隣接する別室が、開かれた扉の向こうに見えていた。奥に暖炉がある。四人がけの食卓と椅子は装飾性を抑えた品だが、木材の色艶から、値のはる家具だろうと見当をつけた。

楊直は手招きして、次郎とユキヱを談話室の椅子へ導いた。

バイフーたちも室内に残ったが、邸へ戻ったせいか表情は少し和らいでいる。

厨房から小間使いが茶器を運んできた。長机に茶器一式を置き、洗茶して湯を注ぎ、葉を蒸らす。抽出した一煎目を、茶海《ちゃかい》から、それぞれの茶杯《ちゃはい》へ注いだ。

小間使いが立ち去ると、楊直はユキヱに向かって言った。「さきほどの話の続きを聞かせてほしい」

ユキヱはうなずいた。「阿片の質が何で決まるか、ご存じですね」

「芥子の品種と畑の土質、そして気候だ。この条件がそろうなら、熱河《ねっか》省以外でも上質な阿片を得られる」

「その通り」

「種はいくらで売ってくれる?」

「高くつきますよ。何しろ特別な品種です。芥子坊主が大きく、汁が濃くて量も多い」

「支払額は上と相談するので、しばらく待ってくれ」楊直はジローへ視線を向けた。

「おい、農家の息子。おまえなら畑をつくれるだろう。手伝え。日本軍に見つからん土地を探すんだ」

次郎は仰天して両手を振った。「おれの故郷は冬になれば大雪が降る土地でした。春から秋は稲作と野菜づくりで、芥子なんかつくったこともない」

「専門家を呼ぶから、おまえは指示に従うだけでいい。農業の基本はわかっているんだから、簡単だろう」

冗談じゃない。おれはこの女を紹介して、青幇とのつながりを持ちたかっただけだ。荷物の運搬でも任せてもらえたら、いい実入りになるだろうと期待していたのだ。阿片芥子栽培なんぞに手を出したら、警察や軍部にばれたときの処罰の重さが桁違いだ。第一、中国人の秘密結社である青幇の仕事を、日本人が手伝うなんて無理だろう。

次郎が黙っていると、楊直がすごんだ。「何をためらう。ここまで聞いておいて、知らん顔をする気か」

「お許し下さい、楊大哥。おれは芥子のことなんて何も知らない。そんな仕事は無理です」

「私に逆らう気か」

楊直は首をひねって護衛たちに目で合図した。片方の男が次郎を椅子ごと背後から抱え込んだ。バイフーが鞘からナイフを抜き、次郎の前でひらひらと動かす。その切っ先は、明らかに次郎の目を狙っていた。行きがけの駄賃に耳や鼻も削《そ》ぎかねない脅し方だ。

「やめてくれ」次郎は叫んだ。「おれが何をした。まだ何もしていないじゃないか」

「腹をくくれ、ジロー」楊直は語気を強めた。「うまくいけばおまえと私は大金持ちだ。こんな機会は二度と巡ってこない」

「しかし」

「私もおまえも、この町ではまだ小さな存在だ。そのふたりが手を組み、阿片売買でのし上がり、金持ち連中を見返してやるんだ。面白いだろう?」

「面白いかもしれませんが、おれにはちょっと」

「なんだと? もう一度言ってみろ。舌を抜いてやろうか」

恐怖で身がすくんだが、次郎は目を閉じたりはしなかった。こんな形で死ぬのはごめんだ。なんとか切り抜けねば。「わかりました、わかりました、手伝います」

「本気だな」

「はい。でも、おれが何も知らないのは嘘じゃありません。ものすごく勉強しなきゃ、芥子畑を育てるのは無理だ。最初は失敗するかもしれず、せっかく種が芽を出しても、枯らしてしまう恐れもあります。それでも怒らずにいてくれるなら」

「私の感情を勝手に想像するな。殺すぞ」

直後、バイフーの右手が素早く動いた。次郎の左頬を刃先が撫でた。冷たい感触が肉をえぐり、血が噴き出して首筋まで流れ落ちた。

次郎は悲鳴をあげ、不自由な体勢のまま涙を浮かべて懇願した。「お願いします、助けて下さい、殺さないで下さい」

半分は本心で半分は演技だった。次郎は既に最初の衝撃から立ち直り、いま彼の心を満たしているのは、楊直に対する純粋な怒りだけだった。暴力で脅せばおれを奴隷にできるとでも思ったのか。そこまで好き勝手にされてたまるか。

楊直が再び促した。「どうするんだ。やるのかやらないのか」

「やります。護衛に離れるように言って下さい」

「約束を違《たが》えるな」

「はい。死んでも守ります」

楊直が手を振ると、護衛たちは次郎から離れた。バイフーが軽蔑しきった目で嗤《わら》ったのを次郎は見逃さなかった。

次郎は視線をそらした。目が合ったら、こちらも冷ややかに嗤ってしまうに違いなく、それを見られるのはまずかった。

原田ユキヱはこの流れの中で、一言も発しなかった。身じろぎひとつせず、事のなりゆきを見守っていた。ちらりと表情をうかがうと、阿呆らしくてやっていられないという顔をしていた。

畑仕事が嫌だから上海に来たのに、また農作業に戻るなんて最悪だ。しかし、ここは、うまく決着させねばならない。

「大哥」次郎は遠慮がちに口を開いた。「おれも、阿片の扱いについて一生懸命考えてみました。聞いてもらえますか」

「阿片の話ならなんでも聞くぞ。言ってみろ」

「上質な阿片は、苦力《クーリー》にさばくよりも、金持ち連中に売ったほうがいいに決まっています。ひとたび極上品の味を知った金持ちは、他の阿片に見向きもしなくなるでしょう。しかし、大陸では清の時代から阿片は禁制品です。誰もが秘密のルートで仕入れている。我々の阿片を買うようになれば、金持ちたちの手元には、これまでよそから買っていた分が余ってしまう」

次郎は、いったん言葉を切った。楊直の目を見つめる。

楊直もこちらを凝視し、鋭い目つきで「先を続けろ」と促した。

「いいんですか」

「構わん。話せ」

次郎は安堵して続けた。「金持ちたちは、だぶつく阿片を簡単には処分できません。業者に対して、『もう、おたくからは買いません』なんて告げたら、相手がどこへ密告するかわかりませんからね。そこでおれたちは、極上品を金持ちたちに売りつけると同時に、彼らの手元でだぶつく通常の阿片を引き取る。それは大陸内でさばいてもいいが、国外へ出すほうが安全でしょう。国外で売って儲ける分には青幇の方々も何も言わないはずです。自分たちの収益が減るわけではないから——」

「もういい」楊直が途中で遮《さえぎ》った。「じゅうぶんだ。それ以上は言うな」

次郎は口をつぐんだ。不興を買ったのではなさそうだが、黙れと言われれば従ったほうがいい。緊張しながら言葉を待っているうちに、ぴんと来た。

阿片流通に関して、楊直はユキヱに聞かれたくないのだ。青幇の中で働く者としては当然だろう。

流れが変わった。

楊直は機嫌を直した。

というよりも、あの恫喝は、こちらを芥子栽培に引きずり込むための、ふりだったのかもしれない。

その後は、ユキヱが持っている残りの阿片煙膏と芥子の種を、ここへ運び込む手順を話し合った。相談が終わると、楊直はバイフーたちにユキヱを別棟へ連れて行かせた。そちらには来客用の個室があり、しばらく暮らしてもらうことになるらしい。

ユキヱは拒まなかった。椅子から立ちあがると、護衛たちと一緒に悠然と部屋を出て行った。

4

頬の傷にガーゼをあて、医療用テープで固定してもらうと、次郎は小間使いが呼んでくれたタクシーに乗り込んだ。運転手には「北四川路《ほくしせんろ》へ寄ってくれ」と頼んだ。車で、あちこちの書店を巡り、植物図鑑、農業関係の専門書、大陸の地理と気候に関する本などを片っ端から購入した。

雑貨屋兼自宅へ戻ると、買った本をタクシーから二階へ運びあげた。

急須と湯呑みと辞書を机の片隅に置き、机の前に座った。本の大半は中国語や英語で書かれている。辞書なしでは専門用語を読解できない。

頬の傷は、まだ、じくじくと痛んでいた。傷は思いのほか深そうだ。しばらくは痕が残るだろう。鏡を見るたびに恐怖を思い出せということか。

阿片芥子の栽培は確かにいい収入になる。自分が受け取る報酬はかなりの額になるはずだ。そして、最初は金持ちだけを相手に売りさばく商品であっても、生産量が上がれば、いずれは庶民にも売るようになる。万人の生き血をするような儲け方だ。そこまでして金がほしいのかと、次郎は自分自身に問いかけた。

ほしい。

という答えしか出てこなかった。

ほしい、どうしてもほしい。金さえあればなんでも手に入る。惨めな思いをしなくて済むのだ。美味《うま》いものを食い、よい酒を飲み、ふかふかの布団で眠る。その程度のささやかな願いが、おれの出自では、どれほどがんばっても手に入らない。金持ちは最高級の料理を食い、酒を飲み、極上の綿や羽毛をつかった布団で寝てもまだ金が余るというのに、普通の努力では、庶民はそこまで至れない。

関東軍も蔣介石《しょうかいせき》も、阿片で軍資金をつくっていると伝え聞く。おれが同じことをして何が悪い。ほんの少し阿片市場に参入するだけで、普通に働くだけでは得られない富を得られるのだ。どうしても惹きつけられてしまう。

勿論、儲けが桁外れな分、身の破滅とは隣合わせだ。阿片を運ぶ程度の手伝いならともかく、芥子栽培まで手がけるのでは洒落にならない。だが、危険度の高さが逆に欲望をかきたてる。男なら誰しも、一度は、こんな賭けに身を投じてみたくなるものだ。危険を冒してでも、金と名誉と憧れの生活を手に入れたい。賭けない人生など有り得るのだろうか。歳をとってから後悔するぐらいなら、いま、すべてを賭けておきたい。

ふうっと深く息を吸い、ゆっくりと吐き出した。

本気でやるなら、もう二度と、今日みたいな事態に陥ってはだめだ。

集中しろ。おれはいま綱渡りを始めようとしているのだ。命綱なしの曲芸だ。落ちて死んでも悲しむ者は皆無。奴らは死者からも、いっさいがっさい剝《は》ぎ取っていく。頼れるのは自分だけだ。

頁を行きつ戻りつしながら、丁寧に書物を読み進めた。大切な項目は帳面に書き留めていく。

思っていた以上に時間がかかり、結局、読破まで一週間ほどかかった。

阿片を採取できる芥子には複数の種類があり、分布はかなり広いらしい。生育に適している気候は品種によって違う。亜熱帯、アナトリア、中央アジア、満州、蒙古《もうこ》。芥子は、いまに至っても原種が発見されていない。すべてが栽培種、つまり、人間が手を加えて改良したものだ。品種によって少しずつ性質が異なる。

関東軍が栽培に乗り出したのは満州や蒙古の気候に合った品種だ。四川《しせん》省、雲南《うんなん》省、朝鮮半島でも栽培が可能。上海の近くなら、江蘇《こうそ》省南部と浙江《せっこう》省北部の境目にある太湖《たいこ》近辺もいい。

ユキヱが持っている種は、本人の申告を信じるなら熱河省産だ。南方だと気候が合わず、期待する収穫量を望めない。日本軍の目から逃れたくても、気候条件がそろわなければ無意味だ。

台湾《たいわん》は日本の統治下なので論外。フィリピンも気候の点で無理がある。

朝鮮半島は日本に併合されたので、気候がよくても畑を秘密にするのは難しい。すぐに誰かが日本軍に密告する。

上海から近い太湖周辺は、気候は適しているが、今後の日本軍の動き方によっては目立つ土地となる。まずは実験的にここで着手するにしても、なるべく早い時期に新しい土地を探さねば。

世界地図を見つめる。

インドシナ半島が目についた。ここは熱帯雨林で覆われ、熱帯性の季節風が吹く地域だ。高温多湿の環境で、大半の土地は芥子の栽培には向いていない。

だが、ひとくちにインドシナ半島といっても広い。場所ごとに気候が異なる。山間部の平原や盆地は、夏も冬も雨が少ない乾燥地帯。気温は冷涼。ビルマならマンダレー盆地、シャム（この国名がタイに変わるのは一九三九年六月から）東北部のコーラート高原、チャオプラヤー川が流れる中央平原は栽培に適している。

金儲けのためとはいえ、また山間部へ戻るのかと思うと、強烈な忌避感が次郎の心に湧き起こった。畑仕事などうんざりする。下手を打つと、一生、芥子畑に縛りつけられてしまうだろう。上海租界から離れたくない。近場でこれほど華やかで刺激的な都市は、他には香港《ホンコン》ぐらいだ。都会で贅沢に暮らしたいのだ。田舎で地主になって農民相手に威張り散らしたいわけではない。

5

ユキヱを楊直《ヤン・ジー》に引き渡して二週間後。再び、次郎の雑貨屋の電話が鳴った。今回は譚中方《タン・ジョンファン》ではなく、バイフーからかかってきた。「邸へ来てくれ。明日の午後五時」

「何か持っていくべきものは」

「ない。あんた、車は持っているか」

「仕事で使う小さなトラックなら」

受話器の向こうから嘲笑じみた声が響いた。先日以来、バイフーにはすっかり馬鹿にされている。が、たいしたことではない。嗤いたければ嗤っていろ。いつか、おまえのほうから頭を下げるときが来る。

バイフーは言った。「では、雑貨屋の格好のまま、前と同じように門の前へ。おまえの訪問は門番に伝えておくから、門の前で自分の名を告げてくれ」

「ありがとう。そうさせてもらう」

次郎は電話を切った。雑貨屋として訪問できるなら普段着でいいので気が楽だ。誰かに問われたら、「商売で通っている」と答えよう。

翌日、着慣れたシャツとズボンに上衣を合わせた格好で、次郎は自分のトラックに乗り込んだ。何も運ばないのは不自然なので、店にあった簾《すだれ》と絨毯を適当に選び、丸めて荷台に載せた。埃除けのために覆いをかける。

楊直邸に着くと、門番に名前を告げた。すると、トラックごと敷地内へ入ってよいと言われた。邸の傍らには来客用の駐車場があり、次郎の車はそちらへ誘導された。

トラックから降り、邸の出入り口で呼び鈴を鳴らす。扉が開き、小間使いが次郎を迎え入れた。談話室には楊直がひとりで待っていた。今日は、深い藍色の長袍《チャンパオ》に身を包んでいる。

ユキヱの姿はなかった。前回と同じように談話室の椅子に座ろうとしたとき、小間使いから「今日はあちらへ」と、暖炉の前の食卓へ導かれた。

楊直は次郎の向かいに座り、機嫌よく微笑《ほほえ》んだ。二週間前の恫喝など、すっかり忘れた顔つきだ。

緑茶と酒と温かい料理が出てきた。甘辛いタレをかけた蒸し鶏、豚の耳の細切りと野菜を和えたもの、渋皮ごと炒《い》った落花生の実。把手のついた磁器の壺から酒杯に移された酒は濃い褐色だった。ひとくち含んでみると、酸味はほとんど感じられず、まろやかな味が口の中に広がった。少なくとも十年は熟成させた黄酒《ホアンジユウ》だ。

小間使いが退室すると、楊直は箸で蒸し鶏をつまみながら言った。「今日は、原田ユキヱ抜きで話そう」

「おとなしくしていますか、彼女は」

「ああ」

「逃げようともしない？」

「あれは、わかっていてここへ来たんだろう」

「え？」

「熱河省から阿片を持ち出したのだ。誰かに追われているのは間違いない。最も安全な駆け込み先は青幇《チンパン》だ、と判断したわけだな。青幇の手の内にあれば、誰も何もできん」

「追っているのは関東軍の特務機関ですか」

「おそらく」

「では、ずっと閉じ込めておくんですね」

「そういうことだ」

軟禁されるところまで想定し、おれや楊直を利用したわけか。食えん女だ。

楊直は言った。「堅苦しい言葉づかいはやめて、おまえも遠慮なく意見を出してくれ。我々の安全のためだ」

「いいんですか」

「私はおまえを結構気に入ったんだ。でなきゃ『大哥』なんて呼ばせない」

次郎は豚の耳を噛みながら、楊直はどこまで本気なのだろうと考えた。遠慮なく話してくれと言われても、それで弱みを握られて背中から刺されるのはまずい。

美味そうに黄酒を飲み干して楊直は言った。「先日のおまえの話。上質な阿片を金持ちに売りつけて、余った阿片を海外で売りさばこうという、あれな。魅力的な話ではあるが、うかつにはできん。だが、おまえが手伝ってくれるなら、将来やってみてもいい」

「将来?」

「いますぐには無理という意味だ。例の阿片煙膏については、すべて、文句なしの極上品だと確認がとれた。郭老大《グオラオダー》が青幇の老板《ラオバン》たちに相談して、普通の市場には流さないと決めた。まずは、老板たちの知り合いに売るそうだ」

老板とは本来は「社長」を意味する言葉だが、いまの上海の裏社会では、組織の頂点に立つ者を指す隠語としても使われるのだという。楊直の組よりも大きな組織、勢いがある組織の統率者は、自分たちをこう呼ばせているらしい。

「青幇に入門しても、門下全員がひとつの目的のために集まることはない。我々は、皆でひとつの組織を動かしているわけではないのだ。そもそも、誰がどこの門下なのかも知らん。そこが日本の裏社会の組織とは違うところだ。青幇では、個々の門下の活動は誰にも妨げられず、それぞれの裁量に任されている。掟を守ればいいだけで、あとは自由だ。ただ、いまは日本軍の動きを警戒せねばならん時代だから、上海の老板たちは頻繁に連絡を取り合い、この町での結束を強めている」

「例の阿片煙膏は、何人ぐらいに売るんですか」

「まずは、三、四人といったところだ」

「それだと、ひとりあたりの支払額が莫大になる。払えるんですか、その人たちは」

「金額を気にするような連中じゃない。横流しを企まれては困るから、少しずつ渡す。数年間は楽しめる量だ」

「郭老大には、どれぐらいの利益が」

「儲けの大半は老板たちに分配される。残りが郭老大に回ってきて、私はその一部を手にする」

「少なすぎませんかね」

「老板たちには逆らえん。ここは我慢だ。芥子の種は、太湖《たいこ》の近くにまこうという話が出ている」

やはり太湖の名前が出た。上海から近くて芥子が育つ条件もそろっているのだ。当然だろう。楊直はピーナッツを手に取り、指先で弄《もてあそ》んだ。「我々は老板たちの指示に従い、太湖付近で芥子を育て、阿片の精製と流通にも関わる。原料から手に入るのだから、そこから精製されるモルヒネやヘロインもつくり放題だ。ならば、いずれは定期的に大金が転がり込む」

太湖は、もとは東支那海の一部だったという。河川が運ぶ土砂の堆積によって海から切り離され、流れ込む川の水によって淡水化した湖だ。日本人の感覚では内海に見えるほど大きく、日本一の面積を誇る琵琶湖《びわこ》の約三・六倍にも達する面積を有する。平均水深は二メートル、最も深いところでは四・八メートル。

ピーナッツを噛み砕きながら楊直は言った。「ジロー、おまえにこの芥子畑を任せたい。これは、おまえが農村出身だからという理由だけじゃない。青幇の考え方に囚われない、自由な発想がほしいのだ」

「大哥は、青幇のやり方に逆らうつもりなんですか」

「私は老板たちを尊敬しているよ。生涯、礼儀正しく接するつもりだ。だが、私はもっと遠くを見たい。杜月笙《ドウー・ユエション》先生のようにな」

「杜月笙先生が普通の青幇とは違うのは、おれも知っています。でも、先生みたいに堅気の社交界でやっていくなら、芥子栽培も阿片売買も適当なところで止めておかないと。ヘロインの製造までやったら世間から後ろ指をさされます」

阿片は煙膏の形で売買されるだけでなく、抽出物であるモルヒネが医薬品として使われる。だが、欧州大戦（第一次世界大戦）で傷病兵に大量に投与された結果、中毒性が問題視され、現在では医療目的以外の使用は厳禁だ。モルヒネから合成されるヘロインも、当初は副作用のない万能の痛み止めと喧伝されていたが、いまでは非常に危険な薬物として、欧米が主導する形で規制の対象となっている。

どちらも阿片以上に強烈な快感を人間にもたらすので、いったんはまると依存から抜け出すのは難しい。止めれば激しい禁断症状を引き起こし、常習者になると、またたくまに廃人と化す。阿片以上に世間から敵視される薬物、とんでもない値がつく商品。こんなところまで手を突っ込めば、阿片売買以上に邪悪な商売をしていると眉をひそめられる。

楊直は言った。「杜月笙先生は上海の経済と金融を押さえ、黄金栄《ホアン・ジンロン》は大世界《ダスカ》を押さえ、張嘯林《ジャン・シャオリン》は競馬場を押さえて、それぞれに安全に利益を手にしている。上海の三大亨《ダーホン》は、阿片で得た金を元手に、合法的で安全な仕事を束ねる方向へ移っていった。我々も短期間で大きな収益を得て、すみやかに表の事業に移行しよう。それには、阿片だけでなくモルヒネやヘロインの売買も必要だ。いいか。長く続けなくてもいい。モルヒネとヘロインに関しては、さっと儲けて、さっと手を引く。これでじゅうぶんだ。あとは普通の商売と阿片だけでやっていける」

楊直は、郭老大の組では、自分はたいして出世できないと見ているのだろうか。いずれは、郭老大と手を切るつもりなのか？　なかなか、やっかいな相手と縁ができてしまったようだ。青幇と手を組む以上、危険な橋を渡るのは覚悟していたが、個人的な野望にまで巻き込まれるのは極力避けたい。

おれがほしいのは金だけだ。こいつとの友情や絆じゃない。

「私はな」と楊直は言った。「老板と呼ばれるよりも、『恒社《ホンシヨー》』の成員として認められたいのだ」

「なんですか、それは」

「杜月笙先生は青幇の実力を認めつつも、自分が自由にできる結社を欲した。実業界の名士が集まり、表の社会で堂々と通用する結社。それが恒社だ。成員のほとんどは堅気で、記者や学者も歓迎される。青幇だから威張れるという時代は、もう終わるのだ。三大亨の中では、杜月笙先生の才能が傑出している。私は彼に倣いたい」

恒社が掲げる目標だと言って、楊直は、こんな言葉をそらんじてみせた。

進徳修業
崇道尚義
互信互助
服務社会
効忠国家

『徳を進め業を修め、道を崇め義を尚《たっと》び、互いに信じ互いに助け、社会に服務し、国家に忠を効《つ》くす』

次郎は唖然とした。町のチンピラから成り上がり、大量の阿片を売りさばいて儲け、他人を破滅させてきた杜月笙が、こんな理想を掲げるとは笑わせる。

だが、楊直は目を輝かせていた。心の底から心酔しているのか、ただのふりなのか、次郎にはわからなかった。裏社会でしのぎを削る生活を続けると、ときには、こんな美しい言葉に夢を託したくなるのだろうか。そう考えると、この猛々しい男に、ほんの少しだけ憐れみを覚えた。腹立たしい相手ではあるが、妙に憎めない。

楊直は続けた。「最終的には、芥子の栽培を海外で行いたい。青幇の目が届かん場所で育てるのだ」

嫌な予感に囚われ、次郎は念のために訊ねてみた。「どこで?」

「インドシナ半島山間部の盆地や平原は、我々が持つ芥子の栽培に向いている」

やはり、この地名も出た。自分が見当をつけた以上に、とても重要な土地なのだ。「海外まで持ち出すなら、長く栽培し続けなければ割に合いません。誰に管理させるんですか」

「それはこれから考える。おまえ、太湖で要領がわかったら、次はそちらへ移らんか」

「よして下さい。とんでもない僻地ですよ」

楊直は声をたてて笑った。「栽培自体は簡単だが、問題はつくった阿片のさばき方だ。上海とインドシナ半島は離れすぎている。輸送に金がかかる。となると、売る先は大陸ではなく別の国になる。十年先を見て動かねばならん。おまえには、少なくとも十年間はついてきてもらいたい。必ず儲けさせてやるから私を信じろ」

「おれは日本人です」次郎は冷ややかに笑った。「日本人を信用するんですか。中国人から満州を奪った民族を」

「私は民族の違いで部下の価値を決めたりはせん。頭の回転の速さと、己の欲望に対する忠実さ。それだけで人を見る」

いや、それは信じられんと次郎は思った。自分が危険から逃げる機会をうかがっているように、楊直も危険度に応じてこちらを切り捨てるはずだ。いまの時代、中国人が日本人を許せるはずがない。いったい、どういうつもりで、中国人の同胞ではなく日本人であるおれに芥子畑を任せてくれるのかわからないが、この先、日中の関係次第では、おれたちの関係は簡単に壊れるだろう。

これは阿片の園を巡る闘争だ。賭けるものは人の命。楊直は、ぎりぎりまで手の内を見せないだろう。それはこちらも同じだ。

だが、それでいい。

裏切りが計算に入っている相手のほうが、動きを読みやすい。

次郎は言った。「疫病神かもしれませんよ、おれは」

「誰もが誰かにとっての疫病神だ。福の神にもなれるのと同じ理屈で」

「大哥は妄想がすぎます」

「おまえはどうなんだ。妄想なくして、日本から上海へは来られなかっただろう」

次郎は視線を落とし、黄酒が注がれた杯をじっと見つめた。

どれほどの美酒でも飲みすぎれば体には毒だ。それでも、美味さのあまり飲みやめられないときはある。

楊直は既にその危険な杯に唇をつけた。十年か。夢のような話だ。たぶん、実際には、もっと時間も手間もかかる。

顔をあげた次郎は「わかりました」と答えた。「僻地に行くのはごめんだ。でも、太湖ぐらいまでならいい。まずは、そこで芥子を育てましょう」

楊直は次郎に向かって手を伸ばし、握手を求めた。次郎が握り返すと、楊直はもう片方の手で次郎の手を包み込み、上下に振った。「我々はもう兄弟だ。なんでも話し合える間柄になったのだ。隠し事はなしだぞ」

次郎は左手を楊直の手に重ね、微笑を返した。「当然です、大哥。おれはずっとついて行きますよ」

第二章　田《テイエン》

1

上海には、青幇《チンパン》の三大亨《ダーホン》がいる。黄金栄《ホアン・ジンロン》、杜月笙《ドゥー・ユエション》、張嘯林《ジャン・シャオリン》の三人である。

いま、最大手として阿片売買を仕切っているのは杜月笙だ。経済界や金融業にも進出した異色の人物で、国民党の蔣介石と義兄弟の関係にある。

杜月笙は、もとは地方の貧しい少年だったという。果物屋の伯父を頼って上海へ働きに出て、劇場で真面目に梨売りなどをしていたが、すぐに上海の悪徳に染まり、夜の町を徘徊するチンピラとなった。普通はそんな生活を続けていれば、いずれは警察に逮捕される。もしくは、同類の争いに巻き込まれて命を落とす。ところが杜月笙は、まれに見る強運の持ち主だった。あるとき青幇の人間と知り合って入門を許され、これをきっかけに、当時既に上海の大亨だった黄金栄に紹介されたのだ。そして、黄金栄の妻・桂生《グイ・ション》の世話係となった。

桂生は気難しい女性で、性格も苛烈だった。黄金栄をも圧倒する悪知恵を働かせ、金儲けを得意とする人物でもあった。この気質が禍《わざわい》してどんな世話係も長続きしなかったのだが、杜月笙は夫人の機嫌をとるのがうまく、よく可愛がられた。やがて、夫人が仕切っていた阿片売買を手伝うようになり、のちには自ら積極的に乗り出した。

桂生の夫・黄金栄は、貧しい農民から警察官として身を起こした人物だ。馴染みのゴロツキにわざと港の荷を強奪させ、その事件を自分が解決してみせるという策略を繰り返し、フランス租界の警察署長の地位まで登り詰めた。裏社会に深く入り込み、阿片売買を取り締まる側と、阿片を売りさばく側の双方を完全に牛耳《ぎゅうじ》った。在任中はただの一度も罪を問われず、五十八歳でフランス租界の警察を退職すると、長年の念願であった黄家の廟《びょう》堂《どう》を花園風に改造する計画にとりかかった。還暦祝いの年にこれを完遂し、満州事変が起きた一九三一年には、東洋一の遊楽場と謳われる上海租界の「大世界《ダスカ》」の経営権を手に入れている。いまでは悠々自適の生活だ。そんな男だから、自分の門下となった杜月笙が、桂生夫人のお気に入りとなって、裏社会でどれほど力をつけても、いつまでもチンピラ扱いするだけだった。

杜月笙は黄金栄を疎ましく思いながらも、表面上は、あくまでも礼節を保った。その一方で、裏社会だけで人生を終えるつもりもなかった。合法的に収益を上げるため、経済界や金融業へ進出した。「青幇の大亨」と呼ばれるよりも「上海の名士」と呼ばれたい。これが杜月笙の本音だった。表社会へ出るようになると、杜月笙は、やくざな身なりを改め、長袍《チャンパオ》の上に、豪華な馬掛《マーグワ》を着込んだ。上等な三つ揃えの背広を何着も仕立てさせ、髪型もそれに合わせた。新聞社を配下に入れ、自分に都合の悪い記事は書かせないようにした。貧民出身の杜月笙は学校に通う機会を得られなかったので、自分の教養のなさを常に恥じていた。堅気の社交界では、深い教養に彩られた会話がどうしても必要になる。そこで偉い学者を邸宅に招き、真面目に勉強することにも余念がなかった。学問を修めなくても平気な黄金栄とは、対照的な性格だった。

三人目の大亨・張嘯林も、警察学校に入ったのちに上海でチンピラとなった男だ。やがて青幇の門下となり、黄金栄や杜月笙と手を結び、阿片売買の会社を興して巨万の富を得た。一九二七年に蔣介石が上海で起こしたクーデターで、共産主義者を弾圧した功績からさらに出世し、三大亨のひとりに数えられるようになった。

彼らが声をかけるだけで、配下にある各小組織のボスと大勢の雇われ者が動く。

たとえば、ある人物が、朝、上海の路上でスリに財布を盗られたとする。もし、彼が青幇の大物と知り合いであれば、事件の詳細を伝えて彼に泣きつくだけで、昼には盗られたものが戻ってくる。上海中に散在する青幇の配下がそのスリを捜し出し、身柄を押さえ、一銭も失わせずに盗品を取り返してくれるのだ。警察には決してできないことを、青幇の大物たちは易々とやってのける。

上海で阿片を扱うには、このような者たちに恭順を示し、彼らの商売の邪魔をせず、何かを頼まれれば即承知せねばならない。素人の野心家が入り込める隙はなく、青幇に無断で何かを取り引きしようとすれば、即、死体となって黄浦江に浮くだけだ。

2

太湖《たいこ》は、江蘇省南部と浙江省北部の境界にある。

調査団は、この湖の周辺地の何ヶ所かを、芥子栽培の候補地として老板《ラオバン》たちに提示した。最終的に選ばれたのは、適度な広さを備えた廃村だった。土地は、単に「田《テイエン》」とだけ名づけられた。大陸各地から掻き集められた貧しい人々が、開拓と栽培のために送り込まれた。まずは家屋を修繕し、水を引き直して畑を耕すのである。

阿片芥子がよく育つのは、水はけがよく、陽当たりのよい冷涼な土地だ。平地の面積が限られるところではゆるい斜面に畑をつくり、作付面積を大きくとれば収穫率が上がる。種をまいたあとは、こまめな雑草抜きが必要となる。栽培者には、自分たちの食料となる雑穀や野菜づくりにも、力を割《さ》いてもらうことになった。

原田ユキヱが持参した特別な阿片芥子に、老板たちは「最《ズイ》」という名前をつけた。「最」の開花は三月から四月末にかけて。花は一日で散り、数日すると芥子坊主が膨らんでくる。一週間経てば実から汁を採取できる。阿片を集める手順は他の品種と同じである。収穫用の鉤《かぎ》で芥子坊主に縦三本ほど疵《きず》をつけ、あふれ出た汁が固まってからヘラで受け皿に削ぎ落とす。この採れたばかりの阿片が生阿片《しょうアヘン》だ。生阿片は乾燥させ、木箱に詰めた芥子の花びらの中へ埋めて保管。種は、温度と湿度が低い暗い場所で保管し、秋になってから畑にまく。「最」は一年草なので、毎年春に種を収穫し、同年の秋にまく手順を繰り返すことになる。

青幇は阿片の塊を特別な用語で呼ぶと、楊直《ヤン・ジー》は次郎に教えた。「糖年糕《タンニエンガオ》」とは、阿片を切り餅のように四角く固めたもの。「福寿膏《フーシヨウガオ》」とは、饅頭《マントウ》のように丸く固めたもの。忘れては困るので、次郎はその言葉を手帳に書き留めておいた。

「田」を管理する者が日本人だとばれるとまずいので、楊直は次郎に「黄基龍《ホアン・ジーロン》」という中国名を与えた。基龍の発音が「ジロー」に近いので、楊直が皆の前でうっかりジローと呼んでしまったときにも変に思われないだろう、という発想でつけた名前だ。

畑の管理には、次郎と同格の監督者が、もうひとり加わるらしい。いずれ顔合わせとなる予定だ。

共同租界の雑貨屋は閉めろと命じられた。阿片関係の仕事を始めれば、確かに、雑貨屋の仕事に戻る機会はない。自分でつくった店だから閉めるのは惜しかったが、阿片がらみの事業が失敗すれば上海にはいられなくなる。店はたたむしかなかった。

「田」がある浙江省へ出発するまで、次郎は楊直邸で寝泊まりすることになった。雑貨屋の商品と小型トラックは、楊直の指示で中国人の業者が買いあげ、代金を次郎に渡すという。「上海租界へ返り咲いたときには、もうトラックなんて必要ない。運転手付きのフォードでもベンツでも、好きな車を買えばいい」と楊直は笑った。

私物を楊直邸へ運び込んだあと、次郎は再び雑貨屋へ戻り、買取人に電話をかけた。業者が店までやってくると次郎は陳列棚を指さして、「雑多な品ぞろえだが、全部引き取れるのか」と訊ねた。

買取人は「心配するな。お望みなら、天井裏の鼠《ねずみ》や寝床の南京虫まで運び出してやるよ」と軽口を叩いた。

「少し面倒なものが二階にある。店頭に出せんやつだ」

「構わん。見せろ」

次郎は店の奥の階段を上り、買取人を二階へ案内した。何もない室内に、据え置き式の金庫だけがぽつんと残っていた。

把手をつかみ、金庫を開く。

中には札束や貴金属ではなく、欧州で生産されている自動拳銃が三挺《ちょう》収まっていた。この町でよく見かける型式の銃だ。

買取人は目を丸くした。次郎は言った。「こういうものを持ち込んで物々交換を頼む奴がいる。自分ではさばけないから隠していた。いずれ、どこかに引き取ってもらうつもりだった」

「弾は」

「フル装填されたものが一挺、こちらの二挺の残弾数はゼロ。安全装置はかけてあるが、よく確認してから持ち出してくれ」

「護身用に持っておいたらどうだ」

「危険な目に遭ったら即逃げ出すか、口八丁で切り抜けるのがおれのやり方だ。暴力沙汰は性に合わん」

商品の処分を終えると、次郎は楊直邸へ戻り、次の指示を待った。

次郎が与えられた個室には、新しい服が用意されていた。洋服だけでなく、支那服も。バイフーがいつも着ている短袍《ドアンパオ》と褲《クー》が、それぞれ数着。落ち着いた色の長袍《チャンパオ》も一着。

楊直は次郎に告げた。「近いうちに、郭老大《グオラオダー》のところへ挨拶に行く。短袍と褲を身につけて、中国人らしくふるまってくれ。日本名は絶対に名乗るな。どこで誰が聞き耳を立てているかわからん」

次郎は訊ねた。「中国人になりきったら青幇に入れるのか」

「馬鹿を言うな。大陸育ちですら簡単には入れん組織だ」

「成果をあげれば日本人でも入門できるかい？」

楊直は次郎に向かって指を突きつけた。「おまえはおっちょこちょいだから、あらかじめ教えておいてやる。郭老大に会ったら手短に挨拶して、あとは黙っていろ。老大はほとんど喋らんだろうが、おまえも必要以上に喋らなくてよい。老大の態度に気をつけて素直に忠誠を誓うのだ。老大からの言葉は絶対だ。何があっても逆らうな」

「たかが挨拶に」

「中国人同士でも気をつかう場所だ。気をつけろ」

3

楊直《ヤン・ジー》が郭老大《グオラオダー》と呼ぶ男――郭景文《グオ・ジンウエン》の邸は、フランス租界ではなく、南側の華界にあった。中国の伝統に拘る世代なので、租界には住まないのだという。

行きの車には、次郎の他に楊直の部下がひとり乗り込んだ。「田《ティエン》」のもうひとりの管理者で、名は、何忠夫《ホー・ジョンフー》といった。

何忠夫は面長で、ひょろりと背が高かった。両耳の直上だけ髪を刈り上げ、残りは真ん中から左右に分けていた。眉はひどく薄く、金魚のようにぎょろりとした目がその下にある。気難しそうな雰囲気を漂わせた男で、楊直と同じく長袍《チャンパオ》を着込んでいた。おかげで短袍《ドアンパオ》姿の次郎だけがまるで下僕だ。

車中で次郎が挨拶しても、何忠夫の受け答えはそっけなかった。楊直の命令だから「田」へ行くだけで、次郎と親しくなろうという気は皆無のようだ。当然だろう。青幇《チンパン》でもない新参者が、突然、阿片芥子栽培の計画に加わり、楊直の知り合いとしてふるまっているのだ。楊直の顔を立てて抗議こそせぬものの、「なんだ、こいつは」と訝《いぶか》しむ様子が、ひしひしと伝わってきた。早めに打ち解けねば先々まで気まずい。だが、一筋縄ではいかない人物に見える。

郭老大邸は楊直邸よりも遥かに広く、屋根には中国式の瓦が並び、窓は壮麗な中華格子で飾られていた。庭の四阿《あずまや》のそばには蓮の葉が繁る池があり、ゆるく湾曲した橋がそこにかかっていた。セキレイが水辺を歩いており、次郎たちが近づくと、さっと翼を広げて飛び去った。

使用人は次郎たちを別棟へと導いた。屋根の四隅が鋭く反った、典型的な中国様式の建物である。正面の出入り口に到着すると、使用人は扉を叩いて中へ声をかけた。それから扉を両側へ開いて固定し、自分は脇へ退いて、「どうぞ、お入り下さい」と次郎たちに促した。

租界にあふれる欧州文化の香りなど、ひとかけらも存在しない部屋だった。古めかしいほどに中国の伝統に忠実なつくりだ。

赤を基調とする室内で、郭老大は長袍の上に豪華な馬掛《マーグワ》を着込み、椅子の背に体をあずけていた。恰幅のよい老人だった。片肘を傍らの卓に載せ、にこにこと笑いながらこちらを見つめている。好々爺《こうこうや》といった雰囲気だが、青幇なのだから油断はできない。

丸みを帯びた顔と喉元には、加齢によるたるみと皺が目立つ。眉はほとんどなく、髪もずいぶんと後退し、ゆで卵の如き頭部のてっぺんに、薄く筋状に残っているだけだ。

卓には蓋付きの湯呑みが一客あり、傍らに自動拳銃が一挺置かれていた。何やら穏やかならぬ雰囲気である。

郭老大から一歩下がった位置には、黒い長袍を着た目つきの鋭い中年男が立っていた。引き締まった体つきと、整った身だしなみから受ける印象は、裏社会の人間というよりも、租界で成功を収めた企業人の印象に近い。

楊直だけが一歩前へ出て、右手でつくった拳を左の掌で覆った。「浙江省の『田』へ派遣する者を連れて参りました。何忠夫は長年私に仕えており、最も信頼できる部下です。黄基龍《ホアン・ジーロン》は、まだ日は浅いのですが、よく働いてくれています。いずれも役に立つ者です」

鷹揚《おうよう》にうなずきながら、郭老大は「ああ、ああ」と低く声を洩らした。大病のせいで言葉が不自由になった者のような喋り方だ。こんな調子で大丈夫なのかと、次郎は一抹の不安を覚えた。

楊直は姿勢を戻し、次郎たちに挨拶を促した。何忠夫がいち早く前へ進み出て、楊直と同じように礼儀正しく、言葉少なに自己紹介を行った。

次郎もすぐにあとに続いた。楊直からの忠告通り、不必要な言葉は何も付け加えなかった。郭老大に最大限の忠誠を尽くすとだけ述べた。

湯呑みの蓋をとると、郭老大は口をすぼめて茶を少しだけ飲み、それから黒い長袍を着た男へ向かって顎をしゃくった。男はうなずき、卓から拳銃を取りあげた。

郭老大は、次の言葉を待つ楊直に向かって、「ふたりも、いらん」と言った。次郎をまっすぐに指さし、「若いほうがいい。そちらへ」と続けた。

黒い長袍の男は、次郎の前まで来ると、銃把を向けて拳銃を差し出した。

次郎がためらっていると、男は苛立ったように銃を持った手を揺すった。「受け取れ。早く」

仕方なく銃を手にして男を見返すと、相手は何忠夫を指さして言い放った。「こいつを撃て」

「は？」

「郭老大は、浙江省の『田』の管理者はひとりでいいと仰っている。だが、楊直はふたりも連れてきた。ふたりとも『田』を知ってしまったから、秘密を守るために片方を消せというご命令だ」

「無茶を言うな」次郎は自分の立場も忘れて大声をあげた。「何忠夫は、楊先生に長く仕えてきた部下だ。殺せなんて、おかしいだろう」

「ならば、おまえが何忠夫の代わりに死ぬか」

次郎は言葉を失った。全身から一気に血の気が引いていった。

何忠夫を一瞥すると、当然のことながら、真っ青になって震えていた。

楊直は苦り切った顔をして、別棟の出入り口近くまで後退していった。たびたび、このような経験をしているのかもしれない。楊直が郭老大の下から抜けたがっている理由はこれか？　だとすれば気持ちはよくわかる。いつもこんな理不尽な目に遭っていたら、部下としてはたまらないだろう。

次郎は何忠夫のほうへ向き、ゆっくりと拳銃を持ちあげた。相手のこめかみに狙いを定める。

楊直は何も言わない。離れた場所から、冷たい目でこちらを眺めるだけだ。

『老大からの言葉は絶対だ』と、楊直は、ここへ来る前に次郎に教えた。何があっても逆らうなと。

腹の底で、じんわりと炎が燃えた。

人を殺せという命令でも黙って従えと？　初対面の相手を、虫けらみたいに殺してしまえと？

ここは、戦地や、ならず者の抗争の場じゃない。楊直はなぜ黙っている。これまでも、こんなふうに唯々諾々《いいだくだく》と従ってきたのか。一度も郭老大に抗ったことがないのか。だとすれば、思っていたよりもつまらない男だ。付き合う価値などない。

いっぽう何忠夫は、やめてくれとも助けてくれとも言わず、唇を嚙みしめたまま動かなかった。言いたいことは山ほどあるはずだが、郭老大に逆らうと事態が悪化すると考えているのだろう。恐怖のあまり逃げ出しても当然なのに、必死に耐えている。次郎に対して罵声を浴びせようともしない。

長いあいだ迷ったのち、次郎は銃口を下げた。郭老大のほうを向いて、その場に腰をおろした。あぐらをかき、拳銃を自分の前方に置く。両手を腿に載せ、息を深く吸ってから大きな声で告げた。

「私は、この道における先達の命を奪えるほど偉い立場にはおりません。何忠夫は、長年、楊先生に忠義を尽くしてきたと聞いています。そのような者の命を奪う権利を持つのは、郭老大ご自身以外には考えられません」

郭老大はゆったりと応えた。「わしは、銃など撃たぬのだ」

「存じあげております」

「では、どうする」

「撃つ者がいなければ、この件は、これで終わりにしてもよろしいのでは」

「青幇でもないおまえが、わしに命令するのか」

「いいえ。すべての判断は郭老大にお任せ致します。私としては、この場で最も偉いのは誰なのか、それを確かめたいだけです」

「何忠夫に、おまえを撃たせてもいいのだぞ」

「彼がそう望むなら仕方がありません」

「そうか。では、何忠夫に撃ってもらおう」

何忠夫は自分の名を呼ばれ、びくっと飛びあがった。

郭老大が言った。「こいつがこう申しておるので、おまえが黄基龍を撃て」

何忠夫は一瞬ぽかんとしたが、大慌てで拳銃を拾いあげ、座ったままの次郎の頭に狙いを定めた。

次郎は一言も発さず、正面を睨みつけていた。汗がふき出してこめかみを流れ落ちたが、拭いもしなかった。体の震えを懸命に抑えているうちに、奇妙な浮遊感に見舞われた。体中を駆け巡る血の音が耳の奥で響き、心臓は太鼓のように激しく鳴っていた。

次郎は勝ちの目を待っていた。それが出るかもしれない瞬間を。

楊直は相変わらず動かず、言葉も発しない。

次郎に銃口を向けていた何忠夫が、突然くずおれた。拳銃を床に置き、郭老大に向かって平伏して、泣き叫ぶような声で訴えた。「お願いします。黄基龍を許してやって下さい。私には、こやつを撃てません」

郭老大が「なぜだ」と不機嫌な声で訊ねると、何忠夫は続けた。「私はさきほど、黄基龍によって命を救われました。自分の命を救ってくれた恩人に銃は向けられません。青幇は義を重んじる集団です。恩を裏切っては、結社の掟が成り立たぬかと存じます」

「わしは、ふたりは多いと言った」

直後、ようやく楊直が次郎たちの背後から声をかけた。「ならば、何忠夫のほうを管理者とし、黄基龍はおろします」

「おまえが処分するのか」

「貧民と共に栽培者として働いてもらいます。これなら差し支えありません。『最』の栽培にあたる者は、皆、阿片について知ってしまうのですから、黄基龍も彼らと同じ身分になればよいのです」

郭老大は目を細めて、うなずいた。「では、そうしろ」

「ありがとうございます」

「もう、さがってよい」

次郎はすぐに立ちあがった。両手を組み、郭老大に向かって前後に揺らして感謝の意を表した。郭老大は次郎とは視線も合わせず、再び、美味そうに茶を飲んだ。

何忠夫が、ふらふらと立ちあがった。次郎は何忠夫の背を軽く叩き、別棟の外へ連れ出した。楊直が「何忠夫、うちへ寄ってくれ」と、そっと声をかけた。「今後の予定を組み直す」

何忠夫は、夢から覚めたばかりのような、ぼんやりとした表情でうなずいた。

楊直邸へ戻る車中でも、何忠夫は無言だった。相変わらず顔色が悪い。次郎も何も言わなかった。軽口を叩ける雰囲気ではなかった。

だが、邸に到着して談話室へ通されると、何忠夫は、すぐさま次郎に歩み寄り、両手でしっかりと次郎の手を包み込んだ。深々と頭《こうべ》を垂れ、「感謝する」と感情をこめた声で言った。

日本人が日常的に行う丁寧なお辞儀は、他の国ではあまり見られない。大陸でもそうだ。中国人がこれをやるときには、よほど強く心を動かされたか、深い感謝の念を伝えたいときに限られる。

初対面での印象が悪かっただけに、次郎は面食らった。「いいんですよ、気にしないで下さい」

「いや、おまえは命を投げ出して私を救ってくれた。いくら礼を言っても足りん」

「運がよかっただけです。あれは賭けだったので」

現場では確かめられなかったが、あの銃には、弾は入っていなかったはずだ。手に持ったときに軽かった。少なくとも弾倉はカラだったろう。

次郎の店には、かつて、引き取り手のない銃が三挺あった。店をたたむときに業者に引き取ってもらったが、さきほどの拳銃は、長いあいだ金庫で保管していたあの一挺と同じ型だった。おかげで、すぐに重さの違いに気づいた。雑貨屋をやっていると物をよく観る癖がつく。意外なことが金儲けにつながるから、何もおろそかにできないのだ。

郭老大の行動は、こちらの人柄を見極めるための策謀だったのかもしれない。が、先方の気まぐれで、薬室に一発弾がこめられていたら、自分のような素人には見抜けなかっただろう。

何忠夫は感心しきった調子で、「黄基龍、おまえはすごい奴だ。尊敬に値する」と言った。

「とんでもない。惨めな死に方をしたくなかっただけです。負けるにしても、納得のいく形で死にたかったので」

それは自分が日本人だからだ、ああいう場面に直面すると、意地でも退けないのが日本の男なのだ、と次郎は教えたかったが、その言葉を腹の底へ押し込んだ。

何忠夫に自分の素性を明かしても、いいことは何もない。いまは尊敬の眼差しを向けてくれるこの男が、次郎が日本人だと知った瞬間、失望と敵意を剝き出しにするのは明らかだ。そんな経験を過去に何度も味わってきた。もう同じ目には遭いたくない。

楊直が次郎たちに向かって「まあ、座れ」と促した。「疲れただろう。すぐに酒を運ばせる」

談話室の長机に酒器が並んだ。使用人は杯に酒を注いで回り、すぐに室内から立ち去った。

楊直は次郎に念を押した。「本当に農作業を任せていいんだな。郭老大に嘘は通用せん。言う通りにしなければ、今度こそ殺される」

「構いません」次郎は平然と応えた。本音では悔しいが、この状況で他にとれる方法はない。

「おれが行かなかったら、また面倒が起きるんでしょう?」

「うむ」

「適当に怠けておきます。そのあたりは、まあ、なんとかして」

何忠夫が「任せておけ」と自信たっぷりに応えた。「おまえは他の栽培者と違って気楽に過ごせばいい。『田』で退屈したら、里へ下りて好きなだけ遊べ。現地の誰にも文句は言わせん。私の名にかけてな」

相談が終わって何忠夫が帰宅すると、次郎も「じゃあ、おれも自分の部屋へ」と椅子から腰をあげた。

すると楊直が「待て」と止めた。「おまえとは、もう少し話しておきたい」

「明日にしてくれよ」

「いいから、座れ」

ドスの利いた声で言われたので、次郎は仕方なく椅子に座り直した。他人に何をするかわからないのが青幇とその配下だと、前回と今回で嫌というほど思い知った。よほどの場合以外は従っておいたほうがいい。

小間使いが、新しい徳利と湯気が立つ料理を運んできた。どうも、簡単には解放してもらえない様子だ。

楊直は再び杯に口をつけた。この男は信じがたいほど酒に強い。「今日は、おまえの度胸に感心した。老大の自尊心をくすぐって、うまく切り抜けたな」

「あんな奴の下にいるなんて、大哥《ダーグァ》も大変だな。おれだったら三日も保《も》たん」

「若い頃は、もっと怖い人だったらしい。大病を患い、喉の手術をしてからは煙草も吸えなくなり、ずいぶん丸くなった。近頃では、薬酒や健康茶ばかり飲んでいる」

「あれで丸いのか」

「昔は部下がへまをやらかしたら、藁切りで、そいつの手首を切り落とさせていたらしいぞ」

「よく、そんな奴に敬意を抱けるな」

「家族ごと救ってもらった恩がある。私と家族は、内陸部から上海へ流れ込んだ貧民だった」

「老大に口答えしないのはそれが理由か。おれは、てっきり、大哥に見捨てられたのかと思ったよ」

「悪かったな。あのとき割って入っていたら、老大は私に『黄基龍か何忠夫のどちらかを撃て』

と命じただろう。そうなると、もう逃げ道がなかった。私は何忠夫と違って、平伏すれば見逃してもらえるという立場ではない。銃を渡されれば、おまえたちの上に立つ者として撃たざるを得ん」

「じゃあ何忠夫は、大哥の立場まで考えたうえで、あの場をまとめてくれたのか」

「当たり前だ。あれは、おまえの器量だけで切り抜けられたんじゃない。おまえこそ、あいつの機転に救われたのだ。それを絶対に忘れるな」

じんわりと頬が熱くなった。「そうだったのか。おれには、そこまでは読めなかった」

「もうひとつ教えておくが、今後、郭老大よりも脅威になるのが、今日、おまえに銃を渡した男だ」

黒い長袍をまとった男の姿が鮮やかに脳裏に甦った。「あの側近が？」

「郭老大から最も信頼されている男だ。名は、董銘元《ドン・ミンユアン》という」

「郭老大の右腕は大哥じゃないのか」

「私は、細々とした物事を任されているだけだ。組を継ぐ者ではない。郭老大が引退すれば、おそらく、あの男が次のボスになる」

「なるほど」

「おまえには、今日、何忠夫を撃ってしまう道もあった。何忠夫は、おまえにとって赤の他人だ。助けてやる理由など少しもなかった。撃っていれば郭老大を喜ばせ、董銘元の歓心も買えたかもしれん」

「馬鹿を言うな。どんな人間かわからん相手を、そう易々と殺せるか」

「知らん奴のほうが殺しやすいだろう」

「それは戦地での話だ。兵隊として前線へ送られれば、そりゃ誰だって仕方なく殺すだろう。だが、魔都と呼ばれていようが、ここは、貧乏人も物乞いも住む普通の町だ」

「甘い顔を見せれば自分が殺される。いまの上海はそういう場所だ」

「知ってるさ。でも、だからといって、自分の手で殺すかどうかは別だ」

「私が命令すれば殺せるか」

「バイフーに頼めよ。おれは芥子畑を手伝うとは言ったが、殺し屋までは引き受けていないぞ」

「日本人は、皆、そんなふうに考えるのか？」赤みを帯びた目で楊直は次郎を見据えた。「他人の命など、どうでもよかろう。自分が勝って大儲けできればいい。それ以外のことは、なんの意味も持たん」

「おれだって大金はほしい。だが、人としての道理には背けない」次郎は拳で自分の胸を叩いた。「おれは自分の魂が命じるままに生きる。己の理に従って生きる者の魂は自由だ。誰にも行く道を変えられん」

楊直は微かに頰を動かし、手にしていた杯を長机に戻した。「私は、おまえ以外にも、ひとりだけ日本人を知っている。子供の頃に出会った。やはり、奇妙な価値観を重んじる男だった」

「上海で？」

「違う。ここからずっと離れた内陸部、私の故郷でな。私もおまえと同じく農村の出身だ。あるとき、そこを、ひとりの日本人が訪れた。観光客や軍人ではなく、学者だと名乗った。堅苦しい中国語と身振り手振りで、地方の文化を知るために旅をしていると説明した。私の村には特別なものは何もないのに、その『何もない現実』を知りたかったそうだ。おかしな奴だ」

「日本軍のスパイか、宣撫工作で派遣された人間じゃないのか」

「地方の貧しい農村だぞ。情報的な価値など、どこにある」

「若い男か」

「ああ。東京の大学で民族学か何かを研究していたようだ。男の荷物の中には、米と、見知らぬ調味料があった。ぴりっと辛い醬《ジアン》みたいな何かだ。大粒の塩と、いい油も少しだけ持っていた。それを使って、村の野菜と米で炒め物をこしらえてくれた。泊めてもらったお礼だと言ってな。それがもう、びっくりするほど美味かった。私たちは、こんなに美味い野菜をつくっていたのかと初めて知った」

屈託のない笑みが楊直の顔に広がった。「男は『これから上海へ戻る』と言った。私は訊ねた。上海には、もっと美味い料理があるのかと。男は丁寧に都会の話を教えてくれた。都会には、いいことばかりがあるわけではないと。だが、未知の世界への渇望を抱いているなら、思いきって心を解き放てとな。男が立ち去っても、私は料理の味を忘れられなかった。いまあれを食べたら、『なんだ、この程度だったのか』と思うかもしれん。逆に、懐かしさのあまり泣き出すかもしれん」

「そいつとおれとは、どこか似てるのかい」

「いや、全然似ていない。私が知りたいのは、あの男の優しさが彼に固有のものなのか、それとも、ある種の日本人は皆そうなのかということだ」

「日本人は、大哥が想像しているよりも性悪だぜ」

「知っている。だからこそ、あの男やおまえの性質が不思議でならん。九一八事変（満州事変の中国側での呼称）を起こすような気質が日本人の本質なのか。それとも、見知らぬ農民にも心安く接し、赤の他人の命でも大切に思ってくれるのが、日本人の本当の心か」

「ひとりの人間の中に、いいところも悪いところもあるのさ。中国人も日本人も同じだよ。大哥こそ、なぜ、ここまでおれを信用してくれるんだ」

「いまどき、中国人に素直に頭を下げられる日本人などいない。だが、おまえはそれを自然にできる。そこが気に入った。おまえなら、我々の仲間を馬鹿にせず、誰とでも協力できるだろう。貴重な人材だ」

次郎は複雑な想いに囚われた。自分が楊直に頭を下げるのは、ただただ大金を儲けたいからだ。本気で信用していたら足をすくわれるぞ、楊大哥。わかっているのか？「大哥が上海へ来たのは、その日本人に、また会いたかったからか？」

楊直は首を左右に振った。「私の村は鼠の大群に襲われて全滅した。洪水みたいに鼠が押し寄せて、作物だけでなく、家中のものをかじっていったのだ。そんな現実を想像できるか。それが大陸での鼠害だ。倉庫や台所の食料が食い尽くされ、赤ん坊や病人までもが、骨が剝き出しになるまでかじられる。あいつらは喉が渇くと水瓶や井戸の中に飛び込むから、そこで何十匹も溺れ死ぬ。こうなったら、汲み置きの水も井戸も使えない。鼠の死骸で腐ってしまうからな」

農村出身の次郎も、鼠害についてはよく知っている。だが、ここまですさまじい経験はなかった。

楊直は続けた。「一粒の種も残らなかった。次の種まきの目処など立たなかった。我々は故郷を捨て、働き口を探すために上海を目指した。荷車を持つ者は日用品を積み込み、人間がそれを牽いた。驢馬《ろば》なんて、もう食っちまったあとだからな。吹きすさぶ風は大量の砂塵を舞いあげ、それが目に飛び込むせいで、道中、目を悪くした者が大勢いる。食べ物は道々調達するしかなかった。木を見つければ樹皮を剝いで食い、道端の草をむしって頰張った。何も口にできん日には布きれを嚙み、唾液だけを糧に進んでいった。人は飢えると体がひどく冷える。陽がさんさんと降り注いでいるのに、がたがたと震え出すほどの寒さに苛まれるのだ」

栄養失調による体温の低下。夏季であっても、上海の路上で物乞いが死んでいくのは、これと同じ理由だ。真冬に凍え死ぬのと同じ現象が起きる。体温を維持するための養分が体内にないと、体の芯まで冷えきってしまうのだ。

「我々は襤褸をまとった虫けらだった。行商で道を行く者たちは憐れみに満ちた顔で我々を眺めたが、施しをする者はいなかった。欧米人の記者は、我々に向けて頻繁にカメラのシャッターを切った。撮った写真はどこの新聞に載ったのだろうな。それは何かの役に立ったのか？　写真を撮られても我々は飢えたままだった。途中で倒れる者がいれば置いていくしかなかった。穴を掘って埋める体力も残っていないから、おざなりに土をかぶせていくだけだ。私は、あの日本人がつくってくれた料理を、頭の中で繰り返し味わった。意識が朦朧《もうろう》としてくると、本当に食べているような気分になって、うっとりとしたほどだ。死ぬ前に上海へ辿り着けたのは幸いだったが、あの男が教えてくれた通り、ここも我々にとっては天国ではなかった」

次郎は、カラになった自分の杯に酒を注いだ。ついでに楊直の杯にも徳利を傾ける。

楊直は杯を手にとった。「貧民同士で仕事を奪い合った。上海でも飢えからは逃れられなかった。いや、目の前に食べ物が山積みになっている分、もっとつらかった。市場に行けば野菜や肉がうなるほどある。強烈な生臭さに驚いてあたりを見回すと、魚が呆れるほどたくさん平台に並んでいる。露店では湯気が立つ料理が売られ、饅頭《マントウ》なんて、どこでも買い放題だ。果物や甘い菓子だって金さえあれば買えた。普通の市民なら、さっと金を払って腹を満たせる。それなのに我々は、相変わらず襤褸を着て飢えているだけだった。私がようやく得た仕事は、家々を訪ねて糞壺の糞尿を回収することだった。肥料になるから、上海周辺の農家へ持っていくとわずかでも金になる。天秤棒の両端に桶を吊るして埃っぽい町を歩いていると、私とたいして年齢が変わらない若者たちから、軽蔑した目で見られ、ひやかされた。意地悪な奴に足をひっかけられて、桶の中身を道にぶちまけてしまったこともある。巡査からひどく怒鳴られ、殴られた。すぐに片づけろ、掃除しろと。どうやって片づけたのかは聞かないでくれ。それでも、やめるわけにはいかなかった。祖父母も兄弟も、上海へ辿り着くまでに死んでしまった。生き延びたのは、私と、両親と、一番上の兄と妹だけだ。私の妹、楊淑《ヤン・シュー》は、劇場で梨やビールを売る仕事をしていたところを郭老大に見初められた。私は楊淑を頼りに自分を売り込み、郭老大に忠誠を誓った。郭老大は糞尿運び以上の汚れ仕事を私に命じ、成功させれば家族全員を貧困から救ってやると約束した。むごい仕事だったが私がそれを成し遂げると、老大は約束を守ってくれた。それだけでなく、私を手元に置き、ずっと引き立ててくれた。だから、おまえの考え方がよくわからん。私は、これだけの苦労と努力をしてきたのだから、金持ちになっても当然だ。どんなことをしてでも人生の決算書を黒字で終える。それ以外の選択など有り得ん」

次郎は遠慮がちに言った。「大哥はそれでいい。おれは否定する気などない」

「私はおまえも同じであってほしい。心からそう願う」

「わかったよ」次郎は苦笑を浮かべた。「じゃあ、芥子栽培で成功したら、本気で義兄弟の契りを結んでくれるか。生涯、お互いを助け合うと」

「勿論だ。いつか血を混ぜた杯を交わし合おう」

4

延々と身の上話を聞かされ、楊直《ヤン・ジー》の意外な一面を見た思いだったが、すべてを信じるほど次郎はお人好しではなかった。

楊直の故郷を訪れた日本人の話も、鼠害で村が全滅した話も、上海へ来てからの苦労話も、全部嘘だったとしても驚かない自信があった。むしろ、こちらを抱き込むための、巧妙な作り話だと明かされたほうが安心できる。

信じるな。安易に信じるな。

おれは綱渡りをしているのだ。

義兄弟の契りを結んだあとでも、おれはいつだって、あいつを欺《あざむ》いてみせる。

浙江省への出発までは、まだ少し日数があった。次郎は翌日からも楊直邸に留まり続けた。

住んでみてわかったことが、ふたつある。

ひとつ目。楊直には妻がおり、別邸に住んでいる。場所はフランス租界のどこからしい。仲が悪いからではない。出産が間近なので、楊直の両親と共に別邸で暮らしているのだ。楊直が仕事がらみで他人から恨みを買いやすいため、安全な場所へ離してあるのだという。

ふたつ目。毎日、敷地内のどこかでバイオリンが鳴る音が聞こえる。不思議に思って小間使いに訊ねてみたところ、原田ユキヱが弾いているとわかった。

ユキヱは軟禁されるとすぐに、「退屈だからバイオリンが一挺ほしい」と楊直に申し出たらしい。自分で持っていたバイオリンは旅の途中で紛失した、安物でいいから租界で買ってきてくれないかと。

安物でいいと言われて、はいそうですかと安い楽器を与えるほど、楊直は鈍感な男ではなかった。楽器屋の主人と相談し、ユキヱの腕前に相応しい楽器を見繕わせ、邸まで数挺を運ばせた。ユキヱは各々を手に取り、吟味し、最も音色が気に入った品を選んだ。手入れのための道具や新しい楽譜も含めて、結構な金額になったという。

いつも自室で弾いているようだ。部屋まで押しかけて聴くのは抵抗があったし、入れてもらえないかもしれない。次郎は、沈蘭《シエン・ラン》という名の小間使いに、「原田さんを、うまく庭へ連れ出してくれ。バイオリン付きで」と頼んだ。紙幣を一枚握らせると沈蘭は目を輝かせ、「お任せ下さい、黄先生」と言い残して、ユキヱがいる離れへ飛んでいった。

食堂で昼食を摂り、しばらく待っていると、再び沈蘭が姿を現した。「このあと、お庭までお越し下さい」と次郎の耳元で囁いた。「今日は天気もよく、外の空気を吸うには最適の日です。アカシアの木陰に長椅子がありますので、そこで演奏してみては如何ですかと原田さんにお勧めしておきました。乗り気になられたようです」

「ありがとう。君も一緒に聴くか」

「いえ、私は仕事がありますので」

「お礼だよ」紙幣をもう一枚、沈蘭に差し出した。「これからも、よろしく頼む」

「かしこまりました」


庭へ出ると、すぐに、バイオリンの響きが耳に入った。近くで聴くと、よりはっきりと巧さがわかった。焦らず落ち着いたリズム、正確な音程、艶と深みをそなえた音色が心地よく胸に響く。鮮黄色《せんおうしょく》の花が咲き乱れる時期を終えたアカシアは、透けるように瑞々しい色の若葉を繁らせ、風に揺れている。原田ユキヱはその傍らで、長椅子には座らず、悠然と弓を動かしていた。自分から楽器をねだっただけあって、余技の域を超えた演奏だった。次郎にも聞き覚えのあるその旋律は、悠々と流れる大河の如く情感に溢れ、故郷を捨ててきた次郎にすら帰るべき懐かしい土地を連想させた。次郎は何かの本で読んだ「美とは、その存在自体が人を動かす」という言葉を思い出した。美しいものは、ただそこに在るだけで、それを知った者の行動すら決めてしまうという意味だ。

もっとも、いまの自分は、庭の清々しさとユキヱの香気に惑わされ、まともな判断ができなくなっているだけかもしれない。

曲を弾き終えるまで、次郎はユキヱに声をかけなかった。ユキヱ自身も、こちらには目もくれなかった。演奏を終えて弓をおろしたとき、次郎は軽く拍手を送った。

「巧いな。なんて曲だ？」

「ヘンデルのラルゴ、『懐かしい木陰よ』です。長椅子へどうぞ」

次郎は長椅子に腰をおろした。距離が縮まったせいで、ユキヱの体が放つ芳香を明瞭に嗅ぎとれた。熟した果実のような甘い香りと、アカシアの緑の香りが、うっとりとするほど見事に調和する。「いまのは、クラシックかい」

「そうです。『オンブラ・マイ・フ』と言ったほうが、わかりやすいですか」

「いや、おれはジャズ以外は全然知らん。ジャズは弾けるか。いまは、ジャズの時代だぜ」

ユキヱはふっと笑い、再び弓を持ちあげた。さっと弓が動くと、飛び跳ねるようにリズミカルな音が鳴り響いた。先ほどとはうって変わった軽快なテンポで、小気味よい音が次々と跳ねる。

次郎は目を丸くして歓声をあげた。「『タイガー・ラグ』だ。バイオリンでもやれるのか」

ユキヱはいったん手を止めた。「何度も聴いていれば、たいていの曲はこなせます。バイオリンの音域は四オクターブありますから」

「すごいや」

「最後まで聴きますか」

「続けてくれ」

ユキヱは微笑さえ浮かべて楽しそうに「タイガー・ラグ」を弾いた。次郎は長椅子から立ちあがり、音楽に合わせて軽快にステップを踏んだ。ダンスホールで客がやるように腕を組んだりしないだけで、それは、ユキヱと一緒にダンスを踊っているのと同じだった。ユキヱも体を左右に揺らしながら、明るく華やかな音を次々と繰り出した。

演奏が終わると、次郎は今度こそ惜しみなく拍手を送った。「次は『オールド・ファッションド・ラブ』をやってくれ」

「お好きなんですか、ジャズ」

「雑貨屋を始めるまで、おれは日本人のジャズバンドで雑用係をやっていた。連中にひっついて、神戸から上海へ渡ってきたんだ」

ユキヱは意外そうに目を見張った。

次郎は心の底から笑った。「音楽もわからない田舎者だと思っていただろう」

「いえ、そんなことは」

「早く聴かせてくれよ。ああ、もしかしたら、この曲は知らんのか」

「大丈夫です。有名な曲ですから」

宝石が煌《きら》めきながらこぼれ落ちるように音が連なる。ロマンチックで軽やかな旋律に合わせて、次郎はゆったりと音楽に身をゆだねた。次郎が知っている演奏では、ジェームズ・P・ジョンソンによる洗練されたピアノの音が印象的だった。ユキヱはピアノとは違うタッチで、豊かな情感と、ちょっぴり切ない響きをうまく表現した。粒だった音の感触が心地よい。

甘い喜びが胸を満たした。ここしばらく張りつめていた気持ちが次第に解けていく。

ああ、ずっとこのまま音楽に浸っていたい。

やっぱり、おれは、山奥の畑なんか行きたくないんだ。

ユキヱは曲を弾き終えると、静かに弓をおろした。いつもの冷たい表情は消え、上気した頰には、ほんの少しだけ優しさすら滲んで見えた。

次郎はもう一度拍手を送った。「あんた、なんでジャズまで弾けるんだ」

「勢いがある分野を追いかけるのは好きです」と、ユキヱは言った。「ジャズはこれから、もっと発展するでしょう。学び甲斐があります」

「うん。これからは、なんといってもジャズの時代だよな。バイオリンは音楽学校で習ったのか」

「身近に弾ける方がいたので、教えてもらっただけです」

「とてもよかった。生演奏を聴くのは久しぶりだ」

「楽しんで頂けたなら幸いです」

「おれは、しばらく上海から離れる。ジャズなんて聴けない山奥へ行く。ここへ戻って来るのは何年も先になる」次郎はユキヱの顔を見つめた。「あんたが青幇《チンバン》に売った芥子の種をまき、阿片をつくるのさ。久しぶりの畑仕事だ」

「そうですか」ユキヱは、いつものそっけなさで言った。「では、がんばって下さい」

「うまくいったら大金持ちだ。あんたはどうする。いつまで、ここにいるつもりだ」

「時機を見て立ち去ります」

「外へ出たら危ないんだろう」

「さあ、どうでしょう。阿片煙膏は青幇の手に渡りました。芥子畑は楊先生が管理するのでしょう。私は用済みです」

「楊直はあんたを離さんと思うな。取り引きの仔細を知っているから、よそで喋られたらまずい。諸々を他人に知られるぐらいなら殺す」

「では、どうしろと」

「楊直をたぶらかしてみちゃどうだ。あいつの奥さんは、いま腹ぼてだ。新しい女に飢えているだろうよ」

「フランス租界には高級娼婦が大勢います。女には困らないでしょう」

「商売女と情婦では楽しみ方が違う」

「私は日本人ですよ」

「それがどうした。寝ればロシア人の女だって同じさ」

「ご提案はありがたいのですが、子供ができると面倒なので、ごめんこうむりますね」

「子供ができたほうが好都合だろう」

「殿方は、皆さん呑気でよろしいですね。妊娠も出産も育児も、女の体にかかる負担は大変なものです。それを顧みもせず男と交われ、子をつくれ、子を産めとは」ユキヱは、次郎がよく知っている、いつもの歪んだ笑みを浮かべた。「くだらない」

「――すまん。演奏へのお礼のつもりで言ったんだが、まずかったか」

「私はプロの演奏家ではないのでお代は結構です。気に入って頂けたなら、それだけで」

「上海へ戻ってきたとき、もう一度聴かせてほしい」

「私がまだここにいたら、ですね」ユキヱは長椅子の端からケースを取り、バイオリンを収めた。

「たぶん、もういないでしょう」

「いなかったら追いかけていくさ。行き先をどこかに書き残しておいてくれ。誰かに、こっそり教えておくのでもいい」

「残していくと思うのですか」ユキヱは呆れ果てた調子で言った。「足跡は追わせません。身の安全が第一ですから。ご機嫌よう、吾郷さん。たぶん、もう二度とお目にかかることはないでしょう」

次郎はユキヱの腕をつかみ、無理やり引き寄せた。するとユキヱは、もう片方の手で拳をつくり、体をひねって勢いをつけて、次郎の鼻の付け根を殴りつけた。

面食らって手をゆるめた瞬間、ユキヱは次郎の腕をふりほどいた。

バイオリンケースをひっつかむと、ユキヱは次郎に向かって艶然と微笑み、自室がある離れへ戻っていった。

5

梅雨が訪れる前に、次郎は何忠夫《ホー・ジョンフー》と共に、浙江《せっこう》省の「田《テイエン》」へ向かった。水路を利用して船で太湖《たいこ》まで出て、近くの町で一泊。翌日、湖岸の桟橋から別の船に乗り込んだ。

乗船するとき、桟橋と船との落差が妙に大きいことに気づいた。船着き場で働く男が「今年は春先から雨が少ない。もしかしたら干魃《かんばつ》になるかもしれねぇ」と言った。水位の下がり方が激しいらしい。南岸との行き来にまだ影響は出ていないが、運航停止も予想しているという。

芥子は乾燥した気候で育つので、雨が少なくても稲のような打撃は受けない。それでも、太湖の水が減るほどの干魃に見舞われれば、山間部も強く影響を受けるだろう。秋に種をまいて春の収穫を待つ「最《ズイ》」は、酷暑には直面しないはずだが、暖冬になると育ちが心配だ。

不安が胸の奥で渦巻いた。最初からつまずくのは困る。青幇《チンパン》の連中は、どんなときに、何に対して怒り出すかわからない。

船を降りると、トラックがふたりの到着を待っていた。次郎たちは麻袋が並ぶ荷台にあがり、隙間に腰をおろした。谷間の平地にある「田」までは退屈で疲れる旅だ。

途中、小屋が一軒、視界に入った。何忠夫の話によれば、監視者たちが交替で詰めるという。青幇の配下が武装して「田」を見張るのだ。脱走する者がいれば処分し、外部から探ろうとする者がいれば捕らえて尋問したのちに殺す。山では人が通る場所は限られるので、特定の経路を見張っていれば、怪しい人物を通さずに済む。

監視役に配置されなくてよかったと、次郎は胸を撫でおろした。拷問や殺人に関わる仕事など、想像するだけで気分が悪くなる。脅されたとしてもやりたくない。

トラックが「田」に到着すると、次郎たちは鞄を手にして荷台から降りた。

畑では作業員が水をまき、雑草を抜いていた。秋口までは、雑穀や米や野菜を少しだけつくる。里からトラックで運ぶ分を、少しでも減らすためだ。茅葺《かやぶ》きの屋根と土壁で造られた家屋が、雑木林を背にして身を寄せ合っていた。三十人ほど集められた作業員は男ばかりで、このみすぼらしい家屋で寝起きするという。

何忠夫が言った。「大陸にはいろんな人間がいるから、作業員のすべてが中国人とは限らん。が、とりあえず、ここでの共通語は中国語だ」

どの男も疲れ果てた顔をしていた。次郎たちに向かって一瞬だけ値踏みするような視線を投げ、あとは顔を背けた。気怠そうに水をまく動きは緩慢で、初めて畑に出たのではと思えるほど、投げやりな態度だ。

次郎は何忠夫に訊ねた。「あいつらは金で雇われたのか」

「逆だ」と何忠夫は答えた。「借金で首が回らなくなった連中だ。取り立てるものがないから、代わりに働いてもらっている」

「タダ働きか」

「どいつもこいつも、どうしようもない連中だ」何忠夫は冷たく笑った。「賭け事で身を持ち崩した者、チンピラ、ゴロツキ。ここへ来なけりゃ、監獄へ入っているような奴らばかりだ」

「畑は適当な作業ではだめになる」

「まとめ役には農村で働いていた者を選んだ。野菜や雑穀はともかく、芥子をだめにされちゃ元も子もない」

「女の姿も見えるが、あれは妻子か」

「ただの飯炊き女だ。男たちの飯をつくらせる。洗濯や我々の食事の用意も」

「それぐらい交替でやらせろよ」

「男は畑仕事に専念させたい。それに、女がいれば男は脱走しない。退屈をまぎらわすにはもってこいだ」

「商売女を連れてきたのか」

「娼婦だけとは限らん。農家の娘もいる。一番若いのは十五歳かそこらで、初日からひっぱりだこだ」

「どこでやらせている。まさか、あいつらの家の中で?」

「借金のかたに親から差し出された娘だぞ。情けなど無用だ」

「女に負担をかけちゃだめだ。少しは考えてやってくれ」

何忠夫が不審げな目を向けてきたので、次郎は堂々と言い返した。「おれは租界で野鶏《ヤーチー》の斡旋《あっせん》をしていた。女の管理については詳しい」

「ほう」

「いいか。女は高価な陶磁器と同じだ。無茶な扱い方をすればすぐに壊れる。いつでも綺麗な水で体を洗えるようにして、できない日には無理にさせるな。生活を整えてやれば、女は男たちを受け入れる。どうせ、全員にやらせているんだろう」

「まあな」

「専用の休憩所をひとつつくろう。水をじゅうぶんに引けるところがいい。ところかまわず襲わせたり、山の中でやらせたりするな。それから、女たちのために常に薬を用意しておいてくれ。薬の名前は紙に書いて渡すから、町で誰かに買わせろ」

何忠夫は真面目な顔になって、うなずいた。「おまえ、女たちの相談相手になってくれないか。頼れる男がひとりでもいれば、女たちも安心する」

「いいとも。相談ぐらい、いくらでも乗るさ。逃げた女が麓《ふもと》の警察に駆け込んで、『山村で、ひどい目に遭わされました』と訴えるのが一番まずいんだからな」

「まさに、それだよ」

「ときどき美味いものを食わせて大切にしてやるんだ。ただし、結束はさせるな。一斉に反抗されると、女といえども手に負えん。個々の待遇に差をつけて、女たちが、お互いに嫉妬や不満を抱くように仕向けておく。そうすれば団結されることはない」

「なるほど」

「男に対しても同じだ。厳しいだけでは反抗される。うまくガス抜きをさせよう」

ふたりは、自分たちが寝泊まりする家屋に着いた。

他とは違って多少はましな造りだ。勿論、ましとは言っても、基本的には同じ構造の家屋である。石などを使い、他よりは頑丈に造られているだけだ。

屋内へ足を踏み入れた瞬間、次郎は、思わず唸り声をあげた。予想以上に何もなかった。入ってすぐのところに土間があるが、居間と段差なくつながっており、あいだを仕切っているのは大きな衝立《ついたて》だけだ。

土間には丸いへこみがあり、これは大きさや形状から察するに、日本の囲炉裏にあたるものらしい。炭火をおこし、湯を沸かし、料理を温めるために使うのだ。寒いときには暖房にもなるのだろう。

衝立の向こう側には、家具と二台の寝台があった。寝台といっても、四隅に脚が付いた木製の台だ。体が痛くならないように寝具は厚かったが、他の家具類も含めてすべて古びており、疵だらけだ。

ここで何年も暮らすのかと思うと、さすがにげんなりした。

箪笥や長持があったので中をのぞいた。鼠やカマドウマが飛び出してきたらかっとなるところだったが、箪笥には新品の衣服や日用品。長持には書物がぎっしりと詰め込まれていた。

「貸本屋を始められそうな量だ」と次郎がつぶやくと、何忠夫が横から口を挟んだ。「大哥《ダーグア》が差し入れてくれた本だ。こちらにいるあいだに、しっかり勉強しておけとのお達しだ」

子供が使う読み書きの本から、大学生が読むような専門書まである。すべて中国語。それ以外の言語で書かれたものはない。

何忠夫は続けた。「上海租界へ戻るまでに、知識と教養を身につけにゃならん。堅気の連中は裏社会の人間に冷たい。経済的な援助を欲し、敵対勢力の排除を求めるときにはお世辞を口にしながらすり寄ってくるが、腹の底では嗤ってるんだ。そういう連中から舐められないように、きちんと、賢《かしこ》になっておくわけだ」

なるほど。

確かに楊直は、青幇よりも恒社《ホンショー》を重視していた。阿片で儲けたあとは堅気の世界へ転身するつもりだから、彼に付き従う次郎たちが粗暴な阿呆では困るのだ。上流階級の連中から嗤われてしまう。

何忠夫は言った。「ところで、ちょうどいい機会だから、いまのうちに訊いておくが」

「なんだ」

「おまえ、中国人じゃないだろう?」

思わず飛びあがりそうになったが、次郎は一呼吸置き、平静を装った。

探るような目をして何忠夫はにやりと笑った。「外国訛りがあるし、ちょっとした仕草が中国人とは違う。本当は朝鮮人だな?」

意外にも日本人とは指摘されなかったが、ひっかけかもしれない。次郎は口ごもりつつ「そうだ」と答え、でまかせで切り抜けることにした。「生い立ちに事情があって朝鮮語は喋れない。英語はできるが、そこを誤解されると面倒だ。誰にも教えないでくれ」

何忠夫は鷹揚にうなずいた。「大丈夫だ。誰にも言わん。おまえは二年前、虹口公園で日本人に爆弾を投げつけた奴の仲間か？」

一九三二年、上海で初めて、日本と中国とのあいだに起きた事変の末期。

上海共同租界内にある虹口公園で、大観兵式と天長節祝賀会を執り行っていた日本人の一団が、抗日武装組織「韓人愛国団」に所属する男から手榴弾を投げつけられた。このときの爆発で、日本側の軍関係者や外交関係者などに多数の死傷者が出ている。独立運動家・尹奉吉《ユン・ボンギル》の仕業であったが、何忠夫は次郎をその一味と判断したらしい。

次郎は首を左右に振った。「いや、おれはあそことは関係ない」

「隠すなよ。この仕事を手伝って、抗日運動の資金を貯めるんだろう？　朝鮮人にとっちゃ、日韓併合なんて屈辱以外の何ものでもないからな。一日も早く、半島から日本人を追い出したいはずだ。中国人だって同じだ。おれだって日本人をとっちめて、大陸から叩き出したい。おまえの気持ちはよくわかるぞ」

理解者としてふるまいつつも、何忠夫の口調には、どこか剣呑なものが感じられた。先日、次郎の手を握りしめて「命の恩人だ」と感謝した礼儀正しさは、今日はかけらも感じられない。代わりに仄《ほの》見えるのは、他人の秘密を嗅ぎつけたときの貪欲さだ。場合によっては次郎の出自をゆすりのネタにできるとでも踏んだのか、目を輝かせている。

あまりにも率直な欲深さに、次郎は笑い出しそうになったが、この誤解は放置すべきだと結論した。日本人だとばれるよりも、抗日派の朝鮮人だと間違われるほうが安全なのだ。

次郎はうなずき、「絶対に内緒にしてくれよ」と続けた。「日本の統治下に入ったせいで、おれたち朝鮮人は、いまじゃ表向きは日本人という扱いだ。だが、相変わらず日本人からは蔑まれているし、中国人からは日帝の犬だと唾を吐かれる。他人に素性を知られると命が危うい」

「心配するな。おれが守ってやる」

「本当かい」

「任せておけ。ついでに、ひとつ相談がある。いくら大哥からの命令でも、こんな家で何年も我慢するのはつらすぎる。実はおれも、ときどきは麓で休養したい。いまの畑の規模なら、管理者はひとりでじゅうぶんだ。おまえを管理者代理にするから、交替で麓へ下りよう。太湖の北側に逗留すればいい」

太湖の北側には大きな町がある。ここへ来る途中、繁華街の様子をちらりと見た。手軽に遊ぶにはよさそうな場所だった。

次郎は言った。「おれは作業員としてここへ来た。管理者代理になったら、上に知られたときに面倒だ」

「あくまでも代理だ。管理者をふたりにするわけじゃない」

「郭老大が怒るんじゃないか」

「ここまでは視察に来んだろう」

「誰かが密告したら」

「自分はただの作業員だと、おまえが言い張ればいい。それで通るさ」

「わかった。では、そうしよう」

「秋の種まきまでは雑穀や野菜だけが相手だ。のんびりやろう」

昼過ぎ、家屋ごとのまとめ役が挨拶に来たので、今後の仕事について少し話をした。皆、癖のある地方訛りで喋るので、次郎の耳では聴き取りが大変だった。何忠夫が麓へ下りたら、ひとりで対応するのは、なかなか苦戦しそうである。いざとなれば、言葉で説明するよりも、自分が畑へ出て作業の手本を見せたほうが早いかもしれない。

まとめ役との打ち合わせが終わると、入れ替わりで飯炊き女たちが挨拶に来た。こちらの年長者も聴き取りにくい中国語で喋ったが、若い女の中には都会の言葉で喋れる者もいたので、何かあれば彼女を通訳に使おうと次郎は決めた。


畑を一通り視察し、トラックが二度目の荷物を運搬してきたとき、何忠夫は「では、あとは任せた」と次郎に言い残して、山から下りていった。仕事の負担は増えるものの、ひとりで行動できるのは気楽でいい。

翌日から、午前と午後に一回ずつ畑を見回った。

毎回の食事は誰かに運ばせたりせず、皆と同じように、自分から女たちの家屋へ取りに行った。こんな小さな集団内で「管理者代理だから」とふんぞり返るのは得策ではない。できることは自分で行い、女たちに礼を言い、ついでに世間話など交わしつつ親交を深めておいたほうが、日常生活がうまくいく。

手があく時間帯と就寝前、次郎は、ここに運び込まれた書物を読みふけった。雑貨屋を営む程度では知らなかったことを知り、己の未熟さを痛感した。

言葉の使い方ひとつで命を失う状況に、いま自分は立たされている。もっと知識を得て、もっとうまく言葉を操り、もっとうまく他人を丸め込まねばならない。自分でも中国語と英語の本を持ち込んでいたので、「田」での有り余る時間を、次郎は知識の吸収と咀嚼《そしゃく》にあてた。

ひとりで山奥にいると、故郷にいた頃の嫌な思い出が、ふと脳裏に甦った。いまでも身悶《みもだ》えしたくなるほど恥ずかしい日々。若い頃に特有の、自意識過剰だった暗黒の時代――。

6

兵庫県の山間部でも特に寒い地方。次郎はそこで生まれ育った。見事な棚田が広がり、有名な酒蔵がある土地だ。言い換えればそれ以外には何もなかった。家族総出で田んぼと畑を手伝う以外、他には余裕のない暮らしだった。

村での楽しみは夏の盆踊りと秋祭りのみ。若い世代にとっては古臭く、垢抜けず、退屈の極みでしかなかった。次郎のような若い世代にとって、もはや山奥の農村など「時代遅れの」「捨てるべきもの」だった。

山から下りれば、海外へ向かって港を開いている大阪や神戸に辿り着ける。そこには映画館があり、芝居小屋があり、寄席がある。茶館ではラジオが鳴り、酒場ではジャズの演奏を楽しめる。洋食屋ではビフテキやシチューを食える。商店街を訪れれば、びっくりするほど甘くて美味い菓子も買えるのだ。

そういった話は、短期間でも麓へ下りて生活したことがある者の口から語られたり、定期的に配達される農村向けの生活雑誌に載っていた。次郎自身は一度も体験したことがなかったので、妄想が妄想を呼び、豊かになりたいという欲望で頭がはちきれそうになった。

次郎の故郷では、酒蔵の主人とその家族だけは定期的に山から都会へ下りて、華やかな文化を楽しんでいた。酒蔵は夏には休造期となるためである。小さな農家の次男坊にすぎない次郎には、それが、うらやましくてたまらなかった。次郎にとっての夏とは、暑い最中でも地べたに張りついて畑の草をむしり、稲が害虫や病気で倒れぬように神経をつかい、田んぼの水が涸れぬように巡回を欠かせない季節だ。いっときも休む暇はなかった。毎年の田畑の収穫量は、翌年の暮らしの質を厳しく決めてしまう。都会で同年齢の若者が接しているような学問に触れたり、最先端の文化を楽しむ余裕など、村にはまったくなかった。そもそも、書物を豊富に入手できる先など皆無だった。

病院も診療所もない。重い病気にかかれば、家人が病人を荷車に乗せて遠くの診療所まで牽いていく。担ぎ込んだ先で診てもらえても、高価な薬は買えないので、治療を続けられずに死ぬことなど日常茶飯事だ。虫垂炎をこじらせると手術が間に合わなくて死ぬ。産婆の手に負えぬ難産になると母子もろとも死ぬ。毒キノコを食った、毒蛇に嚙まれた、崖から足を滑らせた、雪おろしの作業中に屋根から落ちた——そういった些細な出来事が死に直結する。それが次郎の故郷での現実だった。

ヒグラシやカラスの鳴き声など聞き飽きていた。都会で流行しているらしい、ジャズという音楽を聴いてみたかった。映画も観たかった。ぬか漬けや味噌汁はもうほしくない。火傷しそうなほど熱いビーフシチューやボルシチというやつを、ぴかぴかのスプーンでたっぷりすくって、ふうふう吹きながらむさぼり食いたいのだ。

村には、次郎と同じように欲望を持てあましている若者が大勢いた。まず、若い娘たちがまっさきに村を捨てた。農家は嫌だ、農家に嫁ぐのも嫌だ、都会で会社に勤めて、都会の男と結婚して、都会で子を産み育てる。村にはもう帰らないと言い残して、すみやかに出て行った。こういうことに関しては、娘たちのほうが圧倒的に思いきりがよかった。

すると、男たちも娘たちを追いかけて、われもわれもと村をあとにした。女だけがいい目を見るなんてずるいじゃないか、おれたちも文化の最先端を味わおうと。

ひとたび都会の楽しさを知った者は、二度と村には戻ってこなかった。村長も大人たちも青年団もこれには頭を抱え、「農業こそ、お国を支える最も立派な仕事ではないのか」「村にも新しい文化をつくろう」「それさえあれば若者は残ってくれる。出て行った者も帰ってくるはずだ」と繰り返し口にした。「大きな村では、農民芸術や農民文学の創出などにも力を入れているそうだ。この村でも、がんばってみてはどうか」という話が、例の農村向け生活雑誌を読んだ者からあがったが、そもそも次郎の村には、最先端の芸術や文学を理解できる者などひとりもいなかった。したがって、いつまでたっても、盆踊りと秋祭りだけが娯楽という状態が続くばかりだった。

次郎は父に対して、若者が村から出て行くことについてどう思うかと、さりげなく訊ねてみた。すると、即座に怒鳴り返された。

「阿呆《あほ》たれが。まち行って、他のわけーもんみたいに自堕落《じだらく》に暮らすんが、そんなに、いかめしいか（うらやましいか）」

それよりも田んぼや畑の収穫量を上げる方法について考えろ、農家はそれがすべてだと、しつこいほどにきつく言われた。

我が道を行くと言えば聞こえはよいが、父は新しい時代に適応できる世代とは違うのだと次郎は悟った。兄は農民としての人生になんの疑いも持っておらず、何かあるたびに、父と一緒になって次郎の考え方を責めた。おまえは田んぼひとつまともに育てられんくせに何を浮わついているのか、そんな奴が山から下りたって悪い奴に騙されて無一文になるのがオチだと。それは肉親としての愛情から出た言葉だったのだろうが、次郎にとっては己に対する侮辱でしかなかった。

もっとも、村中の若者が、みんな都会へ出たがったわけではない。出て行った者をうらやましく思いつつも踏み切れぬ者もいれば、慣れた土地のほうがいいと言い、故郷を捨てた者に羨望すら抱かない男女も珍しくはなかった。

次郎と同い年の小夜《さよ》も、都会のことはどうでもいいと断言していた。器量よしで聡明さと慎ましやかさも備えているのに、誰からの誘いにも乗らなかった。

稲刈りの季節、畦道《あぜみち》で顔を合わせたときに、次郎は、それとなく小夜に訊ねてみた。どうして都会へ行かないのかと。

すると小夜は答えた。「うちは、ここがえー。うちは、蟻《ありこ》みたいに小《こ》さ《め》な《ー》人間や。大胆《おーどー》なことは似合わんで」

小夜は蟻などではない、小さくても綺麗な野の花だ。そう言いたかったが、恥ずかしくて口にできなかった。小声で「本当か《ほんまけー》」と訊くだけで精一杯だった。

「ずっとおる」なぜだか少し悲しげな、しかし、凛とした口調で小夜は言った。自分は、一生懸命《いっしんこつしん》、この土地だけで生きていくのだと。

小夜が残るなら自分も我慢してみようか。次郎は、ふと、そんなふうに考えたりもした。

空想するだけなら自由だ。小夜と夫婦になれたらと夢想した。いつかきっと、この気持ちを打ち明けようと。だが、現実は、そこまで甘くはなかった。小夜が村から動かないのは、嫁ぎ先がもう決まっていたからだと次郎が知ったのは、冬になってからだった。

夫となるのは酒蔵の長男。以前から小夜に恋い焦がれ、小夜の両親に話を持ちかけたらしい。酒蔵の主人は、この真面目な娘なら、息子と一緒にしっかりと酒蔵を守り、末長く繁栄させてくれるはずだと自慢げに触れ回った。小夜の実家でも大喜びだった。農家ではなく酒蔵に嫁ぎ、その跡継ぎを産むのだから、なんともめでたい縁談だ。

ある日の昼飯時、この話を家族の会話から知った次郎は、一瞬、頭の中が真っ白になって何も考えられなくなった。ぼんやりしながら茶碗と箸を置き、家族に何も告げず、ふらふらと土間へ向かって歩いた。蓑《みの》をはおり、笠をかぶると、ひとりで家の外へ出た。

雪がちらちらと舞い始めた。積もりはしないだろうと見当をつけ、次郎はそのまま歩き続けた。雪は次第に激しさを増し、息が苦しくなるほどの勢いに変わった。ふいに涙があふれ出た。涙とは、これほどまでに熱かったのかと自分でも驚いたほどだった。絶えまなく頰を濡らし続ける涙を拭いつつ、次郎は何度も言葉にならない叫び声をあげた。何もかも貧乏のせいだ。金がないのが悪いのだ。金さえあれば、堂々と小夜を嫁にもらえた。小夜の両親を喜ばせ、立派な縁談だと皆から称賛され、ふたりで神戸に遊びに行けたはずだ。

こんなに一生懸命に働いているのに、なぜ、うちには金が貯まらないんだ？　せっかく米や野菜をつくっても、麓の商人に買い叩かれるからか？　麓の豪農と比べると、つくる量が少なすぎるのか？　そう考えると、ふいに、自分が情けないだけでなく、父や兄までもが憐れに思えてきた。やたらと威張る父や兄とて、決して、田んぼや畑の仕事を怠けているわけではない。必死に働いてもこれが限界なのだ。富はおれたちの目の前を通り過ぎ、どこかの誰かの手によって、金持ちの懐に貯まるようになっている。そいつは権力を持っていて、なんでも好きなことができて、毎日同じ生活を続けて死んでいくだけのおれたちと違って、地位も女も思うがままだ。

悲しみが、ふいに激しい怒りに変わった。

もう嫌だ。こんな山間僻地《すつぼこだに》には、これ以上いたくない。捨ててやる。故郷など捨ててやる。金持ちになって暖かい町に住み、たったひとりでいいから、魂を捧げられるほどに愛しく思える女と巡り合い、いつまでも仲睦まじく暮らすのだ。自分の力で稼いだ金で、誰よりも大きく強くなり、他の金持ちや権力者を、徹底的に馬鹿にして嗤ってやる。

年を越して春が訪れ、雪よりも美しく清純な小夜の嫁入り行列を見届けたあと、次郎は書き置きを家に残して故郷をあとにした。

行き先は神戸と決めていた。どこかで働き口を探し、いつか、そこから外国へ旅立つつもりだった。

日本を捨てる。

農民としての自分を捨てる。

次郎は神戸に辿り着くと、無名のジャズバンドに雑用係としてもぐりこんだ。僻地の出身であることをバンドマンから馬鹿にされ、どれほど侮られても、黙々と彼らの下で働いた。彼らが若さゆえの無謀と情熱で「上海へ渡って成功しよう」と言い出したとき、次郎は土下座までして「一緒に連れて行って下さい」と頼み込んだ。これまで以上に雑用を引き受ける、現地での衣食住に関する仕事も全部担う、という条件のもとに同行を許された。

神戸に住めるだけでも夢のような話なのに、「東洋のパリ」「魔都」とまで呼ばれる国際都市へ渡航できるなど、極楽行きの切符を手に入れるのと同じだ。なんのためらいがあろうか。次郎は上海へ渡ってからも低賃金でバンドマンからこき使われ、馬鹿にされ、阿呆の如く扱われたが少しも気にしなかった。

まず、この町で、ひとりでも暮らせる力を蓄えるのが大切だと考えた。日本から来た身寄りのない若造が、なんの後ろ盾もなく暮らしていけるほど上海租界は安全な場所ではない。ここで成功するには、中国人とのあいだに人脈をつくれるかどうかが鍵だと、次郎は野生の獣のような嗅覚ですぐに見抜いた。

イギリス人やフランス人は、自分たちがこの土地の支配者だとうぬぼれている。金持ちの日本人や軍人もそうだ。だが、本当にこの町を動かしているのは、いまでも中国人だ。ここには表からは見えない地下水脈に似た流れがあり、金も人も物も、それに乗って動くのだ。

自分が勤めるバンドの実力に関して、次郎は、とうの昔に見切りをつけていた。

教養はなかったが、次郎は不思議と耳がよかった。演奏や演奏家の善し悪しを、誰に教えられるまでもなく区別できるようになった。ラジオから流れてくる外国のジャズを浴びるほど聴き続けた結果、自分をこき使うバンドマンたちが、己の才能にうぬぼれているだけのド素人だということに、すぐに気づいてしまった。

音楽とは恐ろしいものだと、次郎はつくづくと感じていた。最初の一小節目、トランペットやサックスが鳴り響いた瞬間に、このバンドはベテランなのかアマチュアなのか、未来のある連中なのかそうでないのか、それをすべて聴衆にさらけ出してしまう。海外のバンドの有名な演奏を、ただ小器用に模倣しようとするだけの演奏は、次郎の耳にも「これは違う」と明確に感じられた。

こんなバンドに一生付き合っても無意味だ。いつまでも雑用係に留まらなくていい。

内地で生半可にかじってきただけの中国語と英語を、次郎は猛然と学び直した。人生において、これほど熱心に勉強したことはないと思えるほどの勢いで外国語を学んだ。下手くそな発音でも物怖じせず、そこらにいる中国人や欧米人に話しかけて、積極的に会話を試みた。当然、珍獣を眺めるような目で見られ、発音を嗤われたが平気だった。彼らがどのような抑揚とリズムで喋るのか、次郎の耳は敏感に聴き取り、着実に頭へ刻み込んでいった。

驚いたことに中国語はひとつではなかった。上海だけでも、さまざまな方言が使われており、異なる国のように発音が違うのだ。

もともと、上海租界は、複数の言語が飛び交う場所である。

中国とのあいだに租借地契約を結んでいるイギリス、フランス、アメリカから来た者たちが母国語で喋り、ロシアからの移民がロシア語を喋る。ドイツ人がいる、インド人がいる、朝鮮人がいる、ユダヤ人がいる、ポーランド人がいる、次郎がよく知らない国から来た民族がいる。そして、中国人はそれぞれの方言でまくしたてる。

眩暈《めまい》がした。なんて複雑な社会だろう。山奥の村にはこんな場所はなかった。ぞくぞくする。これこそが外地だ。おれが望んでいた世界だ。

虹口に閉じこもって日本人同士だけで付き合うよりも、外国語を駆使して租界中を渡り歩くほうが遥かに面白かった。次郎はバンドを辞め、虹口で雑貨屋を始めた。日本人客だけでなく中国人客も歓迎という店だ。金のない中国人が物々交換で品物を得ようとしても怒らず、鷹揚に応じた。その代わりに、客を通して中国社会に顔が利くように人脈をつくった。ここまでは自力で成し遂げた。だが、ここが個人での限界でもあった。

楊直と出会わなければ、きっと、いつまでもあのままだったろう。

たとえ、ここから先が闇夜に続くだけの道であっても、自分はようやく、ひとかどの人間になれるはずなのだ。

7

一ヶ月が経過した。何忠夫《ホー・ジョンフー》は約束の日になっても帰ってこなかった。二、三日の遅れは許容範囲だと考えていたが、さすがに四日を超えると、次郎も「これは」と眉根に皺を寄せた。町で事件にでも巻き込まれたのでは、と心配したのではない。何忠夫の意図に気づき、「やられた」と天を仰いだのだ。

何忠夫は、最初から一ヶ月で帰る気などなかったのだろう。どう考えても町のほうが居心地がいいのだから、そう簡単には戻らないに決まっている。租界のような派手さはなくても、太湖周辺は古くから栄えてきた土地だ。中国人にとっては馴染み深く、勝手知ったる場所である。できるだけ長く留まりたいに違いない。

が、だからといって、トラックが来たときに運転手に声をかけ、何忠夫を呼びに行かせるのもまずい。そんなことをすれば、「おまえは、なんと器が小さい男なのだ」と何忠夫から嫌味を言われ、まずい噂を流される。何忠夫の顔を立ててやる意味でも、ここは知らん顔をしておくべきだ。

まさか、種まきの時期まで留守にする気ではあるまい。一ヶ月半から二ヶ月未満で帰ってくるはずだ。戻らなければ、楊直《ヤン・ジー》の耳に入れると伝えればいい。楊直から叱責されるのはさすがに怖かろう。ほんの少し匂わせるだけで、たぶん大急ぎで宿を発《た》つ。

梅雨の季節に入ったが、不安に思っていた通り、雨は極端に少なかった。雨脚も弱く、すぐにやんでしまう。わずかな湿り気を求めて、水瓶のそばにツチガエルやアマガエルがうずくまり、ナメクジが壁を這いまわった。

みすぼらしい家の中で、干魃を心配しながら過ごすのは憂鬱だった。野菜や雑穀が全滅すると、麓からあげてくる分に頼るしかない。その頃には物価が急騰しているはずだ。分配される物資が減ると男たちは荒れるだろう。それをなだめるのは骨が折れる。

作業員たちは天気のことなどまるで関心がなく、仕事に慣れるにつれて、昼間からでも遊戯に興じるようになった。道具は、最初からいろいろと持ち込んでいたらしい。紙牌《チーパイ》、囲棋《ウエイチー》、象棋《シャンチー》などは勿論、じゃらじゃらとにぎやかな音が聞こえるなと思ったら、いつのまにか麻雀が始まっていた。椀の中へ骰子《トウズー》（サイコロ）を三つ投げ込み、出目の合計で勝ち負けを決める賭け事も人気があった。

賭けるといっても、皆、無一文でここへ来た者ばかりだ。代わりに、食べ物や配給品の酒や煙草を賭けるのだ。負けてばかりの人間が物品を前借りに来るので、次郎は閉口した。ものすごい勢いでまくしたてながら、酒や煙草を要求するのだ。これを方言でやられると一言も意味がとれず、頭痛に見舞われた。次郎は「遊ぶのはいいが余分な物品は出せん」と突っぱねた。血の気の多い連中にごねられたら、山刀でも振り回して脅すしかないと次郎は腹をくくったが、物品をもらえないとわかると、男たちは、ぶつぶつと文句を言いながら立ち去った。山道の途中で青幇《チンパン》の連中が待機していることが、よほど圧力になっているのだろう。ここへ来るまでに、こっぴどく脅されたか、ひどい目に遭わされたのかもしれない。

賭けるものがなくなると、男たちは純粋に得点だけを競い始めた。勝ちが多い者は自慢げに威張り、勝ち負けの数を記した紙を壁に貼り付けた。負けてばかりの者は外へ飛び出し、草をむしり、害虫を踏み潰して欲求不満を発散させた。借金まみれで転落した先でまで、勝ち負けや力関係が目に見えるのは、確かにつらい現実ではある。しかし、次郎は男たちの行為を、何ひとつ咎《とが》めず、止めもしなかった。止めるべき理由など、どこにもないのだから。

乾いた大気や肥料の臭気をわずらわしく思いながらも、次郎は読書と勉強に集中した。寂しいとも、つらいとも思わなかった。書物は、上海を恋しく想う心を癒やしてくれた。専門書であろうと大衆向け娯楽小説であろうと、次郎にとって、それらは救いと慰めになった。

七月下旬になると、ようやく何忠夫が町から戻ってきた。開口一番「大変だ。太湖が干上がりかけている」と言った。「あの調子では、もうじき船で北側へ渡るのは難しくなる」

「冗談だろう。あんな大きな湖が」

「こちらでは、しばしば大干魃が来る。今年は、とりわけひどいやつが来たようだ」

船を使わずに北側と行き来する方法を確かめるために、何忠夫は陸路で帰ってきたのだという。

時間はかかるが、船が出なくなれば、それしか方法がないからだ。

「船が出ないなら、南側の町で休養するか」

「そうしろ。こちらは繁華街の規模が小さいが、山にいるよりはずっと快適だ」

何忠夫に仕事を引き継ぐと、次郎は待たせていたトラックに乗り込んだ。待望の休養が、ずいぶん小規模なものになりそうだ。しかし、天候のせいでは仕方がない。太湖まで干上がるとは異常事態なのだ。

出発前に何忠夫から、「ここへ行くと宿泊代がタダになる」と、一軒の飯店を教えられた。何かあったときに連絡を取りやすいので、そこに泊まってほしいと請われた。なるほど、タダと言われて断る者はいないだろう。それに、宿が固定していれば、何忠夫は次郎の行動を監視しやすい。言われた通り、まずは紹介された飯店に宿をとることにした。不都合があれば、ここを押さえたまま別の宿も使えばいいのだ。

自分も何忠夫のように二ヶ月近く遊んでいようかと考えたが、雑貨屋を引き払って得た金額はしれている。楊直から必要経費として渡された金額も多くはない。干魃に見舞われているなら、平地で日雇い仕事を見つけるのも難しい。小さな町に逗留するほうが費用がかからない。諸々を計算してみると、一ヶ月を少し超えるぐらいなら、南側の町に留まれるとわかった。冬にまた山から下りたあとは、節約のためにおとなしく「田《テイエン》」に引っ込む格好になる。その後は生阿片の収穫期が来るので、少し待てば、売り上げの一部が次郎にも分配されるはずだ。

阿片が売れれば、いずれは使っても使っても金が余るようになる。それを貯めて上海租界で遊んだほうが楽しい。無理に、こちらの町で遊ばなくてもいいのだ。

と思ったものの、繁華街へ繰り出した途端、気分はたちまち浮き立った。北側よりも見劣りするとはいえ、湖の周辺にはにぎやかな場所が広がっている。「田」での静謐《せいひつ》な暮らしが、ただの夢だったように思えた。雑踏を歩くだけでも血が騒いだ。美味いものを食べ、美味い酒を飲み、綺麗な女と存分に戯《たわむ》れたかった。贅沢ができないことはわかっていたが、最初の三日間だけは派手に遊んだ。

気温はひどく高かった。上海の異様な蒸し暑さとは違う、からからに乾燥した暑さだ。太湖の岸に近い場所は、湖底が露わになり、ひび割れた灰色の土がどこまでも広がっていた。岸辺の植物はすべて立ち枯れ、虫も水鳥もいない。藻と小魚が腐った臭気が、風に乗って吹き抜けていった。

まさか、ここまでとは。

これでは周辺の田畑は絶望的だろう。今年は近年にない凶作になる。農民が大勢死に、生き残った者は土地を捨てて都会へ働きに出るはずだ。楊直と彼の家族がそうだったように。

こんな状況で、秋に芥子の種をまいても大丈夫なのか。きちんと芽が出て育つのか。

阿片芥子も農作物と同じだ。天候の悪化に収穫が影響される。今年の種を無駄にしたら取り返しがつかない。「最」の種は、長期間保管すると発芽率が落ちる。今年採った種は年内にまく必要がある。保存しておいて来年以降に、という方法をとれない。これが阿片芥子の唯一の弱点だ（品種によっては、何年も種を保管できる芥子もある）。

発芽率が落ちることを心配しながら種を保管するよりも、できれば苗の一部をどこかへ移したほうがよいのではないかと次郎は考えた。種をとる目的だけで、少量の芥子を育てるのだ。

宿の主人から聞いた話によると、この干魃は中支東部で広範囲にわたって発生し、安徽省《あんき》では既に田畑が大打撃を受けているらしい。浙江省北部では安徽省から米を買うので、今年の秋は物資不足で危機的な状況に陥りそうだという。

次郎は宿の主人に紙幣を渡し、引き続き、新しい情報を集めてほしいと頼んでおいた。自分でも干魃の状況を新聞で調べ、ラジオ放送にも耳を傾けた。

休養を終えて「田」へ帰ったとき、何忠夫は、次郎の逗留日数の長さについては何も文句を言わなかった。麓にも下りず、次郎と共に「田」に留まると言った。種まきの時期に留守にするのはまずいと判断したようだ。さすがに、そのあたりはよくわかっている。

次郎は何忠夫に、苗の一部を他へ移す計画について話した。わずかでも他で育てられるなら、花が咲いたときに新しい種を採れる。たとえば、青幇の誰かの邸で育て、来年用の種を確保するという方法もある。

何忠夫は「それはいい」と両手を打って喜んだ。「早速、大哥《ダーグア》に知らせて手配してもらおう」

「芥子は乾燥に強いが気温のほうが心配だ。暖冬になったら、うまく育つかどうかわからん」

「そこは、大哥がうまく考えてくれるさ」

楊直の話が出たついでに、次郎は、郭老大《グオラオダー》の側近――あの黒い長袍《チヤンパオ》の男、董銘元《ドン・ミンユアン》について訊ねた。あれは、いったいどういう人物なのかと。

すると何忠夫は「董銘元は、組織の『ジャングイ』だ」と答えた。

ジャングイとは「掌柜」、店主や番頭を意味する言葉で、老板《ラオバン》の右腕として組織の諸々を束ねる役目を担う者だという。

次郎は、さらに訊ねた。「奴は郭老大のあとを継ぐと聞いたが、本当か」

「間違いない。遺言状にも、そう記されているって噂だ」

「優秀なのか」

「塩の売買を続けてきた家柄だ。祖父も父親も青幇で、もともと信頼があったから、すんなり入門したらしい。うちの組を守り立てるために、表の商売でしっかり儲けて、金を注ぎ込んでくれている。堅気の社会にも顔が利くんだ」

「おれの目には、楊大哥のほうが掌柜に相応しいように見えるが、だめなのか」

「問題はそこさ。おれとしても、いずれは楊大哥に組織を継いでもらいたい。下の者にも人望があるし、頭の回転だって董銘元には負けちゃいない。だが無理だな」

「なぜ」

「楊大哥はこれまで暴力的な仕事を請け負いすぎた。郭老大は命の恩人だから、頼まれれば断れなかったのだろう。だが、どこの組でも、そういう者を上には置きたがらない。敬して遠ざける」

楊直が、なぜ日本人である次郎を信用し、この仕事に引きずり込んだのか、ようやく、うっすらと理由が見えた気がした。組織内での扱われ方や評判のせいで、楊直は同胞である中国人を信用できなくなったのかもしれない。敬して遠ざけると言えば聞こえはいいが、それは、陰では悪口を言って蔑むという意味も含む。同胞の態度に失望した挙げ句、思いきって、自分が見込んだ日本人に仕事を任せたのではないか。青幇のもとで働く者としては邪道とも言える判断だが、農村時代に知り合った日本人との思い出をあれほど大切にしている男だ。何か美しい夢を見たいのかもしれない。

次郎は言った。「郭老大も、昔はかなり荒っぽかったと聞いたぞ」

「へまをした者や裏切り者に対して、上が厳しいのは当たり前だ。郭老大はそれを徹底したにすぎん」

「楊大哥は、どんな仕事をしてたんだ？」

「裏社会にはいろんな奴がいる。青幇のように大義を背負った者から、ただのチンピラまで。そして、むごい話ではあるが、表社会は裏社会と意外なところでつながっている。堅気であっても、なんらかの形で裏社会に親族や知り合いがいれば、巻き添えを食って報復されたり殺されたりする。楊大哥は、そういう部分の処理に関わっていたという噂だ」

「ただの噂か。嘘かもしれんのだな？」

「本人が喋らないから、誰もが怖がって訊けん。だが、それが真実だとしても、やはり楊大哥が組織を継ぐべきだとおれは思う」

「董銘元が組織の長になったら、楊大哥もあんたも抜けるのかい」

「それは無理だ。芥子栽培の仕事を引き受けたということは、董銘元に忠誠を誓ったのと同じだ。先日の挨拶には、そういう意味もあったのだ」

「なんだ。案外、みんな及び腰なんだな」

「口に気をつけろよ、黄基龍《ホアン・ジーロン》。青幇ではなくても、おまえはもはや関係者だ。無礼な態度をとれば、今度こそ本当に殺される」

「本気で楊大哥を立てたければ造反すればいい。裏社会ではよくある話だろう」

何忠夫は次郎を睨みつけた。「いまのは聞かなかったことにしておいてやる。おれの前以外では、絶対にそんな話をするな」

「おれは、楊大哥の心意気に惚れたからこそ協力してきた。だが、臆病者であれと命じられるなら不満だ」

「ここは我慢だ、黄基龍。楊大哥は、こせこせしない人物だから、信じて待っていれば必ず吉兆が現れる。おれは董銘元に反抗するよりも、そちらを選ぶね」

「ふむ。まあ、言われてみれば、そのほうが楽かな」

「そうさ。気楽に行こうぜ」

8

太湖を干上がらせた一九三四年の干魃は大災害となった。

この被害を受けた主な地域は、大陸中部の江蘇《こうそ》・浙江《せっこう》・湖北《こほく》・河北《かほく》・安徽《あんき》・陝西《せんせい》の六省。浙江省での状況が最もひどく、八月の段階で発表された同省の推計による損失は一億九千七百五十元、全国では約二十三億元にものぼっていた。

浙江省の被災者数だけでも八百万人から九百万人。早稲《わせ》はズイムシに食い尽くされ、河川が涸れたせいで水を引けなかった田畑の農作物は一本残らず枯れた。路上にあふれた餓死者の遺体を、数ヶ月も雨が降らぬ地域の太陽が容赦なく炙《あぶ》り続けた。

飲み水は枯渇し、わずかに残った水が汚染されたことで疫病が蔓延した。暑さ自体が人間にとって敵となった。この年の七月中旬の最高気温は、場所によっては四十四・四度。飢えと疫病による死者数に、日射病・熱射病による犠牲者の数が積み重なった。

このままでは村が滅びると誰もが絶望し、ある県では、三千人もの農民たちが役場まで出向き、県政府に徴税停止と穀物倉庫の開放を訴えた。

「住民の半分以上が死んだ。家畜も全滅した。もう打つ手がない」

「野犬や鼠が遺体を食い荒らしている。あんなところへは戻れない。なんとかしてくれ」

「農家はあんたらの食べ物をつくってるんだ。邪険にするとバチが当たるよ」

「早く食べ物と水をくれ。川も井戸もとうの昔に涸れてしまった。どこを掘っても、もう一滴も出ん」

役人は被害状況の視察と農地への対処を約束し、彼らを家へ帰した。が、生死がかかっている農民の一部は引き下がらなかった。最後の力を振り絞り、彼らは県城を目指した。

陽射しが棘のように肌を刺し、彼方《かなた》の景色は陽炎《かげろう》で歪んでいた。喘ぎ喘ぎ前進する人々の喉や肺を、風で巻きあがる砂埃が痛めつけた。

城内へ至った千人余りの農民は、県長に食料供給や免税を訴えた。しかし、あまりにもひどい状況に役人の仕事が追いつかず、ついに不満を爆発させた農民と警察隊とのあいだで衝突が起きた。農民たちは暴れ回って大礼堂を叩き壊し、団警の発砲で農民側に死者が出た。暴動は各地に広がり、止まらなくなった。

いっぽう、多少なりともまだ住民が残っていた村では、熱心に雨乞いの儀式が繰り返された。儀式のために何人もの子供が生贄となったが、そこまでしても、空からは一粒の雨も落ちてこなかった。

ほどなく、老人たちが雨乞いの祈願として自死し始めた。あまりにも自死が続くので、国民政府は雨乞いの儀式を禁じるという布告を出したが、聞き入れる者はいなかった。

水争いによる農民同士の喧嘩や殴り合いに嫌気がさして、自死を選んだ者もいた。毒草で一家心中した家族もあった。ある若者は毎日遠方から水を運び続けた結果、疲労のあまり、ある日ばったりと倒れて死んだ。

飢えに苦しむ人々は次々と城内になだれ込んだ。もはや警官にも、彼らの勢いを止められなかった。死に物狂いで生き延びようとする農民たちは、手当たり次第に倉を打ち壊した。穀類や食料品を強奪してもまだ足りず、飢えは解消されなかった。裕福な家に侵入し、勝手に飲み食いする者すらいた。飢えた人々の放浪は政府が施粥《せがゆ》を行ってもおさまらず、十一月になっても、城内をさまよう人々の姿は絶えなかった。


暦《こよみ》の上では秋になっても、気温はなかなか下がらなかった。種まきに最適な日が来ないことに次郎は苛立ったが、何忠夫《ホー・ジョンフー》は「焦ってもどうにもならん。気温が下がるのを待とう」と言って読書に専念していた。

十月下旬、ようやく、種まきができそうな涼しさが訪れた。

作業員は種を入れた椀を持って畑へ行き、少しずつばらまいた。芥子の種は太陽の光を感じて発芽するので、まいたあとに土をかぶせる必要はない。砂粒の如く小さな種を軽くつかんで、ぱっとまくだけだ。

何日かに分け、少しずつ種をまいた。芥子の花は一斉に咲くので、一日で種をまき終えてしまうと、収穫日が短期間に集中してしまう。これでは芥子汁を集める作業が大変なので、段階的に花が咲くように日数をあけてまくのである。

やがて畑のあちこちに芽が出て、ぐんぐんと伸びていった。密集して生えてくるので、よく育つように周囲の雑草を抜いていく。小さな鎌の刃を地面に突き立てて雑草を根こそぎ抜くのだが、ちまちまとした作業なので、見ているだけで嫌気がさす。次郎も手伝ったが、しゃがんだまま鎌をふるうので、日が暮れる頃には足腰がひどく痛んだ。

苗がある程度まで育つと、何忠夫はそれを持って麓へ下りた。楊直《ヤン・ジー》はこれを受け取り、夏の干魃による状況を老板《ラオバン》たちに詳しく伝え、「田《テイエン》」での不作に備えて、複数の場所で育てられる態勢を整えた。冷涼な土地に別邸を持っている老板たちが、急遽、庭で少しだけ「最《ズイ》」を育てることになった。花が咲いたあとの種の収穫は、すべて、楊直が取り仕切るという約束が結ばれた。老板たちが単独で種を採取し、隠匿するのを防ぐためである。「最」は青幇全体のものであり、誰かひとりが抜け駆けで利益を得ることは許されぬと定められた。楊直本人が密かにその掟を破ろうとしていることなど、誰も想像していなかった。

いつしか、「田」も冬を迎えた。

季節に相応しく、しんしんと底冷えする寒い日が続いた。

一月になると何忠夫が「田」に戻ってきた。次郎は交替で麓へ下り、寒い一時期を暖かい宿で休養した。太湖の水位はまだ低いままだったが、春にはもう少し雨が戻り、ましになるだろうという噂が世間では流れていた。

春節《チュンジェ》のにぎやかさに乗っかって存分に羽目を外したあと、次郎は「田」へ戻り、何忠夫と共に阿片芥子の花が咲くのを待った。

寒さが和らぐにつれて、畑は茎や葉で若草色に染まった。期待していたよりも量は少ない。昨秋、なかなか涼しくならなかった影響が出たようだ。

下界の混乱とは隔絶された土地で、阿片芥子は生長を続けた。

少しずつ蕾《つぼみ》が開き、雪の白さとは違う温かさすら感じる白い花が、泡立つ波の如く畑にあふれた。大気が温もりを取り戻した頃、畑は花の海に変わった。妖艶なまでの白さは、これから阿片に取り憑かれる人々の運命を嗤っているかのように見えた。

日に日に増していく胸の高鳴りを、次郎は抑えられなかった。

もう少しだ。もう少しで、ほしかったものがすべて手に入る。

花が散ると、待望の芥子坊主が膨らんできた。

阿片採取用の鉤を手に取り、丸々とした実に疵をつけてみると、女の乳首から滲み出すように、じんわりと白い汁があふれた。

乳白色の汁は一日ほど置くと褐色に変わり、日が経つとさらに黒く変わった。

これを集めて乾燥させたものが生阿片である。

「田」の作業員は、固まった芥子汁をヘラでこそげ落として器に集めた。保管しておいた芥子の花びらで包み、木箱に収めてトラックに積み込んだ。

トラックは麓に用意された精製所へ向かった。生阿片は精製所で、まず、ぬるい湯に溶かされる。その後、溶けない成分を取り除き、残りを熱して濃縮。発酵などの加工を経て、吸煙用の阿片煙膏が完成する。ここから加工するとモルヒネやヘロインとなるが、今回は、そのままの形で青幇《チンパン》の老板たちに分配された。あらかじめ話をつけておいた、少数の金持ちに売るためである。

9

しばらくすると、楊直《ヤン・ジー》のもとに、老板《ラオバン》たちからも「開花」の知らせが届いた。楊直は時機を見計らい、部下を連れて順々に彼らの別邸を訪れた。

「最《ズイ》」の植木鉢は広い庭の一角に隠され、楊直たちの到着を待っていた。老板の邸に侵入を試みる命知らずなど皆無だ。そして、警察の一部は古くから青幇《チンパン》と癒着しているので、阿片の取締員が捜索に踏み込むこともない。万が一何かが起きれば、植木鉢ごとよそへ移せばよいだけだ。

楊直が部下を連れて訪れた頃には、小さいながらも芥子坊主が膨らんでいた。採取用の鉤で疵をつけると、乳色の汁がとろりとあふれ出た。「田《テイエン》」よりも育ちは悪かったが、種を残すのが目的だから、生阿片の分量は気にしなくていい。

厳民生《イエン・ミンセン》という名の老板の別邸を訪れたとき、楊直は集めた種を少しだけ袋に詰め、厳民生に向かって恭しく差し出した。厳民生は眉をひそめた。「どういうつもりだ。生阿片も種も、上海の老板たちで共有し、個人で保持することは許されんはずだぞ」

「種は遠慮なくお納め下さい。そのうえで厳先生にお願いがございます。先生のお力で、杜月笙《ドゥー・ユエション》先生に、私を紹介して頂きたいのです」

「そんなことは、おまえの主に頼め」

「恥ずかしながら、私の主は、そこまでの力を持っておりません。厳先生にお願いする他ありません」

「杜月笙先生に何を頼むつもりか」

「私は長年、青幇の皆様を手伝って参りましたが、この仕事と並行して、会社経営に乗り出そうと考えております」

「なんのために？」

「これからの時代に必要だからです。貿易や紡績関係の会社を、いくつか扱えるなら申し分ありません。しかし、上海でこれを手がけるには、杜月笙先生のお許しがいります」

「では、こういう形ではなく、それ相応の品を用意せよ」

「勿論、それはあとでお届け致します。ただ、芥子の種は、ここでお渡しするのが最も人目につきませんので」楊直は力強く続けた。「ご心配は無用です。苗の栽培を引き受けた方々は、おそらく少しずつ種を隠しておられるでしょう。私が訪問する前に、一本ぐらいは、こっそりと芥子坊主を抜き取っているはずです。それぐらいの目端が利かなければ、上海では生きていけません。今回の一件は『田』の全滅に備えての措置でしたが、うまく育てて下さった方には、最初からこのような形でお礼をするつもりでおりました」

「楊直よ、おまえは何を企んでいるのだ？」

「老板の皆様は既にお気づきでしょう。昨今の日本軍の動きは侮れません。莫大な富と物資が行き来するこの土地を、日本軍が放置しておくはずはありませんから、彼らは多少の犠牲を払ってでもこの地を獲りに来る。そのとき皆様はどうなさいますか。ここに残って国民革命軍と共に戦いますか。まさか、そんな愚行はなさらないでしょう。いっとき香港へ退避して、安全になってから戻ってくるのが一番いい。費用はいくらでも必要かと存じます。ご自身の資産に加えて『最』の種を持っておれば、どんな逆境に陥っても再起が可能です」

「これは、採取年にまかねば発芽率が落ちる」

「はい。安全な土地で毎年密かに育てることが肝要です。むやみに増やしてはいけません。目立たぬように園芸種を装い、毎年種を採り、年内にまく。これを繰り返せば種はいつでも新鮮です。そして、大丈夫だとわかったときに大量栽培する。ただし、日本軍の動きには注意して下さい。関東軍は阿片に執着していますから」

　厳民生は、しばらく口をつぐんだ。

　老境にある郭老大《グオラオダー》と違って、厳民生は気力も体力も充実している世代だった。早くから青幇の門下となったので、杜月笙との付き合いも長い。日本軍の侵攻によって人生の最盛期を台なしにされかねないことを、厳民生は以前から苦々しく感じていた。日本軍の兵士は糞真面目で粘り強く、命を捨てることも厭わず立ち向かってくる。中国人とは根本的なところで人間の性質が違うのだ。いまの日本人は、国のために己を殺せる恐るべき民族だ。人間よりも、だんだん蟻や蜂に似てきた。まさに小鬼子《シャオグイズー》（当時の日本人に対する蔑称のひとつ。「東洋鬼」「日本鬼子」と同じニュアンス）なのだ。そんな奴らと正面衝突したとき、上海が持ちこたえられる保証はない。ならば、楊直の望みを受け入れ、「最」の種を保持しておくのもいいだろう。

「紹介するだけでいいのだな」厳民生は念を押した。「それ以上はできんぞ。先生がおまえを気に入るかどうかも、わからんのだからな」

「じゅうぶんでございます。まずは顔を合わせなければ何も始まりませんので」

「では、先生と相談してみる。返事はしばらく待て」

「ありがとうございます。ご恩は一生忘れません」


数日後、楊直は厳民生から話がついたという連絡を受けた。

厳民生に本来の贈り物を届けさせた日の午後、楊直は邸の別棟、原田ユキヱがいる部屋へ足を向けた。

廊下にまで響くバイオリンの音色を心地よく味わいながら、楊直は意気揚々と歩いた。ユキヱの部屋の扉を叩くと、弦の響きは鳴り止んだ。

控えめに扉が開かれ、ユキヱが顔をのぞかせた。

「話がある」と楊直が言うと、ユキヱはにこりともせず「どうぞ」と応じた。

楊直は室内に入り、後ろ手で扉を閉めてかんぬきを下ろした。バイオリンは卓に置かれ、ユキヱは手ぶらだった。傍らの花瓶に挿された黄色いアカシアが目に眩しい。

ユキヱは花瓶のそばに立ち、楊直の言葉を待っていた。

「座らないか」と楊直が促すと、ユキヱは「いいえ」と応えた。「手短にお願いします。こみいった話は苦手です」

「初回の生阿片の収穫は成功だ。まずまずの分量。今年から畑を広げて採取量を上げる」

「おめでとうございます。あれは優れた品種です。手間をかければかけるほど、よい結果が生まれるでしょう」

「それとは別に伝えたいことがある」

「なんでしょうか」

「バイオリン奏者として杜月笙先生に仕えてくれないか。先生がどんな人物かは知っているな？」

「あまりにも有名な、青幇の大亭《ダーホン》ですね」

「挨拶する日はもう決めた。いいな？」

ユキヱは眉根を寄せた。「話の流れが見えませんが」

「私は上海の経済界に進出したいが、これを始めるには、杜月笙先生に話を通しておく必要がある。『これこれこういう仕事を始めますが、先生のお邪魔にならぬように注意します。よろしくお願い致します』と挨拶をして貢ぎ物をするわけだ。このときに、おまえ自身を先生に贈りたい」

「私を？」

「我々に『最』をもたらしてくれた女神だからな。この話は先生にもお伝えしておく。加えて、バイオリンを弾けるおまえは、いわば生きたオルゴールだ。先生は教養を尊んでおられる。クラシック音楽をお聴かせすれば喜ぶだろうし、弾き方を学びたいと仰ったら、丁寧に教えて差し上げるのだ。どれほど気に障ることがあっても決して逆らうな」

「私程度のバイオリニストは、上海にいくらでもいると思いますが」

「おまえと同じ者などいない。そんな香りをふりまける女は」

ユキヱはまた顔をしかめたが、楊直はつかつかと歩み寄り、ユキヱの腕をつかんで首筋に顔を近づけた。「この匂い。男を惑わせる匂いだ。香水じゃないんだろう?」

「放して下さい」

「何人殺した、この匂いでおびき寄せて」

「人聞きの悪いことを」

「おまえみたいな女は他にも知っている。この匂いでジローを誘惑して、阿片の買い手を探させたのか?」

「あの人は、ただの世間知らずです。お金と自由がほしくて駆けずり回る、赤ん坊みたいにわがままな男」

楊直は小声で笑った。「辛辣だな。あれが赤ん坊なら、私はなんだ?」

「野良犬。いずれは狂犬病に罹って死ぬしかない」

楊直はユキヱを突き飛ばし、寝台に押し倒した。のしかかり、正面から視線を合わせた。「杜月笙先生の妾になる必要はない。おまえは私を印象づける道具になってくれれば、それでいい。先生に迫られたら寝るのもいいだろう。だが、先生がおまえに愛情を持つことなど皆無だと思え」

「私が日本人だからですか」

「先生にとっては家族だけが『人間』だ。それ以外の人間はすべて道具、もしくは装飾品にすぎん。おまえは、いい香りがするオルゴールとして在ればいい」

「私にとっての益は?」

「ここにいるよりも安全だ。先生の邸宅のほうが警備が厳しい」

「それがなんの役に立ちますか」

「おまえは、関東軍の目を盗んで芥子の種を持ち出したのだろう。ならば追われているはずだ」

「なるほど。あなたは、それに巻き込まれるのが怖い」

「うちも警備は厳しいが、杜月笙邸のほうが遙かに上だ」

「青幇の方々は、私を一生守って下さるわけですね」

「おまえが望むなら」

「先生が私の演奏を気に入るとは限りません。気に食わなければその場で殺すでしょう」

「勝手に逃げられるよりは、そうなったほうがいい」

「重いので、そろそろ退《ど》いて頂けませんか」

「嫌だ」

「お手つきの女を杜月笙先生に贈るとは品がない」

「おまえの歳で男を知らんとは誰も思うまい。気にするな」

「楊先生」

「なんだ」

「暴力をふるわないで下さるなら、私はなんでもしますよ」

ユキヱが力を抜いたので、楊直は体重をかけたまま手をゆるめた。ユキヱは楊直の首に両腕を回し、楊直の頭を自分の胸元へ引き寄せた。

楊直はつぶやいた。「ここが一番いい匂いがする」

「私には、この匂いは面倒なだけです」

「おまえは長いあいだ、男からひどい目に遭わされてきたのか？」

「なぜ、そんな話を」

「物わかりがよすぎるからだ。人は暴力をふるわれ続けると抵抗する気力を失い、自分を無にすることを覚える。ほんの少し耐えていれば、すぐに嵐は去ると思い込むようになる」

「あなたも同じ経験を？」

楊直は応えず、続けた。「亭主が暴君だったのか？　そいつを殺して、阿片煙膏と芥子の種を奪って逃げたのか？　それとも」

「黙って」

ユキヱは楊直の額に唇を寄せた。そこから、こめかみ、頬、と滑らせて、最後に楊直の唇に自分の唇を静かに重ねた。

ユキヱは囁いた。「杜月笙先生は平気なのでしょうか。私のような者をそばに置いて」

「さっき言っただろう。先生は、自分の家族以外は人間扱いせん。ましてや日本人など、小鬼子としか思わん」

「あなたもそうですか」

「当然だ」楊直は低い声で笑った。「先生には絶対に逆らうな。おまえは優れた道具に徹するのだ。人間の女である必要などない」

10

生阿片の採取が終わると、「田《テイエン》」では再び野菜づくりが始まった。直後、麓から物資を運ぶトラックの運転手が、次郎と何忠夫《ホー・ジョンフー》に一通ずつ手紙を届けた。

楊直《ヤン・ジー》からの手紙だった。

便箋を開いてみると、そこには「最《ズイ》」の取り引きが順調に進んでいることや、次郎たちにも今期の報酬が支払われることが記されていた。具体的な金額については何も記されていない。受け渡し時期も、「上海へ戻ったときにまとめて」とある。

上海へ戻るまで報酬額がわからないのは不安だったが、「田」の仕事を途中で放り出すわけにもいかず、ここは、辛抱強く解放の日を待つしかなかった。

その年はさらに耕地を広げ、より多くの種まきに備えた。

拡大された畑では、翌年春、初年度の何倍もの花が咲いた。生阿片の採取量も格段に上昇した。土地の開墾は続き、作業員も増えて、大量の阿片芥子の栽培が可能になった。

そして、一九三七年四月下旬。

生阿片の運び出しが終わった頃、再び楊直からの手紙が届いた。今度の手紙には、「田」の管理者を入れ替えるので、次郎と何忠夫は上海へ戻れと書いてあった。

次郎は歓声をあげて便箋を放り投げ、壁に貼られた暦に丸をつけた。次にトラックが来たときに仕事を引き継げば、自分たちは下山できる。

三年間「田」で働き、生阿片の採取に関わった。もはや、どこへ派遣されても芥子を育てられる。長持にぎっしりあった本はすべて読み終え、代わり映えのしない毎日に飽きていた。二度と上海へ戻れないのではと疑った日もあったほどだが、これで次の段階へ進める。租界へ帰って骨休めしたあとは、いよいよインドシナ半島での芥子栽培だ。

何忠夫は直接自宅へ戻ってよいと指示され、次郎はひとりで楊直邸へ向かうことになった。蘇《そ》州《しゅう》河《が》の埠頭まで戻れば、楊直邸からの迎えの車が待っているという。

数日後、トラックで山から下りた次郎は、指示された通りに、太湖の北側の埠頭から上海行きの船に乗り、租界に帰還した。埠頭には、船から下りる客を待つタクシーや黄包車《ワンボーツ》に交じって、見覚えのある車が待っていた。次郎は車に近づき、運転手の顔を確認した。すると、すぐに「どうぞ、お乗り下さい」と言われた。次郎が助手席に乗り込むと、車はフランス租界を目指して走り始めた。

黄浦灘路《こうほたんろ》に面した高層建築物を眺めていると、初めて上海の地を踏んだ日の昂ぶりが甦った。上海に来る前にいた神戸にも、浜側には、これとよく似た光景があった。建築物の様式が同じなのだ。

ふいに、これまでの三年間が、夢の中の出来事のように感じられた。二十代の最後を山の中で潰したのは惜しかったが、これからが人生の本番だ。黄金の三十代がやってくる。いや、そうでなければならない。

楊直邸に到着した車を、使用人が門を開いて迎え入れた。車から降りると、小間使いが次郎に向かって恭しく一礼し、玄関から談話室へ導いた。

楊直は長袍《チャンパオ》姿だった。相変わらず洒脱で身だしなみがよい。少し肉づきがよくなった顔に浮かんだ笑みは穏やかで、以前よりも人あたりがよくなっていた。刃を隠すのが上手くなったのだろう。

楊直は長椅子から立ちあがり、両手を広げて次郎に近づいた。次郎は鞄を足下におろし、楊直と抱擁を交わした。

「ジロー、三年間よくやってくれた」楊直の声には、家族と認めた相手にかける情がこもっていた。

「その名で呼ばれるのは久しぶりだ」次郎も顔をほころばせた。「大哥《ダーグア》だけが呼んでいい名前だ。何忠夫は、おれを朝鮮人だと思っているんだぜ」

「なぜ？」

「おれの仕草には中国人らしさが足りんそうだ。とっさに外国生まれの朝鮮人だとごまかしたが」次郎は真剣な口調で訊ねた。「おれが日本人だということは、誰に、どのあたりまでばれているんだ？　大哥やバイフーたち以外には誰が知っている？」

「たいていの幹部は気づいているぞ」

「えっ」

「おまえは共同租界で雑貨屋をやっていた。そこから調べれば経歴などすぐに辿れる。何忠夫は私に対する信頼から、おまえが生粋の日本人ではなく、朝鮮系だと結論したのだろう。上海の老《ラオ》板《バン》たちは、こちらの顔を立てて、おまえのことを知らんふりしてくれているだけだ。おまえは『最』を育てた功労者だから、当分は大目に見てもらえるだろう。だが、何かあれば出自を理由に排除される。それを忘れるな」

久しぶりに背筋がひんやりとした。嫌な汗がこめかみに滲む。

楊直は次郎の肩を軽く叩いた。「心配するな。私が力を持っている限り、おまえは安泰だ。まずは体を綺麗にしてこい。別棟の一階に西洋式のバスタブを置いた浴室がある。使い方はわかるか」

「おれは日本式の風呂以外は使えん」

「小間使いに訊け。なんでも教えてくれる」

雑貨屋を引き払って以来、湯船に浸かる機会はまったくなかった。虹口《ホンキユウ》は日本人街なので銭湯があったが、楊直邸の本棟にはシャワー室しかない。沐浴が恋しくなるのは日本人の性《さが》である。

鞄を自室に置くために二階へあがると、前にも邸で見かけた沈蘭《シエン・ラン》という名の小間使いが廊下で待っていた。次郎の顔を見て、にっと笑った。「お帰りなさいませ、黄先生」

「ああ、また世話になるよ」

「なんでもお申し付け下さい」

「では、部屋に荷物を置いたら、別棟にある浴室の使い方を教えてくれ」

「かしこまりました」

沈蘭が案内してくれた浴室は、出入り口のすぐ横に脱衣籠があった。傍らの台には、真新しい着替え用の短袍《ドアンパオ》と褲《クー》。そして、バスローブとタオルが用意してあった。

浴室内は、洗面所とシャワーブースが仕切られており、バスタブは部屋の奥にあった。床は掃除しやすいようにタイル張りだ。シャワーブースからバスタブまでのあいだには、足拭きマットが敷かれていた。

バスタブの形は大きな揺り籠そっくりで、卵の殻を思わせる白くて滑らかな湯船の四隅を、曲線を描く金色の脚が支えていた。複数の配管がバスタブにつながっており、バーの上にはシャワーの把手がひっかけてある。日本式の浴槽とは何もかも勝手が違う。

沈蘭が蛇口の栓に触れながら説明した。「こちらをひねると湯と水が出ます。バスタブ内でシャワーが必要なときには、バーから外して使って下さい。バスタブの外まで濡らさぬようにお気をつけて。髪を洗うときには、シャワーで湯をかけるよりも、溜めた湯に潜って頂くほうが早いです。湯は少なめにはって下さい。あふれるといけませんので」

「体はどこで洗うんだ」

「浴槽の中で石鹼をお使い下さい。欧州の方は泡だらけの体で湯からあがり、タオルで泡と水気を拭き取るのです」

「それじゃあ肌がぬめりそうだな」

「では、石鹼はシャワーブースで使い、バスタブは沐浴だけに使うのがよろしいかと」

「そうしよう」

「湯から出たあとは、ここを引っぱりますと栓が抜けて、使った湯が排出管へ流れていきます。流し忘れても気にしないで下さい。私どもが掃除のときに抜きますので」

「ありがとう」

「こちらの棚には、香油や薄荷油《はっかゆ》の瓶をご用意してあります。夏の暑い時期には、湯に薄荷油を少々垂らしますと、あがったときに体がすっと冷えて気持ちようございますよ」

上海の夏は異様に蒸し暑い。薄荷油があるのはありがたかった。

沈蘭が浴室から出て行くと、次郎は扉を閉めて裸になり、早速、シャワーブースで石鹸を泡立てた。髪と体を掌で丁寧にこすり、温かい湯を浴びて泡を流す。

バスローブを着て、バスタブへ移動した。

蛇口をひねる。湯が溜まるのを待っているあいだに、香油の瓶を手に取って中身を嗅いだ。爽やかな香りの背後に瑞々しい草木の匂いが感じられた。柑橘類と若草の香りなら、体に残ってもいいだろう。二滴ほど湯に落としてみると、たちどころに香気が立ちのぼった。

湯が溜まったので蛇口を閉めた。バスローブを脱いで壁のフックにひっかける。足を滑らせぬように慎重にバスタブの中へ入る。体を沈めても、湯は腹のあたりまでしかこなかった。

体が温まってくると、気が抜けたせいか軽い眠気に襲われた。

原田ユキヱもこのバスタブを使っていたのだろうかと、ふと思った。ここは別棟だから、そうであったとしても不思議ではない。

あいつ、まだこの邸にいるんだろうか。それとも、とっくに逃げ出したあとか。三年前の光景を思い出す。アカシアの木陰、バイオリン、ジャズを楽しげに弾いていたユキヱの微笑み。今日はバイオリンの音色を一度も耳にしなかった。彼女はもう立ち去ったあとなのか。

ユキヱが身を沈めたバスタブだと思うと、湯の中で体の一部が自然に反応した。温まったユキヱの体は、風呂場ではさらに強く香るのだろうと想像すると、それだけで気分が盛りあがった。

両手で湯をすくい、顔をざぶりと洗う。

爽やかな香りが、淫らな妄想を遠ざけた。

風呂からあがり食堂で水を飲んでいると、楊直が二階から下りてきた。

使用人が料理を並べ始めた。次々と出される温かい皿の数に、これも「最」が売れたおかげかと次郎は感心した。

席につき、次郎が夢中で料理を食べ始めると、楊直はうれしそうにその姿を眺めた。カラになった皿は順々に片づけられ、最後に、別の使用人が布をかぶせた大きな盆を運んできた。

季節の果物だろうと思っていた次郎は、布がめくられた瞬間、あっと声をあげた。

盆に山積みにされていたのは、中国政府が発行している法幣。それ以外に、口を絞った小さな革袋がふたつ。

楊直が言った。「おまえの三年分の報酬だ。受け取ってくれ」

「これを全部？」

「そうだ。租界内で使いやすいように法幣でそろえたが、日本円やアメリカドルにも替えられる。ポンド、フランにも。なんでも申し出てくれ」

「いや、このままでいい。しばらく租界内で遊びたいから」

「少なくて悪いな」

「え？」

「儲けの大半は老板たちに渡った。私と何忠夫の取り分を差し引くと、この程度しか残らなかった」

楊直が「早く取れ」という仕草をしたので、次郎は震える手で札束をつかみ、自分の前に積みあげた。

頭がくらくらした。感激とも嘆きともつかぬ感情が、胸の奥から湧きあがってきた。

法幣の山を前にして、楊直は「この程度」と言った。では、老板たちには、いったいどれだけの金額が渡ったのか。青幇《チンパン》の下働きに甘んじる限り、おそらく自分がもらえる額はたいしたものではない。雑貨屋の年収の百倍程度といったところか。

楊直がインドシナ半島への進出を渇望する理由が、ようやく腑に落ちた。国外に密かに阿片の販路を切り拓けば、老板たちに上納する必要はなく、好きなだけ収益を手にできる。阿片の管理者として金の動きを知っている者ならば、一度は夢想するに違いない計画だ。

もっとも、取り引きの額が大きくなれば、老板たちはそれを嗅ぎつけ、青幇の掟を盾に楊直を抑えつけようとするだろう。新たな富を見逃すはずはない。権力と財産を持つ者は、常に、さらに持ちたがるものだ。楊直は、それをどう切り抜けるつもりなのか。

盆に残ったふたつの革袋を、楊直は自ら手に取って次郎の前に置いた。「これは報酬とは別に私から贈るものだ。大切にしてほしい」

次郎は重いほうの袋を手に取り、中をのぞいて驚愕した。袋を逆さにすると銀貨が転がり出た。片面には帆をあげたジャンク船、もう片方の面には孫文《スン・ウエン》の横顔がある。「これは――」

「法幣の発行が始まる前に、大陸で使われていた貨幣だ」と楊直は言った。「世界恐慌をきっかけに、中国では大量の銀の流出が起きた。これを食い止めるために、政府は銀貨の使用を禁じた。代わりに発行されるようになったのが法幣だ」

「なぜ、これをおれに」

「建前上、銀貨はすべて政府が回収したことになっている。だが、いまでも、こうやって個人で隠し持つのは可能だ。貨幣としては使えないが、素材の銀自体に大きな価値がある。金に困ったときに役立つだろう。そして、これが最も重要な点だが、これを持っている者は私の『身内』だ。初対面でも信用できる」

「おれ以外にも、これを手渡された者が？」

「何忠夫にも渡した。他にも何人か。私自身も持ち歩く。発行年はすべて同じにそろえた。中華民国二十一年発行。裏面の浮き彫りを見ろ。波の隙間に、三日月形の疵が見えるか」

「ああ」

「どの銀貨にも同じ場所に同じ疵をつけておいた。今後、私の名前を出しておまえに近づく者がいれば、これを持っているかどうかさりげなく確かめろ。あるいは、相手がこれを先に出してくるまで信用するな。それからもうひとつ」

楊直はもう片方の革袋を指さした。次郎はそちらも手に取り、掌に中身を落とした。澄んだ緑色の玉が一個。翡翠だ。ひとめで高価だとわかる。小さな穴が貫通していた。腕輪か念珠から糸を抜いてばらしたのだろう。

楊直は続けた。「疑わしいときには、銀貨とこれを両方持っているかどうかを確かめろ。おまえが他人に見せるときも同じ意味を持つ」

「銀貨と翡翠をそろえて持つ者だけが、計画の詳細を知っているわけか」

「その通り。大陸には、あの手この手で他人を騙し、利益をかすめ取ろうとする悪党が大勢いる。

謀略と暗殺が支配する世界だ。青幇の門下でなくても狙われる」

「とっくの昔に了解済みだ」

「百パーセントの安全は保証できない。誰がどんな手段で、おまえを騙したり脅したりするかわからん。奴らの手に落ちれば沈黙を貫くことは難しい。耐えきれないと感じたときには、苦痛から逃れるために仲間や私を売るのもやむを得まい。だが、それで生きて帰れるとは思うな。沈黙を守り続けても情報を喋っても、奴らは最後にはおまえを殺す」

「承知した。銀貨は特にありがたい。もしものときに、ただの銀として使えるし。このふたつは、御守り代わりに、いつもポケットに入れて持ち歩くよ」

「こういうものでもまだ人が動く時代だ。うまく活用してくれ」

「ありがとう。ところで、原田ユキヱは、まだここにいるのかい」

「彼女には別の場所へ移ってもらった」

「どこへ」

「杜月笙《ドウー・ユエシヨン》先生の邸へ」

「なんだって」

「いまは杜月笙邸で、バイオリニストとして先生を楽しませている」

楊直はこれまでの経緯を次郎に話した。楊直の希望は杜月笙に受け入れられ、ほどなく、貿易会社と紡績会社の経営を認められたという。これによって楊直は、念願の恒社《ホンシヨー》にも入会できた。この成功に、ユキヱの存在は大いに役立ったらしい。杜月笙はユキヱの体質に強い興味を示し、バイオリンの腕前も気に入った。近頃では自分でも弾きたいと言い出し、ユキヱから演奏の手ほどきを受けているという。

次郎は啞然とした。女をひとりで権力者のもとへ送り込めば、何が起きるかは火を見るよりも明らかだ。ましてや、杜月笙はユキヱを気に入ったのだ。珍しい動物を可愛がる程度の気持ちではあろうが、三年間、杜月笙がユキヱを思うがままに扱っていたのかと思うと、次郎の頭にはそれだけで血がのぼった。黒い怒りが腹の底で煮えたぎった。

権力を持っている奴らは、いつもこうだ。

横から手を伸ばし、気に入ったものを自分の都合だけで奪っていく。金も女も思うがままだ。自分はいつも、それを指をくわえて見ているだけだ。これでは故郷にいたときと同じだ。何も変わっちゃいない。

楊直の権力が、まだ小さなものにすぎないことが恨めしかった。「最」をテコに、なんとしてでもインドシナで成功してもらわねば、付き従う自分にも益はない。

次郎は言った。「企業人になれたのはよかったな。おめでとう。でも、郭老大《グオラオダー》はなんと言っている?」

「素直に喜んでいたぞ。組の資金源になるからな」

「董銘元《ドン・ミンユアン》は」

「別に何も。経営に関しては、彼のほうこそ一日の長がある」

「それにしても、老板たちの抜け目のなさには驚くな」

「状況が状況だから、こういうときには自分を第一に考えねば。日本人だってそうだろう」

「うむ。まあ同じだな」

「国民政府と日本軍との関係が、この三年間で著しく緊張してきた。特に今年になってからは、秋口までに何か起きそうだという噂が頻繁に流れている。問題が勃発しそうな地名まで出ている」

「どうして場所までわかるんだ」

「日本は中国側の反対を押し切って支那駐屯軍を増兵した。協定に従って駐屯できる場所は限られているから、軍事衝突が起きそうな場所も予想がつく。最も危険度が高いのは、北平《ペイピン》郊外だ」

第三章　栄華

1

楊直《ヤン・ジー》邸には住み込みの理髪師がいた。彼は楊直の髪を任されているだけでなく、使用人の髪も切り、普段は庭の掃除人としても働いている。

刃物を使う仕事だから、青幇《チンパン》が信頼を置く組合から雇われた人物だ。次郎も、この理髪師に髪を整えてもらうことにした。欧州の理容技術を積極的に学んだ中国人だという。上海租界で働くには、これぐらいの技量は必要なのだ。

邸には散髪室があった。壁側に大きな鏡と理髪店で使う椅子がひとつ置かれ、最新の理容器具が並んでいた。電気パーマの機械まであった。

椅子に座った次郎の髪を理髪師は指先で軽く弄《いじ》り、「これぐらいの癖毛なら大丈夫でしょう、うまくいきますよ」と言って、滑らかな動作で髪に鋏《はさみ》を入れていった。

三年間、山中でろくに手入れもせず、麓の町へ下りたときにしか切らなかった髪だ。理髪師も腕のふるい甲斐があるだろう。散髪が終わり、「如何ですか」と声をかけられた次郎は、鏡に映った自分の姿に目を疑った。

別人かと見紛うほどの男が、鏡の向こうからこちらを見つめていた。耳の上はすっきりと刈り込まれ、長めに残した前髪は少し立ちあげられ、分け目から自然に左右に流れている。香油で軽くまとめて仕上げにポマードを使った髪には、いい感じの、ゆるやかなうねりが生じていた。まるで欧米人のような髪型だ。

理髪師は言った。「髪質を生かして、鋏の入れ方を工夫してみました。なでつけるのではなく、このほうがお似合いかと存じます。ポマードをつけすぎず、前髪を軽く持ちあげて流すのがコツです」

「こいつはすごいな。ずっと、この髪型でいきたい」

「はい、よくお似合いです。でも、いつでも変えられますから、飽きたら遠慮なくお申し付け下さい」

「うむ。わかった」

「それでは、髭《ひげ》をあたって眉も整えます。もうしばらくご辛抱下さい」

髭と眉を処理してもらうと、さらに男ぶりがあがった。一流の理髪師に任せるだけで、これほどまでに印象が変わるのかと、次郎は心底感動した。

おれは、もう元雑貨屋や芥子畑の作業員じゃない。上海に相応しい男に生まれ変わったのだ。一生懸命勉強して金を手に入れた。髪も整えた。次は服だ。

次郎は自室へ戻り、夕刻、洋服に袖を通した。以前着回していた安物ではなく、楊直と一緒に霞飛路《アヴェニュー・ジョッフル》にある仕立屋へ行ってつくらせた高級服である。シャツの袖口をカフスボタンで留め、ネクタイをきちんと締める。上衣を着込むと、ひとかどの紳士が姿見の中に現れた。気取ったポーズで立ち、胸をはって腕組みしてみた。顎の先に指をあてがい、映画俳優のように、さまざまな格好をとってみる。

阿呆だな、と自分でも可笑しかったが、楽しくてやめられなかった。

気が済むまで鏡と戯れたあと、内ポケットに財布を収めて一階へ下りた。


楊直は談話室の長椅子に腰をおろし、細い葉巻をふかしていた。いつもと同じように三つ揃えの背広を着込んでいたが、昼間と比べると、どことなく退廃的な匂いが感じられた。派手すぎるほどの色柄のネクタイを締めているせいだろうか、背広の形がいつもとは違うのか。破調の美によって魅力が増すことを知っている男の着こなしだと感じたが、次郎にはまだその塩梅がよくわからなかった。どうすればこんな印象をつくり出せるのか。うらやましくてたまらない。いつか追いついてやるという気持ちが、むくむくと湧き起こった。

楊直は次郎を見ると、にやりと笑った。「『人は服装によって、馬は鞍によって引き立つ』」

次郎は応えた。

「〝Fine feathers make fine birds.〟(美しい羽根が美しい鳥をつくる)」

長椅子から腰をあげると、楊直は言った。「さあ、どこへ行きたい?」

「大哥《ダーグア》に任せるよ。おれは贅沢の仕方を知らない」

「では、しばらくは私のあとについてこい。金の心配はするな。贔屓《ひいき》の店が決まったら、頻繁に通い、金を落とすのだ。そうやって、店長や支配人に顔を覚えてもらう」

「成金だと馬鹿にされないかなあ」

「なんのために私が連れ歩くと思う。『黄基龍《ホアン・ジーロン》は楊直の義兄弟だ』と触れ回るのだぞ。無礼をはたらく者などおらん」

「義兄弟の契りもまだなのに」

「では、いま結んでおこうか。心の準備さえ整っているなら、すぐに済む。手間のかかる儀式を始めると、きりがないのだ」

「郭老大《グオラオダー》の許しを得なくていいのか」

「おまえと私が結ぶだけだから、誰の許しもいらん」

「本当に、いいのかい」

「『最《ズイ》』の栽培では、とても世話になった。ちょうどいい機会だ」

楊直は使用人に声をかけ、新品の白酒《バイジユウ》の壺と、杯をふたつ用意させた。

長卓に杯を置き、酒をなみなみと注ぐ。

楊直はズボンのポケットから折りたたみナイフを取り出し、刃を開いた。人差し指の先を軽く切り、絞り出した血を一滴ずつそれぞれの杯に落とす。次郎にも同じようにさせた。

血を混ぜた杯を手に取り、ふたりは向かい合った。

楊直が言った。「黄基龍こと吾郷次郎。おまえは私と義兄弟となり、何があろうとも助け合い、生死を共にし、お互いに決して裏切らないと誓えるか」

次郎は神妙な面持ちで応えた。「誓う」

「この世の終わりまで我々は兄弟だ。いかなる困難に陥ろうとも、この契りは消えない。今日という日を祝おう」

「祝おう」

目で合図して一息に酒を飲み干した。楊直は、からになった杯を床に叩きつけて割った。次郎もそれに倣った。これで誓いは成立、儀式は終了だ。

楊直は言った。「義兄弟の契りを結んだ以上、どのようなときにも、相手を見捨てたり裏切ったりはしない。もし、そうなった場合には、死をもって贖《あがな》うことになる」

「承知した」次郎は明るく応えた。「大哥、日本人のおれと義兄弟になってくれてありがとう」

「義兄弟の契りは民族の違いなど超える。誓いを破るなよ、ジロー」

「勿論だ」

言葉だけなら、なんとでも言える。

信じたほうが負けだろうと、次郎は腹の底で嗤った。


それからしばらく、次郎は上海租界で放埒《ほうらつ》な日々を送った。

金が手に入ってからも、自分の邸は持たず、依然として楊直の邸で居候を続けた。居心地がよすぎたからだ。邸の広さ、家具の使いやすさ、使用人の質、どれをとっても、ひとりでそろえるにはまだ無理がある。楊直邸に居候するほうが楽ちんだった。それでも少しは気が咎めたので、生活費を渡そうとすると、楊直は「私に恥をかかせる気か」と、頑として受け取らなかった。格上の者が格下の者を助けるのは当然で、この場合、次郎は素直に頼らなければならないらしい。

気安く居候を許してくれるのは、監視したいからでもあるのだろう。おまえとは義兄弟だ、信用している、その理由はこうだと口では言っても、楊直のほうとて、かなり警戒しているはずだ。なにしろ、日本人を青幇の仕事に嚙ませているのだ。いくら暗黙の了解ができているとはいえ前代未聞の話だ。ここまでのリスクを選ぶその真意は、次郎にも未だに想像がつかない。それに、自分は、この世界に足を踏み入れたばかりの駆け出しだ。サメに張りつくコバンザメの如く、楊直のもとにいたほうが安全だ。

楊直と一緒に出かけるときは、バイフーたちも必ず護衛として同行した。バイフーは、かつて自分が次郎の頰をナイフで斬った一件など、すっかり忘れた顔をしていた。いまでは次郎を「黄先生」と呼び、言葉づかいも丁寧になった。

次郎はバイフーを邪険に扱ったりせず、苦労をねぎらい、礼を言うことを忘れなかった。「それが『大人《ダーレン》』だ」と楊直から教わったからである。

ダーレンとは、大人物という意味の言葉だ。おれはダーレンなのだ、些事には拘泥しないのだと自分自身に言い聞かせると、それだけで立派な男になれたような気がした。小さな恨みなど捨てて常に他人に寛容であれ。バイフーたちは護衛なのだから、日頃から大切に扱い、慕われておくべきだ。

次郎と楊直は、中国人が経営する菜館だけでなく、欧米人が使うレストランも堂々と訪れた。黄浦江沿いには、会社や銀行の経営で成功した人々が集まる店がある。そこに入って楊直が声をかけると、店員はすぐに対応し、中国人だからといって差別することもなかった。おそらく楊直は、毎回、たいそうな金額をこの店で落としているのだろう。郭老大の身内だからもともと扱いはよかったはずだが、加えて、いまは「最」による利益があり、経済人となって、杜月笙《ドゥー・ユエ・ション》の恒社《ホンショー》にも入っているのだ。上海のしかるべき場所で顔が利かぬはずがない。

次郎は洋食器の使い方をここで覚え、料理の美味さに目を剝いた。「田《ティエン》」での貧しい食事の記憶が、またたくまに頭の中から消え去った。濃く滑らかなスープ。爽やかなドレッシングをかけた野菜。生ハム、テリーヌ、フォアグラ。とろけるように柔らかい牛肉、甘い脂をたっぷりと蓄えた豚肉、野趣に満ちた旨味を含んだ鹿肉。新鮮な魚介類、海藻。美味い米、美味い小麦をつかったパン。甘い焼き菓子、果物のゼリー、バタークリームや生クリームやチョコレートをたっぷりと使ったケーキ。

そして、脂っこいものを食べたあとに吸う葉巻の、溜め息が出るほどの素晴らしさ。甘味を帯びたクリーミーな煙を味わえる葉巻を次郎は好み、楊直に銘柄を教えてもらって輸入業者から一箱買った。邸に置き、日々の楽しみとした。

贅沢な食事を覚えても、次郎は露店の味も忘れられなかった。そこで、しばしば髪の毛をわざと乱して車夫に似せた格好で市場へ行き、椀に入った熱々の雲呑《ワンタン》や麵を買って食べた。銅貨で買える庶民の食べ物だ。そういう場所には道端に粗末な卓と椅子があり、箸立てに箸が用意されている。労働者に交じってハマグリの甘辛炒めをつつき、安酒を飲み、揚げパンを頰張ると少しほっとした。雑貨屋だった頃、よく、こういう場所で飲み食いした。安くて、いつも懐を助けられていた。腹だけでなく、心まで温まる。上海では何を食べても美味い。たまらん。

酒も浴びるように飲んだ。白酒、黄酒《ホアンジユウ》、とびきり上等な葡萄《ぶどう》酒やブランデーやウイスキー、特別製だという高価なウォッカ等々、次々と試した。スモーキーな香りに魅了され、ウイスキーを一番気に入った。いつでも飲みたくなったので、これも好みの銘柄を楊直邸に置いてもらった。

憧れだった大世界《ダスカ》も訪れた。賭博場に出入りする度胸はまだなかったので、流行の映画や曲芸を観て、京劇の華やかさに感銘を受けた。

「金持ちは有名な役者のパトロンとなり、楽屋に花束を届けるのだ」と楊直は次郎に教えた。

「おまえも誰かを引き立ててやれ。そうすれば座長も喜び、おまえ自身も器の大きさを世間に示せる。京劇の役者は男ばかりだが、紹興文戯《しょうこうぶんぎ》（のちに越劇「えつげき」と呼ばれるようになる大衆劇）なら女優もいる」

「おれは映画女優のほうがいい。薔薇《ばら》の花束を贈りたい。だめかな」

「いくらでも贈れ。青幇は映画業界も牛耳っている。お気に入りの女優が見つかったらすぐに教えろ。挨拶するように先方に伝えてやる」

「来てくれるかな。おれなんかのために」

「青幇に逆らう者は、この町では映画に出られなくなる。どれほど気の強い女優でも、我々の前では科《しな》をつくるさ」

ところで、と楊直は続けた。「食ったり飲んだりもいいが、運動を忘れるな。贅沢をするとすぐに太るぞ。ボクシングをやってみないか」

「は？」

「試合には出なくていい。サンドバッグを叩いてミットを打つだけでも体は締まる。拳法がいいなら、そちらの師匠を紹介しよう」

「大哥の護衛には、バイフーたちがいるだろう」

「私を護衛しろという意味ではない。自分で自分の身を守れるようになっておけ」

「ああ、なるほど」

「体を鍛えると頭の血の巡りもよくなるぞ。慣れてきたら私が相手になってやろう」

「おれと打ち合うのかい。おれはうまくなったら容赦はしないぜ」

「構わん。いつでも来い」

次郎はファイティング・ポーズをとり、ジャブを打つ真似をした。楊直は笑いながら片手で受けとめた。「射撃場も教えてやろう。身内だけが出入りしている場所だから安心だ」

「おれは銃は撃てんのだ」

「甘ったれたことを言うな。きちんと覚えておけ」

2

美食巡りや観劇が一段落つくと、次郎の興味はダンスホールに向いた。それまでは、ジャズの演奏は行きつけの酒場で聴いていたが、ダンスホールでは音楽に合わせて踊れるというので、行ってみたくなったのだ。

静安寺路《バブリング・ウエル・ロード》近くの有名なホールに足を踏み入れた瞬間、次郎は広間の規模に目を見張った。高い天井から華やかなオレンジ色の光が降り注いでいる。欧米人だけでなく、中国人や日本人の姿もあった。ときおり耳をくすぐる日本語の会話に、次郎は少しだけ頬をゆるませた。懐かしい言葉だ。日本語なんて、もう何年も聞いていないし、喋ってもいない。そう、最後に日本語で喋った相手は原田ユキヱだった。あれが日本語での最後の会話になったのだ。

ユキヱ。

今頃、杜月笙《ドゥー・ユエション》のもとで、どうしているのか。

バンドは休憩中で、室内に演奏家たちの姿はなかった。舞台にはグランドピアノが一台置かれ、一番奥に置かれたドラムセットもずいぶんと大きい。次の演奏を待つ男女が、ホール後方のテーブル席で冷たい飲み物のグラスを傾けつつ談笑していた。旗袍《チーパオ》姿の若い中国人女性が、テーブル席のあちこちにいて、男性客と楽しそうに語り合っている。大きな扇を優雅に揺らしながら客の話に耳を傾け、ときどき顔の下半分を扇で隠して楽しそうに笑った。

次郎たちも席につき、カクテルを注文して演奏と踊りが再開されるのを待った。

休憩を終えたバンドが舞台に戻ってきた。その人数に次郎は目を剝いた。こんな大編成のバンドは見たことがない。トランペットとチューバだけで何人いるんだ。五人？　六人？　サックスは三人、ベースも二人、クラリネットは一人。

ドラマーが軽やかにスティックを振った。地を這うような音でドラムが鳴る。アップテンポのリズムを追いかけ、管楽器が獣の咆哮に似た力強い音を放った。直後、華やかな旋律が一気に花開き、音がうねった。広間の客たちが笑顔で跳ね回る。

脳天を殴られたような衝撃を受けた。なんという音の速度と圧力だ。こんなジャズは初めて聴く。上海を留守にしていた三年間で、ジャズは、これほどまでに進歩を遂げたのか。

次郎は興奮のあまり身を乗り出し、全身で聴き惚れた。すごい、すごい、すごい。これこそ新しいジャズだ。時代の最先端だ。

楊直《ヤン・ジー》はたいして表情も変えず、聞き流していた。ジャズに対する興味が薄いのか、もはや聴き飽きているのか、次郎が「この曲はなんだ」「いつから、こんなジャズが流行《はや》ってるんだ」と質問をぶつけても、肩をすくめるばかりだった。

次郎は近くを通りがかった若い給仕を呼びとめ、あのバンドについて知っていることを全部教えてくれと英語で頼んだ。相手の目を見つめ、卓に紙幣を一枚置く。

給仕は呆れ顔で、次郎と卓に置かれた紙幣を交互に見た。色白でロシア人とアジア人とのあいだに生まれたと思しき容姿、歳は十代後半ぐらいか。次郎の耳でも聴き取りやすい英語で給仕は答えた。

「あれはアメリカ人のバンドです。僕がこの店に入った頃にはもういたから、活動歴はずいぶん長いでしょう。こなれた演奏ですし」

「いま演奏している曲はなんだ」

「『シング・シング・シング』です」

「誰がつくった曲だ」

「作曲はルイ・プリマ、ベニー・グッドマンの楽団が演奏して有名になりました」

「誰？　誰だって？」

「ルイ・プリマ、ベニー・グッドマン。去年の新曲ですよ」

「なんてこった。全然知らん」

「お客さま、スウィング・ジャズを聴くのは初めてですか」

「スウィングってなんだ」

「白人がつくったジャズです。ジャズは黒人が始めたものですが、最近は白人が大編成で演奏する形式が人気なんです。黒人と一緒に演奏するときもあります。ものすごい進歩でしょう？　一昨年ぐらいからアメリカで流行り始めて、その火付け役になったのが、ベニー・グッドマンと彼の楽団です」

やはり、「田《テイエン》」にいたあいだに、新しいジャズの潮流が生まれていたのだ。太湖の麓に逗留しているときには、まったく気づかなかった。ジャズをふんだんに聴けるラジオ番組がなかったし、最新のレコードを買える店もなかったのだ。

次郎は思わず歯ぎしりした。悔しい、あまりにも悔しい。時代に遅れをとってしまった。やはり、いっときでも大都会を離れてはだめなのだ。新しい情報が入らなくなってしまう。

給仕は、にこやかに佇んでいた。次郎は相手から目をそらした。自分はこの若者に、田舎から出てきた成金中国人だと思われただろうなと感じて、猛烈に恥ずかしくなった。

給仕がテーブルに置いた紙幣に手を伸ばすと、次郎は素早く彼の手を押さえた。給仕は、ぎくりとして身を強《こわ》ばらせた。

「そう怖がるな」次郎は穏やかに語りかけた。「また来るから、今度は、スウィング・ジャズのことをもっと詳しく教えてくれ」

一呼吸おいたのち、給仕は応えた。「かしこまりました」

「名前は？　ホールに来たときに指名するから」

「イザワ・ミノルと申します」

「日本人なのか。どんな字を書く？」

若者は「伊沢穣」という漢字を次郎に教えた。「お客さまの名前も、おうかがいしてよろしいでしょうか」

「ホアン・ジーロンだ」次郎は注文書の隅に漢字を書き記した。

「お連れさまのお名前は」

「ヤン・ジー」

「承知致しました。では、毎回、座席をご予約下さい。僕がお手伝いしやすいので」

常連客につけば、今日のようにチップを期待できる。チップがないと生活がつらい給仕としては当然のやり方だ。三年前までは、次郎自身も得意先の増やし方に知恵を絞り、少しでも多くの利益を得ようと必死だった。雑貨屋時代を懐かしく思い出し、次郎は伊沢に対して、こいつとおれとは同類だと親近感を覚えた。「わかった。次回からもよろしく頼む」

「ありがとうございます」

3

酒は高級料理店で食事のときに飲む機会が増えたので、行きつけの酒場へ行く回数は減っていた。電気蓄音機を買って以来、音楽は邸で聴くことが多い。ダンスホールを訪れるまで、生演奏を聴く機会は減っていた。

あらためて酒場を巡ってみると、どこでも、確かにスウィング・ジャズの演奏を聴けた。

次郎がこれまで聴いていたのは、ディキシーランド・ジャズだった。スウィング・ジャズは、一九三五年の八月にロサンゼルスで行われたある演奏をきっかけに、一気に流行の最先端に躍り出たらしい。伊沢に教えてもらった、クラリネット奏者ベニー・グッドマンと彼が率いる楽団がこれを行ったのだが、楽々とここへ至ったわけではなく、幾多の苦難を乗り越えた先での予想外の成功であったという。

とはいえ、ディキシーランド・ジャズが市中から消えたわけではなく、上海でも、まだあちこちで聴くことができた。次郎は聴き慣れた曲に安心感を覚えつつも、スウィング・ジャズの衝撃を忘れられず、もっと頻繁にダンスホールに通いたいと渇望した。

が、ジャズに興味がなさそうな楊直《ヤン・ジー》を毎回連れて行くのは気が引ける。かといって、男ひとりでダンスホールを訪問するのも格好がつかない。形だけでも女を同伴させたかった。こうしたほうが店側の対応もよくなる。

そこで楊直に相談してみると、金で契約できる女を何人か見繕ってやるから、気に入った者を選べと言われた。「嘉瑞《ジアルイ》へ昼飯を食べに行こう。そのときに何人か呼んでおく」

「夕方じゃなくて昼間に？」と次郎が不思議がると、楊直はうなずいた。「夜の灯りと闇は男の目を惑わせる。女を選ぶときには陽の下がいい」

数日後、嘉瑞の個室で昼食を摂ったあと、楊直はバイフーに声をかけて隣室から女たちを招き入れた。八人も入ってきたので次郎は面食らった。楊直は指を振り、「どれでも好きなのを選べ」と言った。

ずらりと並んだ女たちは、大陸系や半島系だけでなく、フィリピンあたりから来たと思しき者もいる。全員、流行の旗袍《チーパオ》を身にまとい、髪飾りや装飾品で、それぞれの個性を際立たせていた。

目移りして選べなかった。みんな美人《べっぴん》だ。

次郎は楊直の耳元で「日本語がわかる娘はいるのか」と訊ねた。

楊直は答えず、逆に問うた。「日本人のほうがよかったのか」

「いや、何かのときに日本軍に密告しそうな女は外したい」

「信頼できる筋から連れてきた娘だ。全員、口は堅い。だが、この町でうまくやりたい者なら、誰でも多少は日本語を学んでいる」

「ふむ」

「単純に好みだけで選べばいい。ダンスホールに連れて行くだけではもったいないぞ。おまえの財布で面倒をみてやれ。ダーレンとしての度量の見せどころだ」

次郎は女たちの顔を見回した。どの娘も可愛らしい。子猫も子鹿も小鳥もいる。見た目だけでは選びがたい。

次郎は女たちに向かって声をかけた。「この中で、他人にダンスを教えられる者は？」

全員が手をあげた。

「英語を喋れる者は手をあげておいてくれ」

半分が手をおろした。次郎は続けた。「ジャズが好きか。二時間でも三時間でも、ジャズを聴き続けて平気か」

手をおろしていた女たちが再び手をあげた。あげたままの女たちも誰もおろさない。

次郎はまた訊ねた。「おれと結婚してもいい、と思う者は？」

女たちは呆気にとられ、くすくすと笑い出した。途方に暮れて隣同士で顔を見合わせる者もいた。全員の手が、あげているともさげているともとれる、微妙な高さで保たれていた。

次郎はにっこりと笑い、最後に言った。「日本人は大嫌いだという者は？」

全員が勢いよく手をあげた。次の質問はなんだろうと、皆、目を輝かせている。

次郎はうなずき、楊直に向かって言った。「全員と契約しよう。ただし、ダンスホールへ連れて行くのは毎回ひとりずつだ」

女たちにも聞こえる声で言ったので、すぐに全員がざわついた。雇われる人数が多いと、ひとりあたりの同伴回数は減る。ライバルを蹴落として次郎が支払う金を独占したいと、いま誰もが考えたはずだった。

次郎は続けた。「契約内容に不満がある者は、いまここで抜けてくれ」懐から財布を取り出し、卓に一枚ずつ紙幣を並べていった。「これが一回につき、ひとりあたりに支払える金額だ」

紙幣の枚数を目で追っていた女たちは息を呑み、静まりかえった。誰も降りるとは言い出さなかった。

熱く媚《こ》びる女たちの視線に、次郎は、ぞくぞくした。これが、人の心が金で動く瞬間か。これまでは自分が金に動かされる立場だった。これからは違う。こうやって自分が他人を動かすのだ。心の自由すら、金で買ったり叩き潰したりできる。

出かける日と順番は追って知らせると告げ、次郎は女たちを個室から退かせた。

喉が渇いたので、給仕を呼んで新しい茶を運ばせた。すると、頼んでもいないのに饅頭《マントウ》が何個も一緒に運ばれてきた。怪訝に思って給仕に訊ねると、「お代は既に頂いております」とだけ言われた。

給仕が退室すると、楊直が次郎にそっと囁いた。「もっと頻繁に金を落とすようになると、食事代が丸々店側持ちになる日もある」

「どうして」

「この町で、青幇《チンパン》や私と親しいと触れ回ればそうなるのだ」

「居心地が悪いな」

「なんだって？」

「おれはそういうのは性に合わん。自分が偉くなったわけでもないのに、飯代がタダになるなんて。でも、今日の分は遠慮なく頂いておくよ」

もらった饅頭は、肉ではなく、こし餡を詰めた甘い菓子だった。次郎は顔をほころばせ、ひとつ、ふたつと頬張った。

楊直は饅頭には手を伸ばさず、茶だけを飲みながら言った。「さっきのあれは、いい使いっぷりだった」

次郎は言った。「驚くほどの金額じゃないだろう。むしろ、恥ずかしくなるぐらいだ」

「金額は問題ではない。私の名前で呼び寄せた女たちを、全員引き受けると約束したのだ。雇い主は大喜びするはずだ。自分の仕事を認めてもらえた意味になるからな。女たちのほうも、寝れば、もっともらえると踏んだはずだ」

「もう、ずいぶん金を使ってしまった。女遊びを終えたら残りは最初の半分以下かな。金って、すぐになくなるんだな。まだ賭博にも手を出していないのに」

「心配するな。いくらでも手助けしてやる」楊直は次郎の二の腕を軽く叩いた。「おまえと私は兄弟だ。足りん分は遠慮なくねだれ」

スウィング・ジャズに合う新しいダンスを覚えるために、次郎は共同租界の欧米式ホテルに部屋をとり、八人の女たちの中からひとりを呼び寄せた。ティータイムにホテルまでやってきた女は、名を「丹桂花《ダングイホワ》」といった。

丹桂花とは、中国語で金木犀を意味する言葉である。綽名か源氏名なのだろう。今日は鍔広の帽子をかぶり、細身のワンピースを着ていた。

フロントでチェックインを済ませ、高層階の部屋へ入った。

踊りやすいように広い部屋をとっておいた。大きな寝台がふたつ、窓際には円卓を挟んで椅子が二脚、立派なクローゼットやチェスト、鏡台。それでも空間にはまだ余裕があった。

窓から見おろすと、黄浦江の濁った色が目にとまった。小船やジャンク船が、のんびりと行き交っている。波止場には、客船から降りる人々を待つ車がずらりと並ぶ。車夫が黄包車《ワンポーツ》を牽いていく姿は蟻のようだ。

故郷の山村を飛び出して最初に宿をとったとき、次郎はまだあまりにも金がなく、こんな眺めのいい部屋はとれなかった。陽も射さぬ安宿で眠り、気晴らしに出かけた先は貧相な女郎部屋だった。若さだけが取り柄の女相手に、制限時間内で一発やったあとは、すみやかに追い出された。愛情や愛着などひとかけらも湧いてこず、虚しさだけが残った。こんなにつまらない遊びなら、金をかけるのは無駄だと思ったほどだ。大陸に渡ってからも何度か遊んだが、いつも懐具合が心配で、適当なところで手を打たざるを得なかった。

それがいまではどうだ。欧米式ホテルの高層階で、ほぼ丸一日、ひとりの女を独占できる。しかも、あのときみたいな小娘じゃない。丹桂花の胸はふくよかで、腰や足首はきゅっと締まり、尻は熟した桃みたいにいい形だ。肌は真珠の如く艶めき、瞳には強い光が宿っている。こちらの金が目当ての関係とはいえ――いや、だからこそ割り切って、次郎に丁寧に接してくれる。言うことなしだ。

勿論、ふっと怖くなる瞬間はあった。贅沢を続けていれば抜けられなくなる。そう考えると、楊直は親切心や友情から次郎を連れ回しているのではなく、短期間で散財させ、もっと危険な仕事へ誘導しているのだとも勘ぐれた。インドシナ半島での新しい仕事は、どんなふうになるのかまだわからないのだ。

部屋には、グラモフォンの携帯式蓄音機《ベイビー・ポータブル》を持ち込んだので、次郎はこれを使ってレコードをかけた。丹桂花は次郎と向き合って、ひとつずつ踊り方を教えてくれた。

もともと、ジャズはたくさん聴いてきたので、新しいダンスを覚えるのは簡単だった。レコードをとっかえひっかえしながら、一時間半ほどで、あらかた習得できた。

次郎は最後に、もう一度レコードを入れ替えた。ロマンチックな曲がゆるやかに流れ出す。笑みを浮かべて、丹桂花に向かって片手を差し出した。丹桂花も顔をほころばせ、次郎の手を取った。

次郎はもう片方の手を丹桂花の腰に回し、彼女は次郎の背中に手をあてがう。何曲も踊ったあとなので息はぴったりと合っていた。ゆっくりとステップを踏んでいるうちに、自然に気持ちがたかぶってきた。お互い、最初からそのつもりでここへ来たのだ。唇を重ねるまでに、さほど時間はかからなかった。ひとたび感情が堰《せき》を切ってしまうと、もう止まらなかった。軽く触れ合う程度の接吻が、たちまち相手をむさぼる激しさに変わり、ふたりは寝台へ倒れ込んだ。

ふと気づけば蓄音機が沈黙していた。次郎は我に返って身を起こし、寝台からおりて蓄音機を載せた卓へ歩み寄った。盤面から針をあげてアームを戻し、レコードを取りあげて紙袋に収める。蓄音機の蓋も閉めた。

寝台へ戻ると、丹桂花が不満げな顔つきで言った。「私よりもレコードのほうが大事なの？」

「名盤なんでね」と次郎は笑った。「埃をかぶると嫌だから。でも、今日はもうかけないよ」

敷布をしわくちゃにしながら、ふたりは寝台で睦《むつ》み合った。次郎はズボンと下着を脱ぎ捨て、丹桂花のワンピースの裾をたくしあげた。指先に絹の下着の肌触りを感じたので、一気に引きずりおろした。あまりの性急さに丹桂花が驚きの声をあげたが無視した。しばらくのあいだ、次郎は、丹桂花の上でゆっくりと動いた。服を着たままなので、たちまち額や脇の下が汗ばんできた。弾ける前に抜き、体位を変える。背後から丹桂花の腰を抱え、うって変わった激しさで突きまくった。丹桂花は枕に顔を押しつけ、徐々に大きくなりつつあった声を押し殺した。苦鳴にも聞こえるくぐもった声に、次郎は異様な興奮を覚え、直後、あえなく達してしまった。もう少し長引かせたかったので惜しかったが、まだ夕方なので時間はある。丹桂花も、これだけで帰る気などないだろう。

夕方、ホテルの近くの菜館で食事を摂ったあと、ふたりはすぐに部屋に戻り、今度は室内のシャワーブースでお互いの肌を愛《め》でながら湯を浴びた。ブースから出たあとはバスローブに身を包み、しばらく茶を飲みながら休憩した。寝台に横たわり、たわいもない会話を続けた。

丹桂花は、地方から上海へ出て来て二年ほど経つという。最初から夜の仕事をするつもりだったのかと訊ねると、勿論、と彼女は答えた。工場務めでは中国人の女など人間扱いされず、欧米人の邸宅で小間使いになっても待遇はよくない。若さと美貌を武器に短期間で儲けて、それを元手に手頃な飲み屋でも始めるのが一番いいと言った。

男たちがそうであるように、女たちもまた、金と出世の欲望を胸に、上海租界の灯りに群がってくる蛾なのだ。灯火の周りで羽ばたきながら、近づいては離れ、離れては近づき、お互いに交わる機会をうかがっている。灯火に焼かれる恐怖を承知のうえで、綱渡りにも似たぎりぎりの危うさに酔いしれる。

気分がまた盛りあがってきたので、ふたりはバスローブを脱ぎ捨て、昼間よりも猛々しく愛し合った。自分のどこにこれだけの欲望が潜んでいたのかと呆れるほど、次郎はあらゆる行為に耽り、してほしいことを求めた。己の体にはね返ってくる反応に震え、坂道を一気に駆けのぼるような快感の中で頂点に達し、弾けた。

あまりの心地よさに、しばらく丹桂花から離れられなかった。が、汗まみれの体が鬱陶しくなってきたので、おもむろに相手の体の中から自分自身を引き抜くと、彼女の傍らに、ごろりと横たわった。

丹桂花は身を起こすとシャワーを浴びにいった。水音を聞いているうちに次郎は睡魔に襲われ、彼女が戻るのを待たずして眠りに落ちた。

目が覚めたのは明け方近くだった。喉がひどく渇いていた。丹桂花はまだ夢の中だ。わざわざ起こす時間帯でもない。

水差しからコップに水を注ぎ、渇きを癒やしてから、シャワーを浴びにいった。汗まみれの体をさっぱりさせたあとは、寝台へ戻り、母親に甘える子供のように丹桂花に寄り添って、身を丸くして再び眠りに落ちた。

陽が昇り、ホテルで朝食を摂り終えて部屋へ戻ったとき、丹桂花から「また私を呼んでくれる？」と懇願された。

つまり「私はいつでも寝るから一番に指名してほしい。他の女よりも会う回数を増やしてほしい」と遠回しに頼んでいるのだ。

確かに素晴らしい一夜ではあったが、丹桂花は特別扱いしたいほどの女ではなかった。むしろ、こんなにすんなりとやれるなら、他の女とも寝てみたいという欲求を抑えられなくなっていた。

「勿論、また呼ぶ」次郎は財布から紙幣を抜き、丹桂花に手渡した。「これは雇い主には渡さなくていい分だ。わかるな？」

丹桂花は何度も首を縦に振り、うれしそうに紙幣を胸に押しつけた。「黄《ホアン》先生は阿片に興味ある？　好きなら今度持ってくるよ」

「こんなところで吸ったら逮捕されてしまうぞ。あれは禁制品なんだ」

「じゃあ、こっそり吸える宿を教えてあげる。煙館じゃなくて、外国人のお金持ちも行く綺麗な宿。上質の阿片を提供してくれる。私、火をつけるのがうまいよ」

「なんだってそんなものがいる？　美味い飯を食って寝るだけじゃ不満なのか」

「だって、阿片の気持ちよさは格別だもの。眠り込まない程度に、ほんの少し吸うだけでいいの。だから中毒にもならない。吸ったあと、十八時間もやりっぱなしだった人の話を聞いたよ」

「嘘をつけ。いくらなんでも、そりゃ誇張だろう」

「ううん。本当の話。信用できる人から聞いた」

「悪いが、おれは吸わんのだ。煙草に混ぜるのもごめんだ。もし吸わせようとしたら警察に通報するからな」

「ごめんなさい。そんなに怒らないで」

「無理に勧めなきゃ何も言わん」

「私を嫌いになった？」

「いいや」次郎は寝台に腰かけ、丹桂花を見あげた。「チェックアウトまで、まだ余裕がある。もう一度、軽く、楽しませてくれ」

4

翌日から、次郎は契約した女たちをとっかえひっかえしながら、例のダンスホールに通った。女を連れて行くと受付やホール係の物腰が丁寧になった、チップをやるともっと丁重に扱われた。いつも予約を入れてから行ったので、次郎はすぐに上客として認識されるようになった。

金で買った女であっても、演奏を聴きながら一緒に踊るのは楽しい。同伴する女たちも、次郎に恥をかかせぬように上品にふるまった。

踊り疲れると席について飲み物を注文し、伊沢が席に来るのを待った。

伊沢は約束の時間になると必ず席までやってきた。「椅子に座ると、仕事を怠けていると思われるので」と言って、常に立ったまま喋った。そのあいだにも、他の客の様子に、ときどき目を配っていた。

楊直《ヤン・ジー》ならばホールの責任者に話をつけ、伊沢を自分だけの担当として独占しただろう。だが、次郎にはまだそこまでの権力はない。あぶく銭が手元にあるだけで、まともな仕事ひとつ就いていないのだ。客商売をする者は、そういう人間を鋭く見抜く。ごり押しをすれば恥をかくのは自分のほうだ。素直に伊沢の言う通りにした。

伊沢が、次郎を本物の中国人だと信じているのかどうか、それはわからなかった。ときどき次郎が英語ではなく中国語で話しかけると、一拍おいたのちに返事があった。真面目な学生が教師から質問され、模範的な回答を探して答えるような反応だった。

興味が湧いたので次郎は訊ねてみた。「伊沢くんは大学生なのか？　学費を稼ぐために働いているのかい」

「いえ、大学はまだです」と伊沢は微笑んだ。「来年、満州の大学を受験するつもりですが、落ちたら、もう一年待たねばなりません」

「上海にも大学はあるのに、どうして満州まで」

「新京《しんきょう》に素晴らしい大学が新設されるんです。国務院直轄の国立大学ですよ。五族が集まって学べるそうで、噂によるとロシア人まで受け入れるとか」

「そりゃすごいな。で、合格する自信は」

「自分では、いい線をいけるはずと思っています。学費は目処が立っていますが、せっかく満州に住むなら、自由に、あちこちに足をのばせるお金がほしくて、ここで資金づくりです」

「偉いなあ。じゃあ、おれも少し援助してやろう」

「黄《ホアン》先生はお客さまなのですから、どうぞ、お気づかいなく」

「おれはな、底辺でがんばっている若い奴を見ると、つい共感してしまうんだ。ほら、今日はこれだけ足してやろう。遠慮せずに受け取ってくれ」

「いえ、困ります。こんなに頂いては」

「いいんだ。これからはおれを本物の兄貴だと思って、なんでも頼りな」

「しかし」

「おい、おれに恥をかかせる気か？　おまえは日本人だから遠慮するのかもしれんが、おれは中国人だからそういう態度をとられると本気で怒るぞ」

伊沢は唸り声を洩らしたのち、肩から力を抜いた。「はい。では、ありがたく頂戴致します」

「よし、それでこそ未来を担う若者だ。満州の大学で勉強するなら、卒業後は満州で官吏か学者になるんだろう？　しっかりがんばって、関東軍をあれ以上暴れさせないでくれ。同胞である日本人の言葉なら、奴らも耳を傾けるに違いない」

「いくらなんでも、僕にそこまでは」

「それができる大物になってほしいんだ。満州が落ち着いていれば、上海だって安泰だ」

女優ではなく苦学生を支援するのもいいものだ。女優には、次郎以外にも大勢のパトロンがつくはずで、支援する金額の多寡でお互いの立場を競い合う形になる。そんな競争に興味はなかった。いっぽう、この町で、苦学生を支援する者は多くないだろう。ならば自分はそれをやろう。これこそ、本物のダーレンの役目だ。

六月の終わり、次郎は久しぶりに楊直を誘ってダンスホールを訪れた。今日は女たちを全員連れてきた。次郎は彼女たちに「こちらの面倒はみなくていいから好きに踊ってこい。そのへんの男をひっかけてきてもいいぞ」と言って、女たちをホールに放った。楊直とふたりで席につき、ウイスキーを飲みながら楽団の演奏に耳を傾けた。

楊直が訊ねた。「今日で女たちは契約終了か?」

「ああ、そろそろ遊び飽きてきた。美食や女よりも、やり甲斐のある仕事がほしい」

「男はそうでなくてはな」

「だが、そうなると気になるのは日本軍の動きだ。阿片がらみの仕事をすれば、どこかでかち合うことになる」次郎はグラスをテーブルに戻し、訊ねた。「春先から流れていた噂について、もっと詳しくわかるか」

楊直は細い葉巻に火をつけ、少しふかした。「中国側にはドイツの軍事顧問がついている。だから大丈夫だと言う者も多いが、日本軍の兵士は練度が高い。北平《ベイピン》近辺以外でも軍事衝突が起きれば、日本軍は上海を占領するかもしれん」

「満州事変のとき、関東軍は予定にはなかった熱河省まで獲りにいった。日本軍は機会さえあればどこの土地でも占領する。もし上海が陥ちたら大哥《ダーグア》はどうする気だ。老板《ラオバン》たちと一緒に香港へ逃げるのか」

「私はここに残る。日本軍は武力で上海を占領できても、統治する能力は持っていない。満州国や冀東《きとう》防共自治政府の管理を見れば明らかだ。必ず傀儡《かいらい》政権をつくり、反蔣派の中国人に治めさせる。上海も同じさ。古くからこの土地を知る者にすべて任せ、自分たちは収益だけをむさぼる。だから、上海から逃げ出す老板が多ければ多いほど、経済を回す役目が私のところへ巡ってくる。

これは悪くない機会だ」
「青幇《チンパン》は蔣派だろう。日本軍に協力すると、同胞から漢奸《ハンジエン》って呼ばれるぜ」
「そのあたりは蔣派の高官に話を通しておく。上海の経済力を落とさずに維持できれば、戦後も私は地位を保てる。日本人を密かに欺き、中国人の土地を守り続けた者としてな」
「この戦争、中国側が勝つと?」
「どれだけ時間がかかろうが、中国人は大陸から日本人を追い払う。何十年どころか何百年待ってでもな」

にぎやかに鳴っていた曲が、突然、音符がぱらぱらと分解していくように止まった。演奏と客のざわめきが入れ替わる。ホールの一角で甲高い音が鳴った。拳銃の発射音だと次郎はすぐに気づいた。女が悲鳴をあげ、ホールから逃げ出す客たちが出入り口に押し寄せた。客の勢いを抑えようとしたホール係が、あっというまに突き飛ばされ、人々に踏みつけられた。

銃声は室内で繰り返し反響した。どこで発砲しているのか、次郎たちのテーブルからは見えなかった。バイフーが、もうひとりの護衛と共に楊直を背後にかばった。「楊先生、机の下に隠れて下さい。早く」

バイフーたちは既に懐から拳銃を抜いていた。席から立ちあがった次郎は、出入り口の混雑の中に伊沢を見つけた。客を誘導しようとしてもみくちゃにされている。シャツの左肩が朱に染まっていた。撃たれたのか、盆やテーブルから落ちて割れた食器で負傷したのか。それなのに客を逃がす手を止めようとしない。

次郎に向かってバイフーが怒鳴った。「黄先生も、早く伏せて下さい」

忠告を無視し、次郎は出入り口へ向かって走った。伊沢の右腕をつかんで、混乱の渦の中から引っぱり出す。伊沢は顔をしかめて悲鳴をあげた。

「何をやってるんだ」次郎は伊沢を怒鳴りつけた。「客よりも自分を心配しろ。血まみれだぞ」

「仕事ですから」

「こういうときには放り出すものだ。撃たれたのか」

「近くにいたので巻き添えを食らいました」

次郎と話しているうちに緊張が解けてきたのか、伊沢は、へなへなとくずおれた。いまさらのように青褪め、額から汗をふき出させた。

肩を貸してやったが、伊沢はうまく歩けなかった。左足を捻挫しているようだ。次郎は大急ぎで楊直たちのもとへ戻った。

楊直がすぐに伊沢に訊ねた。「何が起きた?」

「常連客が狙われたようです。やくざ者の抗争か、国民党員と共産党員とのもめごとだと思いますが」

伊沢はずっと肩を押さえていたが、血は少しも止まる気配がない。次郎が連れてきた女たちもテーブルまで戻り、止血のために、次々とハンカチやスカーフを差し出してくれた。それを全部あてがったが、あっというまに赤く濡れた。

銃声はいつのまにか消え、人の流れも落ち着いてきた。被害者や襲撃者がどうなったのかはわからない。次郎は女たちに「危険だから今日はもういい。周囲に気をつけて帰れ」と指示した。

女たちはうなずき、「また、いつでも呼んでね」「黄先生も気をつけて」と挨拶し、立ち去った。

次郎は楊直に訊ねた。「近くに病院は」

「こんな夜中じゃ、虹口《ホンキユウ》の日本人病院は閉まっているだろう」

「キリスト教系の病院や、フランス租界の病院でもだめか」

「こいつは金のないアジア人だぞ。診てもらえるかどうか」

「中国人の病院はどうだ」

「日本人なんぞ運び込んだらぶち殺される。医師や看護婦は博愛精神に満ちていても、入院患者はどんな奴かわからんのだ」

「どこかに一ヶ所ぐらいあるだろう。このままでは失血で死んでしまう」

楊直はしばらく考え込んでいたが、バイフーと共に指示を待つ護衛に視線を向け、命じた。

「シュエンウー。簫大夫《シヤオダイフ》に電話して、怪我人をひとり運び込むと伝えてくれ。夜中だから、もし誰も電話に出なくても気にするな。その場合には、十回ぐらい鳴らしてから切れ。簫大夫は、その音だけで事情を察してくれる。電話を終えたら、私たちの車を表へ。バイフーはこの場に待機。念のために我々を守れ」

大夫とは、医生《イーシヨン》（医師）を意味する口語である。知り合いの医師のもとへ運んでくれるようだ。

シュエンウーと呼ばれた護衛は、すぐに外へ向かった。シュエンウーとは、日本では玄武《げんぶ》と呼ばれる神獣である。白虎《バイフー》と並ぶ武神だ。

次郎は伊沢を背負った。故郷では米俵を担ぎ、バンドにいた頃には荷物持ちだったのだ。これぐらいしれている。

バイフーたちは自分の体を盾にしつつ、次郎たちをホールの外まで誘導した。混雑は、おさまりつつあった。連れとはぐれた客や駆けつけた巡査とぶつからないように歩道を進む。ダンスホールへ来るときに使った車が二台、車道の端で待っていた。次郎たちはそれに分乗した。

簫医院は、共同租界とフランス租界の境界、北側に寄った場所にあった。深夜なので診療所のカーテンは閉じられ、灯りもまったく見えない。楊直が呼び鈴を鳴らすと、しばらくしてから扉が開いた。眼鏡をかけた中年男性が姿を現した。にこりともせず、こちらをじろりと見て「入ってくれ」と低い声で言った。

小さな病院だった。入院施設は、あるとしても医師の住まいと一体化しているのだろう。看護婦の姿も見あたらない。

次郎が伊沢をおろして椅子に座らせると、簫医生は伊沢の服を鋏で切り開いた。お役ごめんとなった服は、医療用の蓋付きゴミ箱に放り込まれた。

伊沢の傷口を生理食塩水で洗いながら簫医生は言った。「あんたたちは待合室へ。何もなくて退屈だろうが」

次郎が「時間がかかりますか」と訊ねると、「結構かかるよ」という言葉が返ってきた。

診察室を出て待合室へ行く途中で、楊直が次郎に教えた。「簫大夫は、いつもうちの若い連中を診てくれる。事情をよくわきまえているから警察にも連絡しない。あの給仕、あれでは傷の回復も遅かろう。ダンスホールはクビになるかもしれんな」

「支配人を脅しておく」

「そんなことをすれば、彼はおまえが見ていないところで苛められる。さっさと辞めさせて、怪我が治ってから別の働き口を斡旋したほうがいい。私はもう帰るぞ。支払いはおまえに任せる」

「ありがとう。本当に助かった」

「まったくよくわからんが、なぜ、ここまであいつの面倒を見てやるんだ。ひょっとして、あいつに惚れたのか？　若い男を抱いてみたくなったのか？」

「男色に興味はないよ。あいつは、来年、満州の大学を受験するんだ。才能のある若者だ。弟みたいに可愛いんだよ。助けてやりたい」

楊直は鼻で笑い、「まあ、おまえが自分から関わったんだ。好きにすればいいさ」と言い、護衛を引き連れて医院から出て行った。

遠ざかるエンジン音を聞きながら次郎は待合室へ戻り、長椅子に腰をおろした。

一時間ほど経った頃、診察室の扉が開き、簫医生が「済んだ」と次郎に声をかけた。「隣の部屋に寝かせてある。命に別状はないから、治療代を払ったら君も帰りたまえ」

「おれがいなくなると、あいつは事情がわからず途方に暮れます。動けるようになるまで、おれもここに」

「子供じゃあるまいし、言葉がわからなければ筆談すればいい。タクシーを使えばひとりで帰れるだろう。給仕服を着ていたが、どこの店の者だ」

「共同租界のダンスホールで働いています。発砲事件に巻き込まれたので連れてきました。青幇ではありません。堅気です」

「うちを青幇がらみの病院だとわかったうえで連れてきたのかね」

「はい。夜中だったので。申し訳ありません」

籠医生は梟《ふくろう》のように目を丸くして、呆れきった調子で言った。「君は田舎者だな。上海に出てきたばかりか」

「いえ、十年ぐらいは暮らしています」

「そうか。きょうび、青幇といえども乱暴で無礼な者が大勢増えた。君みたいに、いまでも『義』や『仁』を大切にする者は珍しい」

「おれは青幇じゃありません。楊大哥の義兄弟ではありますが」

「誰の門下でもないのか」

「ええ。先生は楊大哥とは長い付き合いなんですか」

「まあね。君は」

「三年ほど前から」

「なるほど。ならば、楊直とは、あまり付き合わんほうがいいぞ。上海の裏社会では、銃を使った暗殺なんておとなしいほうだ。鉈《なた》で頭を狙ったりもする。ときには寝床まで忍び込んで、鉈でめった打ちにする。楊直と同類だと思われると、君もいつか頭をかち割られるぞ。何しろあいつは、他人から相当な恨みをかっているからな」

「はい。気をつけておきます」

余分なベッドはないと言われたので、次郎は病院の待合室で寝ることにした。もうすぐ夜明けだ。長椅子に横たわって日の出を待てばいい。

籠医生から借りた毛布にくるまり、目を閉じた。狭くて居心地は悪かったが、疲れていたのですぐに眠りに落ちた。

肩を強く揺さぶられて目が覚めた。けたたましい調子の上海語を頭上から浴び、驚いて身を起こすと、目の前に中年の看護婦が立っていた。診療所をあけるので、次郎にここから出て行けと言っているようだ。じきに通院患者がやってくるのだ。

昨晩入院した若い男はどこだと訊ねると、診察室の奥から病室へ行けるので連れて帰りたければそちらへ、と言われた。

次郎は看護婦に礼を言い、診察室をのぞいた。簫医生の姿はなかったが、奥に確かに扉が見えたのでそちらへ進んだ。

伊沢は狭い病室のベッドに腰をおろし、卓上の椀から匙《さじ》で粥をすくっていた。左腕を三角巾で吊っているので、それが体の前で邪魔になって少し食べにくそうだ。

次郎が「簫大夫はどこだ」と声をかけると、伊沢は「表へ出て煙草を吸っています」と答えた。「もうすぐ診察が始まるので、先に一服しておくのだそうです。黄先生は朝食はお済みですか」

「これからだ。近くで食ってくるから待っていてくれ」

「僕はひとりで帰れますので」

「治療代の支払いがまだだ」

「それぐらいは、僕も持ち合わせがあります」

「いまは財布の金を減らすな。貯金を切り崩したら満州で不自由になる。治療代は出世払いでいい」

「黄先生」

「なんだ」

「どうして先生は、ここまで親切にして下さるんですか。いまどき、日本人を助ける中国人なんていません」

「おまえは片親がロシア人だろう？　この町にはそういう奴が多い。それで苦労してるんじゃないかと思ってね」

ロシア革命から逃れてきたロシア系住民は、フランス租界の「リトル・ロシア」と呼ばれる一角に住みついている。虹口が日本人街であり、ユダヤ系住民が提籃橋《ティーランチャオ》の「リトル・ウィーン」で暮らしているのと同じだ。この町では出身国が異なる者同士の出会いが多く、日本人とロシア人との巡り合いもあるのだ。

伊沢はふいに表情を曇らせ、うつむいた。「僕に異民族の血が入っているから助けたんですか。本物の日本人になれない可哀想な奴だと思って」

おやおや、こいつは知的なくせに劣等感が強いんだな、と驚きつつ次郎は口をつぐんだ。純粋な血統に拘るなんて、内地ならともかく上海租界では無意味だ。ここでは大勢の民族が、ごちゃ混ぜになって暮らしているのだから。

次郎は喉元まで出かかっていた「おれも日本人だよ」という言葉を腹の底に押し込んだ。伊沢には、この種の話は避けたほうがよさそうだ。些細な言葉が神経を刺激しかねない。

次郎は軽く笑ってみせた。「いまじゃこんなふうに羽振りもいいが、おれは地方出身の元農民だ。夢がほしくて上海へ来た。来た当時はずいぶん苦労したが、いろんな人に助けてもらって今日がある。だから自分も誰かを助け、社会へ恩返しをしたい。迷惑なら、もうあまり関わらんが」

「迷惑だなんて」伊沢は敏感に空気を読みとったのか、実に申し訳なさそうな態度で続けた。

「どれほどお礼をすればいいのか、困っているほどです」

「ならば、満州から手紙をくれないか」

「手紙?」

「絵葉書に数行『元気にしています』と書いて送ってくれるだけでいい。おれたち中国人は、出会った人との縁を大切にして、なるべく途切れんようにする。人と人とのつながりを、機会があるたびに広げていくのが大陸流だ。縁というのは、将来何かの役に立つかもしれん貯金みたいなものでな。日本人は、こういう損得勘定は嫌いかな?」

「いえ、そんなことは。手紙を出すぐらいならお安いご用です。宛先はどちらへ」

次郎は上衣の内ポケットから手帳を取り出し、鉛筆で楊直邸の住所を書き込んだ。頁を破って伊沢に手渡す。「おれは仕事で飛び回っているから返事はめったに出せん。そこは気にせんでくれ」

「わかりました」

「じゃあ、もうしばらく待っていろ」

次郎は簫医院の近くで朝食を摂り、戻ってきてから受付で伊沢の治療代を支払った。夜間診療だったせいか結構な額を請求された。やはり、自分の財布から出して正解だったと、ほっとした。

大通りでタクシーを拾い、伊沢を乗せた。「痛みが消えなければ、また、いつでも診てもらえ。

病院の名前と住所を書いておいてやろう」

薬袋に籠医院の名前と住所を書き込むと、次郎はそれを伊沢に持たせた。

伊沢は車窓から片手を出し、次郎の手をしっかりと握った。「何から何までありがとうございます。また、近いうちにお目にかかりましょう」

「ああ。じゃあ元気でな」

伊沢が乗ったタクシーを見送ったあと、次郎はもう一台タクシーを捉まえ、フランス租界の楊直邸に戻った。

自室で服を着替えたとき、上衣やシャツの襟元に血の染みがあることに気づいた。伊沢を助けたときについてしまったらしい。小間使いを呼び、染みを落としておいてくれと頼んでから、着替えを抱えて離れの浴室を使いにいった。

湯からあがると睡魔に襲われ、夕方まで寝台で眠りこけた。

5

一九三七年七月七日。

北平《ペイピン》郊外の盧溝橋《ろこうきょう》付近で、深夜、軍事演習を行っていた日本軍が、中国国民革命軍第二十九軍から実弾を発射される事件が起きた。日本軍が演習に使った機関銃の空砲射撃を、日本側からの奇襲と誤解した中国軍の兵士が発砲、というのが事の次第のようであった。

日本側と中国側とのあいだですぐに和平交渉が始まり、両軍はいったん停戦、和平が成立。

だが、これを機会に中国を討つべしという日本の拡大派の動きと、本格的に交戦を開始すべきとする中国側の動きの双方が加速。なし崩し的に和平が破られ、あちこちで軍事衝突が始まった。

この状況を知った楊直《ヤン・ジー》は、上海租界内の別邸で暮らしている妻・王愛蓮《ワン・アイリエン》と三歳の娘・芽衣《ヤーイー》を、一時的に市外へ逃がすことを考えた。南京に住んでいる有力者に連絡をとり、妻たちを邸にあずけたいと頼み込んだ。その人物は楊直と親交の深い人物で、快く依頼を引き受けた。楊直の両親も、孫の世話係を兼ねて同行することになった。中国軍が日本軍に勝てば、皆、上海へ戻ってくる予定だ。

家族の安全を守るため、楊直は、次郎にすら、王愛蓮を紹介していなかった。次郎は、楊直から家族写真を見せられただけである。今回も、王愛蓮たちが南京へ発ったあとに、この話を聞かされた。

写真で見た王愛蓮は、平凡で穏やかな雰囲気の女性だった。娘も人見知りしがちな子供に見えた。裏社会で生きる男の妻として、王愛蓮のような女性はどうかという気がしたが、楊直は、ただただ、安息の場を求めたのかもしれない。

小間使いの沈蘭《シエン・ラン》にそのあたりについて訊ねてみると、彼女は嬉々として、「楊先生は、それはもう、奥さまとお嬢さまを溺愛してらっしゃるんですよ」と語った。「ご自身のすべてを捧げていると言っても過言ではありません」

「想像がつかんな」と次郎はひやかした。上海租界での別居も、妻子の安全を確保するためだという。本当は、離れて暮らすのが寂しくてたまらないのだ。なんとも甘ったるい話である。

「大きな仕事をなさっている殿方は皆そうですよ。家族と朋友だけが心の拠り所なのです」

「そんなものかね」

「黄《ホアン》先生も、奥さまをお迎えになればわかります」

七月二十九日、またしても北平の近くで騒乱が起きた。冀東《きとう》防共自治政府麾下《きか》にあった中国人保安隊が、突然、通州《つうしゅう》城内になだれ込み、日本側の守備隊と通州特務機関員を銃撃。彼らを撃ち倒すと、城内に居住していた朝鮮人を含む日本人居留民二百人以上を襲撃して殺害、金品を奪った。事件を知った内地の日本人は激怒し「暴支膺懲《ぼうしようちょう》」を叫び、日本が大陸を平定することを強く求めた。大陸を支配下に置きたいと望んでいた者たちにとって、これは大きな追い風となった。

この頃、中国側では蔣介石《しょうかいせき》が抗日戦の決意を固め、日本を孤立させるために積極的に欧米との外交に力を入れていた。

八月十二日、蔣介石は陸海軍の総司令官に就任。蔣が率いる軍事委員会が最高統帥部となった。前回の上海事変後の協定によって、中国軍は上海における軍隊の駐留を禁じられていたが、保安隊員を装った人員が密かに送り込まれ、土嚢の積みあげと、戦闘準備が着々と調えられていった。世界中から注目を浴びる国際都市・上海で中国軍が日本軍に勝てば、諸外国に対して強烈な抗日アピールとなる。この頃までには、ドイツの軍事指導によって中国軍の兵士の練度も上がり、「この精鋭部隊ならば日本軍に勝てる」と蔣介石は確信したのだった。

いっぽう日本側——内地の陸軍中央では、上海での交戦の可能性を巡って、まっぷたつに意見が割れていた。

「中国との戦いはあくまでも北支に限定すべきだ、それ以上広げては破綻する」と主張したのは、石原莞爾《いしわらかんじ》参謀本部作戦部長だった。「いまは満州国の確立に力を入れて対ソ戦に備えるべきだ。全面戦争に踏み切ったら、日本軍は際限なく中国と戦い続ける羽目に陥る」

これに反対の立場をとったのが、同じ部署の武藤章《むとうあきら》参謀本部作戦課長や、田中新一《たなかしんいち》陸軍省軍事課長らの拡大派である。「上海を蔣介石に押さえられるのはまずい。それに、蔣介石を下すことは、結果的に北支の安定にもつながるのだ」と譲らなかった。

上海では、八月九日に、上海海軍特別陸戦隊西部派遣中隊長の大山勇夫《おおやまいさお》海軍中尉と、斎藤與蔵《さいとうよぞう》一等水兵が、共同租界越界路の碑坊路《モニユメント・ロード》を車で走行中、中国の保安隊に包囲されて銃撃を受けるという事件が発生していた。機関銃と小銃による襲撃によって、両名は頭部から腹部にかけて多数の銃弾を受けて即死。帝国海軍内でも、この事件をきっかけに拡大派の声が大きくなっていった。

きな臭い空気が濃厚に漂い始めた上海からは、日本人居留民の一部が次々と脱出。おりしも台風が発生する季節と重なっており、日本軍の増援部隊がこれに阻まれると、上海戦は難戦となるだろうと予想された。

そして、十三日。

午前十時半、閘北《こうほく》にある中国の出版社・商務印書館《しょうむいんしょかん》の近くで、日中双方の機関銃の掃射音が鳴り響いた。夕方、もうすぐ午後五時になるという時刻に、中国軍が共同租界各所の橋を爆破。共同租界に砲撃の音が轟いた。中国軍は、午後九時には帝国海軍上海陸戦隊への総攻撃を開始。日本軍はすぐに迎え撃ち、両者は本格的な戦闘状態に突入した。

6

十四日、次郎は朝早く目を覚まし、一階の食堂で朝食を摂ったあとは談話室でラジオ放送に耳を傾けた。

次郎は前回の上海事変も体験している。あのときは何がなんだかわからず、共同租界の借家の中で震えていた。台風なら通り過ぎるのを待てばいいが、事変は、どんな形で自分を直撃するかわからない。終わったあとも、しばらくは中国社会を避けて暮らした。

家族や身内のために闘う血気盛んな日本人自警団と違って、次郎には守るべき家族などなかった。と同時に、普段から中国人との交流が多かった次郎は、戦争だからという理由だけで中国人を排斥する気にもなれなかった。ただ、些細な誤解から暴力を受ける怖さだけは知っていたので、警戒は怠らなかった。日本人社会と中国人社会とを行き来していると、双方からスパイだと見なされやすい。慎重にならざるを得なかったのだ。

楊直《ヤン・ジー》は、昨日からあちこちに電話をかけまくっている。会社の運営について役員たちと話し合い、社員を自宅待機とした。港には貨物船が入れないので、運輸関係の業務も停止だ。青幇《チンパン》の「仕事」も様子を見たほうがいいので、取り引きはいったん中断。

各所への連絡を終えると、楊直はようやく談話室へ下りてきた。長椅子に腰をおろし、使用人に声をかけて茶を持ってくるように命じた。

日中間の戦闘は、第一次上海事変のときと同じく、共同租界が主戦場となって始まった。共同租界には、帝国海軍の上海海軍特別陸戦隊本部や日本の公的機関が数多くある。大勢の日本人居留民が住み、眼前の黄浦江には帝国海軍の艦船が待機している。まずはそこが狙われるだろう。日本軍の増援部隊は呉淞《ウースン》から黄浦江を遡って来るから、到着まではまだ少し時間がかかるはずだ。

次郎は訊ねた。「このあたりも巻き込まれるのか」

「フランス租界は大丈夫だろう。日本も中国も、欧米の金持ちからの抗議は避けたいはずだ」それでも出歩くのは危険だから、しばらく邸にこもっておくべきだ。食料はじゅうぶんに備蓄があり、当面は外出しなくても邸内でしのげる。

十時過ぎ、空が騒がしくなってきた。ラジオのアナウンサーが緊迫した調子で状況を伝え始めた。中国軍の爆撃機が、黄浦江に停泊中の帝国海軍第三艦隊旗艦の装甲巡洋艦「出雲」を狙って爆弾六発を投下。しかし、艦にはあたらず五発は川に落ちて爆発した。残る一発は近くの倉庫に落下。その後、呉淞沖の第八戦隊も攻撃を受けたとのことだった。

夕方には、とんでもないニュースが飛び込んできた。中国軍の爆撃機が、チベット路と愛多亜路《エドワードⅦアヴェニュー》の交差点付近や、キャセイ・ホテルとパレス・ホテルのあいだに爆弾を投下したという。死者と負傷者合わせて千人以上もの被害が出て、何台もの車が炎上中。かなり重量のある爆弾だったようで、広範囲が壊滅状態だという。場所が場所だけに外国人も含めての大惨事だ。さらに三十分後、一般人が一時的に避難していた大世界《ダスカ》前の道路に爆弾が落ち、こちらは先の二倍近くの死傷者が出ていると報じられた。

次郎は唸り声を洩らした。「なんて場所に落とすんだ。やっぱりフランス租界も危ない。中国軍は今回は租界全体に容赦しないつもりだ」

「落ち着け。フランス租界が爆撃されたら、欧州は蔣介石を排除しにかかる。だから、そこは冷静に計算しているはずだ」

「しかし、外国人にまで被害が出たんだぞ」

「租界が危険なことは皆が承知のうえだ。逃げられる奴はみんな先に引き揚げた」

「避難場所にまで落とすなんて有り得ない」

「目標を誤ったのだろう。いまの航空機による爆撃は難易度が高い。誤爆は頻繁に起きるんだ」

電話がけたたましく鳴った。楊直は長椅子から立ちあがり、卓に近づいて受話器をあげた。ここへ直接かけてくるなら楊直の知り合いのはずだが、会話を進めるうちに楊直の表情が一変した。

「おまえは誰だ」と嚙みついた。「どこからかけている？ ——嘘をつくな。妻子は、とうの昔に上海から脱出させた。いまは安全な場所だ」

しばらく沈黙が続いたが、ふいに、楊直の顔が紅潮した。受話器を架台に叩きつけると、楊直は次郎に向かって「出かけてくる」と告げた。心なしか声が震えていた。

「どこへ」

「別邸だ」

「やめろ。キャセイ・ホテルや大世界の前まで爆撃されてるんだぞ。尋常じゃない状況だ」

「だが、行かねば。愛蓮《アイリエン》たちが、こちらへ連れ戻されているらしい」

「誰がそんなことを？」

「私に恨みを持つ者の仕業だ」

次郎は息を呑んだ。「だったらおれも一緒に行こう。奥さんを盾にとられたのでは、うまく動けんだろう。おれが手助けする」

「バイフーたちに頼むから心配するな。おまえはここで待て」

「遠慮するな。こんなときこそだ」

「おまえが来ても、どうにもならん」楊直は苦々しく言葉を吐き捨てた。「たぶん、もう全員死んでいる」

「なんだって？」

「見るまでは、とうてい信じられんが」

いつのまにか楊直の顔色は蒼白になっていた。電話口では気丈にふるまっていたものの、耐えきれなくなったようだ。

楊直は続けた。「おまえに皆の遺体を見せたくない。ひどい扱いを受けたようだ」

「気持ちはわかるが、そんな状態じゃ、ますます危険だ。何忠夫《ホー・ジョンフー》に声をかけて、もっと部下を集めさせよう」

「大袈裟なことをするな」

「しっかりしてくれよ、大哥《ダーグア》。いまの大哥は、おれから見ても隙だらけだ。おれたちが守るから、落ち着いて家族の様子を確認してくれ。芽衣はまだ小さいから、誰かが機転を利かせて、どこかに隠しているかもしれんだろう？」

楊直はうつむき、次郎の手を両手で握りしめた。「本当に頼っていいのか」

「任せろ」

何忠夫の指示で、三台の車に楊直の部下が乗り込んで出発した。

楊直は車内で無言のままだった。家族が殺されれば誰でもこうなるはずだが、楊直なら冷徹に行動するのではないかと思っていたので、この沈黙は次郎にとって重かった。

別邸の造りは本邸と違って完全に洋風で、中国人の暮らしを思わせる装飾は、建物にも塀にも鉄製の門にも皆無だった。徹底的に欧米人の邸に偽装している。このあたりは上流階級の人間ばかりが住む区画で、何かあれば、フランス租界の警官がすぐに駆けつける。本来は暴力とは無縁の場所、最も治安がいい区画なのだ。

車を停めると、楊直の部下たちは拳銃を片手に外へ飛び出した。近隣は静かだったが、空の一部が異様な色を呈していた。爆撃によって生じた黒煙に高射砲が発した硝煙が混じり、この世の終わりを思わせる禍々《まがまが》しい色に夕刻の空を染めている。

共同租界では両軍の兵士が戦闘中だというのに、ここではそれが現実とは感じられなかった。戦線はまだ遠く、切実さを伴った感情が湧いてこない。

周囲の安全を確認してから、次郎と楊直は車から降りた。念のため、ふたりともベルギー製の自動拳銃を手にした。.32ACP弾なら、薬室に装弾する分も込みで八発まで撃てる銃だ。

門の錠はあいており、使用人はひとりもいなかった。愛蓮たちは護衛付きで南京へ退避したから、ここへ連れ戻されたということは、護衛は既に南京で殺されているのだ。

出入り口の扉も錠はかかっておらず、ポーチには褐色の染みがあった。誰かがいたとわかる唯一の痕跡。

部下が先頭を進み、バイフーたちが次郎と楊直をかばう格好であとを追う。静まりかえった廊下を警戒しながら歩いた。

居間に足を踏み入れた瞬間、部下たちは顔を歪めて呻《うめ》き声を洩らし、楊直を廊下へ押し戻した。

「ご覧になってはいけません。まずは警察を呼び、葬儀屋に綺麗にさせてから」

楊直は部下を突き飛ばし、室内へ駆け込んだ。が、数歩も進まないうちに、凍りついたように立ち止まった。

次郎は恐る恐る、楊直の背後から居間の様子をのぞき込んだ。瞬間、吐きそうになって鼻と口を押さえた。

最初にぶわっと襲いかかってきたのは、すさまじい血臭だった。そこに、陽射しを浴びた犬猫の死骸じみた臭気が混じる。邸内とはいえ、いまは八月。上海が最も暑い季節である。遺体が腐敗し始めているのだ。

室内の長卓に、罪人のさらし首のように、老齢の男女の頭部が置かれていた。魂が抜け落ちた顔は口許がゆるみ、目蓋は完全に下りている。切断面からあふれた血は暗褐色を通り越して、もはや黒かった。

傍らの床に、お互いをしっかりと抱きしめた男女が倒れていた。ふたりとも頭部がない。状況から、これが楊直の両親と思われた。拳銃ではなく機関銃の弾を浴びた様子だ。夥しい量の血で衣服が染まっている。

楊直がようやく動き出し、ふらふらと長卓に近づいていくのを見て、次郎は我に返った。楊直は、ふたりの頭部に手を伸ばした。両目に涙を溜め、血が染みた白髪頭をゆっくりと撫でていた。

そして、血走った目つきで振り返ると、部下に向かって怒鳴った。「愛蓮と芽衣はどこだ。捜せ」

次郎たちは邸内の扉を次々とあけ放った。王愛蓮の遺体は寝室で見つかった。寝台に仰向けに倒れていた。胸に何発も銃弾を浴び、喉には刃物による深い傷があった。首と胴体が、かろうじて皮一枚でつながっているだけの状態。服は着たままだったが腹部が縦に裂かれ、中から引っぱり出された臓物が、料理の飾り付けのように四方八方に広げられていた。スカートはたくしあげられ、下着は脱がされ、無理やり開かされた両脚の白さが痛々しかった。次郎は思わず目をそらした。それ以上は、もう見ていられなかった。

楊直が獣じみた叫び声をあげた。次郎は楊直を後ろから強く抱きしめ、「見るな。見ちゃいかん」と怒鳴りつけた。

バイフーが飛んできて、次郎を手伝い、楊直を廊下へ引きずり出した。暴れ回る楊直を、ふたりがかりで床の上に押さえつける。楊直は泣き叫び、怒号をあげながら、自分で自分の頭を床に打ちつけた。たちまち額が裂けて血が流れ出た。もうひとり部下を呼ばねば手がつけられない状態だった。

シュエンウーが駆け寄り、バイフーに向かって命じた。「先生を立たせてくれ」

バイフーが楊直を羽交い締めにして抱き起こすと、シュエンウーは右手を握りしめて「先生、失礼します」と断ってから、楊直の鳩尾《みぞおち》へ拳を打ち込んだ。

楊直は一瞬でくずおれ、床に膝をついた。

シュエンウーは腰に吊るした軍用水筒の蓋をあけた。様子を見ながら楊直に差し出す。「ひとくちでいいのでお飲み下さい。落ち着きます」

バイフーに支えられたまま、楊直は顔をあげた。肩で息をし、睨み殺しそうな表情で相手を凝視していたが、シュェンウーがさらに水筒を近づけると、飲み口に震える唇をつけた。

楊直が水を飲むと、シュェンウーは水筒の蓋を閉じて腰に戻した。バイフーの耳元で「先生を、どこか涼しい場所へ」と囁いた。

バイフーはうなずき、部下と一緒に楊直を連れて行った。

次郎は彼らを見送りながら「心配だな」とつぶやいた。シュェンウーは「睡眠薬を入れた水を飲ませました。すぐに眠りに落ちるでしょう」と言った。

「すまんな」

「謝らないで下さい。それよりも、小芽《シャオヤー》を捜しましょう」

どこの部屋でも発見できなかったので、最後に、もしやと思って浴室へ行くと、予想通り、ここでも異様な光景を目の当たりにすることになった。

水を張ったバスタブに、色とりどりの花びらがハーブ風呂のようにまき散らされていた。真っ赤な花びらは、飛び散った血の色を連想させた。バスタブの底には、紐で縛った小包のようなものが沈んでいる。油紙ではなく、木綿の布でくるんであった。次郎は水の中からそれを引きあげた。何が包まれているのかは、重さからすぐに見当がついた。

結び目は固く、ほどけそうになかったので、シュェンウーがナイフで紐を切った。床の上で布を開いてみると、予想通り、芽衣の遺体が現れた。両手両脚が縄で縛られ、胎児のように背を丸めていた。外傷はない。殺してから包んだのか、包んでから水に沈めて溺死させたのか。バスタブに散らした花びらは鎮魂の意味か。犯人はこれを見つけた楊直が、震える手で包みをほどくところを想像しながら、紐を固く結び、芽衣を沈めたのだろう。

殺人者の嘲笑が耳元で響いたような気がして、次郎は怖気《おじけ》を覚えた。「ここまでされるなんて、大哥はどれだけ恨まれていたんだ」

「警察が来るまでは、このままにしておきましょう。現場検証が必要なので」

「上海租界は戦争中だぞ。警察なんて来るもんか」

「フランス租界には共同租界とは別の警察がいます。青幇はフランス租界の警察幹部にも人脈を持っていますから、こういうことを放置するとは思えません。ましてや、被害者は楊先生の家族なのですから」

「それは本当か。本当に信用できるのか」

「というと？」

「こんな真似をして平気でいられるのは、逃げ切れる自信があるからだ。実行犯はただのゴロツキでも、背後には、警察の動きを封じられるほど力を持つ者がいるんだろう」

それに該当するのは、大企業の社長や会長、政治家、そして、古くから租界の警察と癒着している青幇《チンパン》の幹部たち。いずれも上海を支配する権力者だ。

次郎は言った。「この事件の首謀者は、どうかすると不良警官を南京まで差し向けて、大哥の家族を拉致させたのかもしれん。警官なら怪しまれずに邸内に入れるだろう」

シュエンウーは一瞬言葉を失った。「確かに、そういった考え方もできます」

「南京では、大哥自ら信頼できる人物に家族を任せた。それなのに襲われたのは、頼った先の人物が裏切ったか、あるいは、大哥が信用していた者の中に悪党がいるってことだ。でなければ、実行犯が易々と邸内に入れるはずがない。南京での協力者も既に殺されているかもしれん。大至急そちらも確認してくれ」

「わかりました」

「おれは葬式の準備をする。ああ、その前に警察に通報か。来てもらえるかどうかはわからんが」

7

フランス租界の警察は、通報に応じて現場を詳しく調べ、殺人事件として捜査すると約束してくれた。だが、これは口先だけかもしれなかった。次郎が想像したように事件の首謀者が警察とつながっているなら、どこかの時点で捜査は打ち切りとなる。はなから期待などかけないほうがいい。

シュエンウーと何忠夫《ホー・ジョンフー》は南京の状況を調べ、結果を次郎に伝えてきた。予想通り、南京で王愛蓮《ワン・アイリエン》たちを受け入れてくれた人物は、邸の客間で射殺体として発見されたとのことだった。楊直《ヤン・ジー》が家族につけた護衛の遺体も一緒に発見された。全員、散弾銃の弾を浴びていた。

共同租界で戦闘が続き、大勢の犠牲者が出ていることから、フランス租界の葬儀屋も仕事に追われていた。市内では棺の在庫がたちまち尽き、つくってもつくっても、人々の求めに応じきれなかった。そこで次郎は市外へ発注をかけ、最上級の品を定価の何倍もの金額で確保し、ようやく四人分の棺をそろえた。南京で殺された護衛たちの遺体は向こうで棺に納められ、上海へ運び込まれた。

葬儀の手配も次郎が行った。フランス租界内の墓地も押さえた。

犯人捜しは何忠夫に指揮を執ってもらい、他の日常雑事の処理は、すべて次郎が引き受けた。

楊直はしばらく寝込むだろうと思われたが、納棺が終わると時間通りに葬儀場に出てきた。髪を整え、きちんと喪服を着込んでいたが、剝製にされた鷹の如く生気の抜けた顔つきで、目だけが異様な光を放っていた。

非常時なので、並んだ棺の前で、弔問客と楊直が言葉少なに挨拶を交わすだけの、例外的に簡素な葬儀となった。楊直は葬儀場で少しも泣かなかった。これもまた、ただならぬ光景だった。日本の葬式では、家族を失った者が泣く気力すら失い、呆けたような状態になっていても、非難されることは一切ない。深い心の傷を皆が察し、無言のうちに、悲しみや苦しみを共有してくれる。だが、中国では逆だ。遺族が泣かないと弔問客は不審に思う。日本人とは逆で、内に秘めたものではなく、表に現れたもので人間を評価するのが大陸流である。悲しみのあまり呆然と座り込んでいる遺族に、弔問客が『あなたの悲しみが皆に伝わるように、もっと、しっかり泣きなさい』と諭すこともあるほどなのだ。

が、楊直に対しては誰もそれを求めなかった。うかつに声をかけると、彼の激しい内面に巻き込まれ、殺されかねないと恐れたのだろう。それほどまでに楊直の雰囲気は異様だった。死神が大鎌を抱えて、室内にうずくまっているような印象だった。

次郎のほうが泣けてくる有様だった。悲しいというよりも恐ろしかった。これほどまでに大きな禍になると、いつもの如く舌先三寸で切り抜けるのは不可能だ。これまでのやり方では今回の敵には勝てない。

戦わねばならん、この状況と。

葬儀場から墓地へ移動し、埋葬が終わると、楊直は部下だけを先に車まで戻らせた。次郎に「ふたりだけで話したい」と声をかけ、墓地内の木陰へ連れて行った。

邸へ帰ってからでもいいはずだがと不審に思いつつも、次郎は従った。

手頃な場所で足を止めると、楊直は次郎のほうへ向き直った。「ジロー、前に話した私の昔話を覚えているか」

「ああ」

「苦労して、苦労して、祖父母や兄弟まで失いながら上海まで辿り着いたのだ。どうしても家族みんなで幸せになりたかった。ただ幸せになるだけではなく、誰もがうらやむほどにな。愛蓮と芽衣《ヤーイー》も、何があっても幸せにするつもりだった。皆を裕福にして、その笑顔を見ることが私の生き甲斐だった。だが、これからはもう、いくら金が手に入っても幸せにする相手がいない。みんな死んでしまった」

「お兄さんと妹さんは？」

「妹は、だいぶ前に郭老大《グオラオダー》のもとから離れたよ。自分から暇乞いをして、平凡な男と結婚して田舎へ戻った。一度引っ越したあとは連絡が途絶えた」

「郭老大に面倒を見てもらいながら、他にも男をつくったのか。郭老大は、よく、そんなことを許したな」

「郭老大なりに考えがあってのことだ。これは郭老大が病気で倒れて、しばらく経ってからの話だ。そうでなければ許しはしなかっただろう」

「よくわからんな。普通は、情婦がそんなことを言い出したら、面子を潰されたと怒るんじゃないのか」

「勿論、郭老大が元気な頃なら話は別だ」

「というと?」

「当時、郭老大は体の自由がきかず、自力では起きあがれないほどだった。もはや組を率いることも無理ではないかと、危ぶまれるほどにな。そんな状態では、楊淑《ヤン・シュー》になんの利益も与えてやれん。ならば楊淑の望みを受け入ることこそが、彼女に利益を与えるのと同じ意味になる」

「ああ、なるほど」

「楊淑が望んだのは、平凡な男と所帯を持って田舎へ引っ込むだけの生活だ。それは郭老大から見れば蟻の人生だ。素直に祝福してやったほうが、老大としての器の大きさを周囲に知らしめられる」楊直は侮るように微かに頬を歪めた。「裏社会の頭目は、自分がいかに大物であるかということを常に示したがる。そのためなら、奇異に見えるほどの寛容さも示すのだ。それこそが彼らにとっての面子だ。楊淑自身も、こんなときぐらいしか邸から退く機会はないと踏んだのだろう」

「わかった。そういうことなら腑に落ちる」

「郭老大はひどく貧しい家に生まれ、幼い頃から河川運輸の仕事を手伝っていたそうだ。そこを運よく青幇の人間にひろわれたのだ。だから人一倍、自分を大人物に見せることに拘る」

「お兄さんのほうは、どうなったんだ?」

「兄の明林《ミンリン》は、『租界でひと旗揚げるんだ』と息巻いて家を飛び出したが、うまくいかず香港へ移った。だが、あちらで行方知れずになり、いまは生死不明だ」

「そうか――」

「あの日、邸に電話をかけてきた奴はこう言った。『おまえの家族が南京へ行くことを教えてくれたのは日本人だ』と。誰を頼っていくのかも、そいつから教えてもらったと」

楊直は懐へ手を入れて拳銃を抜き、まっすぐに次郎に向けた。「正直に白状しろ。おまえが誰かに教えたのか」

次郎は仰天して両手をあげた。「何を言う。おれは大哥《ダーグア》の家族が南京へ行ったという話しか聞いていない。それは大哥が一番よく知っているだろう」

「ごまかすな。喋るまで一発ずつ撃ち込むぞ」

「落ち着いてくれ。おれは何もやっていない」

「では、潔白を証明してみせろ」

「大哥と同じくおれも大金がほしい。誰かのためではなく自分のためにほしい。だから上海まで来た。『最《ズイ》』が売れに売れている状況で、なぜおれが大哥の恨みを買うような真似をせにゃならんのだ」

「日本人は平気で嘘をつく」

次郎は溜め息をついた。「中国での義兄弟の契りとは、そんなに薄っぺらいものなのか。大哥は犯人の言葉は信じても、義兄弟であるおれの言葉は聞けんのか」

「いま、それは無関係だ」

「じゃあ、もう、インドシナの仕事も手伝わなくていいんだな？　だったら、おれはフランス租界から立ち去るよ。共同租界の西のほうに、まだ爆撃されていないところを見つけて住む。短い付き合いだったが楽しかった。ありがとう」

「逃げるな。本当のことを喋れ」

「撃ちたきゃ勝手に撃て。大哥がそんなに弱い男だとは思わなかった。見損なったぞ」

拳銃を構えた楊直の腕は、ぶるぶると震えていた。撃てるはずがないと次郎は確信した。楊直は怒りを向ける先がわからなくて八つ当たりしているだけだ。事件の全貌が見えれば冷静さを取り戻すだろう。

ふいに、楊直の表情が大きく歪んだ。次郎から顔を背け、傍らの樹木の幹を銃把で殴りつけた。何度も殴ったので樹皮が剝がれて飛び散った。押し殺した嗚咽《おえつ》が次郎の耳にも届いてきた。どうやって慰めればいいのかわからず、次郎は口をつぐんでいた。

幹に額を押しつけて泣き続ける楊直の肩に、次郎は背後から、そっと手を置いた。「しっかり休んで気力を取り戻してくれ。当面は、おれと何忠夫でなんとかするから」

「殺してやる」楊直は天を仰いで吼《ほ》えた。血を流しているかのように、涙に濡れた目が真っ赤だった。「必ず犯人を見つけ出す。見つけてもすぐには殺さん。鼻と耳を削いで目を潰し、肥溜めの中へ蹴落としてやる。そいつの家族も親戚も全員殺す。どれほど命乞いしても絶対に許さん」

次郎は何も言えなかった。この事件の首謀者はきっと頭のいい奴だ。実行犯など、とっくに始末したあとだろう。そいつは黄浦江の川底に沈んだか、農場で豚の餌にでもなったか。山の中で野犬に食われているかもしれない。

「もう行こう」次郎は楊直の肩を抱いた。「復讐するならおれも手伝おう。あんな有様を見せられたのでは、やり返さずにはおれん」

「おまえにできるのか」楊直はつぶやいた。「もとは農家の息子じゃないか。どこにそんな気概がある」

「おれは、もう弱い男じゃない」次郎は組んでいた肩をほどき、正面から楊直と向き合った。

確かに自分は、金のためだけに楊直に従ってきた。適当に儲けたあとは、素早く安全圏へ逃げることすら考えている薄情者だ。青幇など誰ひとり信用するものかと冷めていた。何しろナイフで脅され、頰を斬られ、芥子栽培を強要されたのだ。それ以前に、運が悪ければ、郭老大の前で何忠夫に撃ち殺されていただろう。数々の屈辱的な出来事を、次郎はいまでも何ひとつ許していない。

だが、先日の惨劇を目の当たりにして、考え方を少し変えた。

自分も含めて、どうしようもなく救われない男どもが、金に目が眩み、権力争いに明け暮れながら、同盟し、騙し合い、仲間を裏切って殺し合う——そのこと自体は別に構わん。これは男の業、雄同士の縄張り争いだ。皆、好きなだけやればいい。自分だってそうだ。あの、ひりつくような緊張感と綱渡りに血が騒ぐからこそ、ここまで楊直に従ってきたのだ。

楊直とて自分の「仕事」の内容を考えれば、家族が巻き込まれることなど、とうの昔に覚悟していたはずだ。それでも、楊直は青幇の仕事をやめなかった。本当は金が目的ではないのだ。家族を幸せにしたかったなど、そんな言葉は、ただの後付けに決まっている。楊直はおれと同じだ。

危険に酔いしれる瞬間にしか、人生の煌めきを感じられない男なのだ。

堅気の人間から見れば、今回の事件は、楊直の自業自得にしか見えないだろう。これまで散々悪いことをしてきた奴が、当然の報いを受けたのだと。つまらん解釈だ。本質はそこにはない。普通の人間には、楊直やおれが何に血道をあげているのか、絶対に理解できんはずだ。理解できる奴だけがこの上海租界に集まり、人を焼く炎の周囲で踊り狂っているのだ。あの暗い刺激、この身を貫く興奮は、他のどんなものにも代えがたい。

言うまでもなく、どれほどの悪党であっても、人間である限り、捨てきれぬ感情がある。自分が大切にしている者が殺されれば苦しみ、喪失を悲しみ、心身の痛みにもがき、精神を病みもする。

その激烈な痛みを癒やす唯一の方法は、やられた以上にやり返すことだ。どれほど不毛が不毛を呼び、血が血を呼び、暴力が暴力を呼ぶとしても、どちらかが倒れるまで徹底的に戦って決着をつける。これしかない。いまの楊直は、おれと同じく奪われた側の人間だ。義兄弟としての上下関係はあっても、この一点においては同等の立場だ。

戦ってくれ、楊直。おまえが立ちあがらなければ、おれまで巻き添えを食って殺される。だから共闘しよう。少なくともいまだけは。

次郎は言った。「こんなときこそ、義兄弟として大哥を助けたい」

楊直は泣き腫らした目で次郎を見つめた。「信じていいのか」

次郎の雰囲気に、楊直もまた何かを感じ取った様子だった。

「信じろ」次郎は両腕を広げ、楊直を抱擁した。

楊直も両腕に力をこめた。それは弱い者が強い者にもたれかかる動作ではなく、義理の弟に感謝の気持ちを伝え、戦いの決意を確かめ合うための抱擁だった。

第四章　交戦

1

二度目の上海事変が始まると、虹口《ホンキュウ》では日本人居留民に避難の指示が出た。既に多くの日本人は内地へ引き揚げ、この時点で上海に残っていたのは一万人ほど。わずかな荷物を手に、人々は区内の日本人学校へ集まった。

待機場所として割り振られた講堂は、たちまち人であふれかえった。じゅうぶんに横たわることもかなわぬ狭さだ。座ったまま眠りに落ち、隣人にもたれかかる者を、人々はお互いに肩で押し返した。

炊き出し作業は運動場で行われた。町内会や青年会の役員が集まり、女たちに指示を出す。大釜で炊きあげた米を、茶碗を使って取り大きな握り飯にする。餅箱が満杯になるほど並べても、避難民の数が多いので、ひとりが食べられる量は限られた。

伊沢穣も、従兄弟の家族と共に、すぐにここへ駆け込んだ。まだ三角巾で腕を吊ったままだったが、避難所での雑用も熱心に手伝った。女たちのほうが彼を心配し、「伊沢くん、無理せんでええから」と休ませようとしても、「いいえ、こんなときこそ率先して働くのが男子の務めです」と伊沢は笑顔を返し、手を休めなかった。

町内会の会長が「それでこそ日本男児だ」と大声で称賛した。「お国のためにどれだけ貢献できるか、それが日本人としての証なのだ。出自など関係ない」

伊沢は愛想笑いを返して作業を続けた。

出自など関係ない、か。

悪気はなくても、そんな言葉が出てくることこそ、彼が伊沢を「異質な存在」と見なしている証拠だ。

「自分たちが認めれば、外人の子であっても日本人だ」という認識は、伊沢から見ればおかしな話だ。そもそも「外人」という言葉自体に、日本人だけを特別視するニュアンスがある。

だが、この程度を、いちいち気にしたら身がもたない。何も考えぬようにしていた。

母がロシア人である伊沢は、髪は日本人にも多い濃い色だが、肌はかなり白い。艶めく女の肌のようである。ときどき誉められる顔立ちも、大和民族とは違う「外人に似た印象」であり、奇異の目を向ける者が少なくない。亡命ロシア人の子なら水商売の女の私生児だろうと、勝手に決めつける者もいる。

それでも、大人ならば無関心を装う者も多いので、まだ気が楽だ。差別が最もひどかったのは子供時代だった。異質な存在を排除する苛烈さは、子供同士でも大人と変わらない。伊沢の肌は日に焼けても日本人の子供と違って黒くならず、赤みを帯びる。夏になると、よくそれをからかわれた。馴染《なじ》みがないものは、いくらいじっても構わないと、男子も女子も思っている様子だった。虹彩の色も日本人に多い焦げ茶色ではなく薄い茶色なので、たったそれだけの違いを気味悪がる者が大勢いた。

父・啓吾《けいご》に合わせて日本国籍を持っているのに、母・エレーナの人種と自身の外見だけで「外人の子」とはやし立てられた。自分ではどうにもできないことだから、他人から指摘されるたびに傷つき、苛立った。些細な誤解が相手とのあいだに溝をつくり、本当は失ってはならない味方までをも失わせることすらあった。

子供時代の嫌な経験から、伊沢はいつしか、人あたりのよい仮面をかぶるようになった。町内会や青年会の仕事をすすんで手伝い、人前で働く姿を見せる機会を最大限まで利用した。

伊沢の容姿は実年齢よりも年嵩に見えたので、大人たちは彼がまだ十代だと知ると驚き、しっかりしていると感心した。日本人のために働く姿を見せると、皆、よく喜び、「あの子は片親が外人だが中身は日本人だ、大和魂を持っている」と、うれしそうに触れ回る。

誇りを傷つけられる物言いではあったが、差別されて遠ざけられるよりはましだった。そして、伊沢はいまでは、子供時代よりも遙かに深く、社会の仕組みを理解していた。

大人は本心を隠すのがうまい。大人の世界には、子供社会とは比べものにならない苛烈な差別が潜んでいる。その悪意は、氷原のクレバスの如く巧みに日常の中に姿を隠し、油断した者をあっというまに呑み込んでしまう。内地で暮らす外国人だけでなく、地方から都会へ働きに出た貧しい日本人をも含めて、差別され、暴力をふるわれ、人としての尊厳や命を奪われる。一瞬たりとも油断はできない。

避難所での作業など、少しも苦にならなかった。いまだけでいいのだ。来年になれば満州へ行ける。建国大学に入学すれば寮生活だ。卒業したあとは住む場所を自由に選べる。満州にも上海のような日本人街はあるだろうが、職種によっては町内会に参加する暇などないはずだ。地域の人間関係からも解放され、自由に生きていける。

早く本物の大人になりたい。

本当の意味で、ひとりで生きていきたい。

伊沢は町内会の役員たちと食料の分配について話し合い、乳飲み子を抱えた婦人を助け、子供たちの喧嘩を仲裁し、雑事に追われながら日々を送った。爆撃機や戦闘機が飛来する中、遠くから響く砲撃や機関銃の発射音に心を乱されつつも、ラジオや町内会長が伝えてくる知らせに耳を傾けた。

上海で戦闘中の日本兵の数は、駐留の上海海軍特別陸戦隊に、横須賀・呉・佐世保から急遽派兵された特別陸戦隊を合わせても総数は六千三百人ほど。

これに対して中国側の国民革命軍は、各所に待機中の部隊まで合わせれば二十万人にも達するという噂だった。しかも前線で戦っているのは、蔣介石が自信を持って送り込んだ精鋭部隊だ。

日本軍は大きな被害を出しつつも、果敢に粘り続けた。内地からは渡洋爆撃が行われ、事変勃発から十日後には陸軍が上海派遣軍を編制し、二個師団を派遣。さらに戦い続けられる態勢が調った。

避難所の男たちは、「もしもの場合には、自分たちも小銃を手にして前線へ駆けつけよう」と気炎をあげていた。伊沢も表面上は一緒に盛りあがってみせたが、「こんなところで戦死するのは嫌だ、大学で勉強したいのに」と、はらはらしながら状況を見守っていた。

やがて、陸戦隊の食料が尽きかけているという知らせが届いた。町内会長はすぐに講堂へ行き、皆に向かって「避難所の備蓄から食料を分け、陸戦隊へ送ろうと考えております。ご賛同頂けますか」と問いかけた。反対する者などいなかった。すぐに何人もの女たちが立ちあがり、新たな炊き出し作業にとりかかった。

伊沢もそれに加わった。手伝い始めてまもなく町内会長が寄ってきて、伊沢の耳元でそっと囁いた。「伊沢くん、校門の前に陸軍の偉い人が来て、あんたを呼んでくれと仰っている。茂岡《しげおか》少佐という方だ」

意外な話に伊沢は目を瞬《しばたた》いた。「茂岡少佐は父の知り合いです」

「そうか。じゃあ、心配して来て下さったのかな。すぐに会ってきなさい。校門の前で待っておられる」

「ありがとうございます」

校門まで走っていくと、確かに黒塗りの車が一台待っていた。茂岡少佐の姿が後部座席に見える。幅のある体格と丸眼鏡のせいで、どことなく亀を正面から見たような印象の相貌は、久しぶりでも見間違えようがなかった。

年齢は伊沢の父に近いので、いま四十歳ぐらいのはずだ。

茂岡少佐は半分ほど下げた車窓の向こうから伊沢の姿を見とめると、心配そうに眉根を寄せた。

「その怪我はどうした。戦闘に巻き込まれたのか」

「これは勤め先での負傷です。もう治りかけています」

「そうか。では、急いで荷物をまとめて、もう一度ここへ来なさい。これから君を連れて大連《だいれん》へ向かう。そこから特急『あじあ』で新京《しんきょう》へ入ってくれ」

伊沢は唖然とした。「満州行きは年末のはずでは。まだ早すぎます」

「ここは危険だ。早めに出発しなければ」

今回の上海事変は想像以上に状況が悪いらしい。「わかりました。少しお待ち下さい。皆さんに挨拶してきます」

「急いでくれ」

「はい」

講堂へ戻ると、伊沢は従兄弟の家族に、茂岡少佐が迎えに来てくれたと告げた。従兄弟たちは伊沢の旅立ちを喜び、「気をつけてな」「向こうについたら葉書をくれよ」と口々に伊沢を励ました。

鞄を持って講堂から外へ出た伊沢は、まだ炊き出しの現場にいた町内会長に声をかけて事情を伝えた。「というわけで、僕は冬頃に満州で受験するつもりでしたが、予定が早まったのです」

「そうか」町内会長は大きく目を開き、うれしそうに何度もうなずいた。「しっかりやりたまえ。大学でうんと勉強して、日本をもっと強い国にするんだ。支那の軍隊なんか、一発で吹き飛ばせる国にな」

「ええ、がんばります」

町内会長は近くで作業中の男女に声をかけた。「伊沢くんの出世を祈って見送るぞ。みんな並べ」そして高々と両手をあげて「伊沢くんの将来を祝して、万歳」と叫んだ。

万歳、万歳、と、他の者たちも両手をあげて唱和した。まるで、出征する兵士を見送るかのような雰囲気だ。帝国陸軍の少佐が呼びに来たのだから、これはただごとではないと思ったのだろう。

伊沢は少々滑稽に感じつつも、誇らしい気持ちに満たされた。「外人の子」ではなく、「日本男児」として認められた実感に胸が熱くなった。

僕は日本人だ。日本人以外のものにはなりたくない。一生、日本人であることを誇りたい。

何度もお礼を言ってからその場を離れ、伊沢は校門前まで駆け戻った。茂岡少佐の車に乗り込むと、運転手はすぐにエンジンをかけ、車を発進させた。

空爆で無残に崩れた建物を遠くに望みながら、車はフランス租界へ入ろうとしていた。安全な側から港へ出るのだろう。

茂岡少佐は伊沢に訊ねた。「上海では、じゅうぶんに勉強できたか」

「はい。中国語をだいぶ理解できるようになりました。もっとも租界は方言だらけで、言葉の聴き取りに苦労しますが」

「フランス語はどうだ」

「少し難しいですね。英語のほうが覚えやすい」

「ロシア語は」

「かなり思い出しましたが、まだ滑らかには喋れません」

「では、もうどこへ行ってもひとりで暮らせるな」

「自分の語学力を試してみたくて、うずうずしています」

「君の学力なら建国大学の入試は大丈夫だろう。だが、油断するな」

「はい。難関中の難関と聞いていますから、当日まで気を抜かずに勉強します」

「向こうで身元引受人になってくれる人が決まった。志鷹《したか》さんという方だ。専門は地質学で、満州の石油発掘に関する調査をしておられる。どういう方にお願いするのがいいか迷ったが、大学に入るなら、学者さんにお願いするのが一番だと思ってね」

「ありがとうございます」

「紹介状を渡すから、新京についたらすぐに挨拶に行きなさい」

「何から何までお世話になり、お礼の申し上げようがありません」

「遠慮は無用だ。君の父上には本当によく助けてもらった。これぐらいのお返しなど、たいしたことではない」

満州という国名の響きは、伊沢に果てしない夢を抱かせる。憧れの土地、本当の自由がある土地だ。首都・新京は、ロシア文化が色濃く反映された哈爾浜《ハルピン》に近い。中国人や日本人だけでなく、ロシア人もたくさん住んでいる。彼ら彼女らとすれ違うたびに、きっと自分は母のことを頻繁に思い出すだろう。

母にまつわる嫌な記憶、鬱陶しい記憶。だが、そういった諸々すら平気で受け流せるようにならなければ、自然体で生きていくことは難しい。


幼少期、伊沢は、ロシア人である母からよくロシア語を教えられた。日本人である父と結婚してからも、母はロシア語を喋りたがり、息子に学ばせた。そうやって伊沢は、日本語とロシア語の二ヶ国語話者として育った。

だが、租界内でも日本人との付き合いが増え、最終的には内地へ戻って暮らすようになると、伊沢はロシア語を使わなくなった。父の実家があった土地には、ロシア人居留民など皆無だったのだ。

母は伊沢の変化に怒った。親の故郷を蔑ろにするのかと。周囲に同胞が皆無という環境は、母を弱気にさせていた。誰でもいいから、母国の言葉を理解してくれる者がほしかったのだろう。

伊沢は悪いと思いながらも従わなかった。一日も早く、日本の子供と同じになりたかったのだ。日本語ばかり使うようになると、ロシア語を話す能力はすぐに消えてしまった。言語とは不思議なもので、使わないでいると簡単に忘れてしまうらしい。

いつまでも「外人の子」と指をさされたくなかった。日露戦争を経験している日本人は、相手が言語学者でもない限り、ロシア語を喋れる同胞をソ連のスパイだと疑ってかかる。よけいな騒動に巻き込まれるのはごめんだった。父も、家の外ではロシア語を喋らず、家の中でもほとんど使わなくなった。母がロシア語で呼びかけても、日本語で返すのだ。民族学の専門家として、必要に迫られて勉強しただけだったので、日本へ帰ると必要を感じなくなったのだろう。それどころか母に向かって、「もっと日本語を勉強しろ。いつまでも片言では恥ずかしいぞ」と発破をかける始末だった。

母は決して日本語が下手だったわけではない。日本人と比べれば確かに語彙《ごい》は少なかったが、日常的な意思疎通をはかれる程度には喋れた。父の言葉は、母の自尊心を深いところで傷つけたに違いない。

それでも伊沢は、母の味方にはならなかった。故郷を忘れられぬ母のことが、疎ましくてたまらなかった。帝政ロシア時代の暮らしをいまでも自慢する母は、もとは裕福な家庭の令嬢だったらしい。らしい——というのは、母の言葉以外に、それを証明できるものがないからだ。

写真はあった。上流階級の家族が集合した古びたものが一葉。しかし、そこに写っている娘が果たして本当に母なのかどうか、伊沢は確信を持てなかった。伊沢が物心ついてからの母の容姿は、写真の中のほっそりとした少女とは似ても似つかぬ、愛らしいまでにふくよかな大女だったのだ。

母はたびたび、自分は貴族の生まれで幼いうちから宮廷に出入りし、ニコライ二世に拝謁を賜ったこともあるのだと自慢した。だが、近頃の情緒不安定な様子や、品性に欠ける言葉づかいに接していると、とても真実とは思えなかった。

伊沢はあらゆる局面において、母の言葉を信じないようにした。ロシアから逃げてきたのは本当だろうが、ただの庶民だったのでは、というのが伊沢が下した結論だ。貴族の暮らしに詳しいのは、令嬢に仕える小間使いだったからではないかと睨んでいる。

勿論、それを責めるつもりはなかった。十代も後半に入って多少は世の中が見えてくると、異国でどんな手段を使ってでも生き延びようとした母の姿勢には、むしろ敬意すら覚えた。小家族で中国まで渡ってきて、ただの労働者として生きていくなど——。ましてや女性であれば、ありとあらゆる機会と方便を利用する必要があったはずだ。

ロシア革命の勃発によって、上海まで逃げてきたロシア人は多い。租界に料理店や薬屋などを出し、逞《たくま》しく暮らしている。音楽家も多い。娯楽産業は租界では確実な収入源になるので、踊り子になった女性も多かった。母も、そんな平凡な人間のひとりにすぎないはずだ。

父の話によると、若い頃の母は、肌は雪のように白く張りがあり、澄んだ蜂蜜色の髪をなびかせていたという。青い虹彩は、磨かれたサファイアよりもむしろラピスラズリを思わせる複雑な濃淡を呈し、宝石よりも麗《うるわ》しく見えたそうだ。もし、母の髪の色と目の色をそのまま受け継いでいたら、自分は日本社会の中で、もっと異質な存在として見られていただろうと伊沢は身震いする。

日本人社会の中では目立つことは悪だ。集団に溶け込み、皆と同じ顔をしなければならない。伊沢は同胞のためによく働き、自分が日本人であることを、必要以上に周囲に知らしめた。いまでも、そうしている。

租界のカフェで父と出会った頃の母は、奥ゆかしい物腰で、一生懸命に日本語を喋ろうとする姿がたいそういじらしかったという。異邦人に強い興味を持っていた父が、一発でまいって付き合い始めたことは想像に難くない。店の外でも逢瀬を重ね、妊娠が発覚するまでには、さほど時間はかからなかった。

父の両親や兄弟は、外国人の妻を娶《めと》った父の行動に驚いたらしいが、裕福な家庭に生まれ、三男坊だった男だ。子供の頃からほぼ放任状態で、結果、さほど厳しくは追及されなかった。

上海租界のリトル・ロシアに住む人々の陽気さや実直さを、伊沢は疎ましく思ったことなど一度もない。だが、母を思うときだけは、愛憎半ばの複雑な感情がこみあげた。

ただの近所のおばさんなら、亡命の苦労で虚言癖が生じるようになった気の毒な人、ぐらいの感慨しか持ち合わせなかっただろう。自分を産んだ女性だから嫌になるのだ。過去に囚われ、高慢さを捨てず、金色に煌めく生活に未だに憧れている姿は、父という男を得てすらまだ満足できぬ、業にまみれた憐れな人間に感じられた。

もっと豊かになりたい、もっと人から尊敬されたい、自分の思い通りになる息子がほしい。母の欲望には限度がなかった。

内地の実家で、日よけの隙間から射し込む強い陽射しが、居間の花瓶に生けられたヒマワリを照らしていた光景を、伊沢は、いまでもしばしば思い出す。ヒマワリの傍らで笑っていた母。おまえが日本人になれるはずがないだろうと母は言った。肌の色や目の色だけじゃない、あらゆる部分が、おまえは日本人とは違うと訴えている。ロシア人貴族の血を受け継いでいるのだから誇りなさい。日露戦争でロシアに勝ったと、未だに無邪気に自慢する日本人と同じになってはだめよ。父さんみたいに自分のことしか考えない人間になるのもだめ。もっと素晴らしい人間になって頂戴。

蔦《つた》のように絡みつく言葉は、伊沢の魂を窒息させそうになった。

伊沢は父に満州の大学を受験したいと訴え、許可を取り付けると、「満州へ行くまでのあいだに、生きた語学を勉強する」と言って、上海租界に住む親戚を頼ることにした。父がうまく説得してくれたおかげか、母は反対しなかった。最終的な目的地が新京の大学であると知ると驚喜したほどだ。

出発の日、笑みを浮かべて母に挨拶しつつ、伊沢は胸の内で毒づいた。

触れるな。僕の心に触れるな。

僕はロシア人じゃない、日本人だ。

母さんのそばにいると古びた価値観を押しつけられて息がつまる。離れるしかないんだ。

ロシア文化を学ぶために新京へ行くわけではない。世界のすべてを知るために行くのだ。母が称賛するものだけを拠り所にする生き方など、絶対に選びたくない。そんな考え方をせずに生きられる道を僕は知りたい、心の底から知りたい。

そして、唐突な予定変更で、伊沢は、いま新京へ向かっていた。母の故郷ではないが、母が拘った文化を感じさせる町へ。

最終的に母とどう折り合いをつければいいのか、伊沢にはまだよくわからなかった。ただ、学問は救いの光を与えてくれるはずだと信じていた。

学問とは、理によってこの世を見る手段だ。それは母の考え方の対極にあるものに思えた。

一日も早く、過去から自由になりたかった。

2

楊直《ヤン・ジー》の家族が惨殺されてから二ヶ月後。

第二次上海事変がまだ続く中、郭老大《グオラオダー》の訃報が楊直邸に届いた。次郎は驚き、眉をひそめた。まさか、この一件も誰かによる謀殺ではと疑ったが、高齢による持病の悪化だという話だった。

郭老大は亡くなる直前に着替えも済ませ、家族に見守られながら静かに息をひきとったらしい。死因を不審に思う者は誰もおらず、すぐに中国の伝統的な形式で葬儀が始まった。楊直の家族を弔《とむら》ったときとは正反対の、派手でにぎやかなものだった。

喪主は次々と訪れる弔問客を贅沢にもてなし、楽団がにぎやかに音楽を奏でた。雇われた泣き女が激しく泣き叫び、ときどき、銅鑼が耳を聾《ろう》するほど鳴り響いた。まるで宴会場のような騒がしさだった。墓地への出棺はパレードのように華やかで、日本人である次郎から見ると、奇妙なほどの明るさに満ちていた。これが大陸流の葬儀だ。戦争など、どこ吹く風といった勢いである。

葬儀には楊直も出席していたが、相変わらず言葉は少なく顔色も悪く、誰が目にしても言葉を失うほどに頰がこけていた。気力が萎えているせいで食欲が湧かず、どんどん体力が落ちている。よくない傾向だ。

次郎は楊直のそばから離れないようにした。何かあればすぐに助けるつもりだった。本物の兄弟のように甲斐甲斐しく面倒をみた。葬儀場で知り合いと顔を合わせても、楊直は黙礼するだけで、自分からは口をきこうとしなかった。掌柜《ジヤングイ》の董銘元《ドン・ミンユアン》と出くわしたときも、目も合わせずにすれ違ってしまったので、次郎のほうが慌てて代わりに挨拶したほどだった。

葬儀のあとは、組の幹部だけで「茶会」が開かれる予定になっていた。部外者である次郎は出席できないので、楊直がひとりで出席する。次郎は帰宅だ。

「茶会」とは、青幇《チンパン》の老板《ラオバン》たちや、組の幹部が集まる会合を指す隠語である。おそらく、そこで故・郭老大の遺言状が公開され、次の頭目が決まるのだ。

楊直は、重い足取りで葬儀場近くの菜館へ向かった。店員が案内してくれた個室に足を踏み入れると、円卓の一端につき、茶を飲みながら四人の幹部がそろうのを待った。

弁護士と幹部が順々に到着し、最後に董銘元が厳民生《イエン・ミンセン》を伴って到着した。なぜ、厳民生が？

と、楊直と幹部たちは訝しんだ。老板だけの会合ならともかく、特定の組の茶会に、よその老板が来ることはめったにない。

厳民生は穏やかな調子で皆に告げた。「今日は大切な話があるので私も同席することになった。弁護士先生の許可も得ているので気にせんでくれ」

全員が席につくと弁護士が書類を広げ、郭老大が遺言状を残している旨を告げ、内容を読みあげた。

噂通り、郭老大のあとを継ぐのは董銘元と告げられた。組織の再構成についても、董銘元に一任するとあった。これに不満がある場合は組織を抜けてもよい、代償は一切科さないと言われた。

董銘元はいつもの黒い長袍《チャンパオ》に身を包み、当然の流れだといった顔つきで皆の様子をうかがっていた。弁護士が「質問はありませんか」と訊ねたが、誰からも言葉はなかった。

皆がおとなしく従うことを確信すると、董銘元は底光りする目で見回しながら、貫禄に満ちた声で言った。

「では、みんな聞いてくれ。今日から我々の組は、複数の組と合併して大組織となる。こちらが他の組に呑まれるのではない。我々が他を呑み込むのだ。二度目の上海事変の影響で、小さな組では頭目が租界から逃げ出し、組自体が崩壊している。いずれも上海での勢力争いには影響せん程度だが、放置するわけにもいかんので、これらを我々が束ねることになった。私はそれぞれの頭目とかねてから合議を重ね、舵取りを失ったあとの組を、すべて引き受けると約束してきた。これについては、上海を取り仕切る老板たちからの了解も取り付けてある。杜月笙《ドウー・ユエション》先生も、ご承知のうえだ。組織が大きくなったので、私の立場は故・郭老大よりも一段上、老板となった。

今後我々は、杜月笙先生からの指示を直に頂く者たちとなる。心してかかれ」

一同は目を見張った。董銘元がそこまで出世したのであれば、自分たちの地位も自動的に上がる。董銘元について行けば、これまで以上に甘い汁を吸える。

この話には楊直も目を丸くした。頭目になって当然の男とは思っていたが、ここまで根回しを済ませていたとは。誰からも足をすくわれぬように、よほど慎重に話を進めてきたに違いない。

楊直の隣にいた幹部が訊ねた。「この町を取り仕切る老板の人数には、上限があったはずですが」

「おひとり引退されたのだ。私はその空席に招き入れられた」

上海の老板たちはめったなことでは引退しない。租界からあがる莫大な収益を考えれば、誰もが死ぬまで地位にしがみつく。事変から逃れるために一時的に他の土地へ移ったとしても、老板の地位を安易に他人に譲ったりはしない。手放すのは死ぬときだけだ。

「どなたか亡くなられたのですか」

「大世界《ダスカ》の前に爆弾が落ちたのを知っているだろう。あれに巻き込まれた方がおられるのだ。遺体の確認が遅れたせいで、長いあいだ、亡くなったこと自体が伏せられていた。今日、この情報も解禁となった」

遠慮のない笑みが、楊直を除く全員の顔に広がった。幹部たちは、董銘元が率いる組は強運に恵まれていると誉めそやした。

楊直だけが瞳に暗い光を滲ませた。気持ちを落ち着けるために湯呑みから茶をひとくち飲む。あの状況なら、よそで殺害した遺体を現場に投げ込んでも、どさくさにまぎれてばれなかったはずだ。もし、組を継ぐだけでなく、老板の地位までをも欲してそこまでやったのだとすれば、董銘元は、自分たちの頭目でありながら最も危険な男であるとも言える。

董銘元は言った。「国民革命軍は苦境に立たされており、いまにも上海から撤退しそうな有様だ。だが、この町が日本軍に占領されても、私は他の老板と協力して経済を支え続ける。大きな困難を伴う仕事だ。これまで以上に皆からの助力を仰ぎたい」

そして、と董銘元は続けた。「私が老板となったため、組の掌柜の席があいた。そこで、楊直を新たな掌柜として置きたいと思う。異存はないな」

幹部のふたりが楊直へ視線を向けた。楊直本人は冷笑を含んだ顔で、董銘元を見つめ返した。

「私が、ですか」

「そうだ。よろしく頼む」

ひとりが声をあげた。「お待ち下さい。楊直は家族を亡くしたばかりで、いまは要職に就ける状態ではありません」

「だからこそ、すぐにでも働いてもらいたいのだ。それ以外に彼が悲しみを忘れ、立ち直れる方法があるか。仕事に打ち込むことこそが最良の薬なのだ」

「しかし」

「おまえは老板の命令に逆らう気か。ならば、それなりの理と覚悟を持っているのだろうな？」

厳しい口調に相手は口をつぐんだ。董銘元は少しだけ表情を和らげた。「尚、おまえたちふたりにも、掌柜とほぼ同じ権限を与えるので、しっかりと働いてもらいたい。構成員が急に増えたので、私ひとりでは目が行き届かん。他の組からも人を選び、最終的には、楊直を含めて六人で管理してもらうことになる。支配地区を五分割して、五人の幹部がひとつずつ担当。楊直が全体をまとめる」

質問者はほっとして、「そういうことであれば安心です」と応えた。

「それから、もうひとつ」と董銘元は続けた。「これを機会に、楊直を正式に青幇の門下とする。厳民生が立会人となる」

厳民生が卓に身を乗り出し、皆の顔を見回した。「私のほうからは、既に二十二代『通字輩』の長老に話を通し、許可を得ている。楊直よ、おまえは『最《ズイ》』によって、青幇に新たな富をもたらしてくれた。この功績は称賛に値する。おまえの経歴とは関係なく、門下に入るに相応しい仕事を手がけていると判断されたのだ」

「お待ち下さい」今度は楊直が大声で制した。「そんな話、私は何も聞かされておりません」

「掌柜となるのだから、正式に青幇になってもらわねば困る」

「しかし」

「あとは、おまえが長老の前で誓えば済むところまで調えた。正式に二十三代『悟字輩』の一員として、幇を支えていくのだ。わかったな」（「＊代」「＊字輩」は、青幇内部での上下関係を示す重要な呼称。この場面では、先代にあたる「二十二代通字輩」が上、「二十三代悟字輩」が下となる）

楊直は唇を嚙みしめた。正式に青幇の門下になってしまうと、掟による縛りによって「最」を自由に動かせなくなる。これは、自分の行動を制限して反抗心を挫き、結社から逃げられないようにする策略だ。このふたりが示し合わせて立てたに違いない。

「少し時間を頂きたく存じます。私にも都合がありますので」

「よかろう」と応じて、厳民生は董銘元の顔を見た。

董銘元はうなずき、楊直に言った。「茶会はこれで終わりだが、おまえはこの場に残れ。ゆっくりと話し合おう」

それを合図に、弁護士と幹部たちは部屋から退いた。厳民生は楊直の肩を叩いて微笑み、「いい機会だぞ。素直に従え」と言い残して、扉の向こうへ消えていった。

董銘元は給仕を呼び、酒と料理を運ぶようにと命じた。運ばれてきた酒器が円卓に置かれ、料理の皿が何枚も並んだ。豪華な料理だったが、食欲を失って久しい楊直にはなんの感慨も湧かなかった。

給仕が部屋から出て行くと、楊直は董銘元に訊ねた。「どういうつもりだ。掌柜など、おまえの子飼いの部下にやらせればいい」

「それが新たな老板に対する口の利き方か」

「私は郭老大に仕えていただけだ。これを機会に一線から退くつもりだった」

「だが、おまえは正式に青幇に入り、私の部下となることが決まった。今後も、これまで通りに協力し合うことに変わりはないが、言葉づかいは改めてもらいたい。他の者に示しがつかん」

楊直は顔をしかめた。董銘元はふたつの杯に酒を注ぎ、片方を楊直の前へ置いた。「受け入れるなら、これを飲め。受け入れられんのなら、それもいい。飲まずに、ここから立ち去るがいい。ただし、無事で済むとは思うなよ。外には私の部下を待たせてある」

沈黙を続ける楊直に、董銘元は付け加えた。「殺害者に復讐したければ生き延びろ。いつまでもくすぶっているのは、おまえらしくない」

楊直は杯を手に取ると、一気に中身を飲み干した。杯を卓に戻し、命じられた通りに言葉づかいを変えた。「杜月笙先生は、青幇の人員を恒社《ホンショー》に入れたがりません。青幇に入門すると、表の経済界に進出した私にとっては都合が悪いのです」

「おかしなことを言うのだな。そもそも、杜月笙先生自身が青幇ではないか。おまえが門下になったところで、先生は何も言うまい」

「青幇の幹部から見れば、私などただの殺し屋です。せっかく取り立てても、損をするのはあなたですよ、董老板」

「大丈夫だ。誰にも文句は言わせん。機会はいまだけだ。門下となることを受け入れ、皆から本物の敬意を受けられる者となれ。このままではおまえは、誰かの復讐で家族を失った憐れなチンピラとして嗤われるだけだ。そんな不名誉に甘んじるつもりか」

楊直は応えず、鼻で笑った。

董銘元は言った。「ご家族の件は気の毒だったが、おまえも他人に同じことをしたのだろう？郭老大からの命令で、対抗勢力を家族ごと根絶やしにしたと聞いたぞ。女子供まで撃ったそうだな」

「抵抗されたので仕方がありませんでした」

「子供ぐらいは逃がしてやればよかったものを」

「逃がせば大人になったときに復讐に来ます」

「ふむ。まあ、筋の通ったやり方ではあるが、それでも尚、おまえを憎む者が生き延び、今度はおまえの家族を惨殺したわけだ。いま、どんな気持ちだ？」

楊直はやにわに立ちあがり、腕を横ざまに振って卓上の酒瓶を床へ叩き落とした。陶器が砕け散った音を聞きつけ、数人が廊下を駆けてくる物音が聞こえた。閉じられた扉の向こうから、室内へ声がかかる。「董老板、如何なさいましたか」

「下がっていろ」董銘元は席についたまま、面倒くさそうに応えた。「片づけはあとでいい。いまは入るな」

「かしこまりました」

楊直は暗く燃える目で董銘元を睨みつけた。「私は仕事としてやっただけです。それ以上の感情はありません」

「おまえの妹、楊淑《ヤン・シュー》が郭老大に囲われていたから逆らえなかったんだろう？　その点についいては同情する」

「過ぎた話です。郭老大はもう亡くなりました」

「そう、だからおまえも自由だ。過去は忘れ、青幇の門下として生きろ。門下でもない掌柜など格好がつかん」

「ならば、既に門下になっている部下を、掌柜にすればよろしいでしょう」

「何度も言わせるな。私はおまえがほしいのだ。『最』を管理できるのはおまえだけだ。他は全員ぼんくらだ。『最』の真価など、何ひとつ理解しておらん」

「私ではなく、『最』の利益が目当てですか」

「おまえ込みでだよ。他の誰が『最』の栽培と流通を取り仕切れる？　何しろ儲けが桁外れだ。この事変下では、横領して逃げる奴がいても不思議ではない。それを企みそうな奴には任せられん。まあ席へ戻れ。『最』の栽培について話そう」

楊直は荒々しく椅子に身を投げた。背もたれに片腕を置き、体を斜《はす》に開く。

董銘元は卓に肘をつき、組んだ両手の上に顎の先を載せた。「今年の種まきについて相談したい。おまえも気づいているだろう。日本軍の動き方によっては、今年、浙江省の『田《テイエン》』は使えん」

「日本軍は上海を占領するだけでなく、浙江省まで手を伸ばすと？」

「いや、占領しなくても物流を警戒する。中国軍への武器の流入を監視せねばならんからな。この途上で、阿片の運搬経路と精製工場の位置がばれるかもしれん。そうなったら日本軍に『最』を没収される。これは非常にまずい」

「畑を移すべきです」

「そう。まだ、ぎりぎり間に合うだろう。太湖南側の山村から『田』をよそへ移し、日本軍が来ないところで今年の種をまく。来年以降の最終的な土地の選定は、今年の芥子が育つのを待ちながらやればいい。『最』を育てるために最適の土地は、太湖周辺以外ではどのあたりだ」

「四川省か、あるいは重慶」

「そこが最適なのか」

「最適とは言いがたいのですが、運び込むだけなら。もう種まきの時期なので、既に耕されている場所が必要です」

「では、検討してみよう」董銘元は、にっこりと笑った。「死んだ者は生き返らんし、これからも中国と日本との戦争は続いていく。何もしなければ時間はおまえを置いていくばかりだ。十年先に笑っていたければ、いま何をするべきかよく考えろ」

楊直は黙ってうなずいた。青幇への入門を断れないなら、新しい状況の中で将来を考えるしかない。

董銘元は続けた。「おまえの家族を殺したのは、たぶん関東軍の特務機関だろう。我々が『最』を勝手に流通させたことに怒り、報復したに違いない。畑を管理していたおまえをまず標的とし、最も残酷な方法をとったのだ」

「それが真相なら連中を叩き潰します。上海は中国人のものです。欧米にも日本にも渡さない」

「私も同じ考えだ」

「まず、何をしますか」

「実行犯は既に処分されたあとだろうが、周辺に事情を知る者が残っているかもしれん。そいつらを締めあげ、日本軍とのつながりを吐かせるのだ。尋問はおまえに任せる。思う存分やってくれ」

3

郭老大《グオラオダー》の葬儀からしばらく経った頃、楊直邸《ヤン・ジー》にフランス租界の警官がやってきて、次郎に面会を求めた。

今日は中国人巡査が同行し、フランス人の言葉を中国語に翻訳してくれた。

租界で暮らすフランス人は、中国語に限らず外国語を覚えたがらないので、通訳として中国人警官を連れてきたのだろう。共同租界の工部局警察から出張させたのかもしれない。

フランス人警官は、「事件にかかわる証拠がいくつか出てきたので、確認のため、あなたに警察署まで来てもらいたい」と言った。物品を見たうえで、次郎の考えを聞かせてほしいという。

楊直を行かせなくてよいのかと訊ねると、遺族の方には見せるに忍びない品だと相手は答えた。楊直に見せられない品、ということは、王愛蓮《ワン・アイリエン》個人の秘密に関する何かか。浮気の証拠や、王愛蓮の実家に関係する暗い事実だとすれば、いまの楊直に見せるには刺激が強すぎる。次郎ひとりで確認すべきだった。

次郎は「準備するから少し待ってくれ」と警官たちに告げ、二階の自室へ戻った。服を着替え、必要な物を懐に収める。警官たちと共に邸の外へ出ると、門の前で待っていた車の後部座席に乗り込んだ。

中国人巡査が隣に座り、フランス人警官は助手席に身を滑り込ませた。

車が走り出してまもなく、次郎は車窓の風景に違和感を覚えた。ここは、楊直の別邸を訪れたときに通った高級住宅街へ続く道路だ。フランス租界の公董局がある方向とは違う。

次郎は中国人巡査に訊ねた。「この道でいいのか。間違えているような気がするが」

すると中国人巡査は、笑みを浮かべたまま、拳銃の筒先を次郎の脇腹に押しつけた。「黄《ホアン》先生、お静かに。我々も手荒な真似はしたくない」

「偽警官か」次郎は落ち着き払った口調で訊ねたが、胸の奥では心臓が跳ね回っていた。事件のときに、フランス租界の警官と話をしていたので油断した。だが、楊直まで巻き込まずに済んだのは幸いかもしれない。

「先生に危害を加えるつもりはありません。車から飛び降りてほしくないだけです」

「誰のところへ連れて行く気だ」

「董老板《ドンラオバン》のもとへ。楊先生には知られたくなかったので」

「どういうことだ」

「老板に会えば、おわかり頂けるかと存じます」

それ以上は聞かされておりませんので——と中国人巡査は言った。

次郎は黙り込み、董老板邸に到着するのを待った。


董老板の邸は、本館も離れも西洋建築で、庭の造りもそれに準じていた。階段の踊り場などには中国様式の卓や壺を置き、大陸文化の香りをわずかに添えている。そんな演出の仕方までもが西洋的だ。広間の壁には、欧州の白い港町を描いた二百号ほどの油絵がかかっていた。天井を見あげるとクリスタルのシャンデリアが輝き、その下にはグランドピアノが置かれている。パーティーのときにピアニストを呼んで演奏させるのだろうか。呆れるほどの成金趣味だ。バスルームの蛇口など、すべて金色に輝いているに違いない。

次郎が案内された客間で、董老板は椅子に腰かけ、掌で、大きな瑪瑙《めのう》玉をふたつ弄んでいた。中医学では、体のツボを指圧や鍼《はり》で刺激して健康を保つが、こうやって玉を弄ぶことでも同じ効果があるのかもしれない。または何かのまじないか。

今日も黒い長袍《チャンパオ》姿だった。次郎を見やると、少しだけ眉を下げ、人あたりのよい表情を浮かべた。

楊直と同じく、董老板も傍らに護衛を置いていた。熊を思わせる屈強な大男だ。一発や二発の銃弾では倒せそうにない。

董老板は卓上に置かれた皿に瑪瑙玉を置いた。皿には折りたたんだ絹布《けんぷ》が敷かれており、玉はことりとも音をたてなかった。董老板は言った。「直接話をするのは何年ぶりかな、黄基龍《ホアン・ジーロン》」

「三年ぶりです」と次郎は答えた。

「郭老大の葬儀では、軽く挨拶しただけだったな」

「あれは申し訳ありませんでした。楊直の調子が悪いので、あなたの相手をする余裕がなかった」

董老板は苦笑を浮かべた。「楊直も愛想のない男だが、おまえも負けず劣らずだな。私は老板になったのだぞ。もう少し丁寧な態度をとれんのか」

「それは聞いていますが、おれは楊直の部下でもあなたの部下でもありませんので」

「ほう」

「そもそも、銃を突きつけて脅すような相手の言いなりになろうとは思いません」

「おまえの無礼を理由に、楊直を罰してもいいのだが」

「おれが武器も持たずにここへ来たと思いますか」

護衛がさっと動きかけたが、董老板は片手をあげてそれを制した。「チェン、慌てなくていい。どうせ、はったりだ」

チェンと呼ばれた護衛は、すぐに姿勢を戻した。ただし、次郎の動きからは目を離さない。

董老板は次郎に向かって続けた。「喧嘩をするために呼んだのではない。私はおまえの度胸と才能をかっているのだ。ほら、もうひとりいただろう。なんといったかな。郭老大の前でおまえに銃を向けた男だ」

「何忠夫《ホー・ジョンフー》」

「あれも、はしこくて使い勝手がよさそうな男だった。楊直は、いい部下をふたりも持って幸せだ。さて、『最《ズイ》』の件で、おまえに相談したいことがある」

「楊直と話して下さい。楊直は掌柜《ジャングイ》になったのでしょう」

「勿論、話したさ。だが、おまえは『田《テイエン》』で阿片芥子を育てていた。楊直が知らないことも、たくさん知っているはずだ。今年の種まきに問題があるのはわかるな」

そこは次郎も気になっていた点だった。

毎年「最」の種まきは十月末から十一月初頭まで。だが、今年は日本軍と国民革命軍が戦闘中だ。日本軍がどう動き、上海および周辺地域をどう占領するかによって、物や人の動きが制限される。浙江省の「田」が使えなくなる恐れもある。

使えなくなるだけならまだましだ。日本軍が「田」の存在を知り、満州にしかないはずの新品種がここにあると知ったら大騒ぎになる。次郎が仲立ちして青幇《チンパン》に「最」を流したことが関東軍にばれれば、次郎は特務機関に捕縛され、尋問という名の拷問を受けるに違いなかった。最後には銃殺されるだろう。そんな結末はごめんだ。

董老板は訊ねた。「栽培者であったおまえの助言を聞きたい。太湖以外なら、どこに種をまくのが最適か」

「蒙古で広い土地を確保できるのが一番いい。しかし、蒙古は日本との関係を強めているから無理です。すると、四川省か重慶に」

「楊直も、そのあたりがいいと言った。だが本当に大丈夫なのか」

「というと？」

「四川省は亜熱帯気候だ。盆地は雨が多くて高温多湿。高原には確かに乾燥地帯もあるが、場所によっては冬の寒さが厳しい。氷点下三十度に達する場所すら存在する。つまり、四川省で阿片芥子を育てるには、最も適した土地を探すために、じゅうぶんな調査が必要だ。短期間で『田』をつくるのは無理だ」

「では他にどこが？」

「フランス領インドシナ。フランスが植民地政策に力を入れたおかげで、山間部は鉱山業によって切り開かれ、平野では稲作プランテーションが発達している。道路が通り、鉄道も敷かれ、大勢の人間が金儲けのために群がってくる。雲南省経由でインドシナ半島の山間部に入り、そこに『田』をつくればいい。いまから開拓していたのでは間に合わんから、最初の一年は手頃な農村で村民に金を払って『最』を育てさせる。翌年からは土地を買いあげるか、追加で作業員を送り込めばいい。普通の作物よりも金になるのだから、反対する地元民などおるまい。新たに必要な人材は通訳ぐらいだな。採取した生阿片は中国へ戻すだけでなく、インドシナ半島と周辺で売りさばく。欧米の植民地で働く現地人は、中国人と同じくらい、あるいは、もっとひどくこき使われている。疲労を癒やしてくれる阿片は大人気だ」

　ずいぶん海外の事情に詳しい。こいつは「最」を知った瞬間に、いち早く、楊直と同じ発想に至ったのだ。どうかすると、楊直よりも大規模な畑を、海外に確保するつもりかもしれない。

代々の資産家で、老板の座まで登りつめた男だ。大量の資金をつぎ込めるなら、他の誰よりも効率よく立ち回るだろう。

次郎は訊ねた。「おれに何をしろと」

「ときどき、こうやっておまえと話したい」

「阿片の話をするなら楊直を交えて下さい。おれひとりではどうにもなりません」

「楊直は、そのうち殺される」

次郎が眉をひそめると、董老板は平然と言った。「家族が皆殺しにされたのだぞ。次は本人だろう」

「誰の仕業かご存じなんですか」

「関東軍の特務機関の仕業に決まっている。他に誰がやる？　あれは、我々が『最』を流通させたことに対する報復だ。おとなしく『最』を返さんと、次は楊直を殺し、老板たちも殺すぞという脅しだ」

「それでも、あなた方はやめる気などない」

「青幇ともあろうものが、日本の特務機関ごときに頭《こうべ》を垂れる必要があるかね。脅されようが何をされようが、楊直が反撃すれば済む話だ。楊直は、いま血眼になって日本軍に協力した奴を捜している。上海に潜む漢奸《ハンジエン》どもを、どれぐらい尋問し、どれぐらい殺したことか。黄浦江に浮かんだ死体の数は、もはや二十や三十ではきかん」

次郎は唖然とした。楊直とは毎日邸で顔を合わせるが、顔色が悪いとは感じても、そこまで精神的に荒れていることには気づかなかった。楊直自身からは何も相談されておらず、てっきり、まだ脱力状態にあるのだと思っていた。「そんなにひどいことを？」

「怪しいと確信した相手には、楊直自ら尋問にあたっている。部下に命じて、すさまじい拷問で漢奸を痛めつけているようだ。殴る蹴るは勿論のこと、目玉の隙間に針を刺す、体中の生皮を剝ぐ、指を一本ずつ潰したうえで切り落とす、尿道には針金、肛門には真っ赤に焼けた鉄棒を突っ込む――」

吐き気をこらえながら次郎は訊ねた。「で、何か情報を得られたのですか」

「どうだろうな。私は、まだ何も報告を受けておらん」

「では、見当違いのところをあたっているんですね。すぐにやめさせて下さい。あなたの指示なら聞くはずだ」

「中途半端なところで止めると、楊直はもっと荒れる。結果的に何も出なかったとしても、本人が納得するまで任せるほうがいい。おまえには受け入れがたいかもしれんが、あの残虐性こそが楊直の本性だ。家族を失った楊直の心の傷を思えば誰にも止められん」

次郎は口をつぐみ、唇を嚙みしめた。

董老板は続けた。「関東軍の犬は徹底的に叩き潰しておかねばな。勿論、関東軍が本気になったら、さすがの楊直もかなうまい。だから我々は、楊直をいつ失っても構わないように計画を先へ進めておく必要がある。おまえにも、いまから協力してもらいたい」

「おれは楊直と義兄弟の契りを結びました。生きるのも死ぬのも楊直と一緒です」本気でそう思うほど次郎は純粋ではなかったが、ここは、建前だけでも、はっきりと示しておくべきだった。

「あなたの側にはつきません」

「もったいないな。おまえは楊直の下で終わる人間ではなかろう。それに、原田ユキヱがおまえに会いたがっている」

いきなりユキヱの名前が出てきたので心臓が跳ねあがった。なぜ、こんなところで彼女の名前が出てくるのか。

董老板はにやりと笑った。「私なら、おまえたちふたりを会わせる場をつくれる」

「その程度のことは楊直に頼みます」

「無理だな」

「なぜ」

「楊直は杜月笙《ドゥー・ユエション》先生との人脈をつくるために、彼女を貢ぎ物にした。自分から贈った以上、贈ったあとのことには関われん。探りを入れて彼女の現状を知ろうとすれば、杜月笙先生は、『もしや彼女は、警察か日本軍から送り込まれたスパイなのでは』と疑うだろう。だが、私なら接触しても大丈夫だ。彼女の色香に惑わされた中年男が言い寄っている、という演技を見せれば、誰も疑わん。嗤ってやりすごすだけだ」

「あなたが楊直を掌柜にしたことは誰もが知っています。杜月笙先生からも、つながりを疑われるでしょう」

「私が楊直に命じて彼女を贈らせたわけではないから、言い逃れなどいくらでもできる。さあ、どうする。私に協力するなら、ときどき彼女と会う機会をつくってやろう。おまえが彼女と何を話し、どんな相談をしようとも、私は一切関知せん。ふたりで手を取り合って上海租界から立ち去っても、文句ひとつ言わん。『最』の栽培方法について、完璧な情報を残してくれるなら」

董老板は意味ありげな表情で微笑んだ。「私は正規の『田』以外にも畑がほしい。できれば国外に複数。私だけが管理する畑だ。『分家《フェンジア》』とでも呼んでおこうかね。『最』に固有の性質、栽培時の注意点、海外で栽培に適する土地の選定。おまえはいろいろと知っているはずだ。その情報と原田ユキヱを交換しよう。どうだ」

次郎は訝しんだ。ユキヱがおれに会いたいなどと本気で言うだろうか。彼女は最後に会ったとき、こう言ったのだ。

『たぶん、もう二度とお目にかかることはないでしょう』

あいつは、安易におれに頼るような女じゃない。そうしないからこそ、ユキヱなのだ。杜月笙に囲われていても、あの誇り高い精神は保たれているはずだと信じたい。董老板が、なぜ、こんな話を切り出したのかわからないが、話半分に聞いておいたほうがよさそうだ。

次郎は訊ねた。「おれが、今日の話を楊直に伝えるとは思わないんですか」

「それはおまえ次第だ。原田ユキヱと会いたければ、黙っておくほうが得策だろうな。私はどちらでも構わん。おまえが承知しなければ、別の者と手を結ぶだけだ」

「わかりました」と次郎は応えた。ユキヱの話を出された以上、それを無視するのは難しかった。

「では、引き受けましょう」

4

次郎は、青幇《チンパン》にとっては部外者である。おまけに日本人だ。楊直《ヤン・ジー》と董老板《ドンラオバン》、どちらの側にも、いつまでも付き従うことはできない。欲張らない程度に双方から利益を得て、危険は常に遠ざけておくべきだった。楊直からは金と信頼を、董老板からは原田ユキヱを。危険を感じたら、持てる財産をすべて抱えて上海から逃げ出せばいい。ただ、その時期は、よく考えて決めねばならない。

董老板邸から戻ると、次郎はすぐに楊直の部屋を訪れた。

扉を叩いても返事がない。錠はかかっていなかったので、把手を回して中へ入った。

室内に足を踏み入れた瞬間、なんともいえぬ香りに包まれて、くらっとなった。これは火をつけた阿片の匂いだ。租界の路地裏や怪しい宿で、何度か嗅いだ覚えがある。

予想通り、楊直は、シャツとズボンだけの姿で、手足を投げ出して寝台に横たわっていた。脇に置かれた卓に、先端が卵形に膨らんだ長い煙管《キセル》が置かれている。民族楽器の縦笛に似た太い管。珍しい意匠だ。きっと高価なものだろう。次郎がよく知っている煙管は、細長い管の途中に阿片を詰める皿が付いた形のものだ。阿片煙管には凝った意匠をそなえた品が多く、実際に使うためではなく、装飾品として収集する者も少なくないという。

着火用のランプも含めて、盆には、阿片を吸うための道具一式が並んでいた。煤のつき具合から、これまで何度も吸引したのだとわかる。

次郎は顔をしかめた。

家族を失った悲しみや犯人捜しで荒れ狂う心を慰めるために「最《ズイ》」を吸ったのか。食が進まず、痩せてきたのはこれが原因だろう。

次郎は寝台に歩み寄り、だらしなく横たわる楊直の頬を何度も平手で叩いた。「おい起きろ。寝ている場合か」

気怠そうに身じろぎすると、楊直は、うっすらと目をあけた。ようやく、眼前にいるのが次郎だと気づき、「勝手に入ってくるな」とつぶやいた。

「いくらつらくても、こんなものを吸ってはだめだ」次郎は容赦なく叱り飛ばした。「体も頭もやられてしまう。何もできなくなるぞ」

「少し吸うぐらいなら、疲労がとれてやる気も出るのだ」

「一時的なものだ。吸えば吸うほど体力を奪われる」

「阿片を嗜《たしな》むことは上海の文化だ」と楊直は言い返した。「美しい道具をそろえ、上等な茶器のように愛でれば、それだけで心豊かになれる」

阿片常習者の戯れ言だ。聞く価値もない。

次郎が楊直を睨みつけると、楊直はうっすらと笑みを浮かべた。「こういうのんびりした吸い方は、実は、金も暇もある人間がやることでな。苦力《クーリー》や、どん底で喘いでいる貧民は、いまや阿片すら買えず、別の薬に手を出している。そういう連中が、近頃では何を好むか知っているか」

「さあ――」

「モルヒネだよ。大陸では丸薬としても売るから、注射器を使う方法よりも手っ取り早い。中国政府は阿片の摂取を法律で厳しく禁じているが、そうやって阿片の流通が制限された結果、阿片よりも安いモルヒネの中毒者が激増した」

「ちょっと待て。どうして阿片よりもモルヒネのほうが安いんだ。芥子汁から抽出できる量は、阿片よりも、モルヒネのほうが少ないはずだぞ」

「輸送費と人件費の問題だ。阿片は生阿片の形で運ぶから、ドラム缶に詰めて大量に輸送する。まず、ここに金がかかってしまう。中国政府が目を光らせているせいで、警察に没収される率も高い。独特の臭気を隠せんからな」

「阿片の流通量が減ると、代替品としてのモルヒネの需要が増え、大量に出回ることで結果的に値も下がるのか」

「その通り。モルヒネは無臭の粉だ。運搬も取り引きも至極簡単。少量で強烈に効く。阿片はやめられんこともないが、モルヒネは断つのが難しい。面白いことに、上海の人間は、いまでも阿片のほうがお気に入りでね。モルヒネなんぞには見向きもしない。ところが北へ持っていくと、モルヒネは飛ぶように売れる。つまり青幇は、売り込み先によって商品を変えているわけさ」

楊直は身を起こし、寝台の縁に腰かけた。乱れた髪を両手で後方へなでつける。「大陸内でありながら、満州国だけは公然と阿片芥子が栽培されている。なぜそんなことが可能なのか、わかるか」

「漸禁政策をとっているからだろう。『田《テイエン》』で読んだ本に書いてあった」

一九一二年にオランダで調印された万国阿片条約により、医療目的以外の阿片の取り扱いは世界中で制限がある。欧米では勿論のこと、イギリスからの流入で大勢の中毒者を抱えてしまった中国でも、厳しく取り締まっている。

だが、日本は満州国に、独特の政策をとらせていた。

「満州国の阿片中毒者の数は、いま、十五万人以上と見積もられているそうだ」と楊直は言った。「もし、万国阿片条約を基準に満州での阿片摂取を全面的に禁じれば、社会に大混乱が起きる。突然阿片が流通しなくなると、中毒者が禁断症状から無残な死に方をしたり、阿片を求めるあまり凶悪な犯罪に手を染める。膨大な数の中国人がそうなるのだ。これは捨て置けん」

次郎はうなずいた。「だから満州国では、中毒者に吸煙を継続させつつ、少しずつ吸う量を減らすように指導しているんだろう？　政府が国内の阿片流通量を管理し、中毒者は決められた施設内で決められた分量だけを吸う。専門家の指導のもとに吸煙量を少しずつ減らして、最終的には依存から完全に離脱させる。これが漸禁政策だ」

危険な薬物を社会から完全に排除する方針は「厳禁政策」と呼ばれ、万国阿片条約が定めるのはこちらだ。欧米の各国はこの方針をとっている。

「厳禁政策」をとる国々から見れば、満州国の「漸禁政策」は国際条約違反だ。しかし、満州国は自国の事情を盾に、それを押し通した。その背後には、満州国の実質的な支配者である日本政府と、日本軍の事情が隠れている。

次郎は続けた。「漸禁政策をとっていれば、国が阿片芥子の栽培を管理できるから、モルヒネやヘロインもつくり放題だ。それを売りさばき、収益を日本軍の資金にするんだ」

列強に比して経済力がない日本の軍隊は、大陸での戦闘や各種工作に使う資金調達に常に頭を悩ませている。阿片芥子の生産は、この問題を解決してくれるのだ。実際、満州国で栽培される阿片のほとんどは国外へ売られており、国内の中毒者には行き届かぬほどだという。中毒者のためには、朝鮮半島で栽培したものを輸入している。イラン（旧ペルシャ。一九三五年に国名変更）から輸入するよりも、朝鮮半島から入れるほうが安いからだ。

楊直は次郎を上目づかいに見て、にやりと笑った。「『最』は熱河省でつくられた新品種だが、単に、味の違いにうるさい金持ちを楽しませるための品じゃない。阿片芥子のモルヒネ含有量は、栽培方法や芥子汁の採り方を工夫することで若干上げられるが、熱河省産阿片芥子は、もともとモルヒネの含有率が高い。それを元に改良された『最』は、これまでの全品種よりも、さらに優良だ。採取できる阿片の重量が多いのは勿論、モルヒネの含有率に至っては二十パーセントを超える」

次郎は息を呑んだ。

阿片芥子のモルヒネ含有率および重量は、品種によってばらつく。内地で栽培している品種だと、だいたい十三パーセント前後。外国産では十七パーセントというものもある。

勿論、含有率が高いからといって、たくさんモルヒネがとれるわけではない。芥子汁そのものの量が少なければ、パーセンテージは高くても、分離できるモルヒネも少量だ。たとえば日本産とトルコ産を比較すると、現在確認されている阿片芥子一本あたりのモルヒネ含有率は、トルコ産のほうが〇・六パーセント多い程度だが、採取できるモルヒネの重量比は、トルコ産が日本産の約二・八倍、阿片自体の重量も約二・四倍。

そして、品種改良で日本産と外国産を掛け合わせると、この数値が上昇するのだ。おそらく「最」は、そうやってつくられた品種だ。芥子汁が多く阿片の重量が多いうえに、モルヒネの含有率が二十パーセントを超えるという、これまでに類を見ない異様な品種なのだ。

楊直は言った。「モルヒネの量が多ければ、ヘロインの合成量も増える。阿片煙膏による吸煙では、モルヒネの摂取量は六分の一程度だ。モルヒネがほしい客のためには、単離して商品化する必要がある。モルヒネの含有率が高い『最』は、うってつけの品種なのだ」

「なるほど」

「もっと面白い話を聞かせてやろう。阿片の値段は土地ごとに変わる。一両（当時の中国では約三十一グラム）あたりの金額が、張家口《ちょうかこう》を基準に計算すると、天津《てんしん》では二倍、上海では四倍、シンガポールでは八倍の価格まで跳ねあがる。売る土地を選ぶだけで、遙かに儲かる場合があるわけだ」

次郎は思わず歓声をあげた。「もう、そこまで計画していたのか」

楊直は清々しい微笑を浮かべた。「どうだ、ジロー。これでも私の頭が阿片でやられているように見えるか」

次郎は首を左右に振った。「とんでもない。冴えまくってるじゃないか。だが、ひとつ訊きたい」

「なんだ」

「おれは金がほしいから阿片に関わる。だが、大哥《ダーグア》はどうだ。これから儲ける金を、誰のために、なんのために使うんだ？」

うかつに訊いてよいことではないが気になっていた。家族以外の誰かのために金を使うのか、その目処が立ったのか。今後の次郎の行動にも影響が出る事柄だ。

楊直は静かに答えた。「儲けてから決める」

「は？」

「当面は活動資金を稼ぐことだけを考える。二度目の上海戦が始まったせいで、『最』の栽培計画は大きな変更を強いられた。『最』の株や種を守るにも金がかかる。いまは、それだけを考えたい」

「そうか――」

「事変のおかげで海外に畑をつくりやすくなった。青幇で扱う畑とは別に、我々だけが知る畑を、もうひとつ開拓しよう」

「どこに」

「ビルマがいい。青幇の『田』から距離をとらねば」

次郎は楊直の手を両手で握りしめた。「大哥。そこまで計画しているなら、仕事を順調に進めるためにも阿片はやめてくれ。おれは大哥の体調を、ずっと心配してるんだぞ」

「気にするな。私は安全な吸い方を知ってるんだ」

「それでもだめだ。邸にいても何が起きるかわからん。家族があんな殺され方をするのは、大哥の命も狙われるってことだ」

「襲ってきたら返り討ちにするさ。私の家族と同じ目に遭わせてやろう」

「だったら尚のこと、阿片を吸って隙をつくるのはまずいだろう」

「――確かにそうだな」楊直は軽くうなずいた。「おまえがそこまで言うなら、しばらくは阿片をやめよう」

「ありがとう、大哥」

「心配させたな、兄弟」楊直は真面目な顔で次郎を見つめた。「だが、もう大丈夫だ」

次郎は笑みを浮かべた。そう、それでいい。しゃんとしておいてくれ。頼むから、おれまで危険に巻き込むな。


十一月五日。

日本の三個師団からなる第十軍が編制され、ついに杭州から上陸し、上海を目指して進軍を開始した。

九日、国民革命軍は上海からの撤退を決意し、後方の陣地をほとんど放棄して退却。日本軍は上海を占領すると、上層部での賛否両論を含んだ議論を経た末に南京攻略を決めた。上海派遣軍は太湖の北側を、第十軍は太湖の南側を通過するルートを辿り、それぞれに南京を目指した。

上海の老板たちは、浙江省での種まきをあきらめ、太湖の南側につくった「田」を閉鎖。何忠夫《ホー・ジョンフー》を現地に派遣し、日本軍が南京攻略に目を向けている隙に「最」の種を持ち出させ、無事に確保。「田」の作業員は、飯炊き女も含めて、全員をフランス領インドシナの山村へ移した。今年だけは、そこを「田」とするためである。同居させてもらう村の住民には、口止め料として大金を握らせた。

それと並行して、次郎は、同領内のビルマ寄りの一地域に隠し畑を確保した。董老板が希望した「分家《フェンジア》」である。複数つくったので、番号をつけて管理することにした。中国人の作業員は雇わず、こちらも村の住民に金を払って「最」を栽培させる予定だ。この作業は、楊直には伝えず秘密裏に行ったので、次郎は、董老板からの謝礼の類いは一切受け取らなかった。その代わり、いつでも好きなときに原田ユキヱと会えるようにしてほしいと頼んでおいた。董老板はこれを約束した。

十二月十三日。南京戦での日本軍の勝利をニュースで知った日本人が喜びに沸き返る最中、楊直と次郎もまた、戦争の決着とは関係のない一件を祝して、邸でシャンパンの栓をあけた。ビルマの山中に、隠し畑をつくるための目処が立ったのである。

楊直の隠し畑は「別墅《ビエシユー》」と名づけられた。別荘という意味である。

5

上海から船で大連に至った伊沢穣は、そこから満州行きの特急列車に乗り込んだ。

大連から新京までは、特急「あじあ」でも四時間かかる。それでも満州全体から見れば、南北に、まだ半分ほど移動した程度にすぎない。

新京は十月から冷え込み、十一月にはもう最低気温が氷点下に達する。新京行きの手荷物には冬物を入れておいた。

駅から離れると、ほどなく列車の外は農地や荒野に変わった。広い空と大地ばかりが延々と続く。通路を挟んで反対側の座席から眺めれば、遠くにけぶる山並みが見えるはずだ。途中に平地や川を挟みながら、その山嶺は満州の北端、竜江省《りゆうこう》や黒河省《こくが》（現在の黒竜江省）へと至るのだ。

そこは新京よりもずっと寒い土地、旧ロシア——いまではソ連と呼ばれる国が間近に迫る場所である。

新京の駅で特急「あじあ」の扉を開くと、さっと冷気が吹き込み肌が引き締まった。季節をひとつ飛ばして、いきなり冬へ飛び込んだようだった。ひとつの国を南から北へ移動しただけなのに、外国へ来たかと思うほど気候が違う。

視線をあげると、心が吸い込まれそうな青空と、乱雑に引きちぎった綿を思わせる白い雲が目についた。大陸に住んでいると空や大地の広さに驚くが、満州の空はとりわけ広く感じられた。

バスや車が、駅舎前のロータリーを徐行している。緑地帯の規模や配置に、書物で見た欧州の町並みを連想した。だが、これらを手がけたのは欧米人ではなく、日本の建設会社だという。駅舎とその周辺のみに留まらず、目を見張るほど幅広い大通りや、碁盤の目の如く縦横にはしる道路や、洋風建築のすべてが、日本人の手による成果なのだ。内地では、これほど大規模な新しい都市建設は見られない。まさに「内地ではやれないことをする」という、外地での理念を体現したような町づくりだ。

駅舎を背にして左側に、生い茂る樹木に包まれた一角があった。新京ヤマトホテルが建っている場所だ。いまの伊沢には、とうてい手が届かない高級ホテルである。

ロータリーの向こう側には、南へ向かってまっすぐに中央通りが続いている。その先には、関東軍司令部、憲兵隊司令部、百貨店、銀行等々が建ち並ぶ。周辺は日本企業に勤める日本人の社宅で、学校もある。大通りの突き当たりは大同《だいどう》広場と呼ばれ、これを通り抜けると、そこから先は道路の名前が大同通りと変わる。付近には政府関係の建物が集まっている。

建国大学は大同通りのずっと先だ。六十五万坪の敷地面積を誇り、都市の喧騒から隔てられた土地に築かれている。入試に合格すれば本当にそこへ行ける。想像するだけで胸が高鳴った。

駅舎から見て右側は、駅に最も近い日本人居住区。伊沢が世話になる志鷹教授の邸宅も、ここにあるという話だった。

伊沢は居住区へ向かって歩いた。

父の知人である茂岡少佐がつないでくれた志鷹教授は、地質学の専門家で、満州の石油開発について関東軍に助言を行っているらしい。息子たちはだいぶ前に独立し、邸では夫人とのふたり暮らしだ。うれしいことに、入試までの日々と、合格が決まって寮に移るまでの期間、そこに住んでよいと志鷹教授から言われていた。

辿り着いた邸の前で、伊沢は思わず感嘆の声をあげた。

欧州風の一戸建てを高い塀が取り囲んでいる。しかも、ここだけではなく、周囲がどれもよく似た規模の洋館だ。社会的な地位が高かったり、資産家が住んでいる区画なのだろう。伊沢の実家周辺とは違い、大陸での新しい気風を感じる場所だった。

閉じられた門の前で呼び鈴を鳴らし、中へ向かって名乗ると、日本人の家政婦が門をあけてくれた。伊沢は丁寧に挨拶し、邸内へ案内された。

邸は内装も欧州風だったが、日本人の住居だから玄関で靴を脱ぎ、そこから先はスリッパを履く様式である。

一階の応接室で、伊沢は初めて志鷹と顔を合わせた。妻の和子《かずこ》夫人が、夫の隣に座って微笑んでいた。

志鷹は四十代半ばの痩身の男性で、学者にしては珍しく眼鏡をかけていなかった。髪は短めで、陸軍の業務を補佐しているせいか、文人よりも武人を思わせる顔つきだ。軍人に対してでも、正面からものを言いそうな頼もしさを感じた。いまは陸軍での仕事をひと休みし、新京の大陸科学院に戻って、再び、教鞭を執っているのだという。

和子夫人は和服姿で、ふくよかな品のある顔立ちはよく熟した白桃を連想させた。きっと、人生で一度も理不尽な目に遭わず、幸せな結婚生活を送ってきた女性なのだろう。

伊沢が礼儀正しく挨拶し、茂岡少佐からの紹介状を手渡すと、志鷹教授は封を切って中を確認した。最後まで読み終えると便箋をたたみながら、「受験日まであとわずかだから、困ったことや頼みごとがあれば、すぐに家政婦のうめさんに相談しなさい。うめさんで難しいことは家内に」と言った。

「いえ、奥さまの手までわずらわすのは」

「うちには息子が三人いたから家内は手慣れたものだ。心配はいらん」

和子夫人も伊沢の目を見て、にこやかに微笑んだ。「遠慮なさらず、親戚のおばさんに頼るぐらいの気持ちでいて下さい」

「誠に恐縮です」

「伊沢さんは上海から来られたそうですね」

「はい。共同租界におりました」

「では、こちらでは、冬のあいだは、うかつに窓をあけないようにして下さいね。南国と違ってペチカで家を暖めるので、窓をあけると暖気が逃げてしまいます。ペチカはご存じ？」

「はい。母からよく聞かされました」

「あら、お母さまは、こちらのご出身なの？」

「父は日本人ですが、母はロシア人です」

両親の素性は茂岡少佐から聞かされているはずだが、好奇心からいろいろと探られるのは面倒だ。早めに自分から明かし、必要以上に触れさせぬのがコツだと思い、伊沢はすみやかに話題を切り替えた。


二階の洋室をひとつ借りることになった。志鷹教授の息子が使っていた部屋である。家具もそのままだったのでありがたかった。

窓は一階と同じく縦にとても長く、上部に、扇形の窓枠とガラスを組み合わせた半円形の飾り窓があった。このような意匠は上海でもよく見かけた。欧米人の邸宅の窓は、たいてい、こんな形だ。窓枠と壁とのあいだにはわずかな隙間もなかった。室内の暖気を外へ逃がさないための工夫だろう。

入試の日まで、伊沢はほとんど志鷹邸から外へ出なかった。ひたすら部屋にこもって勉学に勤しんだ。

そして、新京の受験会場で試験を受け、あとは合格通知を待つだけという段階になって、ようやく防寒具に身を包んで、新京駅前の繁華街へ出かけた。

新京駅前の中央通り、八島通り、日本橋通り。これらに囲まれた一帯が、日本人が遊びに出る繁華街や歓楽街だ。

ヤマトホテルを右手に見ながら日本橋通りを下ると、南広場に到達する。傍らには広大な敷地面積を持つ満鉄病院があり、さらに通りを進んで日本橋まで出ると、新京百貨店の堂々たる建物が橋の向こうに見えてきた。売り出し中の商品の名前が記された垂れ幕が、屋上から何枚も吊り下がっている。

洋車《ヤンチョ》（人力車）が、伊沢の横を勢いよく駆け抜けていった。上海租界でよく見かける黄包車《ワンポーツ》と同じもので、上海租界と同じく、中国人が牽いている。華界が近いせいもあり、日本橋周辺には大勢の中国人が行き交っていた。自転車に乗って馬車を追い越していく者、布包みを抱えて道端でひと休みする者。皆、質素な防寒具しか身につけておらず、警戒するような目つきで道ゆく日本人を睨めつける。そんなところも上海租界とよく似ていた。伊沢は、なるべく彼らと目を合わせぬようにした。

日本人の中では異端である伊沢も、中国人にとっては日本人の仲間だ。いまの社会状況では、いつ敵意を向けられても不思議ではない。双方の社会からはみ出す自分の立場を、伊沢は居心地悪く感じていた。自分はどこへ行っても異端だ。常に、場の空気に怯えている。

日本橋からさらに南下すると、そこから先は中国人だけが暮らす華界となる。粗野で猥雑で爆発的な熱気に満ちた場所だと聞く。盗品を売りさばく市まで立つので、男ならともかく、日本人女性ならひとりでは歩けない。伊沢も、いまはまだ、そこに足を踏み入れる勇気はなかった。中国語は北京語も含めて上海で覚えたが、このような場所では、まったく通じる気がしない。

中国人といえば、共同租界のダンスホールで知り合った黄基龍《ホアン・ジーロン》に、伊沢はまだ一通も手紙を出していなかった。上海を発つときに挨拶したかったのだが、茂岡少佐の車でまっすぐに港へ向かったので、機会を逸してしまった。彼も二度目の上海事変に巻き込まれて大変な目に遭ったかもしれず、手紙は、まず、お見舞いの言葉から切り出そうと考えていた。ポストに投函するのは合格が決まってからでいい。さまざまな連絡が一度で済む。

スケートができるほど川が凍りつき、街路樹が真っ白な氷霜で覆われる季節の中で、伊沢は年を越し、正月を迎えた。合格通知の到着を、じりじりしながら待った。

新京の最低気温が、ようやく氷点下をわずかに上回るようになった頃、志鷹邸へ、伊沢宛ての封書が一通届いた。差出人の名前は建国大学。

封書を握りしめて二階の自室へ駆けのぼると、伊沢は胸をときめかせながら封を切り、便箋を開いた。伊沢穣殿と大きく書かれた自分の氏名の左側に、「合格通知の件」と記されていた。

『入学選考に合格したことを御通知します』

便箋を振り回して歓声をあげた。室内を走りまわった騒音は階下まで響いたはずだが、このときばかりは遠慮しなかった。階段を駆け下りて和子夫人に合格通知を見せた。夫人もうめさんも大喜びして、「早速、お祝いの料理を注文しなくては」と勢い込んだ。

志鷹教授が大陸科学院から帰宅すると、伊沢はすぐに結果を伝えた。志鷹教授は大きくうなずき、「君なら大丈夫だと確信していた、おめでとう」と言って、伊沢の両手を強く握りしめた。「茂岡少佐にもすぐにお伝えして、安心させてあげなさい。うちの居間にある電話を使っていい」

伊沢が茂岡少佐の自宅へ電話をかけると、少佐は伊沢がこれまで聞いたこともない明るい声で喜び、新京ヤマトホテルのレストランでお祝いをしてあげようと言い出した。

なんと、憧れのヤマトホテルだ。

こんな形で訪問できるとは思っていなかった。伊沢は受話器を握りしめたまま虚空に向かってお辞儀をし、ぜひ、お供させて頂きますと大声で応えた。

両親には手紙で合格を知らせた。父母の歓喜が、ありありと脳裏に浮かんだ。これでまた一歩、家族から遠い世界で暮らせると思うと、ほっとした。

志鷹邸では、尾頭付きの鯛が添えられた豪華な日本料理がふるまわれた。伊沢は心の底から恐縮した。建国大学への入学は決まったが、自分はまだ、海のものとも山のものとも知れぬ人間だ。このお祝いに見合う人間にならねばと考えると、喜び以上に緊張で体が強ばった。

茂岡少佐とは、数日後にヤマトホテルで落ち合った。茂岡少佐は軍服姿だった。任務の関係で、しばらくこのホテルに逗留するのだという。

ヤマトホテルの洋食レストランで、茂岡少佐はコース料理を注文し、御馳走してくれた。洋食器の使い方は上海租界で習得済みだったが、ここまで本格的な西洋料理を食べるのは初めてだった。濃厚なスープや白いパン、瑞々しい野菜、香ばしくローストされた川魚、分厚い牛肉、上品な焼き菓子。一流の料理人の手による最高の品々を、伊沢は夢心地で味わった。

食事を終えると、茂岡少佐は伊沢を宿泊室まで連れて行った。

寝台だけでなく長椅子や家具も入った広い部屋で、とてもひとり用には見えない。滞在期間中、茂岡少佐はここで誰かと会合を行うのだろう。いつ、誰と、どんな会話が交わされるのか、それは想像もつかない。

勧められた椅子は、伊沢の全身を優しく受けとめた。親しい者に身をゆだねるような、ゆったりとした気分が伊沢の心を満たした。

茂岡少佐は向かいの席に腰をおろし、すぐに話を切り出した。「建国大学への入学に際して、君に伝えておかねばならんことがある」

その口調に、ふいに、首の後ろがぞくりとした。

母が文句でもつけたのか。見送りのときには上機嫌だったのに、突然気が変わったとか。

「君の入試結果は申し分ないのだが」と茂岡少佐は続けた。「建国大学での在籍は二年に留めてもらいたい。二年で卒業だ。既に、学長とも話がついている」

頭を殴られたような衝撃を覚えた。思わず、膝の上で両手を握りしめる。

通常、建国大学で学べる期間は、前期・後期を合わせて六年間である。それだけ在籍するからこそ価値があるのだ。たった二年で何を学べと？

伊沢は語気を強めた。「どんな事情からでしょうか。僕の母がロシア人であることが問題になったのですか」

「いや、そうではない」茂岡少佐は穏やかに言った。「君は、あまりにも優秀すぎるのだ。試験の結果を見て驚いた陸軍が、いますぐにでも君をほしいと言ってきた。建国大学ではなく、陸軍が管理する大学に入学させたいと。私は、『まずは、本人が選んだ大学で勉強させるべきだ』と答えたのだが、先方は『なるべく早く』と急《せ》かす。結果、最初の二年間は建国大学で基礎を学び、残りは別の大学で学んでもらうことになった。特例措置だから、勿論、建国大学に関しては『中退』ではなく、『飛び級で卒業した』と記録される。そして、別の大学といっても、学問のレベルは建国大学とほぼ同じだ。陸軍が直接指導している分、むしろ勝るほどだ。場所は新京の郊外。学校名は、暁明《ぎようみよう》学院大学という。軍関係者の推薦があって初めて入れる大学だ。建国大学と同じく全寮制で、学費はすべて陸軍が持つ」

あいた口がふさがらなかった。

すべて、伊沢本人の意思を無視したうえで進められた話である。

だが、いまの時代、一般人が陸軍の意向に逆らうことなどできようか。そんな選択をすれば、即刻、召集されて、中国人との戦闘の最前線へ送り込まれる。学問を修める機会を失い、古参兵からいびられ、運が悪ければそこで命を落とすのだ。

伊沢はうつむき、唇を嚙みしめた。承諾するしかないのか。建国大学は憧れの学校だったのに。

茂岡少佐が訊ねた。「不服か」

「いえ。ただ、僕は純粋に学問に興味があっただけなので、陸軍が主導する大学に行くことは考えておらず」

「建国大学を立案したのは、関東軍参謀副長の石原莞爾少将だ。もともと、陸軍とは縁のある学校だ」

「えっ」

「もっとも、建国大学のほうは現場を取り仕切るのが学者先生方だから、関東軍は一切関知せんがね。軍部は戦争以外のことは考えん。建国大学も所轄が曖昧で、とりあえず満州国の教育機関としての体裁が調えられただけだ。価値を絶対視しなくてもいいだろう」

いまの時代、軍部の意向を無視した教育機関など存在しないという意味か。教育は国造りの要だから、そうなるのは理解できる。

伊沢は意を決して答えた。「わかりました。では、建国大学で二年、残りの期間は暁明学院大学で学びます」

いつもの適応能力を発揮すればいいのだ。誰とも衝突しなくて済むように、慎重に社会の中へ溶け込んでいく。そうすれば、自分は完璧な日本人として見てもらえる。建国大学に通った経歴は残るのだし、それに加えて陸軍からお墨付きをもらえるなら、むしろ好都合だろうと考え直した。

茂岡少佐は満足げにうなずいた。「君なら即断してくれると信じていた。双方の学長にはよく言っておくから、安心して暁明で学びなさい。卒業後の就職先についても任せてほしい。すべて、陸軍が引き受けて面倒を見る」

伊沢は目を見張った。まさか、そこまでレールが敷かれているとは。

順調すぎて怖い。自分の志とは関係なく、次々と生き方が決められていく。

本当にこれでいいのかという疑問が浮かぶ一方で、『これでいいのだ、乗っていけ』と、心の中で囁く声もあった。

翌日、伊沢は新京に来て初めて、黄基龍に手紙を書いた。建国大学の入試に合格したことや、大学の寮で暮らすので以後はそちらへ手紙を送ってほしいと書き記しておいた。

6

二度目の上海事変の二年前、一九三五年。すなわち、満州国の建国から三年が経過した頃。関東軍は、大陸で記者として働いていたある日本人に、阿片流通の管理を担わせるべく白羽の矢を立てた。

その男の名は、里見《さとみ》甫《はじめ》。

李鳴《リー・ミン》という中国名まで持っているこの人物は、生粋の日本人でありながら、「おれは支那が好きで好きでたまらない」と、たびたび口にするほど、大陸の気風に愛着を持っている男だった。

学生時代はひどい劣等生だったが、実社会ではずば抜けた才覚を発揮し、天津《てんしん》の邦字紙、北京新聞の主幹兼編集長、満州国通信社の主幹兼主筆、天津の華字紙「庸報」の社長などを経由して順調に出世していった。それだけでなく、記者時代の仕事を通して、日本軍と中国の裏社会にまで深く人脈を広げていった。

関東軍が、熱河省と内蒙古で生産する阿片の安定した売却経路を求めたとき、さまざまな面で協力したのが里見だった。当時、中国側で阿片取り引きの窓口となっていた盛文頤《ションウェンシエン》や、上海の杜月笙《ドゥー・ユエション》とも交流しながら、日本と中国の阿片売買の経路が衝突しないように交渉した。

阿片芥子は栽培自体が容易なので、新規参入者が絶えない。必要以上の阿片が市場に流れ込むと、あっというまに値崩れが起きてしまう。流通量や価格を一定に保つには厳しい管理が必要だ。そこで、中国側の阿片事情にも詳しい里見が、日本軍のためにこれを担ったのである。

阿片売買による軍資金づくりは、中国軍でも行われていた。旧軍閥、国民革命軍、共産党軍のすべてが、阿片で金をつくっていた。資金集めの苦労は、日中ともに同じだった。そして青幇《チンパン》は、販売窓口から煙館の経営まですべてを仕切り、金儲けのためなら敵とでも手を結ぶという、合理的で現実的な考え方をする組織でもあった。日本軍にとっては、敵国の組織でありながら、強力な味方にもなり得る相手だった。

立場上、日本軍の将校は、秘密結社である青幇に頭を下げるわけにはいかない。そこで里見が仲介役として出向くのである。杜月笙は蔣介石と義兄弟だから表向きは抗日派だ。配下の者にも抗日派として暴力をふるわせ、国民革命軍への協力も惜しまなかった。が、阿片売買による利益に関しては話は別だと、完全に割り切っていた。里見は杜月笙との交流で、ここをうまく調整した。

里見自身は、五族協和を本気で信じているような人物で、阿片関係の諸々を「汚れ仕事だ」と自覚しつつも、「国家を支えるための事業」とも捉えていた。が、そんな彼の周辺に群がってくる人間は、高潔さとはほど遠く、里見とは正反対の人物も少なくなかった。どれほど清廉な理想を掲げようが、国家予算級の儲けが弾き出される場所には、魑魅魍魎《ちみもうりょう》が集まってくる。そして、得てして世の中を動かすのは、里見のように信念をもって働く裏方ではなく、表舞台で平然と人間の顔をしてみせる魑魅魍魎、あくどい権力者たちのほうだった。

かくして日本軍と国民革命軍は、表では数々の軍事衝突と、双方、民間人にまで被害が及ぶ虐殺事件を繰り返しながら、大陸内での阿片売買や反共産主義に関しては手を結ぶという、奇々怪々な関係を保ち続けたのである。

一九三七年十二月下旬。

南京が日本軍によって陥落した直後、楊直《ヤン・ジー》は董老板《ドンラオバン》から、「関東軍の特務機関が人を寄越すそうだ。おまえも同席してくれ」と命じられた。

原田ユキヱが上海へ「最《ズイ》」を持ち込んでから三年余り。青幇はこれまで、関東軍からそれについて問い詰められたことはない。だが、彼らがそれを許容するはずはなく、もし、楊直の家族殺害を指示したのが本当に関東軍の特務機関であったとすれば、両者の戦いは既に始まっているのも同然だった。

どうするつもりかと楊直が訊ねると、董老板は落ち着き払った様子で答えた。「正直に真相を話す必要はない。『最』は、これまで通り、秘密裏に流通させる」

「あれはモルヒネの含有量が特殊なので、煙膏を分析すれば同定が可能です。関東軍は、『最』の出回り方を把握したと考えるべきでしょう」

「こちらが肯定せん限り、奴らは何もできん。阿片の流通に関しては、青幇との協力関係のほうを重視するはずだ」

「流通と『最』の問題は分けて考えねば。こちらが何も報告しなかったことを難詰されると面倒です」

「そこは、熱河省からあれを持ち出された関東軍のほうが悪いと、言い張るべきだな。上海へ持ち込まれたものを青幇が扱うのは当たり前だ。原田ユキヱが上海租界へ来たのは一九三四年。いま、日本軍全般の阿片流通を管理している里見甫は、当時、まだ満州国通信社の主幹兼主筆にすぎなかった。上海の市場にまで、どうのこうのとは言わせん」

「上海戦を金と阿片で手打ちにしてやったのに、日本軍は、結局、南京まで攻めのぼりました。油断はできません」

「勝利のために大金を支払ったのだから、その分を取り返せといったところだろう。日本軍らしいやり方だ」

「南京をとられるぐらいなら、上海で叩きのめしておくべきでした。もう少し粘れば、蔣介石の勝ちだった」

「それはどうかな。本国からの援軍もあったし、あれ以上の膠着《こうちゃく》状態はきつかろう。双方が疲弊したところを共産党軍につけ込まれるのが最もまずい」

「それはそうですが」

「心配はいらん。南京は、おそらく、十年も経たぬうちに中国の手に戻ってくる」董老板は含み笑いを浮かべた。「我々にとって本当の敵は共産党軍だ。日本軍とは金で手を打てるが、共産党軍は本気で我々を潰しに来る。奴らは裏社会の人間など、虫けら程度にしか思わんからな。連中を退けるには、日本軍といい感じに手を結んでおくに限るのだ。ただし『最』は渡さん。そこは、うまくあしらおう」


董老板の邸を訪れたのは、丸眼鏡をかけた亀のような顔立ちの男で、茂岡少佐と名乗った。軍服姿ではなく、背広を着て中折れ帽をかぶった格好で現れた。日本人の通訳者がひとり同行していた。

董老板の邸には、在外公館を思わせるほどに煌びやかな応接室がある。茂岡少佐は、そこに案内されても少しも臆さず、中国語で丁寧に挨拶した。通訳者を連れているものの、簡単な会話ならこなせるらしい。

それに応えるのは楊直の役目だった。ふたりに椅子を勧め、自分も董老板の隣に腰をおろした。

「お気づかいに感謝致します。戦闘で押している日本側の武官が、わざわざ、こちらの邸を訪問して下さるとは、これはとても礼にかなったことです。我々の面子も保たれます」

「こちらこそ、上海戦では約束通りに兵を退いて頂き、感謝しています。もっとも、国民革命軍との交渉に必要な金額と阿片の量を里見くんから聞かされたときには、度肝を抜かれましたが」

「お察し致します。特務処長は、さぞ莫大な金額を提示したでしょう。しかし、おかげで上海戦は決着がついたし、あなた方はのちに南京まで手に入れた」

「我々がほしかったのは都ではなく蔣介石本人です。その願いは未だにかなっておりません」

「お互い、ままならぬことですね。まずは、お茶を如何ですか」

「ありがたく頂戴致します」

茂岡少佐は、茶杯をかぶせた聞香杯《もんこうはい》を手に取り、ひっくり返して茶杯に茶を移した。からになった聞香杯の底を両手で支え、器に鼻を近づけて茶の香りを楽しむ。満足げに笑みを浮かべて聞香杯を卓に戻すと、茶杯を取りあげて、ひとくち含んだ。

こなれた仕草だ。中国語も勉強しているし、油断ならん相手だと楊直は感じた。こいつが愛《アイ》蓮《リエン》たちを殺す命令を下したのだろうかと思うと、胸の奥で黒い感情がざわついた。

茂岡少佐は、楊直の眼差しを平然と受け流した。大半の軍人がそうであるように、かけらほども感情を表に出さない。

董老板が、楊直の太腿を軽く叩いた。いまにも鎖を引きちぎって飛び出しそうな番犬を、飼い主としてなだめるような仕草だった。楊直は憤然としたが、おかげで気持ちが冷め、多少は落ち着きを取り戻せた。

確かに、いま、無意味な怒りを爆発させるのはよくない。まずは、相手をじっくりと観察すべきだ。

そこからあとは、通訳者が茂岡少佐の日本語を中国語に変え、楊直たちに伝えた。複雑な会話になると少佐の語学力では難しいのか、あるいは、言質《げんち》を取られぬようにするためだろう。

茂岡少佐は言った。「本日は、ふたつの件についてご相談に参りました。ひとつは、上海租界や各市の上流階級のあいだで、特殊な阿片煙膏が出回っているという話についてです。こちらでは主にペルシャ産が取り引きされていたはずですが、これについて把握しておられますか」

ここからは楊直ではなく、董老板が答えた。「阿片は素人でも栽培と販売が可能ですから、ときおり粗悪品が出回ります。具体的な情報を頂けるなら、すぐに対処しましょう」

対処とは、青幇に無断で店を開いた煙館に焼き討ちをかけ、売人から辿って元締めを殺すという意味である。青幇の「業務」を知っていながら抜け駆けを試みる者は常におり、これを潰していくのも楊直たちの仕事だ。

「いいえ、逆なのです」と茂岡少佐は言った。「通常では考えられないほど質のよい阿片煙膏が、密かに取り引きされています。このモルヒネ含有率が、実は、満州でつくられた品種から採れるものと酷似しておりまして」

「ほう」

「満州から苗や種子が持ち出され、どこかで栽培されているのかもしれません。お心あたりはありませんか」

「阿片煙膏は、混ぜ物によってアルカロイドの濃度を調節することがあります。効きが強すぎると吸煙者があっというまに中毒し、ときには死んでしまうからです。これでは商売になりません。しかし、たとえば逆に、普通の煙膏に少しばかりモルヒネを足してやれば、人為的に強く効く煙膏に仕上げられます。問題の煙膏は、そうやってつくられたのではないでしょうか。あるいは、購入した者が、そのような加工を自ら行ったのかもしれません」

「なるほど。さまざまな吸い方があるのですね」

「我々は商品の流通に関わっているだけです。欲深い者がどんな処置を施そうが、そこまでは把握できません」

「つまり何もご存じないと」

茂岡少佐の口調には、強く問い質す調子が感じられた。

董老板は知らん顔をしていた。具体的に証拠を突きつけられるまで、知らぬ存ぜぬで押し通すつもりだ。

「では」と茂岡少佐は話を変えた。「もうひとつの件について話し合いましょう。杜月笙先生が香港へ脱出されたことを契機に、上海に新しい売人が入ってきています。彼らは手早く儲けてすみやかに撤退するために、粗悪な商品を大量に入れるでしょう。上海での阿片の供給バランスが崩れます」

「そんな輩がおればすぐに排除します。健全な市場の維持については、杜月笙先生からも厳しく言いつかっておりますので、安心して任せて下さい」

結局その日は、お互いの協力関係について、あらためて確認し合うだけで終わった。が、茂岡少佐が「最」に関してかなりの情報を押さえていることは、言葉の端々から感じられた。青幇のほうから素直に経緯を打ち明ければ、関東軍としては不問に付すといった印象だ。

上海をほぼ占領状態に置き、南京も陥落させたものの、中国という国全体が日本軍にひれ伏したわけではない。今後、阿片以外のさまざまな業務でも協力を頼みたい、と茂岡少佐は述べた。そうすれば皆さんの活動も邪魔しませんと。

董老板が「勿論です。喜んで」と応えると、茂岡少佐は微笑んだ。「では、今後我々と連絡をとる必要がある場合には、『オー機関の者を』もしくは『オー機関の茂岡少佐』をとご指定下さい。日本軍のどの部署に連絡しても、必ず、こちらと連絡がとれるようにしておきます」

「オー機関?」

「オーは、阿片を意味する英語、オピウム(opium)の頭文字です。書類では『央機関』と記しています」

茂岡少佐は楊直たちに深く一礼し、綺麗な所作で立ちあがって邸から退去した。

董老板は楊直に「厄祓いだ。少し飲んでいけ」と声をかけ、小間使いを呼んで酒を用意させた。

ブランデーの瓶が、銀色の盆に載って運ばれてきた。

楊直は遠慮なくブランデーグラスに手を伸ばした。「様子を見に来たわりには対応が手ぬるい。少佐の本心が気になりますね」と言うと、董老板はうなずいた。「確かに、別に動いている者がいても不思議ではない」

「実行部隊が別にあるなら、不意打ちを食らうとやっかいです」

まろやかな酒を口にしても、腹の底で蠢く苦々しい思いは消えなかった。

7

年末、次郎は久しぶりに、フランス租界の馴染みの酒場を訪れた。

仕事柄、身辺が危なくなってきたので、次郎も護衛をひとり雇って連れ歩くようになった。社長付きの秘書にしか見えないが、武術や拳銃の腕前は一流という男。名前は、ただ「フォン」とだけ聞かされた。

かつては心地よいジャズを聴かせてくれたお気に入りの酒場が、次郎が訪れたときには驚くほど閑散とした有様に変わっていた。ピアノの前には誰もおらず、舞台の灯りも消えている。

中国人の給仕に訊ねてみると、アメリカ人の楽団は、第二次上海事変をきっかけに、多くが引き揚げてしまったとのことだった。日本人の楽団が売り込んでくるが、うちでは契約しないでしょうね、店の雰囲気が変わってしまうから、と給仕は言った。

次郎は笑いながら訊ねた。「日本人の演奏じゃ、下手くそすぎて聴けないか」

「そのような意味ではありません。日本人の楽団を入れると、客が日本軍の将校や兵士ばかりになってしまうので、店長はそれを嫌がっているのです」

日本軍の連中は、と給仕は顔をしかめた。彼らは上海の中洋折衷文化を珍しがって、どんなところにでも顔を出す。だが、いかんせん国際都市での遊び方を知らぬので、どこへ行っても下品に騒ぐだけだ。特に女の扱い方がひどい。同胞である日本人居留民に対してすら威張り散らす。酒場で働く楽団員、バーテンダー、給仕、女給、歌姫や踊り子に対する傲慢さは目に余るほどで、いくら金払いがよくても彼らの訪問はお断りだと、給仕は喋っているうちに怒りがぶり返したのか、一気にまくしたてた。

なんともいえぬ気分になって、次郎は給仕にたっぷりチップを握らせてやった。

日本軍の兵士が、死ぬか生きるかの凄絶な日々を乗り越え、その反動から、上海租界で羽目を外す気持ちは次郎にもよく理解できた。銃弾が飛び交う中を駆け抜け、戦友が目の前で頭を吹き飛ばされ、機銃掃射や手榴弾でばらばらになるのを見てきたのだ。乏しい補給のせいで飢えと渇きに苦しみ、あちこちに潜伏している中国人から急襲される恐怖に苛まれながら、やっとのことで得た勝利だ。そこから解放された瞬間、気がふれたように遊び始めても誰にも責められはしないだろう。自分がその立場だったら、きっと同じことをする。

もっとも、どんな理由があろうとも、傍若無人な態度をとられる側は、たまったものではない。どちらの気持ちもわかる分、次郎としては、やりきれぬ想いをひとりで嚙みしめるしかなかった。

弾き手を失ったピアノをぼんやりと眺めつつ、次郎はウイスキーのグラスを傾けた。フォンは、この店のレモネードは酸味が強くて自分好みだと喜びながら、少しずつ口をつけていた。

「ずいぶん寂れていますね」フォンは店内を見回しながら遠慮会釈もなく言った。「黄《ホアン》先生が遊びに来る店ではないと思いますが」

「二度目の上海事変が勃発するまでは、いい店だった」次郎はしみじみと言った。「小編成のアメリカ人の楽団がいた。スウィングだけじゃなく、昔の懐かしいジャズも奏でてくれた。もうそれも聴けん。酒は変わらず美味いが」

飲み始めてすぐに、熊の如く体格のよい男がテーブルに近づいてきた。董老板《ドンラオバン》の邸で会った護衛だ。確かチェンという名前だった。

フォンがさりげなく椅子から立ちあがり、自分の体で次郎を隠す位置につく。その背中に向かって次郎は声をかけた。「そいつなら大丈夫だ。董老板の護衛だ」

それでも、フォンは相手から目をそらさなかった。チェンはフォンに向かって封筒を差し出した。「おまえの雇い主に渡せ。おれの役目はこの場で返事をもらい、老板に伝えることだ」

フォンは封筒を受け取った。それを手渡された次郎は、すぐに開封して便箋に目を通し、しばらく考え込んだのち、チェンに告げた。「董老板に伝えてくれ。この日時で構わん。指定された場所で待つと」

「それだけか」

「ああ。ついでだから一杯飲んでいけよ。おれがおごってやろう」

「仕事中は飲まん」

「毒など入れんぞ」

「おれは老板に仕えている身だ。おまえの指示よりも老板に従わねばならん」

「青幇《チンパン》の護衛は、みんな忠義に篤いな」

「おまえも老板には礼を尽くすがいい。偉そうな態度をとっていると、いずれ心臓に穴があくぞ」

「気をつけておこう」

チェンが立ち去ったあと、次郎は再び便箋に視線を落とした。三日後の午後五時、霞飛路《アヴエニユー・ジョツフル》を少し南に下ったところにある、新月《シンユエ》書店の前で待てと記されていた。

そこに、原田ユキヱを行かせると。


虹口《ホンキユウ》の日本人居留民にとっては新年を迎える準備で忙しい最中、次郎は新月書店を訪れた。約束通りにユキヱが来てくれるなら、三年ぶりの再会となる。

護衛としてフォンも同行させた。新月書店は、抗日派で有名な中国人思想家や文学者が経営している店だ。彼らと考えを同じくする中国人客が訪れるので、あてずっぽうでも「おまえは日本人ではないのか?」と指摘されるとやっかいだ。そのときには、フォンに助けを求めることになる。

新月書店の書棚には、詩や哲学や文学に関する本ばかりが並んでいた。どれも次郎には理解できない書物だ。独学による勉強には限界がある。ここにあるような本を読み解くには、師を得て学問を修めねばならない。いつになったら、そんな平穏な生活を送れるのだろうか。見当もつかなかった。

静かな店内で書棚や平台の前を行きつ戻りつしながら、次郎はユキヱの到着を待った。

午後五時、店の前に車が停まり、中から女性がひとり降りてきた。カラメルに似た色の外套を着て、フェルトの帽子をかぶっていた。まるで、上海租界で成功した資産家の妻のようだ。髪は以前よりも少し短く、小さな婦人鞄を持った手には、外套の色に合わせた手袋をはめている。

次郎は顔をほころばせた。

ユキヱは表情ひとつ変えずにこちらへ向かってきた。次郎はフォンに書店内で待てと命じ、駆け出しそうになる衝動を抑えつつ、ゆっくりと店の外へ出た。ユキヱの間近まで近づくと、甘い匂いが微かに鼻の奥をくすぐった。真冬の厚着の下からでも、熟れた果実に似たユキヱの匂いは鮮明に漂ってくる。ユキヱの特殊な体質による香りを久しぶりに嗅ぎ、次郎は息苦しくなるほどの喜びを覚えた。

ユキヱが足を止めたとき、次郎は日本語ではなく英語で声をかけた。「来てくれてありがとう」

ユキヱは黙ってうなずいた。あまりうれしそうではなかった。以前と同じように無愛想の極みで、どことなく男装が似合いそうな雰囲気も三年前と変わらない。

次郎は続けた。「レストランに予約を入れてある。食事をしながら話そう」

ユキヱは黙って首を左右に振り、自身も英語で応えた。「私に、そこまで時間の余裕があると思いますか」

「杜月笙《ドウー・ユエション》先生の留守宅で、誰がおまえの行動を縛る？」

「いろいろと面倒なんです。私はただの居候なので」

「そんなに軽い扱いじゃないだろう。おまえは、青幇以外の手に渡っちゃまずい存在だ」

うっすらと笑ったユキヱに、次郎は両腕を広げて胸を張った。「見てくれ。いまじゃおれは、こんなに金持ちになった。貿易会社もひとつ任されている」

「おめでとうございます。でも、この時期、上海租界での経営は、おやめになったほうがよいのでは」

「なぜ」

「日本軍にへつらいながら仕事をするなら別ですが」

「そんなことはせん」

「中国人の知り合いが多いと、敵のスパイだと疑われますよ」

次郎は一歩近づき、ユキヱの耳元で囁いた。「おれは普段中国人で通している。うまく話を合わせてくれ」

「おやまあ」

「黄先生と呼ぶように」

「後ろに控えている方は、そのことは」

「知らせていない」

「わかりました。では黄先生。私は食事をするために来たわけではなく、董老板から頼まれて仕方なく来ただけで」

「あの阿片を手に入れた経緯について、杜月笙先生には話したのか」

「勿論」

「先生はなんと?」

「面白いと仰っていました」

「全部は話していないんだろう?」

「わかりますか」

「守り続けてもらいたいならそれが正解だ」

「いつかは出て行くつもりですが――」

「まだ時期じゃないってことか」

「見たいものが、まだ、いろいろとありますので。黄先生こそ、なぜ、楊直に内緒で董老板と交流しているのですか」

「おれのほうも、いろいろとあってな」

「私を餌にあなたを釣ろうとするなんて、あの老板は愚か極まりない」

「は？」

「あの人は、諸々を理由に私たちが結びつき、離れがたい間柄になるだろうと想像しています。でも、現実には私たちのあいだには何もない」

「確かに、普通の意味での男女の絆は皆無だな。おまえは、男を男とも思わない女だ」

ユキヱは謎めいた笑みを湛えて続けた。「日本と中国との衝突がここまで来た以上、一日も早く上海租界から離れるべきですね。ここで金儲けができると思っているなら甘いです。早晩この町は、表からは見えない戦いの最前線になる」

「関東軍と青幇とは、うまい具合に馴れ合っているみたいだぞ」

「表向きはね。でも『最《ズイ》』がからめば話は別です。『最』は、関東軍が想定していなかった金の流れを生んでいます。そういったものを、彼らが放置しておくはずがありません」

ユキヱは周囲にちらりと視線をやり、「もう帰らなくては」とつぶやいた。「長く話しすぎました」

次郎は訊ねた。「あの阿片に『最』という名前がついたことを、おまえはどこで知った」

「杜月笙先生のそばにいれば、嫌でも耳に入ります」

「いや、深いところまで触れていなければ、容易に知り得ないはずだ」

「そのあたりはご想像にお任せします」

「わかったよ。じゃあ、それについてはもういいから、飯でもおごらせてくれ。せっかく董老板が機会をくれたんだ」

「私が外へ出て誰と会うのか、邸の皆さんはとても気にしています。いまの時期、日本のスパイの疑いをかけられると面倒なんです」

「おれとしては、むしろ、積極的に中の様子を教えてもらいたいぐらいだ。今日は、その相談をするためにここへ来た」

「董老板は、それについては？」

「本当に？」

「おれは董老板の部下じゃない。彼がおれを利用したいと望むように、おれも彼を利用する」

「おれは金持ちになったんだ。女には不自由していない」

「楊直との間柄はどうです。彼とも距離を？」

「おれと楊直とのあいだには義兄弟としての絆がある。そこが董老板とは違う点だ。ただ、おれは日本人で、あいつは中国人だ。戦争がおれたちの仲を許さん場合もあるだろう。実は、既に、一度銃を向けられたことがある。楊直の家族の葬式の日に、墓場で」

「それはそれは――」

「あいつ怖いんだよ。何をするかわからない。正面からはぶつかりたくない」

「でも、何かあれば彼を撃つ覚悟ぐらいは、できているんでしょう？」

「いや、おれは撃たんよ。楊直と衝突するぐらいなら、自分がこの町から逃げ出すほうを選ぶ」

「どうして」

「おれまで銃を向けたら、あいつは人間という存在に完全に絶望するだろう。それでは可哀想だ」

ユキヱは複雑な表情で次郎を見つめていたが、やがて、「では、お互い、誰からも自由なのですね」と言った。

「ああ」

「楊直は今日のことを知っていますか」

「おまえとの件は董老板しか知らん。楊直には伏せてある」

「なぜ」

「少し事情があってな」

「難しい問題に巻き込まれるのはごめんですよ」

「おれの話に乗ってくれたら、『最』の儲けから二割をおまえにやろう。おまえはそれを持ってひとりで逃げればいい」

「本当ですか」

「阿片の儲けは桁外れだ。二割でもすごい額になる」

「三割になりませんか」

「強欲だな。こちらも、いろいろと活動費が必要だ」

「わかりました。では、二割で手を打ちましょう。必要経費は都度請求します」

がめつい奴だなと呆れたが、いまどきは、そのような人間のほうが信用できる。

次郎は、近くの珈琲館の店内から董老板に電話をかけた。今夜はユキヱを独り占めするので、杜月笙邸から訊ねられたらうまく答えておいてほしい、と頼んだ。董老板はうれしそうな様子で、心配はいらん、存分に楽しんでこいと言った。

ユキヱが乗ってきた車は運転手に命じてひとりで邸へ戻らせ、次郎はユキヱを自分の車に誘導した。ふたりのあとからフォンが乗り込むと、運転手はすぐにエンジンをかけた。行き先はもう決まっている。フランス租界内の馴染みの高級ホテルだ。

車がホテルの前で停まると、ユキヱは眉根を寄せた。「レストランへ行くんじゃなかったんですか」

「最初からホテルへ行くと言ったら素直についてきたか？　レストランの個室でも話せない相談事だ。上層階をとったから、ゆっくりとくつろいでくれ」

ユキヱはまだためらいがあるのか、車から降りようとしなかった。

次郎は訊ねた。「怖いのか。儲けをあきらめるのか」

「それは、もったいない話です」

ユキヱは意を決したように扉を開き、車から降りた。

次郎は心の中で快哉《かいさい》を叫び、彼女のあとに続いた。

宿泊室は、ベッドルームとリビングルームが分かれたつくりで、応接セットの他に、脚の長い大きな食卓も置かれた広い部屋だった。

次郎はフロントに電話を入れ、夕食を運ばせた。

しばらく待っていると扉が叩かれた。フォンが錠を開いて給仕を迎え入れる。給仕はワゴンを押して室内へ入り、食卓に夕食を並べた。赤葡萄酒の瓶、チーズと果物が盛り付けられた皿。パン、ビーフシチュー、焼き菓子。

給仕が退室すると、次郎はフォンに囁いた。「では、隣の部屋へ移ってくれ。用があれば内線で呼び出す」

「承知致しました。では、明日の朝に」

「よろしく頼む」

フォンが退室すると、ユキヱはようやく日本語で喋った。「いいんですか。護衛を外へ出してしまって」

次郎も日本語で答えた。「聞かれたくないことが多すぎる。それに、たまには日本語で喋りたい」

次郎は食卓につくと、ふたり分のグラスになみなみと葡萄酒を注いだ。楽しそうに料理を眺め回し、早速、美味い美味いと連発しながらシチューとパンを頬張った。

ユキヱが苦笑を洩らした。「お金持ちになっても、雑貨屋だった頃とあまり変わりませんね。まあ、三年ぐらいでは無理もありませんが」

「どこが変だ？　髪も服もきちんとしているはずだが？」

「いえ、無邪気な食べ方をするので」

「は？」

「夢中になって甘いお菓子をむさぼる、子供の顔をしています」

「おれは長いあいだ、こういう生活に憧れていたんだ」次郎は目を細めた。「こういう場所で普通に食事を摂れることが、うれしくてうれしくてたまらん」

「そういうものですかね」

「おれの故郷は山奥の村だ。段々畑がどこまでも続く土地で、冬が訪れると何もかもが雪で埋まった。そんな村でも、定期購読の農家向け雑誌は届く。そこには都会での暮らしぶりが紹介されていた。酒蔵の主なんかは金持ちだから、夏には麓の都会へ遊びに行く。うらやましい噂話を耳にするたびに、おれは新しい文化への渇望に心を乱された。そのうち、同世代の連中が村に見切りをつけ始めてな」

「あなたも？」

「ああ。暖かい町に住み、大金持ちになってやると心に誓ったよ。いつか魂のすべてを捧げられる女と巡り合い、仲睦まじく暮らすんだ、とな。上海は暖かい町だ。楊直の仕事を手伝うことで金持ちにもなれた。だが、魂を捧げられる女はまだ見つからん」

「先ほど、女には困っていないと」

「遊び相手ならいくらでもいる。でも、本当に出会いたい女はそれとは違う。どこか遠くの知らない土地で、おれを待ってくれているような気がするよ」

「なるほど」

　食事を終えても、瓶にはまだ葡萄酒が少し残っていた。次郎はそれを、ふたつのグラスにきっちり半分ずつ分けた。

グラスを持ちあげ、次郎はユキヱに訊ねた。「楊直の家族が殺されたことは知っているな」

「ええ」

「なぜ、あの事件があのときに起きたのか。おれはずっと気になっている」

「というと？」

「おまえが上海租界に阿片煙膏と芥子の種を持ち込んだのは三年前だ。青幇《チンパン》が目の色を変えたほどだから、中国人には未知の品種だったんだろう。『熱河省産の中でも、とりわけ質が高い』と、おまえは言った。関東軍が、その持ち出しに三年も気づかなかったとは考えにくい。楊直の家族が殺された理由が、『最』を流通させたことに対する関東軍からの報復だとしても、なぜ三年も待つ必要があったのか」

「それは、ごく単純な理由です」ユキヱは酔いで赤みがさした目元に、うっすらと笑みを浮かべた。「彼らは三年間、本当に気づかなかった。つまり関東軍は、この件については、三年余り前に、満州ですべてを決着させたつもりだったんです。だから、いま、あれが『最』という名前で流通していると知って仰天し、慌てて上海へ飛んできた。関東軍の特務機関員が、董老板に会いに来ませんでしたか」

「来たこと自体は聞かされた。おれは立ち会えんから、経緯を聞いただけだが」

「あなた方が『最』と名づけたあの阿片芥子は、満州では『シロ32号』と呼ばれていました。関東軍の指導のもと、ある研究班で品種改良が行われていたんです」

次郎は思わず身を乗り出した。葡萄酒がほどよく回ったせいか、ユキヱの口調は軽かった。次郎が促すまでもなく、先を続けた。

「その研究班の内部で少々ゴタゴタがありましてね。ひとりの研究者が『シロ32号』を外部へ持ち出してしまった。彼は阿片芥子の種を山村へ持ち込み、日本人の農民たちに固く口止めしたうえで、それを育てさせた。収益の大半を彼らに与えるという条件付きで。その隠し畑が関東軍に見つかったのが三年余り前。関東軍はすぐに畑を焼き払い、『シロ32号』をこの世から完全に消し去った――つもりだった」

「そうか。おまえが持ち出したのは隠し畑からか」

ユキヱはうなずいた。「『シロ32号』は、焼き捨てられるには、あまりにも惜しい品種だったので」

「なぜ関東軍はそれを焼いた？」

「当時『シロ』には、後続の品種となる『33号』と『34号』という芥子が既にありました。改良はそちらで進んでいたのです。『32号』は実験を終えてデータも収集済みで、この時点では実用化に値しないと判断されていた。廃棄処分を待つだけの品種だったんです」

「どういうことだ？」

「当初は、確かに、たいした品種ではなかったようです。でも、『シロ32号』の可能性を捨てきれなかったひとりの研究者が、これこそ最高の阿片芥子になるはずだという考えに取り憑かれ、自分の隠し畑で密かに改良を繰り返した。あなた方が受け取ったのは、正確には『シロ32号』の改良種、『シロ32号・改』とも呼ぶべき品種の種です。それが結果的に、『33号』以降の品質を上回ってしまった。でも、こんなことを認めたら、研究班と関東軍の面子は丸潰れでしょう？　そこで畑ごと焼いた」

「くだらねぇ話だなあ。つまらん意地の張り合いから、最も金になる品種を捨てたのか」

「後続の品種で成功する自信があったのでしょう。実際、のちには実用化に成功していますから。しかし『シロ32号・改』ほどの質ではありません。当然でしょう。『シロ32号・改』は、個人が人生のすべてをなげうって産み出した、執念の塊みたいな品種ですから」

「ざまあみろってところだな。で、その偉い学者さんはいまどこに？」

「もう亡くなりました。隠し畑の存在は、彼の死をきっかけに発覚したのです。その研究者は私の夫でした」

次郎はグラスを揺らしていた手を止め、ユキヱの顔を見つめた。

ユキヱは眉ひとつ動かさなかった。悲しみも怒りも感じられぬ、いつもの冷ややかな表情があるばかりだ。

次郎が形だけでもと慰めの言葉をかけようとすると、ユキヱはそれを遮った。「いい亭主ではなかったので同情は不要です。彼は男として人間として、最低の部類に属する人物でした」

「関東軍の下で働く研究者なら、帝大卒のエリートだろう？」

「帝大卒の研究者といってもいろいろですよ。成績が優秀で人格も立派な方もいれば、どちらかの均衡が崩れている人も。夫は努力家でしたが、それゆえに、自分が正当に評価されないと怒りを爆発させる、劣等感にまみれた男でもありました。そういう人間が感情をこじらせると大変なんです」

「外面はいいのに、家の中では暴れるとか？」

ユキヱは軽く笑った。「夫と比べると、吾郷さんはずいぶん優しくて愉快な方です。でも、阿片事業に関わっているという意味では、夫や関東軍とたいして変わりません。むしろ、あっけらかんとしている分、人としてはあなたのほうが邪悪かもしれない」

「おれは自分が悪いことをしているという自覚はあるよ。だが、阿片はあまりにも簡単に金を運んでくる。これを利用しないなんて考えられん」

「ほら、そういうところが邪悪なんです。悪いことをしている自覚だなんて、そんな仮初めの倫理観がなんの役に立ちますか。でも、相手によっては、そういう言葉で簡単に丸め込まれたりもするから、あなたはごく自然にそんな言葉を吐く。計算ではなく、無意識のうちに口にする。それは卑下でも偽善でもなく、悪辣以外の何ものでもありません」

次郎が黙っていると、ユキヱは飄然《ひょうぜん》と続けた。「吾郷さんを責める気はありません。私だって他人を責められるほど善良じゃない。でも、これだけは聞いておきたいですね。楊直や董老板の下でおとなしく働いているだけで、あなたには相当な儲けが入ってくる。なぜ、それ以上を求めるのですか。危険を冒してまで私と会おうとするなんて、どうかしています」

次郎は残りの酒を飲み干し、グラスを食卓に置いた。「さっきも話した通り、おれは楊直と、いつまで味方同士でいられるかわからん。青幇との衝突を避けるためにも、安全なうちにじゅうぶん儲け、雲行きが怪しくなってきたら、いち早く上海から脱出したい。おれは上海を愛してやまないが、事実上、日本軍の占領下にあるいまの状況にはげんなりする。うまく逃げるためには、金と多くの情報が必要だ。楊直も董老板も、自分たちにとって都合の悪い情報はおれに隠すだろう。だが、そういうものでも杜月笙先生の直近の部下、つまり、上海の老板たちよりもさらに地位が高く、先生の留守宅を守っている側近たちのところへは自然に集まっていくはずだ。そこに注意をはらっていれば、最も正確に上海の状況を把握できる。おまえはそれに近いところにいる。情報を流してくれ。楊直の家族が殺された一件についても、もっと裏の事情を知りたい。それを握っていれば、楊直との駆け引きもうまくいく」

「董老板に対しては？」

「青幇の目が届かん外国で『最』を育てる方法を具体的に教えてやった。おれは畑を育てていたから、土地の探し方がわかるんでね。ところで、どういう口実があれば、杜月笙先生の側近たちに接触できる？」

「『バイオリン演奏の腕が落ちないように、皆さんの前で弾かせて頂けませんか』とでも言って、近づくしかありませんね。世間話のついでに芥子栽培の話でもして、ついでに彼らの近況を探る感じでしょうか」

「そんな話で間がもつのか？」

「芥子は、品種や植える土地によってはとても手間がかかります。内地の芥子畑では、害虫や病気の被害が深刻ですよ。ヨトウガの幼虫、ハダニ、アブラムシ、うどんこ病、どれも大きな損害を与えます。他にも、気をつけるべき虫や病気はたくさんあります。品種改良の目的は、モルヒネ含有率の高い芥子坊主をつくるためだけでなく、病害虫に強い品種をつくることも含まれますからね。芥子栽培について、先生の側近たちに話せることはたくさんあります」

「それは、ご主人からの受け売りか」

「夫を亡くしてから自分で勉強しました。彼が元気なあいだは、農業の本なんて少しも読まなかったのにね。もし私に、夫の相談にのれるほどの知識があったら、夫は、身を滅ぼすほどの深淵には落ちなかったかもしれません。その点だけは私にも罪があります」

ユキヱはグラスを大きく傾け、葡萄酒を飲み干した。それを食卓へ戻したとき、次郎は彼女の手に自分の手を重ねた。「おれたちの利害は一致している。お互い、真の自由を手に入れるために金が必要で、この町が終の棲家にはならんと自覚している。ならば実行することはひとつだ」

「そうですね」

「関東軍に尻尾《しっぽ》を振りたくない。青幇に隷属するのもごめんだ」

「同意します」

「おれたちは誰の傘下にも入らない」

「当然です」

次郎はユキヱの指先を握りしめた。「嫌だったら断ってくれ。でも、今夜だけでいい。どうしても、おまえがほしい」

「私がこの町へ辿り着くまでに——つまり、道中の安全を買うために、何人の男と寝てきたか想像がつきますか」

「そんなことはどうでもいい。なんの問題にもならん」

「私に深く関わると、あなたの人生に大きな影響が出るかもしれませんよ」

「予定通りに進む人生などつまらん。ときには、はらはらするような刺激がほしい」

「安全に逃げたいのでしょう?」

「それとこれとは話が別だ」

次郎は椅子から立ちあがり、ユキヱの前で床に片膝をつき、彼女を見あげた。ユキヱの手をとって持ちあげ、手の甲に接吻した。「この三年間で、おれは懸命に自分を変えたつもりだ。おまえから見れば、未だに垢抜けないただの成金かもしれん。だが、本もたくさん読んだし、企業の偉い連中との話し方も覚えた。社交ダンスだってできる。大金を見ても驚かなくなった。強い男、大人物になりたいと、ずっと努力してきた。勿論、これが危うい橋だってことはわかってる。しかも日本と中国はこんな状態だ。おれもおまえも、『最』に関わっているだけで、いつ殺されるかわからん」

ユキヱは黙っていた。目元には、なんの感情も読みとれない。それでも次郎は続けた。「わかるだろう。いまのうちにやりたいことをやっておかんと、おれはきっと後悔する」

「その願望こそが、あなたの身を滅ぼすかもしれない」

「知ったことか。おれは必ず成功してみせる」

阿片で金が儲かるたびに、いつも、うっすらと感じていたことがひとつある。自分の死だ。この仕事は、いつ己の死を呼び込むかわからない。ユキヱの話に耳を傾けているうちに、それがにわかに現実味を帯び、暗い色を放ち始めたように思えた。世界も時間も有限で、人間は常にそれに縛られているのだという、ごく当たり前だが忘れがちなことを、ユキヱと一緒にいるとなぜか強く意識する。

ユキヱは言った。「私には、その言葉が、あなたと寝る理由にはなり得ませんが」

「じゃあ、どうお願いすればいい？」

「お願いとか、そういうのはやめましょう」

ユキヱは手を伸ばし、両手で次郎の頬をそっと挟んだ。「きちんと避妊してくれますか。私、いまさら子供はほしくないので」

「嫌だ。面倒くさい」

「今夜私がもう帰ってしまうのと、サックをつけて何回もするのと、どちらがいいんですか」

「何回もするほうがいい」

「じゃあ、つけて下さい」

「わかったわかった。逃げるときに身重じゃ大変だものな。善処する」

「誰の子供も望みません。こんな時代は子供にとって不幸すぎる。私には支えきれません。せめて、既に母である人の手助けはしたいと思っていますが」

次郎が床から立ちあがると、ユキヱも椅子から腰をあげた。「シャワーはどちらが先に?」

「おまえが先に」

「いいんですか」

「むしろ、それが望みだ」

ユキヱが時間をかけて湯を浴び、バスローブを着て戻ってくると、次郎は入れ替わりでシャワーブースに飛び込んだ。

予想通り、ブース内には温められたユキヱの香りが残っていた。熟した果実に似た甘い匂いが霧のように漂っている。次郎は、鼻をひくつかせながら服を脱いだ。ユキヱの香りだけで気分が盛りあがり、体の芯が熱くなった。

水栓をひねって湯を出すと、ユキヱの残り香はブース内からまたたくまに消え去った。惜しいと思ったが、寝台へ行けばもっと濃い香りを楽しめるのだ。気にすることはない。

頭から湯を浴びながら次郎は思いを巡らせた。亭主が帝大卒だということは、ユキヱは、もとは結構いい家柄の御嬢だったわけだ。バイオリンを上手に弾けるのも当然だ。もう若くもなく、やむにやまれぬ事情から男性遍歴も重ねてきた女とはいえ、なんの学歴もない成金の自分が、そんな上等な女と存分に交接していいのかと思うと、ぞわっとするほどの快感が背筋を走り抜けた。遠い昔に受けた心の傷が、いま、ようやく癒やされる気がした。

ユキヱの言葉や行動の端々には、確かに、過去の豊かな生活を思わせる何かが感じられる。楚々とした令嬢が、運命に翻弄されるうちにあのような逞しい女に成長したのかと思うと、その怪物性に著しく興奮を覚えた。

いったん水栓を閉め、笑みを浮かべながら石鹼を泡立てた。なかなか素敵だ。面白い。いまの上海は、こんなふうに、おれたちみたいな異様な人間を呼び寄せる町なのだ。

次郎がバスローブをまとってリビングルームに戻ると、ユキヱは長椅子に腰をおろして本を読んでいた。次郎は卓に置かれた水差しからコップに水を注ぎ、喉の渇きを潤した。それから水差しとコップを持って寝室へ運び、寝台の脇に置かれた小さな卓に載せておいた。

ユキヱは本を閉じて鞄にしまい、長椅子から立ちあがった。次郎はいち早く裸になって、寝台の端に腰をおろしてユキヱを待っていた。次郎が見つめる前で、ユキヱはするりとバスローブを脱ぎ、壁際の衣類掛けに吊るした。

次郎は寝台から立ちあがり、両腕を広げてユキヱを迎え入れた。湯を浴びて温まったユキヱの体は、普段よりもさらに強く甘い香りを放っていた。むせかえるような匂いは、まるで千本の花が目の前で咲いているかのようだった。いったい何人の男たちが、彼女の上を通り過ぎていったのだろう。にもかかわらず、ユキヱの誇り高い精神は少しも損なわれていないのだ。皮肉屋で、ときとして冷徹とも思えるそれはただの仮面で、見えないところで何かが燃えている。それがユキヱだ。他では絶対に手に入らない、この女の本質だ。

肌を触れ合わせてユキヱの香りに溺れていくと、燃えたぎる血が次郎の体を駆け巡った。ユキヱの体には年相応に脂肪がついていたが、そんなことはまったく気にならなかった。年齢を重ねたふくよかな厚みは、むしろ好ましかった。

ふたりは敷布に横たわり、ごく自然に唇を重ねた。

次郎はユキヱを、初めて契りを結ぶ妻の如く優しく扱い、情熱をこめて愛撫し、やがてひとつになった。体温が上がるごとにユキヱの香りは豊かさを増し、次郎の頭の芯を痺れさせた。こんな経験は初めてだ。香りの中に溺れ、沈み込んでいく。甘い芳香の海をさまよいながら、自身の欲望の強さに翻弄された。息が止まりそうな快感が全身を痺れさせた。

あまりの興奮に、精を放ったあとは完全に息があがってしまったが、勿論、これだけでやめる気はなかった。ユキヱの中から身を引き抜くと、避妊具を外して開口部を結び、ゴミ箱に放り込んだ。寝台から下り、卓に載せておいた水差しの水を飲む。しばらく休み、気力と体力が戻ってくるのを待った。

自分でも驚くほど早く、それは戻ってきた。欲望がおもむくままに、次郎は再び刺激をむさぼった。

ユキヱは半ば呆れながらも、すべてに応じた。穏やかな笑みを浮かべつつ、筆おろしで開眼したばかりの少年みたいですねと辛辣な言葉でからかいながら、次郎の体のあちこちを弄んだ。

次郎はまったく気にしなかった。そうだよ、いま自分は山奥から出てきたばかりの若造なんだ、だからお姐さん、もっといろんなことを教えてくれよう、試させてくれよう、と鼻にかかった甘え声を洩らしつつ、人懐っこい猫のようにユキヱにすり寄った。

「あなた、もう三十過ぎでしょう」ユキヱは次郎の頭を胸元に抱き、繰り返し撫でながら言った。「いつまで、こうやって女に甘えるおつもりですか」

「いつまでもだ」と次郎は答えた。「心の底から安心できるのは、女と寝ているときだけだ。この町は一歩外へ出れば、男たちが騙し合い、殺し合っている。少しも油断できん」

飽きるまで頂点を極めたのち、次郎は寝台に仰向けに転がった。いったい何時間やっていたのか。さすがに今夜はもう弾切れだ。これ以上は動けない。

ユキヱが隣に身を横たえると、次郎はそっとつぶやいた。「もし、おれが下手を打ってこの町で死んだら、おまえはおれを、ほんの少しでも憐れんでくれるかい」

「そうですね」ユキヱは楽しそうに応えた。「少しだけなら泣くかもしれません。でも、きっとすぐに忘れてしまいます」

「それでいいんだ」次郎は満足げに息を吐いた。「おれは自分の人生を、誰かに覚えておいてもらおうとは思わん。むしろ誰からも忘れ去られたい」

「珍しい考え方ですね。殿方はたいてい、名か、跡継ぎを残したがるものです」

「本物の大人物《ダーレン》は、そういうことには拘らないのさ」

睡魔が押し寄せてきた。ユキヱが何か話しかけてきたが、次郎には、もう応えられなかった。

次郎が寝息をたて始めると、ユキヱは、しばらくその寝顔を見つめていた。今夜初めて、心の底から次郎を可哀想だと思った。

なぜ、あなたは、今日ここへ来てしまったのですか。

私と会いたがったりしなければ、あなたは、いつまでも楽しい夢を追っていられたでしょうに。

憐れみとも悲しみともつかぬ感情が、胸の奥で渦巻いた。

こうやって人は自ら深淵へと転げ落ちていく。私の夫がそうだったように。みんな馬鹿だ。私も馬鹿だ。

さあ、もうすぐ、すべてが終わる。

「シロ32号」に関わった者は、皆、滅びていく。

ユキヱは次郎の髪に指を伸ばし、前線へ向かう兵士に最後のお別れをするように優しく撫でた。

8

楊直《ヤン・ジー》が手がけていた調査と尋問作業は、上海周辺に潜む疑わしい者を殺し尽くしたことで一段落ついた。

成果はゼロ。

手がかりは何もなし。

ひたすらに血をまき散らし、死体を黄浦江へ投げ込み続けただけで終わった。

関東軍の央機《オー》関は、新たな恫喝は行ってこない。あんな事件などなかったように、毎日が平穏に過ぎていく。

董老板との会合を通して、茂岡少佐は、上海の老板《ラオバン》たちが、関東軍に「最《ズイ》」を返すつもりはないと悟ったはずだ。これは、上海の老板たちを排除するには、じゅうぶんな理由となる。いつ、正面から、双方の衝突が始まっても不思議ではない状況だ。

だが何も起きない。不気味なほどに、何も。

杜月笙《ドゥー・ユエション》が香港へ脱出したあと、上海に残って留守を守る老板たちには、大きな仕事がひとつ与えられていた。上海へ流れ込んでくる新参者による阿片売買を潰すこと。杜月笙による支配力が薄れたせいで、上海でも好き勝手をする者が増えてきた。彼らを「掃除」する仕事が、楊直にも回ってきた。

もっとも、いまの楊直には、恒社《ホンシヨー》の一員としての仕事がある。まともな会社の経営と、それに加えて中国と欧米の大企業経営者から、「日本軍が上海でやりすぎないように彼らを説得してくれ」と頼まれていた。董老板をはじめとする他の老板も、日本軍の将校と積極的に交流しながら落としどころを探っている。上海の経済力が落ち込むと日本軍も困るので、ある程度までは話を聞くだろう。だが、金のために上海を押さえたのだから、それなりの利益が日本側へ流れ込む条件でなければ、首を縦には振らないはずだ。

楊直はこの面倒な交渉に集中するため、新参者による阿片売買に関しては、何忠夫《ホー・ジョンフー》に処理を一任した。次郎には、ビルマの「別墅《ビエシユー》」でつくられる阿片を運ぶ貿易会社を任せてある。それ以上の仕事はこなせまい。上海での争いは、古くから事情を知っている何忠夫に指揮を執らせるのが一番だ。

次郎がいない時間帯に、楊直は何忠夫をフランス租界の邸宅に呼び寄せた。談話室に招き入れ、「乱暴な仕事だが、これは、最も信頼できる部下でなければ頼めん」と告げた。「新参者に青幇《チンパン》の恐ろしさを思い知らせてやれ。奴らは上海の掟を何もわかっていない。容赦なく潰していい」

「どこの連中ですか」

「たいていは外国人だ。インドシナ半島を経由して、ペルシャ産の阿片を入れようとしている。海路を使うはずだから、港で荷揚げを監視して押さえろ。関係者は全員殺し、密輸品はすべて略奪していい。ただし、太い筋を持っている頭目だけは、痛い目に遭わせるだけでなく、あとで連絡がとれるような形で逃してやれ。後日こちらで個別に接触する」

「密輸業者が、こちらの話など聞きますか」

「『別墅』で栽培する阿片をさばくために彼らを利用したい。ビルマに運輸会社か商社を持っている人間がほしいのだ」

「了解しました。では、早速、動きます」

「武器はこちらでそろえる。大亨《ダーホン》の手は香港からでも届くということを、連中に徹底的に教えてやれ」

何忠夫は、自分の配下の者に命じて、すぐに大勢の人間を集めさせた。命知らずのならず者が、青幇が支払う報酬に群がってきた。何忠夫は彼らを上海全域に配置し、新参者の活動範囲を確定させた。

根気よく聞き込みや見回りを続けると、新たな流通経路が見えてきた。すさまじい勢いで根を張る植物のように、貧民街を中心に極端に安価な阿片が出回り始めていた。安値で人を呼び込み、ある程度まで客数を確保したところで段階的に値を上げていけば、阿片中毒に陥った者は何をやってでも阿片を手に入れようとする。悪質な犯罪の片棒すら担ぎ始める。上海に必要以上に阿片が流れ込むことは、阿片の値崩れを招くだけでなく、社会状況の悪化をも加速させるのだ。

何忠夫は密輸組織に内偵を送り込み、港に荷物が到着する日時の情報をつかんだ。入港予定をもとに襲撃班をつくらせ、初回の出撃を命じた。襲撃者たちは、運搬日に黄浦江の波止場に張り込んだ。

月が明るく輝く夜だった。港には点々と街灯が並び、闇を照らしていた。

トラックが一台、倉庫の前で停まった。荷台から作業員が飛び降りる。手提げランプを片手に、倉庫の錠をあけて扉を開いた。

倉庫内にも灯りがともる。

苦力《クーリー》たちが中へ入り、荷の運び出しを始めた。木箱に詰められた阿片煙膏が手押し車に載せられ、トラックに運ばれていく。地面に置かれた手提げランプが、小さな焚き火のように周囲に暖かい色の光を放っていた。作業員たちを守るために、機関銃を構えた護衛がふたり、周囲を警戒して行き来する。

襲撃者たちは倉庫の陰に潜み、積み込みが終わるのを待った。作業が終わった直後に闇の中から飛び出し、機関銃を撃ちまくりながらトラックに突進した。護衛はほとんど反撃できずに全身に弾を浴び、顔面は石榴《ざくろ》の如くはじけた。

苦力たちが悲鳴をあげて逃げ惑う。襲撃者たちは彼らにも容赦なく弾を撃ち込んだ。背中に弾を浴びた者が前方へつんのめる。両膝を折って座り込んだ者は、喉をのけぞらせた格好で、半分だけになった頭部から血を噴き出していた。

襲撃者たちは倉庫に逃げ込んだ者も追いかけた。麻袋の山が朱に染まり、破れた箇所からこぼれ出した小麦が驟雨《しゅうう》の如く死体に降りかかった。

生き残った作業員がトラックの陰から反撃してきた。苦力だけでなく、ならず者が何人か交じっていたようだ。襲撃者たちは倉庫の内側や壁際に身を隠し、拳銃での応戦に切り替えた。トラックの死角になる側から仲間を近づかせる。

そのとき、倉庫で待機していた仲間がひとり、声もたてずに倒れた。

物音に気づいて振り返った襲撃者のひとりは、目の前に幅広の大型ナイフを手にした男の姿を見た。銃口を向けられるよりも先に相手は腕を振り抜き、襲撃者の喉をかき切った。あまりにも素早い動作に、切られたほうは何が起きたのかもわからなかった。傷口に手をやるよりも先に喉から血を噴き出し、地面にうつ伏せに倒れた。

護衛以外に、密輸人に雇われた手練れの殺し屋が倉庫内に潜んでいたことに襲撃者たちは気づいた。シャムやフィリピンで雇った殺し屋か、あるいは金次第で誰の味方にもなる同国人か。

拳銃で反撃したが、殺し屋は巧みに弾から逃れた。襲撃者たちが躍起になって追いかけると、積みあげられた麻袋の陰に逃げ込み、そこに身を隠した。襲撃者たちは慎重に近づいていったが、いつのまにか背後に回っていた殺し屋に首の根元を刺され、足首の腱を切られた。

これ以上倉庫内に留まるのは危険だと察した襲撃者たちは、殺し屋を仕留めるのをあきらめて外へ飛び出した。乗ってきた車と、奪ったトラックに分乗する。発車寸前、銃声が響いて、トラックの荷台に乗り込んだひとりが、頭から血を噴き出してくずおれた。襲撃者たちは一斉に青褪めた。銃声は確かに倉庫の方角から聞こえてきた。あの殺し屋は、ナイフだけでなく銃も巧みに操り、深夜の港の灯りだけで弾を当てられるのだ。

エンジンがかかり、トラックは猛烈な速度で港から離れた。荷台に乗り込んだ者たちは、ドラム缶の陰で身を縮めていた。銃声はすぐに遠のいた。仲間の車が追いついてきて後ろに並ぶ。これだけ引き離せば大丈夫だろうと、生き延びた者はほっと息をついた。残してきた怪我人は、殺し屋にとどめを刺されるか、密輸人の頭目の前に引き出され、雇い人に関する情報を吐くまで拷問されるに違いない。次は自分がそうなるかもしれないと思うと気が遠くなるが、青幇が支払う報酬額の多さを思うと次も参加せざるを得ない。

トラックは県城へ向かってひた走った。古くからある青幇の倉庫へ、密輸品を運び込むためである。

この襲撃事件は、上海で阿片をさばこうとしていた密輸人たちのあいだに、またたくまに知れ渡った。襲撃者たちの雇い主が青幇であることや、青幇が本気で怒れば上海が血の海になるということも。それでも、大金がからむと人の目は曇るものだ。「うまくやれば大丈夫だ」「うちだけは見つからないはずだ」と奇妙な自信に取り憑かれた者はあとを絶たず、そのような集団は、ことごとく、何忠夫が命じた者たちによって殺された。

年が明け、春節《チュンジエ》も過ぎた頃には、いったん密輸人たちの姿は港から消えた。別の経路を使い始めたに違いなく、何忠夫は探索の網を広げた。狩りの上手な猫が屋根裏に隠れる鼠を追い立てるように、ひとつずつ密輸組織を潰していった。

三月、「別墅」の開拓が本格的に始まった頃、楊直は上機嫌で、何忠夫を再び邸宅の談話室に招いた。「よくやってくれた。これで連中も、しばらくは上海の市場を荒らせまい」

「狡賢い奴は網の目をかいくぐります。抜け穴はいくらでも考えられるので、油断はできません」

「阿片が値崩れを起こさなければそれでいい。少なくとも大物は手を退いたはずだ。私はそろそろ連中との交渉に入ろう」

「私は引き続き監視を続けます」

「もっと必要な物はないか。遠慮なく言え。すぐにそろえさせる」

「それよりも、お知らせしたいことがあります」

「なんだ」

何忠夫は長椅子に座ったまま身を乗り出し、声をひそめた。「黄基龍《ホアン・ジーロン》は今日も留守ですか」

「今頃はまだ会社だ」

「実は、黄基龍が原田ユキヱと密会しているという情報が、私のもとへ届いています。ご存じでしたか」

「なんだと?」

「原田ユキヱを杜月笙先生にお贈りしたのは、大哥《ダーグア》ですよね」

「そうだ」

「杜月笙先生が香港へ行かれたあとも、原田ユキヱは邸で暮らしています」

「彼女は『最』の出所について知っている。まだ利用価値があるのだ」

「では、なぜ、黄基龍が彼女に接触できるのでしょう。我々でも、杜月笙先生の留守宅とは、そう簡単には連絡をとれません」

「わからん。そこは気になる」

「『田《テイエン》』で一緒に働いていたとき、私は黄基龍に、おまえは本当は朝鮮人ではないかと訊ねてみました。すると『そうだ』と答えたのですが、何か事情がある様子でした。朝鮮人は日韓併合のせいで日本人を憎んでいます。ただ、中には、金のために日本人に尻尾を振る奴もいるでしょう。もし、黄基龍と原田ユキヱが、日本軍からの密命を帯びたスパイだったら」

「めったなことを言うな」楊直は厳しく言い放った。「黄基龍は私の義兄弟だ。憶測だけで疑うことは許さん」

何忠夫は表情を強ばらせ、「わかりました」とだけ答えた。「私は大哥の指示に従うだけです。でも、将来、黄基龍を排除すると決めたときには遠慮なく仰って下さい」

「おまえに黄基龍を殺せるのか。命を救ってもらった恩人ではないか」

「私もぎりぎりまで信じますが、杜月笙先生に仇なすのであれば見過ごせません。私の身内も、既に、何人もが日本軍との戦いでこの世を去りました。日本兵に暴力をふるわれて重傷を負った者もいます。日本軍に味方する奴は、どこの国の人間であろうと許せません」

「悪いようにはせんから、しばらく待て。まずは、時機を見て私が黄基龍を問い詰めよう。必要があれば、私自身が奴を撃つ。それが義兄弟としてのけじめの付け方だ」

何忠夫はまだ納得がいかない様子だったが、黙ってうなずき、退去した。

ひとり残った楊直は、ソファから立ちあがると椅子を思いきり蹴飛ばし、「何をやってるんだ、あいつは」と毒づいた。「この大切なときに、私を裏切るつもりか?」

楊直に届いた報告書によると、上海の阿片市場に参入しようとした密輸業者の身元は、裏社会の者、表の稼業を持つ者など、さまざまだった。そこに並ぶ人名を眺めていた楊直は、ある箇所で視線をとめ、驚きのあまり目を丸くした。

「楊明林《ヤン・ミンリン》」という名が記されていた。居住地は香港、兄の明林が消息を絶った土地と同じだ。出身地は不明。香港人ではなく、外部からの移住者なのだ。赤の他人で、ここまで情報が一致することなどあるだろうか。楊直は「楊明林」についてのみ、さらに詳しく調べさせた。しばらく待っていると、当人が映った写真が郵送されてきた。ひとめ見た瞬間、楊直は天を仰ぎ、己の運命を呪った。

間違いなく、兄の明林だった。

なぜだ、と叫びたくなった。弟妹が青幇と関わっていると知りながら、なぜ、利害が衝突する阿片売買に手を出したのか。普通の密輸とは桁外れに危険なことぐらい、香港で商売をしていればわかるだろうに。

それほどまでに生活に困っているのか。金に目が眩んだのか。誰かに脅されてやったのか。

明林がさばこうとした阿片は、かなりの量に及んでいた。青幇の実行部隊との衝突でも、一番の被害が出た組織だった。兄弟であることを理由にうまく話が進めばいいが、明林側の事情がわからない限り、逆の結果も考えておく必要がある。

楊直は早速、上海と香港とをつなぐ人脈を利用して、明林が行方をくらまさないように監視者を送り込んだ。逃亡しようとしたら身柄を押さえろと命じておいた。

案の定、明林は飛ぶ寸前だった。香港側の配下にある者が、すみやかに明林を押さえ、香港島の別荘地に監禁した。

少し時間を置いてから、楊直は明林を閉じ込めた別荘に電話をかけた。長話にはしたくなかったので、「素直に青幇に謝罪する気はあるか」と訊ねてみた。

明林は即座に、「兄弟のよしみでなんとかしてくれ」と泣きついてきた。

楊直はうんざりした。なるほど、最初からそのつもりだったのか。危険な仕事だとわかっていたからこそ、いざというときには実弟に泣きつくことまで計算に入れて動いていたのだろう。せこいやり方だが、家を飛び出したあとの明林の苦闘と悲劇が忍ばれる行動だとも言える。これが他の組織との衝突だったら、明林は問答無用に、この世から消されていたはずだ。

「久しぶりに顔を見たいよ、楊直」明林は甘えるような声を出し、電話をすぐに切らせまいとした。「こちらまで来てくれ。直接会って話をしたい」

「勿論、行くつもりだ」楊直は冷ややかに答えた。「おれは老板じゃないから、組織が明兄さんをどう扱うのかは知らん。仮に知っていたとしても教えられん。だが、青幇は、実の兄弟を無意味に争わせるような冷酷な集団じゃない。謝罪にはそれなりの金と手土産が必要になるが、礼を尽くせば許してくれるはずだ」

「勿論、そうするとも。お詫びの銀貨をたくさん用意してある。一番の武器を手放すという意味で、うちで働いていた者をひとり差し出す。それで勘弁してほしい」

「老板にはそう伝えておく。だが、決めるのは彼らだ。おれには無理なんだ」

「わかってる。とにかく、こちらに来てくれ。頼むよ」

9

三月中旬、次郎は久しぶりに楊直《ヤンジー》から「話がある」と言われた。

近頃、次郎は貿易会社の経営にかかりきりで、人付き合いもそちらが中心だ。ふたりだけで飲む機会は減った。同じ邸に住んでいるのに、何日も顔を合わせず、顔を合わせても会話する暇もないことすらあった。わざわざ声をかけてくるのは珍しい。

談話室で向き合うと、楊直はすぐに本題に入った。上海に阿片を流れ込ませようとした密輸業者の元締めと会うから同席してくれという。香港島の別荘地に監禁してあるので、そこへ赴き、今後について話し合うのだと言われた。

ビルマの「別墅《ビエシユー》」で栽培している阿片は、陸路と海路を経由して各港へ運び込まれる。正式に謝罪させたうえで、そこまでの輸送を任せるらしい。

密輸人なんて信用できるのかと次郎が訊ねると、楊直は「大丈夫だ」と答えた。「彼は私の実兄だ」

「は？」

「上海に来たあと、家を飛び出して行方知れずになっていた兄だよ。いつのまにか香港で商人になっていた。よほど運に恵まれたか、誰かの会社を乗っ取ったに違いない」

「通常の阿片ではなく、『最《ズイ》』を運ぶと教えるのか」

「食料品だとごまかす。決してあけるなと伝えておく」

「この手の輩は、あけるなと言われても絶対にあけるぞ。確実に中身を抜いていく」

「そのあたりは織り込み済みだ」

「おれは何をすればいい？」

「私の隣で話を聞くだけでいい。ただし、最後に私への忠誠を見せてほしい」

「忠誠？」

「港で、こちらに大きな被害を与えた殺し屋がいただろう。あいつの雇い主が私の兄だった。別の人間に雇われるとやっかいだから、手打ちが済んだあとで処分する。それをおまえに担ってもらう」

次郎は目を剝いた。「おれに殺せと？」

「薬で眠らせて縛っておくから素人でも撃てるぞ」

「こういうのはバイフーたちの仕事だ」

「今回はおまえがやってくれ」

「無茶を言うな」

「おまえは原田ユキヱと密会しているそうだな」

次郎は一瞬だけ口をつぐんだ。「あいつは『最』を売ってくれた女だ。継続的に情報を交換すべきだろう」

「あの女はいまでは杜月笙《ドゥー・ユエション》先生のものだ。おまえが勝手に会っていい相手じゃない」

「ユキヱは、おまえの家族の件で情報を探ってくれている。杜月笙先生の周囲には、この種の話が集まりやすい。大哥《ダーグア》ができんことを、おれが代わりに依頼しただけだ」

「ならば、なぜ事前に私に相談しなかった」

「やっていいかと訊ねたら、反対すると思った」

「ひとりで決めるな」

「もう始めたんだから見逃してくれ。それとも仇討ちをあきらめるのか」

「馬鹿を言うな」

「では、この件はこれで決着だな」

「話をごまかすな。さっきの件は呑んでもらうぞ。できなければ、おまえを日本軍のスパイと見なす」

「どうして、そういう流れになるんだ」

「日本人ふたりが密会し、私の知らん何かについて話し合っている——。スパイと疑うには、じゅうぶんすぎる状況だ」

「邸から出て行けってことか」

「何事もなく、ここから出られると思っているのか」

　銃やナイフこそ突きつけなかったが、楊直は剣呑な匂いを発していた。家族を殺された直後、犯人につながる情報を得るために、楊直が漢奸《ハンジエン》を次々と捕縛して拷問にかけていたことを、次郎は鮮烈に思い出した。久しぶりにこの男に恐怖を覚え、指先まで震えが来た。これは逆らってはまずい。人殺しなどごめんだが、いまは聞くふりをしておこう。

次郎はおもねるような口調で「わかった。とにかく香港には行く。必ず行く」と応えた。

「逃げ道はないぞ。わかっているだろうな」

「おれたちは義兄弟だ。義兄弟の約束は絶対だ」


船旅は日本から上海へ渡ったとき以来だった。台湾を通過して南下する航路は、神戸から上海への旅程とほぼ同じ日数がかかる。

十年以上前、日本から上海へ渡ったとき、次郎を含むジャズバンドのメンバーが買ったのは最も安い乗船券だった。それしか買えなかったのだ。部屋というよりも船倉じみた広間で、大勢の老若男女が雑魚寝していた。うるさくて、他人の臭気が鼻をつく空間だった。

今回は違う。楊直と次郎にはそれぞれに個室があり、バイフーたち護衛にも別室を与えた。

食堂では陸上と変わらぬ料理と酒が供され、船内には、裕福な人間たちが退屈せずに済む設備が調っていた。見知らぬ男女が出会えるバー、ルーレットやカードゲームを楽しめるカジノ。そんな至れり尽くせりのもてなしを、次郎は、食事以外は拒否して自分の船室に閉じこもった。机の抽斗にあった英語の聖書を、ぱらぱらとめくりながら時間を潰した。そこに書かれている思想は何ひとつ理解できなかったが、叙事詩にも似た内容は退屈しのぎには最適だった。

何に対しても即断してきた人生だが、殺人はあまりにも荷が重すぎる。何忠夫《ホー・ジョンフー》との一件でも、次郎は最終的には、自分が銃口にさらされるほうを選んだ。勝算があっての行動だったが、形だけでも他人を銃で支配する気にはなれなかったのだ。

いまは、当時とは違う。練習の末、確実に的に当てられるようになった。租界を歩くときには護身用の銃を持ち歩いている。自分から積極的に撃ちたいとは思わないが、いざとなれば反射的に撃ち返せるぐらいの技量はある。それでも今回の件は特殊だと思った。

バイフーたちに大金を握らせ、「代わりにやってくれ」と頼むことも考えたが、楊直に忠誠を誓っている彼らを説得するのは難しい。フォンに頼むのもだめだ。誰かに肩代わりさせれば、楊直は激怒し、そいつを殺して次郎も殺す。

考えれば考えるほど、嫌な汗が滲んできた。

あまりにも深刻に悩み続けたせいか、香港到着前日になって、突如としてひどい船酔いに陥った。

食事を抜き、頭を休めるために昼間から寝台にもぐりこんだ。ひと眠りしたら名案が浮かぶのではと期待したが、夜が明けてもそんなことはなかった。全身が倦怠感に蝕《むしば》まれ、もう、いくら考えても無駄ではないのかという荒んだ気持ちが、徐々に頭をもたげつつあった。

次郎は外気を吸うために甲板へ出た。船縁に立つと、明け方の白っぽい空の下に、うっすらとかすむ島影を目視できた。大気はかなり暖かい。ここは上海よりも春が早いのだ。

ひとりで海を眺めていると、徐々に気分が落ち着いてきた。潮風の湿気がわずらわしくなってきた頃、甲板から船内へ戻り、食堂で朝食を摂った。しばらく何も食べていなかったので、いつも以上に、ソーセージや目玉焼きや、カリカリに焼いた薄いトーストの美味さが胃に沁みた。空腹が満たされると、また少し気持ちが上向いた。

食堂から出て個室へ戻り、下船の支度を整えた。

船が港に到着するまでのあいだ、丸窓の外をじっと眺め続けた。

九龍湾《ガウロンワン》に入ると、イギリス式の建築物がくっきりと見えてきた。上海租界でもよく見かける建築様式だ。大型船の合間をぬって、中国人が操るジャンク船や屋形船が行き交う。少しずつ大きくなる町並みを眺めるうちに、気鬱は徐々に消えていった。上海と香港はどちらも港町だが、都市としての様相はまるで違う。上海は揚子江下流にあるため、どこまでも平地が続く土地だ。香港は高層建築物の向こうに山が見えている。海沿いの一帯だけが平地なのだ。

海と町を見つめていると、やるしかないのではという気持ちが湧きあがってきた。

あの巨大な都市の壮麗さと比べれば、個人の命のなんとちっぽけなことだろう。道端の石ころどころかただの塵《ちり》だ。貧しかった頃は、自分もそんなふうに扱われた。ジャズバンドで雑用係だった時代、自分が周囲からどれほど蔑まれていたか、次郎はすべて覚えている。

これから自分が殺そうとする相手も塵だ、いや、もっと小さな存在だ。殺人でしか生計を得られない人間がこの世から消えたぐらいで、何がどう変わるというのだろうか。自分がやろうとしていることなど、嵐が小枝を折って吹き飛ばし、豪雨が蟻を溺れさせることと、どれほどの差があるのか。そう考え始めると、これまでの悩みが急に馬鹿ばかしくなった。

波止場には人力車が何台も並び、中国人車夫が、下船する乗客を待ち受けていた。次郎たちは舷梯を下りると、車夫には目もくれず、迎えに来ていた車の運転手に誘導され、ロールス・ロイスとフォードに分乗した。

車はビクトリア・ハーバーから香港島の山側へ向かって走った。別荘地は港の喧騒を避け、静かな山の手にあるという。ゆるい坂道を上り始めると、確かに、付近には一戸建ての西洋建築物が少しずつ距離をあけて建っていた。さらに走り続けると、木立の隙間から海面の煌めきが見えるようになった。

到着した先にあったのは、さほど大きくない邸だった。親しい友人を何人か泊められる程度だ。庭もたいして広くはないが、ツツジやキンカンの瑞々しい若葉が、芝生の色と共に鮮やかだった。

使用人の案内で、次郎たちは、楊明林が待つ部屋に足を踏み入れた。西洋式の大きな卓の向こうで、明林は椅子に座って待っていた。長袍《チャンパオ》の上に金糸で刺繍を施した馬掛《マーグワ》を着た、顔の大きな男だった。なるほど、確かに、どことなく楊直と雰囲気が似ている。楊直が鷹なら、こちらはミミズクだ。いい具合に貫禄のある体つきで、目を細めて薄い唇の両端に笑みを滲ませると、ただの愛想のよい商人にしか見えなかった。だが、青幇《チンパン》を出し抜いて、上海で阿片を流通させようとした男なのだ。外見通りのお人好しではなかろう。

楊直は背後にバイフーとシュエンウーを従えていた。次郎が同行させたフォンは廊下で待機して、室内に誰も入れぬように見張っている。

次郎たちが席につくと、明林は自分から切り出した。「すまなかったな。何度も言うが、まさか、おまえとかち合うとは思わなかったんだ」

「みえすいた嘘をつかないでくれ。阿片を扱おうとするなら、上海の勢力分布はよく知っているはずだ」

「上海でさばく気はなかった。内陸部へ運ぶつもりだった」

「同じことだ。青幇は広範囲で阿片を仕切っている」

「じゃあ、これからどうすればいい?」

「うちと正式に契約してくれ。素直に青幇に恭順を示すなら、明兄さんを運輸で儲けさせられる」

「本当か」

「そちらの心がけ次第だ」

「おいおい、それが実の兄に対する口の利き方なのか」

「これまで一度も実家に金を入れず、顔も見せなかったくせに、いまさら兄貴づらをするな」

明林は、ふんっと鼻で笑った。

楊直は問い詰めた。「なぜ、青幇を出し抜こうなどと考えた。あの組織の怖さぐらい知っているだろう」

「少しばかり借金があってな。さっと儲けて、さっと手を引くつもりだった」

「かえって損をしたな」

「恥ずかしながらその通りだ。おまえからの申し出は実にありがたい。で、おれは何をすればいいのかな」

「ビルマにいる私の部下から荷物を受け取り、無事に上海まで届けてほしい」

「中身はなんだ。港を経由するなら届け出がいる」

「ヒマワリ油、飼料、豆製品、といったところだ。品目はこちらで記す。中は確認しなくていい」

「なるほど」明林は、当然だなといった様子でうなずいた。「で、こちらの取り分は」

「儲けの一割だ」

「少ないな」

「五分にしてもいいんだぞ」

「こちらは、港で警察に検挙される危険も込みで動く。それなりの手間賃はほしい」

次郎は目を丸くした。青幇を無視して動き、対面で楊直に詰め寄られながら、なんという図太さだ。阿片を密輸しようとする奴は肝の据わり方が違うのか。あるいは国外へ進出していく中国人は、みんなこうなのか。

楊直は言った。「フランス租界の警察は普段から買収済みだ。うちの名義で運ぶ荷は無検査。なんの苦労もいらんから、一割でじゅうぶんだ」

明林は腕を組み、少しだけ考え込むそぶりを見せた。やがておもむろに口を開いた。「仕方ないな。承知した。だが、ときどき、ほんの少しだけ色をつけてもらえるとありがたい。融通を利かせるべき相手は、港湾関係者や警察だけとは限らんからな」

特別手当を出さんと荷物が滞るぞ、少しでも不満を感じたら日本軍に密告するぞと脅しているのだ。これが血を分けた兄弟の会話かと次郎は呆れたが、妙に納得できる部分もあった。立場こそ違うものの、このふたりは思考方法がよく似ている。お互いに相手の上に立とうとする、そのせめぎ合いが冷静だ。

「考えておこう」と楊直は答えた。「これからは、なんでも相談してほしい。対処できることはすぐに動く」

「承知した。ところで、うちで雇っていた殺し屋だが、約束通り、箱詰めにしてある」

「いまは、どこに」

「庭だ」

「では、一緒に見届けてくれ」

「おれは殺しには興味がないんだ」

「明兄さんがまいた種だろう。最後まで責任をとってほしい」

明林は肩をすくめ、椅子から腰をあげた。

次郎も楊直のあとを追って立ちあがった。胸の奥では心臓が跳ね回っていたが、船上で決心した通りにするしかない。

廊下を歩きながら明林は楊直に訊ねた。「ところで皆は元気か?」

「小淑《シャオシュー》以外は全員死んだ」

「なんだと?」

「もはや、明兄さんとは無関係な話だ」

「無関係とはなんだ。おまえは皆を幸せにすると言ったじゃないか」

「それを明兄さんから言われたくはない」

「はぐらかすな。家族のことだぞ」

明林が楊直の胸ぐらをつかみかけたので、次郎はあいだに割って入った。「積もる話はあるでしょうが、すべて終えてからにしませんか。ここで言い争っても何も解決しません」

「なんだおまえは」明林は次郎に向かってすごんだ。「部外者は引っ込んでろ」

「おれは楊大哥と杯を交わした間柄です。大哥が困っていれば助けに入ります」

「租界のチンピラが偉そうにするな」

次郎に殴りかかった明林の腕を、楊直が素早くつかんだ。「やめろ。こいつは私の可愛い弟だ。怪我をさせたら、明兄さんといえども許さん」

「本物の血のつながりのほうが強い」

「こいつとは正式に血杯を交わしている。実の弟と同じだ」

明林は舌打ちし、楊直の腕をふりほどいた。

早く行こう、と楊直が促した。


庭に出てみると、確かに、芝生の上に箱が置かれていた。楊直に命じられてバイフーが蓋を開く。

次郎は楊直に促され、木箱に近づいた。護身用に持ち歩いているモーゼルM1934を拳銃嚢《ホルスター》から抜く。

箱の中をのぞき込んだ。若い男が後ろ手に縛られ、膝を曲げて座り込む格好で眠っていた。粗末なシャツとズボン姿で、肌の色は苦力《クーリー》のように濃い。痩せた体つきだ。二十代の初めぐらいか。幼い頃から人を殺すことだけを教えられて育ったのだろうか。幼児のうちに売り飛ばされ、殺し屋としての人生以外、何も教わらなかったのかもしれない。

次郎は青年の頭部に銃口を向けた。恨むならおれではなく世間を恨めと思いつつも、すぐには撃てなかった。自分と何ひとつ共通点を持たぬこの青年が、見れば見るほど憐れでならなかった。

ふいに楊直から背中をつつかれた。次郎は首をひねり、わかっているとうなずいてから視線を戻した。直後、箱の中の青年が突然両目を開き、豹の如く身を躍らせて次郎に飛びかかった。青年の体当たりが次郎の顔面を直撃した。次郎は後ろへ吹き飛ばされ、腰と背中に受けた痛みに呻いた。慌てて身を起こすと、ぽたぽたと鼻血が落ちた。反射的に掌で鼻を押さえたとき、自分が銃を取り落としていることに気づいた。慌ててあたりを見回したが見つからない。ふと強い視線を感じて顔をあげると、眼前に例の青年の姿があった。次郎に対して体を斜にして立ち、奇妙な姿勢をとっていた。両手を後ろで縛られたままなのに、手には拳銃が握られている。瞬時に自分の銃を奪われたことにも驚いたが、そんな姿勢から撃てるはずがない——と思った直後、銃声と同時に左側の肋骨の下に焼けた鎌を打ち込まれたような痛みを覚えて、次郎は芝生の上に横ざまに倒れた。

傷口を押さえた掌がまたたくまに鮮血で濡れていく。筋肉がひきつり全身が震えた。もう一度撃たれたら死ぬと直感したとき、拳銃を手にしたバイファーたちが立て続けに青年に向かって銃弾を放った。弾は一発残らず相手を貫いた。胴体と頭部から血を噴き出しながら青年はくずおれた。そのまま二度と起きあがらなかった。

楊直も懐から拳銃を抜き、明林の額に銃口を向けた。「どういうことだ。説明しろ」

明林は青褪めた表情で両手をあげ、楊直をなだめにかかった。「おれは何も知らん。薬で完全に眠らせていたはずだ。何度も確認した」

「罠を張ったのか。最初から我々を襲わせるつもりだったのか」

「とんでもない。おまえと組めば儲かるし借金も返せるのに、なぜ、そんなことをせにゃならん。落ち着いてくれ。怪我人はすぐに病院へ運んでやるから」

「もう一度訊く。我々を殺すつもりだったのか」

「違う」

そのとき、微かな葉擦れの音を聞きつけたバイフーが、庭の茂みに拳銃を向けて発砲した。庭木の陰から男が三人転がり出て、たちまち、バイフーたちと撃ち合いになった。明林を救出するために侵入した部下か、あるいは、明林の口を封じるために誰かに送り込まれた者たちか。それもわからぬままに、激しく銃弾が飛び交った。火薬の匂いと金臭さがたちこめ、次郎は芝生に横たわったまま、その禍々しい臭気に顔をしかめた。斃れたのは明林の部下だけだった。バイフーたちは、かすり傷ひとつ負わなかった。

明林に拳銃を向けていた楊直は、明林が再び口を開くよりも先に、なんのためらいもなく撃った。額の真ん中に弾を受けた明林は、ぽかんと呆けた表情のまま尻餅をつき、横倒しになった。

楊直は拳銃を懐に戻し、バイフーたちに「シーツを一枚とってこい」と命じた。三人はすぐに邸へ走っていった。楊直は上衣を脱いで丸め、次郎の傷口にあてがった。「これで強く押さえていろ。すぐに病院に連れて行くから」と励ました。

身動きできんほど痛いと次郎が訴えると、楊直は「痛み止めがある。飲め」と言った。

次郎がうなずくと、楊直はシャツの胸ポケットからピルケースを取り出し、白い錠剤を一粒、次郎の口の中へ押し込んだ。「噛んでもいい。とにかく胃まで届けろ」

噛んだ瞬間、次郎は呻き声を洩らした。ひどく苦い。楊直が囁いた。「モルヒネだ。用意しておいてよかった。多少は楽になる」

「車まで歩くのは無理だ」

「弾は抜けていないから絶対に動くな。我々が車まで運ぶ」

バイフーたちが戻ってくるまでの待ち時間は、とてつもなく長く感じられた。シーツを手にバイフーたちが邸から飛び出してきた瞬間、次郎は安堵のあまり気を失いかけた。ハンモック状にたたんだシーツに乗せられた次郎は、ここまで乗ってきたロールス・ロイスの後部座席へ運び込まれた。

楊直がバイフーに訊ねた。「遺体の始末は、中の者たちに命じたか」

「はい。ご安心下さい」

シュェンウーが運転席に身を滑り込ませ、バイフーは助手席に座った。楊直は次郎の隣に座る。フォンはフォードに乗り込み、ロールス・ロイスの後ろについた。

車が発進してしばらく経つと、失血のせいかモルヒネが効いてきたせいか、自然に目蓋が下りてきた。

「眠っていろ」楊直は次郎の耳元で言った。「香港には私の知り合いが大勢いる。大きな病院の個室をすぐにとれる」

「眠ったら、このまま死んでしまいそうな気がする」

「それだけ喋れるなら大丈夫だ」

「すまん。油断していた」

「気にするな」

「こういうことも有り得ると予想していたのか」

「当然だ」

「実の兄弟なのに」

「関係ない。利害が一致しなければ殺し合うだけだ」

明林が罠を張っていたのか、彼自身にとっても予想外の展開だったのか、次郎にはわからなかった。ただ、楊直は一瞬で実兄を敵と判断し、有無を言わさず撃ち殺した。

これが青幇を守ってきた者のやり方か。上海租界で生き残るための知恵と決断力なのか。

自分には、とうてい真似られそうにない。


病院に到着すると、手術のために麻酔をかけられた。次郎はすぐに意識を失い、目を覚ましたときには個室の寝台の上だった。

最初は点滴ばかりで食事はさせてもらえず、用を足すために体を起こすこともできなかった。点滴が外れ、自分で溲瓶《しゅびん》を使えるようになると、粥だけの食事が配膳された。これでは腹がすくと絶望的な気分になったが、食後に薬を飲むと目蓋が重くなり、眠りをむさぼるばかりの毎日が続いた。

粥以外に、もう一皿料理が増えた日、楊直が見舞いに来た。寝台の脇に置かれた椅子に腰をおろすと「具合はどうだ」と穏やかに訊ねた。

「まだ痛い」と次郎は答えた。「体の奥に違和感がある」

あの青年が撃った弾は、体内に入って肋骨に当たったあと、角度を変えてさらに奥まで侵入して止まったらしい。射入口が小さいわりに重傷になってしまったのは、このせいだ。太い血管が破れなかったのは幸いだったが、弾があったのは難しい位置で手術には時間がかかった。今回の怪我は、将来、体調不良を引き起こす原因になるかもしれないと、次郎を診た担当医は言った。

入院期間は最短でも一ヶ月超。

「商売のほうは気にするな」と楊直は言った。「他の者がよくやってくれている。今年の秋からは『別墅』にも種をまける。また大きく儲かるから、おまえにも報酬を分けてやれるぞ」

「本当か」

「大陸内だけでなく、インドシナ半島全体と周辺が市場になる。あの会社はおまえのものだ。誰にも譲らん。安心しろ」

「すまんな」

「何を謝る」

「おれが撃つのをためらったせいだ。すぐに殺しておけば」

「奴は薬物に耐性のある体質だったか、それを打ち消す薬を常に持ち歩き、体に異変を感じたときに飲んだのだろう。とにかく、まれな事例だ。奴の注意がおまえに向いていたおかげで、バイフーたちがとどめを刺せた」

楊直はポケットから煙草の箱とライターを取り出し、床頭台《しょうとうだい》に置いた。「病院の痛み止めでは足りんときに吸え。阿片入りの煙草だ」

「おれは阿片は」

「こいつは阿片煙膏と違ってゆるいから大丈夫だ。中毒にはならん。一日も早く退院して会社へ戻ってくれ。あの仕事は、おまえでなければ務まらん」

「おれの代わりぐらい、いくらでもいるはずだ」

「会社経営だけなら確かに誰でもいい。だが、『最』について相談できるのはおまえだけだ。頭の悪い奴とは話したくないし、おまえがいないと物足りん。快気祝いは嘉瑞《ジアルイ》でやろう。皆を集めて派手にな」

「後悔はないのか、明林のこと」

楊直は少しだけ顔を曇らせた。「あれは、やむを得なかった」

「それはわかる。だが」

「自分の事として考えてみろ」楊直は皮肉っぽく言った。「おまえも故郷の家族を捨ててきたのだろう。いまさら皆を愛せるか」

なるほど。そうくるか。次郎は少し間をとってから答えた。「確かに、おれも実の兄貴が嫌いだった。言うこともすることも、親父そっくりだったからな。若い世代が都会へ行くのをものすごく嫌って、おれに対しても『おまえなんか都会へ行ったって何者にもなれん』と、何度も何度も、口うるさく説教をかましたもんだ。いまでも耳の底にあの声がこびりついている。だが、その兄を殺せるかと問われたら、おれはできんと答える」

「――明林は、小さな弟や妹のために何もしなかった」楊直はそう言って擦れた声で笑った。「皆が飢え死にしそうなときでも、手に入った物はひとりで食った。それどころか、下の者から取りあげようとした。ましてや他人が手にしたときには、襲いかかって奪うような男だった」

次郎が返事に窮すると、楊直は静かに続けた。「ただ、明林のその気持ちはよくわかる。極限まで追い詰められたとき、人はそうならざるを得ない。本当のひもじさというのは、そういうものだ」

「ああ、よくわかるよ。おれも上海へ渡ってきた直後は、いつも腹を減らしてた」

「明林が殺されて当然の人間だったとは私も思わん。私は、青幇としての立場で兄を殺しただけだ。いつか、おまえも私と同じ立場になることがあるかもしれんな。そのときには、せめて後悔するな」

楊直は次郎の肩を軽く叩くと、病室から出て行った。

その後ろ姿には、なんとも言えない寂寥が滲んでいるように見えた。

10

上海租界へ戻った楊直《ヤン・ジー》は、董老板《ドンラオバン》邸を訪れ、香港での出来事を報告した。

董老板は黙って聞いていたが、最後に「実兄を自分で殺すとは、やりすぎだ」と付け加えた。

「では、どうすればよかったと？」楊直は揺るがなかった。「野放しにはできませんでした」

「殺したことを間違いだと言ったのではない。おまえが自ら手を汚す必要はなかった。密かに誰かにやらせればよかった」

「黄基龍《ホアン・ジーロン》が、目の前で撃たれたのですよ」

「それは、おまえを狙った罠だったのかもしれんな」

「私を？」

「日本軍は、いまや、上海を我がもの顔で歩いている。だが、おまえは日本軍を少しも怖がらず、へつらいもせん。連中はそれが気に入らんのだろう」

「兄が日本軍と通じていたと言うのですか」

「こちらの阿片売買を邪魔していたのだ。有り得る話だ」

「兄は身勝手でしたが、そこまで愚かではありません」

「それを確かめる機会は永遠に失われた。おまえが殺したせいでな」

楊直は董老板を睨みつけた。「この話は、これで終わりにしたく存じます」

「いいとも。引き続き、警戒は怠るな」

楊明林《ヤン・ミンリン》の一件は、直感的にそうするしかないと判断したものの、第三者から非難されても仕方がないことではあった。青幇《チンパン》の義と家族の絆を天秤にかけたとき、正式に門下となった楊直にとって、優先されるのは青幇の義のほうである。明林を殺すことで青幇の利益が守られたのだから、表向きは誰も楊直を責めはしない。

が、青幇ではなくひとりの人間の行動として見たとき、董老板が「やりすぎだ」と口にした心情にも、また別の理がある。実の兄弟を殺せる者は組織の中でも何をするかわからんと、自分は組織内で陰口を叩かれ、これまで以上に忌み嫌われるだろう。

郭老大《グオラオダー》の下で働き続けたことで、かつては自分の中にもあったはずの「人としての心」は、すっかり壊れてしまった。高い地位に就き、生活が豊かになっても、まだあの頃の感覚が残っている。危機に直面すると血が騒ぎ、相手を倒すまで止まれない。

青幇の誰にもわかるまい。鋳型に押し込められたように、自分は郭老大の手によって、冷酷な殺人者につくり替えられた。もう元の形には戻れず、心を失ったことを悲しむ涙すら、自分の中には残っていない。

それでも、胸の奥ではまだ何かが燃えていることも知っている。闇をはらう、かすかな灯火が確かにあることを。

11

香港での入院生活は退屈で、次郎は、自力で立てるようになるまで時間もかかった。人は腹を負傷するだけで、立ちあがれないどころか、寝返りもうてなくなるのだと知った。身を起こせるようになっても、寝台からおりるのが一苦労だった。そこから一歩進むだけで痛みが体を貫いた。

少し調子が上向いてくると、次郎は看護婦から「頻繁に寝返りをうて」「積極的に歩け」と指示された。痛いからといって寝てばかりいると、本当に動けなくなるらしい。新聞や本を院内の売店に買いに行き、中庭をゆっくりと散歩するようにと言われた。

半信半疑で言う通りにしてみると、傷が疼《うず》くのは相変わらずだったが、確かに、体が少しずつ思い通りに動き始めた。

この数ヶ月のあいだで、楊直《ヤン・ジー》が見舞いに来たのは最初の一度だけだった。青幇《チンバン》としての責任は重く、香港で遊んでいる暇はないのだろう。放置されるのは、むしろありがたかった。頻繁に見舞いに来られても、どんな顔をすればいいのか困る。楊直は部下の面倒をよく見る男だが、本心がどこにあるのか、次郎にも未だに読み切れなかった。

楊直の面倒見のよさは、支配欲と表裏一体だ。その情熱は部下や義兄弟を守ってくれるが、同時に強く縛りもする。自由を愛するがゆえに他人を縛らない次郎とは正反対で、基本的には水と油だ。

ただ、人殺しの現場を目の当たりにして、次郎にも、ようやく実感できたことはあった。銃弾に貫かれる肉体、芝生にぶちまけられる鮮血。あの禍々しい臭気は堅気の生活にはないものだ。郭老大《グオラオダー》の下で殺人を請け負っていた時代、楊直の心の柔らかい部分は、毎日悲鳴をあげていただろう。もとはただの農民だ。人殺しなど縁遠い人間だったのだ。生きていくためとはいえ、吐き気と嫌悪を押し殺して仕事を請け負ううちに、楊直は、自分で自分の心を殺すことを覚えてしまったに違いない。

人を殺すとは、つまりそういうことなのだ。相手を殺した瞬間に、自分の心も壊れてばらばらになる。前線に送られた兵士と同じだ。冷たく、心が動かない人間にならなければ、楊直は日々を過ごせなかったのだろう。そして、もう殺さなくてもいい立場になっても、楊直の心は依然として凍りついたままだ。元の人間に戻りたくても戻れず、むしろ、わずかに残っている人間らしさが、平穏な日常生活を送ることを拒む。それこそが、やむにやまれずとはいえ、人が人を殺したことに対して与えられる軛《くびき》なのだろう。法が裁かなくても、人である自分が自身に罰を与え、縛り続ける。その苦しみは、生涯、楊直についてまわる。

だが、それほどの苦悩に苛まれていても、あいつは、おれに同じことをさせようとした。そこが侮れない。人は、どれほどつらい目に遭い、そのことを嘆いていても、無意識のうちに、他人に対しても同じことを求めるのだろう。

恐ろしい。そして、やるせない。

次郎は中庭で煙草を吸いながら、嘉瑞《ジアルイ》で楊直と初めて会った日を思い起こした。

あの日、「農民の悪口を言うな」と、楊直はひどく不機嫌になった。自分から村を捨てた次郎と違って、楊直は鼠害で村を捨てざるを得なかった人間だ。いまでも、故郷を懐かしく思えるのだろう。だが、だからといって農地へ戻る気もないのだ。どれほど苛烈な目に遭っても、都会で生きることを捨てようとしない。

そんなところだけは、次郎と同じだ。


次郎が退院して上海へ戻った頃、季節はもう暑い最中に突入していた。

普通に歩けるところまで回復したが、阿片入りの紙巻き煙草を手放せなくなった。阿片入りの煙草を吸うと、体の奥に残る微かな痛みが嘘のように消え、気分がすっきりした。

チューインガムを嚙むような気軽さで、次郎は阿片入りの煙草を吸うようになった。常習者になってはまずい、どこかでやめなければ、と思いつつもやめられなかった。

一時期「最《ズイ》」を吸っていた楊直は、いつのまにか普通の生活を取り戻し、頭の回転も衰えず、健康そのものだった。吸い方にコツでもあるのだろうか。特殊な漢薬を常飲すれば阿片中毒を避けられると聞いたことがある。漢方医を訪ねてみようかと次郎は思った。大陸には中医学の名医がたくさんいる。

美味さの点に限って言うならば、上質な葉巻に勝るものはないのだ。痛みさえ我慢できるなら、わざわざ阿片入りの煙草を吸う理由はない。あの日、楊直が寝台の枕元に阿片入りの煙草箱を置いていったとき、次郎は、それをゴミ箱に投げ捨てることもできた。だが、そうしなかった。自ら火をつけた。いまさら、何もかもを楊直のせいにするつもりはなかった。

阿片入りの煙草に慣れてくると、次に考えたのは、「最」はもっと心地よいのではないかということだった。ほんの少し「最」を混ぜるだけで、ただの紙巻きが、とてつもなく魅力的な一本に変わるのではないか。そんな想像をするだけで気がそぞろになった。

嘉瑞での快気祝いには、貿易会社や運輸業の仲間が集まった。中国人ばかりで、日本人は皆無だった。雑貨屋時代、次郎は共同租界の空気に完全に溶け込んでいたが、いまでは完全に中国社会の一員だ。誰ひとりとして、次郎を日本人だと疑う者はいなかった。完全なる擬態。さまざまな努力の末に、次郎が手に入れた姿である。

何忠夫《ホー・ジョンフー》もやって来た。次郎の顔を見るなり、足早に歩み寄ってきて、強く抱擁した。「具合はどうだ。もうすっかりいいのか」

「まだ少し痛む。意外と長引くな」

「温泉へ行け。台湾がいい」

「考えておこう」

皆で卓を囲み、料理と酒を楽しみながら、近頃の租界の状況について話し合った。我々は租界で金儲けができればそれでいい、この町はそのためにあるのだと皆で気炎をあげた。藍衣社《らんいしゃ》とジェスフィールド76号の闘争も、抗日運動に熱をあげる共産主義者の学生も、次郎たちにとっては迷惑なだけだった。

食事の最後に、給仕が大きなケーキをワゴンに載せて運んできた。フランス租界のホテルで働いている菓子職人に頼み、わざわざつくってもらった品だという。長方形のケーキは白いクリームで覆われ、赤色やオレンジ色の果物が目にも鮮やかだった。銀色の粒や金箔が表面で輝いている。

貿易会社の社長が訳知り顔で言った。「近頃は我が国でも、誕生日や長寿をこれで祝うのが新しいのです。壽桃《ショウタオ》（桃の形をした餡入りの饅頭）なんてもう古い。これからは欧州菓子の時代ですよ」

ケーキの大きさに次郎は唖然とした。「おれひとりでは食えないぞ」

楊直が次郎の二の腕を軽く叩いた。「こういうものは皆で切り分けて食べるのだ。最初におまえが好きなだけ取れ。我々は残りを頂く」

「本当にいいんだな？」

「おまえのために注文したのだ。遠慮はいらん」

次郎はケーキナイフを手に取り、取り皿からこぼれそうになるほどの量を切り取った。早速、フォークで端を切り、果物ごと口に入れる。酸味と甘味とクリームのまろやかさが口の中ではじけた。思わず「美味い」と大声をあげた。「こりゃ美味い。みんなも早く取れ。すごいぞこれは」

宴の参加者たちは次郎に促されて順々に皿を手に取った。先ほどまでひっきりなしに酒を飲み、肉料理を頬張っていた中年男たちが、ケーキをひとくち食べるなり目を輝かせた。

「ケーキなんてどれも同じだと思っていたが、料理と同じで善し悪しがあるんですな」「楊先生、これはどこのホテルに頼んだものですか。うちでもお祝いに使いたい」「チョコレート味のクリームはつくれますか」「もっと派手にできないか。花や飴細工を飾りたい」

楊直は皆の顔を見回しながら、にこやかに応じた。「承知致しました。皆さんのお名前はホテルの支配人に伝えます。どんな注文も最優先でこなせと命じておきましょう」

歓声と拍手が巻き起こった。楊直は満足げにうなずきつつ、自らも両手を叩いた。

次郎は新しい皿にケーキを取り、フォークと一緒に楊直に差し出した。「おまえの分だ。忘れるな」

楊直は少しばかり驚いた顔を見せたが、すぐに温かい笑みを浮かべた。次郎に礼を言い、皿を受け取った。

宴が終わると、楊直は次郎だけを連れて店の外へ出た。護衛のバイフーたちもあとからついてきた。

楊直は言った。「まだ時間がある。大世界《ダスカ》へ行こう。おまえに会わせたい男がいる」

「誰だ」

「楊明林《ヤン・ミンリン》の後釜さ」

嘉瑞から大世界までは目と鼻の先だが、次郎たちは車で移動した。夜の大世界周辺など、いつ、暗闇から襲われるかわからない。これまでの楊直の行いを考えると、車ごと撃たれても不思議ではなかった。

車の後部座席で、次郎は楊直にそっと囁いた。「もうすぐ一周忌だ」

「ああ」

「いろいろ調べているが、未だに真相に辿り着けん」

「董老板は、央機関《オー》の仕業だろうと言っている。時期的にもぴったり合う」

「おれもそれは考えた。だが、どうも、しっくりこない」

「何が問題だ」

「二度目の上海事変が終わったあとなら、日本軍が租界の警察の動きを制御できるのはわかる。だが、あの事件は事変が勃発した日に起きた。それ以前から当日にかけては、日本軍は、まだ租界の警察を完全には掌握できていない。それができたのは、古くから租界にいる権力者だけだ」

「上海での漢奸《ハンジエン》狩りは無駄に終わった。この町とその周辺では、事件につながる人物は見つけられなかった」

「だから、もう少し、ユキヱからの情報を待ちたい。金はじゅうぶんに渡してある。あいつは支払いさえケチらなければ、しっかり働く女だ」

「では、調査は続けてくれ」

大世界の前まで来ると、太陽のように輝く屋上のネオンサインと、窓からこぼれる金色の光に心がはやった。黒塗りのフォードやパッカードが、次々と出入り口に停車し、羽振りのよさそうな男女が建物へ吸い込まれていった。劇場や賭博場が目当ての客もいれば、密室で若い女や少年を買う客もいる。青幇が取り仕切る遊戯施設では、どんな非合法な行為がなされていても、租界の警察が踏み込むことはない。

次郎たちはエレベーターで四階まであがり、大理石の壁と床が続く明るい廊下を進んだ。楊直が予約した部屋には、まだ誰もいなかった。店員が淹《い》れてくれた茶を飲みながら、次郎たちは訪問者を待った。

十一時になったとき、扉が叩かれた。店員に付き添われて、よく日焼けした中国人の男がひとり入ってきた。歳は次郎たちに近かった。太い眉と目尻の下がった目元には人懐っこさがある。その優しい雰囲気とは裏腹に、頬から顎にかけて大きな傷痕が刻まれていた。短く刈り込んだ髪型のせいで、左耳の歪《いびつ》な形が目にとまる。この時期、上海租界でよく見かける麻の上衣とズボンに、胸元を大きくあけた菫《すみれ》色のシャツを合わせているのは少し異様な雰囲気だった。男は軽く挨拶しただけで次郎たちの向かいの椅子にどっかりと腰をおろし、傍らに控えていた店員に、バーボン・ウイスキーをボトルで注文した。

店員が退室すると、男は野太い声で楊直に向かって言った。「皆さんをお待ちしているあいだに、よう遊ばせてもらいました。さすがは租界、こういう場所が桁外れに派手でよろしいな」強い南方訛りのある発音だった。そのあとに続いたいくつかの言葉を、次郎は聴き取れなかった。

楊直は意味をとれるのか平気で会話し、「それは大変結構だ」と続けた。「君が大切な客人だということは、支配人にも、じゅうぶん伝えてある。こちらに逗留しているあいだ、退屈はさせんよ」

「ほんなら、明日は陽が高いうちから、若い娘を二、三人借りていきます」

「どうぞご自由に。連絡先さえ教えてもらえるなら、いくら連れ出しても構わん」

男はにやりと笑い、両手を打った。身なりはいいが田舎者っぽい反応だなと次郎は感じ、複雑な思いを抱いた。まるで、昔の自分を見ているようだ。大世界のいかがわしさに酔いしれ、欲望の炎を少しも隠そうとしない。いや、隠すという作法自体を知らないのか。

店員が、ウイスキーのボトルとグラスを運んできた。アイスペールを置き、ボトルと三人分のグラスを並べて退室する。男はそちらに手をつける前に、次郎を一瞥して少しだけ目を細めた。上衣の内ポケットに右手を伸ばし、中からつかみ出したものを卓に載せた。表面にジャンク船の浮き彫りが描かれた銀貨と、翡翠の玉。

なるほど、と次郎はつぶやいた。これを持っているということは、楊直は「最」の栽培と流通について、何ひとつ隠さず、この男に説明済みなのだ。全面的に信用し、今日は、これから先の話だけすればいい。

男は、次郎に向かって丁寧に一礼した。「わしは南のほうの出身で、いまはビルマに住んどります。趙定偉《ザオ・ディンウェイ》と申します」

「おれは楊大哥《ダーグア》の義兄弟、黄基龍《ホアン・ジーロン》だ。大哥から認められたのであれば、おれたちは仲間同士だ。腹を割って話そう」

「ありがとうございます。わしの親父は広州《クアンツアウ》からビルマに移住した人間で、お袋はビルマ人です。そういう事情で北の言葉は苦手です。上海語もよくわかりません。聴きづろうても堪忍してやって下さい」

「いや、それは構わんのだが、ビルマでは何を?」

「運輸会社を経営しています。社員はビルマ人やらインド人やら、いろいろです。勿論、中国人も雇うてます。ビルマには、大陸から流れて来たもんが大勢住んどりましてね」

「そうか。おれは上海側で荷物を動かしているんだ」

「はい、そのあたりは既にうかがっています」

「あんたが持っているのはどのルートだ。海路か陸路か」

「両方です。陸路には、雲南省へ抜ける道もあります」

「あそこは、龍雲《ロン・ユン》雲南省政府主席が支配する土地だと聞くが」

「龍雲は阿片芥子の栽培に積極的ですから、特に文句は言わんでしょう。噂によると、いま、あそこの芥子畑は世界有数の規模だそうで。近頃の雲南省の発展ぶりをご存じですか」

「いいや」

「蔣委員長ご夫妻も絶賛したほどです。蔣委員長と杜月笙《ドゥー・ユエション》先生は義兄弟ですから、龍雲がわしらに危害を与える恐れは皆無です」

龍雲は軍部出身の為政者で、少数民族としての誇りも高く、頭のいい人物だ。他の多くの指導者と同じく、阿片芥子栽培とその売買によって国を豊かにすることを良しとし、雲南省を豊かにするために全力をあげている。「雲南王」という異名を持つほどの実力者で、蔣介石とのつながりも強く、汪兆銘《ワン・ジャオミン》については評価していない。

趙定偉はウイスキーのボトルに手を伸ばし、三つのグラスに氷を入れて酒を注ぎ、次郎と楊直の前にひとつずつ置いた。乾杯して全員が一気に飲み干すと、趙定偉はすぐに二杯目をつくり始めた。嘉瑞でじゅうぶんに飲んできた次郎は、二杯目を少しずつ味わうように留めた。趙定偉は二杯目もすぐにあけてしまい、楊直も同じく三杯目に口をつけた。

ビルマの山岳地帯で採取した生阿片を、どうやって上海まで運ぶのか。その方法について趙定偉は語った。日本軍はドラム缶に生阿片を詰めて列車で運んだりするが、これは軍隊自らが主導しているからできることで、非合法組織が運ぶには適さない。すぐに警察や軍部に密輸だとばれてしまう。まず、生阿片を煙膏やモルヒネの段階まで精製して、なるべく荷物を小さくする。そうやって輸送費を抑えつつ、見つかりにくくする。浙江省では山地から下ろしたあとに精製していたが、ビルマでは畑に施設を併設し、精製してから麓へ下ろすべきだと趙定偉は強調した。ビルマはイギリス領だ。日本の央機関以外の目も警戒しなければならない。阿片煙膏を切り餅や丸餅に似た形にして運ぶという話を聞かされた次郎は、大きくうなずいた。「糖年糕《タンニエンガオ》、福寿膏《フーシヨウガオ》？」

「はい。その形にしておけば、金庫の中でも保管できます」

会話を重ねていくうちに、最初に趙定偉に感じた不快感はいつのまにか消えていた。むしろ、こいつなら安心して任せられるだろうと、次郎は思うようになった。

楊直が言った。「日本軍は南京に新政府をつくるための資金を、里見《さとみ》甫《はじめ》につくらせるそうだ。上海に特務機関の事務所を置き、阿片売買で日本軍の活動費を稼ぐのだ。私は老板《ラオバン》たちと一緒に里見と会い、上海での利益が衝突しないように調整する予定だ」

次郎は訊ねた。「里見は、どこの阿片をさばくんだ？」

「主にペルシャ産だが、海南《ハイナン》島産も扱うだろう。短期間で大金をつくり、新政府の樹立を成功させたあとは、また別の仕事に移るはずだ」

「北へ戻るのか」

「本来は北の阿片をさばくのが里見の仕事だからな。上海での仕事は一時的なものだ。それはともかく、一度、ビルマの畑を視察してくれないか」

「畑仕事に戻るのは嫌だぜ」

「栽培してくれという意味じゃない。おまえは栽培の経験者だから、わずかな問題も見逃さんだろう。乾季の種まき直後と、収穫にあたる来年の春に、視《み》てきてほしい」

「趙定偉が案内してくれるなら。おれは、ビルマ語や少数民族の言葉はわからない」

趙定偉が横から口を挟んだ。「勿論、わしが案内しますし、現地の責任者とも会わせます。通訳を準備しますから大丈夫です」

「ありがとう。よろしく頼む」

12

一九三八年五月、満州国新京。

建国大学入学式の日。

伊沢穣は、初めて大学の正門前に立った。

門の左右では、ふたつの国旗が翻っていた。左側には、日本の国旗である日章旗。右側には、黄色地に帯状の赤・青・白・黒が組み合わされた満州国の国旗。五族協和を掲げるこの大学には、日本人だけでなく、漢人、満州人、蒙古人、朝鮮人の学生が集まってくる。台湾人やロシア人の学生も来ると、伊沢は茂岡少佐から聞かされていた。

台湾人はともかく、なぜロシア人が来るのか。茂岡少佐の話によると、共産主義者のロシア人ではなく、ロシア革命をよしとしない白系ロシア人が入学してくるのだという。日露戦争を通して、日本という国に興味を持った学生たちである。ソ連の情報がほしい日本としては、白系ロシア人とのつながりは重要なのだ。

寮は塾舎と呼ばれ、横長の建物が、ちょうど真ん中あたりで寝室と自習室に分かれていた。ここに、二十人前後の日本人学生と、他民族の生徒がひとりずつ分けられた。このような態勢をとったので、真夜中になると、学生たちはすぐに、歯に衣を着せぬ議論に夢中になった。

五族協和の思想を疑わず、将来に明るい夢を見がちな日本人学生に対して、「それは偽善だ、現実を見ろ」と、漢人・満州人が激しく反論する。朝鮮人は「日本人の性質は気に食わんが、国力は評価できるので手を結ぶべきだ」と身も蓋もないことを言い出し、ロシア人・台湾人は皆の話を冷静に吟味しつつ、何が自分の祖国の得になるか計算している様子だった。

つかみ合いが始まりそうなほど熱い議論に伊沢は圧倒され、皆から少しばかり距離を置いた。二年経ったら、自分はこの大学から離れるのだ。同期生と親しくなってしまうと別れがつらい。だから、ここでは友人をつくるまいと決めていた。誰からも関心を持たれず、忘れ去られるのが理想的なのだ。

不思議なことに、どれほど激しい議論が繰り広げられても、学生たちの仲は険悪にはならなかった。一夜明けると、けろりとした顔で、「おはよう」「ザオ」「アンニョン」「ドブライェ・ウトラ」と、笑顔で挨拶が交わされた。朝食を摂ったあとは、学舎で席を並べて勉学に精を出した。夜が訪れると、また激しく意見をぶつけ合う。

自由とは、まさにこのような在り方を言うのだと、伊沢は心を震わせた。

大学の外へ出れば、中国人や朝鮮人と仲よく暮らす日本人も大勢いる一方で、安く使える労働力としてこき使う者もいる。気に食わないことがあれば怒鳴りつけ、日本人としての物の見方だけを基準に、「支那人や朝鮮人が、大日本帝国の臣民に無礼を働いた」と文句をつける者までいる。相手が死ぬのも気にせず、殴る蹴るの暴行を加える者も。

現実の社会には、常にふたつの面がある。寛容と排斥。それを両端に載せた天秤が、状況次第でどちらかに大きく傾くのだ。自身も「ロシア人の子」と蔑まれてきた伊沢にとって、これは人ごとではない状況だった。

だが、建国大学の中は安全だった。どんな発言でも許され、何を口にしても、暴力をふるわれたり殺されたりすることはなかった。建国大学は確かに関東軍が設立したものだが、彼らは教育内容には関与せず、図書館には共産主義関係の書物まで入っていた。これは学生を共産主義に染めるためではなく、敵の思想である主義をよく研究しておかねば、その弱点を突くことができないという発想から蔵書となったものである。

ここは温室だ。閉ざされた楽園だ。実社会は地獄であっても——いや、だからこそ、伊沢は、この学校が愛おしくてたまらなかった。


建国大学は、満州国の官吏を育てるための学校でもあったので、教養と専門のふたつの学科が用意されていた。哲学、史学、文学、武学、宗旨道、国家学、政治学、経済学等々。深く研究したければ、自習時間を利用していくらでも調べ物ができた。

これに加えて、体力づくりや、武術や軍事訓練にも時間が割かれた。三八式歩兵銃が各人に一挺ずつ与えられ、自分で管理することを求められた。グライダーの練習場まであった。

農業実習もあった。農業は国を支える要だ。特に満州国は、農業がなければ立ちゆかない。大豆、高粱《コーリヤン》、粟、トウモロコシ、小麦、水稲、綿花、ジャガイモ、荏《エゴマ》、蓖麻《ヒマ》等々、満州国でつくられる作物は数多い。大学では高粱と若干の野菜をつくり、鶏や羊や豚の飼育も行っていた。

土を耕し、肥料をまく作業で、体中の筋肉が悲鳴をあげた。皆、農作業など初めてという学生ばかりだ。軍事訓練とは別の意味で、忍耐強さが求められる科目だった。

農作業は一日休むだけで畑がだめになる。授業と軍事訓練の合間をぬって、伊沢たちは水をやり、雑草を抜き、害虫を取った。地味で根気が必要な作業ばかりだ。当然、嫌になる学生も現れる。

いつしか、農業実習には、日本人と朝鮮人しか参加しなくなってしまった。漢人や満州人は、「学問を志す者は、農民の真似ごとなど不要」と考える文化圏にいる民族だ。農作業など放り出し、自習室で勉強するほうを選んだ。建国大学では、教学はほぼ出欠をとらず、試験もないという特殊な教育体制をとっていたので、これを利用しての課題放棄である。

これでは畑に出る学生の負担が増すばかりだ。こんなところにも民族性が表れるのは困ったことだが、理由がわかれば、なんだかユーモラスにも感じる話だった。教授から命じられた漢人や満州人が渋々畑に出てくると、伊沢たちは彼らの態度をひやかしながらも、屈託なく迎え入れた。

家畜の世話も皆が嫌がる作業だった。生きもの相手のあれこれは神経をつかう。特に豚は大変で、豚舎の臭気がすさまじかった。

豚舎では、餌やりよりも清掃のほうがきつい。スコップで豚の糞をすくい、一輪車に積んで、堆肥にする場所まで運んでいく。これを何度も繰り返す。鼻が曲がりそうになる糞尿の臭気は、含まれるアンモニアのせいか目にまで染みてくる。臭気は作業服だけでなく髪にまで染みついた。豚舎の掃除当番に当たった日には、風呂で丁寧に体を洗っても嫌な臭いが残り、げんなりした。

あるとき伊沢は、一輪車を押して豚舎から出ようとしたときに、うっかり足を滑らせた。長靴が半分脱げ、派手に尻餅をついた。一輪車からなだれ落ちた糞が、両脚の上でこんもりと山をつくった。巻き添えを食った学生は一輪車から撥ね飛んだ糞を額や胸で受けとめてしまい、「うひゃあっ」と素っ頓狂な声をあげて、軍手をはめた両手で体にこびりついた汚物を払い落とした。ホースで床を洗っていた学生が笑いながら言った。「ここはいいから、早く洗ってこい。急がんと臭いがとれんぞ」

共に災難に見舞われた常楽友道《じょうらくともみち》という名の学生と一緒に、伊沢は豚舎の外へ駆け出した。

新京も五月末になれば、東京と同じぐらいまで気温が上昇する。それでも最高気温が摂氏二十度を少し超える程度で、夏場とは違う。今日みたいに天気が悪いと肌寒い。だが、こうなってしまうと水を浴びるしかない。

野外の洗い場で作業服を脱ぎ、長靴と靴下も脱いだ。ふんどし一丁になってから、ホースを挿した水栓をひねる。しゅっと音をたてて、ホースの先から水があふれた。

交替で頭から水をかぶった。皮膚がぴりぴりするほど冷たい。だが、泣きごとなど言っていられない。いったん水を止めると、風邪をひかぬように、すぐに新しい手ぬぐいで全身を拭った。

それから、再び、水道の栓をひねった。ゴム管の先端を親指と人差し指の腹で挟んで潰し、勢いよく噴き出す水で、脱ぎ捨てた服の目に見える汚れを洗い流した。石鹸を使っても、繊維の奥まで入り込んだ臭いを落としきるのは難しいだろう。だが、とりあえず、洗えるところまで洗い、長靴と靴下も念入りに汚れを落とした。

絞った服を小脇に抱えて長靴を持ち、裸足《はだし》で本館へ向かった。ふんどし姿で校内を歩くのはみっともないが、予備の作業服をもらえるまでの辛抱だ。

「ああ、ひどい目にあった」常楽は肌寒さに震えながら、首をひねって自分の肩に鼻先を近づけた。「まだ臭い。今日は風呂の時間までつらいな」

「すまん。僕が滑ったせいで」

「いいさ。頭から一輪車に突っ込まなかっただけましだ」

伊沢が小声で笑うと、常楽は「おや？」という顔つきをした。「君でも楽しそうに笑うことがあるのか」

「え？」

「夜中の議論に加わらないし、自習室ではいつもひとりだ。人見知りする奴だと思っていた」

うっかり内面を見せてしまったことを、伊沢は悔やんだ。口をつぐんで前を向く。本館まではまだ距離がある。このあとはうまく受け流そう。

すると、常楽はまた声をかけてきた。「話しかけられるのが嫌ならすまん。おれは二年経ったらここから出て行くから、いまのうちに、なるべく多くの同期と楽しみたくてな」

えっ、となった伊沢が相手の顔を見返すと、常楽は寂しそうに笑った。「事情がよくわからんが、三年目から別の大学に移るようにと教官から命じられた。暁明学院大学という学校だ」

「本当か」伊沢は思わず大声を出した。「僕も同じだ。三年目からは暁明だ」

「なんだって？」

「僕だけかと思っていた。成績や学生の気質で分けているのかな。あちらは陸軍の意向が強い学校らしいが」

「じゃあ、おれたちは向こうでも同じ班かな。選抜なら移るのは少人数だろうし」

「あちらでも一緒なら助かる。見ず知らずの場所へ移るのは、気が重かった」

「これも何かの縁だな。よろしく頼む」

伊沢は建国大学へ来るまでの話を、初めて自分から打ち明けた。新京に来た直後は、志鷹教授の家に居候していたことも。

常楽は目を輝かせた。「大陸科学院の教授と知り合いだなんてうらやましい。石油開発はとても重要な研究だ。現場の話を聞いてみたい」

「じゃあ、お盆休みで教授の家へ戻ったときに、君を紹介しよう」

「本当か」

「建国大学の学生だと言えば、誰だって歓迎してくれるさ」

「ありがたい。恩に着るよ」

その日から伊沢の日常はがらりと変わった。常楽と一緒にいると、他の学生とも知り合いになる。伊沢も同期の輪に加わり、夜中の議論で、自由主義者として熱弁をふるうようになった。

五族が集まる建国大学では、伊沢の容姿を気にする者はいなかった。絶対基準となる容姿が存在せず、多言語が飛び交う環境なのだから、気にする者がいたらそのほうがおかしい。勿論、そこには、「おれたちは同等の仲間だ」という絶大な自負があったからだが、なんにしても出自を気にしなくていいのは楽だ。伊沢は人生で初めて、人間関係を負担に感じないで済む気楽さを知った。

しばらくすると、黄基龍《ホアン・ジーロン》から「元気にしているか?」と書かれた手紙が学校宛てに届いた。日々の楽しさに高揚していた伊沢は、すぐにペンを手に取り、黄基龍宛てに長い手紙を書いた。

『大学はとても楽しいところです。心の底から信頼できる友人がたくさんできました。他の大学では、決して得られなかった友人たちです。いずれは卒業することが寂しくてたまりません。でも、ここで学んだことを社会に反映させ、満州国を真に自由な世界にするのが僕の務めです。そのために努力し続けます』

13

趙定偉《ザオ・ディンウエイ》との顔合わせのあと、次郎は久しぶりに原田ユキヱに連絡をとった。

租界の会員制クラブで落ち合うと、次郎はユキヱから「ずいぶん心配しましたよ」と言われた。

「董老板《ドンラオバン》から状況を聞きましたが、よくご無事で」

「おれは悪運が強いようだ。いろいろやっても、まだなんのバチも当たらん」

「結構なことです」

ユキヱは次郎に分厚い書類袋を差し出した。「上海の老板たちに関する情報です。完全なものではありません。私ひとりでの聞き込みには限界があるので」

「わかった。引き続きよろしく頼む」

「楊直《ヤン・ジー》には、まだ見せないほうがいいと思います」

「勿論、そのつもりだ」

次郎はクラブから楊直邸に戻って自室に閉じこもり、早速、書き物机の前で書類に目を通した。しょっぱなから、眉をひそめるような話が書かれていた。

楊直のかつてのボス、郭老大《グオラオダー》には、過去に、長期間にわたって毒を盛られていた形跡があるという。その死因は老衰ではなく、毒物の影響があったのではないかと、ひとりの医師が所見を残していた。

一九三四年に郭老大と初めて会ったときのことを、次郎はよく覚えている。郭老大の喋り方が変なのは、大病を患い、かろうじて復帰してきたからだとあとで聞かされた。あれは毒を盛られたことによる体調不良だったのか?

郭老大の死で、最も大きな権力を得たのは董老板だ。

だが、董老板が組を継ぐことは、あらかじめほぼ確定していた。わざわざ毒を盛る必要はなかったはずだ。ひとつ考えられるのは、日本軍が本格的に上海へ手を伸ばす前に地盤固めをしようと考え、自分の予定に合わせて郭老大に死んでもらった——ということだが、いくらなんでも、そんな雰囲気があれば楊直がまっさきに気づくだろう。

次郎はミニシガーに火をつけた。独特の甘味を感じる煙を吸いながら、調査書をめくり続ける。

全身を衰弱させ、中枢神経、末梢神経、内臓などに障害を生じさせる毒物の代表格は、ヒ素と水銀だ。専門家が患者を診れば、そのいずれか——あるいは双方を利用しての中毒だとすぐにわかる。他にも、特定の漢薬を過剰摂取させる方法などがあるらしい。いずれも、少しずつ与えれば、被害者本人にも身近な人間にも気づかれにくい。

上海の老板たちの内紛について、ユキヱは、ぎりぎりまで踏み込んで調べてくれていた。

老板たちは青幇《チンパン》の掟で守られつつも、一枚岩ではない。これは、楊直からも聞かされていた。誰もが保身のために、自分の周囲に城壁をはりめぐらせている。まるで、大陸に古くからある都市の姿のように。

ユキヱの調査書には、老板たちの誰と誰との結束が強く、誰と誰とのあいだにもめごとがあったのか記されていた。その中には故人の名前もあった。次郎が楊直と知り合って以降、上海で死亡した青幇の大物はふたりいる。ひとりは郭老大。もうひとりは、第二次上海事変のときに、大世界付近で爆撃に巻き込まれて死んだとされる老板だ。名は、万曹凱《ワン・ツアオカイ》とあった。次郎はこの老板の顔を知らず、会ったこともなければ、どんな人物なのかも知らない。楊直や董老板からも聞かされた覚えはなかった。

ふいに、背筋を冷たいものが走り抜けた。

もしかしたら自分は、あの惨殺事件について、大きな勘違いをしていたのではないか。

大切なのは順番だ。物事が起きた順番。

楊直の家族が惨殺された当初、次郎は、それを企図した者と実行犯では動機が違うだろうと考えた。フランス租界の警察に顔が利く人物が、楊直に恨みを抱く人間に呼びかけて、彼の家族を殺害させたのだと。

問題は、その動機だ。

この犯行を計画した者は、楊直が家族を殺されて精神的に打撃を受けて失脚することを期待したか、あるいは逆に、判断能力を失った楊直に取り入って信用を得るのが目的だったと仮定してみよう。たとえば「最《ズイ》」の種がほしいとか、楊直を通じて阿片事業に参入したいとか、そのような野心を持っていたと考えてみる。この場合、犯人は通常では「最」に触れられぬ者、つまり、老板よりも低い地位にある者だ。そして、楊直本人が必要なのだから、家族は殺しても楊直を殺すことはない。楊直が未だに襲撃もされず、殺されていないことについては、こう考えると筋が通る。

だが、次郎の調査では、この線上に浮かぶ人間はひとりもあがってこなかった。事件のあとで楊直に接近した人物はおらず、楊直は失脚するどころか逆に出世した。董老板は、いまでは楊直を通して「最」を自由に扱える。すると、惨殺事件につながる動機は、この線には見えてこない。

では、関東軍の特務機関――央《オー》機関の謀略なのか？　話としては、このほうがすっきりと筋が通る。関東軍に無断で「シロ32号」＝「最」を育て、その存在と利益を隠していた青幇に対する報復として、「最」の管理者であった楊直の家族が殺された――。董老板や楊直が考えているのは、この線だ。これが正しければ、第二次上海事変のあとに茂岡少佐が上海へやってきたのは、青幇への直接的な恫喝だったと解釈できる。おとなしく嘘を認めて「最」を返さなければ、今度は楊直が死ぬ、おまえたちの身内からも次々と死者が出るぞという警告だ。事件を事変の最中に起こしたのは、交戦中の上海なら、上海陸戦隊や増援軍の動きにまぎれて、央機関が動きやすいからか。

原田ユキヱが「最」の阿片煙膏と種を上海へ持ち込んだのは一九三四年。第二次上海事変勃発は一九三七年。三年間、関東軍は報復に最適な機会を待ち続け、それが訪れたのが第二次上海事変。

だが、これでは、物事が起きた順番がおかしいのだ。

あの日、高級ホテルでユキヱとふたりだけで夜を過ごした日、ユキヱは自らこう告げた。一九三四年の時点では、関東軍はまだ「シロ32号」の持ち出しに気づいていなかったと。関東軍は、青幇と再交渉する機会を三年間慎重に待ち続けたのではなく、阿片煙膏と種の持ち出しを、『三年間、本当に気づかなかった』のだと、ユキヱは言い切った。

では、関東軍は一九三七年に、誰を経由してこれを知ったのか。ユキヱとの会話には、この部分がまったく出てこなかった。

首筋に、じんわりと汗が滲んだ。

ユキヱはおれに対して、わざとこの情報を伏せたのか。それとも本当に知らないのか。どちらだ。

この年、ユキヱはもう杜月笙《ドゥー・ユエション》邸で暮らしている。彼女の存在は、そう簡単には外へ洩れなかったはずだ。

一九三四年より少し前、「シロ32号」の畑を焼き払った関東軍は、当時、これでこの件は決着したと思い込んだ。そのあとで青幇が、「シロ32号」＝「最」を関東軍のあずかり知らぬところで栽培し始め、高価な阿片煙膏として流通させていったのだ。次郎たちは、常連客から不要になった阿片煙膏を買い取り、「最」の流通を隠す工作まで行ってきた。満州産の阿片から「最」に切り替えた購入者の存在は、この措置により、簡単には外部に知られなかったはずだ。

「最」の愛好者たちが交わす会話が外へ洩れて、関東軍に伝わったのだろうか。いや、それは考えにくい。阿片は禁制品だ。基本的には個人で密かに楽しむものだ。「最」を購入できるほどの金持ちなら、この極上の楽しみを奪われまいとして、秘密は絶対に守る。

では、やはり誰かが、一九三七年に、「最」の存在を関東軍に密告したと考えるべきなのだ。

これを伝えて、最も得をする人物は誰か。

いくら考えてもわからなかった。ユキヱも、楊直も、董老板も、他の老板たちも、「最」に関する情報が関東軍に伝われば、損をする者たちばかりだ。欧米の工作機関がからんでいるのか？

中国や日本が阿片で軍資金を蓄えぬように、両者のあいだに混乱を生じさせる作戦？　いや、有り得ない。大規模な軍事力と資源を備え持つ欧米が、こんな、ちまちまとした工作で何かを成すとは考えにくい。開戦して直接日本を殴りつけたほうが解決は早い。

だとすれば、やはり個人、もしくは小さな集団が立てた謀略だと考えたほうが、しっくりくる。青幇と関東軍が争うと得をする者。それは誰だ？

この正体不明の存在が、一九三七年に、突然「最」に関する情報を関東軍に伝えたと仮定すると、その後の流れに、くっきりと一本の筋が通る。

央機関の茂岡少佐は、第二次上海事変が終結したのちに、楊直や董老板と会談している。つまり楊直の家族が殺されたあとだ。

あの惨殺事件が、関東軍が青幇を恫喝するためだとすると、これでは手順が逆なのだ。通常、央機関はまず青幇と会談し、それが決裂した場合のみ、見せしめのために楊直の家族を殺してみせたはずだ。そして、再度、話し合いに持ち込む。この順序でなければ恫喝にならない。

これを逆に実行すると、面子を何よりも大切にする中国人集団の青幇は、証拠も見せぬうちから我々を頭ごなしに脅したと激怒し、央機関を非難して、二度と会談に応じなくなるだろう。この怒りが本物ではなく「ふり」だったとしても、これによって青幇は央機関との話し合いを一切拒否できる。仲間の悲劇を無駄にせず、しっかりと「勝ち」をもぎ取っていく。

次郎が楊直から教えられた話によると、茂岡少佐は中国文化に馴染んでいる様子だったという。このような手順を間違えるとは考えにくい。会談での交渉のハードルを、わざわざ上げはしないだろう。央機関の任務は、あくまでも「最」の件で青幇と折り合いをつけることで、正面からの衝突は極力避けたいはずだ。だから、楊直の家族を殺してから楊直たちの前に現れる――という順番は有り得ないのだ。交渉の内容によっては、その場で茂岡少佐自身が殺されかねないのだから。

となると、関東軍や央機関は、楊直の家族殺害とは無関係という結論になる。楊直が彼らを首謀者だと思い込んでいるのは、家族を殺された怒りと憎しみで視野が狭窄《きょうさく》しているせいか？ 董老板はどうだ。次郎がフランス租界の偽警官に拉致され、初めて董老板の邸を訪れたとき、董老板はためらうことなく『関東軍の特務機関の仕業に決まっている』と言い切った。物事の順番が逆であることに、老板である彼が気づかないのはおかしくないか？ もしかしたら、日本側の犯行だという証拠を握っているのだろうか。

次郎は、短くなったミニシガーを灰皿に置いた。新たな一本に火をつける。

自分の役目は「最」の栽培と運搬だったから、青幇内の力関係にはほとんど関心を払ってこなかった。本来、それは、次郎の立場では知りようがない事柄でもあった。

青幇は秘密結社だから、こういった面倒な問題は外部には洩らさない。今回の調査書でやっと人間関係の片鱗を知ったが、それでも殺し合いや潰し合いになるほど、老板同士の仲が悪いようには読めない。郭老大の死亡に毒殺の疑いがあることが、むしろ奇異に感じられるほどだ。郭老大は、いったい誰から、そこまでの恨みを買っていたのか。彼に毒を盛りたいほど憎んでいた人物とは誰だ。その一件と楊直の家族が殺された一件が、どこかでつながるのだろうか。

空白を――空白を探すのだ。物事の順番に気を配っていなかったように、自分は青幇や関東軍に対する先入観から、まだ何かを見落としている気がする。

たとえば自分は、楊直の邸に匿《かくま》われていた頃のユキヱについて、ほとんど何も知らない。軟禁されていたから誰とも会わなかったとは限らんだろう。自分が浙江省の山地で芥子栽培に勤しんでいたあいだ、ユキヱは楊直邸の外へ出たことはあるのか。もしくは、楊直邸に来た誰かと顔を合わせたことは。それが関東軍とつながりを持つ人物であり、ユキヱの過去を知って、関東軍に連絡を入れた可能性は？　このあたりを、もう一度ユキヱに確かめねばならない。

杜月笙邸に電話をかけられるのは、董老板だけである。ユキヱに電話をかけさせるのは危険なので、彼女との連絡は、あらかじめ決めておいた場所に手紙をあずけ、定期的に確認するという形をとっていた。高級ホテルのフロントや、会員制クラブの受付が役に立った。一ヶ所に固定せず、それらを順繰りに使った。

調査書を読んだあと、次郎は早速、いつものクラブに手紙をあずけて、ユキヱに次回の待ち合わせ日時を打診した。返事は来なかった。じりじりしながら一週間だけ待ち、それでも何もないと知ると、さすがにこれは何か起きたのではと感じ、次郎はクラブの電話ボックスから董老板邸に電話をかけて、これから訪問すると告げた。

邸で応接室に通されると、ユキヱと連絡がとれなくなったことを話し、何かあったのかと訊ねた。

董老板は「少し待て」と言うと、長椅子から立ちあがり、電話台まで歩いていって受話器をあげた。

しばらく小声で話したあと、董老板は受話器を置き、長椅子に戻ってきて言った。「事情があって邸から出られんそうだ。何か無茶をさせたのか?」

次郎は沈黙を守った。董老板は「まあ、話したくなければ構わん」と鷹揚に応じた。

訪問したついでに、次郎は「分家《フェンジア》」について話した。栽培地を変えて複数の畑をつくったので、「最」の種を、秋だけでなく春にもまいてみるつもりだ、と告げると、董老板は満足げに微笑んだ。

ユキヱが外出できるようになったら連絡をくれと言い残し、次郎は董老板邸をあとにした。

だが、この日を最後に、ユキヱからの連絡は途絶えた。


調査書はまだ楊直に見せないほうがいい、とユキヱから言われていたものの、こうなっては話が別である。次郎は思いきって楊直にも読ませ、自分の推察について語った。郭老大が毒を盛られた可能性について、楊直にも調べてもらいたいのだと。「田舎へ引っ込んだ妹さんにも話を訊いてほしい。あの頃の生活を思い出してもらえば、何か手がかりを得られるかもしれん」

楊直は調査書の内容について、「自分も知っている話もあれば初耳の話もある。全面的に信用していいのかどうかわからん」と言い、毒の件については眉をひそめた。「前にも話したが、楊淑《ヤン・シュー》とは縁が切れた状態だ。いまどこにいるのか、私もまったく知らん」

「わざと、行方を捜さなかったのか」

「ああ。妹は青幇との縁を切りたがっていた。田舎へ引っ込むとき、『今度こそ、本当に幸せになるから心配しないで。兄さんもきちんと幸せになって』と言われてな。向こうから連絡してくるまでは、何も訊かないつもりだった」

「気持ちはわかる。だが、これを機会に捜してほしい。放っておいていいとは思えない。おれたちは、何か、大きな陰謀に巻き込まれている気がする」

「では、早急に調べさせてみよう」

当時と比べれば楊直は社会的な地位も高くなり、青幇としての人脈も増えている。全力で捜索にあたれば、時間はかかっても楊淑を見つけられるだろうと次郎は踏んでいた。

三ヶ月ほどで成果があった。報告書が邸に送られてきた日、書類に目を通した瞬間、楊直が顔を強ばらせた。血の気を失い、家族の葬儀のときと同じ目つきになった。

次郎は楊直から報告書をひったくり、目を通した。そこには楊淑の死が記されていた。死亡推定日は一九三七年八月十三日。第二次上海事変勃発の日。南京へ逃がしたはずの楊直の家族が、惨殺されて上海の別邸で発見された日の前日。

死因は絞殺。夫と共に自宅で殺害されていた。

第五章　鵬翼《ほうよく》

1

一九三八年夏、満州国新京。

伊沢穣は、建国大学の夏季休暇で志鷹邸へ戻った際、約束通り、常楽友道を志鷹邸へ連れて行った。

常楽は背筋を伸ばし、志鷹教授に向かって礼儀正しく挨拶した。「お目にかかれて光栄です」

「君のことは、伊沢くんから詳しく聞かされた」志鷹教授は珍しく愛想のよい笑みを浮かべた。

「君も地質学の研究を希望しているのか」

「はい。満州の石油開発は我が国にとって急務です。自分も、一日も早く軍部の仕事を手伝いたく思っています」

「石油開発については軍の機密に触れるから、何も話せんよ」

「構いません。自分の勉強の成果を先生に見て頂きたいだけです」

常楽は鞄の中から地図を取り出し、応接室の長卓に広げた。「自分の予想では、このあたりから特によく石油が出るはずです」とか「油母頁岩《オイルシエール》の化学処理に関してドイツ語の文献を読みましたが、この部分について自分の解釈は正しいのでしょうか」等々、伊沢には理解が難しい点まで突っ込んで質問を浴びせた。

志鷹教授は率直に感嘆し、「詳しいことは言えんが」と前置きしつつも、常楽の分析と解釈について指導を行った。授業にも似たふたりの熱意に、伊沢は息苦しくなるほどの焦りを覚えた。

かつて志鷹邸に住んでいながら、伊沢は、このような会話を交わしたことがなかった。当時はただの受験生だ。大学レベルの会話など望むべくもなかったが、今回訪問するにあたって何も準備してこなかったのは、自分の落ち度である。常楽が、これほどまで準備を調えてくるとは予想外だった。と同時に、この男にだけは劣等感を抱かずに済むと思っていたのに――と、久しぶりに気分が落ち込んだ。

自分と同じく暁明学院大学へ移るほどの人物なのだから、頭がいいのは当たり前だ。普段それを誇らないので油断していたが、自分にとって常楽は、最も身近な壁であり、手強い好敵手でもあるのだ。

常楽は頬を紅潮させながら持論をまくしたて、軍の機密に触れそうな部分にも遠慮なく質問を浴びせた。その溌剌《はつらつ》とした姿は眩しく、伊沢の胸を深く抉った。志鷹教授も、なんとも優しい目をして、常楽からの質問に真摯に応じている。伊沢はそれにも動揺を覚えた。志鷹教授が、自分に対してこんな目を向けてくれた覚えはない。邸ではいつも丁重に扱ってもらったが、それは客人としてであって、師弟としての関係ではなかった。

議論が一段落つくと、伊沢と常楽は教授にお礼を言って退去し、駅前の繁華街へ向かった。

小料理屋で夕食をつつきながら、伊沢は溜め息を洩らした。「おまえはすごいな。休暇のあいだも学問を忘れないとは、僕にはとうていできんことだ」

「おれがずうずうしいだけだから気にするな。志鷹教授は始終微笑んでおられたが、腹の底では『なんだこの無礼な若者は』と怒っていたかもしれん。あとで謝っておいてくれ」

「志鷹教授は怒るときにはその場で怒る。あれは純粋に君に感心していたんだ。うらやましい」

「そうなのか?」

「僕は、教授から、あんなふうに学問を教えてもらったことはない。合格したあとは、すぐに寮に移ってしまったからね」

「じゃあ、おまえも教わればいい。おれと一緒に満州で石油を掘らんか。成功すれば大富豪になれるぞ」

「富豪生活に興味はないが、やり甲斐はありそうだな。軍の管理下で働くのは窮屈だが」

「何を言うか。寄らば大樹の陰だぜ。軍に人脈ができれば、どこへ行ったって歓迎される」

石油開発に熱心なのは海軍のほうだがいずれ陸軍も動かざるを得ない、現代戦は石油なしでは始まらんからな——と喋りながら、常楽は上機嫌で白い飯を頬張った。寮で出る飯には高粱《コーリヤン》が多く混ざっているので、胃腸が弱い学生には少々つらい。白米を食べられるのは、外食での大きな楽しみだ。「明日は華界へ遊びに行こう。美味い支那料理屋を探すぞ。おまえ、白酒《バイジユウ》を飲んだことあるかい」

「いいや」

「匂いに独特の癖があるが、支那料理を食いながら飲むとこれが絶品でな」

「僕は下戸だ。でも、支那料理は食べたいし、最後に甘いものを注文するのも好きだよ」
「じゃあ決まりだな。日本人には少々危険な場所だから、陽が高いうちに出かけよう」

建国大学での二年間が過ぎ、伊沢と常楽がここから立ち去ることが教授を通して皆に告げられると、同期の学生たちはふたりとの別れを心から惜しんだ。涙を浮かべる者すらいた。

伊沢も、鼻の奥が痛くなった。

入学したときには誰とも交流するまいと考えていた。だが、常楽がいてくれたおかげで、頑なだった心がずいぶん融けた。どんなものからも自由でありたかった自分は、二年間で真の自由の意味を知り、同期生を愛おしく感じられるようになった。そして、常楽との付き合いと競争は、まだまだ続くのだ。そう考えると、寂しさを乗り越えて、新しい世界へ向かう高揚感が増してきた。

ところで、再度の移動を黄基龍《ホアン・ジーロン》にはどう伝えるべきなのか、伊沢は考え込んでしまった。入試の結果を知らせたとき、かなりの時間が経ってから、黄基龍が出した手紙が届いた。第二次上海事変の勃発で伊沢を心配していたことや、合格を祝う言葉や、金が必要ならいつでも知らせろとか、彼の人柄を思わせる泥臭い親切心が仄見える言葉が、意外なほどの達筆で綴られていた。

それからも何度か心温まる手紙をもらったが、暁明《ぎょうみょう》学院大学へ移ることはまだ知らせていなかった。建国大学ならともかく、陸軍が強く関与している暁明学院大学については、中国人である黄基龍には伝えづらい。

結局、住所の変更は知らせなかった。建国大学の事務課職員に、自分宛ての手紙が来たら暁明学院大学へ転送してほしいと頼んでおいた。両親から届く手紙も、同じ措置をとってもらった。

退学にあたって常楽は、「湿っぽいのは嫌だ」と言って、送別会の夜を、皆とのどんちゃん騒ぎと大弁論大会にあてた。教授や教官たちも、この日ばかりはどれほど学生たちが夜中まで大騒ぎしても、見て見ぬふりをしてくれた。

出発の日の早朝、校門の外へ出た伊沢と常楽は、いつまでも見送ってくれる同期生たちを何度も振り返り、繰り返し手を振ってから臨時バスに乗り込んだ。

バスが動き出し、窓から見える景色が後方へ流れ始めると、伊沢の両目にもじんわりと涙が滲んだ。

ふと視線を横に動かすと、常楽も手の甲で目元を拭い、洟《はな》をすすっていた。

2

暁明学院大学でも、伊沢と常楽は同じ班になった。いかにも少数精鋭といった学生たちの雰囲気に伊沢は気圧された。建国大学の自由さとはまったく違う、息が詰まりそうな堅苦しさだった。

学内には三期生までいた。出自はばらばらだった。他校から引き抜かれた者、大学を卒業してからここへ来た者、最初からここへ来た者。誰よりも老《ふ》けて見えるのに、自分は正式な手続きで入学した学生だと、ぶっきらぼうに答える者もいた。

人数は、一学年あたり二十名ほど。

学院は新京の郊外にあり、周囲には文字通り何もなかった。これは建国大学と同じだ。盆と正月以外は外出禁止。建国大学以上に交通の便が悪いので、臨時バスが来なければどこへも行けなかった。

娯楽施設は何もない。運動場でテニスや野球をするぐらいしか気分転換の方法はなかった。あとは図書館で蔵書を読んで時間を潰したり、囲碁や将棋をしたり。カードゲームや酒や煙草は厳禁。

習得できる学問の分野は建国大学と似ており、伊沢には難易度も同じに感じられた。農業実習はなかった。畑を耕す作業も家畜の世話も。これにはほっとした。

その分、軍事訓練が厳しかった。体力づくりにじっくりと時間がかけられ、加えて、実戦での技術を叩き込まれた。前線で使われるものと同じ重量の背嚢を背負い、行進や匍匐《ほふく》前進の練習が行われた。実弾による射撃の機会も多く、小銃は建国大学と同じく三八式歩兵銃が一挺ずつ与えられていたが、他に、十四年式拳銃だけでなく、コルトやブローニングやモーゼルなどの、欧米で生産されている自動拳銃に触れる機会まで得た。

拳銃を分解してまた組み立て直すまでの時間を、教官がストップウォッチで計って合否を判定するとか、複雑な錠を特殊な用具であけるとか、化学物質の名前と効果を山のように覚えるなどといった不可解な授業もあった。机に置かれた品々をしばらく眺めろと指示され、そのあと机に背を向けた状態で、教官から次々と質問を浴びたこともあった。「机の上に鉛筆は何本あったか」「地図はどこの国のものであったか」「置かれていたハンカチの色と模様を答えよ」などと問われ、何点正確に答えられるか判定された。

不思議なところでは、女性に関する学習まであって、「女人とは、このような形で男の心を試すので注意が必要である」とか「床を共にする必要が生じた場合に心がけるべきは以下の事項である」といった諸々を懇切丁寧に教えてくれるのだった。それは嫁を迎えるための心構えではなく、女性から騙されず、場合によっては女性を騙すために使われる知識だった。

伊沢は次第に建国大学が恋しくなってきた。いまとなっては、子豚や鶏のけたたましい鳴き声すら懐かしかった。暁明学院大学での軍事訓練は、どうも性に合わない。学問のレベルには満足できるが、軍事がらみの授業は毎回億劫だ。

それでも、命じられれば、伊沢はすべてをこなした。長年にわたって培《つちか》われた適応能力が、またぞろ戻ってきているのだと自分でもわかった。こういったことは、建国大学の自由な校風の中で忘れたはずだったのに。

自分の器用さが恨めしかった。教育を装った暴力的な腕が、自分の心の中へ無理やり侵入してきて、自分はその乱暴さに悶え苦しんでいるのに、精神的にも肉体的にも抵抗できずにいる。それは伊沢が自ら心の底へ葬り去ったものを、再び表へ引きずり出そうとしていた。

なんのためらいもなく周囲に同化する能力。他人の目を気にして、本物の日本人になりたいと渇望していた——あの頃に覚えた歪んだ能力を思い出せと、強く強く、誰かに耳元で説教されている気分だった。

器用という点では常楽も同じだった。いや、伊沢以上だった。不平ひとつ洩らさずに教官の指示通りに作業を完遂してみせる常楽の能力は、ときとして伊沢を遙かに上回った。

同期の誰ひとりとして、常楽の記憶力のよさや、論理的思考や、さまざまな能力と連動する語学の成績に追いつけなかった。

建国大学と違って、学生たちは夜中に寮で議論することなどなかった。お互いのあいだに、冷たく一定の距離を置いていた。

建国大学にはあった自由な熱気が、ここでは皆無だった。国家のために命と魂を捧げる真摯さはあるのだが、それは自由主義からはほど遠い思想だ。

毎日が寂しくて物足りなかった。常楽が傍らにいることだけが救いだった。その常楽も、いまや完璧にこの大学の雰囲気に馴染んでおり、かつてのように、青臭く熱い議論を交わせる男ではなくなっていた。

気になることは、もうひとつあった。

陸軍の息がかかった大学だから当然だが、ここには日本人学生しかいない。たとえば、日韓併合によって書類上は日本人であるはずの朝鮮人学生ぐらいならいてもよさそうなのに、皆無なのだ。日本国内の人間であっても、琉球諸島や他の離島出身者も含まれていなかった。見事なまでに粒がそろった日本人だけがいた。

にもかかわらず、伊沢の出自や容姿に言及する学生や教授や教官はいなかった。伊沢は、内地では、いつも奇異なものとして見られてきたのだ。ここでも、そうだろうと覚悟していた。ところが誰も気に留めない。

伊沢は、常楽に、そっと意見を訊いてみた。

すると常楽は、苦笑いを浮かべながら言った。「そりゃあ、ここへ来るような連中は、自分が『特別だ』という自覚があるから、おまえの事情にも踏み込まないんだよ」

「どういう意味だ？」

「みんな怪物的に頭がいい連中だ。普通の社会では浮きまくっていただろう。実の両親からも怖がられ、遠ざけられていたのかもしれん。頭がいいのも考えものだな。自分の異質さを嫌でも意識せざるを得ん」

怪物、か。

確かに、外見ではなく知能の高さによって引き起こされる差別や排斥も、世の中にはあるのだろう。

自分が異端だとわかっているから、少々奇異に見える仲間がいても無視するということか。それは他者に対する態度としては同じでも、建国大学で経験した、心温まる交流とは対極にある考え方だ。

自分は、やはり建国大学のほうがよかった。

無理にでもあそこに残るべきだったのかもしれないと、伊沢はいまさらのように思い詰めた。寂しさと虚無に呑み込まれそうになり、たまらなくなって黄基龍《ホアン・ジーロン》に手紙を書いた。満州へ来て初めて、儀礼的な身辺報告ではなく、自分で自分の心を整理するために便箋に向かった。

『大学も三年目になると実に大変です。勉強も体をつくる訓練も、少々つらくなってきました。しかし、普通の人間には許されない高みまで登ってきたのですから、僕は負けずにがんばります。黄先生も、近頃では、上海租界でお仕事を続けていくのは大変ではありませんか。どうぞ無理をなさらず、お健やかに』

3

伊沢が暁明学院大学へ移って二年後、一九四一年。

日本軍による真珠湾攻撃から始まった大東亜戦争には、暁明学院大学の冷静な学生たちも心の乱れを隠せなかった。

英米との戦争は、中国相手の戦いよりも激しく、大規模になるに決まっている。高度な教育を受けている学生は、いきなり前線へ駆り出されたりはしないが、ここでの軍事訓練の熱心さを考えると、後方任務につく形で戦地へ送られる可能性は否定できなかった。

この年、伊沢にすら何も告げず、ある日、常楽が暁明学院大学から姿を消した。

教官からは「本人の都合である」とだけ学生たちに告げられ、退学の理由も、どこへ行ったのかも、まったく明かされなかった。

さらに難しい勉強ができる大学へ移ったか、もしくは、いち早く軍部に採用されたのではないかと伊沢は想像した。

常楽は石油開発に強い関心を持っていた。現場へ出られそうなほど知識も豊富だった。もしや、志鷹教授と一緒に、地質調査へ赴いたのではないか。それが真相なら、大東亜戦争勃発直後に姿を消したことにも納得がいく。

取り残された伊沢の胸中に渦巻いたのは、親友と離れた寂しさよりも、一足先に出世に恵まれたに違いない常楽に対する猛烈な嫉妬だった。

常楽が暁明学院大学から姿を消した直後、伊沢は少し成績が落ちた。

授業を受けても上の空で、軍事訓練に参加しても常楽のことが頭から離れなかった。

ひとりは嫌だ、寂しい、という純朴な気持ちと同時に、いま常楽は何をしているのか、陸軍の中でどれぐらい出世したのかと、羨望と苛立ちを捨てきれなかった。

まさか在学中に差がつくとは思わなかった。常楽と競り合うことで、少なくとも学問に関しては、建国大学時代以上に熱意を注ぎ込んできた。それなのに、頭ひとつ抜けたのは自分ではなく彼なのだ。

悔しさのあまり胸が張り裂けそうだった。どの段階でそこまで引き離されたのか。いくら考えても腑に落ちない。

ある日、伊沢は、とうとう教授から呼び出され、説教を食らった。「学業についてはともかく、軍事訓練はぼんやりしていると怪我をする。なぜ、君は近頃そんなに落ち着きがないのか」

伊沢は若干ためらったのち、「建国大学以来の友人に先を越されたせいです」と答えた。

「建大からの友人というと、常楽くんか」

「はい」

「君だって負けず劣らず優秀な学生だ。卒業後は必ず、陸軍と関連する要職に就けるだろう。常楽くんと再会できる日もあろう」

「そうでしょうか」

「どれほど親しい友人であっても、一時的に疎遠になることはある。いまからそんな具合では世間の荒波を渡れんぞ」

「――わかりました」

「まあ、君の場合は原因が明らかだから安心だ。ありがちな悩みを抱えたまま、本当にだめになってしまう学生も多い。とにかく精神力を鍛えなさい。心さえ丈夫なら、どんな困難も乗り越えられるのだ」

無責任な忠告だなと思いつつも、伊沢は礼を言い、教員室をあとにした。

精神力か、と心の中で嗤った。

他人に対する執着が、そんなもので解決するはずはない。


開戦から二年目、一九四三年一月。

茂岡少佐が暁明学院大学へやってきた。

教務課から連絡を受けた伊沢は、学舎内の応接室へ急いだ。

動悸を抑えられなかった。ついに自分にも陸軍から声がかかったのではと。これで常楽に追いつけるだろうか。あるいは、彼はもっと先へ進んでいるのか。

伊沢が応接室へ入るや否や、茂岡少佐は「急な話で申し訳ないが」と切り出した。「今年の進級はなしだ。三月付けで君はここを卒業する。まだ一年残っているが、君の成績を考慮して、もはや学院は不要と判断された。現場へ出てもらう」

またしても唐突な話だ。伊沢は苦笑いを噛み殺して訊ねた。「現場というと陸軍の施設ですか」

「そのあたりについては追って説明する。まずは憲兵隊司令部を訪れてもらいたい。重要な任務が君を待っている」

伊沢は目を見張った。「憲兵隊司令部というと、中央通りの」

「そうだ。他にどこがある」

「僕ひとりでは入れないかと思いますが」

「私が連れて行く。今日はそのために来たのだ。表に車を待たせているから乗りたまえ」

新京の憲兵隊司令部は、関東局との合同庁舎内にある。関東局とは、満州国内に散らばる日本の出先機関を統合する部局だ。在満州国日本大使館に所属しており、関東軍総司令官が責任者を兼任。つまり関東局には、満州国内のすべての権力が集中している。煉瓦造りの赤い外壁と、出入り口の白い石材との対比が鮮やかな、最先端の意匠を取り入れた建物だ。

ふたりで訪れた憲兵隊司令部の棟内は、暖房のおかげで、さほど寒くはなかった。が、しんとした廊下には独特の圧迫感があり、いまから自分の罪を追及されるのではないかという妄想が、ふと浮かんだほどだった。

地階へ下り、また廊下を進んだ。

鉄製の扉がついた部屋の前で立ち止まり、茂岡少佐がそこを叩くと、少しだけ開かれた隙間から軍服姿の男が顔をのぞかせた。

袖に憲兵の腕章が見える。厳しい表情で伊沢を睨めつけた。

入室を拒まれそうな気がしたが、男は「どうぞ」と声をかけて、茂岡少佐と伊沢を中へ招き入れた。

足を踏み入れた瞬間、むっとする嫌な臭気に見舞われた。室内には憲兵だけでなく、粗末な椅子に縛りつけられた男がいた。両手首は椅子の背の裏側で拘束され、胴体は革のベルトで椅子に固定されている。ぐったりと首を落とし、表情は見えない。

何があったのか茂岡少佐に訊ねようとしたとき、壁際に立つ陸軍将校の姿が目にとまった。その顔を見た瞬間、伊沢は愕然として言葉を失った。

志鷹教授だった。

よく似た別人ではない。まぎれもなく志鷹教授だ。

軍服に身を包んだ教授は表情ひとつ変えず、伊沢と視線を合わせた。思わずたじろぐと、茂岡少佐が伊沢に声をかけてきた。「教授には本日まで身分を伏せてもらっていたが、必要があってのことだった。この方が地質学に詳しいのは事実だが、本来の肩書きは大学教授ではなく、帝国陸軍中佐であらせられる。関東軍が設立した特務機関の長であり、君には、これからそこで働いてもらう。中佐が身分を偽ってまで君の面倒を見て下さったのは、日常的な行動も含めて、君が特務機関員として相応しいかどうかを判断するためだ」

「任務とは、どのような仕事を」

「それについては、まずは、こちらの件を片づけてからにしよう」

憲兵のひとりが、椅子に縛られた男の肩を揺さぶり、髪をつかんで顔をあげさせた。

腫れあがり血がこびりついた顔を見て、伊沢は二度目の衝撃を受けた。「なぜ、君がここにいる」

男は歪んだ笑みを浮かべた。唇を動かすだけで激痛が走るはずなのに、擦れた声で荒々しく吐き捨てた。「それはこちらの台詞《せりふ》だ。君に、これほど大勢、陸軍の知り合いがいるとは知らなかったぞ」

「それは違う。僕は」

あの日の出来事が頭の中を駆け巡った。何も知らない自分は、盆休みを利用してこの友人に
――常楽友道に志鷹教授を紹介したのだ。あのとき常楽は、なんとも楽しげに教授と話していた。あの様子に、自分はどれほどの焦りを抱き、胸を焼かれたことか。

伊沢は叫んだ。「僕だって、いま聞かされたところだ」

常楽はひきつった笑い声を洩らした。「おまえは、最初から、おれをはめるつもりだったのか？　憲兵に引き渡すところまで計算ずくだったのか？」

伊沢は首を左右に振った。「そんなことは知らん。だいたい、なぜ君は捕まった。志鷹教授と一緒に、石油発掘の業務にあたっていたんじゃないのか」

茂岡少佐が横から口を挟んだ。「伊沢くんは、この若者をよく知っているね」

「はい。建国大学時代からの親友です」

「日本名は『常楽友道』。間違いないか」

「間違いありません」

「他国の名前を教えられたことは？　あるいは、本名を別に持っていると聞かされたことは？」

「僕が知る限りでは皆無です。彼は生粋の日本人のはずです。罪状はなんですか」

「こいつはアカだ」

伊沢は即座に言い返した。「建国大学は、そのような思想を学生に植え付ける学校ではありません」

「勿論、学校のせいではない。彼は自分の意志で共産主義者になったのだ。建大に入らずとも、いずれは筋金入りの主義者として、反政府活動に邁進しただろう。何しろ建大は、支那人や朝鮮人が抗日思想を口にしても、まったく咎めぬ場所だからな。常楽くんにとっては、さぞ居心地のいい場所だったろう。もっとも大東亜戦争開戦以降は、建大といえども、学生の抗日活動を厳しく取り締まっているがね」

「常楽は何をやったのですか。アカであるだけでは逮捕できないでしょう」

「関東軍の石油開発に関する情報をソ連へ流そうとした。彼が志鷹中佐に近づいたのは、それが狙いだった」

伊沢は常楽のほうへ向き直り「嘘だろう」と訊ねた。「まさか、建大時代からソ連のスパイだったのか？　僕がお世話になっていたことをあらかじめ調べたうえで、志鷹教授に自分を紹介させるために、わざと僕に声をかけたのか？」

常楽は口を真一文字に結んだままだった。

伊沢は彼に歩み寄り、両肩をつかんで激しく揺さぶった。「どうなんだよ。なんとか言えよ。僕たちのあいだにあったのは、友情でもなんでもなく、ただの策略だったのか。おまえは石油開発の情報ほしさに、僕を利用しただけなのか」

茂岡少佐が言った。「彼は実兄が共産主義者だ。兄に影響されてこの道へ入った。建国大学を受験したのは、抗日派の支那人や朝鮮人と人脈をつくり、教育機関を通して軍部の様子を探るためだ。共産分子から、そういった指示を受けていたそうだ。我々は早い段階でこれに気づき、わざと常楽くんを泳がせ、網を絞っていった。君が常楽くんを志鷹中佐に紹介したときには、既に陸軍の監視がついていた。おかげで、彼の兄を含む危険分子を一網打尽にできた。君が気に病む必要はない。今日は、最後の確認のために君を呼んだのだ」

　全身から力が抜けた。

　建国大学での幸せな思い出は、すべて幻だったというわけか。頭のいい奴らの駆け引きの中で、自分は何も知らず、無邪気に青春を謳歌していただけなのか。

　あんまりだ。せっかく、あの時代、人を信じることを覚えられたのに。

　伊沢は両手で顔を覆った。

　常楽が、ようやくぼそりと声を洩らした。「おまえに真実を告げなかったのは悪かった。許してくれとは言わんが詫びておく。すまなかった」

「聞きたくない、そんな言葉は」

「ひとつだけ、知っておいてほしいことがある。いまのやり方を続ける限り、早晩、日本はこの戦争に負けるだろう。それは、開戦前から専門家の分析によって指摘されてきた。にもかかわらず、日本政府はその分析結果を退けた。この戦いは負け方を誤ると、日本という国自体を消滅させかねない。英米に占領されて文化も言語も失う。最悪の場合にはそうなる」

「馬鹿なことを言うな」伊沢は怒鳴りつけた。「信じられるか、そんな話」

「おれに怒るのは構わん。だが、事実は事実として受けとめて冷静に分析してくれ。建国大学が教えてくれたのは、そういった思考方法だったはずだ」

「違う。おまえは、ただ、共産主義の夢を見ているだけだ」

「おれは日本が本当の意味で先進国になれるなら、なんだってやる。ソ連や中国共産党の下僕になる気はない。行動に有利だからソ連を利用しただけだ」

「とても信じられん」

「若い世代の頭脳と行動力があれば、この国を確実に変えられる。おれもおまえも水準以上に優秀な学生だ。関東軍の言いなりにならなくてもいいんだ」

伊沢は頭を左右に振りながらあとずさりした。嫉妬と羨望の的だった相手は地に墜ち、しかし、未だに誇り高く燃え盛っている。その煌めきに腹が立って仕方がなかった。この窮地から彼を救い出したいという気持ちと、殴りつけてでも目を覚まさせたいという気持ちが激しく入り混じった。もうこれ以上、この場にはいられないと悟った。伊沢は両腕をおろし、拳を握りしめ、涙をこらえながら天井を仰いだ。「おまえの口から、こんな話を聞きたくはなかった」

志鷹中佐が茂岡少佐に声をかけた。「概《おおむ》ね確認できたので、伊沢くんを外へ連れ出してくれ。続きは別の部屋で話そう」

「承知致しました」

茂岡少佐に肩を叩かれ、伊沢は室外へ連れ出された。

背後で扉が閉まっても、伊沢の頭の中では、先ほど見た光景と常楽との会話が、ますます、汚らしく無価値な印象として膨れあがっていくばかりだった。これから何をすればいいのか、何をすべきなのか、まったくわからなかった。どうすれば、この壊れてしまった現実を元に戻せるのか、見当もつかなかった。伊沢は、熱病患者のようにふらつきながら廊下を歩いた。自分でも気づかぬうちに、嗚咽が喉の奥から溢れていた。

4

別室に入ると、茂岡少佐は水差しからコップに水を注ぎ、伊沢の前に置いた。わずかでも飲むようにと促された。

少し口にすると、喉を通り過ぎた水の量だけ、苦しみが遠ざかったような気がした。が、それ以上は体が受けつけなかった。伊沢はコップを卓に戻し、少佐の次の言葉を待った。

茂岡少佐の話によると、志鷹中佐は、関東軍の戦費調達に関わる特務機関の長であるという。その機関の名称は、央《オー》。「央」はアルファベットの「O《オー》」を意味する隠語であり、阿片を示す英単語「opium《オピウム》」の頭文字だ。

伊沢は怪訝な顔つきで訊ねた。「阿片が、なぜ、戦費調達と関係があるのですか」

「阿片からつくられるヘロインは、大陸で軍需物資を取り引きするための代金になる」

英米との関係悪化以降、日本はあらゆる物資の輸入を断たれている。頼みの綱は大陸と南方のみ。資源を入手できなければ兵器をつくれず、運用もできず、このままでは日本の負けは必定だ。

「だが、大陸のすべての民が、国民党や共産党の味方ではない」と茂岡少佐は続けた。「たとえば兵器をつくるために必須のタングステンは、欧米からは輸入できなくなったが、大陸内ではまだ手に入る。実は、中国軍の中にも、金ほしさに物資を横流しする者がいるのだ。匪賊《ひぞく》を仲立ちにして、日本軍に重要な資源を売ってくれる。このときに役立つのがヘロインだ。彼らは薬物の相場を熟知しているので、代金として受け取ったヘロインを、最も高く売れる市場へ持ち込んで換金する」

背筋が寒くなった。

これが日中の現実か。

伊沢がこれまで知っていた中国人は、真剣に抗日運動を行う学生や、生活のためにデモやストライキを行う貧しい労働者だった。彼らが命がけで官憲や軍隊と衝突し、監獄にぶち込まれ、拷問によって死んでいく一方で、悪知恵が回る者は、ただ金儲けのためだけに祖国を裏切り、日本軍と手を結んでいるのか。

中国人は、祖国を裏切って敵に与する同胞を漢奸《ハンジエン》と呼ぶが、伊沢はこれまでこの言葉に、日本軍に尻尾を振る者という程度の認識しかなかった。だが、中国人自身が、蛇蝎《だかつ》の如く漢奸を憎む理由がようやくわかった。

これは人間性に対する裏切りだ。彼らは絶対に裏切ってはならぬものを裏切り、祖国を守るという心を喰っているのだ。そのような意味では、いまの日本にも裏切り者が大勢いるのだろう。そんな輩を許してたまるかと、伊沢は心を燃え立たせた。

茂岡少佐の任務は、阿片の取り引きに関して外部との連絡や交渉を担うこと。そして伊沢は、茂岡少佐の下につくのではなく、志鷹中佐から直接指示を受けて、大陸内を飛び回る任務を与えられると教えられた。この任務には、語学に堪能で、危機をひとりで乗り切れる技能を持った者が必要だ。暁明学院大学は、そのための人材を育てる学校だったと教えられた。厳しい軍事訓練は職業軍人なみの能力を育てるため。女性に対する特殊な教育を受けたのは、女スパイによる色仕掛けを見抜くためだ。

陸軍は敷島《しきしま》通商という名前の商社をつくり、これを出先機関として使っているとのことだった。日本軍のために物資を調達し、国が持てあます旧式の武器を、軍備が乏しい国に売却する会社だ。敷島通商の社員になると、日系のあらゆる施設に無条件で入れる社員証を与えられる。この秘密を知るのは尉官以上で、人数も限られるらしい。現場の責任者が軍曹ぐらいだと話が通じず、社員証を見せても足止めを食らうが、このような場合には、もっと上にいる者に連絡をとってもらうと話が通るとのことだった。

興奮のあまり眩暈に襲われた。秘密を抱える心理的な負担は、伊沢には馴染み深い感情である。だが、今回は少し事情が違う。恥でも負い目でもない秘密を胸の奥に抱き、いざというときには相手の面前にそれを突きつけて道を開く。胸がすくような話じゃないか。

しばらくすると、志鷹中佐が部屋に入ってきた。あらためて挨拶を交わし、央機関について説明を受けるうちに、伊沢はあることに気づいて身震いした。

あの目だ。

かつて常楽を頼もしそうに眺め、石油開発について熱心に語り合っていたときの、あの志鷹中佐の眼差しが、いまは自分に向けられている。「敷島通商の活躍は、君たち若い世代の双肩にかかっている。くれぐれも頼んだぞ」と肩に手を置かれた瞬間、何ものにも代えがたい喜びが胸の奥で爆発した。

自分は国家という名の大きな翼に庇護され、育てられ、ついには自身も新たな翼を得ることができたのだ。日本人として認められ、誰にも名誉を毀損されず、どこへでも飛んで行ける翼。これが僕にとっての自由の本質だ。長く長く待ち望んできた未来だ。

伊沢は思わずむせび泣いた。生涯、この感激を忘れるまいと。

涙を手の甲で拭いながら伊沢は志鷹中佐に言った。「ひとつ、お願いがあります」

「常楽くんを助けてくれという話なら聞けんぞ」

「そんなことは期待していません。軍の機密を探るなど許しがたい行動です。もはや救いようがありません」

「では何を望む」

伊沢は一呼吸置いたあと、毅然とした態度で言った。「もし、常楽が処刑されるのであれば、僕を現場に立ち会わせて下さい」


数日後、伊沢は再び憲兵隊司令部を訪れた。

今日は軍事訓練のときと同じく軍服に身を包み、毛皮がついた帽子をかぶって外套を着込んでいた。肩には三八式歩兵銃がある。

真冬の荒野に出るのは、伊沢にとって初めての体験ではない。暁明学院大学の軍事訓練で何度も行った。本物の兵士と同じく重い背嚢を背に、雪がちらつく中を延々と何時間も歩かされたのだ。手袋をはめたまま小銃や拳銃の引き金を絞り、確実に的に当てる練習を行ったのもこのときだ。まさか、こんなに早く役立つ日が来るとは思わなかった。

憲兵隊司令部前から出発する軍用車両に乗り込むと、車両の荷台には伊沢と同じ年頃の兵士が四人いた。軽く挨拶したあとは、お互い、口をきかなかった。伊沢は帽子を目深に引きおろし、誰とも目を合わせないように気をつけた。

常楽の処刑が、新京郊外の荒野で行われると決まった。伊沢は、これからそこへ向かう。郊外で処刑を行うのは、撃ったその場所に遺体を埋めるためである。遺族から問い合わせが来る前に埋めてしまえば、遺体は地中で朽ち、拷問の痕跡をごまかせる。もっとも、遺族といえども、このご時世に憲兵や関東軍に食ってかかる日本人など皆無だが。

常楽の場合はソ連とつながっていたので、欧米の記者などに事件を嗅ぎつけられて抗日プロパガンダに利用されるとやっかいだ。だからすぐに埋めてしまう。おそらく、常楽の兄と仲間たちも、既に同じ運命を辿っただろう。

郊外の処刑場といっても、特別な施設があるわけではない。荒野に杭を一本立ててあるだけだ。そこに罪人を縛りつけ、小銃による一斉射撃で死に至らしめる。

伊沢たちを運んだ車両が到着したとき、常楽はもう杭に縛られ、目隠しがなされていた。外套を剝ぎ取られたせいで寒さにがたがたと震え、顔色はどす黒く、学生時代の生き生きとした姿は見る影もなかった。

ここまでして守るべき価値が共産主義にあるとは、伊沢にはどうしても思えなかった。むしろ、常楽はなんでもよかったのではないか。世の中に逆らって英雄になれるならどんな思想でも。時代が、彼に共産主義を選ばせただけだ。伊沢が熟知していた常楽の頭のよさは、そういった類いのものだった。思想に殉じて死ぬなど、他に何も頼るものがない人間のすることだ。才能に恵まれた常楽にとっては、最も遠い生き方だったはずだ。

それなのに、なぜこいつは、こんなことに命をかけてしまったのか。

伊沢は銃殺隊の隊長の前へ進み出た。礼儀正しく敬礼し、微塵も臆さずに頼んだ。「少しのあいだ、処刑される者の目隠しを外してもよろしいでしょうか」

「だめだ」隊長は、にべもなく断った。「こういうとき、人は冷静になれんものだ。処刑されるほうも処刑するほうも、動揺して泣き出したらどうにもならん。せめて、人としての矜持を守らせたまま逝かせてやりたい」

「承知致しました。では、数分だけ頂けませんか。最後に声をかけたいのです。罪人とはいえ彼は僕の親友です」

「ならば、早く済ませてこい」

「ありがとうございます」

伊沢は駆け足で常楽に近づき、耳元で囁いた。「僕だ。わかるか」

「おまえか」呆れ果てたといった調子の声が返ってきた。その声は、かつて親しかった頃の戯《おど》けた調子と少しも変わらず、伊沢の心に、ほんの少しだけ感傷的な気分を甦らせた。

常楽は続けた。「なぜ、ここへ来た」

「つまらんことを聞くな。処刑を手伝いに来たのだ。茂岡少佐に頼んだら話が通った。志鷹中佐の許可も得てある」

「貴様、こんなときに、おれをからかっているのか」

「冗談で言うような話か。僕は君を殺して先へ進む。いままで、よくしてくれてありがとう。だが、僕を欺いたことは絶対に許さん。君も所詮は、僕をロシア人の子と蔑んだ奴らと同じだった」

「伊沢。関東軍は疫病神だ。付き合えばおまえの身を滅ぼす。共産主義者になれとは言わんが、軍部からは離れろ」

「すまんが、僕は大日本帝国と心中すると決めた。この戦争に勝とうが負けようが、僕は日本人として生きる。僕の心を理解してくれたのは、結局、君ではなく帝国のほうだ」

「わざわざ、それを言うために時間をとったのか」

「そうだ。君は僕を憎み、後悔しながら死んでくれ」

「なんだと？」

「主義者としての矜持を保ちつつ、格好よく死んでゆくなど、そんなことを君に許してたまるか。怒りと憎しみに焼かれながら、絶望しきって死ね。僕は君の遺言など何ひとつかなえてやらない。君はただの敗北者だ。最後に勝ったのは僕だ」

常楽は縄を断ち切らんばかりに身をよじり、悪態をついた。「その道は地獄に続いていると、何度言ったらわかる」

伊沢は踵を返し、あとは、どれほど罵声を浴びようが振り返らなかった。

常楽は「建国大学時代を思い出せ」と叫んだ。「真実はあそこにしかなかった。おれもおまえも同じ場所で学んだのだ。おまえがいくら否定しようが、おれたちは同じものだ。世の中のために生きたいと、いつか切実に願うようになる。それを忘れて我欲だけで進み続ければ、いずれ気がふれんばかりに後悔するぞ。おまえは自由主義者であることを望んでいたはずだ。なぜ、帝国に隷属するのか」

伊沢は銃殺隊の左端に並んだ。肩から歩兵銃をおろし、処刑の開始を待つ。

隊長の指示と共に兵士が一斉に小銃を構えた。伊沢もそれに倣った。

常楽の怒鳴り声はまだ続いていたが、伊沢の耳は、もうそれを言葉としては受けとめていなかった。吹雪の夜に窓ガラスを叩く、凍《い》てつく風の音と同じだった。

人間を撃つのは今日が初めてなのに、少しも手が震えない。

初めて人を殺すときには、心が千々に乱れて狙いを定められぬのではと思っていた。それなのにどうだ。敵どころか親友を殺そうとしているのに、心に波風ひとつ立たない。

静かだ。

野鳥の声すら聞こえない。

頬をひきつらせる酷寒の大気が、頭の芯までゆっくりと冷やしていく。

最初に殺す相手が常楽であることを、伊沢は心の底から感謝した。見知らぬ敵ではなく、こいつでよかった。常楽のことなら、いつまでも覚えていられる。己に対する戒《いまし》めとして、僕は今日の出来事を一生忘れるまい。

号令と同時に、伊沢は引き金を絞った。

乾いた音が鳴り響き、射撃の反動で体が揺れたせいで、目の前にちらつく雪が、ほんの少しだけ震えたように見えた。

常楽の体が斜めに傾ぐ。わずかに痙攣《けいれん》したのち、口を半開きにして動かなくなった。シャツに広がる血の染みを眺めながら、人は、心も体も一瞬で壊れるのだなと、伊沢はぼんやりと考えていた。

銃殺隊は常楽を縛りつけた縄を切り、処刑が行われる前に掘っておいた穴へ彼を運んだ。遺体を穴へ投げ込み、中円匙《ちゅうえんぴ》で土をかぶせていった。

誰も泣かず、嗤う者もいなかった。

その夜、伊沢は志鷹邸に招かれた。泊まってよいと言われたので、また二階の部屋を借りることになった。

和子夫人と家政婦のうめは、背丈が伸びきった伊沢の姿を喜び、「まあ、立派な体格になって」「しっかり、ご飯をつくって差し上げねばなりませんね」「ほしいものがあったら、なんでも仰って下さいね」と、実の息子が帰郷したように喜んだ。

彼女たちの心づかいにお礼を言いつつ、伊沢はふと思った。今日、僕は自分の銃で親友を殺してきたのです、と口にしたら、ふたりはどんな顔をするだろうかと。その若者は、以前ここへ来たことがあるのですよ。おふたりとも顔を覚えておられるでしょう。でも、いまは銃弾で穴だらけになって土の下です。そこには墓標すら立っていない。

食事のあと、伊沢は志鷹中佐に誘われて書斎に連れて行かれた。ここに居候していた頃でも、立ち入りを許されなかった部屋だ。

書棚が壁を埋め尽くす光景に、伊沢は感嘆の声をあげた。地質学だけでなく、心理学や哲学の本もある。古典文学の題名も見て取れる。数々の歴史書も洋書も並ぶ。書斎の主が、学問と教養を大切にする人物だとひとめでわかる。優れた帝国軍人とは、こうあるべきなのだろう。

志鷹中佐は伊沢に椅子を勧め、興味深そうな目つきで正面から見つめた。「君は吐かなかったそうだな」

言葉の意味がわからず伊沢がきょとんとしていると、志鷹中佐は穏やかに微笑んだ。「処刑に立ち会う新兵は、心理的な負担から、直後に嘔吐することが多いのだ。君はけろっとしていたと、隊長が驚いた顔つきで報告に来た。あの罪人が君の親友だと聞かされて、彼なりに心配してくれたようだ」

「お気づかい、ありがとうございます。隊長にもよろしくお伝え下さい」

「君は完璧すぎるほどに完璧だ。私の理想にかなう美しい刃だ」

優しく語りかける志鷹中佐の声に、伊沢はうっとりと心をゆだねた。「光栄です」

「敷島通商に入社したら、まずは、軍需物資の取り引きについて経験を積んでもらう。のんびりしている暇はないぞ。日本は厳しい状況にある」

「はい。なんなりとお申し付け下さい」

「そして、君にはもうひとつ別の任務を命じる。君にしかできんことだ」

「なんでしょうか」

「君は上海に知り合いがいるね。黄基龍《ホアン・ジーロン》という人物だ」

どうして、ここでその名前が出てくるのか。伊沢はふいに警戒心を覚えて、身を強ばらせた。

常楽の幽霊に背中を叩かれた気がした。帝国に隷属するな、おまえは自由主義者だと囁く声が耳元で聞こえた。

幻聴を振り払い、伊沢は訊ねた。「なぜ、黄先生をご存じなのですか」

「手紙のやりとりを行っていたね」

建国大学でも暁明学院大学でも、黄基龍や両親からの手紙は、いったん教務課を通していた。だから、志鷹中佐がこれを把握できるのは当然だ。特に、暁明学院大学に移ってからは、学院の性質を考えれば、手紙は事前に開封されていた可能性が高い。

「申し訳ありません」伊沢は頭を下げた。「黄先生は命の恩人なのです。僕は一時期、上海租界のダンスホールで働いていました。新京での生活費を稼ぐためです。ある夜、客同士の銃撃戦に巻き込まれて負傷したのですが、そのときに助けてくれたのが黄先生です。病院に連れて行ってもらえなかったら、僕は死んでいたかもしれません」

「中国人と交流があることを責めているのではない。央機関にとって黄基龍は重要人物だ。彼は裏社会の人間で、青幇《チンパン》の阿片売買に手を貸している」

伊沢は青くなった。「まさか裏社会の人間とは。そこまでは、まったくあずかり知らず――」

「慌てるな。この一件が、君の経歴にとって疵になることはない。むしろ好都合なのだ。央機関は戦費を捻出するために阿片を利用している。いや、関東軍だけでなく、大陸に派遣された軍隊はみんなそうだ。和平工作すら、阿片売買によって得た金がなければどうにもならん状態だ。そこで日本軍は、青幇の大亨《ダーホン》である杜月笙《ドウー・ユエション》と密かに結び、阿片の流通に協力してもらっている。ときには青幇側の流通を、我が軍が融通することもある」

「杜月笙は、蔣介石の味方ではないのですか」

「勿論そうだが、阿片流通に関しては、我々の立場を了解してくれている。ところが裏社会の一部には、特殊な阿片芥子を扱い、独自の流通経路を開こうとする一派が存在する。上海を根城とする連中だ。董銘元《ドン・ミンユアン》、楊直《ヤン・ジー》といった名うての悪党を含む、複数の老板《ラオバン》たちが結束している。黄基龍はこの一派に顔が利くのだ。君は黄基龍との交流を利用して、この件に介入する。重要な任務だ。必ず成功させてほしい」

「事情はわかりましたが、黄先生は中国人ですから、そのあたりのことは日本人には打ち明けない気がします」

「黄は中国名を名乗っているが、日本人だ」

「えっ」

「本名は吾郷次郎。一九二〇年代に大陸に渡り、さまざまな仕事に手を出すうちに、青幇との親交を得て今日に至る。そういう人物だから、話の持ちかけ方によっては、密かに日本軍に協力してくれるだろう。彼を利用して、阿片売買の場に潜む裏の勢力を潰すのだ。必要経費は敷島通商の経理部に請求してくれ」

黄基龍の無邪気な笑顔が脳裏をよぎったが、伊沢はそれを振り払った。「承知致しました。帝国にとって都合が悪い勢力は、すべて叩き潰します」

第六章　詭道《きどう》の果て

1

死者を数える。楊直《ヤン・ジー》の両親、妻子。彼らを守っていた部下たち。南京で彼らを受け入れてくれた頼りになる知人。楊直が殺害犯につながる情報を求めて拷問し、死に至らしめた漢奸《ハンジエン》たち。香港で殺された楊明林《ヤン・ミンリン》と、その周辺にいた者。

次郎は溜め息をついた。うんざりするほどの数だ。そこに新たな死者が加わった。楊淑《ヤン・シュー》と彼女の夫。

なぜ、離れた土地に住んでいた妹まで殺されたのか。これもまた、楊直に対する復讐なのか。妹の死を知って以来、楊直はまた調子が悪い。阿片こそ吸わぬものの、思い詰めた様子で考え込むことが増えた。

真相を知るには、もう一度、原田ユキヱに会って話を訊くしかないだろう。彼女なら、この件に関しても何かを探り出してくれるはずだ。

一九三八年十月末。

次郎は「別墅《ビエシュー》」を視察するためにビルマを訪問した。

季節は乾季に入り、暑季には摂氏三十五度近くまで上がる気温は、摂氏二十七、八度あたりまで下がっていた。

南部の平野部では、最も低いときでも、摂氏二十度ぐらいまでしか下がらない国だ。いっぽう北部は、日中の暑さは南部と変わらぬものの、乾季は最低気温が摂氏十五度を切ることもある。

次郎は、ビルマの首都ラングーンで、趙定偉《ザオ・ディンウェイ》と落ち合った。すぐに「別墅」へ行くのではなく、こちらで関係者と顔合わせをする予定だ。「ビルマで美味いものって、なんだい？」と次郎が訊ねると、趙定偉は楽しそうに顔をほころばせた。

「黄《ホアン》先生ほどの方が、屋台で食うなんて言わんで下さいよ。ストランド・ホテルに宿をとりました。レストランで食いましょう。上海租界で食べられる欧州料理が、こちらにもそろっています」

「それじゃつまらない」

「暑い国ですからね。食中毒が怖い。用心するに越したことはありません」

「中華街はどのあたりだ」

「一番大きなものは河口近くのダウンタウンに。そちらへ行くにしても店は選んで下さい」

イギリス統治下にあるビルマの首都は、上海租界と同じく西洋建築物が並び、現地の人間と欧米人が行き交う馴染みの光景が広がっていた。町の中心部から離れるとビルマ人しか住まない土地に変わり、西洋的な雰囲気など皆無の雑然とした下町が続くという。貧弱なつくりの家屋、野菜と魚と鳥肉が平台に並ぶ市場、露店にたむろして麵料理や串焼きの鳥を頰張る労働者の姿は、上海の下町の雰囲気とよく似ているらしい。

華界があるなら飲茶《ヤムチャ》でいいじゃないかと次郎は言ったが、趙定偉はそちらへは足を向けず、ストランド・ホテルに直行した。趙定偉が用意してくれたのは特別広い宿泊室だった。寝室以外には応接間と食堂があり、租界で常用しているホテルの部屋よりもさらに広い。贅沢な邸宅の一階を貸し切ったような間取りだ。

ルームサービスでアフタヌーン・ティーを運ばせ、飲み食いしながらくつろいでいると、少しずつ訪問者が集まってきた。

中国人以外は、アジア系であることしかわからぬ男たち。北方に住み、山岳地帯の少数民族との通訳ができると紹介された者もいた。六人がけの食卓につくと、趙定偉の指示で、男たちはひとりずつ自己紹介をした。全員が、話し始める前に銀貨と翡翠玉を卓に載せた。楊直が正式に認めた者であるという証明。

抜け目なく瞳を輝かせる男たちは、皆、次郎と同じぐらいの年齢だった。通訳以外は身なりもいい。

男たちには、それぞれに違う役目があった。「別墅」と趙定偉のあいだをつなぐ者、ビルマ国内の陸路と水路に詳しい者、それらの会社を経営している者、政府や警察や軍部とのパイプを持つ者。どのような輸送経路が確保されているのか、ビルマ国内では何が危険で何が安全なのか、次郎は詳しく教えられた。

仕事の話が終わると、あとは食事会となった。次郎は通訳をあいだに挟みつつ、気軽に会話し、こちらでの事情を大雑把ながらも把握した。

翌日、次郎は趙定偉の案内で、シャムとの国境近くにあるシャン州へ向かった。到着した日は宿で一泊。次の朝、通訳を連れてトラックで「別墅」へ向かった。

浙江省にあった「田《テイエン》」よりも「別墅」のほうが規模は大きい。古くから現地で芥子栽培を行っていた村の住民をごっそり移し、中国から連れてきた栽培者を加えて新しい村をつくった。従来の畑を利用しなかったのは、ビルマの警察や統治者であるイギリス人に、位置を把握させないためである。

春には、これがすべて花の海に変わるのかと思うと、気が遠くなるほどの感動に見舞われた。

「花の季節にもう一度来たい」次郎は趙定偉に言った。「久しぶりにおれも畑に出たくなった。自分の手で芥子汁を採取しよう」

「ご冗談を」趙定偉は笑った。「黄先生が手がける仕事ではありませんよ。それよりも畑を検分してもらえませんか。手慣れた連中ではありますが、『最《ズイ》』は特別な芥子だと聞いていますので」

「陽当たりも良好だし、土を『最』に合わせて調整してあるなら、あとは病害虫の問題ぐらいだな」

「草抜きと害虫駆除には手間がかかりそうです。病気がどれぐらい出るのかは、まだわかりません。芥子だけでなく、人間にも。病気に罹っても、治療薬も病院もない土地ですからね。作業員は、適宜、補充する必要があります」

「人は大切にしろ。秘密をよそで喋らせんためにも」

その夜は「別墅」の掘っ立て小屋に泊まり、通訳を介して栽培の責任者と話した。ストランド・ホテルで会った男たちと違って、こちらは農民ばかりだ。芥子から阿片が採れることは知っているが、モルヒネやヘロインに変わる仕組みは理解していない。それらが、生阿片とは桁違いの金額で取り引きされることも。

村民の話によると、このあたりでは古くから、習慣的に薬として阿片を飲むという。阿片は無医村での万能薬なのだ。ほんの少量を湯に溶かして飲むと下痢によく効くそうだが、阿片中毒になったときにまっさきに出る症状も下痢なので、少々奇妙な気もした。分量の違いで、毒にも薬にもなるのだろうか。

生阿片の塊に火をつけて吸う者もいるが、廃人になるほど吸うのは、よほど重い病気に罹っていたり、特殊な事情があったりする人間で、そういった者は村民からも遠ざけられるらしい。村民が吸うのは阿片ではなく普通の煙草だ。煙草葉に少量の阿片を混ぜることもあるが、基本的には生阿片を商品と割り切っており、それを売却して手に入る金で、麓の商店や渡りの商人から生活用品を購入する。

趙定偉は次郎に言った。「このあたりの貧しい村では、米やトウモロコシをつくっても、たいした金にはなりません。手入れが簡単で高く売れる阿片芥子のほうが遥かに儲かる。大昔から阿片芥子が栽培されてきたのは、これが一番の理由です」

「生活のためでは誰にも責められんな。政府が社会をよくして、皆の面倒を見てやらん限り」

「もっともですな」

「皆は、うちの買い取り額で満足しているのか」

「いまのところは、他で聞くようなひどい安値は提示していません。楊先生は頭がいい。よく考えて下さっています。村民が納得できる価格で買い取り、それを変動させなければ、いずれは、噂を聞きつけたよその畑からも『阿片を買ってくれ』という声がかかります。そちらは『最』ではなく普通の阿片ですが、モルヒネやヘロインに変えれば運ぶのも簡単だし、よく儲かる。あこぎな真似をしないほうが、わしらの手元には大量の阿片が自然に集まってくるわけです」

「なるほど。それはいい回し方だ」

「ただし、フランス領インドシナには老板《ラオバン》たちの『田』がありますので、あちらの収穫量によって『最』の価格は変動するでしょう。そこは気をつけておかねば」

ビルマ寄りの土地には、董老板の隠し畑もある。流通の範囲や量を調整しなければ、これもまた価格変動に影響する。阿片芥子の育成と生成物の流通管理には、パズルを組むような思考が必要だ。次郎は、これを、じっくりと考えるのが楽しくてたまらなかった。扱うものが禁制品であるというだけで、物を動かすことに関しては、普通の会社経営を行っているのと同じだ。損得勘定をしているだけで胸が躍った。

次郎は趙定偉に言った。「『最』の市場を、もっと拡大しよう。フランス領インドシナから出回る分との衝突は避けたい」

翌朝、粥だけの朝食を終えて小屋の外へ出ると、次郎は周辺の景色を見渡した。

朝焼けに照り映える筋雲の下に、延々と濃い緑が続き、向こう側に微かに川面が見えていた。空気は冷たく、早朝の森と水の清々しく甘やかな匂いを運んでくる。盆地の縁を形づくるなだらかな峰は神々しく輝き、人間という存在の卑小さを生々しく思い起こさせた。

自然の美は、ときとして絶望的なまでの感動を人に抱かせる。上海租界にいるだけではわからない広大な空が、ここでは遙か彼方まで続いていた。金儲けだけでは得られぬ世界だ。世界中を一生かけて渡り歩いたら、どれほど楽しいだろうか。金は大切だが、自由はもっと大切だ。文字通り、何ものにも縛られずに生きていく――。いつかそれを成し遂げたい。そうなってみせよう。

そうだ。金が呆れるほど貯まったら、もっと他人のために使ってもいいんだ。痩せた土地に這いつくばるようにして暮らす人々が、世界中にはごまんといる。かつては自分もそのひとりだった。あのとき村全体を豊かにしてくれる誰かがいたら、どれほど救われただろうか。何も持たなくても自分には生きる価値があるのだと、故郷にいたまま思えたら、どれほど幸せだったことか。

だが、そんな現実はどこにもなかった。

この世にあるのは、金を持つ者だけが勝つという残酷な事実だけだ。

だから、それに逆らって、他人を助けてみるのも面白い。儲けては派手に使い、また儲ける、ということを繰り返しながら、死んだときには預金通帳の残高がゼロになっていたら、気持ちよくあの世に行けるだろう。

どんな欲望をかなえるにしても大金は必要だ。ただそれだけのために、おれはいま阿片を売る。自分のこれまでの悪行が、金で他人を救う程度で帳消しになるはずはなかったが、それでもいまは、まだ美しい夢を見ていたかった。

2

一九三九年三月末。

芥子汁の収穫を視察するために、次郎は再びビルマを訪問した。現地の様子に満足すると上海租界に戻り、再び、貿易会社の経営と青幇《チンパン》との付き合いに勤しんだ。

一九四一年までの期間に、上海租界では、汪兆銘《ワン・ジャオミン》政権樹立工作と、それを認めぬ蔣派との衝突によって大勢の死者が出たが、次郎自身の商売は安定していた。

フランス領インドシナに移した「田《テイエン》」から届く阿片と、「最《ズイ》」を売るために大陸でだぶついた通常の阿片を、インドシナ半島全域と周辺地域へ流す仕事。「別墅《ビエシユー》」で生産した阿片はインドにも流し、モルヒネとヘロインは中国へ送った。

董老板《ドンラオバン》の「分家《フエンジア》」では、秋ではなく春に種をまくと、生阿片の収穫量は半減となるが、品質を保った状態の種の確保が可能であるとわかった。これは、種を採取するためだけに育てる土地や、品種改良の交配実験に使える候補地が広がったことを意味する。このような畑は小規模でよいので、各国政府による探索からの隠蔽も容易だ。楊直《ヤン・ジー》にはこの話を伏せつつ、次郎は董老板からの相談に乗り続けた。現地からの報告を分析し、ときどき担当者へ指示を出した。

「田」と「別墅」から同時に利益が入ってくるようになったので、次郎の儲けは飛躍的に増えた。阿片はうまく動かせば国家予算級の大金が手に入るというが、確かに数字はそれに迫る勢いだった。次郎が受け取るのは一部のみだが、もとが巨額なのでじゅうぶんに潤った。諸経費を差し引いても、にわかには信じがたいほどの金額になった。しかも「別墅」からの収益は別帳簿だ。

金銭感覚が完全に麻痺した。通帳に増え続けるゼロの数が恐ろしくなった。法に背くことをしているのに、なんの罰も受けずに金が貯まっていく。日本軍による占領がなければ、次郎はこの収益をもとに上海で事業を拡大し、自由に経営を楽しむ方法を覚えただろう。だが、表向き中国人の次郎には、いまの上海では、日本軍に遠慮しながらの経営しか許されない。他の国で起業するほどの知識や手腕は、次郎にはまだなかった。

それにしても、金とは手にすればするほどもっとほしくなり、ひとたび苦労せずに得る方法を知ると、苦労する気がなくなってしまうのだった。金は金のあるところへ集まり、持っている者はさらに増やし、持たぬ者は失うばかりなのだ。

一九四〇年三月末、南京に汪兆銘政権が樹立された。九月二十七日には日独伊三国同盟が結ばれ、日本政府は蔣介石との和平交渉の道を捨てた。

この年、上海の老板たちが予想していなかった事態が、フランス領インドシナ半島で勃発した。日独伊三国同盟にさきがけて、ナチス・ドイツは、六月のフランス侵攻でパリを陥落させていた。その後フランスでは、ドイツの傀儡政権であるヴィシー政権が樹立されたが、これを知った日本軍が、フランス領インドシナへの駐屯をヴィシー政権に要求。これが認められて、九月、二万五千人の兵を進駐させたのだ。

タイは日本軍がインドシナ半島全域を占領することを危惧し、かつてフランス領として分割されてしまった自国の領土を取り返すために、フランスとの交渉を開始。しかし、これは決裂し、十一月二十八日、フランスの空軍機がメコン河畔の町を爆撃。タイの空軍は、フランス軍との交戦状態に入った。

フランス領インドシナに駐屯した日本軍は、そこから重慶へ流れ込む「蔣介石を支援する物資」を監視し、怪しい荷を見つけると片っ端から没収した。これにより、青幇がインドシナの「田」で栽培して麓へ下ろしていた「最」を、上海まで届けられない可能性が出てきた。董老板の隠し畑「分家」でも警戒が必要だった。央《オー》機関は、青幇による通常の阿片売買に関しては目をつぶってくれるが、「最」の流通は認めていない。董老板は央機関の茂岡少佐に、「青幇は関東軍の阿片芥子など何ひとつ知らぬ」としらを切ったので、それを密かに売りさばいていることが発覚すれば、関東軍から莫大な弁償金を要求されるに違いなかった。

海路を絶たれた場合、「最」の輸送は雲南省経由で陸路を使う形となる。雲南省政府主席・龍雲《ロン・ユン》は、老板たちからこれについて相談されると、「青幇の荷物が雲南省を通過することにはなんの問題もない、自由に往復してよい」と答えたが、当然のことながら通行料を要求した。利益を得るための機会を逃さぬことは、為政者として正しい。

これについては老板側も想定していたので、龍雲の面子を潰さずに済む額の大金を納めると約束した。が、龍雲はこの程度では満足しなかった。荷物の詳細について追及し、「いったい何を運ぶのだ」と厳しく問い詰めた。省の安全を守るため、これもまた為政者として当然の態度である。

困り果てた老板たちは、やむを得ず、「これは極上の阿片であり、他では手に入らぬものなのです」と明かした。

すると龍雲は、「その阿片芥子の種を分けてほしい」と迫った。阿片芥子の栽培を積極的に奨励していた雲南省では、少しでも質のよい阿片を求めることは当然だった。新しい品種を入手できれば、それとの交配によって品種改良も可能になる。省としては見逃す手はない。

ここに至って、老板たちの意見はまっぷたつに割れた。

「龍雲に『最』の種を渡すぐらいなら、この話はなかったことにするほうがよいのでは。『田』は別の場所へ」

「どこに移すというのだ」

「最も近いのはイギリス領のビルマだ。そこに新たな『田』をつくり、長江経由で上海へ阿片を入れよう」

これに反対する老板たちは、こぞって言い立てた。

「龍雲に相談を持ちかけた以上、彼の面子を潰すわけにはいかぬ。この話をなかったことにすれば、中国人同士で戦争になる」

「その通りだ。条件が合わぬからやめるなど、もう言える段階ではないのだ」

「利益をうまく折半できるなら、雲南省でも栽培してもらったほうがよいのでは。我々の負担も減るだろう」

「栽培地が増えても、阿片自体の流通を我々が制御している限り値崩れは起きん。雲南王などと呼ばれていても、所詮は、龍雲など地方の権力者だ。蔣介石から睨まれればおとなしくなる。杜月笙《ドゥー・ユエシヨン》先生を通じて、蔣介石に手綱をとってもらおう」

ひとりの老板が訊ねた。「もし、龍雲が、蔣介石にも杜月笙先生にも逆らったら?」

訊ねられた相手は、うっすらと目を細めてみせた。「いつもと同じことよ。欲をかく者には天誅が下るのだ」

董老板は楊直を邸に呼ぶと、フランス領インドシナの件についてどう思うかと訊ねた。

楊直は即座に答えた。「通行料がかさんでも、『田』の位置は動かさず、収穫した阿片は雲南省を通して運ぶほうがいいでしょう」

「なぜだ」

楊直は素知らぬ顔で言った。「ビルマへ『田』と栽培者を移す手間と出費を考えれば、このままのほうが望ましい。移した場合、また畑の土質を調えねばならず、下手をすると初年度の収穫量がガタ落ちします」

いま、老板たちがフランス領インドシナからビルマへ畑を移すのは迷惑極まりない話だ。物や人の行き来から、ビルマに「別墅」があることを感づかれてしまう。あれは徹底的に隠しておかねば。

楊直は続けた。「理由はもうひとつあります。青幇の武力では日本軍に対抗しきれませんが、龍雲は雲南省の軍隊を動かせる。何かあったときに我々を守ってくれるでしょう。青幇は都市を経済的に支配する力は持っているが、外国の軍隊に攻められるとひとたまりもありません。所持する武器の種類と数が違いますし、末端の人材の練度も無視できません」

「龍雲の後ろ盾があれば、日本軍も簡単には手出しできんということか」

「雲南省軍との衝突は、国民党軍との衝突をも意味します。通い慣れぬ土地の山岳部で、敵を増やしたくはないでしょう」

「確かにそうだ」

「日本軍は央機関からの指示で、頻繁に積み荷の検査を求めるはずです。公路途上や港の抜き取り検査で、『最』を日本側に確保されると言い逃れができません」

「では、この方向で老板たちと話し合ってみよう」

部屋の隅に置かれた電話が鳴った。

董老板は椅子から腰をあげ、電話を置いてある大理石製の卓に歩み寄った。受話器をとって相手と話し始めたが、みるみる表情を強ばらせた。「またあとで連絡する」とだけ告げて受話器を戻すと、苦り切った表情で楊直を振り返った。「日本軍がインドシナの『田』を発見し、若干の株を確保したうえで、畑を焼き払ったそうだ。作業員が何人か拘束された。尋問して『田』の持ち主を突きとめるつもりだ」

楊直は息を呑んだ。まさか、これほど早く的確に日本軍が動くとは。

「なぜ、畑の位置を知られた」董老板は腕を振り、怒鳴り声をあげた。「大陸内ならともかく国外の畑だ。簡単に情報が洩れるような人の出入りを許したのか」

「浙江省の山地でも阿片芥子を育てていた作業員たちです。インドシナの現地人とは違います。青幇の怖さを嫌というほど知っている連中が、そう簡単に裏切るとは思えません」

「直属の部下は、きちんと派遣しておいたのか」

「黄基龍《ホアン・ジーロン》を上海へ戻すときに交替させせました」

「信頼できる部下か」

「勿論です」

「本当だろうな。黄基龍が一枚嚙んでるんじゃなかろうな」

「私と奴とは義兄弟です。裏切るはずがありません」

「ならば、向こうが一歩先を行っているわけか」

茂岡少佐の淡々とした態度が楊直の脳裏に甦った。阿片を麓へ下ろす経路は限られているとはいえ、フランス領インドシナの山岳部は広い。あてずっぽうで発見できるはずがない。作業員の中にスパイがいたと考えるのが妥当だが、どの時点で送り込まれたのか想像もつかない。

楊直は訊ねた。「生育中の株以外に、種も奪われたのですか」

「種はまき終えたあとだ。問題は株だ。畑の管理者と用心棒が死に物狂いで日本軍と撃ち合ったが、一部を持ち去られたらしい」

「株を手にした部隊がわかるなら工作員を送り込めます。すぐに破棄させましょう。もし日本人の研究所に持ち込まれても、株を潰し、栽培用の土に塩を混ぜておけばいい。実行部隊を手配します」

「『最』からつくった阿片煙膏の在庫はどれぐらいある？　まだ何年か保ちそうか」

「二、三年は、常連の買い手をつなぎとめられます」

「種の予備は」

「あります」

「大急ぎでそれをまける場所を確保しろ。金で口止めして、農業学校の畑や温室を借りるのでも構わん」

楊直は「最」の株を持ち出した日本軍の部隊名を突きとめると、彼らが満州の阿片芥子栽培研究所に届ける途上を狙わせた。夜間、野営地点に停車中の軍用トラックにこっそりと近づいた実行部隊は、鉢から株を引きちぎり、土には大量の塩を混ぜておいた。さらに後日、研究所に工作員を掃除夫として紛れ込ませ、「最」が栽培されていないかを長期間にわたって探らせた。

この結果、生き延びた株は皆無と確認され、「最」は日本軍の手には落ちなかったという最終報告が楊直のもとへ届いた。上海の老板たちは胸を撫でおろし、楊直に次の仕事を命じた。

『インドシナ半島で「最」の栽培にあたっていた者を全員処分しろ』

先に日本軍に捕縛された者は、ひとりも帰ってこなかった。尋問中の拷問で死んだのだろうと、青幇側では判断していた。

残りの作業員を監視下に置くため、青幇は全員を手工業会社の寮に匿い、食品加工や商品の袋詰め作業などを担わせていた。日本軍に情報が洩れた経路がわからぬ以上、作業員の中にスパイが残っている可能性は高い。次の畑では作業員を総入れ替えすべきだと、老板たちは判断したのだった。

借金を返せない者、我が子を売って返済の代わりとしたい者、賭け事で自ら身を持ち崩した者など、新しい作業員の候補はいくらでもいる。楊直は一切反対せず、老板たちの指示を部下に伝えた。これまで何度も繰り返してきた仕事だ。感情を差し挟む余地もなかった。

ある日の夕刻、寮に匿われていた作業員たちは、一日の仕事を終えて食堂へ入った。ここで提供されるのは、雲南省周辺の土地で日常的に食べられている料理だ。もち米粉の麵、野菜やキノコや鶏を入れて煮込む熱い汁物、練った小麦粉に穀類や木の実を混ぜて平たく焼いたもの。皆、食べて眠れる場所があるだけで幸せという、どん底の生活をしてきた人々だ。代わり映えのしない献立であっても、文句も言わずに黙々と食べることを一日の楽しみとしていた。その日も同じだった。いつもより若干塩味と香りの強い汁物や野菜の味を、皆、おかしいとも思わず、勢いよくかき込んだ。

突然、ひとりの男が喉元を押さえて椅子から転げ落ちた。床に倒れ、激しく痙攣しながらのたうちまわるその男を、仲間たちは誰ひとりとして助けられなかった。食堂内の全員が、その男と同じ症状に見舞われ、顔を歪めて次々と倒れていった。

食器の中へ突っ伏して意識を失う者、部屋中を駆け回ってばったりと倒れる者、獣じみた唸り声をあげて喉を掻きむしる者、白目を剝いて痙攣を続ける者、食堂の外へ出て助けを求めようとして力尽きる者。男も女も例外なくもがき苦しみ、泡をふき、次々と息絶えていった。

やがて、食堂内からは生命の気配が完全に消え去った。青幇に金で雇われた男たちが室内へ入ってきた。男たちは、現場の惨状に呻き声を洩らしたり、部屋の隅で吐いたりしながら、作業員の遺体をひとつずつ外へ運び出した。死んだ者はもう苦しまないし、痛がりもしない。少しでも手間をはぶくために、敷地内に停めたトラックの荷台へ、乱暴に遺体を放り投げていった。

遺体を積んだ三台のトラックに分乗すると、男たちはすぐにエンジンをかけた。遺体の投棄場所を目指して、トラックは山道を走り始めた。


一九四一年十二月八日。日本と中国を巻き込む、さらに大きな禍が勃発した。

日本軍はハワイの真珠湾を攻撃し、イギリス領マレー半島にも進軍。中国だけでなく、アメリカとイギリスをも相手に戦争を始めた。日本はこれらすべての戦いを、大東亜戦争と名づけた。

香港も日本軍による攻略対象となった。迎え撃つイギリス軍との戦いはすぐに終結し、十二月二十五日、日本軍は香港を占領下に置いた。上海から香港へ逃れていた杜月笙は、この地も捨て、蔣介石がいる重慶へと逃れた。

日本軍はイギリス領ビルマにまで兵を進めた。ビルマ人はビルマ独立義勇軍を結成し、若い世代が次々とこの組織に集結。この義勇軍は、やがて、日本軍に協力しながら共に進軍を続けていくこととなる。

タイは日本と同盟を結び、アメリカとイギリスに宣戦布告。

一九四二年三月八日、日本軍はビルマの首都ラングーンを占領。ビルマからの物資輸送を保持したい国民党軍は、アメリカの支援を受けてビルマ中北部へ兵を送り込み、連合軍と共闘して日本軍と戦い始めた。が、相手の勢いに押されて退却を余儀なくされた。

五月末、日本軍はビルマ全域を占領。

これによって次郎たちは、「別墅」から各地へ阿片を輸送するために使っていた陸路と海路を絶たれた。

「『別墅』から雲南省へ『最』を運び出すのはまずい」と次郎は楊直に言った。「龍雲を通して、『別墅』の存在が老板たちにばれてしまう」

「落ち着け」と楊直は言った。「私は『別墅』に関しては、龍雲とは何も話し合わん。日本軍の監視をかいくぐり、ビルマの港から、いったんインドへ荷を出す。あそこも阿片の一大供給地だ。まぎれてしまえば目立たないし、輸送経路も確立されている。阿片戦争のときの阿片は、インドから大陸に入っていたのだからな」

「インドはイギリス領だが油断はできんぞ」

「勿論だ。イギリスからの独立を狙う一派が、日本軍と交流しているとも聞く」

「タイやビルマのようにか」

「早急に日本の味方にはなるまい。インドは大きな国だ。いきなり独立するのは無理だ」楊直は微かに笑った。「それにしても、日本みたいなちっぽけな国が、インドシナ半島やインドまで巻き込んで立ち回るとはな。驚かされる」

次郎は笑えなかった。日本人としては日本軍の快進撃を喜ぶべきところだが、どうも嫌な予感がする。日本は小さな国だ。国土が狭いという意味だけでなく、その国民性も多民族国家と比べると限定された範囲に留まっている。

小さいからこそ無茶をするのだ。民族としての誇りを、無茶をするためだけに費やしてしまう。この先、日本が連合国に追い詰められてやけっぱちになったとき、どんな行動に出るのか。想像するだけで嫌になった。おそらく、ろくなことにならない。

ビルマの趙定偉《ザオ・ディンウェイ》に電話をかけ、「別墅」からの輸送経路を変更する件について相談した。趙定偉は大らかな口調で「了解しました」と答えた。それは楊直の反応とよく似ていた。この状況を、さほど深刻に受けとめていない証拠だ。

次郎は言葉にならぬ苛立ちを覚えつつ、静かに受話器を置いた。

不安は的中した。

十二月二十日、日本の陸軍飛行隊がインドのカルカッタへの爆撃を開始。それは、二年後の一九四四年まで断続的に行われることとなる、日本にさらなる負担を強いる戦いの始まりだった。

3

雲南省では、一九四一年のうちに新たな畑がつくられ、再び「最《ズイ》」の栽培が始まっていた。

インドシナ半島での一件があった直後、杜月笙《ドウー・ユエション》、龍雲《ロン・ユン》、上海の老板《ラオバン》代表の三者間で合意が得られ、新たな畑がつくられたのである。

「最」による収益の一部は蔣介石の活動資金となり、どの市場へ流すかによって、関東軍による阿片売買市場を食い荒らすことも可能となった。通常の阿片取り引きでは関東軍と協力しつつも、「最」によって、それを侵食していくのだ。

今後は、龍雲と利益を分け合いながら、「最」の市場を広げていく形となる。ひとつの省が丸ごと「最」の栽培地になるので、青幇《チンバン》も龍雲も莫大な富を得られる。これによって、当面、他の地域で「最」を栽培する必要はなくなった。もしもの場合に備えて別の畑は必要だが、あくまでも種を保持するためであり、そこから大きな利益を出す必要はない。

作業員も管理者も雲南省側が出す形になったので、次郎がこの件で、栽培関係の作業に接する機会は激減した。青幇側の業務は主に流通関係で、規模が拡大したので多数の会社が参入してきた。楊直《ヤン・ジー》とふたりで栽培計画を練り、畑を管理し、次郎の貿易会社を利用して阿片を売りさばいてきた――その手間と苦労から生まれる充実感と喜びは、すっかり過去のものになった。

龍雲のもとでは自分など小石にすぎないのだと、次郎は悔しさを噛みしめた。小石どころか塵かもしれない。いてもいなくても、たいして変わらぬ人間。故郷から都会へ出てきたときと同じだ。

小石や塵の人生に戻るのはごめんだった。自分はこの商売を通じて、ようやく「ひとかどの人間」になれたのだ。己の頭で考え、己の意思で選択し、己の力で行動した。金はほしかったが、金だけが目的だったわけではない。運命を、自分の手で切り開く喜びを求めたのだ。それを権力者に奪われるのは我慢がならなかった。

故郷では、密かに恋心を抱いていた女を酒蔵の息子にかっさらわれた。浙江省の「田《テイエン》」から上海租界へ戻ったら、原田ユキヱが杜月笙のものになっていた。そのユキヱとの関係を、ようやく自力でつかみとったと思ったら、今度は「田」の管理を龍雲にとられた。まだ「別墅《ビエシユー》」があるとはいえ、「田」と比べれば規模は小さい。雲南省が管理すれば、「田」は桁違いに大きくなるだろう。そこに自分が関わる余地は、もうないのだ。

次郎は楊直に訊ねた。「龍雲に任せたことで、『最』の管理者としての大哥《ダーグア》の立場は一段低くなった。これで満足なのか」

「私は堅気の仕事に力を注ぎたい。龍雲との人脈ができれば、むしろ世間的には箔がつく」

「ビルマの『別墅』はどうする」

「勿論、あれは残す。『別墅』の件は、あくまでも我々の仕事だ。誰にも渡さん。我々の宝物だ」

「関東軍に発見されないか」

「イギリスやアメリカと戦い始めた日本には、もう山岳地帯をこまめに探索する余裕はない。よほど目立つ行動をとらぬ限り、大丈夫だ」

「田」の位置は動かしたが、董《ドン》老板の「分家《フエンジア》」は動かさないほうがいいと次郎は判断し、開戦と同時に、董老板にもそのように伝えてあった。あちらで生産中の阿片も、運び出しには苦労しているだろうが、いまの状況では、うかつな指示は出せない。「分家」のことは、当分、董老板にすべて任せておくのがいいだろう。阿片の動かし方は、あいつのほうがずっとよく知っている。

戦時下の上海で、次郎は二年間、おとなしく貿易会社の経営に勤しんだ。戦時下では大量の物資が輸送されるため、阿片を運ばずとも利益が出るのはありがたかった。

雲南省では、一九四二年の春に初年度分の「最」の花が咲いた。昨年の秋に種をまいた分である。芥子汁の量は残念ながら予想を大幅に下回った。気候のせいか土壌の調整がうまくいかなかったのか。今年からは畑ごとに少しずつ土質を変え、最もよい条件を探るという。植物や動物を相手にする仕事はこれが怖い。人間の期待や思惑を簡単に裏切っていく。

いっぽう、欧米人が追い出された上海租界は、日本の軍人が肩で風を切って歩く町に変わった。南京路《ナンキンルー》や霞飛路《アヴエニユー・ジヨツフル》のにぎわいは変わらず、大世界《ダスカ》や劇場や映画館も営業を続けていたが、以前の自由奔放さはすっかり失われた。アメリカ人のジャズバンドは完全に姿を消し、日本人のジャズバンドですら、酒場では軍歌の演奏を求められるようになった。

それでもこの町は、書類の上では、もうすぐ中国人の手に戻ってくる。一九四三年、イギリスとフランスが上海租界の返還を汪兆銘《ワン・ジヤオミン》政権に約束し、夏にはそれが完了すると決まったのだ。年頭にそれが告知された。

上海租界という名称は消え、上海は中国の土地として戻ってくる。

だが、これは単に、上海の支配者が替わるだけだった。南京の新政府が結局は日本の傀儡政権に堕したのと同様に、上海は欧米の支配から解放されても、今度は日本の支配下に置かれる形となる。

いつまで?

日本が戦争に負け、この土地から去るまでだ。


租界の返還が決まった年の六月中旬、上海は梅雨に入った。わずらわしい湿気が体にまとわりつき、室内の湿度計の針が八十パーセント以上を指し続ける季節。鬱陶しい毎日の始まりだ。

この時期、会社宛てに届いた手紙の中に、次郎は懐かしい名前を見つけた。差出人の名は、伊沢穣。

伊沢が第二次上海事変の最中に満州へ渡り、向こうの大学に入学したところまでは知っていた。何度か手紙のやりとりがあったが、卒業の連絡はなかった。縁が切れたことを寂しく思いつつも、次郎はあまり気にしなかった。自分の仕事が忙しかったせいもあるが、「大人《ダーレン》」とはそうあるべきだと、楊直から教わっていたからだ。困っている者がいれば惜しみなく手助けするが、見返りはまったく望まない。向こうが義理を欠いても、何か事情があってのことだろうと察して気にしない。それがダーレンだと。

便箋を開くと、しばらく連絡できなかった非礼を詫びる言葉のあとに、大学卒業後は敷島通商という日本の商社に就職し、仕事で上海に来たので、次郎のもとへ立ち寄りたいと記されていた。伊沢自身の仕事を通して、次郎が貿易会社を経営していると知ったという。

手紙には敷島通商上海支店の電話番号が添えられていた。次郎はすぐに受話器を持ちあげ、電話機のダイヤルを回した。電話がつながると日本語で話しかけられたが、次郎は中国語のみで通し、「伊沢穣を呼んでくれ」と頼んだ。

少し待ったのち、本人が電話口に出た。滑らかな中国語で「黄《ホアン》先生、ご無沙汰しております」と声をはずませた。

ずいぶん中国語がうまくなっている。満州で熱心に勉強したのだろう。「手紙をありがとう。うれしかった」

「突然で、ご迷惑ではありませんか」

「とんでもない。今夜、君との再会を祝したい。フランス租界のレストランで午後七時頃に、どうだ」

「いえ、僕のほうが黄先生をお招きします。大変お世話になったのですから」

「こういうときには年上が年下を招くものだ。遠慮せずに来い」

次郎が予約を入れた店に、伊沢は時間通りにやってきた。

六年ぶりに顔を合わせた伊沢は、想像していた以上に体が大きくなって、見違えるような男ぶりだった。短く刈った髪と相まって、軍隊で鍛えられたのかと見紛う精悍さだ。以前の繊細な雰囲気は、すっかり影を潜めていた。色白の面立ちには、いまや、日本人離れした迫力すら感じられる。

個室をとったので、ふたりだけで、ゆったりと食事と会話を楽しんだ。

伊沢は中国語で喋り続けた。たった五年で、ここまで中国語がうまくなったとは驚きだ。だが、もしかしたら次郎が知らなかっただけで、もっと前から勉強していたのかもしれない。大学時代や敷島通商に入ってからの苦労を、伊沢は楽しげに話した。学問の奥深さ、それを修める難しさ、仕事で大陸各地を飛び回ったときの武勇伝などを、生き生きと語る伊沢の姿に、次郎はこの若者を助けて本当によかったと、久しぶりに心が洗われる思いを抱いた。

ふと、それを打ち消すように、香港での体験が頭の片隅をよぎった。五年前、自分が殺すはずだった名も知らぬ青年。バイフーたちに撃ち殺されたあの殺し屋。彼は伊沢と似た年頃だった。

おぞましい記憶を、次郎は頭の中から振り払った。

比べてはいけない。ひとりの若者を助け、もうひとりの若者を見捨てたことを。いまさら、なんの意味も持たぬのだから。

伊沢は次郎の様子に気づいたのか、「僕は、少し騒ぎすぎたでしょうか」と申し訳なさそうな顔を見せた。

「いや、いいんだ」次郎は軽やかに答えた。「仕事が忙しくて疲れているだけだ。気にせんでくれ」

店の外へ出ると雨はあがっていた。大気は相変わらず湿気で重い。帰宅するまでに、もう一度、雨粒が落ちてくるだろう。

伊沢はタクシーを呼びとめ、「次の店は僕に任せて下さい」と張り切った。次郎を後部座席へ導き、自分は助手席に乗り込んで運転手に告げた。「外白渡橋《ガーデン・ブリッジ》を越えたところまで」

次郎はそれを聞き逃さなかった。「ああ、悪い。おれは共同租界には入れんのだ」

「なぜですか」

「日本軍が上海を占領してから、中国人は許可証なしでは外白渡橋を渡れなくなった」

「僕が一緒なら大丈夫でしょう。敷島通商の社員証がありますから」

「君だけでなく、おれ自身の証明書が必要だ。例外は認められず、しかも、証明書はすぐには発行されない」

「まあ、とにかく行ってみましょう。通れなかったら霞飛路《アヴェニュー・ジョッフル》へ行きますから」

右手に黄浦江《こうほこう》を望みながら、車は、江海関《こうかいかん》やキャセイ・ホテルの前を通り過ぎた。パブリック・ガーデンの北にある鉄橋付近まで至ると、強い灯りが照らす中、日本人の歩哨が小銃を担いで立っているのが目にとまった。

車が前へ進むと、歩哨が近づいてきて車窓から中をのぞき込んだ。伊沢は身分証を呈示した。歩哨はそれを確認すると、次郎には目もくれず車から離れた。

あまりの簡単さに次郎は啞然とし、伊沢に訊ねた。「帰りはどうすればいいんだ。おれひとりではこの橋を渡れん」

「僕が、またお送りします」

タクシーは、ブロードウェイ・マンションの前で停まった。

伊沢は先に降りて次郎を待ったが、次郎は後部座席から動かなかった。すると伊沢は自ら後部扉に歩み寄り、おもむろに開いて次郎に呼びかけた。「黄先生、到着しました。どうぞこちらへ」

次郎はそれでも車から降りなかった。「ここからどこへ行く気だ」

「あの建物へ」

「ブロードウェイ・マンションは、第二次上海事変のときに日本軍に接収された。いまは日本軍の将校や特務機関が使っているはずだ。そんなところへ、おれを連れて行くつもりか」

「ホテルに泊まるよりも便利なので一室借りたのです。僕の部屋に上等な酒を用意してありますから、日本の軍人が騒ぐ租界のクラブよりも静かに飲めます。先生がお好きなレコードもかけられますよ」

「ジャズは、いま租界ではだめだろう」

「話を通してあるから大丈夫です」

次郎は黙り込んだ。伊沢は溜め息を洩らした。「ここでもめていたら、誰かに変に思われます」

「霞飛路まで引き返してくれ。軍人連中がうるさくても、あちらのほうがいい」

伊沢はそれには応えず、運転席側へ回って窓を叩いた。運転手はうなずき、車の外へ出た。伊沢が低い声で何かを告げると、運転手はブロードウェイ・マンションの出入り口へ向かって、まっすぐに歩いていった。

車のフロントガラスに、ぽつぽつと雨が落ちてきた。

伊沢は後部座席に乗り込み、次郎の隣に座って扉を閉めた。雨脚はみるまに勢いを増し、ガラス窓がうっすらと曇った。

「ここなら誰にも話を聞かれません」と伊沢は言った。「お酒はありませんし、ひどく蒸し暑いのが難点ですが」

「構わん。ところで、これはタクシーじゃなかったのか。運転手はおまえの部下か」

「申し訳ありません。手間を省きたかったので」

「何か話があるのか」

「黄先生に、お願いしたいことがあります」

「なんだ」

「僕の仕事を手伝って頂けないでしょうか」

「中国人のおれでもできる仕事か」

「実は、ある方から、あなたが生粋の日本人だと聞かされました。本名は吾郷次郎さん。兵庫県の山村出身だそうですね」

「誰が言っていた？」

「関東軍には、阿片売買に関わる央《オー》機関という組織があります。なんでも調べあげます。ご存じですか」

知っているとは言えないので、次郎は「いいや」と答えた。

「日本語で喋りませんか」伊沢が促した。「ここには僕たちしかいません」

「日本語のほうが喋りやすいのか」

「勿論」

次郎自身も日本語で喋ったほうが、相手の本心を読みやすいのは確かだった。伊沢がこんな話を切り出した理由に、次郎は不安よりも興味を覚えた。自分の身を守る意味でも詳しく話を聞きたかった。「わかった。では、日本語で続けよう」

伊沢は頬をゆるめた。「大陸での戦争は綺麗事だけでは遂行できません。中国軍も日本軍も、阿片売買によって得られた軍資金に助けられています。南京の汪兆銘政権すら、この資金がなければ樹立できなかったとか」

「まあ、世の中はそんなものだろう」

「実は我が社もこれに関わっています。軍需産業に必須のタングステンなどの買い付けに奔走中なのですが、その際に、品物への代金としてヘロインが使われます。少量でも大金で取り引きされますから、品物の売り手は喜ぶのです」

「なるほど」

「日本は満州国を中心に阿片芥子を栽培していますので、ヘロインの生産には事欠きません。我が社は央機関を通してそれを得ているわけですが、近頃、資源の売り手のほうから新たな要求が出まして」

「どんな?」

「品物の代金として、ヘロインだけでなく『最』という阿片がほしいと。『最』は通常の阿片とは違い、吸えばたちどころに桃源郷に至れる極上品だそうです。しかし、日米開戦以降は流通量が減り、入手しにくくなった」

「ふむ」

「率直にお訊ねしますが、吾郷さんは上海で『最』を入手できる立場におられますよね。我が社のために、いや、日本の将来のために、これを集めて頂けませんか」

「中国政府は阿片を禁制品としている。なぜ、おれがそんなものを動かせると思うんだ」

「央機関による調査で得られた結論です」

「大陸でも、できることとできないことがある」

「頼れるのは吾郷さんだけです」伊沢は膝に両手をつき、次郎に向かって深々と頭を下げた。「この通りです。日本を勝たせるために、どうかお願いします」

「煙草を吸ってもいいか」

「どうぞ」

次郎は上衣の内ポケットから煙草入れを取り出し、ミニシガーを一本引き抜いた。オイルライターで火をつけて吸い、困惑した表情でゆっくりと煙を吐き出す。

伊沢は忠犬のように、おとなしく返事を待った。次郎はつぶやいた。「仮に手伝うとして、おれが得られるものはなんだ。金ならうなるほど持っている。これ以上はもういらん」

「そうは仰っても、邪魔になるものでもないでしょう」

「央機関が、おれを金だけで動く人間だと思っているならお門違いだ。帰ったら機関長に言ってやれ。何か頼みたいのであれば、敷島通商の若手社員なんぞ寄越さず、自分で挨拶に来いとな」

「失礼は承知のうえです」

「きちんと筋は通してほしい。おれは日本人だが中国社会で生活している人間だ。そして、上海には上海でのやり方がある。阿片がらみの話は必ずどこかで青幇がからんでくる。彼らの面子が潰れるような真似はできん」

「しかし青幇は、『最』など知らぬと言い張るのです。ならば、吾郷さんが我々に流しても大丈夫なのでは」

「いいか。上海では青幇の許可なしには、どんな種類の阿片も動かせん。青幇以外でそれができる者は里見甫だけだ。この件はあちらへ頼んでくれ」

「さすがの里見先生も、『最』については何もご存じないそうです。入手方法もわからないと」

次郎は軽く舌打ちした。「とにかく、おれの判断だけでは何もできん。うかつに動けば青幇が黙っていない」

「吾郷さんは、日本が負けてもいいと思っておられるのですか」伊沢の口調がふいに熱を帯びた。「今年の四月、帝国海軍の連合艦隊は山本五十六《やまもといそろく》司令長官を失いました。この先どうなるのか、皆、不安になっています」

「海軍の司令長官が死んだぐらいで負けるなら、最初から勝ち目がない戦だったのさ」

「そんなことは日本人として受け入れられません」

「日本、日本と、いちいちうるさいな。君に言われなくても、おれは日本人としての誇りを忘れたことはないぞ。だが、自由に生きられる楽しさやありがたさを知ったのは上海へ来てからだ。内地じゃ、こんな夢は見られやしなかった。日本が負ければさすがに大陸には留まれんが、そうなったら、またどこかへ流れていくだけだ。おれはタンポポの種だからな」

「吾郷さんがこの町で歓迎されるのは、中国名を名乗っておられるからでしょう。もし素性を明かせば――」

次郎は雨が吹き込まない程度に車の窓をあけ、隙間から煙草の灰を外へ落とした。口許へ戻してひとくち吸うと、その先端を伊沢の鼻先へ突きつけた。「誰かによけいなことを吹き込んでみろ。おまえを殺す」

「正気ですか」

「日本軍が占領しても、ここにはここの掟がある」

「吾郷さん。央機関は『最』について、既に、多くのことをつかんでいます」

「それがどうした」

「関東軍は青幇を利用しつつも、彼らがわずらわしい。できれば上海の老板たちを一掃し、自分たちの言いなりになる中国人を据え、阿片売買を継続したい。そうなれば、青幇と一緒に動いている吾郷さんにも危険が及びます」

「関東軍は、本気でそんなことを考えているのか」

「はい。老板たちは定期的に『茶会』を開くでしょう?　その機会を狙います」

「『茶会』の予定は絶対に外へは洩れん。日時も場所も」

「そこは、いくらでも道があります」

「密告者を確保しているのか」

「ええ。ですから、吾郷さんが巻き込まれないように――」

「日時がわかるか」

「え?」

「襲撃の予定を詳しく知りたい」

「たぶん今月中には。『茶会』がだめなら、フランス租界の盛り場にいるところを狙うでしょう」

「憲兵が来るのか」

「軍隊が関わるわけにはいきませんから、中国人のならず者を雇います。日時は、詳しく決まれば追ってご連絡できます」

どうやら状況はかなり悪いらしい。老板たちだけでなく、次郎自身の立場も。

後続の品種を持っていながら、関東軍はそんなに「最」がほしいのか。だが、あれはもう雲南省とビルマで栽培中なのだ。値崩れが起きないように流通量を制御しつつ、大陸の阿片市場をさらに侵食させる予定だ。

関東軍は、いまの状況をまったく理解できていないだろう。杜月笙と話がついているはずなのに、なぜこんなことになるのかと。だが、これこそが中国人の戦い方なのだ。理屈のうえでは、彼らは関東軍との取り決めを何ひとつ破っていない。青幇は「『最』など知らぬ」と公言したのだから、ないものの流通を制御することはできず、管理責任も生じないという説明の仕方は、これはこれで筋が通っている。

中国人から法匪《ほうひ》とまで嘲られる日本人には、少々理解しがたい感覚に違いない。法匪とは、杓子定規に規則や約束に縛られ、そこから外れた思考ができぬ者を指して言う。日本側から見れば、青幇の行動は、嘘をつき、関東軍を騙していることにしかならないが、青幇から見れば理屈の通し方が違うだけだ。自分たちがあの阿片芥子を「最」と名づけた瞬間から、それは関東軍が捜している阿片芥子とは別物、自分たちのものという捉え方をしている。

となれば、日本側に残された道はひとつ。武力で青幇を殴り倒し、強引に隷属させるしかない。上海の老板たちを一掃する計画には、信憑性がありそうな気がした。

次郎はミニシガーの灰をまた窓の外に落とし、伊沢に訊ねた。「今日は、もう帰ってもいいか」

「吾郷さんひとりでは外白渡橋を渡れませんよ」

「送ってくれる約束だろう」

「我々に協力して下さるなら。日本軍はフランス領インドシナで『最』の畑を見つけて焼き払いましたが、収穫期ではなかったので種を入手できていません。株はある程度持ち帰りましたが、途中でだめになりました。つまり、自前での栽培には成功していません。ですから、取り急ぎ、タングステンの購入に使える分だけでもほしいのです」

「ふむ」

「吾郷さんが協力して下さるなら、央機関は老板たちには手を出さないでしょう。真剣に考えて頂けませんか」

「伊沢くん。君は軍部への協力などやめたほうがいい。重荷になるばかりだぞ」

「僕の年齢では、敷島通商を辞めれば、すぐに召集されて前線へ直行です。たぶん、時期的に南方戦線へ」

次郎は一瞬だけ言葉を失った。日本人社会から離れて暮らしていると、つい、この種の話に鈍感になる。「すまん。少し言いすぎた」

「いいえ。僕のほうこそ、今日はご挨拶に来ただけですから。本番はこれからです。さっき吾郷さんは、僕が勝手なことをすれば殺すと仰いましたね」

「ああ、悪かったな。あれは言葉の綾だ」

「幸い、僕も既に人を殺す訓練は受けています。場合によっては、覚悟して頂くのは吾郷さんのほうになるでしょう」

次郎は苦笑いを洩らした。「最近の大学は、学問だけじゃなくて人の殺し方まで教えるのか」

「僕は建国大学を飛び級で卒業したあと、帝国陸軍が管理する特殊な大学で訓練を受けました。備えている技量は職業軍人と同じです」

伊沢はどこか遠くを見るような目をしてから、少しだけ口許をほころばせた。「運転手を呼び戻してきます」と言うと、車内に置いてあった傘をつかみ、扉を開いて外へ出た。

雨が降りしきる中を歩いていく姿を眺めながら、次郎は指のあいだに挟んでいたミニシガーを半分に折った。車内のハンドルを回して窓をもう少し下ろし、煙草を外へ投げ捨てた。

4

自分は試されている、と次郎は思った。

襲撃計画を楊直《ヤン・ジー》に教えて老板《ラオバン》たちを逃がせば、自分は央機関《オー》から関東軍の敵と見なされるだろう。逆に、襲撃を見て見ぬふりをした場合には、関東軍を密かに助ける者として、今後も伊沢から協力を要請される。そして、これだけ堂々と話を持ちかけてくるのは、「吾郷次郎は日本側につく」と、伊沢たちが確信しているからに違いなかった。日本人なら関東軍に協力して当たり前だと。

人を育てることは難しいと、次郎はしみじみと感じていた。

かつての伊沢は、金の心配さえなければ、まっすぐに育つ若者に見えた。だが、本当は資金を援助してやるだけではなく、もっと深く事情に立ち入り、人生に関する相談にのってやるべきだったのだ。

次郎が伊沢を支援したのは、楊直から「金持ちは誰かのパトロンとなり、その人物を引き立ててやるものだ」と教えられたからだ。舞台俳優や映画女優に花束を贈り、活動を支援するといいと。それが「大人《ダーレン》」の役目なのだと言われ、なるほどと感心した。最初は映画女優を支援しようと考えたが、伊沢と知り合ったとき、女優を助けるのも苦学生を助けるのも同じではないかと気づいたのだ。

次郎自身がろくに学校へ行けなかったせいもあり、苦学生を助けることで学問の世界とつながれるのは、次郎にとってささやかな喜びだった。誇らしくもあり、その判断は間違っていなかったはずだといまでも思う。

愛国心そのものは、なんら責められるべき思想ではない。いまの時代、大半の人間がそれを心の拠り所としている。だが、次郎が伊沢から感じたのはもっと違うもの、熱狂に近い何かだった。この町に惹きつけられ、燃え尽きていく人間たちと同じ匂いを、あの日、伊沢は一瞬だけだが漂わせた。

学問を修めれば人は賢くなり、誇り高く、ひとりで生きていけるはずだと考えていた。本当は違うのかもしれない。伊沢は頭がよいはずなのに、いまは、国から与えられた価値観だけに従っている。大学時代に何かあったのだろうか。自由奔放な発想を全否定されるような何かが。

関東軍か青幇《チンパン》か、どちらかを選べだと？

次郎は鼻で笑った。世の中には、どちらも選ばない生き方だってあるのだ。

正確な情報を聞かされてから、次郎は、伊沢との再会を楊直に伝えた。

「伊沢は、大哥《ダーグア》には会いに来なかったのか」と訊ねると、楊直は「ああ」と答えた。「上海に戻っていたことも知らなかった。もともと、おまえほど親しくもない」

「上海で『最《ズイ》』がほしいなら、大哥と接触したほうがいいのにな」

「インドシナでの一件があるから、央機関《オー》は青幇との付き合い方を変えたのだろう。いまの状況では、問答無用に我々を殺しに来たとしても私は驚かんぞ。何しろ、私の家族を殺したかもしれん連中だ」

「央機関は、上海の老板たちを暗殺する計画を立てているようだ」

「なんだと」

「日時を聞かされた。多少、変更は生じると思うが」


フランス租界には大世界《ダスカ》以外にも賭博場がいくつもある。すべて青幇が管理しており、会員制で、飛び込みでは入れない。

そこには、租界内でもとりわけ裕福な男女が集まってくる。以前は欧米人の客が大勢訪れたが、いまでは日本人と中国人の富豪の遊び場だ。ルーレット台を取り囲み、優雅にチップを賭け、転がる玉の動きに注目する。勝っても負けても上品な態度しか見せず、本気で怒ったり泣いたりする客はいない。

スロットマシンで遊ぶ客もいれば、カードゲームで頭脳戦に耽る客もいる。扇情的な意匠の旗袍《チーパオ》に身を包んだ若い女が、猫のようにしなやかな身のこなしでサロンを歩き回り、客たちに葉巻や酒を運ぶ。ここが場末の賭博場と違うのは、皆が金に糸目をつけず、金を失うことすら楽しんでいることだ。経済界や金融業で成功し、軍需産業に関わり、香港に退避する必要も感じないほど上海租界での暮らしが安定している者にとって、「大金を失う非日常」を体験させてくれるのは賭博場だけである。

その夜、ある賭博場の近くに、三台の車が停まった。機関銃を手にした中国人の男たちが車から飛び降り、店の出入り口に駆け寄った。扉が蹴破られた。トンプソン・サブマシンガンM1927が店側の用心棒を反撃するまもなく薙《な》ぎ払った。襲撃者たちは拳銃や機関銃を撃ちまくった。着飾った男女が悲鳴をあげて逃げ惑う中、弾丸はルーレット台を砕き、酒瓶やグラスを砕き、クリスタルのシャンデリアを落下させた。長卓や豪奢な椅子が木っ端微塵になり、勝負に使うチップやカードが舞い散った。半狂乱になって泣き出し、恐怖のあまり床に座り込んだ客には目もくれず、男たちは店の奥の個室を目指した。目的の部屋に辿り着くと、扉の錠を撃って破壊し、中へ飛び込んだ。

室内では、質のよい長袍《チャンパオ》を着込んだ中国人男性が三人、長椅子にもたれて女たちに酌をさせつつ談笑していた。三人は侵入者を見て目を吊りあげ、「なんだおまえらは」と腹に響く声で怒鳴りつけた。

襲撃者たちは、女もろとも三人に向かって機関銃の弾を浴びせた。連射音は十秒近く続き、長椅子の後方まで飛び散った血が荒々しい模様を壁に描いた。銃撃音がやんだあとに残ったのは、人間の残骸と、たっぷり血を浴びた料理の皿だけだった。

仕事を終えた男たちはすぐに逃走した。フランス租界の警察が駆けつけたとき、その姿は既にどこにもなかった。

同じ日の夜、大世界の個室では、上海の老板たちの「茶会」が開かれていた。談話が始まって一時間ほど経った頃、部屋の扉が叩かれた。入ってきた男は、最も年嵩の老板の耳元で何かを囁いた。その老板は白髪頭を軽く振ってうなずき、男をすぐに退室させた。

白髪頭の老板は皆の顔を見回すと、「やはり関東軍の手先が動いたようだ。フランス租界の賭博場が襲われた。用心棒は全滅。我々の身代わりとして置いた男が三人、店の女ごと機関銃で撃ち殺されたとのことだ」

別の老板が訊ねた。「誰を身代わりに？」

「賭博で身を持ち崩した連中だ。最後に、好きなだけ飲み食いできて満足だったろう。女たちは気の毒だったが」白髪の老板は、董《ドン》老板の顔を見て微笑んだ。「楊直は優秀な情報網を持っているな。彼が予想した通りになった」

別の老板が横から口を挟んだ。「しかし、ここまで詳しく情報を得られる者だ。同時に、我々の情報を日本軍に流しているかもしれん」

「情報提供者が、日本人か日本軍に近い立場の者なら、そのようなこともあろう」

「では、もしもの場合には、すぐさま楊直にそいつを処分させよう。楊直なら迷わんだろう。何しろ、実兄まで平然と撃ち殺した男だ」

老板たちは微かに声を洩らして笑った。

董老板もうなずき、おもむろに口を開いた。「これで央機関の腹の内がわかりました。彼らは本気で我々を潰す気です。南京と同じく、上海を骨抜きにするつもりでしょう」

「組織にスパイを紛れ込ませれば、雲南省から『最』を持ち出すのは簡単だ。我々は今後も命を狙われ、その死によってあいた席に、関東軍の息がかかった者が送り込まれる恐れがある」

「楊直の話によると、関東軍の配下にある商社が、タングステンの取り引きに、ヘロインだけでなく『最』を使いたがっているようです」

「では、ここにいる誰かひとりでも殺されれば、それを関東軍との『全面戦争』開始の合図としよう。いや、日本との戦争はとうの昔に始まっているから、いまさらこの名称はおかしいか」

「『抗日阿片戦』でよろしいのでは」

「なるほど。そう呼ぶとするか。まずは、龍雲《ロン・ユン》に出兵の準備を調えさせよう」

董老板は同席者に向かって訊ねた。「異存はありませんか。関東軍との『開戦』に反対の方は？」

異議を唱える者は誰もいなかった。


老板たちが大世界で話し合っていた頃、次郎と楊直は、自分たちの邸で電話が鳴るのを待っていた。

やがて、けたたましいベルの音が談話室の空気を震わせた。

楊直は長椅子から立ちあがり、電話台まで歩いていった。受話器を持ちあげ、相手の話を聞き終えると、「ご苦労。明日、董老板を訪問すると伝えてくれ」と告げて会話を終えた。

長椅子に戻ってきた楊直は、「おまえが言った通りになった」と次郎に告げ、湯呑みを手にした。「老板の身代わりは女もろとも殺された。機関銃で襲撃されたそうだ」

「憲兵隊が踏み込んだのか」

「中国人のゴロツキを雇ったようだ。関東軍は『何も知らん』と言い逃れるつもりだな。明日、董老板と今後の進め方について相談する。おまえは伊沢からの連絡を待て。襲撃した相手が偽者だったと知れば、伊沢は再びおまえに接触する。報復措置をとるか、あるいは別の依頼を持ち込んでくるか、奴の本心を探ってくれ」

「了解した」

「当分は身の回りに気をつけろ。フォンだけでは護衛として心許ない。うちの若い者を何人かつけよう」


翌日、伊沢から次郎の会社に電話が入り、社長室に転送されてきた。

伊沢は今日は英語で喋った。「僕の情報がお役に立てて幸いです」

「老板たちを逃がしたことを怒っていないのか」と次郎が訊ねると、伊沢は「なぜ怒る必要が？」と笑った。「今回の一件で、吾郷さんは、より深い信頼を青幇から得たでしょう。これで動きやすくなったのではありませんか」

「なんだと」

「皆から信用されている隙を突いて『最』を確保し、うちへ送って頂けませんか。そうして下さるなら、今後も有益な情報をお教えします」

「賭博場に本物の老板がいないことを承知のうえで、わざと襲撃させたのか。おれが青幇に情報を流すと見越して」

「はい」

「おまえのせいで、用心棒以外に六人も死んだ。うち三人は、ただの若い娘だ」

「吾郷さんが流通させた阿片のせいで、どれだけの人間が破滅して死んでいったか、数えたことはないのですか」

「それとこれとは話が別だ」

「現実をよくご覧になって下さい。あなたは正真正銘の日本人で、素性が広く知れ渡ったら中国人に殺される。守るべきものが何か、きちんと考えるべきです」

「貴様――」

「脅しても聞き入れません。僕は日本のために最善を尽くす」

「ふざけるな。もう二度と電話してくるな」

「そうですか。でも、いま我々は、何忠夫《ホー・ジョンフー》さんをあずかっているんですよ」

「なんだと」

「賭博場襲撃で、こちらまでは目が行き届かなかったでしょう？　取り調べのために捕縛しました。いま、虹口《ホンキユウ》の日本憲兵隊本部で尋問を受けています」

「罪状は」

「いくらでも並べられます。阿片の売買に関わっていたのですから」

「釈放の条件はなんだ」

「何度もお願いしています。『最』を敷島通商へ流して下さい」

「それはできん。だいたい、本当に何忠夫を拘束しているのか。証拠を見せろ」

「では、声を聞かせます」

電話口で人が入れ替わる気配がした。すぐさま聞き慣れた声が耳元で弾けた。「黄基龍《ホアン・ジーロン》か？」

次郎は中国語で訊ねた。「何忠夫、本当に捕まったのか」

「ああ」

「大丈夫か。ひどい目に遭わされていないか」

「少々小突き回されたが、たいしたことはない。さすがに連中でも青幇は怖いと見える」

「日本憲兵隊本部にいると聞かされたが」

「間違いない。外白渡橋《ガーデン・ブリッジ》を渡ったからな」

「いますぐそちらへ向かう。だが、おまえが確かに、日本憲兵隊本部にいるという証拠がほしい。楊直からもらったあれを伊沢に渡し、おれがそちらへ到着したら見せるように頼んでくれ。本部内に入る前に確認したい」

「了解した。渡しておく」

「では、伊沢と代わってくれ」

伊沢が電話口に戻ると、次郎は英語に戻して言った。「何忠夫は、老板たちの力で必ず釈放させる」

「無理です。関東軍は本気なので」

「青幇を舐めていると、おまえ本当に死ぬぞ」

「なるほど。お手並み拝見といきましょうか。先日のタクシーを会社の前まで回します。運転手も同じなので、よろしくお願いします」

電話を切ると、次郎は楊直が訪問しているはずの交易所に電話をかけ、事務員に彼を呼び出させて言った。「何忠夫が日本の憲兵隊に捕縛された」

「なんだと」

「伊沢は彼を人質にして、おれと交渉したいようだ。おれたちが戻れなかったら、董老板を動かして、日本側へ圧力をかけてくれ」

「ひとりで行くな。危険だ」

「大丈夫だ。奴は『最』がほしい。それを手に入れるまでは絶対におれを殺さん」

「死ぬよりもひどい扱いを受けたらどうする」

「おれは頑健じゃないから、そうなったらコロリと死ぬだけさ。そうなる前に助けに来てくれ」

次郎は受話器を置き、窓際に立って眼下を眺めながら迎えの車を待った。

しばらくすると、先日と同じ車が会社の玄関前に停まった。

緊張のせいか、古傷が疼き始めた。次郎は机の抽斗から小瓶を取り出し、痛み止めの薬を一錠、飲み下した。護身用のモーゼルM1934を収めた拳銃嚢《ホルスター》を身につけ、上衣に袖を通す。日本憲兵隊本部では、中へ入る前に銃をあずけろと命じられるだろうが、持参しておけば、いざというときに心強さが違う。念のため足首には折りたたみナイフをくくりつけておいた。運がよければこちらは見つからない。

一階へ下り、次郎を待っていた運転手の顔を確かめてから、車の後部座席に乗り込んだ。外白渡橋はすんなりと越えられた。伊沢から事前に連絡が入っていたようだ。先日の対応にも驚いたが、あいつは、いつのまにこれほどの特権を手に入れたのか。会社員のくせに、軍属を超える権限を与えられているじゃないか。つまり敷島通商は、ただの商社ではなく、おそらく関東軍が出資してつくった出先機関なのだ。

車は、北四川路《ほくしせんろ》を北へ向かって進み、日本憲兵隊本部の建物の前で停まった。L字形をした七階建ての本部出入り口付近で、伊沢が待っている姿が目にとまった。

次郎は車から降り、そちらへ近づいていった。

伊沢は両手をズボンのポケットに突っ込み、映画俳優のように格好をつけて立っていた。周囲に部下や護衛はいない。穏やかな微笑を見せて言った。「ひとりでお見えになるとは驚きました。てっきり、青幇の誰かとご一緒だと」

「これは、おまえとおれとの問題だ。サシでけりをつけよう」

伊沢は興味深そうに目を細めた。「それが大陸での流儀ですか」

「いや、男としての流儀だ」

ポケットから両手を引き抜くと、伊沢は次郎に左手を差し伸べた。「何忠夫さんから、これをあずかりました。吾郷さんに渡してくれと」

伊沢の掌で、銀貨と翡翠の玉がきらりと光った。次郎はそれを受け取り、指の腹で銀貨の裏に触れ、そこにある疵をさりげなく確かめた。ふたつをズボンのポケットに突っ込むと、「じゃあ行こうか」と伊沢に声をかけ、自ら、日本憲兵隊本部の玄関へ足を踏み入れた。

5

本部内に入ると、出入り口の左側の小部屋へ通された。憲兵に所持品を調べられ、案の定、拳銃もナイフも取りあげられた。

憲兵の眼差しが異様に険しかったので、次郎は肩をすくめて「租界では護身用の武器なしでは暮らせない。十何年も住んでいると実感する」と戯けてみせたが、憲兵は顎をしゃくって「もういいから、行け」と言っただけだった。

廊下で待っていた伊沢に、次郎は「まず、何忠夫《ホー・ジョンフー》に会わせろ」と言った。「安全を確認できるまでは何も話せん」

伊沢は「いいでしょう」と応え、憲兵をひとり同行させた。別棟の留置場へ次郎を案内すると、伊沢は「声を出してはいけません。見るだけにして下さい」と念を押し、ある部屋の前で立ち止まった。扉の上部の小窓をそっと開く。

横長の細い穴から次郎は独房をのぞいた。狭い室内で、簡易寝台の端に腰をおろした何忠夫の姿が見えた。両手は体の前で拘束され、本人が言った通り怪我はなさそうだが、顔色はひどく悪い。苛立つ猛獣にも似た気配が感じられた。

小窓からの視線に気づいたのか、何忠夫がふいに立ちあがった。やにわに突進し、扉を靴の底で蹴飛ばして怒鳴った。「いい加減にここから出せ。おれを誰だと思っている。こんなことをして、ただで済むと思うなよ」

次郎は中国語で「落ち着け」と一喝した。「すぐに出してやるから、もう少し待て」

「黄基龍《ホアン・ジーロン》か？　来てくれたのか？」

「ああ」

「ここの臭さには一分も我慢できん。じめじめして、ダニだらけで、地鼈《ディービエ》が走りまわっている。飯にはゾウムシが交じってる」

「もう少しだけ辛抱してくれ。絶対に助け出す」

憲兵が次郎の腕をつかんで小窓の前から引き離した。次郎はその手を振り払い、憲兵を睨みつけた。「少しぐらい構やしないだろう。こんなところへぶち込まれたら誰だって気が荒む」

「黙れ」憲兵は声を張りあげた。「言うことをきかんと貴様もぶち込むぞ」

「上等だ。やれるもんならやってみろ」

伊沢があいだに割って入った。「困りますよ、こんなところで喧嘩は」次郎の背を押し、独房の前から離れさせた。「続きは本棟で話しましょう」

次郎と伊沢は留置場から本棟へ戻り、階段を上って会議室へ入った。殺風景な部屋で、もてなしも何もなかった。

次郎は椅子に腰をおろすなり、言った。「前にも話したが、『最《ズイ》』は、そう簡単にはそろえられん。集めるには時間がかかる」

「どれぐらいですか」

「楊直《ヤン・ジー》に訊かなければわからん。彼を覚えているか。おまえが租界のダンスホールで撃たれたとき、病院へ運んでくれた男だ」

「勿論です。現在の社会的な立場も含めて、よく存じあげています」

「では待てるな」

「長くは無理です。待つあいだにも戦況は刻々と変わっていく。吾郷さんだけで品物を動かすのは難しいのですか」

「戦時下だから、あちこちに監視の目がある」

「場所を教えて頂ければ機関員に取りに行かせます」

「青幇《チンパン》が使う経路だ。外部には教えられん。『最』がほしいなら、こちらの言う通りにしてくれ」

「わかりました」

「何忠夫は、いつ返してくれる？」

「我々が『最』を確保次第、すぐに」

「いま解放してくれ。楊直の顔を立てるためだ」

「それは無理です」

「おまえは、いま、人質を盾に青幇を脅しているんだぞ。日本軍は、阿片売買に関しては、杜月笙《ドゥー・ユエション》先生を通して話をつけていた。それなのに、今回の件で青幇の面子を潰してしまった。日本側は、どんな報復をされても文句を言えん状況だ。いますぐ何忠夫を釈放しろ。そうすれば、おれから青幇に詫びを入れて、今回の件をなかったことにしてやる」

「我々に頭を下げろというのですか」

「その通りだ。おれが先に上海の老板《ラオバン》たちに謝っておく。『上海での礼儀を知らないド素人が失礼な真似をしましたが、知り合いの若輩者がやったことなので何卒お許し下さい』とな。あとはすぐに央機関《オー》の責任者を寄越して、謝罪させてくれ」

「吾郷さん。上海には上海のやり方があるように、日本軍には日本軍のやり方があります」

「『郷に入っては郷に従え』と言うだろう。ここは我慢して譲ってくれ。そうすれば殺し合いをせずに済む」

「だめですね。ここで何忠夫を解放したら、日本軍が舐められます」

「そういう意地の張り方をやめろと言ってるんだ。それは青幇が最も怒るやり方だ。日本人として自己主張するのはいい。激論を交わすのもいい。青幇はその程度では怒らん。彼らは合理的で現実的だ。物事を論理的に考えることに長けている。難しい話にも積極的に耳を傾けるだろう。だが、筋は通してくれ」

伊沢はひどく嫌そうに表情を歪めた。あっ、これはおれの言葉の意味をまったく理解していない証拠だなと次郎はげんなりし、伊沢の無理解さに失望した。日本人であることから、一歩も外へ出ようとしない頑なさに。

次郎は仕方なく椅子から立ちあがった。「少し時間をやるからよく考えてくれ。何忠夫の件が片づかんうちは、楊直も動かんし『最』も集められん。それぐらいは理解しろ」

「いいでしょう。では、我々も次の手を考えます」

「おかしな真似はするなよ。大陸での戦争と同じく泥沼状態になる」

所持品検査をされた部屋で拳銃とナイフを返してもらうと、次郎は建物の外へ出た。伊沢も見送りについてきた。歩道から空を見あげると、顔にぽつりと雨粒が落ちた。ほどなく、ぱらぱらと小雨が降り始めた。送迎車は、道路の端で次郎が戻るのを待っていた。次郎は手を振って伊沢のもとから離れ、小走りに車へ向かった。

遠くから、雨音に交じって航空機のエンジン音が近づいてきた。不思議に思って再び空をふり仰ぐ。交戦時以外には、こんな場所で聞く音ではない。ましてや日本憲兵隊本部の間近だ。

南の方角から旧式の複葉機が近づいてくる。ずいぶん低空飛行だ。どこかへ着陸する気なのか、機影は瞬く間に大きくなり、次郎たちの頭上を通り過ぎた。日本憲兵隊本部の少し先で翼を傾け、旋回体勢に入った。複座の後席にいる者が、座席の縁に固定された筒を地上に向ける。直後、軽い発射音と共に筒から撃ち出された物体が日本憲兵隊本部の最上階に命中した。轟音が響きわたり、砕けた建築材とガラスの破片が地上へ降り注いだ。擲弾筒《てきだんとう》だと次郎は直感した。普通は地上戦で使うものだが、うまい具合に複葉機に取り付けたようだ。その工夫に次郎は少しばかり感動した。が、そんな呑気なことを言っている場合ではない。

複葉機は建物の上空で何度も旋回し、日本憲兵隊本部だけを狙って擲弾を撃ち込み続けた。一階の出入り口付近や停車中の車にも数発が降ってきた。

次郎は慌てて送迎車のそばから逃げ出した。必死に駆けながら掌で両耳を覆う。さほど行かないうちに背中から爆音と爆風を浴びた。前へつんのめって歩道に転がり、膝や頰を石畳でこすった。すぐに立ちあがり背後を振り返ると、送迎車は無事だったが他の車は燃えていた。伊沢が泥にまみれて、よろよろと立ちあがった。大きな怪我はない様子だが、血でもかぶったように顔が紅潮し、正体不明の敵に向かって罵詈雑言《ばりぞうごん》を吐き散らしていた。異様な雰囲気だったが、あれだけ元気なら放っておいても大丈夫だろうと判断し、次郎は再び送迎車の扉に飛びついた。後部座席に身を滑り込ませ、呆然としている運転手に向かって叫んだ。「車を出せ」

「えっ」

「次に巻き込まれたら死ぬ。急げ」

高射機関砲の連射音が聞こえてきた。複葉機を撃ち落とすべく、本部の屋上から憲兵が反撃しているのだ。

運転手は悲鳴をあげてエンジンをかけた。幸い爆風の影響は受けなかったようで、車は勢いよく走り出した。

6

複葉機が高射機関砲の射線から逃れて南へ飛び去ると、路地に身を潜めていた伊沢は、日本憲兵隊本部の建物へ向かって駆け出した。

消防団員が到着するよりも前に、本部職員が消火活動を始めていた。黒煙が噴き出している階がある。漏電による火災か。書類がだいぶ燃えるだろう。やっかいなことになりそうだ。

本部内で最初に捉まえた者から被害状況を聞いていたところへ、何忠夫《ホー・ジョンフー》の捕縛を担った機関員が寄ってきて伊沢の耳元で囁いた。「何忠夫に逃げられました」

「なんだと」

「この騒ぎで別棟の留置場にも人の出入りがあり、監視員が騙されて持ち場を離れてしまったとのことです。誰もいなくなったところを見計らって、誰かが何忠夫の独房の鍵をあけたようです」

「私は本部出入り口の近くにいたが、奴は出てこなかったぞ」

「裏口から逃げられました。内部の見取り図に詳しい者の犯行です」

「中国人に金で買われた職員がいるとでも?」

「そうとしか考えられません。何か脅されるネタでもあったのでは」

「ということは、これは青幇《チンパン》からの攻撃か」

「はい。青幇の実行部隊から犯行声明が出ております。『暴虐の限りを尽くす日本軍に天誅を下し、同胞を牢獄から救い出した』と」

伊沢は顔を歪めた。吾郷次郎の忠告が頭の中で甦る。なるほど。これが面子を潰されたことに対する報復か。抗日派を自称する青幇らしい派手なやり方だ。「そもそも複葉機による上空侵入など、なぜ許したのだ。日本憲兵隊本部の真上だぞ」

「上海在住の富豪の中には、自家用機を所有している者がおります。趣味で複葉機を操縦するのですが、陸軍や海軍とも交流がある方で、普段から日時や空路の情報を提示し、飛行許可をもらっていたそうです。本部では、その機体だと思い込んだようで」

「攻撃に使われた機種は」

「前の大戦で使われたドイツ製の複座攻撃機、ローランドC.Ⅱです」

「レプリカではなく本物か」

「はい。富豪本人から借りたか、自前で持っていたのでしょう。国民革命軍は、第二次上海事変まではドイツから軍事顧問を入れていました。航空隊で使う練習機として、ドイツから、旧式の複葉機を取り寄せて保持していた可能性があります。蔣介石に声をかければ、青幇がそれを入手することも可能だったはずです」

複葉機は単葉機と比べると速度が遅く、短距離で飛び立てる利点がある。滑走路がなくとも、租界郊外から簡単に離陸できるのだ。

「何忠夫を逃がす隙をつくるために、そいつを使って擲弾を撃ち込んだわけか」

「おそらく」

「では、これは青幇が面と向かって、央機関《オー》に逆らったと解釈してよいのだな」

「はい」

「なるほど。では、今後はこちらも、そのつもりで対応させてもらおう」伊沢は拳を握りしめ、廊下の壁を殴りつけた。「このままで済ませてたまるか。必ず、三跪九叩《さんききゅうこう》をもって、我々に礼を尽くさせてやる」

7

次郎を乗せた車は、外白渡橋《ガーデン・ブリッジ》で運転手が歩哨と会話するだけで、再び、通行の許可を得られた。次郎は社屋へ戻り、出入り口を抜けると社長室へ直行した。秘書に茶を運ばせてしばらく休んだが、疲労がまったく抜けず、何もする気になれなかった。定時前に会社から引きあげた。

楊直《ヤン・ジー》邸に戻って使用人に夕食を頼み、ついでに談話室をのぞいてみると、なんと、さきほどまで留置場にいたはずの何忠夫《ホー・ジョンフー》が長椅子にもたれて、楊直から質問を浴びていた。何忠夫は未だに血色の悪い顔つきだったが、真剣に何事かを喋っている。

次郎が啞然として「おまえ、いつ釈放されたんだ」と言いながら部屋へ入ると、何忠夫は不敵な笑みを浮かべつつ、「釈放されたんじゃない。脱走してきたのさ」と自慢げに答えた。

「どうやって」

「複葉機が日本憲兵隊本部に擲弾を撃ち込んだ。その騒ぎに乗じて悠々と脱走だ」

「あれは青幇《チンパン》の仕業か。よく、あんなものを出せたな」

「青幇の人脈を舐めてかかった報いだ。央機関《オー》など上海ではただの新参者、鼠族にすぎん」

確かに青幇の人脈をもってすれば、今回の一件も可能だろう。次郎は、ほっと一息ついた。

「よかったな。おれは伊沢から『最《ズイ》』を寄越せと迫られて、どう切り抜けようかと頭を悩ませていたんだ」

するとと楊直が椅子から立ちあがり、次郎に歩み寄って言った。「大丈夫だ、もう心配はいらん」

「というと？」

「おまえは今日限りで、この邸から出て行け。今後は二度と足を踏み入れるな」

「は？」

「当面必要なものは旅行鞄に詰めておいた。おまえの部屋に置いてある。それを持って、ここから立ち去れ」

「意味がわからん。どういうことだ」

「原田ユキヱとの付き合いまでは私も許容できる。だが、伊沢穣、あいつはだめだ。よりにもよって何忠夫を捕縛するとは何事だ。そんな奴の知り合いを、ここに置くわけにはいかん」

「おれを『最』の仕事から外すのか」

「その通りだ」

「ちょっと待て。おれは賭博場の襲撃計画をおまえに教えたし、今日だって誰にも迷惑をかけず、ひとりで伊沢と交渉してきた。青幇に謝れと、あいつに強く言い聞かせておいた」

「言い訳はいい。とにかく出て行ってくれ。おまえをここに置いていると、老板《ラオバン》たちから不興を買う。下手をすると、おまえを殺せと命じられかねない」

「そこまで面倒な話になっているのか」

「ああ」

「おれがいなくなったら、央機関の動きが読めんぞ」

「それぐらい、我々だけでつかめる」

「馬鹿な。おれがいるからこそ、日本側の事情が伊沢経由でわかるんじゃないか」

何忠夫が椅子から立ちあがり、楊直の隣に並んだ。「黄基龍《ホアン・ジーロン》、大哥《ダーグア》の命令には黙って従うものだ。逆らうなら、おれがおまえを処分せねばならん」

「おまえは黙ってろ」次郎は腹立ち紛れに言い返した。「横から邪魔をするな。ひとりじゃ何もできん奴が」

かっとなった何忠夫が次郎に飛びかかろうとしたが、楊直が腕を伸ばして押しとどめた。「義兄弟のよしみで見逃してやるから、なるべく早く上海から出ろ。フォンも解雇しておいた。いま、おまえは完全にひとりだ。暗闇に用心して行くんだぞ」

「貿易会社の経営はどうなる」

「別の者を社長にする。おまえが心配する必要はない」

「何もかも、おれから奪うつもりか」

「金はじゅうぶんにあるだろう。生活費には困らんはずだ」

次郎は両手を握りしめ、唇を嚙みしめた。「なぜ、こんな流れになるんだ。おれは懸命に働いて、大哥たちを手伝ってきたじゃないか」

「それとこれとは話が別だ」

「伊沢の件など、些細なことだろう」

「些細だと？　そういった考え方を、我々は受け入れられんのだ」

楊直は懐から拳銃を抜き、次郎に突きつけた。「私に撃たせるな、兄弟。早く行ってくれ」

銃口の向こう側で、楊直が苦しげな表情を浮かべていた。老板たちともめるのは、想像以上にやっかいなことのようだ。邸から出て行く程度で済むのは、いまの状況では、もしかしたらましな部類に入るのかもしれない。

次郎はしばらく楊直を睨みつけていたが、やがて低い声で「じゃあ、自分の部屋を整理してくる」と言った。「それぐらいは待ってくれ」

「なるべく急げ」

「出発は明日の朝ではだめなのか」

「いま出て行けと言ったはずだ。長居されると老板たちへの釈明に手間取る」

「楊淑《ヤン・シユー》や、おまえの家族の件はどうなる。犯人を捜したくないのか」

「ここから先は私ひとりでやる。おまえの助けは借りん」

「あのとき、一緒にやると誓っただろう」

「縁があればまた会おう。だが、いまはすべてを呑み込んでくれ」

二階の自室には、新品の旅行鞄が確かに置かれていた。中を確かめると、下着や日用品が適当に突っ込まれている。他にも必要なものをと思って簞笥を開くと、背広や長袍《チヤンパオ》がまだ残っていた。必要ならば好きなだけ持ち出せということらしい。

この邸へ引っ越したとき、簞笥に新品の衣服がそろっているのを見て感動したことを、次郎は懐かしさや侘しさと共に嚙みしめた。勿論、あの頃とは事情が違う。この邸に居場所を失っても、いまの次郎には自分名義の銀行口座が、大陸内にも外国にも複数ある。金にはまったく困らない。それなのに、精神的に大きな打撃を受けていることに、次郎は自分自身でも少し驚いていた。危険を感じたら、自分から上海を去るつもりだった。じゅうぶんに準備を調えて、悠然と。その予定が完全にひっくり返った。

楊直に老板襲撃計画を教えたのは間違いだったのか？　知らん顔をして、伊沢や関東軍の味方になればよかったのか？　いや違う。楊直は頭がいい。こちらの様子に異変を感じれば、拷問にかけてでも、おれに真相を吐かせただろう。楊直は騙せても楊直は騙せない。

あるいは、これは伊沢が仕掛けた罠だったのか。伊沢からのあの提案は、何をどう選んでも、おれに不利しかもたらさぬように巧みに計算されていたのか。こちらを追い詰めるために。

次郎は金庫をあけて現金を取り出した。法幣、日本円、アメリカドル。通帳等は各銀行の貸金庫の中なので、ここにはない。他の若干の貴重品を衣服と共に鞄に詰め、机の抽斗に入れておいた原田ユキヱからの調査書も荷物の底に押し込んだ。

会社には業界関係者の名刺を置いているので、明日の朝一番に取りに行かねばなるまい。一度築いた人脈は、いつか、また役に立つ日もあるはずだ。

快気祝いに出席してくれた顔ぶれを思い出すうちに、すべてが、はかない幻だったように感じられた。虚しさが、ひたひたと胸を満たしていく。だが、これはまぎれもなく現実で、そんな中で札束だけは次郎を裏切らない。それが唯一の救いだった。

一階へ下りて邸の出入り口へ向かうと、小間使いの沈蘭《シエン・ラン》が待っていた。

「黄先生、これを」沈蘭が封筒を差し出した。「楊先生から、黄先生にお渡しするように命じられました」

この場で中を確かめるわけにもいかないので、次郎は黙って封筒を受け取り、懐に収めた。

沈蘭は眉をひそめて訊ねた。「もう、ここへはお戻りにならないそうですね」

「ああ、仕事の関係でな」

「先生がいなくなると寂しくなります」

「ありがとう。いろいろと世話になった」

「いつか、またお目にかかれますか」

「戦争が終わったら会えるかもしれん」

「いつでもお戻りになれるよう、お部屋は毎日掃除しておきます」

「あまり気をつかうな。おれのことで楊直の機嫌を損ねんように。じゃあな」

次郎は傘を開き、降りしきる雨の中へ踏み出した。たちまち足下がぐっしょりと濡れた。まったくもって、この季節の上海は鬱陶しい。

大通りにある酒場へ行き、電話ボックスに入った。手帳を開いて番号を目で追いながら、馴染みのホテルに片っ端から電話をかける。予想通り、この時間帯では空室などひとつもなかった。安宿の部屋は、尚のこと埋まっているだろう。しかし、金を持ったまま、朝まで路上をうろつくのも危険だ。上海租界でそれをやるのは、強盗に自分を殺してくれと頼むようなものである。

しばらく考えたのち、以前、よく女を斡旋してくれた中国人の業者に電話をかけた。電話はすぐにつながり、次郎が知らない若い男が愛想よく応対した。

次郎は訊ねた。「朝まで邪魔されずに過ごせる場所を用意できるか」

「勿論です、お客さま」

「こちらは、いまフランス租界にいる。『鉄橋』は渡れん」

「かしこまりました。お名前をお願い致します」

次郎は適当な中国名を告げ、大きな旅行鞄を持っているから宿のロビーにいれば目立つはずだと伝えた。

宿の名前と住所を教わると、次郎は店内へ移動して軽食と酒を注文した。料理が卓まで届くあいだに、沈蘭から受け取った封筒を開く。中には便箋が一枚きり。署名も何もなく、ただ一言、

『時機を待て』

と記してあった。楊直の字だ。

次郎は一瞬虚を衝かれ、困惑した。この言葉をどう受けとめればいいのか。あの場には何忠夫がいた。彼の手前、ああ言うしかなかったのであれば、この言葉は、自分と楊直とのあいだにまだ信頼関係がある証拠だ。苦渋に満ちた楊直の顔を思い出す。沈蘭を経由して渡されたことからも、あらかじめ用意しておいたのは明らかだ。

だが、これが罠で、伊沢を潰すために、おれを利用しようとしているのだとしたら。安易にこの手紙を信用すると、自分は伊沢を釣るための餌となり、もろともに抹殺されるかもしれない。

ここは、慎重に様子見だな。

便箋を折りたたんで封筒に戻し、鞄の底へ突っ込んだ。食事を摂り、空腹が癒やされると、ようやく少し人心地がついた。が、依然として、嫌な緊張が全身に張りついたまま消えなかった。

適当な頃合いに店を出て、タクシーで宿へ向かった。雨はまだ降り続けている。夜の闇と共に、次郎の行く手を遮るような勢いで降っていた。早く床につきたかった。ぐっすり眠ればこの憂鬱も少しは晴れるだろう。

到着した宿のロビーには、人待ち顔の中国人男女が何人もたむろしていた。すぐにチェックインの手続きを済ませ、部屋の鍵をもらい、ロビーのソファに腰をおろす。

待ち合わせ客の中には日本人もいた。目当ての相手が現れると、椅子から立ちあがり、連れだってエレベーターの昇降口へ向かう。皆、目的は同じなので、他人が発する淫靡《いんび》な匂いを気にする者はいない。

梅雨どきなので足下が濡れるのを嫌ってか、長袍姿の男はいなかった。皆、夏向けの上衣とズボンという格好だ。中小企業の中堅どころの社員や、非番の日本兵といった印象。女は丈の短いワンピースか旗袍《チーパオ》で、すべて商売女のようだった。

約束の時間になった頃、また出入り口から何人も男女が入ってきた。ひとりの女が、次郎に歩み寄り、電話で告げた名前で呼びかけてきた。

次郎は相手を頭のてっぺんから足先まで眺め回した。大人っぽく見せようとしているせいか化粧がきつい。気の毒なぐらいに小娘だ。次郎は懐から札入れを出し、紙幣を抜き取って女に手渡した。「これを持って、このまま帰れ。部屋はおれがひとりで使う」

「どういうこと?」

「黙っていれば誰にもばれない。穿鑿《せんさく》するな」

女は、まじまじと次郎を見つめ、バッグの中へ紙幣を収めた。「ありがとう。また呼んでね」

次郎は黙って手を振り、ソファから腰をあげた。ひとりで宿泊室へ向かう。

部屋の内装は、かつては欧米客を喜ばせていたに違いない、欧州的解釈による中国様式だった。過剰なまでにつくり込まれた中国趣味《シノワズリ》。滑稽なほどだ。格子で飾られた窓枠、花模様の透かし彫りが入った衝立、縞模様がうねる大理石の灰皿、龍の絵付けが見事な陶器の香炉。寝台の飾り板には生き生きとした鶴の姿が彫られ、壁には額装された水墨画が飾ってある。

次郎は旅行鞄を床に置き、上衣を脱ぎ、ネクタイをほどいてハンガーにかけた。シャワーブースで体を洗ってバスローブを身にまとうと、重い疲労が押し寄せてきた。水差しから少しだけ水を飲み、煙草を一本だけふかしたあと、すぐに寝台に倒れ込んだ。

8

翌朝、ホテルでチェックアウトを済ませると、近くの屋台で温かい麵を食い、腹を膨らませた。それから会社へ向かった。今日からはもう自分の会社ではないのだが、社長室に置いたままの名刺や重要な書類は確保しておきたい。

会社には、次郎が解雇されたことがまだ伝わっていなかったのか、出入り口でも受付でも制止されなかった。社長室で書類を整理していても、誰からも注意されず、追い出されもしなかった。

作業が済み、そろそろ帰ろうとしたところで、卓上の電話が鳴った。

「ご無沙汰しております、吾郷さん」かけてきたのは原田ユキヱだった。

次郎は、かっとなって声を荒らげた。「おまえ、いままでどうしていた。なぜ、五年も連絡がとれなくなった」

「いろいろと事情がありまして」

「勘弁してくれよ。こちらは大変だったんだぞ」

「そうですか」相変わらず、氷のように冷たい対応である。「この時間帯なら、確実に職場におられるだろうと思いまして。ご迷惑ならかけ直しますが」

「これから会えるか」

「どこがよろしいですか」

「他人に話を聞かれたくない」

「では、キャセイ・ホテルに来て下さい。フロントに伝言をあずけておきますから、指示通りに行動を。フロントでは日本名を名乗って下さい」

キャセイ・ホテルは、黄浦江のそばの有名な建物の中にある。東側にピラミッド形の緑青色の屋根がついているので、よく目立つ。イギリスのサッスーン財閥が建てた高層建築物だ。

ホテルのフロントで名乗ると、次郎は宿泊室のキーと封筒を渡された。開封してみると、ひとりで部屋まで行ってくれと指示があった。同行者がいても入室させぬようにと書いてある。いつものように、護衛のフォンが一緒だと思ったのだろう。

エレベーターで上階までのぼり、指定された宿泊室に入った。

待っていればユキヱが来るのかと思ったが、いつまで経っても誰も来ない。

室内の電話が鳴った。受話器をとって耳にあてると、ユキヱの声が響いた。「無事に到着できましたか」と訊ねられた。

「ああ。おまえはどこだ。別の部屋か」

「いいえ。実は私、もう上海にはいないんです」

「なんだって？」

「予定を早めて脱出しました」

「いまどこだ」

「言えません。ここも、じきに引き払いますし。そちらは高級ホテルですから、電話の内容が盗聴されることもないでしょう。社長室よりも秘密を守れます」

「おまえ、またどこかへ移動するのか」

「はい。満州へ行く予定です」

「おまえは満州から上海へ逃げてきたんだろう。なぜ危険な場所へ戻る」

「やり残した仕事がありますので」

「おれが頼んでいた調査はどうなった」

「五年前の調査書でじゅうぶんなはずです。あとは吾郷さんがひとりで考え、真相に辿り着いて下さい」

「あれでは足りん。いくつか訊ねたいことがある。まず、おれが浙江省の『田《テイエン》』で働いていた期間、おまえは楊直《ヤン・ジー》を経由して誰と会った？」

「あの頃、私は軟禁されていたんですよ」

「ごまかすな。絶対に誰かと会ったはずだ。でなければ、誰が『最《ズイ》』のことを関東軍に密告したのか経路がわからない。関東軍が自ら気づかなかった以上、誰かが一連の出来事を伝えたはずだ。

そいつは、おまえと接触する機会があった奴としか思えん。それから、もうひとつ。楊直の妹、楊淑《ヤン・シュー》までもが、第二次上海事変直前に殺されていたとわかった。おまえの意見を聞かせてほしい。これは偶然か、それとも、他のすべてとつながっているのか」

ユキヱは、くすりと笑った。「吾郷さんは、一連の事件の犯人が誰なのか、おおよその見当をつけていますか」

「実行犯については想像がつく。楊直に組を潰され、一族を殺され、恨みを抱いていた連中だろう。だが、殺害計画を立てたのは、たぶん別人だ。フランス租界の警察と付き合いがあり、捜査を中断させられる者――それは、古くから上海で実権を握っている実業家、政治家、青幇《チンパン》の幹部、このいずれかだ。だが、殺害の動機がよくわからん。楊直は『最』によって青幇に莫大な富をもたらした。青幇の富は、組織内だけでなく、上海経済界をも潤しているはずだ。楊直の家族を殺す理由が見つからん。楊直は『最』の栽培を始めた功労者だ」

「殺害事件は関東軍とも関係がない、これには気づいていましたか」

「ああ。総合的に考えるとその線もない。となると、おまえは何かを隠しているわけだ。おまえはカードを一枚わざと伏せている」

「知りたいんですか、そこを」

「勿論だ」

「知ってしまったら戻れない。真相を受けとめたうえで、お知り合いの皆さんとの関係を考え直せますか」

「出し惜しみせずに、さっさと教えてくれ」

「わかりました。では少しだけ話しましょう」

「全部じゃないのか」

「私は、そこまでのお人好しではありませんのでね」と言ってユキヱは続けた。「楊直邸に匿われていた期間、私は一度だけ、郭老大《グオラオダー》にお目にかかったことがあります。組のまとめ役ですから、『最』の件で挨拶する必要があったのです。このとき郭老大は、私とふたりだけで話したいと仰った。でも、私は中国語が不得意でしたし、ましてや上海の方言には疎い。郭老大も、ご病気のせいで明瞭に喋るのが難しいご様子でした。そこで、董銘元《ドン・ミンユアン》が通訳として立ち会うことになりました。彼は『租界で会社を経営しているから、英語と若干の日本語もわかる』と。私が上海まで流れてきた事情をお伝えしますと、郭老大は『おまえの気持ちは、とてもよく理解できる』と言って微笑まれ、『我々は似た立場にあるようだな』と、今度は、ご自身の身の上について話し始めました」

総毛立つような感覚が、次郎の背筋を走り抜けた。

ユキヱと郭老大が似た立場にあっただと？　いったい、どういう意味だ？

「世の中には」とユキヱは続けた。「他人の心を操ることに長けている人間がおり、私が見た限り、郭老大もこれに属する人物でした。満州で阿片芥子の品種改良を指導していた関東軍の将校――私の夫の上役であった、央機関《オー》の志鷹中佐という人物も同様ですが、まあ、組織の中間管理職以上あたりには、ときどき、この種の『あくどい人たらし』がいるんですよね」

央機関の責任者、志鷹中佐。次郎はその名前を初めて知ったが、状況的に、この人物は伊沢の上長にもあたるはずだと気づいた。伊沢の口からは責任者の名前をまだ聞かされていないが、設立時から機関長が替わっていなければ、その人物は、ユキヱの夫とも関わりがあったわけだ。

ユキヱは言った。「郭老大も志鷹中佐も、言葉巧みに他人を従わせ、可愛がり、精神的に離れがたくしてから、自分の駒として自由自在に扱うのが得意でした。部下を要職に抜擢する一方で、成果を得られないとわかった途端に容赦なく縁を切る。相手が愚痴ったり泣きついたりしようものなら、策略をもって完璧に潰す。そういった意味では、郭老大も、とても恐ろしい人物でした。ただ、私にとっては都合のよい相手でもあった」

「もっとわかりやすく話せ。おまえは郭老大と一緒に何を企んだ？」

「郭老大は、青幇の老板《ラオバン》になりたいという野望を持っていました。なれるだけの度量もお持ちでした。ところが同時期に、彼と勢力を争っていた男がひとりおりましてね。この争いは、郭老大が病気で倒れたことによって、自動的に相手の勝ちとなった。相手は老板の地位に就き、何も手に入らなかった郭老大は、運命を呪い、絶望し、一時期は誰も近寄れないほど荒れ狂ったそうです」

「毒を盛られた話は、それと関係しているのか」

「ええ。郭老大が病気で倒れたのは、勢力争いの相手であった男が密かに郭邸の者を買収し、郭老大に毎日少しずつ毒を飲ませていたせいだった、というわけです」

「裏切り者は誰だ。董老板か」

「それは吾郷さんが突きとめて下さい。いいですか。よく考えて。董老板以外にも、毒を盛る動機があった者はいるでしょう？　郭老大は、やがて自分でも『この体調不良は、誰かに毒を盛られたせいではないか』と思い至りました。前よりも激しくすべてを呪い、周囲の人間を片っ端から恨み、とうとう修羅の道に堕ちた。老板の地位が手に入らないなら、いっそ青幇そのものを崩壊させてやる、そうすればせいせいするだろうと思い詰めたのです。貧しい家に生まれて辛酸を嘗め、ようやく手にした河川運輸の仕事でも蔑まれ、しかし、老板になれば、これまでの苦労を帳消しにできると信じていたそうです。周囲を見返し、誰からも尊敬される人物になるべく、死に物狂いで裏社会を生き延びてきた方です。老板になる機会を永遠に失ったときの絶望は、想像するに余りあります」

「その話が、どこでおまえの身の上と結びつく?」

「郭老大の執着と、私が想定していた復讐が、ぴったりと嚙み合ったのですよ。郭老大は青幇を憎み、私は夫を破滅へ追いやった阿片芥子と央機関に恨みがあった。このふたつの対象をいがみ合わせたら、面白くなると思いませんか。青幇は央機関を陥れ、央機関は青幇を陥れ——二匹の毒蛇がお互いを嚙み合って共倒れになれば、郭老大と私は溜飲が下がるというものです」

「まさか、おまえが上海へやって来たのは」

「上海で郭老大と知り合ったのは偶然です。私は青幇を巻き込むことは考えていましたが、緻密な計画を立てていたわけではありません。『シロ32号』を青幇に流せば、それだけで関東軍と仲違いが生じることは予想できましたからね。いくら杜月笙《ドウー・ユエシヨン》先生と関東軍とのあいだに協定があっても、所詮は欲深い者同士。桁外れの大金がからめば、平気でお互いを裏切るだろうと。当時は満州国までつくられ、中国人と日本人とのいがみ合いは増すばかり。大半は、なりゆき任せでうまく運ぶはずだと予想できました。ところが、楊直と知り合ったことで、私は郭老大と出会う機会を得た。これはもう『運命』としか言いようがありません。死んだ夫の執念が、この機会を引き寄せたのかもしれませんね。楊直は郭老大を『老板になる能力が足りなかった人物だ』と侮っているようですが、とんでもない話です。利用されたのは楊直のほうです。お気の毒に彼は家族ごと利用され、心の拠り所を失った」

「なんだと」

「あとの筋道は自分で見出して下さい。いま話した通り、董老板は通訳として立ち会っていたので一部始終を知っています。だから、私とあなたをつなぐのも簡単だった」

「ちょっと待て。おまえは董老板を、頭が悪い奴だと馬鹿にしていたじゃないか」

「あなたを油断させるためには、あれぐらいの悪口と演技は必要でした」

「おれと寝てくれたのも演技か」

「当然です。何を期待していたんですか」

「かけらほどでも愛着があるものと」

「子供みたいなことを言わないで下さい」

「そんなに死んだ亭主が大事か。おれに嘘をつき、おれたちを騙してまで、亭主の恨みを晴らすために関東軍に復讐したかったのか」

「馬鹿を言わないで下さい。私は人間そのものを憎んでいるんです。日本人も中国人も欧米人も、みんな滅びてしまえばいい。夫のことも憎んでいますよ。彼は、志鷹中佐に才能を見込まれ、阿片芥子の研究に没頭したものの、完璧さを求めて常軌を逸しました。成果があがらないことを中佐から詰られると、精神的に折れて、周囲の人間に八つ当たりするようになった。私は、何度も殴る蹴るの暴力をふるわれました。しかも、夫の異常さはそれだけでは終わらなかった。夫の精神状態を心配してくれた私の従妹《いとこ》に勝手に惚れ込むと、無理やり部屋に引き込んで、手込めにしてしまった。嫁入り前の優しい子だったのに、従妹はそれ以来、私を脅して金を要求するようになりました。『誰にも知られたくなかったら死ぬまで償い続けてね』と、にこにこしながら言うんです。でも、それも長くは続かなかった。半年ほど経って従妹に縁談の話が持ちあがった頃、従妹は松花江《しょうかこう》で溺れて死にました。警察は事故だと結論しましたが私にはわかる。たぶん、従妹は自分から水に入ったのでしょう。遺書はありませんでしたが、そんな気がします。本当は私からお金をもらっても、気が晴れる日など一度もなかったのでしょう。金をもらえばもらうほど、自分の値打ちが金に換算されていく虚しさに、耐えがたい苦痛を感じていたに違いありません。結婚相手に、この秘密を知られることも恐れたでしょう。償いになるならと金を渡していた私が愚かでした。そんなことは、するべきではなかった」

ユキヱは擦れた声で、吐き捨てるように付け加えた。「他人の尊厳を蔑ろにする者など、民族の違いに関係なく、みんな滅びてしまえばいい」

次郎は呆然と、彼女の声に耳を傾けていた。ユキヱがこんな喋り方をするのは初めてだった。言葉の裏側で炎が激しく燃えている。

自分も楊直も、眩いばかりに輝く上海に惹きつけられ、その火の周囲で舞い踊った蛾にすぎない。この町に引き寄せられた無数の人間がそうだ。だが、ユキヱは違うのだ。ユキヱだけは灯火だったのだ。蛾を誘い、蛾の目を眩ませ、蛾を焼き尽くすために強烈な光を放つ、復讐に燃え狂う炎そのもの。

ユキヱの寂しげな笑い声が、次郎の耳に伝わってきた。「吾郷さんが、ここまで阿片売買に深く関わるとは想像していませんでした。私を楊直に引き合わせたあとは、すみやかに、この復讐劇の舞台から降りてくれるものと――。あなたを巻き込んでしまったことだけが、私の心残りです」

「いいんだ、そんなことは」次郎は穏やかに応えた。「これは、おれが自分で選んだ道だ。人様に気をつかってもらう必要はない。なんだか、まだ事情が呑み込めん部分もあるが、ようするにおまえは、青幇を利用して央機関に復讐を目論んだ――そういう解釈でいいんだな」

「はい」

「そして、最後の仕上げのために満州へ戻る」

「ええ」

「じゃあ、おれから言えるのは『気をつけて行ってこい』ということだけだ。調査費としておまえに支払った金は役に立ったかい」

「とても」

「じゃあ、あとは好きにしろ。おれも勝手にするから」

「吾郷さんも、お元気で」

「最後に育ちのよさが出たな。おれがおまえの立場だったら、何も言わずに姿を消していただろう。しかし、なぜ、ここまで話した？　おれがこの話を楊直に伝えたら、楊直は間違いなくおまえを殺すぞ」

「復讐を遂げたのちに誰かに殺されるなら、私は関東軍ではなく、楊直にこそ殺されたいと思っていました。自分の復讐を完遂するためとはいえ、他人とその家族を巻き込んでしまったのですから。楊直の怒りと悲しみを率直に理解できるのは、ある意味では私だけです」

「おまえらしい潔さだな。だが、それは愚かとも言うんだ」

「自分でもそう思います」

「こういう言い方が正しいかどうかわからんが、おまえは長いあいだ、誰かに、本当の話を聞いてもらいたかったんじゃないのか？　楊直に対する後ろめたさもあったろうが、おまえやおまえの従妹の存在が――骨を焼き、身を焦がすようなその恨みが、いつかこの世に伝わることを、ほんの少しだけでも期待したんだろう？」

ユキヱは黙っていた。

奇妙な満足感が次郎の胸に広がった。それは、ユキヱと同衾したことがあるという事実よりも、遙かに大きな一体感を次郎にもたらした。「おれは記者じゃないから、おまえの話を器用に書き残すことはできんし、誰かに伝えるあてもない。おれたちはみんな、日中の闘争に巻き込まれて消えていくだけの存在だ。人生の痕跡は、後世にかけらほども残らんだろう。それでも、生きている限りは、おまえの話を覚えておこう。そういった悲しい出来事があったことを、誰かに気まぐれに話すかもしれん」

次郎は返事を待ったが、ユキヱは答えなかった。ぷつりと電話が切れる音がして、それっきりになった。

次郎は受話器を架台に戻し、もう一度かかってこないかと待ってみたが、電話は二度と鳴らなかった。

鞄を持ちあげると、次郎は宿泊室の外へ出た。

感傷に浸っている暇はない。とりあえず落ち着ける場所を確保し、ユキヱが話してくれた事柄をもとに、もう一度、真相へと至る道を整理するのだ。

9

茂岡少佐がブロードウェイ・マンションを訪れるとの連絡を受け、伊沢は自室を片づけ、少佐を迎え入れる準備を調えた。

いつものように悠然とやってきた茂岡少佐は、伊沢の顔を見て、「怪我でもしたのか」と訊ねた。いいえ、と伊沢が答えると「それにしては顔色が悪い」とつぶやき、室内に置かれた長椅子に座った。

伊沢も向かいに腰をおろした。「日本憲兵隊本部に対する襲撃を予想できなかったのは我々の失態です。申し訳ありません。まさか、青幇《チンパン》があそこまで積極的に打って出るとは」

「何忠夫《ホー・ジョンフー》からは何か聞き出せたか」

「はい。捕縛後、電気ショックで痛めつけ、自白剤を使いました。本人は尋問内容をまったく記憶していないでしょう。自白剤の効果は完璧ではありませんが、断片的な言葉の聴き取りには成功しています。『最《ズイ》』の新しい畑は雲南省にあるようです」

「雲南省のどこに」

「自白剤で得られる情報は曖昧なので、具体的な場所までは確定できませんでした。しかし、調査員を送り込めば突きとめられるはずです。栽培に向く地域がある省ですから、人目につきにくい場所は限定されます。そこを重点的に」

茂岡少佐は満足げにうなずいた。「では、いまのうちに君にも教えておこう。まだ内々での話だが、陸軍は、北支からインドシナ半島にかけて、大陸を縦断する輸送路を拓くことを考えている。大陸内には国民革命軍を支援しているアメリカ軍の飛行場が何ヶ所もあるが、これを占拠しながら北と南とをつなぐのだ。南方戦線の状況はともかく、我が国は大陸ではまだ負けておらん。この作戦が成功すれば、ここぞというときに粘りがきかん蔣介石は、今度こそ白旗を揚げるだろう。この作戦に付随する形で、独立混成旅団を雲南省へ差し向けることが可能になるかもしれん。そうすれば『最』の畑を押さえられる」

「大規模な作戦になりますね」

「いますぐには無理だから、実行するとすれば来年以降だ。我々はその作戦を支援するためにも、大陸中から希少金属を集め、手持ちのヘロインで軍資金を蓄えねばならん。吾郷次郎のほうはどうだ。日本側の味方になりそうか」

「頑固な男で、こちらの言う通りには動きません。青幇の味方というわけでもなさそうですが、思っていたよりも、こちらの話に乗ってきません」

「気難しい人物なのか。金だけでは動かんのかね」

「はい。報酬で釣ろうとしても一蹴されました。自分に何かを頼みたいのであれば、私のような若造ではなく、央機関《オー》の機関長を寄越せと」

「身のほど知らずな男だ。で、どう応じた」

次郎との二度に及ぶ交渉について、伊沢は茂岡少佐に詳しく話した。何忠夫の脱走後は、まだ顔を合わせていないということも。「吾郷次郎は、自分が青幇と央機関とのあいだに立って仲を取り持つと言いました。しかし、このような状況になった以上、それはもはや難しいでしょう。今頃は青幇と仲違いし、まずい立場に追いやられているかもしれません」

「青幇とのつながりが絶たれたのであれば、吾郷次郎から『最』を受け取るのは難しいな。だが、青幇内部の情報に詳しく、『最』の育て方もよく知っている。捕らえて必ず吐かせろ」

「承知致しました。すぐに動きます」

10

上海租界以外で暮らせそうな場所はどこか。次郎の頭には、ふたつの土地が浮かんだ。

ひとつは太湖の北側、蘇州だ。浙江省側の山地で「最《ズイ》」を栽培していたときに立ち寄った町である。蘇州河を行き来する連絡船で到着できる。上海ほど物価が高くないのもありがたい。楊直《ヤン・ジー》の言葉を信じて待機するなら最適の場所だ。ただ、近くて便利な場所は、央《オー》機関にも探られやすい。

もうひとつの候補地はビルマだ。広東省から華僑《かきょう》が大勢流入しているから、中華街の奥に潜伏すれば目立たない。ただし、言葉には、しばらく困るだろう。広東省で使われる言葉は、中支や北支とはまるで違う。まずは、ビルマで阿片運輸を担っている趙定偉《ザオ・ディンウエイ》を頼り、現地の様子に慣れてから居場所をつくろう。中華街へ移ってからも趙定偉と連絡を取り合えば、楊直たちの動向がわかる。ビルマも央機関の行動範囲内ではあるが、蘇州よりは広く、隠れやすい。ただし、渡航には偽造旅券が必要だ。

次郎はキャセイ・ホテルのロビーでソファに腰をおろし、原田ユキヱから聞かされた話の一部を手帳に書き留めた。頁を破って折りたたみ、楊直からの手紙が入っていた封筒に収めかけたところで思い直し、追伸を付け加えた。

ホテルから出ると埠頭へ向かった。まずは蘇州へ行って偽造旅券を手に入れ、次の行き先を決めよう。

船着き場で連絡船の切符を買い、屋根とベンチだけがある待合所で船の到着を待った。

待合所には少しずつ人が増えていった。親子連れの客が、満席になったベンチの近くに座り込む。饅頭《マントウ》の匂いが漂ってきた。うまそうに頬張っているのは、質素な格好をした者ばかりだ。観光ではなく、仕事か私用で蘇州へ向かうのだろう。

ふと、誰かに見られているような視線を感じて、次郎は周囲を見回した。目つきの鋭い四人連れの男が待合所に近づいてくる。私服の特高か、央機関の人間ではないか。次郎は足下の旅行鞄をつかみ、ベンチから立ちあがった。さりげなく移動すると、男たちはあとから追ってきた。たちまち次郎を取り囲む。

「吾郷次郎さんですね」と男は日本語で呼びかけた。

次郎は平静さを崩さなかった。「なんのご用でしょうか」

「陸軍からの指示で来ました。上海での阿片売買に関して、あなたに、おうかがいしたいことがあります」

「知らんな、そんな話は」

「まあ、そう仰らずに。ご同行願えますか」

次郎は男に体当たりを食らわせ、隙を突いて逃げ出した。蘇州河に沿って駆けながら背後に目をやると、男たちが拳銃を抜き、追ってくるのが見えた。

次郎も懐へ手を入れてモーゼルM１９３４を抜いた。振り向きざま、ためらわずに撃った。弾かれたように男がひとり倒れる。男たちはわずかに足を止めたが、仲間を放置して、また走り出した。

次郎は通行人を突き飛ばしながら駆けた。人を撃った罪悪感よりも、この状況では旅行鞄がひどく邪魔だという考えのほうが強く心を捉えていた。それでも放り出すわけにはいかない。大切なものが入っているのだ。銃声とほぼ同時に鞄に衝撃が来た。心臓が止まりそうになった。止まれ、という怒鳴り声を浴びたが、無視して川面に視線を巡らせる。桟橋が見えた。連絡船ではなく貨物船用の船着き場だ。歩道から石段を下りた先で、人足や船頭が荷の上げ下ろしを行っている。

次郎は意を決して再び振り返り、追っ手に拳銃を向けた。そのとき、射線上に通行人がひとり入り込んだ。あっと思ったが間に合わなかった。次郎が撃った弾丸は若い男の喉を撃ち抜き、深紅の花をぱっと咲かせた。女の悲鳴が大気を引き裂いた。倒れた男に駆け寄った女のそばで、小さな男児が呆然とふたりを見おろしていた。上海語で「爸爸《バーバ》」と発したかぼそい声が、間近で囁かれたように鮮明に次郎の耳に届いた。

追っ手を撃ったときとは比べものにならない罪悪感が次郎の胸を貫いた。が、すぐに危機感がそれを上回った。次郎は桟橋へ続く石段を猛然と駆け下り、いまにも出発しそうな小船に勝手に飛び乗った。啞然とする船頭に向かって懇願した。「岸から離れてくれ。大急ぎで」

船頭は追っ手をちらりと見ると、「頭を低くしてろ」と言い、長い竿で勢いよく岸壁を突いた。船は瞬く間に川の流れに乗り、桟橋から遠く離れた。力強く櫂《かい》を動かしながら船頭は言った。

「あいつらは日本人だな。あんたは抗日の烈士だろう。力を貸すぜ」

「ありがとう」

「どこへ行きたい？」

次郎は答えず、岸辺の様子をうかがった。追っ手は桟橋から歩道へ戻り、川に沿って移動し始めた。どこかの時点で車に乗り込むに違いない。向こう岸へあがっても、たぶん別働隊が先回りしている。次郎は船頭に訊ねた。「河川運輸の仕事に就いているなら、青幇《チンパン》とは知り合いだな」

「勿論だ。おれたちの仕事を守ってくれるのは、青幇の旦那方だからな」

「では、頼みたいことがある。フランス租界に住む楊直という男の家に、この旅行鞄を届けてほしい。大きな邸だからすぐにわかる。住所も渡しておこう。自分の身元を証明しろと言われたら、『この銀貨を楊先生に見せてくれ』と頼むんだ」次郎は例の銀貨を船頭に握らせた。帳面に楊直の住所を記して頁を破り、財布から抜いた紙幣と共に船頭に手渡す。「助けてくれたお礼と、手間賃だ」

船頭は目を輝かせた。「運ぶだけでいいのかい」

「ああ。『ホアン・ジーロンから頼まれた』と言ってくれ。名前はここに書いておいた。邸の者がおれの居場所を知りたがるかもしれんが、それは知らんと答えていい」

どこへ逃げれば安全なのか、いまはまだ見当もつかない。それが決まるまでは、行き先は告げたくても告げられなかった。

蘇州河は共同租界側へ蛇行していくので、租界から出るまで船を進めてもらった。西部越界築路区域よりもさらに西へ。そこはのどかな田園地帯で潜伏には向かないが、あとのことは到着してから考えるしかない。

陸軍に行動を読まれているなら、蘇州へ移動できたとしてもまた追われる。行き先を変えるべきか。だが、偽造旅券を入手できるのは大きな町だけだ。蘇州以外だと、どこがいいのか。

しばらく川を遡った先で、次郎は船を停めてもらい、桟橋へ移った。乗った側とは反対の岸から石段をのぼり、歩道へあがる。荷物は手放してしまったが、金は財布だけでなく胴にも巻きつけてある。しばらくは生活に困らない。フランス租界に戻るのは危険だが、通信手段を確保できるところへ出なければ、楊直や青幇の動向がわからなくなってしまう。

ひとりで歩いていると、自分が誤射した通行人の顔が脳裏に甦った。香港での一件のあと、次は迷わずに撃つと決めていたが、こんな形を望んだわけではなかった。

毎日、阿片入りの煙草なんか吸っているからだ、という声が頭の中で響いた。阿片のせいで判断力が鈍り手元が狂ったのだ、いますぐ、あんなものはやめてしまえ。おまえは一生、あの親子に詫び続けろ。おまえが安らかな気持ちで過ごせる人生など、もう終わったのだ。

震える手で上衣の内ポケットを探り、煙草の箱を取り出した。一本抜き、火をつける。それがミニシガーではなく阿片入りの煙草のほうであることに、次郎はまったく気づいていなかった。その程度の余裕すら完全に失っていた。

車が前方から近づいてきた。次郎の目の前で停まり、開いた扉の奥から四人の男が飛び出した。

さきほどの追っ手とは違うが、やはり銃を手にしており、ひとりは小銃まで持っていた。

次郎は煙草をくわえたまま歩みを止め、ゆっくりと両手をあげた。

男たちは次郎の懐から拳銃を奪い、上衣を剝ぎ取り、小銃の銃床で次郎の鳩尾を殴った。目が眩み、くわえていた煙草が地面に落ちた。男たちは次郎に手錠をかけ、乱暴に引きずって車の中へ押し込んだ。

11

董老板《ドンラオバン》は、楊直《ヤン・ジー》から、雲南省の龍雲《ロン・ユン》と話し合った結果を報告するとの連絡を受け、自分の邸で彼の到着を待つことにした。

楊直は、四月にも「最《ズイ》」の収穫量の件で龍雲から相談を受けている。ふたりの会合は、今回で二度目だ。ほどよく、信頼関係が育まれている証拠である。

夜半、楊直は邸に到着し、使用人に案内されて応接室へ入ってきた。背後に、護衛がふたり控えていた。本来ならば、出入り口で留めさせておくべき者たちなので、董老板は訝しんだ。ここまで入るには、邸を警護する者をひどく脅しつけるか、全員動けなくなるまで殴りつけるしかない。そこまでやったのであれば、この邸の周辺も、既に、楊直の部下に取り囲まれているだろう。

楊直を連れてきた使用人は、真っ青な顔色で震えていた。おそらく、武器を持たせたまま、ここへ入れてしまったのだ。董老板の護衛であるチェンは、客人たちを目にするや否や雰囲気を一変させた。董老板の後ろに控えるのではなく、ソファの前へ回り込み、董老板の隣に立った。何かあればすぐに楊直を撃つという意思表示だ。董老板は左手を握りしめた。掌で弄んでいた瑪瑙が歯ぎしりに似た音を鳴らした。

楊直は軽く挨拶すると、長椅子に腰をおろして言った。「雲南省の件を話す前に、急ぎの用件があります。黄基龍《ホアン・ジーロン》が日本側の手に落ちました。救出作戦を立てたく存じます」

「なんだと」

「逃亡途上で船頭にあずけたという黄基龍の鞄が、私の邸まで届きました。送ってきたのは何か意味があるはずだと思い、すぐに中身を調べたところ、原田ユキヱとの会話を記した紙片が見つかりました。ユキヱが上海租界へ来た一九三四年、郭老大《グオラオダー》とあなたは彼女と密談を行ったそうですが、これは本当ですか」

「おまえに話す義理はない」

「当時、私の妻は出産間近でした。私は本邸を留守にしがちで、娘の芽衣《ヤーイー》が生まれてからは、何日も別邸に入り浸っていたほどです。郭老大には、いくらでも謀略に費やせる時間がありましたね。そもそも、郭老大が倒れたのは毒を盛られたせいだった、という話は本当なのですか。通訳として密談に立ち会ったあなたは、これについても知っているはずです」

「日本人の女の話など信用するのか」

「八一三事変（第二次上海事変の中国側での呼称）とほぼ同時に、私の両親と妻子だけでなく、妹までもが殺されていたことが既にわかっています。居住地が離れていたにもかかわらず、全員が同じ時期に殺されている。とても偶然とは思えません。何があったのか教えて下さい」

「なるほど。そこまで調査済みか」

やにわにチェンが拳銃を抜き、楊直の頭に狙いを定めた。ほぼ同時にバイフーとシュエンウーも拳銃を抜き、董老板とチェンにそれぞれ銃口を向けた。董老板は落ち着き払った調子で続けた。

「ここで共倒れになったら、真相は永遠に闇の中だ」

「そんなことはさせません」

「いまさら真相を知ってどうなる。死んだ者は生き返らんぞ」

「自分が何に巻き込まれ、何に利用されているのか、それを知るぐらいの権利は私にもあるでしょう。龍雲は、青幇《チンパン》の今後について、非常に強い興味を示しています。あなたや私の存在が、これから、どこまで大きくなるのかと」

「雲南省の政府主席ごときが、青幇の先行きを心配して下さるのか」

「龍雲は、『最』の一部を、青幇を通さずに売買したがっています。我々の動向を知りたがっているのは、それが理由です」

「そんなことは、老板の誰もが許すまい」

「私はどちらでも構いません。龍雲が暗殺されても、上海の老板たちが抹殺されても、自分の地位を保てるならそれでいい。ただ、日本軍が大陸にいるあいだは、うまく均衡をとらねばなりません。龍雲の一人勝ちになる状況は青幇にとってまずいものの、ここから先は、雲南省軍の協力なしでは進められません。『抗日阿片戦』は上海の老板がひとりでも殺されれば始まる予定でしたが、何忠夫《ホー・ジョンフー》の捕縛で、なし崩し的に開戦になったと私は認識しています」

董老板は反応しなかったが、楊直は構わず続けた。「一度でも兵を出す形になれば、龍雲は老板たちに恩を着せ、彼らを侮るようになるでしょう。もう既に、青幇抜きで『最』の独自流通を確保する方法を模索しています。新たな経路はどのあたりに拓けそうかと、私に意見を求めてきました」

「軽々しく教えたのではあるまいな」

「まさか。ただ、杜月笙《ドゥー・ユエシヨン》先生が上海から脱出して以来、青幇の力が弱まっているのは確かです。経済界と金融界の大物たちは、青幇抜きで上海経済を回したい。これに実感があるのは、私以外では、老板になる前から経済方面へ進出していたあなただけでしょう。他の老板は、過去の栄光にしがみつくばかりで何も見えていない。中国がこの戦争に勝っても負けても、表社会での青幇の勢いは、いずれは堅気に押されていくはずです」

「ならば、おまえはこの流れをどう変えたい？」

「龍雲を暗殺する必要などありません。『最』の売買方法を教えてやったうえで、輸送経路を叩き、荷を強奪すればいい。我々は栽培の手間と費用をかけずに『最』を確保できます。繰り返し痛い目に遭えば、龍雲もいずれは譲歩するでしょう」

「譲歩しなかったら？」

「今度こそ龍雲が暗殺されるか、上海の老板が皆殺しになるか。そのどちらかです」

董老板は眉間に縦皺を寄せた。楊直はそれを見て笑った。「あなたは、自分以外の老板は全員死ねばいいと思っている。そうなれば、あなたと龍雲のふたりで、『最』の儲けを折半できると」

「物騒なことを言うな」

「龍雲とふたりだけで組むのは危ない。いつ消されるかわかりません。龍雲は、恐ろしいほどに頭が切れる為政者です。これまでの経緯だけでもわかるでしょう。私は上海で、まだもう少し安泰に暮らしたい。青幇の力が極端に弱まるのは困ります。だから、私の家族が殺された事件について嘘偽りなく話してくれるなら、まだしばらくは、全力で青幇のために働きましょう」

「では、護衛に銃を下ろさせろ。こちらも下ろさせる。そして、私が何を喋ろうが、絶対に最後まで聞け」

「いいでしょう。ただし、あなたも瑪瑙玉を手放して下さい。それは危険な武器になる」

護衛たちは同時に銃口を下げたが、もしもの場合に備えて緊張は解かなかった。董老板は緑大理石の灰皿に瑪瑙玉を置いた。「小間使いに茶を淹れさせたい。構わないか」

「だめです」

董老板は苦笑いを浮かべ、長椅子の背に体をあずけた。「――私は郭老大から、『真相はこうに違いない』『だからおまえはこう動け』と命じられれば、言われた通りにするしかない立場だった」

「毒を盛られていたという話は本当ですか」

「ああ、長期にわたって少しずつな。首謀者は、郭老大と老板の座を争っていた、万曹凱《ワン・ツアオカイ》という男だ。そいつは、おまえの妹、楊淑《ヤン・シユー》に、『郭老大が死ねば、おまえは情婦の座から解放されて自由の身になれる』『楊直の心も救える』と、毒を盛るようにそそのかした。自分が情婦という名目で人質になっているせいで、おまえが殺しの仕事から抜けられんことを、楊淑は知っていたからな。これは抗いがたい誘惑だったろう」

「その話には無理があります。楊淑がやったのであれば、郭老大は倒れたあとに、すぐにその可能性を疑ったはずです。邸からの暇乞いなど許すはずがない」

「勿論、郭老大が気づいたのは、しばらく経ってからだ。倒れた直後は再起が危ぶまれるほどの容態だったから、そこまでは頭が回らなかったのも当然だ。楊淑が暇乞いを申し出たのは、その頃でな。情婦を囲い続けるにも金がかかるから、郭老大の奥方は楊淑に暇を出すことに大賛成、郭老大も大人《ダーレン》として寛容なところを見せたがった。楊淑はおまえに、『老大から許しをもらったので新しい生活を始める』とうれしそうに言っただろう？　郭老大は最後まで、楊淑には優しい顔しか見せなかった。新しい男との将来を祝福してこそ、自分の器の大きさを示せるのだからな。だが、その後、状況が変わったのだ。男と一緒に田舎へ引っ込んだあと、楊淑には、ある時点から監視がつくようになった。彼女がどこへ引っ越しても、その情報は上海へ届いていた。そして、すべての準備がそろったとき、郭老大は監視者に、ふたりを殺すように命じた。楊淑と夫の死因を知っているか」

「絞殺だったと聞いていますが」

「それだけのはずがないし、一瞬で絞め殺したわけでもなかろう。あのふたりが、死ぬまでにどれほどの苦しみを与えられたか、想像するだけで恐ろしい。郭老大が裏切り者に対して苛烈であったことは、おまえもよく知っているはずだ」

楊直の表情が見るまに強ばっていくのを、董老板は愉快そうに眺めながら、にやりと笑った。

「おまえに理解できるかどうかはわからんが、私は郭老大の人柄を結構気に入っていたんだよ。貧困からのし上がった者にありがちな、あの頑なさをな。郭老大は、自分が失敗する未来など、ただの一度も想像したことがなかった。信じていれば成功する、自分は必ず老板になれる、という信念を持っていた。毒を盛られて老板になる道を閉ざされたとき、絶望のあまり、青幇そのものを憎んで潰してやると言い出したことは、もう知っているな?」

「はい」

「私は憐れみを覚えると同時に、その願いに共鳴したよ。郭老大は、たったひとつの夢を奪われたのだ。ならば、多少の仕返しをするぐらい構わんのではないか? おまえが言った通り、青幇は上海で力を失いつつある。いずれは、組織として大きく変質せざるを得んだろう。郭老大の望みをかなえることは、堅気の社会に半分足をかけている私にとっても悪い話ではなかった」

「郭老大は、あなたの考えを知っていたのですか」

「いや、何も気づかなかったはずだ。あの毒は水銀を含み、脳を損傷させる性質を備えていた。飲み続けると、聴覚や視覚などの五感に障害が出て、思考力も破壊され、しかも本人がそれを自覚できない。そばで長く見ているのはつらかった。何度も、もう楽にして差し上げたいと思ったほどだ。私は私なりに、郭老大を心からお慕い申し上げていたのだ。『貧しき者や小さき者の怨念を侮るな』とは、郭老大がよく口にしていた言葉だ。彼らを蔑ろにする者は、いつか足をすくわれるとな」

「それでも、冷徹に時機は選んだわけですか。八一三事変の勃発は、あなたにとって、郭老大を死なせるには、ちょうどいい機会だったはずです」

「好機は見逃せんからな。おまえたち兄妹も私も、皆、郭老大には思うところがあった。一度ならず『死んでほしい』と望んだことも。そういう意味では、皆、同じ穴の狢《むじな》だ」

「万曹凱は、八一三事変のときに大世界《ダスカ》近くで爆撃に巻き込まれたと聞きましたが、本当はあなたが万曹凱を殺し、爆撃現場に投げ込んだのですか。あれは、あなたなりの忠であり、義であったのですか」

董老板は含み笑いを浮かべた。「郭老大が倒れた直後、万曹凱は私に『うちの組へ移らないか』と誘いをかけてきた。郭老大をさらに落ちぶれさせ、私の事業からあがる収益を得ようと目論んだのだろう。組の中で高い地位につけ、優遇するとまで言われたが私は断った。私の事業は誰かのための銀行口座ではない。私自身が経営を楽しむためにやっているのだ。もうこれだけで、私には、万曹凱を排除するにはじゅうぶんな理由になった。私を侮る者に仕える必要など、かけらほどもあるまい」

「それをきっかけに、万曹凱の周辺を洗って証拠をつかんだのですか」

「奴は簡単に尻尾をつかませはしなかったが、他人を使って何かを行う限り、なんらかの痕跡は残るものだ。知らぬあいだに、誰かから恨みをかうこともな。そういう人間に接触すれば、いくらでも情報を得られる」

董老板は少し疲れたように、長椅子の背にもたれた。「この一件は、『最』という切り札と、郭老大の人脈があって初めて可能になった策略だ。一九三四年に上海租界の片隅で原田ユキヱが指した一手が、少しずつ人や物を動かし、連鎖的に事態を変えていったのだ。日本と英米が開戦し、老板たちが龍雲を巻き込み、央《オー》機関の手下が賭博場を襲撃し、何忠夫を捕縛したことによって、ついに『抗日阿片戦』の火蓋が切られた。あとは放っておいても、双方、かなりの痛手を負うだろう」

「私の両親と妻子を殺せと命じたのも郭老大ですか」楊直は語気を強めた。「楊淑の裏切りに対して、一族全員の命で贖えと？」

「そこはおまえの読み違いだ。その理由が正解なら、おまえだけが生き残れるはずがない」

「では、誰が殺せと。あなたが命じたのですか」

「私が殺してなんの得になる。おまえから恨みをかうだけだろうが。知りたければ、まだしばらく、私の下でおとなしく働け。いずれ、すべてを教えてやる」

「もう待てません」楊直は言葉に苛立ちを滲ませた。「限界です」

董老板は平然と受け流した。「おまえの気持ちがわかるからこそ、こう言っているのだ。おまえはもっと怒っていい。その炎で央機関を壊滅させ、茂岡少佐や伊沢穣を殺し、関東軍に目にもの見せてやれ。すべての答えは、それが決着した先にある」

「どうしても、真相を教えられないと?」

「私にも立場というものがある。忠義は最後まで貫きたい」

「誰に対して。郭老大に対してですか」

董老板は答えず、微かに笑った。「黄基龍の件が片づいて央機関を潰し終えたら、厳民生《イエン・ミンセン》を立会人として話し合おう」

「だめです。私にも都合がある」

楊直は右の手首を少し曲げ、袖口に隠してあった上下二連の小型拳銃を掌に落とした。董老板に向かって右腕を伸ばし、次の瞬間にはもう連射していた。

董老板の腹から血が噴き出した。反撃に出たチェンに、バイフーとシュェンウーが連続して銃弾を撃ち込んだ。チェンが撃った弾は、楊直の左肩に傷を負わせた。チェンは無念の表情で拳銃を握りしめたまま、主をかばうような動き方をして董老板の前にくずおれた。

菫老板は脂汗を流しながら腹の傷を押さえていた。苦痛で体が小刻みに震えている。

楊直も自分の傷を押さえつつ言った。「すぐに手当をすれば命は助かるでしょう。死にたくなければ何もかも話して下さい」

菫老板は擦れた声で言った。「こんなことをして勝ったつもりか。愚か者が」

「生きてさえいれば、これまで通り協力し合い、龍雲を出し抜いて儲けられます。私はあなたを老板の地位から蹴落とそうとは思わない。組織の長としての面倒な仕事は、すべてあなたに任せておきたい。本気です」

菫老板は鼻で笑った。

楊直は卓に片手をついて身を乗り出すと、銃把で菫老板の腹の傷を殴った。苦鳴をあげた菫老板の胸ぐらをつかみ、顔を寄せた。「時間がない。早く、黄基龍を助けに行かねば」

「救出が間に合わず黄基龍が死んだら、おまえはもっと怒り狂い、絶望のあまり央機関を叩き潰すだろう。私にとっては、そのほうがありがたい」

「どういう意味ですか」

「郭老大も同じように考えた。それが、おまえの両親と妻子が殺された理由だ。おまえの中に残っている最後の人間性を叩き潰し、制御不能の『爆弾』にするのが狙いだった」

「なぜ、そんなことを」

菫老板は全力で楊直の手を払いのけると、自らソファから転げ落ちた。チェンの遺体から銃をむしりとり、床に身を投げた姿勢から楊直に銃口を向けた。弾は発射されたが楊直の頬をかすっただけだった。バイフーとシュェンウーが反撃し、菫老板の胸と額に銃弾を撃ち込んだ。菫老板は銃を握りしめたまま息絶えた。

楊直は椅子から立ちあがり、董老板の遺体を見おろした。新たな情報を得られた喜びや達成感は少しも湧いてこなかった。肩と頬の銃創が燃えるように熱い。さらなる闇に引きずり込まれ、怒りと苦痛が胸の奥深くまで焼いていた。董老板が遺した言葉は中途半端で、未だに真相の全貌は見えない。だが、その背後に滲む悪意だけは鮮明に感じとれた。

すぐに次郎を救出し、厳老板から話を聞き、今度こそすべてを突きとめねばならない。

楊直は応接室の隅に置かれた電話に歩み寄り、受話器を持ちあげた。肩の痛みをこらえながらダイヤルを回す。厳老板の邸と回線がつながると、大至急、ご当主にお伝えしたいことがあるので――と、邸の者に取り次ぎを頼んだ。

厳老板が電話口に出ると、楊直は丁寧な口調で告げた。「夜分恐れ入ります、厳老板。たったいま、董老板がご自宅で急死なさいました。あなたを立会人として、私に何か話したいことがあったようです。後日、それをうかがうためにご自宅へ参ります。私はしばらく手を離せぬ用事があって、掌柜《ジャングイ》でありながら、董老板の葬儀を取り仕切れません。ご迷惑をおかけしますが、私の部下を代理として立てておきますので、私が帰宅するまで、共によろしくお願い致します」

12

共同租界の北側、租界外も含めた一帯には、第二次上海事変の折に爆撃や地上戦で燃えた区画がある。戦災で持ち主が放棄した家屋は荒れる一方となっていた。無人化した邸が抗日派の根城にならないように、工部局の警官や日本兵が付近を巡回しており、家もなく貧困に喘ぐ人々が勝手に住みつくことはない。

次郎が男たちに連れ込まれたのも、そういった邸のひとつだった。租界でよく見かける中洋折衷の建築物である。更地や崩れた建物の周辺を、野良犬がうろつく姿が目にとまった。

塀に囲まれた二階建ての廃屋は、敷地内に広い庭があり、窓やベランダはアール・デコ調の鉄柵で飾られていた。上海で、ちょっといい暮らしを送っていた者の邸だろう。庭は荒れ放題で、薄汚れた窓にはガラスもなく、板が打ちつけられている。

次郎は邸の奥まで連行され、男たちが扉をあけた部屋の中へ突き飛ばされた。

異様な臭気が鼻をついた。埃とカビとゴミの臭い。

暖炉の上に置かれた卓上照明が明るくなった。わずかな光が薄暗い室内を照らす。電気だけは引いてあるのか、どこかに自家発電装置でも設置しているのか。

室内にあってしかるべき高価な家具はひとつもなかった。窓際に板張りの寝台が置かれているだけだ。カーテンも絨毯もない。第二次上海事変が収束したあと、調度品は周辺住民によって強奪され、故買屋に売り払われたと見える。天井には照明器具を取り付けるソケットだけが残っていた。その隣に場違いなものがあった。ごく最近、化粧梁に取り付けられたと思しき滑車と重量フック。工場の倉庫などで荷の上げ下げに使う道具だ。

他には簡素な長机がひとつ。本体から長い電気コードが延びている装置と、使い込まれた木刀が数本。男がひとり、長机に近づいて木刀を手に取った。次郎の背後に回って待機する。

なぜ、こんなところで尋問するのかと不審に感じたが、すぐに理由に思い至った。日本憲兵隊本部が常識外れの攻撃を受けたことで、日本軍の上層部は、央機関《オー》に尋問場所を提供するのを嫌がったのだろう。また非常識な攻撃を受けてはたまらないので、廃屋を利用しろと命じたに違いない。

別の男が次郎の正面へ回った。相手が喋るよりも先に、次郎は自分から言った。「敷島通商上海支店に連絡して、伊沢穣を呼び出してくれ。支店にいなければ、ブロードウェイ・マンションにいるはずだ」

「我々の用件のほうが先だ」と男は言った。「何かひとつでも情報を引き出せたら、伊沢少尉に連絡を入れる予定だ。自由になりたいのであれば、すみやかに、すべてを話せ」

「少尉？　おれの知り合いは、会社員の伊沢のほうだ」

「伊沢穣は、任務に就いているときは『少尉』だ。知らされていなかったのか」

次郎は唖然とした。伊沢の年齢と経歴から考えると、普通は有り得ない常識外れの出世だ。あるいは、他人から訊かれたらそう答えるための偽装的な肩書きなのだろうか。

男は続けた。「なんでもいい。青幇《チンパン》の内情について話せ。重要な情報を提供すれば、今後は央機関への協力者として丁重に扱われる」

「おれは青幇を外から手伝ってきただけだ。中のことは何も知らん」

木刀が次郎の背中を打ち据えた。打擲《ちようちやく》は一度では終わらなかった。何度も繰り返された。次郎は床に両膝をついて背を丸めた。すると、男たちは靴の先で繰り返し次郎の脇腹を蹴った。息が詰まり、目の前がかすんだ。口の端から胃液が混じった唾液が流れ落ちた。

滑車が鳴り、重量フックが引きおろされた。男たちは拘束された次郎の両手首を、フックに縛りつけて固定した。

再び滑車が動き出し、両腕を頭上に引っぱりあげられた。痛む体を無理やり引き起こされ、つま先立ちの状態で、重量フックに吊られた格好になった。

さきほどの男がまた訊ねた。「青幇について教えろ。どんな些細なことでも構わん」

「青幇は秘密結社だ」と次郎は答えた。「門下でなければ、中のことなど知りようがない」

今度は背中だけでなく、腹側にも何回も木刀が飛んできた。吐くものがなくなった胃が痙攣し、気が遠くなり、両脚から力が抜けた。手首と腕の付け根に全体重がかかり、その新たな痛みで、失いかけていた意識が引き戻された。長机から例の装置が運ばれてきて、コードの先端が体幹に押しつけられた。体を内側から殴るようなショックが次郎を貫き、それは瞬時に焼けつく痛みに変わった。自分の意思とは関係なく声が洩れ、身がよじれた。木刀でめった打ちにされた箇所が、じくじくと痛みを増してきた。筋肉がひきつる。うまく呼吸ができない。電気を流されるたびに体が跳ねあがり、擦れた悲鳴をあげた。男は「何かひとつでいい」「話せば解放してやる」と繰り返した。あまりの苦痛に次郎も半ばそのつもりになりかけたが、次の電気ショックで唐突に意識を失った。

鎖をゆるめられて床に伏したあとも、次郎は、ぐったりしたままだった。水をはったバケツに頭を突っ込まれても目を覚まさず、尋問にあたっていた男たちを少々慌てさせた。同行していた医師がすぐに次郎の脈や呼吸を調べた。命に別状はないと判断し、尋問を次の段階へ進めることを提案した。

深い眠りの中で、次郎はビルマをさまよう夢を見た。一年の大半が雨季となる高温多湿の国。暑い時期には、首都でも最高気温が摂氏四十度に近づく土地。上海よりも香港よりも暑い。熱風が顔に吹きつけてくる。次郎は、大きな鳥が翼を広げるように両腕を伸ばした。暑い大気を思う存分呼吸する。雪が嫌いで故郷を捨てたのだ。こういった土地ほど望ましい。

趙定偉《ザオ・ディンウエイ》が、下町の路地に並ぶ酒場で、現地人に交じってグラスを傾けていた。雑然とした薄暗い場所に、屋台で焼かれる鳥や野菜の香ばしい匂いが流れてくる。腹の虫が鳴り、強烈な喉の渇きに見舞われた。趙定偉は次郎に気づくと、微笑を向けて、例の癖の強い発音で言った。「黄《ホアン》先生もお座り下さい。酒は、いくらでもありますんで」

次郎が趙定偉の斜向かいに座ると、ウイスキーで満たされたグラスが運ばれてきた。次郎はそれをひっつかみ一気に飲み干した。渇きはそれぐらいでは癒やされなかった。もっともっと浴びるように飲みたい。そんな欲望が胸の奥を焦がす。

趙定偉が訊ねた。「もし、時を遡って人生をやり直せるなら、黄先生は、どんな人生を選びますか」

次郎は鳥の串焼きにかぶりつき、酒をぐいぐいあおりながら答えた。「おれはいまの人生を、さほど後悔しちゃいない。他人に自慢できるものじゃないが、自分では気に入っている。だから、同じことをするだろう」

「無関係の人間を殺してしまったのに？　あの通行人の妻子は、これからどうやって生きていくんでしょうか」

「それは訊かないでくれ」次郎は頭を抱えた。「殺そうと思って殺したんじゃない。あれは誤射だ」

「しかし、もう取り返しがつきません」

「わかってる。かなうなら、あの親子を一生支援してやりたい」

「時を巻き戻したいと思いませんか。黄先生が過去に別の選択をしていれば、あの親子は、一家の主を失わずに済んだでしょう」

「いや、何を選んでも、おれは結局ここへ来たような気がする。ここにしか来られなかったというか」

趙定偉はふっと笑い、肩をすくめた。「何度訊ねても、黄先生はそう答えるんですね。わしはこれまで、何度も黄先生にやり直しを呼びかけてきました。ところが黄先生は、そのたびに拒む。違う未来に見向きもせず、何も変えなくていいと言い張る。そう言われてしまうと、わしにはどうにもできません」

次郎が顔をあげると、趙定偉は寂しげな眼差しを見せて言った。「でも、黄先生のそういうところが、わしは好きでした。ご機嫌よう。これでお別れです」

「どこへ行くんだ?」

「行くのは、黄先生のほうでしょう」趙定偉は、自分のグラスを次郎のグラスに軽くぶつけた。「よい旅を。でも、ほんの少しでもやり直したくなったら、わしのことを思い出して下さい」

固い寝台の上で目が覚めた。仰向けに横たわる次郎の両側には、転落防止用の柵が設置され、両手首と両足首は紐で柵に縛りつけられていた。室内には誰もいない。暖炉の上の照明は消えている。

奇妙な夢を見たものだ。なぜ、趙定偉が出てきたのだろう。いや、あれは趙定偉であって趙定偉ではないのだろう。こんな自分の心にも、人間の良心のようなものがまだ残っていて、それが人の姿をとって呼びかけてくるのか。

全身の感覚がひどく鈍かった。打撲傷と電気火傷の痛みで、本来ならば眠ることすらできなかったはずだが、体が衰弱しきって、もう、痛みも感じられないのかもしれない。

水も食事も与えられぬまま、次郎は室内に放置され続けた。やがて、じわじわと痛みが戻ってきた。とりわけ、体重がかかる背中側が焼けつくように痛んだ。悪寒が加わり、両脚が痙攣し、体温が急上昇して汗がふき出した。

次郎は、手首と足首の拘束を引きちぎるべく暴れ回ったが、紐はびくともせず、そうやって力を入れるたびに、身が裂けるかと思うような激痛がはしった。息があがり、喉の渇きがますますひどくなった。何度も助けを求めたが誰も応じなかった。

ふいに、何かが足下から這いあがってくる感触を覚え、次郎は悲鳴をあげて暗がりに目を凝らした。溝鼠《どぶねずみ》に襲われたら生きたままかじられてしまう。あいつらは人間の体の柔らかい部分から食っていく。脇腹、顔、目蓋と目玉。絶対に耐えられない。途中で気が変になってしまう。次郎は必死になってもがいた。そのうち、これが溝鼠ではなく、もっと小さなものだと気づいた。皮膚の下で虫が蠢くような不快感。両脚だけでなく、いまや全身を覆い尽くそうとしていた。

次郎はようやく悟った。

これはモルヒネの禁断症状だ。気を失っているあいだに、痛み止めとしての用量以上を繰り返し注射されてしまったのだ。尋問で使う手段のひとつだ。薬漬けにしたあと、わざと投与を止めて苦しませる。

小さな虫が皮膚と肉を蝕む幻覚に、次郎は寝台でのたうちまわった。動くたびに釘を打たれるような痛みに襲われ、全身がひきつった。身をのけぞらせて絶叫し、手首と足首を拘束した紐に血が滲むまで暴れ続けた。瞳孔は拡散したままとなり、心臓は疾走中のように激しく脈打った。助けてくれと何度も叫んだ。それでも誰も来なかった。もうだめだと絶望して泣き出したとき、室内に誰かが入ってきて次郎の耳元で囁いた。「青幇に関する情報を喋れ。なんでもいい。早く」

薬をくれと次郎は訴えた。モルヒネがほしい。阿片でもいい。このままでは何も思いつかん。男はたたみかけた。何かひとつでいい、教えてくれたらすぐに薬をやろう。

何かと言われても、痛みのせいで考えがまとまらなかった。薬がほしいという強烈な渇望だけが、ちりちりと胸を焦がしていた。業を煮やしたのか、男は次郎の頬を平手で打った。喋ったらすぐに薬をやる、早く喋れ。

喉まで言葉が出かかった。上海の老板《ラオバン》たちは、種子を継続的に保存するために、「最《ズイ》」を少しずつ育てていると。これを押収できれば、日本軍は雲南省まで行かなくてもいい。あるいは、董《ドン》老板や楊直《ヤン・ジー》を調べろと。彼らは隠し畑を持っている。それを押さえればいい。

だが、ふいに何かが次郎の言葉を強く抑え込んだ。それが自分自身の意思であると気づくまで、次郎は若干の時間を要した。いまにも死にそうなのに、それを他人事のように感じている冷ややかな部分が自分の中にある。それが次郎に「情報を渡すな」と厳しく命じていた。

これはなんだ。楊直に対する忠誠心なのか？

秘密を守り続けても、あいつが助けに来るとは限らない。あいつは、建前上とはいえ、おれを切り捨てた。それ以前に、おれ自身があいつを捨てるつもりだった。あいつとは、騙し、騙される間柄でしかなかったはずだ。それなのに、なぜ、こんなときに楊直のことを思い出すのか。兄弟、と呼びかける楊直の声が聞こえた気がした。そうだ。『時機を待て』と記された手紙を受け取ったのだ。あれを信じていいのだろうか。ぎりぎりのところで、楊直はおれを助けに来てくれるのか。

男は何度も次郎の顔を殴った。鼻と口から血があふれ出た。頭の中で線がつながり、次郎は重要なことをひとつ思い出した。

モルヒネの最もひどい禁断症状は、四十八時間を区切りにいったん落ち着くと聞いたことがある。中毒症状が完全に抜けるわけではないが、わずかにましになるのだ。だから相手を焦らし、相手の意思で薬を打たせ続ける限り、わずかな時間だけは苦痛から逃れられる。そのあいだに楊直が動いてくれれば。

このまま死ぬのだとしても、伊沢と央機関を喜ばせるよりはずっといい。これは意地の張り合いだ。伊沢と央機関が気に食わないから口をつぐみ続けるのだ。権力によって個人から自由や金を奪っていく奴が、おれは心底気に食わん。だからこそ、故郷を捨てて上海まで来たのだ。だったらそれを貫くべきだ。

徹底的に奴らを馬鹿にしろ。意志と自由を守り抜け。権力と支配を全力で拒め。

それ以外に、どんな行動と理由が必要だ？

13

伊沢は、ブロードウェイ・マンションの自室で報告書に目を通して眉をひそめた。もっと簡単に陥せると思っていたのに、吾郷次郎は、なぜ、こんなに粘っているのか。

モルヒネの禁断症状は激烈だ。体を鍛え抜いた人間でも耐えられない。体内の化学反応を利用する拷問だから、どんな人間にも例外なく効き、抵抗は不可能だ。意志の力など簡単に打ち砕き、個人の自尊心や人間性を完膚なきまでに破壊する。それに耐え抜くつもりなのか。

伊沢は長椅子から立ちあがり、窓辺に立った。眼下には蘇州河、彼方には灰色の雲の下に広がるフランス租界全域を見渡せた。この中洋入り乱れる美しい街並みが、いまではすべて日本軍のものだ。日本軍は連合国側の人間を追い払い、その一部を強制収容所へ叩き込んだ。八月に租借地としての契約が切れれば、租界は中国へ返還され、以後は汪兆銘政権の管理下に入る。この町は、勝利の証として日本が手に入れた宝物だ。なぜ、吾郷次郎はそれを喜ばないのだろう。この町を長く愛してきたのであれば、日本人がこの土地を手に入れたことを、胸を張って誇ればいいではないか。

何忠夫《ホー・ジョンフー》に対する尋問から、「最《ズイ》」が雲南省で栽培されているらしいことはわかった。自白剤の効果は完璧ではないので、筋が通った情報として得られたのは、この一点のみだ。

畑がそれだけのはずはない。雲南省は上海から遠い。老板《ラオバン》たちの目が行き届かぬ土地に、すべてを置いたりはしないだろう。危険を分散する意味でも、青幇《チンパン》は大陸からインドシナ半島にかけて複数の畑を持っているはずだ。

ひとつは発見できた。日本軍の進攻時に、フランス領インドシナで見つけたものだ。時期が悪かったので種や生阿片は入手できず、運搬途上の株も何者かによって潰されたと聞いた。おそらく、青幇が素早く手を回したのだろう。

「最」の栽培に向く気候は限られている。したがって、畑がつくられる土地も自動的に絞られる。吾郷次郎には、まず、それを喋らせたい。厳しく追及していけば、ひとつぐらいは吐くだろう。

伊沢は電話が置かれた円卓に歩み寄り、受話器を持ちあげた。ダイヤルを回して楊直邸にかけた。小間使いが電話口に出たので、中国語で本人を呼び出してくれと頼んだ。留守ならかけ直すつもりだったが、楊直はすぐに出た。伊沢は和やかに話しかけた。「お久しぶりです、楊先生。僕を覚えておられますか。共同租界のダンスホールで働いていた伊沢穣です」

「ああ、勿論だ」楊直は穏やかに答えた。「私の車で、君を病院へ運んだのだ」

「その節はお世話になりました」

「あのとき見殺しにしておけばよかったと、いま、大いに後悔しているところだ」

伊沢は微かに笑い、続けた。「我々は、いま、黄基龍《ホアン・ジーロン》先生をあずかっています」

「そうか。では好きにするがいい」

「どういう意味ですか」

「黄基龍を盾に我々を脅せると思うなら、見当違いも甚だしい。出直してこい」

「なんて可哀想なことを。黄先生は、あなた方を守るために何も話さず、ひどい尋問を受けているのですよ」

「こちらは痛くもかゆくもない。あいつは青幇ではなく、我々が雇っている実行部隊員でもない。ただの流れ者だ」

「黄先生がそれを聞いたら悲しむと思います」

「あいつ自身もよくわかっているはずだ」

「楊先生、僕と手を組みませんか」

「これはまた賤劣な提案だな」

「先生も既にご存じの通り、央機関《オー》は上海の老板たちを抹殺するつもりです。でも、あなたは老板ではないから、たぶん生き残れる」

「なるほど」

「我々としても、秘密結社と一緒に仕事を進めるのは何かとつらいのです。しかし、楊先生は、企業人でありながら『最』を動かせる。僕が求めているのは、まさに、その『まともさ』です。楊先生と僕たちとで、新しい会社を興しませんか。そうすれば、雲南省とは別のところで畑を管理できる」

「開戦以降、私がどのような形で日本人と渡り合い、上海経済を守ってきたのか、君はまったく知らんのか」

「よく存じあげております。まがりなりにも、僕も会社員の端くれです」

「おまえは鼠だ。しかも恩知らずの鼠族だ。さっさと上海から出て行け。でなければ、この瞬間から、青幇の配下の者たちがおまえを追い詰めて殺す」

「物騒ですね」

「おまえはやりすぎた。絶対に触れてはならんところまで手を出した」

「あなた方も、擲弾攻撃は過剰だったのではありませんか」

「これ以上話すのは時間の無駄だな」

「楊先生とて、上海の老板たちは疎ましいでしょう。青幇よりも、恒社《ホンシヨー》に価値を置かれてきたはずです。考え直して頂けませんか」

電話の向こうで楊直はしばらく黙り込んでいた。伊沢は判断を迷った。楊直には脈があるのか、ないのか。状況に対する計算ができる者とは、比較的話を進めやすい。理を説き、うまく誘導してやればいいのだ。だが、楊直には謎めいた部分も多い。吾郷次郎を容赦なく切り捨てたのは驚いたが、それも本気かどうかは不明だ。切り捨てたふりをしただけかもしれず、既に救出作戦が立っているのかもしれない。救い出す自信があるからこそ、この態度なのか。

この男を打ち負かしたいと、伊沢は暗い感情を抱いた。冷静さを掻き乱し、絶望させてやりたい。老板たちを全員消したあとでもいいし、彼らと共に地に落とすのでもいい。大陸での主はいまや日本人であり、青幇といえども日本人に跪《ひざまず》くしかないのだということを、骨の髄まで叩き込んでやるのだ。

楊直が言った。「これで終わりか。もう切るぞ」

伊沢は慌てて付け加えた。「黄先生の件、本当に、こちらで処理していいんですね」

「ひどい目に遭わせたりせず、丁寧に扱ってやるがいい。そうすれば、案外、なんでも喋ってくれるかもしれんぞ」楊直は軽く笑った。「あいつには少々浮薄なところがある。上手に自尊心をくすぐれば、君の味方になるかもしれん。がんばってくれ」

「黄先生が僕の味方についたら、あなたとは敵同士になりますね」

「そうなったら私があいつを撃ち殺すだけだ。あいつも納得してくれるだろう。それが義兄弟としての礼儀だ」


受話器を置くと、伊沢は上衣を着て、ブロードウェイ・マンションの外へ出た。自分の車で、尋問作業が行われている邸へ向かった。邸で、あらためて現在の様子を部下から聴き取ったあと、伊沢はひとりで、次郎が監禁されている部屋に入った。

淀んだ臭気と湿気が押し寄せてきた。尋問作業に立ち会うたびに、嫌になるほど嗅いできたおぞましい臭気だ。

次郎は寝台にぐったりと横たわり、何度も殴られた顔はあちこちが腫れ、どす黒かった。無精髭が伸び、頬はげっそりとこけている。長めの髪は乱れ、汗でべったりと頭皮に貼りついている。監禁してからの日数はまだ少ないが、モルヒネ中毒が確実に進行中なのは明らかだ。

伊沢は、次郎の頬を掌で軽く叩いてみた。反応はなかった。次の禁断症状が出るまで気を失っている状態か。目が覚めたときに「楊先生はあなたを見捨てましたよ」と教えたら、どんな反応を見せるだろう。相変わらず、こちらを小馬鹿にした態度をとるのか。それとも、命乞いして、情けなくすがりつくだろうか。後者だといいな。他人の精神を破壊し、その人格を構成し直す作業には創造的な喜びがある。這いつくばって悔悟の涙を流す者に慈悲を与えるのは、人としての優しさのひとつだ。そう、僕は優しくて高潔な日本人だ。ロシア人の息子などではない。

ふと、父からよく聞かされていた言葉を思い出した。『おまえは、なぜ、そんなにロシア人の血を嫌うのだ。日本人と外国人の血を半々に受け継いでも、胸を張って生きていく人間はたくさんいる。おまえは自分の卑屈さこそを恥じなさい』

父には僕の気持ちなどわかるまい。自分が日本人であることを、ただの一度も疑わずに済み、他人からも否定されたことがない人間だ。僕の苦しみなど、かけらも実感できるはずがない。

ああ、そうか。吾郷次郎に感じる苛立ちは、父に対するものと同じなのだ。自分が日本人であることを当然と思い、そのありがたさを少しも理解しようとしない。そんな無神経さに腹が立つ。血が半々の僕には絶対に手に入らぬものを、父も吾郷次郎も生まれつき持っている。彼らは悩まない。そこが許せない。

突然、伊沢の感傷を打ち砕くように、邸全体を揺るがす振動と騒音が響きわたった。爆発音ではなく、固いもの同士が衝突する音だ。近くで工事でも始まったのか、揺れと騒音はやむことなく続き、次第に大きくなっていった。

伊沢は尋問室から廊下へ出た。袖なしの衫《シャン》を着て褲《クー》を穿いた体格のいい男たちが、ツルハシや鉄槌を手にして、廊下の壁を打ち壊していた。皆、中国人で、道具を扱う手つきは熟練の作業員のそれだ。伊沢の部下が懸命に追い出そうとしていたが、日本語がわからないのか、男たちは平然と作業を進めていく。

伊沢は邸から庭へ飛び出し、さらに信じがたい光景を見て立ち尽くした。ゆうに六十人を超える中国人が、あちこちでこの邸の解体作業にあたっていた。まるで砂糖に群がる蟻の群れだ。塀や壁を打ち壊す者、庭木を切り倒す者、窓から目隠し板を剝がす者、屋根にあがって瓦を投げ捨てる者、手押し車に瓦礫を載せて運び出す者。現場監督は見あたらず、めいめいが勝手に家を壊していく。

屋内へ駆け戻ると、部下をひとり捉まえて伊沢は怒鳴った。「なぜ、こんな連中を敷地内へ入れた。見張りを立てていなかったのか」

「申し訳ありません」青褪めた顔で部下は答えた。「大勢がトラックで一度にやってきたので、近場の廃屋を処分するのだと思っていました。まさか、こちらへ移動して来るとは」

「不法侵入者として撃ち殺せ」

「それが、正式な書類を持っておりまして」

「なに？」

「都市整備のため、この邸を解体すべしという命令書です。役場が発行した正式なものだと言っています。内容を確かめているうちに侵入されました。この人数では、下手に刺激すると暴動になり、こちらが殴り殺されます。大陸各地での中国人の暴動をご存じでしょう。あれと同じことが起きます」

「書類を持ってきたのは誰だ」

「あちらの男です」

部下が指さす方向で、ひとりの中国人が別の部下と話し合っていた。お互いに中国語と日本語をちゃんぽんにしながら、ものすごい勢いでまくしたてている。伊沢が「書類を見せろ」と命じると、部下はすぐに伊沢に手渡した。

紙面に目を通した伊沢の手は、怒りで震え始めた。「上海市長の署名と印鑑がある。どういうことだ。なぜ、市から取り壊しの許可が出た」

「偽の命令書とも疑えますが、この男は『本物だ』と言い張っています。市長に電話をかければ確認をとれると」

伊沢は唇を嚙みしめた。うかつだった。上海市長は、程度の差こそあれ、古くから青幇と交流している。いまの市長も、杜月笙《ドゥー・ユエション》と付き合いがあったはずだ。だから杜月笙が重慶に逃げたあとでも、この町に残った青幇の幹部は、市長を動かし、廃屋の取り壊し許可証を発行させることなど簡単にできるのだろう。とりわけ、経済と金融を通して交流がある者——楊直なら、この手の書類をそろえられるはずだ。

部下を引き連れて伊沢は尋問室へ駆け戻った。予想通り、窓と周囲が打ち壊されて穴があき、寝台はもぬけの殻だった。伊沢は部屋から飛び出すと、廊下の壁を壊す中国人たちを突き飛ばしながら走り、再び邸の外へ出た。

庭を見渡したとき、手押し車を押していくふたり連れの男に目がとまった。他の者とは体つきが違う。青幇の護衛か、実行部隊に所属する人間だろうと見当をつけた。布をかぶせた何かを手押し車で運んでいくが、ちょうど人間ひとり分ぐらいの大きさだ。吾郷次郎を連れ出したと見るべきだった。

伊沢と部下たちは拳銃を懐から抜き、ふたりを追いかけた。追われる気配を察したのか、片方の男が猛然と手押し車を押し始めた。もう片方の男は、振り向きざま伊沢たちに向かって発砲した。

伊沢の部下がひとり撃ち倒された。敵は作業員の陰に隠れながら移動し、伊沢たちを狙って連射してきた。伊沢たちも撃ち返す。巻き添えを食らった作業員が、背中や胸から血を噴き出して倒れた。恐慌状態に陥った者が、シャベルやツルハシを振りあげて伊沢たちに襲いかかった。伊沢は、向かってくる中国人の足下を撃ち、間近まで迫られたときには急所を外して撃った。我々に逆らうと全員射殺するぞと脅してから、門へ向かって走った。

例の男たちは敷地内から出るところだった。追いすがるように撃った伊沢の弾は外れて、門柱に穴をうがっただけだった。伊沢は敷地の外へ飛び出すと、いったん足を止めて周囲を見回した。作業員を運んできたトラックが何台も停まっている。荷台に、さきほどのふたりが乗り込むところだった。ふたりは追っ手に気づき、木箱の陰に身を隠した。

伊沢たちはトラックのタイヤを狙って何発も撃った。木箱の向こう側から男たちが反撃する。勢いに押されて伊沢たちは門柱の陰に身を隠した。からになった弾倉を交換していると、エンジンをかける音が聞こえた。このままだと逃げられる。部下が止めるのも聞かず、伊沢は再び門の外へ躍り出た。トラックに向かって駆けながら荷台に拳銃の照準を合わせ、木箱の陰から男が身をのぞかせた瞬間に撃ち倒した。もう少し接近できればと思った直後、もうひとりの男が向けた銃口が目に入った。肩と胸に重い衝撃が来て、伊沢は殴り飛ばされたように仰向けに倒れた。歯を食いしばり、身をよじって呻いた。部下が駆け寄り、伊沢を門の内側まで引きずっていった。

トラックは猛然と走り出した。伊沢は口の端から血泡をふき、憤怒に苛まれながらその音を聞いていた。

14

夕刻、上海の老板《ラオバン》のひとり、厳民生《イエン・ミンセン》の邸を訪れた楊直《ヤン・ジー》は、非難を浴びることもなく、穏やかに厳老板に迎えられた。あらかじめ電話で聞かされていた通り、董《ドン》老板との一件で、青幇《チンパン》側が楊直を裁くつもりはないらしい。

厳民生は目を細め、楊直を見つめた。「話がこじれて撃ち合いになったのでは仕方がない。誰しも一番大切なのは自分の命だ。董老板は運がなかった」

「仰せの通りです」

「他の老板たちには、うまく話をつけておいた。本来ならばただでは済まん話だが、おまえの家族の事件と『最《ズイ》』がからんだ話でもあるし、いまは処分を保留にするという結論だ。ただし、いつまでもこれが続くとは思うな」

「承知しております」

天井でシーリングファンが回る応接室には、庭木や池の表面を渡ってくる清々しい大気が、穏やかに流れ込んでいた。真昼の酷暑はもう遠い。楊直は、さきほど口にした暑気よけの茉莉花茶《ジャスミン》の甘い香りを、鼻の奥でまだ感じていた。

厳老板は湯呑みを卓に戻した。「この戦争が終われば、老板たちは、あらためておまえの罪を追及するだろう。そのときには、『最』の在庫と儲けをすべて我々に明け渡し、都合のよい時期に上海から立ち去るがいい。それで帳消しになるように、私が他の者と調整しておく。誰もおまえを裁かず、追わぬと誓わせる」

「ありがとうございます」

「醜い話だが、董老板が死んでほっとした者もいるのだ。彼は堅気の世界に顔が利いたから、政府側に回って権力を持つようになったら恐ろしいと、脅威を感じる者が少なくなかった」

「私もそこに不安を覚えたのです。黄基龍《ホアン・ジーロン》が鞄に入れた紙片には、董老板が国外に『最』の隠し畑を持っているという情報が記されていました。私がこれについて問い質したところ、董老板は私に銃を向けました。こうなっては撃ち合いは避けられませんでした」

董老板との話し合いでは欠片も触れなかった話を、楊直は素知らぬ顔で口にした。部下にすぎない自分が老板に手をかけた以上、この件を乗り切るには、誰もが納得する理由が必要だ。無罪放免で済まないことはわかっているが、損失は最小限に抑えたい。

次郎は例の紙片に『黙っていて悪かったが、自分の人生に必要な計画だった。全部教えるからこれで許してくれ』と、「分家《フエンジア》」に関する情報を綴っていた。呆れるばかりに図々しい懺悔《ざんげ》だが、次郎らしくもあり、裏社会での処世術をよく知る者の行動とも言えた。内容を読み終えたとき、楊直は苦笑いを洩らした。董老板との話し合いがこじれた場合、この情報は自分の身を守るために使えると気づいたのだ。

董老板の隠し畑について、楊直は厳老板に詳細を伝えた。勿論、自分の「別墅《ビエシユー》」については絶対に触れなかった。黄基龍に対しては、彼の律儀さを評価し、他の諸々については帳消しにしてもらえないだろうか、無理ならば自分の手で処分するのですべてを任せてほしい、と頼んだ。

厳老板は「よかろう」と答えた。「『分家』に関しては、我々の手であらためて調べ直す。後日、すべてが青幇全体の所有物となるだろう。黄基龍の件も悪いようにはせん。おまえの家族の事件については、確かに、過去に董老板から聞かされている。あくまでも私的な会話としてだが。我々は古くからの知り合いだった。老板になったのは私のほうが早かったが、青幇に入門したのは彼のほうが先だ。生まれも来し方も違ったが、若い頃には租界で一緒に騒いだりしたものだ。董老板はこの件で自分が不利になったとき、味方になってくれる者を確保しておきたかったに違いない。残念ながら、味方になってやる前に彼は死んでしまったが」

厳老板はしばらくのあいだ目を閉じ、天井を仰いでいた。ふたりの老板が共に過ごした歳月の長さを感じさせるような、深く静かな沈黙だった。やがて厳老板は、おもむろに口を開いた。

「おまえの妹を部下に殺させたのは、確かに、郭老大《グオラオダー》だ。そして、両親と妻子を殺せと命じたのも、やはり郭老大だ。ただし、それぞれの殺害の動機は異なる。楊淑《ヤン・シュー》は裏切り者として処分されただけだが、おまえの両親と妻子は、もっと恐ろしい計画に利用されたのだ。郭老大の、青幇に対する怨念については、既に知っているだろうな?」

「はい」

「原田ユキヱとの密談で決めたこと——つまり、青幇と央《オー》機関を争わせて共倒れにさせるには、現場を引っかき回せる者、爆弾のような存在の投入が必要だと郭老大は考えていた。青幇と央機関、どちらの価値観とも距離をとり、どちらにとっても脅威となり得る存在。そういう者がひとりいれば、事態は複雑化し、破滅への道が早まるだろうと。それは、青幇側から出すのがいいと郭老大は判断した。青幇は強力な結束に支えられた秘密結社だ。内部からの崩壊を経験したことがない。もし、そんなことが起きれば、誰にも手をつけられない混乱が生じる。この『爆弾』に最も相応しい男はおまえだと、郭老大は結論したのだ」

楊直は、目の前が白く霞むほどの怒りを覚えた。ここがすべての始まり、夥しい数の死の発端だったのか。

厳老板は続けた。「おまえの境遇は、郭老大の過去とよく似ていた。貧困生活から執念だけで成り上がり、自分と家族を幸せにするために汚れ仕事を引き受けてきた。郭老大の命令であれば、おまえは庶民を殺害することすら厭わなかった。すべて、家族のためと思い詰めた結果だ。だから、その最愛の家族を惨殺してしまえば、おまえは錯乱して暴走し、両組織に予測不可能な損害を与えてくれるはずだと郭老大は考え、本気で実行した」

楊直は膝の上で両手を握りしめた。すべて家族のためだと我慢し、郭老大に忠誠を誓い、懸命に働いてきた。その必死の努力の結果がこれか。

厳老板は言った。「董老板は、おまえが計画通りに暴走するように細部を調整していた。漢奸《ハンジエン》を尋問するように誘導し、黄基龍を自分の側へ寝返らせようとした。前者はうまく運んだが、黄基龍に関しては、あまりうまくいかなかったようだな。郭老大にとっては、それが唯一の誤算だったろう。おまえは怒りと悲しみの淵にありながら、黄基龍がそばにいたことで、決定的な孤立や暴走には至らなかった。ただ、黄基龍と伊沢穣が思わぬ関わりを持ち、その線から青幇と央機関が衝突することになったのは不思議な縁だ。郭老大の復讐は、半分ぐらいは達成されたと見るべきだろうな」

「原田ユキヱは、この件について、どれぐらい知っていたのですか」

「おまえの家族を巻き込む件については、事件が起きるまでは知らなかったはずだ。おまえを

『爆弾』に仕立てる計画は、郭老大と董老板が、ふたりだけで練ったものだったからな」

「厳老板、あなた自身は、この件についてどう感じておられるのですか」

「何も感じてはおらんよ。郭老大ひとりが盾突いたところで、青幇が崩壊するはずもない。日本との戦争があったからこうなったが、戦争が終われば我々にも日常が戻ってくるだけだ。董老板も、それぐらいは承知していただろう。それでも、董老板は、郭老大の望みをかなえてやりたかったのだ。それが、ほんの十数年のあいだであってもな」

「憐れですね。誰も彼も」

「人はみな憐れなものだ。だからこそ、それだけでは終わるまいとして、あの手この手で図太く生き延びようとする。私は、人のそういったところが好きだね」

厳老板は楊直を悠然と眺めた。「上海から央機関を完全に排除しろ。それが、掌柜《ジャングイ》としてのおまえの最後の仕事だ。おまえが勝利を収めれば、今回の件で老板たちを懐柔しやすくなる」

楊直はしばらく黙り込んだ。嫌な思い出ばかりが頭の中で渦巻いていた。

逃れられぬ運命だった。だが、自分から望んだわけではない。戦争の終結によってこの怨念の渦から解放されるなら、多少は心が慰められる。

「承知致しました」と楊直は答えた。「央機関の連中が二度とこの地を踏めぬように、足がかりはすべて潰します。それをもって、『抗日阿片戦』の最後の仕上げとしましょう」

15

再び目をあけたとき、次郎は、自分はもう死んだに違いないと考えた。室内を満たしているのは暗く淀んだ空気ではなく、澄みきったいい匂いだった。寝台は大人ふたりが寝られるほどに広く、枕もマットレスも、女の肌のように滑らかで柔らかい。これがあの世でなくて、なんであろうか。

もう苦しまなくていいのだと思うと、笑みがこぼれた。ただ、腹がひどく減っていた。人間は死んでも腹が減るのか。これは理不尽だな。

扉が開き、誰かが室内に入ってきた。

次郎は首だけを動かして、そちらを見た。長袍《チャンパオ》姿の楊直《ヤン・ジー》が大股で歩み寄ってくる。幻か。いや違うようだ。楊直は頬に大きなガーゼを貼りつけていた。彼がベッドのそばまで近づくと、次郎自身と同じく、消毒薬と塗り薬の匂いが体から強く香った。

楊直は次郎の髪をつかみ、荒々しく頭を揺さぶった。「伊沢にどこまで喋った。正直に話せ」

ひどく痛かったので、これは夢ではなく現実なのだと、次郎もようやく実感した。が、記憶が抜け落ちており、いまの状況がよくわからない。「――いや、何も喋らなかった」

「嘘をつくな。拷問されて黙っていられる者などいない。口からでまかせでも何かを喋っただろう。正直に報告しろ」

「信じられんならそれでもいい。おれはおまえから、出て行けと言われた身だ」

楊直は次郎を睨みつけていたが、やがて腕から力を抜いた。「自分が薬漬けにされたのはわかっているか」

「ああ」

「こちらへ運び込んでからも大変だった。おまえが獣じみた暴れ方をするせいで、介護の者が何人も逃げ出した。いま来ている者も、しばらくは口をきいてくれるまい」

「おれは、もうこのままなのか」

「一番まずい時期は過ぎた。あとは体力の回復を待つだけだ。当面、薄い粥ばかり出すが、残さずに食え。ただ、全身の傷がひどすぎて、どうしても痛み止めを使わざるを得ん。鎮痛剤を慎重に処方するから、そこは医師の指示に従え」

楊直は寝台から離れ、卓に置かれた煙管を手に取った。「少し吸うといい。楽になる」

「治療中なのに？」

「これは『最《ズイ》』だぞ。こういうときにやらなくて、いつやるんだ」楊直は煙管の皿に「最」を詰めながら言った。「阿片煙草なら普段から吸っていただろう。あれの延長だと思えばいい。中毒さえ避けられるなら阿片はよいものだ。量を調節して、うまく付き合うのさ」

楊直は皿に詰めた煙膏をランプの火で炙った。独特の香りが漂い始める。楊直は寝台の端に腰をおろし、煙管をくわえて軽く吸った。それから次郎の口許に煙管を近づけた。「たくさん吸う必要はない。強く、一服つける感じでやれ」

次郎は吸い口をくわえた。体が衰弱しているせいで息が続かなくなり、半開きになった口の端から青白い煙が流れ落ちた。

楊直は訊ねた。「ここがどこかわかるか」

次郎が首を左右に振ると、楊直は言った。「私の両親と妻子が住んでいた、フランス租界の別邸だ」

まだ処分していなかったのかと次郎は驚愕した。惨殺現場になった忌まわしい邸だ。とっくの昔に取り壊したと思っていた。

「この部屋で妻は腹を裂かれ、臓物をさらされた」楊直は掛布をゆっくりと撫でた。「おまえが寝ている、ちょうどこのあたりだ。ああ、安心しろ。寝台は新品と入れ替えてある。浴室も居間も改修済みだ。血が染み込んだものは捨て、床も剝がした。邸自体が荒れぬように、家政婦に毎日掃除をさせている。いまでも私は、ときどきここを訪れる。ひとりきりで何時間も過ごすのだ。阿片を吸いながら家族のことを思い出すと、とても幸せな気分になれる」

楊直は、さらに深く次郎の口に煙管を押し込んだ。「もっと吸え。痛みが消えて、何もわからなくなるまで」

次郎は言われるままに吸った。頭がぼんやりしてきた。空を飛ぶような浮遊感に包まれる。

煙管を机に戻すと楊直は続けた。「邸から追い出したのは悪かったな。老板《ラオバン》たちに、おまえを殺させるわけにはいかなかったのだ。外には危険もあるとわかっていたが、おまえなら、安全な場所を見つけて潜伏できるはずだと信じていた。伊沢が、あんなに早く動いたのは意外だった」

「普段は隠しているが奴は少尉らしい。陸大を卒業したわけでもないのにな。常識が通用しない、かなり特殊な部署で働いているようだ」

「大学から引き抜かれて、諜報員としての訓練でも受けたのだろう。よくある話だ」

「おれはあいつが、大学を出て立派な学者や官吏になり、日本を変えてくれると思っていたんだ。学がないおれには、絶対にできんことだから――」

次郎は両手で顔を覆った。ダンスホールで知り合った頃の、伊沢の爽やかな笑顔が脳裏に浮かんで消えた。人は、簡単に、驚くほど大きく変わる。自分だってそうだ。それはよくわかっている。だが、伊沢は違うと思っていた。

楊直は言った。「フォンが死んだぞ」

「なんだって？」

「おまえの護衛を辞めさせたあと、私が雇い直していた。今回の救出作戦に参加させていたが、トラックで逃げる寸前に敵と銃撃戦になり、伊沢に撃たれた。連れ帰るまで保たなかったそうだ」楊直は冷ややかに言い捨てた。「おまえのために死んだのだ」

次郎は目を閉じた。何も考えたくなかった。これがフォンの仕事だったと割り切るのは簡単だが、自分にその恩恵を受けるだけの価値があったのかと自問すると心が揺れた。蘇州河の川岸で撃ち殺してしまった通行人の姿が、また脳裏に甦った。

貧乏は嫌だ、金持ちになるのだと勢い込んだ挙げ句、辿り着いた先がここか。だが、あの日、故郷を捨てて走り出した瞬間から、自分は止まれなかったのだ。立ち止まるのは死ぬのと同じだった。魂が死ぬことに耐えられなかった。

楊直が次郎の耳元で言った。「体が回復したら伊沢を殺せ。できるな」

「おれが伊沢を――」

「そうだ。あいつは、もう、我々が知っていた頃の伊沢じゃない。日帝に魂を売り渡した鼠だ」

次郎が黙っていると、楊直は語気を荒らげた。「何をためらっている。伊沢が所属する央機関《オー》の連中は、おまえを虫けらのように扱ったのだぞ。言うことをきかせるために殴り、薬まで使った。私なら、そんな屈辱を与えた相手は絶対に許さない。青幇と共に働くことを誇りに思う者なら、誰もがそう考える」

「教育によって歪まされても、一度は心を通わせた日本人同士だ。それを殺せというのか」

「おまえには、あれが理想的な日本人の姿に見えるのか。央機関の連中が、まともな日本人だとでも言うのか。祖国を守りたいのであれば、あんな者たちは叩き潰すべきだ」

青幇の敵を自らの手で処分してきた楊直らしい物言いだと次郎は感じた。放置しておけば、伊沢はこれからも自分たちに害をなすだろう。疑う余地もない現実だ。ならば、他の誰でもなく、今度こそ、自分が手を汚すべきなのかもしれない。「わかった。でも準備がいる。すぐにはできない」

「皆で手伝うから安心しろ」と楊直は言った。「今度こそ、央機関の息の根を止めよう」


伊沢と央機関の人員は、次郎に逃げられたあと、上海から姿を消した。伊沢を長期療養させるためであったが、おかげで次郎もゆっくりと休息できた。そのあいだに、青幇は着々と「抗日阿片戦」の準備を調えた。

伊沢は上海の病院から南京の病院に移ったあと、退院してからも、その地に留まった。中支を中心に情報収集と分析業務にあたり、雲南省への進攻計画にも関与した。

一九四四年四月十七日から十二月十日にかけて、日本軍は総兵力五十万人を投入し、北支からインドシナ半島への陸路を開くための作戦を行った。何百台もの戦車、何万もの騎馬が集結し、兵士たちと共に長い進軍を続けた。「一号作戦」と命名され、のちに「大陸打通作戦」とも呼ばれるようになるこの戦いに付随する形で、央機関は独立混成旅団をひとつ確保。一号作戦の状況をうかがいながら、最も効果的な時期に雲南省へ軍隊を差し向けた。央機関の調査によって場所を確定した省内の「田《ティエン》」を襲撃し、そこで栽培されている「最」の苗や阿片煙膏の在庫を押さえるためである。

だが、央機関が派遣した軍隊は、雲南省に到着するよりも先に、中国側の大規模武装集団の急襲を受けた。馬賊の如く巧みに馬を駆り突撃してくる者、土地鑑を利用してゲリラ戦を仕掛ける者、雲南省から派遣された正式な軍隊、雲霞《うんか》の如く無数に湧いて出る義勇軍。中国側の圧倒的な数と待ち伏せ作戦に日本側は苦しんだ。撃っても撃っても現れる中国人は、大陸の大地から際限なく生まれ続ける不死身の兵士のようだった。日本側は正規の軍隊であり練度も高かったため、押し返されることこそなかったが、戦線は予想外の膠着状態となった。

日本軍の目的は、あくまでも中国軍や連合軍との戦いである。一号作戦の場合は、大陸各所に存在する連合軍の航空基地を占拠し、日本の占領地や内地への空爆を停止させることだった。そして、北支とインドシナ半島をつなぐ陸路を開拓し、資源と物資を運搬する経路を確保する――。

央機関の作戦は、あくまでも一号作戦に付随する例外的なものである。人材と資源の節約から、央機関が得ていた独立混成旅団は撤退を命じられ、雲南省への進軍は中止となった。

十二月、雲南省への進軍が失敗したことを茂岡少佐から知らされると、伊沢は呆然となった。まさか、楊直たちが、これほどの規模で人を集めて反抗するとは。

中国人はいつも数で圧倒してくる。今度もだ。どれほど緻密な作戦を立てても、数で押される限り勝てないのか。

16

モルヒネの禁断症状が落ち着いてひとりで歩けるようになると、次郎は洗面所で鏡を見て驚いた。白髪がずいぶん増えている。十歳ぐらい老けたかと思うほどだ。あの拷問のせいか、モルヒネや阿片の影響か。

「『元禄』で染めるか」と、つぶやいた。「元禄」は満州で生産している染毛剤で、大陸内ではどこでも手に入る。日本産なので日本人に似合う色に染まる。が、しばし見つめてから思い直した。

「いや、これはこれで貫禄があるかもしれん」

いい理髪師を見つけて、格好よく整えてもらおう。

楊直《ヤン・ジー》からは「別邸は好きに使え」と言われていた。介護人との契約期間が過ぎたら、あとは家政婦が掃除に来るだけだ。警護の者もいるが次郎の邪魔はしない。どの部屋も自由に使えて、阿片も好きなだけ吸えた。

伊沢穣の行方は知れなかったが、央機関《オー》の人員は未だに上海租界に潜み、青幇《チンパン》の動静をうかがっているという。何忠夫《ホー・ジョンフー》が実行部隊を率いて警戒中だ。体力が回復したら自分もそれに参加させてほしいと、次郎は楊直に頼んだ。

「何をする気だ」

「人の撃ち方を覚えたい」

射撃場の的を使った練習など、もはや無意味だ。予想外の動き方をする本物の人間を、見た瞬間に撃ち倒せる技術が必要だった。実戦での経験さえ積んでいれば、あのとき通行人を誤射せずに済んだ。あんなことを繰り返さずに済むように、おれは人を撃って撃って撃ちまくらなきゃならない。

実行部隊に加わった次郎は、何忠夫が薄気味悪がるほどによく働いた。拳銃はモーゼルC96を使うようになった。実行部隊が央機関の人員を見つけ出すと、すぐに出動し、先頭に立って撃ち、他の誰かが撃ち倒した相手でも自分の手でとどめを刺した。そこまでしなければ、自分自身と伊沢に対する怒りを抑えられなかった。そうしてすら、次の出撃が待ち遠しかった。

楊直の家族の死から数えると、死者の数は、もう勘定できないほどになっていた。自分の人生において何人が殺されたのか、何人を殺したのか。誰の顔ならまだ覚えているか、誰の顔はもう忘れたか。すべて気にならなくなった。これが心が壊れるということなのかと、それだけは痛いほど実感できた。

ひと仕事終えて別邸に戻ると、次の出動までは怠惰に過ごした。酒を飲み、電気蓄音機でジャズのレコードを聴き、気がふさぐと「最《ズイ》」を吸った。薬房で買った高麗人参《レンシエン》や附子《フーズー》入りの漢薬がよく効いたので、肋骨の奥の痛みはもうあまり感じない。「最」に酔いしれて寝ころがっていると、別邸に来た楊直が、いつのまにか次郎の隣で眠りこけていることがよくあった。次郎の煙管で軽く「最」を吸い、寝入ってしまうのだ。

楊直は阿片に悪酔いすると、ときどき妻子の名をつぶやきながら静かに泣いていた。可哀想な奴だと思ったが、どうすることもできない。これほど近くにいても、それぞれの孤独が埋まりはしなかった。ただ、ひとりでいるよりは、ずっとましだった。

次郎と楊直は、それぞれが手にした、お互いの情報を教え合った。パズルのピースが、ようやくすべてはまった。次郎は、ユキヱの身の上についても話した。楊直がユキヱをどう思うかは別として、伊沢につながる話なので知っておいてほしい——と。

楊直は、話を聞いてもさほど感情を動かさなかった。ユキヱの仇が伊沢の上役だと知ると、そのときだけは顔を歪めて乾いた声で嗤った。ユキヱはおまえに殺される覚悟を決めている、と次郎が教えると、そんな相手を殺しても面白くもなんともないと楊直は吐き捨てるように言った。家族を殺す計画に直接関わっていなかったとはいえ、知ってからも黙っていたのだ。楊直には許せるはずもなかろう。だから許すとは口にしなかったが、ひどい目に遭わせるとも言わなかった。ユキヱも楊直も、お互い、大切な者を失ったことで人生が大きく変わった者同士だ。同情はできずとも、心情を推し量れる分、複雑な思いがあるに違いなかった。そこは、次郎には立ち入れない領域だった。

翌日からも、次郎と楊直は央機関相手に憂さ晴らしを続けた。ふたりとも、それ以外に、荒ぶる魂を抑えられる方法を知らなかった。

一九四四年四月、上海租界から央機関の人員がすべて消えた。次郎たちが皆殺しにしたのではない。帝国陸軍の一号作戦が始まったので、補佐に回ったのだ。本体とは別行動をとる一個旅団なので、青幇の義勇軍と雲南省軍が連合すれば勝ち目はあると、次郎は楊直から聞かされた。

暇になった次郎は、銃の腕前を磨くだけでなく、黙々と体も鍛えた。これまで何度も体を痛めてしまったので、無理をしない程度に筋肉を整え、身軽に動けるようにする訓練だ。中国人の武闘家に丁寧に指導してもらった。

十二月、楊直が意気揚々と別邸にやってきて、次郎に華字紙を差し出した。青幇と雲南省との連合軍が、雲南省を狙っていた日本軍の動きを阻止したと報じられていた。

これでもう連中はおしまいだと、楊直は快哉を叫んだ。アメリカ軍は日本列島全域を爆撃するための準備を終えた。日本はもう持ちこたえられない。近いうちに負ける。央機関も消滅する。

次郎は長椅子に寝そべったまま、そんなにうまくいくのかいと訊ねた。日本人は執念深くて誇り高い。民族として全滅するまで戦い続けるだろうよ。

すると楊直は満面の笑みで言った。「ビルマの『別墅《ビエシュー》』の立て直しを始めよう。日本軍は今年の夏にインパールで大損害を出した。もう、あそこへは戻るまい。趙定偉《ザオ・ディンウェイ》にも連絡をとらねばならん。戦争が終わったら、あそこに雲南省の畑を凌駕する芥子畑をつくるのだ。『別墅』は阿片の王国になる」

次郎は夢みるように「別墅」を埋め尽くす花の海を思い浮かべた。阿片芥子の花、雪とは違う温かい白。ああ確かに、あそこは王国と呼ぶに相応しい。

17

一九四五年五月末。

央機関の責任者・志鷹中佐は、満州国の首都・新京にある自宅で安楽椅子にもたれ、脚付きの高級電気蓄音機から流れる音楽に耳を傾けていた。

ショパンのピアノ曲は、疲れた心を癒やすにはちょうどよかった。日本軍劣勢の情報が絶えまなく届くせいか、近頃はどうも体調が悪く、胸のあたりが苦しい。あらかたの仕事は茂岡少佐に任せ、志鷹自身は現場から遠のいていた。

茂岡少佐は実にまめまめしく働く。志鷹の指示をすべて正確に実行する。志鷹はただ頭を使っているだけでよかった。央機関《オー》の功績の半分は茂岡少佐にあると志鷹は考えていた。彼はじゅうぶんにその栄誉に浴してよい。雲南省を攻め損なったのは痛恨の極みだが、茂岡少佐も伊沢も使い勝手のいい部下だから、まだ策は立てられる。

妻の和子と家政婦のうめは、午前中に日本橋へ買い物に出かけたままだ。志鷹は二階でくつろいでいた。この季節には庭でよく野鳥が囀《さえず》るのだが、今日は一度も耳にしていない。不自然なほどに静かだ。

部屋の隅にある電話が鳴った。志鷹は椅子から離れて電蓄の針を盤面からあげ、電話に近づいて受話器をとった。女の声が耳元で響いた。「お久しぶりです、志鷹中佐」

「どなたですか」

「原田ユキヱです」

「ああ、ユキヱさんか」志鷹は顔をほころばせた。「いま、どこだ」

「ご自宅のそばに」

「生憎、妻も家政婦も外出中でね。来て頂いても、おもてなしはできない」

「お気づかいなく。私のほうで中佐をおもてなし致しますので」

「ほう。上海は楽しかったかね」

「はい」

「一九三七年に、わざわざ君が電話をくれたときには驚いた。あの電話は、我々に対する宣戦布告のつもりだったのか？」

「『シロ32号』を持ち出した私自身が連絡すれば、あなたは立場上動かざるを得ない」

「なるほど。確かに、君のせいで我々は上海まで出張することになり、上海の老板《ラオバン》たちとの関係もこじれた。だが、最後に勝つのは我々だ」

「そうはさせません。あなたを斃せる者を雇うために、私はこれまで稼いできたお金を、すべて注ぎ込みました。大勢の人間が、いまそちらへ向かっております」

「ご主人の仇討ちのつもりなら、やめておきなさい」志鷹は教え子を諭すように言った。「あれは自滅だった。君のご主人は己の心の弱さに負けたのだ」

「あなたが彼をあそこまで追い詰めなければ、私の従妹が絶望して死ぬこともなかった」

「私は彼に対して『熱心に働きなさい』と激励しただけだ。誰に対しても同じことを言った。だが、壊れたのは君のご主人だけだった。この意味をよく考えてほしい」

「この期に及んで白々しい」

「亡くなったのはお気の毒だが、あれは過労と酒のせいだろう。私に責任を問われても困る。ただ、それが原因でいまの状況があるなら、それはそれで非常に興味深い。君は夫と従妹を失い、自身の安住の地も失ったが、代わりにとても逞しい女に生まれ変わった。私は、人間がそのような変貌を遂げる姿を見るのが好きだ」

「あなたは他人を弄んでいるにすぎない」

「私は、人間という生きものをこよなく愛しているのだ。君とは違う」

電話は突然ぷつりと切れた。誰かに電話線を切らせたなと志鷹は直感した。壁伝いに窓まで近づき、素早くカーテンを閉める。スリッパを脱ぎ、室内に予備として置いてある靴を手早く履いた。自宅でも身に帯びているコルトM1903を、拳銃嚢《ホルスター》から抜く。一階にいるふたりは、使用人の格好をさせた警護の者だ。しかし、大勢に攻められたら長くは保つまい。

机の抽斗から帳面と万年筆を取り出すと、志鷹はこの状況について手早く記し、頁を破りとって折りたたんだ。絨毯の端をめくり、床とのあいだに挟み込んでおく。長く休むときには、毎日、決まった時刻に、関東軍総司令部第二課へ電話を入れることにしている。先方の電話を一度だけ鳴らして切るのだ。それで「何も問題は発生していない」という意味の連絡となる。もし、決められた時間に第二課の電話が鳴らなければ、志鷹がなんらかの問題に直面したと見なされ、憲兵隊本部に出動要請がかかる。次の報告時刻は十五分後だ。それを乗り切れば自動的に憲兵隊が動く。運悪く自分が命を落としても、すぐに捜査が始まり、原田ユキヱを追い詰めるだろう。

階下で最初の銃声が轟いた。撃ち合いが続くあいだ、志鷹は自室の扉に近い壁際に身を寄せて待機した。聴覚を研《と》ぎ澄まし、全神経を集中させる。銃撃音が止まった。誰かが階段を上ってくる音が微かに聞こえた。護衛か、敵か。扉に鍵はかけていない。護衛なら必ず声をかけるか、決められた通りの手順で扉を叩く。把手が静かに回り、軽く蹴られたように扉が動いた。相手の姿を目にした瞬間、志鷹は迷わず撃った。一発で襲撃者を仕留め、反撃してきたもうひとりも撃ち殺した。廊下へ出て、一階に続く階段を慎重に下りていった。護衛は玄関前の広間に倒れていた。周囲は静かで敵の気配は感じられない。

玄関の扉は閉じられたままだ。敵は庭にも潜んでいるはずだ。このまま外へ出るのは危ない。ふいに、うなじがぞわっとする感覚に襲われ、志鷹は階段を振り返った。直後、銃声と同時に鋭い風が頬をかすめた。階段の上方で男が拳銃を構えていた。志鷹が撃ち返すと、男は身を屈めて手摺子《てすりこ》で身をかばった。複数の人間が二階の廊下を走る音が聞こえた。上階の窓を破って邸内へ侵入したのだろう。

階段の上方から一斉射撃が始まった。志鷹は反撃しつつ玄関の扉をあけた。外へ飛び出し、周囲を警戒しながら庭を突っ切って門へ向かった。あの人数を相手に邸内に留まっても撃ち負ける。ならば外にいる人間と勝負だ。自分が門まで辿り着くのが先か、どこかに潜む者がこちらを撃ち抜くのが先か。

銃声と共に肩甲骨を殴られたような衝撃を受け、志鷹はよろめいた。背後を振り返り、庭木に潜む影に連射した。男がひとり、葉擦れの音と共に倒れた。志鷹は再び門へ向かったが、足下が揺らいでまっすぐに走れなかった。自分で自分を叱咤《しった》する。致命傷ではない。まだ倒れるな。若い頃、諜報活動で死地に陥り、からくも脱出したことを思い出して全力を振り絞った。が、新たな銃声が轟き、志鷹の背中から胸へ弾丸が貫通した。

くずおれ、横倒しになった志鷹に、誰かが近づいてきた。相手は志鷹のそばで足を止めると、「最後にお目にかかれて光栄です」と声をかけてきた。

馴染み深い甘い香気を感じて視線をあげた先に、原田ユキヱの姿があった。裕福な家庭でバイオリンを弾いていた女が、前線から帰還した兵士のように暗い目をして佇んでいる。志鷹は目を細め、少しだけ口許を歪めて、苦しい息の下から声を絞り出した。「ユキヱさん。いまの君は、とうてい、まともな女とは呼べないな。君の夫と同類だ」

ユキヱはにこりともせず、志鷹の頭部に拳銃の狙いをつけた。「あなたがなんと言おうとも、私はただの平凡な女です」

二発の銃弾が、志鷹の頭蓋骨を打ち砕いた。

18

四月、伊沢は新しい仕事を命じられた。敷島通商の業務として、帝国陸軍が備蓄する生阿片を少しずつ内地へ輸送せよというのだ。日本が大陸内で保有している生阿片は、関東軍がすぐに放出できる量だけでも十二トンある。これ以外も集めれば相当な量になる。

停戦に向けての準備だなと気づいたが、口には出さなかった。これからなされる停戦交渉の結果や、最終的な日本の勝ち負けは別として、今後、日本政府が国を治めていくための資金はいくらでもいる。いまなら大陸からの撤退に合わせて、生阿片の移動も容易だ。

伊沢は軍用トラックを借り受けて大陸各地を飛び回り、生阿片を収集した。荷物は、大連をはじめとする各港から内地行きの船で運んだ。生阿片は八トンもあれば莫大な額になる（現代の価値で一兆円ぐらい）。第三者に阿片だと知られると途中で強奪されるので、運搬には神経をつかった。

輸送を始めた直後に沖縄戦が始まり、同月末にはドイツでヒトラーが自決した。五月二日にベルリンが陥落、ドイツは七日に無条件降伏。日ソ中立条約は四月にソ連側が破棄を通告していたが、ソ連軍は日本に対してまだ動かなかった。

六月、経過報告も兼ねて新京に立ち寄ったとき、伊沢はヤマトホテルの宿泊室で茂岡少佐と会い、「志鷹中佐が亡くなった」と聞かされた。

一瞬、何を言われたのかわからなかった。思考がめちゃくちゃになり、別の方の死亡報告と間違えたのではありませんかと叫びそうになった。

「自宅を襲撃されたのだ」と茂岡少佐は言った。「我々の仕事は極秘任務なので、他人から恨みを買いやすい。中佐も大勢の人間から恨まれていた。その中のひとりが、ならず者を何人も雇って差し向けたのだ。激しい銃撃戦になったようだ。首謀者は手際のよい奴で、我々の捜査網をすり抜けた。もう大陸にはいないだろう。海外へ逃げたと思われる」

「どこにいようが追い詰めます。首謀者の名前を教えて下さい」

「原田ユキヱという名前の女だ。青幇《チンパン》に『シロ32号』を持ち込んだ張本人で、楊直《ヤンジー》や吾郷次郎とも交流があった」

「では、彼らも、この暗殺計画に関わっていたと?」

「可能性は大いにある」

全身の血が逆流した。上海へ戻る理由ができた。今度こそあいつらを叩き潰す。

茂岡少佐は鞄から書類袋を取り出し、伊沢に差し出した。「中佐が残したメモを元に情報を整理しておいた。君は南京の倉庫にある阿片の運び出しを終えたら、すぐに上海へ向かうのだ。今度こそ青幇の連中を完全に粉砕しろ。その過程で、もし『最《ズイ》』を入手できる機会があるなら申し分ない」

「承知致しました。今後、央《オー》機関の指揮権はどなたに」

「こういう時期だから、もう新しい人材は来ない。私が機関長を拝命し、最後まで動かすことになる。君の権限も広げておくから、上海では好きなようにやりたまえ。その袋には、中佐から君宛ての手紙も入っている」

「私宛ての？」

「もしもの場合に備えて、何名かに手紙を遺しておられた。私も頂いている」

伊沢は書類袋を胸にあて、口許を固く引き結んで天井を仰いだ。

茂岡少佐は言った。「君には、これからも大きな仕事を任せたい。だから危険な真似は慎んでほしいが、どうしてもと決めたときには全力で戦ってくれ。そういうときには意志が強いほうが勝つ」

「はい。すべてお任せ下さい」


南京での仕事を終えた伊沢は、七月中旬、久しぶりに上海租界を訪れた。

上海でのインフレの状況はすさまじかった。開戦以来、食料、衣服、燃料、工業用資材など、あらゆるものの値段が上昇し続けたが、いまやこの町の物価指数は百倍を超え、品目によっては数百倍となっていた。東洋のパリとまで称された煌びやかな雰囲気が、ずいぶん色褪せたものだ。

通りを歩くと、阿片売買を糾弾するビラがあちこちの壁や電柱に貼られていた。ここ一年ほどで急激に増えたらしい。共産主義者の中国人学生が貼っていくのだ。戦争の終結を予感して勢いづいているのだろう。そのがむしゃらな熱さを、鬱陶しくもうらやましくも感じた。

常楽友道が生きていたら、自分は彼と一緒に、租界で反戦・反阿片運動のビラ貼りに精を出しただろうか。まったく違う人生を歩んでいれば、そんな未来も有り得たかもしれない。

伊沢はタクシーを呼びとめて乗車し、敷島通商上海支店へ向かった。黄浦灘路《こうほたんろ》に面する西洋建築群を眺めながら、以前、こちらの写真館で記念写真を撮ってもらったことを思い出した。学生服姿の写真は新京で撮ったが、就職してからの写真は、まだ内地の両親に送っていなかったのだ。中央機関の仕事は危険と隣り合わせなので、遺影に使ってもらえる写真を一枚、準備しておく意味もあった。

撮影した写真は、手紙を添えて内地にいる両親へ送った。商社に就職して大陸中を飛び回っているので、返信は会社宛てに送ってくれと。しばらくすると、会社に封書が届いた。父母は伊沢の就職をたいそう喜んでおり、休みがとれたら家族で哈爾浜《ハルビン》に旅行したいと記していた。ロシア帝国を忘れられぬ母と、ロシア文化が懐かしくなった父の本音なのだろう。伊沢は年の暮れに、「時間ができたらまた連絡します」と両親宛ての年賀状に書き、内地とのやりとりをそれで終えた。以後は、何度手紙をもらっても一度も返信していない。中身を読みもしなかった。

自分にとって家族とはなんだったのかと伊沢は思う。実の父よりも志鷹中佐のほうに親しみを感じ、和子夫人が実の母だったらと何度も痛切に思った。

その「父」が逝ってしまったのだ。伊沢宛てに遺された手紙には、これまでの彼の仕事ぶりをねぎらい、自分が斃れたら必ず仇をとってほしいという言葉が記されていた。継がねばならない。中佐の遺志を。

19

七月中旬、央《オー》機関の伊沢が上海へ戻ってきたという話を、次郎は楊直《ヤン・ジー》から聞かされた。青幇《チンパン》の配下の者が立て続けにやられ、老板《ラオパン》たちにも被害が出ているという。大怪我をした者もいるらしい。機関員ではなく、荒っぽい連中を金で雇ってけしかけたようだ。央機関も、ずいぶん人手不足と見える。正規の機関員が伊沢だけであっても油断はできない。日本軍はいまや手負いの獣だ。もはや交渉の余地はないと考えるべきだった。

次郎は住み処を、別邸から楊直邸へ移した。警護の者がいるとはいえ、住人が少なくて広い別邸では危ない。

楊直邸で顔を合わせた沈蘭《シエン・ラン》は、以前と同じように小間使いとして親切に接してくれたが、ときどき悲しそうな目で次郎を見た。次郎は理由を問わなかった。訊かなくてもわかる。いまの自分の雰囲気は、人よりも獣に近い。若い女には恐ろしいだけだろう。

警察と憲兵隊が、伊沢の指示で埠頭での検査を強化したと楊直は言った。阿片とは無関係の商船の荷まで押収し、船主や貿易商に対して厳しい尋問を行っているという。青幇関係の情報を探るためだ。表向きは、蔣介石を支援する物資を没収するためだと発表している。

楊直は言った。「船主や貿易商から『なんとかしてくれ』と泣きつかれている。そこで、何忠夫《ホー・ジョンフー》の実行部隊に抗日派の救亡軍《きゅうぼうぐん》を名乗らせ、警官や憲兵相手にひと暴れしてもらう予定だ。おまえは参加しなくていい。伊沢が前線へ出てくるまで待機だ」

八月三日、何忠夫の指揮のもと、救亡軍が黄浦江の埠頭で機関銃を撃ちまくって警官や憲兵を蹴散らすと、港の雰囲気は一変した。日本軍に遠慮しながら黙々と働いていた港湾労働者は快哉を叫び、救亡軍を誉め称えた。それが正規の軍隊ではなく、青幇が金に飽かせて掻き集めた元兵士や元警官や食い詰めた連中であっても、庶民は彼らの活躍に喝采を送った。

いっぽう、虹口《ホンキユウ》に住むごく普通の日本人は、この事件に震えあがった。もし、救亡軍がこちらにまで攻め込んだら、自分たちはどうなるのか。本格的な戦争が始まる前、大陸各地で繰り返された中国人による暴動が、ここでもまた起きるのではないか。

この事態を受けて、日本軍は埠頭の使用に制限をかけた。「当面のあいだ、日本籍以外の船舶の入港・出港を禁じる」との告知を出し、兵士が二十四時間態勢で巡回にあたった。

同月九日午前九時、次郎は救亡軍の面々を引き連れて複数の車に分乗し、旧共同租界の敷島通商上海支店に押しかけた。社員たちは武装集団を目の当たりにして、悲鳴をあげて事務所内を逃げ回った。次郎たちは彼らをひとり残らず捕まえ、一室に押し込んで監視をつけた。

次郎が北京語で支店長に「伊沢穣はどこにいる?」と訊ねると、支店長は青褪めた顔で「最近は、こちらにはお見えになりません」とこちらも流暢な北京語で答えた。

「連絡先はわかるか」

ひとりで別室へ移動すると、次郎は受話器を持ちあげて、教えられた電話番号にかけた。誰が聞き耳を立てているかわからないので、念のため、日本語ではなく英語で呼びかける。「伊沢、聞こえるか」

「吾郷さんですね」受話器の向こうから、伊沢も英語で返した。「どこでこの番号を知りましたか」

「いま、おれたちは敷島通商上海支店にいる。社員を人質にとった。警察も憲兵も一切動かすな。おまえたちが突入を企てれば社員は全員死ぬ」

「解放の条件は」

「埠頭の使用制限を解除し、それを租界全体に告知しろ。ラジオ放送を使って流せ。期限は一時間後だ」

「解除しなかったら、どうなりますか」

「事務員を皆殺しにする」

「敷島通商の社員のほとんどは一般人で、央機関とは無関係です。それなのに平気で殺せるなら、あなたはもうまともな人間じゃない」

「おまえよりはましさ」

「なるほど。さすが、僕の上役を謀殺した人たちだ」

「なんの話だ」

「満州へ戻った原田ユキヱは、凶悪な連中を使って央機関の機関長を殺害しました。背後には、青幇とあなたがいたのでしょう?」

　それはユキヱ個人による復讐だ、おれたちとは関係ない、ということを次郎はわざと教えなかった。伊沢が誤解しているのであれば、それをうまく利用するだけだ。

伊沢は続けた。「僕はこの仕事を終えたら、原田ユキヱを捕らえて必ず罪を償わせます。戦争が終わろうとも彼女の罪に時効はない。僕自身の掟に則って彼女を裁く。あなたの要望に応じている暇はありません」

「敷島の社員を見殺しにするのか」

「彼らが死ねば糾弾されるのはあなた方であって、僕ではない」

「それはどうかな。彼らを見捨てれば、おまえの経歴には大きな汚点が残るだろう。これからは『戦時下だったから』という言い訳が通用せん時代が来る。おまえには一生、臆病と非道という評価がついてまわる」

伊沢はしばらく黙り込んだあと、「わかりました」と言った。「この件、軍にかけあってみます。でも、人質解放だけでは天秤が釣り合わないから、日本軍はしぶりますよ」

「ついでに『最《ズイ》』を渡す。それを内地へ持ち帰ればいい」

「ほう」

「日本の再建には、いくらでも裏金が必要だろう。『最』は格好の資金になるはずだ」

「いい取り引きですね。分量は？」

「すぐに集められるのは、日帰り用の旅行鞄に収まる程度だ。ラジオで埠頭の制限解除の知らせを確認したら、落ち合う場所と時刻をあらためて連絡する」

「わかりました」

伊沢との交渉を終えると、次郎はいったん切った電話を、すぐに楊直邸へつないだ。「いま、伊沢への呼びかけを終えた。すべて、おまえが考えた通りに進んでいる。あとはラジオでの告知を待つだけだが、あいつがひとりで来るとは思えん。私兵を大勢連れてくるはずだ」

「約束の時間よりも前に、伊沢がそちらを急襲する可能性は高そうか」

「なんとも言えん。ただ、あいつの話によると、原田ユキヱは満州で本懐を遂げたようだ。央機関の責任者がユキヱに殺されたと言っていた」

「伊沢の上役にあたる男か。確か、志鷹中佐といったな」

「ああ、その男だ。伊沢は誰かにでたらめを吹き込まれたようで、おれたちが原田ユキヱと結託して中佐の暗殺計画を立てたと思い込んでいる。原田ユキヱを捕縛し、おれたちのことも絶対に許さんという勢いだ。だから、間違いなく約束の場所に来るだろう。これはおれにとっても好都合だ。ユキヱがこの先も安心して暮らせるように、今日必ず、おれは伊沢を殺す」

「おまえは後方で指揮を執れ。あんな女のために危険を冒す必要はない」

「のんびり構えていると、伊沢は上海から離れてユキヱを殺しに行く」

「焦るな。彼女がおまえに何をしてくれた」

「いろいろとしてくれたさ。形あるものとしては何ひとつ残っちゃいないが、確かに何かをもらった。だからおれは行くんだ、そいつを守るために」

「何を言ってるのか、さっぱりわからんぞ」

「おまえはそれでいい。わからなくていい。まあ、諸々が終わったら現場へ来てくれ。こちらにも相当被害が出るだろうから、上に立つ者として皆をねぎらってほしい」

「了解した。じゅうぶんに気をつけて行け」

20

伊沢と落ち合う場所は、濾南《ろなん》の埠頭と、あらかじめ決めていた。旧フランス租界と華界との境界線から、さらに南に下った場所である。

中国人が住む家屋だけが密集するこの地域は、路地が複雑に入り組んでおり、土地鑑を持たぬ日本人にはうまく動き回れない。救亡軍にとっては、逃げ場としても、奇襲のための潜伏地としても申し分ない。もっとも、伊沢自身も、このあたりの地理に多少の知識はあるだろう。正しい判断ができたほうが勝ちだ。

濾南周辺は、租界ができるまでは上海の中心地だった。いまでも埠頭では国内運輸を一手に引き受けており、青幇《チンバン》と関連会社の幹部との交流が深い。

次郎たちは敷島通商上海支店を占拠したまま、社内で食事を摂った。警察も憲兵も来なかった。伊沢経由で日本軍が待機を命じたのだろう。うまくいけば「最《ズイ》」が手に入るのだから当然だ。

午後二時、ラジオ放送が「租界埠頭の使用制限が解除された」と告げると、再び伊沢に電話をかけて待ち合わせの場所と時間を伝え、社屋から引きあげた。社員は皆おとなしく縮こまっていたので、死者も怪我人も出なかった。

支店の前に停めておいたすべての車を、次郎は濾南へ向かわせた。旧フランス租界を抜け、濾南の紹寧碼頭《しょうねいまとう》へ。埠頭では船の発着は停止、港湾労働者の姿もなかった。青幇が港湾関係の実力者に声をかけ、「今日は午後から埠頭に誰も立ち入らせず、住民は夕方まで屋内に隠れるか、別の地区に避難しておくように」と命じたのだ。警察も出動しない。何が起きても見て見ぬ振りをする。

救亡軍の別働隊が、次郎たちよりも先に到着していた。車から降りてきた仲間が、次郎に阿片煙膏入りの旅行鞄を手渡した。「最」ではなく安物の阿片だが、これだけでも相当な金額になる。伊沢が取り引きの現場で中身を確認することを考えると、泥団子でごまかすわけにもいかないのだ。

次郎たちは車中で伊沢の到着を待った。町を炙る太陽は少しずつ位置を変え、アフタヌーン・ティーの時刻が近づきつつあった。次郎は上衣の内ポケットを探り、アルミ製の錠剤入れを取り出した。白い薬を二錠だけ掌に振り出し、水筒の水で飲み込む。ほどなく気分が上向いた。絶対に勝てるという自信に満たされた。

午後三時、黒塗りの大型車が、北から続く一本道を下ってきた。車は、次郎たちの少し手前で停まった。扉が開き、伊沢が少しだけ顔をのぞかせた。車からは降りず、こちらへ向かって怒鳴った。「部下を行かせる。約束のものを渡してくれ」

次郎は「わかった」と答えた。「こちらからも仲間をひとり出す。鞄を受け取れ」

南側からは次郎の仲間が、北側からは伊沢の仲間が歩いていき、出会った場所で鞄の受け渡しと、中身の確認を行った。部下が車に戻ると、伊沢の車はすぐにエンジンをかけ、一本道をUターンした。

伊沢がこのまま退くはずはない。絶対に何かを仕掛けてくる。それを承知で次郎は仲間たちに声をかけ、すべての車両に伊沢の車を追わせた。

静かな埠頭にエンジンの爆音が響きわたった。先頭車が伊沢の車に追いついたとき、突然、黄《こう》浦《ほ》江《こう》側から機関銃による一斉射撃が始まった。先頭車は側面から大量の弾を浴び、大きく横へそれて停車した。

次郎たちの車は少し速度を落として川岸から距離をとった。伊沢は黄浦江に小船を出し、援護部隊を上陸させていたのだろう。だが、それぐらいは想定済みだ。救亡軍の車が二台、次郎たちの車列から離れて川岸へ向かった。こちらも今日は機関銃を準備している。撃ち負けることはない。

第二次上海事変を思い起こさせる激しい撃ち合いが始まった。伊沢の援護部隊を彼らに任せ、次郎たちは伊沢の車を追い続けた。

伊沢の車が走っていく先には、何忠夫《ホー・ジョンフー》の部隊が集結している。待ち合わせの場所に来る前に通過した地点に、あらかじめ待機させておいたのだ。それが見える場所まで来ると、伊沢の車は突然左折した。何忠夫の部隊から弾を浴びながらも止まらずに走り続ける。やはり特殊車両だ。あの程度では弾が通らない。濾南を南北に走る裏馬路《リーマールー》まで出て旧租界へ入る気か。だが、何忠夫はそちらにも別働隊を配置している。

擲弾が伊沢の車を狙って飛んだ。地面が炸裂して伊沢の車は横転しかけたが、踏みとどまり、しばらく走った先で停車した。扉が開き、伊沢も含めて四人の男が飛び降りる。次郎たちも車を停めて外へ出た。伊沢たちは家屋が密集する区域へ向かっていた。ある程度の地理は把握しているようだ。

次郎たちと何忠夫の部隊が合流したとき、ふいに空から航空機のエンジン音が降ってきた。直後、一緒に走っていた者の体が弾け、ぱっと血の華が咲いた。何人もの仲間が、瞬時に手足や頭を吹き飛ばされた。空をふり仰ぐと、帝国陸軍の二式複座戦闘機「屠龍《とりゅう》」の影があった。次郎たちは死に物狂いで駆け出した。「屠龍」は単発戦闘機としての性能は低いが、対地攻撃には優れている。古い型なら伊沢でもすぐに調達できたのだろう。

連射音が響くたびに、仲間の体が石榴のようにはじけた。肉片と骨片が散らばり、路上のそこかしこが血の海と化した。上空からの機銃掃射には絶対に勝てない。猟犬に追われる狐のように、次郎たちは華界の路地へ転がり込んだ。

路地で身を潜めていると、「屠龍」のエンジン音は遠ざかっていった。空からの攻撃のせいで、次郎たちは伊沢を見失っていた。伊沢は北側へ脱出したのだろうか？　いや、救亡軍に大損害を与える絶好の機会なのだ。ここから離れるわけがない。奴は自分で指揮を執るはずだ。でなければ華界まで来ない。「屠龍」による攻撃を合図に、北側で待機している伊沢の部隊も路地に侵入したと見るべきだ。

何忠夫は生き残った仲間を四人一組の班に分け、各路地を探索するように命じた。北側に置いた別働隊が合流する時刻だ。まだじゅうぶんに戦える。次郎は何忠夫と組み、あとふたりを連れて蒸し暑い日陰の道を足早に進んだ。

普段は、上階の窓という窓から突き出された物干し竿で洗濯物が翻っている場所が、今日は竿だけが陽射しにさらされ、さながら立ち枯れた森のようだった。町全体が死んだように静かだ。誰の声も聞こえない。八月の暑さの中、人間の生活の匂いだけが雄弁だった。穀類や豚肉を煮る匂いがする。刺激の強い香辛料の匂いも。料理油の甘い香りと、庶民が飲む酒の匂いを微かに感じた。饐《す》えた臭気と溝の生臭さが鼻をつく。極度の緊張に苛まれつつ進む中で、それらは普段よりも鮮明に感じられた。

機関銃の音が近くで響いた。こちらの銃か、伊沢の援軍が持ち込んだ銃か。何忠夫は、音が聞こえてくる方角と響き方によって進み方を決めた。音が教えてくれる情報から、敵の居場所を推察しているのだ。すべての路地の配置を知っていなければできない芸当だ。これを、何忠夫だけでなく、救亡軍の中にいる大勢の人間が行える。次郎は皆と共に進み、敵と遭遇すれば迷わず撃った。ひとり殺すたびに、着実に伊沢に近づくのだと思うと、血が騒いだ。

ふいに、仲間が背中を撃たれてつんのめった。何忠夫が素早く振り返って敵を撃ち倒す。次郎ともうひとりは横道にそれ、壁に隠れながら反撃した。別班の仲間が路地の角から現れ、次郎たちと合流した。やがて敵からの銃撃が止まった。逃げたか、全員撃ち倒したのか。機関銃による掃射音は、いつのまにか遠くなっている。

次郎は手招きで仲間を集め、別の路地を慎重に忍び歩いた。

少し先、路地に面する裏口が見えていた。突然、そこが屋内から蹴破られ、何人もの敵が拳銃を撃ちながら躍り出た。救亡軍の仲間がたちまち被弾して血まみれになった。上階の小窓から何かが路地に投げ落とされた。手榴弾だと見て取った次郎は、反応が一呼吸遅れた何忠夫の服をつかんで走り、距離をとってから身を伏せた。轟音が真夏の大気を揺るがした。家屋の壁や屋根の一部が吹っ飛んだ。しばらくは耳がよく聞こえなかった。うつ伏せに倒れていた次郎は、よつんばいになると、目の前で仰向けになっている何忠夫に近づき、頬を軽く叩いた。何忠夫は目をあけたものの、頭を打ったせいかぼんやりとしている。

周囲を確認するために立ちあがろうとしたとき、次郎は後頭部に硬いものを押しつけられた。聞き慣れた声が背後から響いた。「銃を捨てて両手をあげろ」

次郎は仕方なくモーゼルC96を地面に置いた。「立て」と言われたので言われた通りにして、首をそっととひねった。あたりに広がる惨状の一部が目に入った。誰かの手首から先だけが黒い血の海に沈んでいる。火薬と血の臭気に胸がむかついた。「敵も味方も関係なしか」と次郎はつぶやいた。「おまえは、なんのために大学へ行ったんだ。こんなことを覚えるためか」

伊沢はそれには答えず、続けた。「吾郷さん。数キログラムでも『最』を頂けるなら、あなたをこのまま見逃してもいい。僕だってそれぐらいの情はある」

「さきほど渡した」

「あれが本物のはずがない」

「本物だ」

「嘘もたいがいに――」

最後まで言わせぬうちに、次郎は右足を軸にして素早く体を回し、銃口から逃れた。構えた拳で伊沢のこめかみを狙ったが、伊沢も次郎と同じ方向へ身をひねった。待っていたかのように左腕で次郎の攻撃を受けとめ、直後、腕の下からFNブローニング1922の銃口を突き出して引き金を絞った。

銃声が轟き、鋭い風圧が次郎の脇腹をかすめていった。が、次郎はひるまず銃を持った伊沢の手首をつかみ、もう片方の手で銃身を上から押さえつけた。渾身の力で手首を握りしめられても、伊沢は手をゆるめず、左の拳で、次郎の肋骨の下を殴りつけた。

ずしんと響いた痛みに、次郎は思わず両手を離してよろけた。地面に置いたモーゼルC96とのあいだには、まだ若干の距離があって手が届かない。とっさにズボンのポケットに手を突っ込み、中にあったものを掌に握り込んだ。

伊沢は次郎に向かって再び銃口を向けたが、引き金は反応しなかった。一瞬、目を見張る。いつのまにか銃にセーフティがかかっていた。銃身を押さえつけたときに、次郎が強引にロックしたのだ。

相手が一呼吸遅れた隙に、次郎はポケットから手を引き抜き、掌に握り込んでいた銀貨と翡翠玉を伊沢の顔面へ投げつけた。それは伊沢の右目と額を直撃し、次郎にほんの少しだけ時間の余裕を与えた。次郎は地面に置かれたモーゼルC96に飛びつき、銃把をつかんだ。

伊沢がブローニングのセーフティを解除し、次郎は振り向きざまモーゼルを連射した。ほぼ同時に伊沢も撃っていたが、利き目を閉じた状態で放たれた弾丸は、伊沢の意思を裏切って的を外した。次郎の初弾は伊沢の鳩尾を撃ち抜き、次弾は右の鎖骨を粉砕した。

伊沢は体を少し折り、鳩尾を押さえて数歩よろめいた。腰からぶつかるようにして家屋の壁に体をあずけ、そのまま、ずるずると地面に座り込んだ。太い血の筋が壁に一本描かれた。

ようやく身を起こした何忠夫が、ふらつきながら次郎のそばへ寄ってきた。「やったのか」

「狙いがずれた」次郎は肩で息をしながら答えた。「当てただけだ」

まだ警戒したまま、次郎はゆっくりと伊沢に近づいた。何忠夫もあとをついて行った。

伊沢は壁にもたれて座り込んだ格好で、激しく喘いでいた。地面に落とした手は完全に開かれ、もはや銃など握れそうにない。次郎の視線を感じた伊沢は、痛みに体を震わせながら顔をあげた。

朱に染まった口許が少し歪んだ。伊沢は、何忠夫のほうへ視線を動かし、明瞭な中国語で振り絞るように叫んだ。「黄基龍《ホアン・ジーロン》は日本人だ、騙されるな」

何忠夫が眉をひそめると、伊沢は微かに嗤い、再び言った。「そいつは青幇を騙してきた、日本軍のスパイだ」

次郎はすぐさま伊沢の頭部に銃弾を撃ち込んだ。着弾の衝撃で喉をのけぞらせたのち、伊沢はすとんと首を落とした。頭部から地面に滴る血が、たちまち赤黒い水溜まりをつくった。

次郎は何忠夫を振り返り「帰るぞ」と促して歩き出した。

「待て」と何忠夫は次郎の肩をつかんだ。「あいつが言ったことは本当か」

「あんな奴の言葉を信用するのか」

「おまえを日本人だと言ったぞ」

「気になるなら大哥《ダーグア》に訊け。答えてくれるはずだ」

「おまえの口から聞きたい」

「教える義理などない」

何忠夫はいきなり次郎に銃口を向けた。が、次郎は何忠夫の手をつかんで銃をもぎ取り、何忠夫を殴り飛ばした。へたり込んだ何忠夫を睨みつけて吼えた。「周りをよく見ろ」次郎は路地を指さした。目を背けたくなるような血腥《ちなまぐさ》い光景が、真夏の太陽に炙られて、早くも異臭を発していた。まだ息がある者の呻き声が聞こえてくる。「まずは怪我人、それから死者を運べ。話はそれからだ」

「日本人の命令など聞けん」何忠夫は顔を真っ赤にして叫んだ。「嘘だと言ってくれ。おまえは朝鮮人のはずだろう。日本人と戦うために、おれたちに協力していたんだろう。おれたちの顔に泥を塗る気か。正直に言え、おまえはどこの国の人間なんだ」

次郎は身を屈め、座り込んだままの何忠夫の肩に手を置いた。「何忠夫。おれがどこの誰であっても、おまえたちとの友情はこの先も変わらん。義も守り続ける。詳しいことは大哥が来てから話す。それまで待ってくれ」

21

茂岡少佐は「伊沢穣死亡」の報を受けると、やはりそうなったかと溜め息をついた。

この戦争では軍人も民間人も死にすぎた。六日、アメリカ軍が広島に落とした原子爆弾は、目を覆わんばかりの凄惨な被害をあの町に与えたというが、今日は長崎にも投下されたという情報が届いた。大陸やアジア各地での戦い、南方戦線、沖縄戦、度重なる本土空襲、広島の惨状、そこにまたひとつ地獄が加わったのだ。

満州では、今日の未明、ソ連軍が国境を越えてきた。日本は、いま大陸に残された軍隊だけで応戦している。どこまで戦えるだろうか。政府や内地の参謀本部は、まだ何も決断しないつもりか。現場の人間にすべてを背負わせ、嵐が過ぎ去るのを待つだけなのか。

志鷹中佐が伊沢に遺した手紙の内容は、茂岡自身に宛てた手紙にも簡潔に記されていた。その内容は、実に恐ろしいものだった。

央機関での仕事を通じて、伊沢は数々の重要情報を知っている。戦後、それが敵国に利用されることを志鷹中佐は望まなかったのだろう。『自分が斃れたらぜひ仇をとってほしい』。その言葉は、終戦までに伊沢が危険な作戦に赴き、その途上で死んでくれるならありがたいという意味を含んだものだ。もし、何事もなく志鷹中佐が生き延びていたら、彼は自らの手で伊沢を抹殺したのではないか。茂岡自身も、どう扱われたかわからない。悪い想像はいくらでもできる。

勿論、伊沢は志鷹中佐に対する絶対的な忠誠心から、誰にも機密情報を明かすつもりはなかっただろう。連合軍に捕縛されれば、隙を見て自決したはずだ。それでも志鷹中佐は、念には念を入れて、最後の一押しとなる言葉を彼に与えたのだ。

あるいは伊沢は、志鷹中佐の本心に気づいていたのかもしれない。頭のいい若者だ。すべて承知のうえで、無茶をして死んでいった可能性もある。国家に身を捧げた者なら有り得る選択だ。志鷹中佐に銃口を向けられ「お国のために死んでくれ、伊沢くん」と言われても、あの若者は微笑みながら応えたに違いない。「あなたに殺されるなら本望です」と。燃えるように熱い眼差しで、まっすぐに中佐を見つめたに違いない伊沢の姿を想像すると、少しだけ胸が痛んだ。

誰にも理解されぬ激しい情熱を、あの若者はひとりで抱えたまま逝ったのだ。そこへ至る道を敷いたのは自分だ。国のため、勝つためだった。しかし、他人に自慢できる話でもない。

今後は自分もどうなるかわからぬ身だ。なるべく早く、伊沢の両親に息子の死を伝えておこう。「穣くんは、お国のために立派に働いて亡くなりました」と。彼の両親がどう思うかはわからない。喜んで涙を流すのか、どこかで欺瞞に気づくのか。伊沢の父――啓吾はすぐに真実を悟り、私を軽蔑するだろう。そうされても仕方がないことを、志鷹中佐と自分はやったのだ。

最初から、人としての義も後悔も捨てていた。それが特務機関での仕事だ。我々の理念と心情を理解できる者は、これから先も、誰ひとりとして現れないに違いない。

22

埠頭から見える太陽は、もうかなり西へ傾いていた。伊沢の部隊との戦いで負傷した者は近くの病院へ運ばれ、死者は紹寧碼頭《しようねいまとう》の倉庫内に並べられた。青幇《チンパン》が禁制品を一時的に隠しておく倉庫である。関係者以外は立ち入れない。

次郎たちは倉庫の床に板を並べて筵《むしろ》を敷き、そこに遺体を横たえた。無残に損壊した遺体が多かった。機銃で頭を砕かれた者は眼球が飛び出し、西瓜《すいか》が割れたような顔になってしまって、どこの誰かもわからなかった。

次郎は作業の途中で眩暈を覚え、耐えられなくなって外へ出た。日陰に入り、倉庫の壁にもたれて座り込んだ。

へとへとだ。気分は高揚したままだが、体がもう動かない。

煙草に火をつけるのも億劫だったが、口が寂しいので一本くわえた。右側の肋骨の下あたりが妙に疼く。以前の疼痛がぶり返したのかと思い、掌でさすってみて初めて、そこから出血していることに気づいた。血はシャツに広く滲み、色も既に変わりつつある。伊沢と格闘したときに弾がかすったのは反対側の脇腹だから、こちらは拳で殴られたほうだ。なぜ、殴られただけなのに血が出ているのか。

まさか。

そのとき、背広姿の楊直《ヤン・ジー》が何忠夫《ホー・ジョンフー》を連れて近づいてくるのが目にとまった。バイフーとシュェンウーも一緒だ。面倒なことになりそうだなとうんざりしながら、次郎は唇から煙草を引き抜き、近くに放り投げた。

楊直は何忠夫らに「おまえたちは少し離れていろ」と命じてから次郎の正面に立った。何忠夫はおとなしく数歩下がり、バイフーたちはそれよりも楊直に近い位置で待機した。楊直は地面に片膝をつき、次郎と視線の高さを合わせて言った。「ご苦労だった」

「ああ」と応じて次郎はつぶやいた。「こういうのは、もう最後にしたい。疲れ果てた」

「伊沢が死に際に妙なことを言ったそうだな」

「おれは日本軍のスパイなんかじゃない」

「わかってる。地味で退屈なスパイ生活なんて、おまえの性格からは最も遠い。だが、その件も含めてひとつ提案がある。おまえ、本物の中国人にならないか。中国の国籍を取得するんだ。本物の中国人になってしまえば、もう誰からも文句は出ない」

「嫌だね」次郎は唇の端をわずかに吊りあげた。「国籍ぐらい自分で決める。誰にも指図はさせん」

「おまえが日本国籍に拘り続ける限り、これからの時代、大陸では信用を失い、場合によっては殺される」

「日本人としてのおれを否定するのか」

「そうだ」

「おれは中国人にはならん。自分の素性を捨てるぐらいなら、何忠夫に撃ち殺されたほうがましだ」

「あいつはこの戦争で、何人もの身内を日本兵に殺されている。やれと言われれば本気でやる。それを私の権限で止めているのだ」

「それでは何忠夫が救われない。仇討ちぐらい自由にさせてやれよ」

「冗談にもほどがあるぞ、黄基龍《ホアン・ジーロン》」

次郎は皮肉っぽく笑ったつもりだったが、頬の筋肉をうまく動かせなかった。両手の指先がひどく痺れていた。大気はまだ暑いのに、悪寒が背筋を這いのぼってくる。呼吸が苦しい。これは阿片の禁断症状じゃない。何かがおかしい。

「楊直、おれはもう保たんかもしれん」次郎は上衣の端をめくり、シャツの赤黒く染まった部分を楊直に見せた。「ペルビチンで高揚していたせいで気づくのが遅れた。伊沢にここを殴られたとき、何かを打ち込まれたようだ」

「ペルビチンだと」楊直は顔色を変えて、次郎の両肩をつかんだ。「いつから、そんなものを飲んでいた」

「おれは殺しに関しちゃ素人だからな。確実に勝つためならなんでも利用するさ。ユキヱを殺させんためには、今日はどうしても勝たなきゃならなかった」

猛烈な息苦しさの中で、次郎はようやく気づいた。伊沢が肋骨の下を殴ってきたのは策略だったのだと。あれはこちらに気づかれぬように、何かを打ち込むための計算された動作だったのだ。

次郎の苦しみ方に、バイフーとシュェンウーも顔色を変えた。シュェンウーが楊直の耳元で囁いた。「おそらく、諜報員が使う隠し武器で撃たれたのでしょう。袖に隠せる小さな筒で、青酸やトリカブトの毒を詰めた容器を打ち込みます。ドイツやソ連の暗殺者が使っている、特殊な発射機構を備えた銃です」

「治療法は」

「まだ確立されていません。分量や条件によって毒が効き始めるまでには時間差がありますが、撃たれてから一時間ないし五時間ほどで確実に」

楊直は唇を噛みしめた。何がなんでも「最《ズイ》」に関わった者を殺すという伊沢の執念に鳥肌が立った。次郎が伊沢の行動を阻止できなかったら、青幇はどれほどの被害を出していたことだろう。

次郎は腕を伸ばし、楊直の頬に触れた。「死にたくない。慎重にやったはずなのに下手を打っちまった、畜生――」

楊直はバイフーたちに向かって怒鳴った。「車を。黄基龍を病院へ運ぶ」

ふたりは車に向かって駆け出し、何忠夫は呆然と立ち尽くしていた。

次郎は楊直の耳元に顔を近づけ、荒い息の下から言った。「間に合わなかったときのために言い残しておく。おれが死んでも葬式は不要だ。墓もつくらなくていい。暗くて冷たい土の中に閉じ込められるなんて、想像するだけでぞっとする。おれの遺体は黄浦江へ沈めてくれ。そうすれば、おれの魂は川を下って海とひとつになれる。海は世界中でつながっているから、おれは死んでからも、この広い世界を放浪できる。思い出の場所から出発できるなら最高だ。海になれたら、いつか雲にだってなれるだろう」

「あきらめるな、ジロー。まだ時間はある」

「まだその名前で呼んでくれるのか。おまえはおれを、本物の中国人にしたいんじゃなかったのか」

「そうだ。おまえには、どうしても中国人になってもらいたい。中国人同士なら、何もかもがうまくいく」

次郎は微かに首を左右に振った。「いや、それは違う。おれが中国人になったって、何忠夫の悲しみや恨みは消えん。自分の国籍を変えて、都合の悪いことから逃れてしまうのは嫌だ。そんなのは『大人物《ダーレン》』がすることじゃない」

次郎は目を閉じた。肩で息をしながら耳を澄ます。遠くで微かに楽器が鳴っていた。長くゆったりと尾を引くこの音は、たぶん二胡《にこ》だ。家から出るなと青幇に命じられた住民が、退屈して楽器を弾き始めたのかもしれない。何があっても逞しく生き、楽しみを見出す。それが庶民の本質だ。自分もその程度で満足していれば。いや、それは無理だった。雪の冷たさも冬の寒さも、それは自分の外側だけではなく、内側にもあったのだ。

虚しさに食い荒らされたくなかった。熱く燃えていれば虚無から逃げられた。

そこに正しさはない。

ただ、熱ければよかった。

寒さを押しのけ、己の中に灯った火を誰にも消させない一心で、ここまで走ってきたのだ。

楽器としての性質が似ているせいか、二胡の音色はバイオリンを連想させた。原田ユキヱが弾いてくれたジャズを懐かしく思い出した。ユキヱはこれから、好きなだけバイオリンを弾いて暮らせるだろう。何もかも片づいた。おまえは一生、自由で安泰だ。

落日まではまだ遠いはずなのに、いつのまにか、あたりは夜の帳《とばり》が下りたように闇に沈んでいた。暗闇の中を蛍に似た光が舞っている。規則正しい明滅から、二胡の音そのものが見えているのだと次郎は気づいた。ふんわりと心地よい香りまでもが感じられた。ああ、これはユキヱの匂いだ。時間と空間を超えて、いま、自分とユキヱの居場所がつながっているのかもしれない。これは二胡が奏でる音ではなく、ユキヱが弾くバイオリンの音に違いない。

次郎は左腕を伸ばし、蛍に似た光を、しっかりと掌に握り込んだ。

捕まえた。もう逃がさん。おれの宝物だ――。

心臓の真上あたりに何かが触れたのを感じた。突然闇が吹き払われ、現実の光景が次郎の眼前に戻ってきた。

午後の光の眩しさに次郎は目を細めた。いまにも駆け足を止めようとしている鼓動を最後まで聴くつもりなのか、楊直が次郎の胸に頭を押し当てていた。懸命に体の震えを殺しながら、楊直は擦れた声で言った。「わかった、おまえは中国人にならなくていい。だから死なないでくれ。生き延びてくれ」

次郎は微かに笑みを浮かべた。こいつが家族以外の人間のために泣くところなんて初めて見た。『中国人になれ』という命令よりも、こんなかぼそい声で『ならなくていい』とつぶやいた、その言葉のほうがおれは信じられる気がする。

楊直。おれたち、次は獣に生まれてこような。獣には国籍も民族の違いも存在しない。自由気儘に生きられる。伊沢だって、きっとそうなりたかったはずだ。

次郎は、ゆっくりと首を傾けた。楊直が大声で次郎の名を呼んだが、それには応えられなかった。ただ、最後まで生きる意志を捨てなかった証のように、次郎の両目はいつまでも開かれたままだった。

　バイフーたちが戻ってきたとき、次郎は既に事切れていた。壁にもたれて項垂れた次郎の前で、楊直は地面に両膝をつき、うつむいたまま微動だにしなかった。何忠夫はその背後で、泣きながら死者に黙禱《もくとう》を捧げていた。

　しばらくすると、楊直は立ちあがり、何忠夫たちを振り返った。既に、青幇の幹部の顔つきに戻っていた。「黄基龍の遺体を処分できる者と連絡をとってくれ」

「はい」何忠夫は手の甲で涙をぬぐって答えた。「港に、古くからの知り合いがいます。梁一平《リヤン・イーピン》という男で、ここから少し離れた場所に、いつも落ち合う倉庫があります」

「そうか。では、私が直接その男に会って黄基龍を託そう。ご苦労だが、遺体を麻袋に詰めて車へ運んでくれ」

「おひとりで向かわれるのは危険です。この状況では、どこに誰が潜んでいるかわかりません」

「それでも行きたいのだ」

　何忠夫はわずかにためらったのち、意を決したように「かしこまりました」と答えた。「では、梁一平には、決して身元を明かさないで下さい。なるべく冷たく接して下さい。そうすれば奴は何も訊ねません」

「わかった」

「倉庫の周囲は我々が見張ります」

「任せたぞ。今回の件で迷惑をかけた住民には、青幇の名義で、じゅうぶんに償いをするように。

修繕や改築の費用を求められたら、気前よく支払ってやれ」

「承知致しました」

「央《オー》機関は上海で最後の抵抗を見せるかもしれん。完全に停戦になるまで気を抜くな。それが終わったら、杜月笙《ドゥー・ユエション》先生も重慶からお戻りになるだろう。我々は上海経済の立て直しを短期間だけ手伝い、そのあとは、ビルマの芥子畑を本格的に広げるぞ。まずは、インドに移した阿片を動かさねばならん」

「ビルマの山中を、さらに開拓するのですか」

「ああ。雲南省の龍雲《ロン・ユン》が追いつけぬほど、巨大な芥子畑に育てるのだ。世界最大の阿片生産地に仕上げよう」

楊直は夕暮れ前の空を見あげた。まだ明るさが残る空には、夏の巨大な雲塊が浮いていた。それは目に沁みる青さを背景に駆けていく、豪放磊落《ごうほうらいらく》な放浪者のように見えた。

自分でもわかっている。そう遠くない将来、私も海や雲になるだろう。だが、いまはまだ。それまでは。

「ジローと約束したのだからな」と楊直はつぶやいた。「必ず成し遂げてみせる」

あの土地は、あの畑は、おれたちがふたりで築きあげた王国。

永遠の――夢の国だ。

終章　夢と枯骨《ここつ》

一九七三年、秋。

夏の暑さも遠のき、台風の季節も過ぎ、香港が最も観光に適した頃に、ひとりの老女がこの町を訪れた。彼女は日本人で、旅券には原田ユキヱという名が記されていた。もう七十歳であったが杖もつかず、同行者も連れず、洒落た色柄のワンピースに身を包んでいた。

ユキヱは、しっかりとした足取りで香港国際機場の外へ出ると、迎えの車に近づいていった。中から若い男がひとり降りて挨拶し、彼女のスーツケースを受け取ってトランクに収めた。

車が向かった先は、香港の富裕層が住む高級住宅地ではなかった。楊直《ヤン・ジー》の邸宅は、そこから少し外れた土地にあるのだった。規模は、かつて上海フランス租界にあったものよりも小さく、訪れる者もほとんどいない静かな場所だ。

邸に到着すると、見覚えのある女性がユキヱを迎え入れた。上海租界で短いあいだ世話になった小間使い、沈蘭《シエン・ラン》だった。彼女も既に五十代後半となっていた。

「お懐かしゅうございます」目尻に深い皺が刻まれ、髪に白いものが増えても、沈蘭の明るさは変わらなかった。「原田さんにまたお目にかかれるとは、想像もしていませんでした」

「楊先生のご様子は？」

「もう、すっかりいけません。お酒や煙草はおやめになって下さいと、以前から何度も申し上げているのですが」

「あなたが言っても聞かないのであれば仕方がありません。よほど手放したくないのでしょう。寂しいのですね」

「原田さんも、そう思われますか。今日は、先生をじゅうぶんに慰めてあげて下さい」

「私にできることなら、なんでもしましょう」

薄明るい応接室で、楊直は大きな安楽椅子にもたれかかっていた。藍色の長袍《チャンパオ》に身を包み、膝掛けを載せていた。客の到着を待っているあいだに眠ってしまったのか、両目は閉じられていた。

若い頃には猛々しい鷹を思わせたあの精悍さは、もはや、どこにも残っていなかった。枯れ木のように痩せ衰えた老人の姿が、ユキヱの眼前にあった。げっそりと痩せた頬、皺だらけの首筋、乾ききった皮膚、すっかり薄くなり、透き通るように白く変わってしまった頭髪。沈蘭が声をかけても反応がない。

「お疲れのようですから、そのままにしておきましょう」とユキヱは沈蘭に声をかけた。「お目覚めになるまで待ちます」

直後、楊直は、ゆっくりと両目を開いた。ぎょろりと動いた目玉は、それだけが若い頃と同じく強い光を放っていた。ユキヱは少しだけ心を動かされた。体は老いに蝕まれても、頭脳だけは相変わらず冴えているらしい。

「ご苦労だった、沈蘭。おまえはもう下がりなさい」

擦れた声だが、相変わらず貫禄に満ちている。

沈蘭は「かしこまりました」と応え、「すぐに、お茶の用意を致します。しばらくお待ち下さい」と言って部屋から出て行った。

ユキヱは傍らの椅子に腰をおろした。いつもは、たぶん沈蘭がここに座り、楊直の話し相手になっているのだろう。

楊直は言った。「狂犬病に罹った野良犬が死ぬところを嗤いに来たのか」

ユキヱは苦笑した。「よく、そんな言葉を覚えておられましたね」

「おまえが言ったのだ。忘れるはずがない」

「ご自身でも、それが真実だと思っておられたのですか」

「歳をとっても変わらんな。おまえの毒舌は」

「お誉めにあずかり光栄です」

「今日は何をしに来たのだ。まさか、歳をとったら私が懐かしくなった、などとは言わんだろうな」

「人生はひとりで楽しんでおりますので、ご心配なく。ただ、この歳になると、いろんなことを整理しておきたくなりまして」

応接室の大きな窓からは庭が見えていた。上海時代の邸宅の庭とよく似ている。アカシアの木もあった。春には黄色い花が満開になる。あの木の下でバイオリンを弾いたことをユキヱは思い出した。楊直からもらったバイオリンは、中国から脱出する際に、旅費の足しにするために売り払ってしまった。それを話したらこの人は怒るだろうか。それとも、腕の上達に合わせて楽器を変えていくのは演奏家として当然だと、咎めもしないのか。

沈蘭がお茶を運んできてくれた。彼女が退出し、再びふたりきりになると、ユキヱは、まず当たり障りのない話から始めた。「クンサーが釈放されたそうですね」

「ああ」楊直は感情のこもらぬ声で応えた。「あれは、ソ連と西側の駆け引きが成功したのだ。当事者たちは何が起きたのか、本当のところは理解しておらんだろう」

ビルマ、タイ、ラオス。この三つの国が接する地帯は、いまでは世界最大の阿片生産地となっている。ゴールデン・トライアングル。それがこの地域についた異名だ。

もともと、この地域では、十九世紀から阿片の栽培と流通が行われていた。それが世界最大の麻薬密造地帯「黄金の三角地帯《ゴールデン・トライアングル》」となったのは戦後である。

ゴールデン・トライアングルでの阿片の年間生産量は、第二次世界大戦直後には年間三十七トン程度。それが、いまや千トンを超えている。ヘロインの生産工場まである。それらを仕切っている男がクンサー。麻薬王と呼ばれる由縁だ。

クンサーは、ビルマに住むタイ系諸族のひとつシャン族と、中国人とのあいだに生まれた人物だという。シャン族の生活を支え、彼らを圧政から救うために麻薬ビジネスを行っていると嘯く男だ。一九六九年にラオス王国軍との戦闘をきっかけに投獄されたが、今年、釈放となった。この一連の動きには、ビルマ、タイ、ラオスの三国だけでなく、その背後に控えるアメリカ、ソ連、中国の政治的な思惑が複雑にからみついている。違法薬物の取り締まりと、アジアでの反共運動を両立させたいアメリカは、ゴールデン・トライアングルで産み出される阿片の山に頭を抱えつつも、この土地で、共産党から中国の政権を奪還するために粘り続ける国民党軍残党（かつての国民革命軍の軍人たち）を密かに支援し、同時に、チベットを中国から独立させるために、あの手この手で裏側からこの地域に介入した。

国民党軍残党とクンサーは、この思惑にうまく乗る形で勢力を広げてきた。周辺国家のどす黒い陰謀が渦巻く中で、この土地は、兵士と住民の血で朱に染まり続けている。

ユキヱは訊ねた。「あのあたりの諸々には、あなたも関係していたのでしょう？」

「当然だ」と楊直は答えた。「我々は、戦中から、ビルマに『最《ズイ》』の畑を持っていたのだからな。戦後、内戦で共産党軍に負けた国民党軍の連中は、雲南省経由で近隣三国に流れ込んだ。そして、活動資金をつくるために、現地で細々と行われていた阿片芥子栽培の規模を拡大したのだ。それが、ゴールデン・トライアングルとなった。我々の畑も当然彼らの影響を受け、こちらからも品種改良のために苗を提供した。いまの生産量の高さは、あれのおかげだろう」

「あなたは国民党側についたのですね」

「戦中、我々は反共だったからな。時代が変わったからといって、共産主義に転ぶわけにもいくまい。いまの時代がどれほどあの思想を評価し、その素晴らしさを雄弁に語ろうとも、私は古い時代の人間だ。己が信じるものだけを胸に抱き、時代の流れと共に消えていくことしかできんのだよ。それに、雲南省の連中とは戦中から付き合いがあったからな。知らん顔はできなかった」

「都会で実業家を続けるだけでは、満足できなかったのですか」

「共産党の下でかね？　ごめんだな。杜月笙《ドウー・ユエシヨン》先生は、戦後、上海に戻っても実業界には返り咲けなかった。堅気の連中は、皆、先生を無視したのだ。重慶から戻られたとき、経済界の連中も役人も、誰ひとりとして先生を駅で出迎えなかったのだよ。先生は、どれほど寂しく虚しい思いをなさっただろう。私も怒りで身が震えたな。戦争が終わると同時に、青幇《チンパン》が肩で風を切って歩く時代は終わっていた。皆、静かに地下へ潜り、世間一般からは完全に見えなくなった。先生は、六年ほどしてお亡くなりになった。私は厳老板《イエンラオバン》との約束があったから、上海で少しのあいだ戦後処理に関わったあとは、すみやかに香港へ移住したよ。上海時代の財産の大半は手放してしまったが、戦中にビルマの隠し畑で財産をつくって、海外の銀行にあずけていたからな。香港で新たな会社を興すのは簡単だった。イギリス統治下に戻っても、香港は自由で素晴らしい。こちらには、三合会《トライアド》（香港を拠点とする中国系犯罪組織の総称）の連中がいるから少し面倒ではあるが、まあ、そういった付き合いは上海時代と似たようなものだ。家族の墓もこちらへ移した。もう、いつでも皆のもとへ行ける」

「でも、台湾に逃げた蒋介石は、ゴールデン・トライアングルで祖国奪還のために戦い続けていた国民党軍を、『残党』『山賊』と呼んで、あれは我々の軍隊ではないと切り捨てたのでしょう？」

「そうだ。だからこそ、私は意地でも彼らを見捨てられなかった。あの地域には、共産党を嫌って大陸から逃げてきた普通の中国人も大勢いて、中国系難民の村が自然発生していたのだ。その数は大小合わせて数百。何万人もの人間が国籍を捨て、見知らぬ土地で、畑仕事だけを頼りに生きていた。私も上海へ来るまでは農民だったから、畑で働く者がひどい目に遭うことは許せなくてね。芥子栽培で彼らの生活をわずかながらでも潤し、国民党軍にはどんどん武器を売って支援した。彼らが共産党から政権を奪還すれば、蒋介石は台湾から大陸へ戻れる。私としては、そのほうが都合がよかったのだ。戦中と同じ政治が戻ってくるのだからね」

「国民党軍残党は、近隣三国の政府軍と戦うたびに、現地の山岳民族にずいぶん迷惑をかけたと聞いています。山賊と呼ばれても仕方がないことをしたと」

「知っている。だが、誰があの流れを止められただろうか。アジア、西側、東側、多くの国々のパワーゲームによって、すべてが為されていたのだぞ。ゴールデン・トライアングルは、無数の蛾を引き寄せる新たな灯火になったのだ。戦火に巻き込まれて燃え尽きた蛾の数は、戦時上海どころの騒ぎではない。夥しい数の人間が、胸が張り裂けるほどの悲しみと怒りに翻弄され、あの大地に血と涙を染み込ませていった。それは、これからも続くだろう」

ユキヱは卓から湯呑みを持ちあげ、楊直に手渡した。「お飲み下さい。疲れたでしょう」

楊直は両手で湯呑みを包み込むように持ち、唇にあてがった。腕はぶるぶると震えていたが、一滴もこぼさずに飲み干した。

ユキヱは訊ねた。「国民党軍残党を助けることは、あなたにとって戦後の生き甲斐になりましたか。虚しくはなかったのですか。あなたの名前は、この件に関しては一切表に出ていない。フィクサーに徹していましたね。クンサーがうらやましくはないのですか。彼はシャン族から英雄のように慕われていますよ」

「私は名誉はいらんのだ。孤独を情熱で埋められれば、それでよかった」

ユキヱは、ここでようやく本題を切り出した。「あなたは、吾郷次郎さんの最期を看取ったと聞いています。彼は、どんなふうに亡くなったのですか」

楊直はカラになった湯呑みをユキヱに手渡した。窓の外へ視線を向け、秋の陽射しの眩しさに目を細めた。「彼は海になった。今頃は、雲になっているかもしれん」

「直前に、かなり大きな銃撃戦があったと耳にしましたが」

「それを知りたくて香港まで来たのか」楊直は薄暗い笑みを浮かべた。「今日の目的は、それか」

「他にご存じの方がおられないので」

「――教えてやらん」

「は？」

「おまえには何ひとつ教えてやらん」楊直は語気を荒らげた。「ジローの生き様も死に様も、それに関わるどんな記録も思い出も、すべて私のものだ。私だけのものだ」

ユキヱは啞然とし、しばらく口をつぐんでいた。

窓の外を見つめる楊直の目は、濡れたように、よりいっそう強い光を放っていた。まるで、本当に次郎が庭に佇んでいるかの如く、じっと視線を動かさなかった。

ユキヱは、そっと訊ねた。「それほど大切だったのですか。本物の兄弟のように」

「彼は誰よりも先に海になった」楊直の声は静けさを取り戻していた。「昔は、私も死んだら海になれると思っていた。ジローのあとを追いかけてな。だが、いまでは違うとわかる。私が行くのは暗き土の下だ。そこで皆が待っている。何十年にもわたって私の王国を支え、戦い、先に死んでいった者たちのために、私は彼らと同じところへ行かねばならん。それが私の義であり、理だ」

楊直はユキヱに視線を戻して続けた。「おまえは行きたければ海へ行け。ジローは、おまえの人生に平穏を与えるために戦い、死んでいったのだから。許されるのは、たぶん、おまえだけだ」

「ありがとうございます。そうであるならば、たぶん、そうします」

「私はもう長くない。おまえと話すのも今日で最後になるだろう」

「私も、いつ死んでもおかしくない歳になりました。持病もありますし」

「もう少し近づいてくれんか。さっき、懐かしい香りがした」

ユキヱは椅子から立ちあがり、安楽椅子の傍らに立った。身を屈め、楊直の顔の近くに胸元を近づけた。「どうですか」

「あのときと同じだ」楊直は、うっとりと笑みを浮かべた。「いい匂いがする。歳をとっても、おまえはあのときのままだ」

それが楊直の錯覚であることを、ユキヱはよく知っていた。女としての盛りを過ぎたあたりから、ユキヱの香りはずいぶん薄れてしまった。代わりに強くなってきたのは死の臭い。肉体が衰え、崩壊していく臭いだ。いまはそれを、果実とサンダルウッドの匂いがブレンドされた香水をつけて隠している。自分自身の香りを失ったときから、ユキヱは人生の終わりを強く意識するようになった。思い出の場所をいくつか旅行し、最後に楊直のもとを訪れた。すべてを知り、すべてを清算するために。

やがて、楊直は自分からユキヱの頭を軽く押しのけた。清々しい笑みを浮かべ、「もう行け。この性悪女めが」とつぶやいた。

ユキヱは礼儀正しく別れの挨拶をし、応接室から外へ出た。沈蘭にお礼を言ったあと、楊直邸から立ち去った。

香港島が見える場所まで歩いた。

海――。吾郷次郎が溶けていった先。

もう、いいのではありませんか、私たち。

さきほど楊直に言い損ねた言葉を、ユキヱは胸の中でつぶやいた。

私たちは歴史の中に片鱗も残らない存在。このまま静かに消えていくだけの者たちだ。

でも、その小ささにほっとする。これまでの行いも、この想いも、この寂しさも、他人には決して語れぬ罪も、歴史の表舞台になんの痕跡も残すことなく消えていくからこそ、私たちは救われる。何も残らぬことは自由の証なのだ。

いいですね、海。

ユキヱは微笑んだ。私もそこへ行きましょう。もう少しだけ待っていて下さい、吾郷さん。


年末、クリスマス前のにぎわいにあふれる時期、楊直は邸で、誰にも看取られずに死んだ。穏やかな死ではなかった。

楊直がかつて阿片売買に関わっていたことや、経済界の大物であったことを嗅ぎつけたチンピラたちが、邸内に阿片や金塊が隠されているのではと妄想し、仲間を連れて夜中に押し入ったのだ。

強盗は、安楽椅子でうとうとしていた楊直の頭を背後から押さえ、ナイフで彼の喉をかき切った。この痩せ細った老人の体に、これほどの血が残っていたとはと誰もが驚いたほど、遺体が発見されたとき、楊直の長袍は血でぐっしょりと濡れた状態だった。

小間使いの沈蘭は、クリスマス休暇で一晩だけ邸をあけ、自分の家で家族と共に聖夜を過ごしていた。楊直邸に戻って惨状を知った沈蘭は、自分の行動を痛切に悔やんだ。

楊直の遺体は、香港に移されていた家族の墓に納められた。沈蘭は墓前で、自らの命が尽きるまで楊家の墓を守り続けると誓った。この墓地から少し離れた場所に、楊直の実兄の墓があることを知る者は、誰ひとりとしていなかった。


原田ユキヱは半年後に病没した。遺言通り、遺骨の一部は、友人の手によって、日本と上海を行き来する客船の甲板から外洋にまかれた。

雲ひとつない、晴天での散骨であったという。

【著者による後記】

本作『上海灯蛾』で扱った青幇は実在の組織ですが、「記録を残さないことを掟とした秘密結社」であったため、現在日本で確認できる青幇の内情は、中国で三大亨に限定して執筆された書籍の翻訳書や伝聞によるものです。戦時上海時代における青幇の全体像は、今後も大半が謎に包まれたままでしょう。そのため本作では、物語をわかりやすくするために、多くの創作と、独自の表現を使用していることをお断りしておきます。「老大」「老板」「掌柜」といった言葉を、特殊な意味で使っていることなどがその一例です。組織の構造に関しては、宮崎学・著『「幇」という生き方「中国マフィア」日本人首領の手記』（徳間書店／一九九九年）から貴重な示唆を得ました。日本人が青幇の門下になり得るという事実は氏の著作で初めて知って驚き、吾郷次郎と楊直との関係を定める際に参考にしました。

また、日本側の諸々に関しても、多くの虚構が含まれていることをお断りしておきます。その一部を以下に記します。「シロ32号」（「最」）は架空の品種ですが、モルヒネ含有率が二十パーセントを超える阿片芥子は当時も実在していました。央機関は架空の組織ですが、日中両軍が阿片売買によって活動資金を得ていたのは史実です。暁明学院大学は架空の学校ですが、実在した学校（「満州の陸軍中野学校」という異名で呼ばれた特殊機関）をモデルにしています。敷島通商は実在の商社をモデルとした架空の会社で、伊沢穣を巡る物語には多くの虚構が含まれています。ただし、日本軍が大陸内において、ヘロインを代金代わりに希少金属の確保にあたっていたのは史実です。上海租界にあった日本憲兵隊本部への擲弾攻撃や、一号作戦（大陸打通作戦）において日本軍が雲南省に独立混成旅団を派遣した事実はありません。これらはすべて、物語を展開するうえで必要であったため創作しました。

一九九〇年代、ゴールデン・トライアングルの阿片生産量は全世界の八十五パーセントを占める二千五百トンまで急増し、ヘロインは全世界の総量の六十パーセントを占める二百五十トンにも達したという記録があります。二〇〇〇年代には、さらにそれを上回ったとも言われています。その後、強力な違法薬物取り締まりや、代替作物への転換（コーヒー豆の栽培など）によって、この地域での阿片の生産は急速に減っていきました。しかし、同地は、二十一世紀現在、メタンフェタミン（覚醒剤）の世界最大級の生産地となっています。

今回も多くの資料を参考に執筆致しましたが、本作は小説であり、フィクションです。実在する人物・団体・地名・その他の要素とは一切関係ありません。

日中戦争や戦時上海に関する専門分野には名著がたくさんあります。史実に興味をお持ちになった方は、専門書に目を通し、現役研究者の方が主催する公開シンポジウムを視聴することをお勧めします。正しい知識は、それらによって得られます。

尚、小説作品内での記述に間違いが発見された場合、その責任は各文献の執筆者ではなく、小説の著者である上田にあります。また、今日の人権意識に照らして不当・不適切と思われる語句や表現については、時代背景を鑑み、当時のままの記述を使用しています。作中で表現された人間の尊厳を損なうあらゆる行為と物事に対して、著者は支持せず、許容せず、推奨も致しません。

【主要参考文献一覧】

※予想外の分野へご迷惑がかかることを避けるため、今回はごくわずかに、青幇と阿片関係の一部のみを記載します。

『上海の顔役たち』（沈寂・著、林弘・翻訳／徳間文庫）一九八九年
『中国マフィア伝〔上海のゴッドファザー〕と呼ばれた男』（西爾梟・著、河添恵子・翻訳／イーストプレス）一九九九年
『「幇」という生き方「中国マフィア」日本人首領の手記』（宮崎学・著／徳間書店）一九九九年
『阿片と大砲　陸軍昭和通商の七年』（山本常雄・著／PMC出版）一九八五年
『日本の阿片王　二反長音蔵とその時代』（倉橋正直・著／共栄書房）二〇〇二年
『阿片王・里見甫の生涯　其の逝く処を知らず』（西木正明・著／集英社文庫）二〇〇四年
『阿片王　満州の夜と霧』（佐野眞一・著／新潮文庫）二〇〇八年

その他、薬物乱用防止のために執筆された各種の書籍、薬物の危険性に関する正しい知識が掲載されたサイトの記事などを、多数、参考に致しました。これらの活動に力を尽くしておられる方々、支援者の方々に敬意を表し、深く感謝とお礼を申し上げます。

また、一九三四年の浙江省を中心とする大干魃に関する諸々は史実で、弁納才一・著『華中農村経済と近代化』（汲古叢書／二〇〇四年）を参照しました。

本書は、「小説推理」二〇二一年三月号から二〇二二年七月号にかけて連載された同名作品に加筆・修正を加えたものです。

上田早夕里《うえだ・さゆり》

兵庫県出身。二〇〇三年『火星ダーク・バラード』で第四回小松左京賞を受賞し、デビュー。二〇一一年『華竜の宮』で第三二回日本SF大賞を受賞する。SF以外のジャンルも旺盛に執筆し、一八年『破滅の王』で第一五九回直木賞の候補となる。『魚舟・獣舟』『リリエンタールの末裔』『深紅の碑文』『夢みる葦笛』『リラと戦禍の風』『ヘーゼルの密書』『播磨国妖綺譚』など著書多数。

上海灯蛾《シャンハイとうが》

二〇二三年三月二五日　第一刷発行

著者　上田早夕里

発行者　箕浦克史

発行所　株式会社双葉社

〒一六二-八五四〇

東京都新宿区東五軒町三-二八

電話　〇三-五二六一-四八一八（営業部）

〇三-五二六一-四八三一（編集部）

http://www.futabasha.co.jp/

（双葉社の書籍・コミック・ムックが買えます）

印刷所　大日本印刷株式会社

製本所　株式会社若林製本工場

カバー印刷　株式会社大熊整美堂

DTP　株式会社ビーワークス

ISBN978-4-575-24602-5 C0093